HEYNE

Das Buch:

Sam Cayhall, Mitglied des Ku-Klux-Klans, hatte im Jahre 1967 eine Bombe in die Kanzlei des jüdischen Bürgerrechtsanwalts Marvin Kramer geworfen. Dabei starben Kramers beide kleine Söhne. Im darauffolgenden Prozeß kamen die Geschworenen nicht zu einem einhelligen Schuldspruch. Zwölf Jahre später setzt sich ein Staatsanwalt für die Wiederaufnahme des Verfahrens ein, und da sich im Staat Mississippi und in den Köpfen der Südstaatler zwischenzeitlich einiges verändert hat, wird Cayhall dieses Mal für schuldig befunden und zum Tode verurteilt. 1990 sitzt Sam Cayhall nunmehr seit über zehn Jahren in der Todeszelle und wartet auf seine Hinrichtung. Da möchte in der großen Anwaltskanzlei in Chicago, die Cayhall im Prozeß und in allen Berufungsanträgen vertreten hat, der jüngste Anwalt den Fall übernehmen. Keiner versteht Adam Hall, denn die Anfechtung des Urteils kann für ihn nur eine Niederlage bedeuten und seiner Karriere gehörig schaden.

Der Autor:

John Grisham, geboren 1955, ist einer der meistgelesenen Bestsellerautoren weltweit. Mit seinem Roman *Die Firma* begann seine phänomenale Erfolgsgeschichte. Zahlreiche seiner Romane dienten als Vorlage zu Hollywoodfilmen, die allesamt zu Kassenschlagern wurden. Grisham war Abgeordneter im Parlament des US Bundesstaates Mississippi und führte lange Jahre eine eigene Anwaltskanzlei, bis er sich Mitte der Achtziger Jahre ganz dem Schreiben widmete. Er lebt mit seiner Familie in Virginia und Mississippi.

Im WILHELM HEYNE Taschenbuch sind erschienen:
Die Jury, Die Firma, Der Partner, Der Partner, Die Akte, Der Regenmacher, Das Urteil, Der Verrat, Das Testament, Die Bruderschaft, Die Schuld, Die Liste, Der Coach, Die Farm.

JOHN GRISHAM

DIE KAMMER

Roman

Aus dem Amerikanischen
von Christel Wiemken

WILHELM HEYNE VERLAG
MÜNCHEN

Titel der Originalausgabe
The Chamber

Umwelthinweis:
Dieses Buch wurde auf chlor- und säurefreiem Papier gedruckt.

Taschenbuchausgabe 03/2006

Die Hardcover-Ausgabe erschien im Verlag
Hoffmann und Campe, Hamburg
Printed in Germany 2006
Umschlagillustration: CORBIS / Peter Barrett
Umschlaggestaltung: Nele Schütz Design, München
Druck und Bindung: GGP Media GmbH, Pößneck

ISBN-10: 3-453-72082-2
ISBN-13: 978-3-453-72082-4
www.heyne.de

DANKSAGUNGEN

Ich war früher Rechtsanwalt und habe Leute vertreten, die aller möglichen Verbrechen angeklagt waren. Glücklicherweise hatte ich nie einen Mandanten, der wegen Mordes vor Gericht stand und zum Tode verurteilt wurde. Ich brauchte nie einen Todestrakt aufzusuchen, nie das zu machen, was die Anwälte in dieser Geschichte tun.

Weil ich Recherchen hasse, habe ich das getan, was ich beim Schreiben eines Romans sonst auch immer tue: Ich habe mir erfahrene Anwälte gesucht und mich mit ihnen angefreundet; ich habe sie zu jeder Tages- und Nachtzeit angerufen und um Rat gefragt. Und an dieser Stelle möchte ich ihnen danken.

Leonard Vincent, der viele Jahre lang der Anwalt des Mississippi Department of Corrections war, ließ mich freimütig Einblick in seine Arbeit nehmen. Er erklärte mir die Gesetze, zeigte mir seine Akten, nahm mich in den Todestrakt mit und führte mich in dem riesigen Staatsgefängnis herum, das allgemein einfach Parchman genannt wird. Er erzählte mir viele Geschichten, die irgendwie ihren Weg in diese fanden. Leonard und ich kämpfen nach wie vor mit der moralischen Fragwürdigkeit der Todesstrafe, und ich vermute, das wird immer so bleiben. Dank auch seinen Mitarbeitern und den Wärtern und anderen Angestellten von Parchman.

Jim Craig ist ein überaus mitfühlender Mann und ein hervorragender Anwalt. Als Leitender Direktor des Mississippi Capital Defense Resource Center ist er der offizielle Anwalt der meisten Insassen des Todestrakts. Er steuerte mich gekonnt durch das undurchdringliche Labyrinth des Rechtsschutzes für bereits Verurteilte und der Habeas-Corpus-Taktik. Die unvermeidlichen Fehler habe ich gemacht, nicht er.

Ich habe mit Tom Freeland und Guy Gillespie zusammen Jura studiert, und ich danke ihnen für ihre bereitwillige Hilfe. Marc Smirnoff ist ein Freund und der Herausgeber von *The Oxford American* und er hat wie gewöhnlich das Manuskript durchgesehen, bevor ich es nach New York schickte.

Ich danke auch Robert Warren und William Ballard für ihre Hilfe. Und wie immer ein ganz spezielles Dankeschön an Renee, meine beste Freundin, die nach wie vor jedes neue Kapitel als erste begutachtet.

1

Der Entschluß, das Büro des radikalen jüdischen Anwalts in die Luft zu sprengen, wurde relativ mühelos getroffen. Nur drei Leute waren an der Ausführung beteiligt. Der erste war der Mann mit dem Geld. Der zweite war ein Einheimischer, der das Terrain kannte. Und der dritte war ein junger Patriot und Fanatiker mit einem Talent für Sprengstoffe und einer erstaunlichen Fähigkeit, spurlos zu verschwinden. Nach dem Bombenanschlag flüchtete er aus dem Land und tauchte sechs Jahre in Nordirland unter.

Der Name des Anwalts war Marvin Kramer, ein Jude, dessen mit Handel wohlhabend gewordene Familie seit vier Generationen in Mississippi lebte. Er wohnte in einem Vorkriegshaus in Greenville, einer Stadt am Fluß mit einer kleinen, aber einflußreichen jüdischen Gemeinde, einem netten Ort, der nur wenige Rassenunruhen erlebt hatte. Er war Anwalt geworden, weil der Handel ihn langweilte. Wie den meisten Juden deutscher Abstammung war es auch seiner Familie ohne große Mühe gelungen, sich an die Kultur des Tiefen Südens anzupassen, und sie hielten sich für nichts anderes als für typische Südstaatler, die nur zufällig eine andere Religion hatten. Sie verschmolzen mit dem Rest der etablierten Gesellschaft und gingen ihren Geschäften nach.

Marvin war anders. Sein Vater schickte ihn Ende der fünfziger Jahre auf die Universität Brandeis im Norden. Dort verbrachte er vier Jahre und anschließend drei Jahre an der juristischen Fakultät der Columbia University, und als er 1964 nach Greenville zurückkehrte, war die Bürgerrechtsbewegung in Mississippi in vollem Gange. Marvin stürzte sich ins Getümmel. Knapp einen Monat nach Eröffnung seiner kleinen Kanzlei wurde er zusammen mit zwei Mitstudenten aus Brandeis verhaftet, weil er versucht hatte, schwarze Wähler zu registrieren. Sein Vater war wütend. Seine Familie war peinlich berührt, aber das kümmerte

Marvin nicht im geringsten. Er erhielt seine erste Todesdrohung im Alter von fünfundzwanzig Jahren und legte sich eine Waffe zu. Er kaufte eine Pistole für seine Frau, die aus Memphis stammte, und wies ihr schwarzes Dienstmädchen an, immer eine Waffe in der Handtasche bei sich zu tragen. Die Kramers hatten zwei Söhne, zwei Jahre alte Zwillinge.

Die erste Zivilklage, die 1965 von der Kanzlei von Marvin B. Kramer und Partner (noch gab es keine Partner) eingereicht wurde, richtete sich gegen eine Unmenge angeblich diskriminierender Wahlpraktiken lokaler Amtsträger. Sie machte Schlagzeilen im ganzen Staat, und Marvins Foto erschien in den Zeitungen. Außerdem wurde sein Name vom Ku-Klux-Klan auf eine Liste zu verfolgender Juden gesetzt. Er war ein radikaler jüdischer Anwalt mit einem Bart und entschieden zu liberalen Ansichten, ausgebildet von Juden im Norden und jetzt damit beschäftigt, mit den Negern im Mississippi-Delta zu marschieren und sie zu vertreten. Das würde man nicht dulden.

Später gab es Gerüchte, daß Anwalt Kramer aus eigenen Mitteln Kautionen für Freedom Riders und andere Bürgerrechtler stellte. Er reichte Klagen ein gegen Einrichtungen, die nur für Weiße zugänglich waren. Er bezahlte für den Wiederaufbau einer vom Klan gesprengten Schwarzenkirche. Er wurde sogar dabei beobachtet, wie er Neger in seinem Haus willkommen hieß. Er hielt Reden vor jüdischen Vereinigungen im Norden und drängte sie, sich am Kampf zu beteiligen. Er schrieb flammende Briefe an Zeitungen, von denen nur wenige gedruckt wurden. Anwalt Kramer marschierte tapfer seiner Vernichtung entgegen.

Die Anwesenheit eines Nachtwächters, der friedlich zwischen den Blumenbeeten patrouillierte, verhinderte eine Attacke auf das Haus der Kramers. Marvin bezahlte den Wachmann damals bereits seit zwei Jahren. Er war ein ehemaliger Polizist und schwer bewaffnet, und die Kramers ließen ganz Greenville wissen, daß sie von einem Meisterschützen bewacht wurden. Natürlich wußte der Klan über den Wachmann Bescheid, und er wußte auch, daß er gegen ihn nichts ausrichten konnte. Deshalb wurde der Beschluß gefaßt, anstelle von Marvin Kramers Haus sein Büro in die Luft zu sprengen.

Die eigentliche Planung des Unternehmens dauerte nicht lange, in erster Linie deshalb, weil nur so wenige Personen daran beteiligt waren. Der Mann mit dem Geld, ein wortgewaltiger Prophet der weißen Vorherrschaft namens Jeremiah Dogan, war damals Imperial Wizard und damit Anführer des Klans in Mississippi. Sein Vorgänger war im Gefängnis gelandet, und Jerry Dogan genoß es, die Bombenanschläge zu organisieren. Er war nicht dumm. Im Gegenteil, das FBI gab später zu, daß Dogan als Terrorist Beachtliches geleistet hatte, weil er die schmutzige Arbeit an kleine, autonome Gruppen von Ausführenden delegierte, die völlig unabhängig voneinander operierten. Das FBI hatte es geschafft, den Klan mit Informanten zu infiltrieren, und Dogan traute niemandem außer Angehörigen seiner Familie und einer Handvoll Komplizen. Ihm gehörte die größte Gebrauchtwagenfirma in Meridian, Mississippi, und er machte eine Menge Geld mit allen möglichen zwielichtigen Geschäften. Manchmal predigte er in ländlichen Kirchen.

Der zweite Angehörige des Teams war ein Klansmann namens Sam Cayhall aus Clanton, Mississippi, in Ford County, drei Autostunden nördlich von Meridian und eine Stunde südlich von Memphis. Das FBI wußte über Cayhall Bescheid, nicht aber über seine Verbindung zu Dogan. Das FBI hielt ihn für harmlos, weil er in einem Teil des Staates lebte, in dem es kaum Klan-Aktivitäten gab. In letzter Zeit waren in Ford County ein paar Kreuze angezündet worden, aber es hatte keine Sprengstoffanschläge gegeben, keine Morde. Das FBI wußte, daß auch Cayhalls Vater dem Klan angehört hatte, aber aufs Ganze gesehen schien die Familie ziemlich passiv zu sein. Daß Dogan Sam Cayhall anwarb, war ein brillanter Schachzug.

Der Anschlag auf Kramers Büro begann mit einem Telefonanruf am Abend des 17. April 1967. Weil er mit gutem Grund argwöhnte, daß sein Telefon angezapft war, wartete Jeremiah Dogan bis Mitternacht und fuhr dann zu einem Münzfernsprecher an einer Tankstelle südlich von Meridian. Außerdem argwöhnte er, daß das FBI ihn beschattete, was übrigens zutraf. Sie beobachteten ihn, aber sie hatten keine Ahnung, wen er anrief.

Sam Cayhall hörte am anderen Ende aufmerksam zu, stellte ein oder zwei Fragen, dann legte er auf. Er kehrte in sein Bett zurück, ohne seiner Frau etwas zu sagen. Sie wußte, daß sie nicht fragen durfte. Am nächsten Morgen verließ er früh das Haus und fuhr in die Stadt Clanton. Er frühstückte wie jeden Tag in *The Coffee Shoppe*, dann telefonierte er von einem Münzfernsprecher im Gerichtsgebäude von Ford County.

Zwei Tage später, am 20. April, verließ Cayhall bei Anbruch der Dunkelheit Clanton und fuhr zwei Stunden nach Cleveland, Mississippi, einer College-Stadt im Delta, eine Fahrstunde von Greenville entfernt. Dort wartete er vierzig Minuten auf dem Parkplatz eines belebten Einkaufszentrums, konnte aber keinen grünen Pontiac entdecken. Er aß ein gebratenes Hähnchen in einem billigen Restaurant, dann fuhr er nach Greenville, um die Kanzlei von Marvin B. Kramer und Partner auszukundschaften. Cayhall hatte zwei Wochen zuvor einen Tag in Greenville verbracht und kannte die Stadt ziemlich gut. Er fand Kramers Büro, dann fuhr er an seinem stattlichen Haus vorbei und danach zurück zur Synagoge. Dogan hatte gesagt, die Synagoge käme möglicherweise als nächstes an die Reihe, aber zuerst müßten sie dem jüdischen Anwalt eine Lektion erteilen. Um elf war Cayhall wieder in Cleveland, und der grüne Pontiac stand nicht auf dem Parkplatz des Einkaufszentrums, sondern vor einer Raststätte am Highway 61, einem Ort, der als zweite Wahl vorgesehen war. Er fand den Zündschlüssel unter der Bodenmatte auf der Fahrerseite und machte sich zu einer Spritztour durch die üppigen Felder des Deltas auf. Er bog auf eine Farmstraße ab und öffnete den Kofferraum. In einem mit Zeitungspapier abgedeckten Karton fand er fünfzehn Stangen Dynamit, drei Sprengkapseln und eine Zündschnur. Er fuhr zurück und wartete in einem Lokal, das die ganze Nacht geöffnet hatte.

Um genau zwei Uhr erschien das dritte Mitglied des Teams in der belebten Raststätte und ließ sich Sam Cayhall gegenüber nieder. Sein Name war Rollie Wedge; er war ein junger Mann, nicht älter als zweiundzwanzig, und dennoch ein vertrauenswürdiger Veteran des Krieges gegen die Bürgerrechtsbewegung. Er sagte, er käme aus Louisiana und wohnte jetzt irgendwo in den Bergen, wo ihn niemand finden konnte, und obwohl er sich nie mit seinen Taten brüstete, hatte er Sam Cayhall mehrmals erzählt, daß er fest damit rechnete, im Kampf um die Vorherrschaft der Weißen ums Leben zu kommen. Sein Vater gehörte zum Klan und besaß eine Abbruchfirma, und von ihm hatte Rollie den Umgang mit Sprengstoff gelernt.

Sam wußte kaum etwas von Rollie Wedge und glaubte nicht viel von dem, was er ihm erzählte. Er fragte Dogan nie, wo er den Jungen aufgetrieben hatte.

Sie tranken Kaffee und unterhielten sich eine halbe Stunde über Belanglosigkeiten. Cayhalls Becher zitterte gelegentlich vor Nervosität, aber Rollie war ganz ruhig. Er zuckte nicht einmal mit den Augenlidern. Es war nicht ihr erstes Zusammentreffen dieser Art, und Cayhall staunte über soviel Gelassenheit bei einem derart jungen Mann. Er hatte Jeremiah Dogan berichtet, daß der Junge nie in Aufregung geriet, nicht einmal dann, wenn sie sich ihrem Ziel näherten und er mit dem Dynamit hantierte.

Wedge fuhr einen Wagen, den er am Flughafen von Memphis gemietet hatte. Er holte einen kleinen Beutel vom Rücksitz, verschloß den Wagen und ließ ihn an der Raststätte stehen. Der grüne Pontiac mit Cayhall am Steuer verließ Cleveland und fuhr auf dem Highway 61 in Richtung Süden. Es war fast drei Uhr, und es herrschte keinerlei Verkehr. Ein paar Meilen südlich des Dorfes Shaw bog Cayhall auf einen dunklen Feldweg ab und hielt an. Rollie wies ihn an, im Wagen zu bleiben, während er den Sprengstoff inspizierte. Sam gehorchte. Rollie nahm seinen Beutel mit zum Kofferraum, wo er das Dynamit, die Sprengkapseln und die Zündschnur begutachtete. Er ließ den Beutel im Kofferraum, machte ihn zu und befahl Sam, nach Greenville zu fahren.

Gegen vier Uhr fuhren sie zum erstenmal an Kramers Kanzlei vorbei. Die Straße war dunkel und menschenleer, und Rollie sagte etwas in dem Sinne, daß dies sein bisher einfachster Job sein würde.

»Ein Jammer, daß wir nicht sein Haus in die Luft jagen können«, meinte er leise, als sie am Haus der Kramers vorbeifuhren.

»Ja, ein Jammer«, sagte Sam nervös. »Aber du weißt doch, er hat einen Wachmann.«

»Ja, ich weiß. Aber der Wachmann wäre kein Problem.«

»Ja, kann sein. Aber da drin sind Kinder.«

»Man muß sie umbringen, solange sie noch jung sind«, sagte Rollie. »Aus kleinen Judenjungen werden große Judenschweine.«

Cayhall parkte den Wagen in einer Gasse hinter Kramers Büro. Er schaltete den Motor aus, und die beiden Männer öffneten leise den Kofferraum, holten den Karton und den Beutel heraus und schlichen an einer Hecke entlang zur Hintertür.

Sam Cayhall brach mit einem Stemmeisen die Hintertür des Büros auf, und binnen Sekunden waren sie drinnen. Zwei Wochen zuvor hatte Sam vorgegeben, er hätte sich verlaufen, und die Empfangsdame nach dem Weg gefragt, dann hatte er darum gebeten, die Toilette benutzen zu dürfen. Auf dem Hauptflur, auf halbem Wege zwischen der Toilette und dem, was offenbar Kramers Büro war, stand ein schmaler, mit Stapeln von alten Akten und anderem juristischen Abfall gefüllter Schrank.

»Bleib an der Tür und beobachte die Gasse«, flüsterte Rollie gelassen, und Sam hielt sich nur allzugern an diese Aufforderung. Ihm war es lieber, einfach nur Wache zu schieben, statt selber mit dem Sprengstoff herumzuhantieren.

Rollie stellte rasch den Karton auf den Boden des Schrankes und verdrahtete das Dynamit. Es war ein riskantes Unternehmen, und Sams Herz raste, während er wartete. Er wendete dem Sprengstoff immer den Rücken zu, für den Fall, daß etwas passierte.

Sie hielten sich keine fünf Minuten in dem Büro auf. Dann waren sie wieder in der Gasse und schlenderten in aller Ruhe zu dem grünen Pontiac. Es war alles so einfach.

Sie hatten das Büro eines Grundstücksmaklers in Jackson in die Luft gesprengt, weil der Mann ein Haus an ein schwarzes Ehepaar verkauft hatte. Es war ein jüdischer Makler gewesen. Sie hatten eine kleine Zeitungsredaktion gesprengt, weil der Herausgeber sich neutral über die Rassentrennung geäußert hatte. Sie hatten eine Synagoge in Jackson zerstört, die größte im ganzen Staat.

Im Dunkeln fuhren sie durch die Gasse, und als der grüne Pontiac eine Nebenstraße erreicht hatte, schaltete Sam die Scheinwerfer ein.

Bei sämtlichen früheren Anschlägen hatte Wedge eine Fünfzehn-Minuten-Zündschnur benutzt, eine, die einfach mit einem Streichholz angezündet wurde, ähnlich wie ein Feuerwerkskörper. Und ein Teil der Übung war gewesen, daß die beiden Attentäter mit heruntergekurbelten Fenstern irgendwo am Ortsrand herumfuhren, wenn die Sprengladung hochging. Sie hatten jede der früheren Explosionen gehört und gespürt, in angemessener Entfernung, während sie sich in aller Seelenruhe in Sicherheit brachten.

Aber in dieser Nacht würde es anders sein. Sam bog irgendwo falsch ab, und plötzlich standen sie an einem Bahnübergang mit blinkenden Warnlichtern, während vor ihnen ein Güterzug vorbeirumpelte. Ein ziemlich langer Güterzug. Sam sah mehr als einmal auf die Uhr. Rollie sagte nichts. Der Zug war vorbei, und Sam bog abermals falsch ab. Sie waren in der Nähe des Flusses, mit einer Brücke in einiger Entfernung, und die Straße war mit heruntergekommenen Häusern gesäumt. Sam schaute einmal mehr auf die Uhr. In weniger als fünf Minuten würde die Erde erbeben, und er zog es vor, in der Dunkelheit eines einsamen Highways zu verschwinden, wenn es passierte. Rollie zappelte einmal, als wäre er verärgert über seinen Fahrer, sagte aber nichts.

Und wieder um die Ecke in die nächste Straße. Greenville war keine sonderlich große Stadt, und Sam dachte, wenn er auch weiterhin immer neue Abzweigungen nahm, würde er schon irgendwann wieder in eine vertraute Gegend kommen. Die nächste Kehre aber erwies sich als die letzte. Sam stieg auf die Bremse, sobald ihm bewußt wurde, daß er in der falschen Richtung in eine Einbahnstraße abgebogen war, und als er auf die Bremse trat, setzte der Motor aus. Er riß den Schalthebel auf Parken und drehte den Zündschlüssel. Der Anlasser lief einwandfrei, aber der Motor wollte einfach nicht starten. Dann Benzingeruch.

»Verdammt!« sagte Sam mit zusammengebissenen Zähnen. »Verdammt!«

Rollie saß tief in seinem Sitz und schaute aus dem Fenster.

»Verdammt! Er ist abgesoffen!« Er drehte abermals den Zündschlüssel, mit dem gleichen Ergebnis.

»Mach die Batterie nicht leer«, sagte Rollie langsam, gelassen.

Sam war einer Panik nahe. Obwohl er sich verirrt hatte, war er ziemlich sicher, daß sie nicht weit von der Innenstadt entfernt waren. Er holte tief Luft und beobachtete die Straße. Noch ein Blick auf die Uhr. Es waren keine anderen Fahrzeuge in Sicht. Alles ruhig. Es war die perfekte Szenerie für ein Sprengstoffattentat. Er konnte das Feuer sehen, das sich auf den Fußbodendielen entlangfraß. Er konnte die Erschütterung der Erde spüren. Er konnte das Getöse von berstendem Holz und Gipsplatten, Ziegelsteinen und Glas hören. Verdammt, dachte Sam, während er versuchte, sich zu beruhigen, wir könnten sogar von den Trümmern getroffen werden.

»Man hätte meinen sollen, daß Dogan uns einen anständigen Wagen schickt«, murmelte er. Rollie reagierte nicht, sondern hielt den Blick auf etwas außerhalb des Wagens gerichtet.

Seit sie Kramers Büro verlassen hatten, waren mindestens fünfzehn Minuten vergangen, und es wurde Zeit für das Feuerwerk. Sam wischte sich Schweißperlen von der Stirn und versuchte noch einmal, den Wagen zu starten. Zu seiner großen Erleichterung klappte es. Er grinste Rollie an, der einen vollkommen gleichgültigen Eindruck machte, und setzte den Wagen ein paar Meter zurück, dann gab er Gas. Die erste Straße kam ihm bekannt vor, und zwei Blocks weiter waren sie auf der Main Street. »Was für eine Zündschnur hast du benutzt?« fragte Sam schließlich, als sie auf den Highway 82 abbogen, kaum zehn Blocks von Kramers Büro entfernt.

Rollie zuckte die Achseln, als wäre das seine Sache und Sam hätte nicht zu fragen. Sie wurden langsamer, als sie ein stehendes Polizeifahrzeug passierten, dann hatten sie den Stadtrand erreicht, und Sam beschleunigte. Minuten später lag Greenville hinter ihnen.

»Was für eine Zündschnur hast du benutzt?« fragte Sam noch einmal mit einem Anflug von Gereiztheit in der Stimme.

»Ich habe was Neues ausprobiert«, erwiderte Rollie, ohne ihn anzusehen.

»Was?«

»Würdest du nicht verstehen«, sagte Rollie, und Sam wurde allmählich richtig wütend.

»Einen Zeitzünder?« fragte er ein paar Meilen weiter.

»So etwas Ähnliches.«

Sie fuhren in völligem Schweigen nach Cleveland. Ein paar Meilen lang, während die Lichter von Greenville in der flachen Landschaft verschwanden, hatte Sam halb damit gerechnet, einen Feuerball zu sehen oder ein fernes Rumpeln zu hören. Nichts passierte. Wedge brachte es sogar fertig, ein Nickerchen zu machen.

Die Raststätte war voll, als sie ankamen. Wie immer ließ Rollie sich einfach von seinem Sitz gleiten und machte die Beifahrertür hinter sich zu. »Bis zum nächsten Mal«, sagte er mit einem Lächeln durch das offene Fenster hindurch, dann ging er zu seinem Mietwagen. Sam schaute ihm nach und staunte abermals über seine Unerschütterlichkeit.

Inzwischen war es kurz nach halb sechs, und im Osten durchbrach ein Anflug von Orange die Dunkelheit. Sam lenkte den grünen Pontiac auf den Highway 61 und fuhr südwärts.

Der Horror des Kramer-Attentats begann ungefähr um die Zeit, als sich Rollie Wedge und Sam Cayhall in Cleveland trennten. Er fing an mit dem Wecker auf dem Nachttisch, nicht weit von Ruth Kramers Kopfkissen entfernt. Als er wie üblich um halb sechs klingelte, wußte Ruth sofort, daß sie krank war. Sie hatte leichtes Fieber, heftige Schmerzen in den Schläfen, und ihr war sehr schlecht. Marvin half ihr in das nicht weit entfernte Badezimmer, wo sie eine halbe Stunde blieb. Ein gemeiner Grippevirus machte seit ungefähr einem Monat die Runde durch Greenville und hatte jetzt seinen Weg ins Haus der Kramers gefunden.

Um halb sieben weckte das Dienstmädchen die Zwillinge Josh und John und hatte sie schnell gebadet, angezogen und mit Frühstück versorgt. Marvin hielt es für das beste, sie wie vorgesehen in den Kindergarten zu bringen, damit sie aus dem Haus kamen und, wie er hoffte, weg von dem Virus. Er bat einen befreundeten Arzt telefonisch um ein Rezept und gab dem Mädchen zwanzig Dollar, damit es in einer Stunde das Medikament in der Apotheke abholen konnte. Dann verabschiedete er sich von Ruth, die mit einem Kissen unter dem Kopf und einem Eisbeutel auf dem Gesicht auf dem Badezimmerfußboden lag, und verließ mit den Jungen das Haus.

Seine Kanzlei befaßte sich nicht ausschließlich mit Bürgerrechts-Prozessen; von denen gab es 1967 in Mississippi nicht so viele, daß man davon leben konnte. Er bearbeitete ein paar Kriminalfälle und eine ganze Reihe von Zivilsachen – Scheidungen, Grundstücksauflassungen, Konkurse, Immobilien. Und ungeachtet der Tatsache, daß sein Vater kaum mit ihm redete und der Rest der Familie kaum jemals seinen Namen aussprach, verbrachte Marvin ein Drittel seiner Zeit im Büro mit der Arbeit an Familienangelegenheiten. An diesem speziellen Morgen sollte er um neun Uhr vor Gericht erscheinen, um einen Antrag in einem Prozeß zu begründen, bei dem es um den Immobilienbesitz seines Onkels ging.

Die Zwillinge liebten seine Kanzlei. Der Kindergarten wurde erst um acht geöffnet, also konnte Marvin noch eine Weile arbeiten, bevor er die Jungen ablieferte und sich anschließend ins Gericht begab. Das passierte vielleicht einmal im Monat. In der Tat verging kaum ein Tag, ohne daß einer der Zwillinge Marvin bat, sie in sein Büro mitzunehmen und erst danach in den Kindergarten zu bringen.

Sie kamen gegen halb acht im Büro an, und sobald sie drinnen waren, steuerten die Zwillinge sofort auf den Schreibtisch der Sekretärin los und auf den dicken Stapel Papier, der darauf wartete, geschnitten, kopiert, zusammengeheftet und in Umschläge gesteckt zu werden. Die Kanzlei war ziemlich weitläufig und mit Anbauten im Laufe der Jahre hier und dort erweitert worden. Durch die Vordertür gelangte man in eine kleine Diele, in der, fast unter einer Treppe, der Schreibtisch der Empfangsdame stand. An der Wand standen vier Stühle für wartende Mandanten. Auf den Stühlen lagen Zeitschriften herum. Rechts und links der Diele befanden sich kleine Büros – inzwischen arbeiteten drei weitere Anwälte für Marvin. Von der Diele aus führte ein Flur durchs Zentrum des Erdgeschosses, so daß man von der Vordertür aus die ungefähr fünfundzwanzig Meter entfernte Rückfront des Gebäudes sehen konnte. Marvins Büro war der größte Raum im Erdgeschoß, die letzte Tür auf der linken Seite, direkt neben dem vollgestopften Schrank. Dem Schrank genau gegenüber lag das Büro von Marvins Sekretärin. Sie hieß Helen und war eine attraktive junge Frau, von der Marvin seit achtzehn Monaten träumte.

Oben, im ersten Stock, lagen die engen Büros eines der anderen Anwälte und zweier Sekretärinnen. Im zweiten Stock gab es weder Heizung noch Klimaanlage; er wurde als Speicher benutzt.

Marvin traf normalerweise zwischen halb acht und acht im Büro ein, weil er gern eine ruhige Stunde zum Arbeiten hatte, bevor seine Mitarbeiter kamen und das Telefon zu läuten begann. Wie immer war er auch am Freitag, dem 21. April, der erste.

Er schloß die Vordertür auf, schaltete das Licht ein und blieb in der Diele stehen. Er ermahnte die Zwillinge, auf Helens Schreibtisch kein Chaos anzurichten, aber sie waren bereits den Flur entlanggestürmt und hörten kein Wort. Als Marvin zum erstenmal den Kopf hineinsteckte und sie nochmals ermahnte, hatte Josh bereits die Schere in der Hand und John den Hefter. Er lächelte, dann begab er sich in sein Büro, wo er bald darauf tief in Recherchen versunken war.

Ungefähr Viertel vor acht, wie er sich später im Krankenhaus erinnerte, war Marvin die Treppe zum zweiten Stock hinaufgestiegen, um eine alte Akte zu holen, die, wie er glaubte, für den Fall, an dem er gerade arbeitete, relevant war. Er murmelte etwas vor sich hin, während er die Treppe hinaufeilte. Wie sich die Dinge entwickelten, rettete diese alte Akte ihm das Leben. Die Jungen lachten irgendwo auf dem Flur im Erdgeschoß.

Die Detonation schoß mit etlichen hundert Metern pro Sekunde aufwärts und in die Horizontale. Fünfzehn Stangen Dynamit verwandeln ein Haus mit Holzkonstruktion binnen Sekunden in Splitter und Geröll. Es dauerte eine volle Minute, bis die zerfetzten Balkenteile und andere Trümmer auf die Erde zurückkehrten. Der Grund schien zu zittern wie bei einem kleinen Erdbeben, und Glasscherben regneten, wie Zeugen später erklärten, eine Ewigkeit lang auf die Innenstadt von Greenville herab.

Josh und John Kramer waren keine fünf Meter vom Epizentrum der Detonation entfernt und bekamen glücklicherweise nichts von dem mehr mit, was passierte. Sie mußten nicht leiden. Ihre zerschmetterten Körper wurden von Feuerwehrleuten unter einer zwei Meter dicken Geröllschicht gefunden. Marvin Kramer wurde zuerst an die Decke des zweiten Stocks geschleudert und fiel dann bewußtlos zusammen mit den Trümmern des Daches in den rauchenden Krater im Zentrum des Gebäudes. Er wurde zwanzig Minuten später gefunden und ins Krankenhaus gebracht. Drei Stunden später hatte man ihm beide Beine an den Knien amputiert.

Die Detonation erfolgte genau um sieben Uhr sechsundvierzig, und das war gewissermaßen ein Glück. Helen, Marvins Sekretärin, verließ gerade das vier Blocks entfernte Postamt und spürte die Druckwelle. Zehn Minuten später, und sie wäre im Haus gewesen und hätte Kaffee gemacht. David Lukland, ein junger Anwalt, der für Marvin arbeitete, wohnte drei Blocks entfernt und hatte gerade seine Wohnungstür abgeschlossen, als er die Detonation hörte. Zehn Minuten später, und er hätte in seinem Büro im ersten Stock seine Post durchgesehen.

In dem Bürohaus nebenan brach ein kleines Feuer aus, und obwohl es schnell wieder gelöscht wurde, trug es erheblich zu der allgemeinen Aufregung bei. Der Rauch war ein paar Augenblicke lang sehr dick, und die Leute eilten heraus.

Zwei Passanten waren verletzt worden. Ein knapp einen Meter langes Balkenstück landete hundert Meter entfernt auf einem Gehsteig, prallte ab und traf das Gesicht von Mrs. Mildred Talton, die gerade von ihrem geparkten Wagen zurücktrat und in die Richtung der Explosion schaute. Sie trug eine gebrochene Nase und eine große Fleischwunde davon; beides heilte jedoch im Laufe der Zeit.

Die zweite Verletzung war geringfügig, aber sehr bedeutsam. Ein Fremder namens Sam Cayhall ging langsam auf Kramers Büro zu, als die Erde so stark erbebte, daß er das Gleichgewicht verlor und über einen Bordstein stolperte. Als er sich wieder auf die Beine mühte, trafen ihn herumfliegende Glassplitter einmal ins Genick und einmal in die linke Wange. Er ging hinter einem Baum in Deckung, während um ihn herum Trümmer und Scherben herabregneten. Er starrte auf die Verheerung vor sich, dann rannte er davon.

Blut tropfte von seiner Wange und rann auf sein Hemd. Er stand unter Schock und konnte sich später kaum an Einzelheiten erinnern. Wieder in demselben grünen Pontiac verließ er eiligst die Innenstadt, und wenn er aufgepaßt und nachgedacht hätte, wäre es ihm wahrscheinlich gelungen, zum zweitenmal ungesehen aus Greenville zu verschwinden. Zwei Polizisten in einem Streifenwagen jagten auf die Explosionsmeldung hin in das Geschäftsviertel, als sie einen grünen Pontiac sahen, der sich aus irgendeinem Grund weigerte, aufs Bankett auszuweichen und ihnen Platz zu machen. Die Sirenen des Streifenwagens heulten, das Warnlicht blinkte, die Hupe dröhnte, und drinnen fluchten die Polizisten, aber der grüne Pontiac blieb einfach auf seiner Spur stehen und rührte sich nicht von der Stelle. Die Polizisten hielten an, rannten auf ihn zu, rissen die Tür auf und fanden einen blutüberströmten Mann. Handschellen schlossen sich um Sams

Handgelenke. Er wurde grob auf den Rücksitz des Streifenwagens gestoßen und ins Gefängnis gebracht. Der Pontiac wurde beschlagnahmt.

Die Bombe, die die Kramer-Zwillinge tötete, war von der allerprimitivsten Art. Fünfzehn Stangen Dynamit, mit grauem Isolierband fest zusammengeschnürt. Aber es gab keine Zündschnur. Rollie Wedge hatte statt dessen einen Zeitzünder benutzt, einen billigen Wecker zum Aufziehen. Er hatte den Minutenzeiger von dem Wecker entfernt und zwischen den Ziffern sieben und acht ein kleines Loch gebohrt. In dieses kleine Loch hatte er einen Metallstift gesteckt, der, wenn er von dem Stundenzeiger berührt wurde, den Stromkreis schloß und die Bombe detonieren ließ. Rollie wollte mehr Zeit, als eine Fünfzehn-Minuten-Zündschnur liefern konnte. Außerdem hielt er sich für einen Experten und wollte mit neuen Vorrichtungen experimentieren.

Vielleicht war der Stundenzeiger ein bißchen verbogen. Vielleicht war das Zifferblatt des Weckers nicht völlig eben. Vielleicht hatte Rollie in seinem Eifer den Wecker zu stark oder nicht stark genug aufgezogen. Es war schließlich Rollies erster Versuch mit einem Zeitzünder. Oder vielleicht hatte der Zeitzünder auch genau so funktioniert, wie er es geplant hatte.

Aber was auch immer der Grund oder der Vorwand gewesen sein mochte, bei der Bombenkampagne von Jeremiah Dogan und dem Ku-Klux-Klan war jetzt in Mississippi jüdisches Blut vergossen worden. Und damit war die Kampagne praktisch beendet.

2

Nachdem man die Toten geborgen hatte, riegelte die Polizei von Greenville das Gebiet um die Ruine ab und hielt die Leute fern. Wenige Stunden später wurde das Gelände einem FBI-Team aus Jackson überlassen, und bevor es dunkel wurde, siebten Sprengstoffexperten die Trümmer durch. Dutzende von FBI-Agenten machten sich an die mühsame Arbeit, jedes winzige Stückchen aufzuheben, es zu untersuchen, jemand anderem zu zeigen und dann beiseite zu legen, damit es an einem anderen Tag mit etwas anderem zusammengefügt werden konnte. Ein leeres Baumwoll-Lagerhaus am Stadtrand wurde angemietet und diente als Aufbewahrungsort für die Kramer-Trümmer.

Im Laufe der Zeit würde das FBI bestätigen, was man von Anfang an vermutet hatte. Dynamit, ein Zeitzünder und ein paar Drähte. Eine primitive Bombe, zusammengebastelt von einem Amateur, der von Glück reden konnte, daß er sich nicht selbst in die Luft gesprengt hatte.

Marvin Kramer wurde rasch in ein besseres Krankenhaus in Memphis geflogen; drei Tage lang wurde sein Zustand als kritisch, aber stabil bezeichnet. Ruth Kramer kam mit einem Schock ins Krankenhaus, zuerst in Greenville, dann wurde sie mit einer Ambulanz in dasselbe Krankenhaus in Memphis gebracht. Sie teilten sich ein Zimmer, Mr. und Mrs. Kramer, und außerdem teilten sie sich eine ausreichende Menge von Sedativen. Zahllose Ärzte und Verwandte umstanden ihre Betten. Ruth war in Memphis geboren und aufgewachsen, es gab also massenhaft Freunde, die sie besuchten.

Als sich der Staub um Marvins Büro herum legte, fegten die Nachbarn, viele von ihnen Ladenbesitzer und Angestellte aus anderen Büros, Glas von den Gehsteigen und flüsterten miteinander, während sie zusahen, wie die Polizei und die Rettungsmannschaft mit dem Graben begannen. Ein Gerücht machte die Runde durch die Innenstadt von Memphis, demzufolge bereits ein Verdächtiger festgenommen worden war. Um die Mittagszeit wußten praktisch alle Zuschauer, daß der Name des Mannes Sam Cayhall war, aus Clanton, Mississippi, daß er zum Klan gehörte und daß er bei dem Anschlag verletzt worden war. Ein Bericht lieferte gräßliche Einzelheiten über einen weiteren Bombenanschlag Cayhalls mit allen möglichen fürchterlichen Verletzungen und verstümmelten Leichen, bei denen es sich jedoch um mittellose Neger handelte. In einem anderen Bericht war von der grandiosen Tapferkeit der Polizei von Greenville die Rede, die diesen Irren Sekunden nach der Detonation gefaßt hatte. In den Mittagsnachrichten bestätigte die Fernsehstation von Greenville, was bereits bekannt war: daß die beiden kleinen Jungen tot waren, daß ihr Vater schwere Verletzungen davongetragen hatte und daß Sam Cayhall festgenommen worden war.

Es fehlte nicht viel daran, daß Sam Cayhall gegen Zahlung von dreißig Dollar freigelassen worden wäre. Als man ihn aufs Polizeirevier gebracht hatte, war er seiner Sinne wieder mächtig und hatte sich bei den wütenden Polizisten dafür entschuldigt, daß er ihnen die Straße nicht freigemacht hatte. Gegen ihn wurde eine sehr geringfügige Anklage erhoben, dann wurde er in eine Wartezelle gebracht, bis über ihn entschieden war und er entlassen wurde. Die beiden Polizisten, die ihn festgenommen hatten, fuhren davon, um das zerstörte Gebäude zu inspizieren.

Ein Wärter, der gleichzeitig als Gefängnissanitäter fungierte, erschien mit einem ramponierten Erste-Hilfe-Kasten und wusch ihm das getrocknete Blut aus dem Gesicht. Die Blutung hatte aufgehört. Sam erklärte abermals, daß er in eine Schlägerei in einer Kneipe verwickelt gewesen sei. Rauhe Nacht. Der Sanitäter verschwand, und eine Stunde später erschien an dem Schiebefenster der Wartezelle ein Hilfswärter mit weiteren Papieren. Die Anklage lautete auf unterlassenes Ausweichen vor einem Polizeifahrzeug im Einsatz, die Höchststrafe war dreißig Dollar, und wenn Sam den Betrag in bar entrichten könnte, wäre er frei und könnte gehen, sobald der Papierkram erledigt und sein Wagen freigegeben worden war. Sam wanderte nervös in der Zelle herum, sah immer wieder auf die Uhr, rieb vorsichtig über die Wunde an seiner Wange.

Er würde gezwungen sein, zu verschwinden. Seine Verhaftung war aktenkundig, und es würde nicht lange dauern, bis diese Tölpel seinen Namen mit dem Bombenanschlag in Verbindung brachten, und dann mußte er sich schleunigst davonmachen. Er würde Mississippi verlassen, sich vielleicht mit Rollie Wedge zusammentun und nach Brasilien oder irgendwo anders hin absetzen. Dogan würde ihnen das Geld dazu geben. Er würde Dogan anrufen, sobald er aus Greenville heraus war. Sein Wagen stand bei der Raststätte in Cleveland. Dort würde er die Wagen wechseln, dann nach Memphis fahren und in einen Greyhound-Bus steigen.

Genau das war es, was er tun würde. Es war idiotisch von ihm gewesen, an den Tatort zurückzukehren, aber, dachte er, wenn er einen kühlen Kopf behielt, dann würden diese Affen ihn laufen lassen.

Eine halbe Stunde verging, bevor der Hilfswärter mit einem weiteren Formular erschien. Sam händigte ihm dreißig Dollar aus und erhielt eine Quittung. Er folgte dem Mann einen schmalen Flur entlang zu einem Schreibtisch, wo er eine Vorladung erhielt, derzufolge er in zwei Wochen vor dem Stadtgericht von Greenville erscheinen sollte. »Wo ist der Wagen?« fragte er, während er die Vorladung zusammenfaltete.

»Er wird gleich gebracht. Warten Sie hier.«

Sam sah auf die Uhr und wartete eine Viertelstunde. Durch ein kleines Fenster in einer Metalltür beobachtete er, wie auf dem Parkplatz vor dem Gefängnis Wagen ankamen und wegfuhren. Zwei Betrunkene wurden von einem stämmigen Polizisten an den Schreibtisch gezerrt. Sam wartete nervös.

Von irgendwo hinter ihm rief eine neue Stimme langsam: »Mr. Cayhall?« Er drehte sich um und stand einem kleinen Mann in einem stark verblichenen Anzug gegenüber. Ein Ausweis wurde unter Sams Nase geschwenkt.

»Ich bin Detective Ivy von der Polizei von Greenville. Ich muß Ihnen ein paar Fragen stellen.« Ivy deutete auf eine Reihe von Holztüren ein Stück den Flur hinunter, und Sam folgte ihm widerstandslos.

Von dem Augenblick an, an dem er sich an dem schmutzigen Schreibtisch Detective Ivy gegenüber niederließ, hatte Sam Cayhall nur wenig zu sagen. Ivy war Anfang Vierzig, aber grau und um die Augen herum stark verrunzelt. Er zündete sich eine filterlose Camel an, bot Sam auch eine an und fragte dann, wie er sich die Schnittwunde im Gesicht zugezogen hatte. Sam spielte mit der Zigarette, zündete sie aber nicht an. Er hatte das Rauchen schon vor Jahren aufgegeben, und obwohl es ihn drängte, in diesem kritischen Moment wieder damit anzufangen, tippte er mit der Zigarette nur leicht auf den Schreibtisch. Ohne Ivy anzusehen, sagte er, daß es bei einer Schlägerei passiert wäre.

Ivy gab mit einem kurzen Lächeln ein grunzendes Geräusch von sich, als hätte er genau diese Art von Antwort erwartet, und Sam wußte, daß er einem Profi gegenübersaß. Jetzt hatte er Angst, und seine Hände begannen zu zittern. Ivy entging das natürlich nicht. Wo hat die Schlägerei stattgefunden? Mit wem haben Sie sich geprügelt? Wann ist es passiert? Weshalb haben Sie sich in Greenville geprügelt, wo Sie doch drei Stunden entfernt leben? Woher haben Sie den Wagen?

Sam sagte nichts. Ivy bombardierte ihn mit Fragen, die alle nicht beantwortbar waren, weil Sam wußte, daß Lügen zu weiteren Lügen führen und Ivy ihn binnen Sekunden zu einem handlichen Paket verschnürt haben würde.

»Ich möchte mit einem Anwalt sprechen«, sagte Sam schließlich.

»Das ist ganz wunderbar, Sam. Ich meine, das ist genau das, was Sie tun sollten.« Ivy zündete sich eine weitere Camel an und blies dichten Rauch zur Decke empor.

»Wir hatten heute morgen eine kleine Bombenexplosion, Sam. Ist Ihnen das bekannt?« fragte Ivy, wobei er in einem spöttischen Ton die Stimme ein wenig hob.

»Nein.«

»Tragisch. Das Büro eines hiesigen Anwalts namens Kramer wurde in die Luft gesprengt. Passierte vor ungefähr zwei Stunden. Wahrscheinlich das Werk von Kluxern. Bei uns gibt es keine Kluxer, aber Mr. Kramer ist Jude. Lassen Sie mich raten – Sie wissen nichts darüber, stimmt's?«

»Stimmt.«

»Wirklich sehr tragisch, Sam. Sehen Sie, Mr. Kramer hatte zwei kleine Jungen, Josh und John, und wie das Schicksal so spielt, waren sie bei ihrem Daddy in seinem Büro, als die Bombe hochging.«

Sam holte tief Luft und sah Ivy an. Erzählen Sie mir auch den Rest, sagten seine Augen.

»Und diese beiden kleinen Jungen, Zwillinge, fünf Jahre alt, reizende Kinder, wurden in Stücke gerissen, Sam. Sie sind mausetot, Sam.«

Sam senkte langsam den Kopf, bis sein Kinn nur noch Zentimeter von seiner Brust entfernt war. Zweifacher Mord. Anwälte, Prozesse, Richter, Geschworene, Gefängnis, alles stürmte plötzlich auf ihn ein, und er schloß die Augen.

»Ihr Daddy kommt vielleicht davon. Er wird gerade im Krankenhaus operiert. Die kleinen Jungen sind in der Leichenhalle. Eine wahre Tragödie, Sam. Ich nehme an, Sie wissen nichts über die Bombe, stimmt's, Sam?«

»Nein. Ich möchte einen Anwalt sprechen.«

»Natürlich.« Ivy stand langsam auf und verließ den Raum.

Der Glassplitter in Sams Gesicht wurde von einem Arzt entfernt und an ein FBI-Laboratorium geschickt. Der Bericht enthielt keinerlei Überraschungen – das gleiche Glas wie das in den Fenstern an der Vorderfront des Bürohauses. Der grüne Pontiac wurde rasch zu Jeremiah Dogan in Meridian zurückverfolgt. Im Kofferraum fand man eine Fünfzehn-Minuten-Zündschnur. Der Fahrer eines Lieferwagens meldete sich und teilte der Polizei mit, daß er den Wagen gegen vier Uhr in der Nähe von Mr. Kramers Büro gesehen hatte.

Das FBI ließ die Presse sofort wissen, daß Mr. Sam Cayhall ein langjähriges Mitglied des Ku-Klux-Klan war und außerdem der Hauptverdächtige bei mehreren weiteren Bombenanschlägen. Sie waren überzeugt, daß der Fall gelöst war, und sie lobten die Polizei von Greenville in den höchsten Tönen. J. Edgar Hoover persönlich gab eine Verlautbarung heraus.

Zwei Tage nach dem Anschlag wurden die Kramer-Zwillinge auf einem kleinen Friedhof beigesetzt. Zu jener

Zeit lebten in Greenville 146 Juden, und mit Ausnahme von Marvin Kramer und sechs anderen nahmen alle an der Beerdigung teil. Und auf jeden von ihnen kamen zwei Reporter und Fotografen aus dem ganzen Land.

Am nächsten Morgen sah Sam in seiner winzigen Zelle die Fotos und las die Artikel. Der Hilfswärter, Larry Jack Polk, war ein Einfaltspinsel, der jetzt ein Freund war, weil er, wie er Sam schon gleich zu Anfang zugeflüstert hatte, Vettern hatte, die dem Klan angehörten, und er hatte immer eintreten wollen, aber seine Frau hatte es nicht zugelassen. Er brachte Sam jeden Morgen frischen Kaffee und Zeitungen. Larry Jack hatte bereits seine Bewunderung für Sams Geschick im Umgang mit Bomben gestanden.

Abgesehen von den paar Worten, die er brauchte, um Larry Jack bei der Stange zu halten, sagte Sam praktisch nichts. Am Tag nach dem Bombenanschlag war er des zweifachen Mordes angeklagt worden, und er konnte an nichts anderes mehr denken als daran, wie es wohl in der Gaskammer sein würde. Er weigerte sich, auch nur ein Wort zu Ivy und den anderen Polizisten zu sagen; das gleiche galt für das FBI. Die Reporter fragten natürlich, aber sie kamen nicht an Larry Jack vorbei. Sam rief seine Frau an und sagte ihr, sie solle in Clanton bleiben und niemanden hereinlassen. Er saß allein in seiner Zelle und begann, Tagebuch zu führen.

Wenn Rollie Wedge entdeckt und mit dem Bombenanschlag in Verbindung gebracht werden sollte, dann mußte die Polizei ihn finden. Sam Cayhall hatte als Angehöriger des Klans einen Eid abgelegt, und für ihn war dieser Eid heilig. Er würde nie, niemals einen anderen Angehörigen des Klans verraten. Er hoffte inbrünstig, daß Jeremiah Dogan in bezug auf seinen Eid dasselbe empfand.

Zwei Tage nach dem Bombenanschlag tauchte ein zwielichtiger Anwalt mit einer schwungvollen Haartracht zum erstenmal in Greenville auf. Er hieß Clovis Brazelton, war insgeheim Angehöriger des Klans und in der Umgebung von Jackson ziemlich berüchtigt, weil er alle möglichen Gangster vertrat. Er wollte für die Wahl zum Gouverneur kandidieren und erklärte, er werde sich für die Erhaltung der weißen Rasse einsetzen, das FBI wäre satanisch, die Schwarzen sollten geschützt werden, aber nicht mit den Weißen zusammenleben, und so weiter. Er war von Jeremiah Dogan geschickt worden, damit er Sam Cayhall verteidigte und, was noch wichtiger war, dafür sorgte, daß Cayhall den Mund hielt. Das FBI hatte Dogan am Wickel, wegen des grünen Pontiacs, und er hatte Angst, als Mitverschwörer angeklagt zu werden.

Mitverschwörer, erklärte Clovis seinem neuen Mandanten gleich in der ersten Minute, waren ebenso schuldig wie diejenigen, die auf den Abzug gedrückt hatten. Sam hörte zu, sagte aber kaum etwas. Er hatte von Brazelton gehört und traute ihm nicht.

»Sehen Sie, Sam«, sagte Clovis, als müßte er einem Erstkläßler etwas erklären, »ich weiß, wer die Bombe gelegt hat. Dogan hat es mir gesagt. Wenn ich richtig zähle, sind wir damit zu viert – ich, Sie, Dogan und Wedge. Aber wie die Dinge liegen, ist Dogan ziemlich sicher, daß Wedge nie gefunden werden wird. Sie haben nicht miteinander gesprochen, aber der Junge ist brillant, und wahrscheinlich ist er inzwischen in ein anderes Land verschwunden. Damit bleiben Sie und Dogan. Offen gesagt, ich rechne damit, daß auch gegen Dogan früher oder später Anklage erhoben wird. Aber die Polizei hat nichts in der Hand, solange sie nicht beweisen kann, daß ihr gemeinsam beschlossen habt, das Büro des Juden in die Luft zu sprengen. Und das kann sie nur beweisen, wenn Sie es ihr erzählen.«

»Also bin ich es, der in der Scheiße sitzt?« fragte Sam.

»Nein. Sie halten nur den Mund, was Dogan angeht. Streiten Sie alles ab. Wir fabrizieren eine Geschichte über den Wagen. Lassen Sie das meine Sorge sein. Ich beantrage, daß der Prozeß in einem anderen County stattfindet, vielleicht oben in den Bergen oder irgendwo anders, wo es keine Juden gibt. Ich sorge für eine rein weiße Jury, und ich ziehe die Sache so schnell durch, daß wir beide als Helden dastehen. Lassen Sie mich nur machen.«

»Sie glauben nicht, daß ich verurteilt werde?«

»Auf gar keinen Fall. Darauf gebe ich Ihnen mein Wort.

Wir werden für eine Jury sorgen, die nur aus Patrioten besteht, aus Leuten wie Ihnen, Sam. Alles Weiße. Alles Leute, die Angst davor haben, daß ihre Kinder gezwungen werden, zusammen mit kleinen Niggern in die Schule zu gehen. Gute Leute. Wir suchen uns zwölf von ihnen aus, setzen sie auf die Geschworenenbank und machen ihnen klar, wie die stinkenden Juden diesen ganzen Quatsch mit den Bürgerrechten unterstützt haben. Vertrauen Sie mir, Sam, es wird ein Kinderspiel sein.« Clovis lehnte sich über den wackligen Tisch, klopfte Sam auf den Arm und wiederholte: »Vertrauen Sie mir, Sam. Ich mache das nicht zum erstenmal.«

Später am gleichen Tag wurden Sam Handschellen angelegt, dann wurde er, umgeben von Angehörigen der Polizei von Greenville, zu einem wartenden Streifenwagen geführt. Auf dem Weg vom Gefängnis zum Streifenwagen wurde er von einem kleinen Heer von Reportern fotografiert. Als Sam mit seinem Gefolge vor dem Gerichtsgebäude eintraf, wartete dort eine weitere Gruppe dieser aggressiven Leute auf ihn.

Er erschien vor dem städtischen Richter mit seinem neuen Anwalt, dem Ehrenwerten Clovis Brazelton, der auf die Voruntersuchung verzichtete und eine Reihe weiterer juristischer Routinemanöver vollführte. Zwanzig Minuten nachdem er das Gefängnis verlassen hatte, war Sam auch schon dorthin zurückgekehrt. Clovis versprach, in ein paar Tagen wiederzukommen, damit sie damit anfangen konnten, ihre Strategie zu planen, dann verschwand er nach draußen und hatte einen großen Auftritt vor den Reportern.

Es dauerte einen vollen Monat, bis sich der Medienaufruhr in Greenville gelegt hatte. Am 5. Mai 1967 wurden sowohl Sam Cayhall als auch Jeremiah Dogan des vorsätzlichen Mordes angeklagt. Der örtliche Staatsanwalt verkündete laut, daß er die Todesstrafe beantragen würde. Der Name Rollie Wedge wurde kein einziges Mal erwähnt. Die Polizei und das FBI hatten keine Ahnung, daß es ihn gab.

Clovis, der jetzt beide Angeklagte vertrat, beantragte mit

Erfolg die Abtretung des Verfahrens an einen anderen Bezirk, und am 4. September 1967 begann der Prozeß in Nettles County, zweihundert Meilen von Greenville entfernt. Er wurde zu einem Zirkus. Der Klan schlug sein Lager auf dem Rasen vor dem Gerichtsgebäude auf und hielt fast stündlich lautstarke Versammlungen ab. Sie schafften Klan-Mitglieder aus anderen Staaten herbei und hatten sogar eine Liste von Gastrednern. Sam Cayhall und Jeremiah Dogan wurden zu Symbolen der weißen Vorherrschaft gemacht, und ihre vermummten Bewunderer riefen tausendmal ihre geliebten Namen.

Die Presse sah zu und wartete. Der Gerichtssaal war voller Reporter und Journalisten, und die weniger Glücklichen mußten draußen auf dem Rasen im Schatten der Bäume warten. Sie beobachteten die Klansleute und hörten sich die Reden an, und je mehr sie zuschauten und fotografierten, desto länger wurden die Reden.

Im Gerichtssaal lief alles glatt für Cayhall und Dogan. Brazelton schwang seinen Zauberstab und brachte zwölf weiße Patrioten, wie er sie zu nennen beliebte, auf die Geschworenenbank, dann machte er sich daran, ziemlich gewichtige Löcher in die Anklage zu bohren. Am allerwichtigsten: Alle Beweise beruhten nur auf Indizien – niemand hatte gesehen, daß Sam Cayhall die Bombe legte. Clovis verkündete das lautstark in seiner Eröffnungsrede, und es machte Eindruck. Cayhall war ein Angestellter von Dogan, der ihn mit einem Auftrag nach Greenville geschickt hatte, und er befand sich zufällig in einem unglücklichen Moment in der Nähe des Kramer-Gebäudes. Clovis weinte beinahe, als er dieser beiden reizenden kleinen Jungen gedachte.

Die Zündschnur im Kofferraum war vermutlich von dem früheren Besitzer des Wagens dort zurückgelassen worden, einem Mr. Carson Jenkins, einem Straßenbau-Unternehmer aus Meridian. Mr. Carson Jenkins sagte aus, daß er bei seiner Arbeit ständig mit Dynamit zu tun hatte und daß er offenbar die Zündschnur einfach im Kofferraum liegengelassen hatte, als er den Wagen an Dogan verkaufte. Mr. Carson Jenkins war Lehrer in einer Sonntagsschule, ein ruhiger, schwer arbeitender, hochanständiger kleiner Mann, dem man aufs Wort glaubte. Außerdem gehörte er dem Ku-Klux-Klan an, aber das wußte das FBI nicht. Clovis dirigierte seine Aussage makellos.

Daß Cayhall seinen Wagen bei der Raststätte in Cleveland stehengelassen hatte, fand weder die Polizei noch das FBI heraus. Bei seinem ersten Anruf aus dem Gefängnis hatte er seiner Frau Anweisung erteilt, sofort mit seinem Sohn Eddie nach Cleveland zu fahren und den Wagen zu holen. Glücklicher hätte es sich für die Verteidigung nicht fügen können.

Aber das stärkste Argument, das Clovis Brazelton vorbrachte, war einfach, daß niemand beweisen konnte, daß seine Mandanten sich verschworen hatten, irgend etwas zu unternehmen. Und wie in aller Welt können Sie, die Geschworenen von Nettles County, diese beiden Männer in den Tod schicken?

Nach vier Verhandlungstagen zogen sich die Geschworenen zur Beratung zurück. Clovis garantierte seinem Mandanten einen Freispruch. Die Anklage war ziemlich sicher, daß es dazu kommen würde. Die Kluxer rochen schon einen Sieg und verstärkten das Tempo auf dem Rasen vor dem Gebäude.

Es gab weder Freisprüche noch Verurteilungen. Zwei der Geschworenen stellten sich, was bemerkenswert war, auf die Hinterbeine und drängten auf Verurteilung. Nachdem sie anderthalb Tage beraten hatten, teilten die Geschworenen dem Richter mit, daß die Jury sich hoffnungslos festgefahren hatte. Das Verfahren wurde als ergebnislos erklärt, und Sam Cayhall kehrte nach fünf Monaten zum erstenmal nach Hause zurück.

Das Wiederaufnahmeverfahren fand sechs Monate später in Wilson County statt, einer weiteren ländlichen Gegend, vier Autostunden von Greenville und hundert Meilen vom Ort des ersten Prozesses entfernt. Beim ersten Prozeß hatte es Beschwerden über Versuche des Klans gegeben, mögliche Geschworene einzuschüchtern, und deshalb verlegte der Richter aus Gründen, die nie erklärt wurden, die Verhandlung in eine Gegend, in der es von Kluxern und ihren Sympathisanten nur so wimmelte. Die Jury war abermals rein weiß und enthielt mit Sicherheit keine Juden. Clovis erzählte dieselben Geschichten mit denselben Pointen. Mr. Carson Jenkins erzählte dieselben Lügen.

Die Anklage änderte ihre Strategie ein wenig ab, aber es nützte nichts. Der Staatsanwalt ließ die Hauptanklagepunkte fallen und drängte auf eine Verurteilung wegen einfachen Mordes. Damit stand eine Todesstrafe nicht mehr zur Debatte, und die Jury konnte, wenn sie wollte, Cayhall und Dogan auch nur des Totschlags für schuldig befinden, ein erheblich geringfügigeres Vergehen, aber es gäbe doch wenigstens eine Verurteilung.

Im zweiten Verfahren gab es etwas Neues. Marvin Kramer saß in einem Rollstuhl in der ersten Reihe und funkelte drei Tage lang die Geschworenen an. Ruth hatte versucht, den ersten Prozeß zu verfolgen, war aber nach Greenville zurückgekehrt, wo sie abermals wegen psychischer Probleme ins Krankenhaus gebracht werden mußte. Marvin hatte seit dem Bombenanschlag mehrere Operationen über sich ergehen lassen, und seine Ärzte hatten ihm nicht erlaubt, nach Nettles County zu reisen.

Die meisten Geschworenen konnten es nicht ertragen, ihn anzusehen. Sie hielten die Blicke von den Zuschauern abgewandt und hörten mit einer für Geschworene bemerkenswerten Aufmerksamkeit den Zeugen zu. Nur eine junge Frau, Sharon Culpepper, selbst Mutter von Zwillingen, konnte nicht anders. Sie schaute immer wieder zu Marvin hinüber, und viele Male trafen sich ihre Blicke. Seine Augen flehten um Gerechtigkeit.

Sharon Culpepper war von den zwölf Geschworenen die einzige, die von Anfang an für eine Verurteilung stimmte. Zwei Tage lang wurde sie von ihren Mitgeschworenen bedrängt und auf die übelste Weise beschimpft. Sie brachten sie zum Weinen, aber sie blieb bei ihrem Votum.

Der zweite Prozeß endete unentschieden mit elf Stimmen gegen eine. Der Richter erklärte das Verfahren für ergebnislos und schickte alle nach Hause. Marvin Kramer kehrte nach Greenville zurück und dann nach Memphis zu einer weiteren Operation. Clovis Brazelton hatte einen großen Auftritt vor der Presse. Der Staatsanwalt machte keinerlei Versprechungen für einen neuen Prozeß. Sam Cayhall kehrte unauffällig nach Clanton zurück, mit dem feierlichen Schwur, sich nie mehr auf irgendwelche Unternehmungen mit Jeremiah Dogan einzulassen. Und der Imperial Wizard des Ku-Klux-Klan selbst zog triumphierend wieder in Meridian ein, wo er sich vor seinen Leuten rühmte, die Schlacht um die Vorherrschaft der Weißen hätte gerade erst begonnen, das Gute hätte über das Böse gesiegt, und so weiter und so weiter.

Der Name Rollie Wedge war nur einmal gefallen. In einer Mittagspause während des zweiten Prozesses hatte Dogan Cayhall zugeflüstert, er hätte eine Botschaft von dem Jungen erhalten. Der Überbringer der Botschaft war ein Fremder, der Dogans Frau auf einem Flur vor dem Gerichtssaal angesprochen hatte. Und die Botschaft war klar und simpel. Wedge war ganz in der Nähe, in den Wäldern, und verfolgte den Prozeß, und falls Dogan oder Cayhall seinen Namen erwähnen sollten, würde er ihre Häuser und ihre Familien in die Luft sprengen.

3

Ruth und Marvin Kramer ließen sich 1970 scheiden. Später im gleichen Jahr wurde Marvin in eine Nervenheilanstalt eingewiesen und beging 1971 Selbstmord. Ruth kehrte nach Memphis zurück und zog wieder zu ihren Eltern. Trotz ihrer Probleme hatten sie auf einen dritten Prozeß gedrängt. Die gesamte jüdische Gemeinde in Greenville war überaus erregt und protestierte lautstark, als sich herausstellte, daß es dem Staatsanwalt reichte, zwei Prozesse verloren zu haben, und er nicht daran dachte, Cayhall und Dogan abermals anzuklagen.

Marvin wurde neben seinen Söhnen begraben. Ein neuer Park wurde dem Andenken an Josh und John Kramer gewidmet, und Stipendien wurden ausgesetzt. Im Laufe der

Zeit verlor die Tragödie ihres Todes ein wenig von ihrem Grauen. Jahre vergingen, und in Greenville sprach man immer seltener über das Bombenattentat.

Obwohl das FBI darauf drängte, kam es nicht zu einem dritten Prozeß. Es gab kein neues Beweismaterial. Der Richter würde den Verhandlungsort zweifellos abermals verlegen. Eine Anklage erschien hoffnungslos, aber das FBI gab trotzdem nicht auf.

Da Cayhall nicht mehr mitmachte und Wedge untergetaucht war, geriet Dogans Bombenkampagne ins Stocken. Er trug auch weiterhin seine Kutte und hielt seine Reden und begann, sich selbst für eine bedeutsame politische Kraft zu halten. Journalisten aus dem Norden waren fasziniert von seiner lautstarken Rassenhetze, und er war immer bereit, seine Kapuze aufzusetzen und haarsträubende Interviews zu geben. Kurze Zeit war er halbwegs berühmt, was er ungeheuer genoß.

Aber Ende der 70er Jahre war Jeremiah Dogan nur ein weiterer Gangster mit einer Kutte in einer rapide zerfallenden Organisation. Die Schwarzen durften wählen. Die Rassentrennung in den öffentlichen Schulen war aufgehoben. Im ganzen Süden wurden Rassenschranken von Bundesrichtern beseitigt. Die Bürgerrechte hatten Mississippi erreicht, und der Klan hatte sich als erbärmlich ungeeignet erwiesen, dafür zu sorgen, daß die Neger dort blieben, wo sie hingehörten. Dogan konnte mit dem Kreuzeverbrennen nicht einmal mehr einen Hund hinter dem Ofen hervorlokken.

1979 traten in dem offenen, aber ruhenden Fall des Kramer-Attentats zwei wichtige Ereignisse ein. Das erste war die Wahl von David McAllister zum Staatsanwalt von Greenville. Mit siebenundzwanzig wurde er der jüngste Staatsanwalt, den es in Mississippi je gegeben hatte. Als Teenager hatte er zugesehen, wie das FBI die Trümmer von Marvin Kramers Kanzlei durchsuchte. Kurz nach seiner Wahl gelobte er, daß er die Terroristen zur Rechenschaft ziehen würde.

Das zweite Ereignis war eine Anklage gegen Jeremiah Dogan wegen Steuerhinterziehung. Nachdem Dogan das

FBI jahrelang hinters Licht geführt hatte, wurde er leichtsinnig und geriet mit der Finanzbehörde in Konflikt. Die Untersuchung dauerte acht Monate und endete mit einer Anklageschrift, die dreißig Seiten umfaßte. Ihr zufolge hatte Dogan zwischen 1974 und 1978 mehr als hunderttausend Dollar Einkommen unterschlagen. Sie enthielt sechsundachtzig Punkte, die ihm bis zu achtundzwanzig Jahre Gefängnis eintragen konnten.

Dogan war einwandfrei schuldig, und sein Anwalt (nicht Clovis Brazelton) machte sich sofort daran, die Möglichkeiten eines strafmildernden Handels zu erkunden. Woraufhin das FBI die Bühne betrat.

Nach einer ganzen Reihe von hitzigen Diskussionen mit Dogan und seinem Anwalt bot die Regierung einen Handel an, demzufolge Dogan im Fall Kramer gegen Cayhall aussagen sollte und als Gegenleistung nicht wegen Steuerhinterziehung ins Gefängnis zu gehen brauchte. Null Tage hinter Gittern. Harte Bewährungsauflagen und eine hohe Geldstrafe, aber kein Gefängnis. Dogan hatte seit mehr als zehn Jahren nicht mehr mit Cayhall gesprochen. Dogan war nicht mehr im Klan aktiv. Es gab eine Menge Gründe, auf diesen Handel einzugehen, unter denen die Alternative, ein freier Mann zu bleiben oder ein Jahrzehnt oder mehr im Gefängnis zu verbringen, nicht der geringste war.

Um ihn auf Trab zu bringen, konfiszierte die Finanzbehörde alles, was er besaß, und plante eine hübsche kleine Zwangsversteigerung. Und um ihm bei seiner Entscheidung zu helfen, brachte David McAllister eine Anklagejury in Greenville dazu, ihn und seinen Kumpan Cayhall abermals wegen des Kramer-Attentats anzuklagen.

Dogan gab nach und entschied sich für den Handel.

Nach zwölf Jahren ruhigen Lebens in Ford County mußte Sam Cayhall erleben, daß er abermals angeklagt und verhaftet wurde und mit der Gewißheit eines neuen Prozesses und der Möglichkeit der Gaskammer zu rechnen hatte. Er war gezwungen, eine Hypothek auf sein Haus und seine kleine Farm aufzunehmen, damit er einen Anwalt engagieren konnte. Clovis Brazelton war inzwischen zu größeren

Sachen übergegangen, und Dogan war kein Verbündeter mehr.

In Mississippi hatte sich seit den ersten beiden Prozessen sehr viel verändert. Schwarze hatten sich in Rekordzahlen in die Wählerverzeichnisse eintragen lassen, und diese neuen Wähler hatten schwarze Beamte gewählt. Ausschließlich aus Weißen bestehende Jurys waren selten. Im Staat gab es zwei schwarze Richter, zwei schwarze Sheriffs, und auf den Fluren der Gerichte konnte man neben ihren weißen Kollegen schwarze Anwälte sehen. Offiziell gab es keine Rassentrennung mehr. Und viele weiße Einwohner von Mississippi fingen an, zurückzuschauen und sich zu fragen, worüber man sich eigentlich so aufgeregt hatte. Weshalb hatte es soviel Widerstand gegen gleiche Rechte für alle Menschen gegeben? Obwohl noch ein langer Weg vor ihm lag, war Mississippi im Jahre 1980 ein ganz anderer Staat, als er es 1967 gewesen war. Und das war Sam Cayhall bewußt.

Er engagierte einen tüchtigen Verteidiger, der in Memphis lebte und Benjamin Keyes hieß. Ihre erste Taktik bestand in einem Antrag auf Abweisung der Anklage mit der Begründung, daß es unfair war, ihn nach so langer Zeit abermals vor Gericht zu stellen. Das erwies sich als stichhaltiges Argument, und es bedurfte einer Entscheidung des Gerichts des Staates Mississippi. Es entschied mit sechs gegen drei Stimmen, daß das Verfahren fortgesetzt werden durfte.

Und es wurde fortgesetzt. Der dritte und letzte Prozeß gegen Sam Cayhall begann im Februar 1981, in einem kalten kleinen Gerichtsgebäude in Lakehead County in der Nordwestecke des Staates. Über diesen Prozeß ließe sich vieles sagen. Es gab einen jungen Staatsanwalt, David McAllister, der brillant plädierte, aber die widerwärtige Angewohnheit hatte, jede freie Minute mit der Presse zu verbringen. Er sah gut aus, war redegewandt und einfühlsam, und es wurde schon bald klar, daß dieser Prozeß einen Zweck hatte. Mr. McAllister hatte politische Ambitionen in großem Maßstab.

Die Jury bestand aus acht Weißen und vier Schwarzen.

Und es gab die Glasscherben, die Zündschnur, die FBI-Berichte und sämtliche anderen Fotos und Beweisstücke aus den ersten beiden Prozessen.

Außerdem war da noch die Aussage von Jeremiah Dogan, der in einem baumwollenen Arbeitshemd im Zeugenstand erschien und der Jury mit demütiger Miene in allen Einzelheiten erklärte, wie er mit dem da drüben sitzenden Sam Cayhall konspiriert und den Bombenanschlag auf das Büro von Mr. Kramer geplant hatte. Sam funkelte ihn an und ließ sich kein Wort entgehen, aber Dogan schaute in eine andere Richtung. Sams Anwalt bekniete Dogan einen halben Tag lang und zwang ihn, zuzugeben, daß er mit der Regierung einen Handel abgeschlossen hatte. Aber der Schaden war bereits angerichtet.

Es hätte der Verteidigung von Sam Cayhall nichts genützt, wenn sie das Thema Rollie Wedge zur Sprache gebracht hätte. Denn dann hätte sie zugeben müssen, daß Sam in der Tat mit der Bombe in Greenville gewesen war. Sam wäre gezwungen gewesen, einzugestehen, daß er an der Verschwörung beteiligt gewesen war, und nach dem Gesetz wäre er damit genauso schuldig wie der Mann, der das Dynamit gelegt hatte. Und um den Geschworenen dieses Szenario vorzutragen, hätte Sam gezwungenermaßen selbst aussagen müssen, was weder er noch sein Anwalt wollten. Sam konnte ein rigoroses Kreuzverhör nicht durchstehen, weil er ständig neue Lügen erfinden müßte, um die vorherigen plausibel zu machen.

Und an diesem Punkt würde niemand eine plötzliche Geschichte über einen mysteriösen neuen Terroristen glauben, von dem zuvor nie die Rede gewesen war und der kam und ging, ohne je gesehen zu werden. Sam wußte, daß der Rollie-Wedge-Dreh sinnlos war, und sogar sein eigener Anwalt erfuhr nie den Namen des Mannes.

Gegen Ende des dritten Prozesses stand David McAllister in einem bis auf den letzten Platz gefüllten Gerichtssaal vor den Geschworenen und hielt sein Schloßplädoyer. Er sprach davon, wie er als Junge in Greenville gelebt und jüdische Freunde gehabt hatte. Er wußte nicht, was an ihnen anders sein sollte. Er kannte einige der Kramers, anständige Leute, die schwer arbeiteten und die Stadt an ihrem Gewinn teilhaben ließen. Außerdem hatte er mit schwarzen Kindern gespielt und erfahren, daß sie großartige Freunde sein konnten. Er hatte nie verstanden, weshalb sie die eine Schule besuchten und er eine andere. Er erzählte eine erschütternde Geschichte, wie er am Morgen des 21. April 1967 gespürt hatte, wie die Erde bebte, und wie er daraufhin in die Innenstadt gerannt war, wo Rauch emporstieg. Drei Stunden lang hatte er hinter der Absperrung gestanden und gewartet. Er hatte die Feuerwehrleute eilig umherlaufen sehen, als sie Marvin Kramer gefunden hatten. Er hatte gesehen, wie sie in den Trümmern hockten, als sie die Jungen fanden. Sein Gesicht war tränenüberströmt gewesen, als die kleinen Leichen, in weiße Tücher eingehüllt, langsam zu einer Ambulanz getragen wurden.

Es war eine großartige Vorstellung, und als McAllister geendet hatte, war es im Gerichtssaal ganz still. Mehrere Geschworene wischten sich Tränen aus den Augen.

Am 12. Februar 1981 wurde Sam Cayhall wegen vorsätzlichen Doppelmordes und Mordversuchs verurteilt. Zwei Tage später kehrte dieselbe Jury mit einer Verurteilung zum Tode in denselben Gerichtssaal zurück.

Sam Cayhall wurde ins Staatsgefängnis von Parchman gebracht, wo das Warten auf seine Verabredung mit der Gaskammer begann. Am 19. Februar 1981 betrat er zum erstenmal den Todestrakt.

4

In der Anwaltsfirma Kravitz & Bane in Chicago gab es fast dreihundert Anwälte, die friedlich unter einem Dach arbeiteten. Zweihundertundsechsundachtzig, um genau zu sein, obwohl es für jedermann schwierig war, eine exakte Zahl zu nennen, weil aus einer Vielzahl von Gründen laufend ein rundes Dutzend verschwand und gleichzeitig ein oder zwei Dutzend Anfänger auftauchten, die gerade die Universität hinter sich hatten, ausgebildet und geschliffen wurden und darauf warteten, sich ins Getümmel stürzen zu dürfen. Und obwohl riesig, hatte Kravitz & Bane das Expansionsspiel nicht so schnell gespielt wie andere, hatte es weitgehend unterlassen, schwächere Firmen in anderen Städten zu schlucken, und hatte sich bei der Abwerbung von Mandanten anderer Firmen zurückgehalten; deshalb mußte man sich damit begnügen, lediglich die drittgrößte Firma in Chicago zu sein. Es gab Büros in sechs Städten, aber zum Leidwesen der jüngeren Partner stand auf den Briefbogen keine Londoner Adresse.

Obwohl ein wenig milder geworden, stand Kravitz & Bane nach wie vor im Ruf einer unerbittlichen Prozeßfirma. Es gab zahmere Abteilungen für Immobilien-, Steuer- und Kartellrecht, aber das Geld wurde mit Prozessen gemacht. Wenn die Firma Anfänger einstellte, suchte sie sich die intelligentesten Leute im dritten Studienjahr mit den besten Noten in Scheinprozeßführung und Debattieren aus. Sie wollte junge Männer (und hin und wieder eine Alibifrau), die sofort in dem aggressiven Angriffsstil ausgebildet werden konnten, den die Prozeßanwälte von Kravitz & Bane schon vor langer Zeit perfektioniert hatten.

Es gab eine hübsche, wenn auch kleine Abteilung, die sich mit Klagen auf Schadensersatz für Verletzungen beschäftigte, ein einträgliches Geschäft, bei dem sie fünfzig Prozent kassierten und ihren Mandanten den Rest beließen. Es gab eine beachtliche Abteilung für Wirtschaftsvergehen, aber die Verbrecher im weißen Kragen brauchten eine Menge Geld, wenn sie sich von Kravitz & Bane verteidigen lassen wollten. Und dann gab es die beiden größten Abteilungen, eine für Wirtschaftsprozesse und eine, die auf die Verteidigung von Versicherungen spezialisiert war. Mit Ausnahme der Vertretung persönlich Geschädigter, die im Rahmen der Gesamteinnahmen fast belanglos war, verdiente die Firma ihr Geld mit in Rechnung gestellten Stunden. Zweihundert Dollar die Stunde für Versicherungsarbeit; mehr, wenn die Verhältnisse es erlaubten. Dreihundert Dollar für die Verteidigung von Angeklagten. Vierhundert Dollar für eine große Bank. Sogar fünfhundert Dollar die Stunde für ein reiches Unternehmen mit faulen Firmenanwälten, die keinen Finger krumm machten in ihren Spitzenpositionen.

Kravitz & Bane scheffelte Geld und schuf eine Dynastie in Chicago. Die Büros waren elegant, aber nicht protzig. Sie befanden sich in den obersten Stockwerken des, passenderweise, dritthöchsten Gebäudes von Chicago.

Wie die meisten großen Firmen verdiente Kravitz & Bane so gut, daß man sich verpflichtet fühlte, eine kleine *pro-bono*-Abteilung einzurichten und damit den moralischen Verpflichtungen der Gesellschaft gegenüber nachzukommen. Man war ziemlich stolz auf die Tatsache, daß sich einer der Partner ausschließlich mit *pro-bono*-Fällen beschäftigte, ein exzentrischer Weltverbesserer namens E. Garner Goodman, der im einundsechzigsten Stock ein geräumiges Büro mit zwei Sekretärinnen hatte und sich mit einem Prozeßpartner einen Anwaltsgehilfen teilte. Die goldgeprägte Firmenbroschüre machte viel Aufhebens von der Tatsache, daß sie ihre Anwälte ermutigte, sich in *pro-bono*-Projekten zu engagieren. In der Broschüre hieß es, daß Anwälte von Kravitz & Bane im Vorjahr, 1989, fast sechzigtausend Stunden ihrer kostbaren Zeit für Mandanten aufgewendet hatten, die nicht bezahlen konnten. Kinder aus Sozialsiedlungen, Insassen von Todeszellen, illegal eingewanderte Ausländer, Drogenabhängige; und natürlich kümmerte sich die Firma eingehend um die Nöte der Obdachlosen. Die Broschüre enthielt sogar das Foto von zwei jungen Anwälten, ohne Jackett, mit aufgekrempelten Ärmeln, gelockerter Krawatte, Schweiß in den Achselhöhlen und tiefem Mitleid in den Augen, die inmitten einer Gruppe von Kindern einer Minderheit irgendeine körperliche Arbeit verrichteten, allem Anschein nach auf einer städtischen Mülldeponie. Anwälte, die die Gesellschaft retteten.

Adam Hall hatte eine der Broschüren in seiner dünnen Akte bei sich, als er langsam den Flur des einundsechzigsten Stocks entlangging, in der Richtung, in der das Büro von E. Garner Goodman lag. Er sprach ein paar Worte mit einem anderen jungen Anwalt, den er noch nie gesehen hatte. Bei der Weihnachtsfeier der Firma wurden an der Tür Namensschilder ausgegeben. Nicht einmal alle Partner kannten einander. Manche der angestellten Anwälte sahen sich nur ein- oder zweimal im Jahr. Er öffnete eine Tür und betrat einen kleinen Raum, in dem eine Sekretärin ihr Tippen unterbrach und beinahe lächelte. Er fragte nach Mr. Goodman, und sie deutete mit einem Kopfnikken auf eine Reihe von Stühlen, wo er warten sollte. Er war fünf Minuten zu früh gekommen für eine Verabredung um zehn Uhr. Als ob das eine Rolle spielte. Dies war von jetzt an *pro-bono*-Arbeit. Vergiß die Uhr. Vergiß anrechenbare Stunden. Vergiß Erfolgsgratifikationen. Im Gegensatz zum Rest der Firma duldete Goodman an seinen Wänden keine Uhren.

Adam blätterte seine Akte durch. Die Broschüre entlockte ihm ein leises Kichern. Er las abermals seinen kleinen Lebenslauf – College in Pepperdine, Jurastudium in Michigan, Herausgeber der juristischen Zeitschrift, Referat über grausame und ungewöhnliche Bestrafung, Anmerkungen zu Verurteilungen zum Tode in neuerer Zeit. Ein ziemlich kurzer Lebenslauf, aber schließlich war er erst sechsundzwanzig. Er arbeitete erst seit neun Monaten bei Kravitz & Bane.

Er las zwei ausführliche Entscheidungen des Obersten Bundesgerichts über Hinrichtungen in Kalifornien und machte sich Notizen. Er sah auf die Uhr und las weiter. Nach einer Weile bot ihm die Sekretärin Kaffee an, den er höflich ablehnte.

Das Büro von E. Garner Goodman war ein verblüffendes Musterbeispiel für Desorganisation. Es war groß, aber vollgestopft mit durchsackenden Bücherregalen an sämtlichen Wänden und Stapeln von staubigen Akten auf dem Boden. Kleine Berge von Papier aller Art und jeden Formats bedeckten den Schreibtisch in der Mitte des Raumes. Der Teppich unter dem Schreibtisch war übersät mit Abfall, Müll und verlorengegangenen Briefen. Wenn die hölzernen Läden nicht geschlossen gewesen wären, hätte man durch das große Fenster einen herrlichen Ausblick auf den Michigansee gehabt, aber es war offensichtlich, daß Mr. Goodman keine Zeit an seinem Fenster verbrachte.

Er war ein alter Mann mit einem grauen Bart und buschigem, grauem Haar. Sein weißes Hemd war stocksteif gestärkt. Eine grüne Fliege mit Paisley-Muster, sein Markenzeichen, war präzise unter seinem Kinn gebunden. Adam betrat das Zimmer und suchte sich vorsichtig seinen Weg um die Papiere herum. Goodman stand nicht auf, reichte ihm aber die Hand zu einer kühlen Begrüßung.

Adam gab Goodman die Akte und ließ sich auf dem einzigen freien Stuhl nieder. Er wartete nervös, während die Akte studiert, der Bart sanft gestreichelt und die Fliege befingert wurde.

»Weshalb wollen Sie *pro-bono*-Arbeit tun?« murmelte Goodman nach langem Schweigen. Er sah nicht von der Akte auf. Aus in die Decke eingelassenen Lautsprechern kam leise klassische Gitarrenmusik.

Adam rutschte auf seinem Stuhl herum. »Äh, aus verschiedenen Gründen.«

»Lassen Sie mich raten. Sie wollen der Menschheit dienen, etwas für Ihre Mitmenschen tun, oder vielleicht fühlen Sie sich auch schuldig, weil Sie soviel Zeit hier in dieser Tretmühle verbringen und beim Geldscheffeln helfen, und wollen nun ihre Seele reinigen, sich die Hände schmutzig machen, ein bißchen ehrliche Arbeit tun und anderen Menschen helfen.« Goodmans Augen richteten sich über die weit vorn auf seiner ziemlich spitzen Nase balancierende schwarzgeränderte Brille hinweg auf Adam. »Etwas in der Art?«

»Eigentlich nicht.«

Goodman beugte sich wieder über die Akte. »Sie arbeiten also für Emmitt Wycoff?« Er las einen Brief von Wycoff, dem Partner, dem Adam zur Hand ging.

»Ja, Sir.«

»Er ist ein guter Anwalt. Ich kann ihn nicht sonderlich gut leiden, aber er hat einen großartigen kriminalistischen Verstand. Wahrscheinlich einer unserer drei besten Männer für Wirtschaftsverbrechen. Aber ziemlich anstrengend, finden Sie nicht?«

»Er ist in Ordnung.«

»Seit wann unterstehen Sie ihm?«

»Seit ich hier angefangen habe. Vor neun Monaten.«

»Also sind Sie seit neun Monaten hier?«

»Ja, Sir.«

»Und? Was denken Sie?« Goodman klappte die Akte zu und musterte Adam. Er nahm langsam die Brille ab und steckte einen Bügel in den Mund.

»Es gefällt mir, bis jetzt. Es ist eine Herausforderung.«

»Natürlich. Aber weshalb haben Sie sich für Kravitz & Bane entschieden? Ich meine, mit Ihren Zeugnissen hätten Sie doch überall hingehen können. Weshalb hierher?«

»Strafprozesse. Das ist es, was mich interessiert, und die Firma hat einen guten Ruf.«

»Wie viele Offerten haben Sie gehabt? Reden Sie schon, ich bin einfach neugierig.«

»Mehrere.«

»Und wo?«

»Überwiegend in Washington. Eine in Denver. Bei New Yorker Firmen habe ich mich nicht beworben.«

»Wieviel Geld haben wir Ihnen angeboten?«

Adam rutschte wieder auf seinem Stuhl herum. Goodman war schließlich Partner. Bestimmt wußte er, was die Firma neuen Anwälten zahlte. »Ungefähr sechzig. Was bekommen Sie?«

Das amüsierte den alten Mann, und er lächelte zum erstenmal. »Sie zahlen mir vierhunderttausend Dollar im Jahr dafür, daß ich ihre Zeit verschenke, damit sie sich gegenseitig auf die Schulter klopfen und über Anwälte und ihre Verantwortung der Gesellschaft gegenüber predigen können. Vierhunderttausend, können Sie sich das vorstellen?«

Adam hatte die Gerüchte gehört. »Sie beschweren sich doch nicht etwa?«

»Nein. Ich bin der glücklichste Anwalt in der ganzen Stadt, Mr. Hall. Ich bekomme eine Wagenladung voll Geld für Arbeit, die mir Spaß macht, und ich brauche mich nicht um eine Stechuhr und um anrechenbare Stunden zu kümmern. Das ist der Traum eines jeden Anwalts. Und das ist der Grund dafür, daß ich immer noch sechzig Stunden in der Woche in meinem Büro sitze. Ich bin fast siebzig, müssen Sie wissen.«

Der Firmenlegende zufolge hatte Goodman als jüngerer Mann den Druck nicht ausgehalten und sich mit Alkohol und Tabletten beinahe umgebracht. Er ging ein Jahr lang auf Entzug, während seine Frau die Kinder nahm und ihn verließ; dann überzeugte er die Partner davon, daß es sich lohnte, ihn zu retten. Er brauchte lediglich ein Büro, in dem sich das Leben nicht um eine Uhr drehte.

»Welche Art von Arbeit tun Sie für Emmitt Wycoff?« fragte Goodman.

»Massenhaft Recherchen. Im Augenblick verteidigt er mehrere Rüstungsfirmen, und das nimmt den größten Teil meiner Zeit in Anspruch. Vorige Woche habe ich einen Antrag vor Gericht begründet.« Adam sagte es mit einem Anflug von Stolz. Anfänger wurden gewöhnlich die ersten zwölf Monate an ihren Schreibtisch angekettet.

»Einen echten Antrag?« fragte Goodman beeindruckt.

»Ja, Sir.«

»In einem echten Gericht?«

»Ja, Sir.«

»Vor einem echten Richter?«

»So ist es.«

»Wer hat gewonnen?«

»Der Richter hat zugunsten der Anklagevertretung entschieden, aber es war knapp. Ich habe ihm tüchtig eingeheizt.« Goodman lächelte darüber, aber das Spiel war rasch vorbei. Er schlug die Akte wieder auf.

»Wycoff schickt einen Brief, in dem er Sie wärmstens empfiehlt. Das paßt irgendwie nicht zu ihm.«

»Er erkennt eben ein Talent, wenn er es vor sich sieht«, sagte Adam mit einem Lächeln.

»Ich nehme an, es ist Ihnen ziemlich ernst mit Ihrer Bitte, Mr. Hall. Um was genau geht es Ihnen?«

Adam hörte auf zu lächeln und räusperte sich. Er war plötzlich nervös und beschloß, die Beine andersherum überzuschlagen. »Es geht, äh, um ein Todesurteil.«

»Ein Todesurteil?« wiederholte Goodman.

»Ja, Sir.«

»Weshalb?«

»Ich bin gegen die Todesstrafe.«

»Sind wir das nicht alle, Mr. Hall? Ich habe Bücher darüber geschrieben. Ich habe zwei Dutzend dieser verdammten Fälle bearbeitet. Weshalb wollen Sie sich ausgerechnet damit beschäftigen?«

»Ich habe Ihre Bücher gelesen. Ich möchte einfach helfen.«

Goodman klappte die Akte wieder zu und stützte sich auf seinen Schreibtisch. Zwei Blatt Papier glitten herunter und flatterten auf den Fußboden. »Sie sind zu jung, und Sie sind zu grün.«

»Vielleicht weniger, als Sie denken.«

»Hören Sie, Mr. Hall, das ist nicht dasselbe wie das Beraten von Säufern in einer Suppenküche. Hier geht es um Leben und Tod. Das ist etwas, wobei man unter ganz starkem Druck steht, mein Sohn. Und es macht nicht den geringsten Spaß.«

Adam nickte, sagte aber nichts. Er schaute Goodman in die Augen, ohne zu blinzeln. Irgendwo läutete ein Telefon, aber sie ignorierten es beide.

»Irgendein bestimmter Fall? Oder haben Sie einen neuen Mandanten für Kravitz & Bane?«

»Der Cayhall-Fall«, sagte Adam langsam.

Goodman schüttelte den Kopf und zupfte an seiner Fliege. »Sam Cayhall hat uns gerade gefeuert. Das Fünfte Berufungsgericht hat vorige Woche entschieden, daß er in der Tat das Recht hat, die Vertretung durch uns zu beenden.«

»Ich habe die Begründung gelesen. Ich weiß, was das Fünfte Berufungsgericht gesagt hat. Der Mann braucht einen Anwalt.«

»Nein, den braucht er nicht. Er ist in spätestens drei Monaten tot, ob mit oder ohne uns. Ich bin erleichtert, daß er aus meinem Leben verschwindet.«

»Er braucht einen Anwalt«, wiederholte Adam.

»Er vertritt sich selbst, und darin ist er ziemlich gut, um ehrlich zu sein. Schreibt Anträge und Eingaben und recherchiert. Ich habe gehört, daß er sogar einige seiner Kumpel im Todestrakt berät, allerdings nur die Weißen.«

»Ich habe seine gesamte Akte studiert.«

E. Garner Goodman ließ langsam seine Brille kreisen und dachte laut darüber nach. »Das ist eine halbe Tonne Papier. Warum haben Sie das getan?«

»Der Fall fasziniert mich. Ich habe ihn seit Jahren verfolgt und alles gelesen, was je über den Mann geschrieben wurde. Sie haben mich vorhin gefragt, weshalb ich mich für Kravitz & Bane entschieden habe. Nun, die Wahrheit ist, daß ich an dem Cayhall-Fall arbeiten wollte, und ich glaube, diese Firma hat ihn jetzt wie lange *pro bono* vertreten – acht Jahre?«

»Sieben, aber mir kommt es vor wie zwanzig. Mr. Cayhall ist nicht gerade der angenehmste Zeitgenosse.«

»Verständlich, meinen Sie nicht? Schließlich sitzt er seit fast zehn Jahren in Einzelhaft.«

»Versuchen Sie nicht, mir Vorträge über das Leben im Gefängnis zu halten, Mr. Hall. Haben Sie je ein Gefängnis von innen gesehen?«

»Nein.«

»Aber ich. Ich war in den Todestrakten von sechs Staaten. Sam Cayhall hat mich beschimpft, als er an seinen Stuhl angekettet war. Er ist kein netter Mann. Er ist ein unverbesserlicher Rassist, der jedermann haßt, und er wird auch Sie hassen, falls Sie ihm je begegnen sollten.«

»Das glaube ich nicht.«

»Sie sind Anwalt, Mr. Hall. Er haßt Anwälte noch mehr als Schwarze und Juden. Er wartet jetzt seit fast zehn Jahren auf die Hinrichtung, und er ist felsenfest überzeugt, daß er das Opfer einer Verschwörung der Anwälte ist. Er hat zwei Jahre lang versucht, uns loszuwerden. Diese Firma hat, auf anrechenbare Stunden umgerechnet, mehr als zwei Millionen Dollar darauf verwendet, ihn am Leben zu erhalten, und er hatte nichts anderes im Sinn, als uns zu feuern. Ich weiß nicht, wie oft er sich geweigert hat, mit uns zu sprechen, nachdem wir die weite Reise nach Parchman unternommen hatten. Er ist verrückt, Mr. Hall. Suchen Sie sich ein anderes Projekt. Wie wäre es mit mißbrauchten Kindern oder etwas dergleichen?«

»Nein, danke. Ich interessiere mich ausschließlich für

zum Tode Verurteilte, und ich bin gewissermaßen besessen von Sam Cayhalls Geschichte.«

Goodman beförderte die Brille wieder auf seine Nasenspitze, dann schwang er langsam seine Füße auf die Ecke des Schreibtisches und faltete die Hände vor dem gestärkten Hemd. »Und weshalb, wenn ich fragen darf, sind Sie davon so besessen?«

»Nun, es ist ein faszinierender Fall, meinen Sie nicht auch? Der Klan, die Bürgerrechtsbewegung, die Bombenattentate, das ganze Drum und Dran. Der Hintergrund ist eine faszinierende Periode in der Geschichte Amerikas. Scheint tiefste Vergangenheit; dabei sind seither erst fünfundzwanzig Jahre vergangen. Es ist eine aufregende Story.«

Über ihnen kreiste langsam ein Ventilator. Eine Minute verging.

Goodman stellte die Füße wieder auf den Boden und stützte sich auf seine Ellenbogen. »Mr. Hall, ich weiß Ihr Interesse an *pro-bono*-Arbeit zu würdigen, und ich versichere Ihnen, da gibt es viel zu tun. Aber Sie müssen sich ein anderes Projekt suchen. Das hier ist kein Examen im Führen von Scheinprozessen.«

»Und ich bin kein Jurastudent mehr.«

»Mr. Cayhall hat endgültig auf unsere Dienste verzichtet, Mr. Hall. Das haben Sie offenbar immer noch nicht begriffen.«

»Ich möchte wenigstens die Chance, mit ihm zu sprechen.«

»Worüber?«

»Ich glaube, ich kann ihn dazu bringen, daß er mich seine Vertretung übernehmen läßt.«

»Ach, wirklich?«

Adam holte tief Luft, dann stand er auf und ging, den Aktenstapeln ausweichend, zum Fenster hinüber. Ein weiteres tiefes Luftholen. Mr. Goodman beobachtete ihn und wartete.

»Ich habe ein Geheimnis für Sie, Mr. Goodman. Niemand kennt es außer Emmitt Wycoff, und ich war gewissermaßen gezwungen, es ihm zu verraten. Sie müssen es vertraulich behandeln, okay?«

»Ich höre.«

»Habe ich Ihr Wort darauf?«

»Ja, Sie haben mein Wort«, sagte Goodman langsam.

Adam lugte durch einen Schlitz des Fensterladens und betrachtete ein Segelboot auf dem Michigansee. Dann sagte er leise: »Ich bin mit Sam Cayhall verwandt.«

Goodman zuckte nicht zusammen. »Ich verstehe. Auf welche Weise verwandt?«

»Er hatte einen Sohn, Eddie Cayhall. Und Eddie Cayhall verließ Mississippi, nachdem sein Vater wegen des Bombenanschlags verhaftet worden war. Er flüchtete nach Kalifornien, änderte seinen Namen und versuchte, seine Vergangenheit zu vergessen. Aber er litt unter dem Vermächtnis seiner Familie. Kurz nachdem sein Vater im Jahre 1981 verurteilt worden war, beging er Selbstmord.«

Goodman war jetzt auf die Kante seines Stuhls vorgerutscht.

»Eddie Cayhall war mein Vater.«

Goodman zögerte einen Moment. »Sam Cayhall ist Ihr Großvater?«

»Ja. Ich habe es erst erfahren, als ich fast siebzehn war. Meine Tante hat es mir nach der Beerdigung meines Vaters gesagt.«

»Wow.«

»Sie haben versprochen, es nicht zu verraten.«

»Natürlich.« Goodman setzte sich auf die Schreibtischkante und deponierte die Füße auf seinem Stuhl. Er starrte auf den Fensterladen. »Weiß Sam, daß ...«

»Nein. Ich wurde in Ford County in Mississippi geboren, in einem Ort, der Clanton heißt, nicht in Memphis. Damals hieß ich Alan Cayhall, aber das habe ich erst viel später erfahren. Ich war drei Jahre alt, als wir Mississippi verließen, und meine Eltern sprachen nie darüber. Meine Mutter ist überzeugt, daß es keinerlei Kontakte zwischen Eddie und Sam gegeben hat – von dem Tag an, an dem wir abreisten, bis sie ihm einen Brief ins Gefängnis schrieb und ihm mitteilte, daß sein Sohn tot war. Er hat nicht darauf geantwortet.«

»Verdammt, verdammt, verdammt«, murmelte Goodman leise.

»Das trifft die Sache ziemlich genau, Mr. Goodman. Es ist eine üble Familie.«

»Was nicht Ihre Schuld ist.«

»Meiner Mutter zufolge war Sams Vater ein aktives Mitglied des Klans, er war an Lynchmorden beteiligt und dergleichen mehr. Ich kann mich also meiner Abstammung nicht gerade rühmen.«

»Ihr Vater war anders.«

»Mein Vater beging Selbstmord. Ich erspare Ihnen die Details, aber ich habe ihn gefunden und die Schweinerei beseitigt, bevor meine Mutter und meine Schwester nach Hause kamen.«

»Und damals waren Sie siebzehn?«

»Knapp siebzehn. Das war 1981. Vor neun Jahren. Seit ich von meiner Tante, Eddies Schwester, die Wahrheit erfahren habe, hat mich die unerfreuliche Geschichte von Sam Cayhall nicht mehr losgelassen. Ich habe viele Stunden in Bibliotheken verbracht und alte Zeitungen und Zeitschriften wieder ausgegraben; es ist sehr viel über den Fall berichtet worden. Ich habe die Protokolle aller drei Prozesse gelesen, ebenso die Entscheidungen der Berufungsgerichte. Während des Jurastudiums habe ich angefangen, die Vertretung von Sam Cayhall durch diese Firma zu verfolgen. Sie und Wallace Tyner haben hervorragende Arbeit geleistet.«

»Freut mich, daß Sie mit uns zufrieden sind.«

»Ich habe Hunderte von Büchern und Tausende von Artikeln über den Achten Verfassungszusatz und die Verhängung der Todesstrafe gelesen. Sie selbst haben, glaube ich, vier Bücher darüber geschrieben. Und eine Reihe von Artikeln. Ich weiß, daß ich ein Anfänger bin, aber meine Recherchen sind lückenlos.«

»Und Sie glauben, Sam wird Ihnen vertrauen und Sie zum Anwalt nehmen?«

»Das weiß ich nicht. Aber er ist mein Großvater, ob es ihm nun paßt oder nicht, und ich muß hinfahren und mit ihm reden.«

»Es hat keine Kontakte gegeben ...?«

»Überhaupt keine. Ich war drei, als wir fortgingen, und

ich kann mich überhaupt nicht an ihn erinnern. Ich habe tausend Briefe an ihn angefangen, aber nie einen abgeschickt. Weshalb, kann ich nicht sagen.«

»Das ist verständlich.«

»Nichts ist verständlich, Mr. Goodman. Ich verstehe nicht, wie oder weshalb ich im Augenblick in diesem Büro bin. Ich wollte immer Pilot werden, aber ich studierte Jura, weil ich in mir eine vage Berufung spürte, der Gesellschaft zu helfen. Jemand brauchte mich, und vermutlich hatte ich das Gefühl, daß dieser Jemand mein Großvater war. Ich hatte vier Stellenangebote, und ich habe mich für diese Firma entschieden, weil sie den Mumm hatte, ihn kostenlos zu vertreten.«

»Sie hätten all dies jemandem sagen müssen, bevor wir Sie einstellten.«

»Ich weiß. Aber niemand hat mich gefragt, ob mein Großvater ein Mandant der Firma wäre.«

»Sie hätten etwas sagen müssen.«

»Man wird mich doch nicht entlassen, oder?«

»Ich glaube, wohl nicht. Wo waren Sie in den letzten neun Monaten?«

»Hier. Habe neunzig Stunden die Woche gearbeitet, an meinem Schreibtisch geschlafen, in der Bibliothek gegessen, für das Anwaltsexamen gebüffelt, Sie wissen schon, der übliche Drill, den alle Anfänger absolvieren müssen.«

»Albern, nicht wahr?«

»Ich bin zäh.« Adam schob die Latten des Fensterladens ein Stückchen auseinander, um einen besseren Blick auf den See zu haben. Goodman beobachtete ihn.

»Weshalb machen Sie die Läden nicht auf?« fragte Adam. »Es ist eine herrliche Aussicht.«

»Ich kenne sie.«

»Ich würde morden für eine solche Aussicht. Mein kleines Büro ist eine Meile vom nächsten Fenster entfernt.«

»Arbeiten Sie hart, berechnen Sie noch härter, und eines Tages wird dies alles Ihnen gehören.«

»Wohl kaum.«

»Wollen Sie uns verlassen, Mr. Hall?«

»Wahrscheinlich, irgendwann. Aber das ist auch ein Geheimnis, okay? Ich habe vor, ein paar Jahre schwer zu arbeiten und dann weiterzuziehen. Vielleicht meine eigene Kanzlei zu eröffnen, eine, in der sich das Leben nicht um die Uhr dreht. Ich möchte Arbeit im öffentlichen Interesse tun. So etwas Ähnliches wie Sie.«

»Also haben Sie nach neun Monaten schon die Nase voll von Kravitz & Bane?«

»Nein. Aber ich sehe es kommen. Ich will nicht mein Leben damit verbringen, reiche Gauner und kriminelle Firmen zu vertreten.«

»Dann sind Sie hier eindeutig fehl am Platz.«

Adam verließ das Fenster und trat an den Schreibtisch. Er schaute auf Goodman hinunter. »Ich bin am falschen Ort, und ich möchte versetzt werden. Wycoff ist damit einverstanden, daß ich für die nächsten paar Monate in unser Zweigbüro in Memphis übersiedele, damit ich an dem Cayhall-Fall arbeiten kann. Eine Art Beurlaubung, bei vollem Gehalt natürlich.«

»Sonst noch etwas?«

»Das wäre so ziemlich alles. Es wird funktionieren. Ich bin nur ein bescheidener Anfänger und hier entbehrlich. Niemand wird mich vermissen. Schließlich gibt es Unmengen von jungen Halsabschneidern, die darauf brennen, achtzehn Stunden am Tag zu arbeiten und zwanzig in Rechnung zu stellen.«

Goodmans Gesicht entspannte sich, und ein warmes Lächeln machte sich darauf breit. Er schüttelte den Kopf, als wäre er beeindruckt. »Sie haben all dies geplant, stimmt's? Sie haben sich für diese Firma entschieden, weil sie Sam Cayhall vertritt und weil sie ein Büro in Memphis hat.«

Adam nickte, ohne zu lächeln. »Es hat sich so ergeben. Ich habe nicht gewußt, ob und wann dieser Moment kommen würde, aber ja, irgendwie habe ich das geplant. Fragen Sie mich nicht, wie es weitergeht.«

»Er wird in drei Monaten tot sein, vielleicht schon früher.«

»Aber ich muß etwas tun, Mr. Goodman. Wenn die Firma mir nicht gestattet, den Fall zu übernehmen, werde ich wahrscheinlich kündigen und es auf eigene Faust versuchen.«

Goodman schüttelte den Kopf und rutschte vom Schreibtisch herunter. »Tun Sie das nicht, Mr. Hall. Wir werden uns etwas ausdenken. Ich muß die Sache mit Daniel Rosen besprechen, unserem geschäftsführenden Partner. Ich denke, er wird einverstanden sein.«

»Er hat einen grauenhaften Ruf.«

»Den er vollauf verdient hat. Aber ich kann mit ihm reden.«

»Er wird es tun, wenn Sie und Wycoff es befürworten, oder?«

»Ganz bestimmt. Haben Sie Hunger?« Goodman griff nach seinem Jackett.

»Ein wenig.«

»Dann lassen Sie uns zusammen ein Sandwich essen.«

Die Masse der Lunchgäste im Imbiß an der Ecke war noch nicht eingetroffen. Der Partner und der Anfänger setzten sich an einen kleinen Tisch an einem der Fenster, die auf die Straße hinausgingen. Der Verkehr floß zäh, und nur wenige Schritte von ihnen entfernt eilten Hunderte von Fußgängern vorbei. Der Kellner brachte Goodman ein heißes, fettiges Cornedbeef-Sandwich und Adam einen Teller Hühnersuppe.

»Wie viele Leute sitzen zur Zeit in Mississippi im Todestrakt?« fragte Goodman.

»Achtundvierzig, im vorigen Monat. Fünfundzwanzig Schwarze, dreiundzwanzig Weiße. Die letzte Hinrichtung hat vor zwei Jahren stattgefunden. William Parris. Sam Cayhall wird vermutlich der nächste sein, sofern nicht ein kleines Wunder geschieht.«

Goodman kaute schnell an einem großen Bissen. Er wischte sich den Mund mit der Papierserviette ab. »Ein großes Wunder, würde ich sagen. Juristisch läßt sich kaum noch was unternehmen.«

»Da ist die übliche Kollektion von Anträgen in letzter Minute.«

»Heben wir uns die strategischen Erörterungen für später auf. Ich nehme an, Sie sind noch nie in Parchman gewesen.«

»Nein. Seit ich die Wahrheit erfahren habe, hat es mich gedrängt, nach Mississippi zurückzukehren, aber es ist nie dazu gekommen.«

»Es ist ein riesiges Gelände mitten im Delta des Mississippi, ironischerweise nicht weit von Greenville entfernt. An die siebzehntausend Morgen groß. Wahrscheinlich der heißeste Ort auf Erden. Es liegt am Highway 49, eine Art kleines Dorf westlich davon. Der vordere Teil besteht aus Verwaltungsgebäuden und ist nicht von Zäunen umgeben. Über das Gelände sind an die dreißig verschiedene Gebäude verstreut, alle eingezäunt und ausbruchssicher. Jeder Bau ist vollkommen von den anderen getrennt. Einige davon liegen Meilen auseinander. Sie fahren an verschiedenen dieser Bauten vorbei, alle von Maschendrahtzäunen und Stacheldraht umgeben. Dahinter stehen Hunderte von Gefangenen herum und tun gar nichts. Sie tragen verschiedenfarbige Kleidung, je nach ihrer Einstufung. Man hat den Eindruck, als wären sie alle junge Schwarze, die einfach herumlungern. Einige spielen Basketball, andere sitzen auf den Veranden der Gebäude. Hin und wieder ein weißes Gesicht. Sie fahren in Ihrem Wagen vorbei, allein und sehr langsam, eine Schotterstraße entlang, vorbei an den Gebäuden und dem Stacheldraht, bis Sie zu einem scheinbar harmlosen Komplex mit einem Flachdach kommen. Er ist von einem hohen Zaun umgeben, und auf den Wachtürmen sitzen Posten. Es ist ein relativ moderner Bau, der auch irgendeinen amtlichen Namen hat, aber fast jeder nennt ihn einfach den Todestrakt.«

»Hört sich an, als wäre es ein wundervoller Ort.«

»Ich hatte mir vorgestellt, es wäre ein Verlies, dunkel und kalt, in dem Wasser von der Decke tropft. Aber es ist nur ein kleines, flaches Gebäude, mitten in einem Baumwollfeld. Es ist nicht so schlecht wie die Todestrakte in anderen Staaten.«

»Ich möchte den Todestrakt sehen.«

»Das ist noch nichts für Sie. Es ist ein grauenhafter Ort, voller deprimierender Leute, die auf den Tod warten. Ich war sechzig, als ich zum erstenmal drin war, und hinterher konnte ich eine Woche lang nicht schlafen.« Er trank einen Schluck Kaffee. »Ich kann mir nicht vorstellen, wie Ihnen erst zumute sein wird, wenn Sie dort hingehen. Der Todestrakt ist schon schlimm genug, wenn man jemanden vertritt, der einem völlig fremd ist.«

»Er ist mir völlig fremd.«

»Wie wollen Sie ihm beibringen …«

»Ich weiß es nicht. Ich werde mir etwas einfallen lassen. Ich bin sicher, es wird sich irgendwie ergeben.«

Goodman schüttelte den Kopf. »Das ist irgendwie bizarr.«

»Die ganze Familie ist bizarr.«

»Ich erinnere mich jetzt wieder, daß Sam zwei Kinder hatte, eines davon eine Tochter. Es ist lange her. Und außerdem hat Tyner die Hauptarbeit getan.«

»Seine Tochter ist meine Tante, Lee Cayhall Booth, aber sie versucht, ihren Mädchennamen zu vergessen. Sie hat in den alten Geldadel von Memphis eingeheiratet. Ihr Mann besitzt ein oder zwei Banken, und sie verraten niemandem etwas über ihren Vater.«

»Wo lebt Ihre Mutter?«

»In Portland. Vor ein paar Jahren hat sie wieder geheiratet, und wir sprechen ungefähr zweimal im Jahr miteinander. Gestörte Beziehungen wäre ein milder Ausdruck.«

»Wie konnten Sie sich das College leisten?«

»Lebensversicherung. Mein Vater hatte Mühe, einen Job zu behalten, aber er war klug genug, eine Lebensversicherung abzuschließen. Als er Selbstmord beging, war die Wartezeit schon seit mehreren Jahren abgelaufen.«

»Sam hat nie über seine Familie gesprochen.«

»Und seine Familie spricht nie über ihn. Seine Frau, meine Großmutter, starb ein paar Jahre, bevor er verurteilt wurde. Das habe ich natürlich nicht gewußt. Der größte Teil meiner genealogischen Recherchen basiert auf dem, was ich von meiner Mutter erfahren habe, und der ist es weitgehend gelungen, die Vergangenheit zu vergessen. Ich weiß nicht, wie das in normalen Familien vor sich geht, Mr. Goodman, aber meine Leute kommen nur selten zusammen, und wenn sich zwei oder mehr von uns treffen, dann ist die Vergangenheit das letzte, worüber gesprochen wird. Da gibt es viele dunkle Geheimnisse.«

Goodman knabberte an einem Kartoffelchip und hörte aufmerksam zu. »Sie erwähnten eine Schwester.«

»Ja, ich habe eine Schwester, Carmen. Sie ist dreiundzwanzig, ein intelligentes und hübsches Mädchen. Studiert in Berkeley. Sie ist in Los Angeles geboren und brauchte deshalb im Gegensatz zu uns anderen keine Namensänderung. Wir halten ständig Kontakt miteinander.«

»Sie weiß Bescheid?«

»Ja, sie weiß Bescheid. Ich habe es erst von meiner Tante Lee erfahren, kurz nach der Beerdigung meines Vaters, und dann hat mich meine Mutter, was für sie typisch ist, gebeten, es auch Carmen zu sagen, die damals erst vierzehn war. Sie hat nie irgendwelches Interesse an Sam Cayhall an den Tag gelegt. Offen gestanden, der Rest der Familie wünscht sich, er würde einfach in aller Stille verschwinden.«

»Dieser Wunsch wird ihnen erfüllt werden.«

»Aber es wird nicht in aller Stille passieren, nicht wahr?«

»Nein. Das tut es nie. Einen kurzen, aber ziemlich widerwärtigen Augenblick lang wird Sam Cayhall der Mann sein, über den im ganzen Land am meisten geredet wird. Wir werden dieselben alten Aufnahmen von der Bombenexplosion und den Prozessen mit den vor dem Gerichtsgebäude aufmarschierten Kluxern sehen. Die alte Debatte über die Todesstrafe wird wieder aufflammen. Die Presse wird in Parchman einfallen. Dann werden sie ihn töten, und zwei Tage später ist alles wieder vergessen. So ist es jedesmal.«

Adam rührte in seiner Suppe und holte bedächtig ein Stück Hühnerfleisch heraus. Er betrachtete es einen Moment, dann beförderte er es wieder in die Brühe. Er hatte keinen Hunger. Goodman verzehrte einen weiteren Chip und betupfte sich die Mundwinkel mit seiner Serviette.

»Sie glauben doch nicht etwa, Mr. Hall, daß Sie das geheimhalten können.«

»Dazu habe ich mir einige Gedanken gemacht.«

»Vergessen Sie's.«

»Meine Mutter hat mich angefleht, es nicht zu tun. Meine Schwester wollte nicht darüber reden. Und meine Tante in Memphis ist starr vor Angst vor der vagen Möglichkeit, daß wir alle als Cayhalls identifiziert werden und dann für immer ruiniert sind.«

»Die Möglichkeit ist gar nicht so vage. Wenn die Presse mit Ihnen fertig ist, wird sie alte Schwarzweißfotos von Ihnen ausgegraben haben, wie Sie auf den Knien Ihres Großvaters sitzen. Das macht sich großartig in den Zeitungen. Stellen Sie sich vor, Mr. Hall – der vergessene Enkelsohn, der in letzter Minute auf der Bühne erscheint und sich heroisch bemüht, seinem armen alten Großvater zu helfen, dessen Uhr beinahe abgelaufen ist.«

»Irgendwie gefällt mir das.«

»Es ist nicht schlecht. Es wird eine Menge Aufmerksamkeit auf unsere geliebte kleine Firma lenken.«

»Was mich auf ein anderes unangenehmes Thema bringt.«

»Das glaube ich nicht. Bei Kravitz & Bane arbeiten keine Feiglinge. Wir haben in der rauhen und unerbittlichen Welt der Chicagoer Justiz überlebt und Geld gemacht. Wir gelten als die gemeinsten Burschen in der ganzen Stadt. Wir haben das dickste Fell. Machen Sie sich der Firma wegen keine Sorgen.«

»Sie sind also einverstanden?«

Goodman legte seine Serviette auf den Tisch und trank einen weiteren Schluck Kaffee. »Oh, es ist eine wundervolle Idee, vorausgesetzt, Ihr Großvater ist damit einverstanden. Wenn Sie ihn dazu bringen, daß er uns engagiert, richtiger gesagt, von neuem engagiert, dann sind wir wieder im Geschäft. Sie werden der Mann an der vordersten Front sein. Was Sie brauchen, können wir Ihnen von hier aus übermitteln. Ich werde mich im Hintergrund bereithalten. Es wird seinen Gang gehen. Dann werden sie ihn umbringen, und Sie werden nie darüber hinwegkommen. Ich habe drei meiner Mandanten sterben sehen, Mr. Hall, darunter einen in Mississippi. Danach sind Sie nie mehr der, der Sie vorher waren.«

Adam nickte und lächelte und beobachtete die Fußgänger auf dem Gehsteig.

Goodman fuhr fort. »Wir werden dasein und Ihnen beistehen, wenn sie ihn töten. Sie werden es nicht allein durchstehen müssen.«

»Es ist doch nicht hoffnungslos, oder?«

»Fast. Über Strategie reden wir später. Als erstes muß ich mit Daniel Rosen sprechen. Er wird sich wahrscheinlich eingehend mit Ihnen unterhalten wollen. Als zweites müssen Sie Sam aufsuchen und sozusagen ein kleines Familientreffen veranstalten. Das ist der schwierigste Teil. Drittens, wenn er einverstanden ist, machen wir uns an die Arbeit.«

»Danke.«

»Danken Sie mir nicht, Adam. Ich bezweifle, daß wir noch miteinander reden werden, wenn das alles vorbei ist.«

»Ich danke Ihnen trotzdem.«

5

Die Zusammenkunft wurde rasch anberaumt. E. Garner Goodman tätigte den ersten Anruf, und binnen einer Stunde waren die erforderlichen Teilnehmer im Bilde. Vier Stunden später saßen sie alle zusammen in einem kleinen, wenig benutzten Konferenzzimmer neben Daniel Rosens Büro. Hier war Rosens Terrain, und deshalb machte sich Adam mehr als nur geringfügige Sorgen.

Der Legende nach war Daniel Rosen ein Ungeheuer, obwohl zwei Herzinfarkte ihn etwas abgeschliffen und ein wenig sanfter gemacht hatten. Dreißig Jahre lang war er ein skrupelloser Prozeßanwalt gewesen, der bösartigste, gemeinste und ganz ohne Zweifel einer der erfolgreichsten Advokaten in Chicago. Vor den Herzinfarkten war er berühmt gewesen für sein brutales Arbeitsprogramm – neunzig Stunden pro Woche, Arbeitsorgien um Mitternacht, bei denen Anwaltsgehilfen und Sekretärinnen ihm alles mögliche heraussuchen und anschleppen mußten. Mehrere Ehefrauen hatten ihn verlassen. Vier Sekretärinnen mußten gleichzeitig auf Hochtouren arbeiten, um mit ihm Schritt zu halten. Daniel Rosen war das Herz und die Seele von Kravitz & Bane gewesen, aber das war Vergangenheit. Sein Arzt hatte verlangt, daß er seine Arbeit auf fünfzig Stunden pro Woche reduzierte, und er hatte ihm jede weitere Prozeßarbeit verboten.

Jetzt war Rosen, inzwischen fünfundsechzig Jahre alt und auf dem Wege zur Fettleibigkeit, von seinen geliebten Kollegen einstimmig dazu auserwählt worden, auf den sanfteren Weiden der Verwaltungsgeschäfte zu grasen. Er war für den reibungslosen Ablauf der ziemlich schwerfälligen Bürokratie von Kravitz & Bane verantwortlich. Eine Ehre, hatten die anderen Partner lahm erklärt, als sie ihm diesen Posten übertrugen.

Bisher war diese Ehre eine Katastrophe gewesen. Verbannt von dem Schlachtfeld, das er so inbrünstig liebte und brauchte, betrieb Rosen die Verwaltung der Firma auf eine Art, die sehr viel Ähnlichkeit mit der Vorbereitung eines kostspieligen Prozesses besaß. Er nahm wegen der trivialsten Angelegenheiten Sekretärinnen und Anwaltsgehilfen ins Kreuzverhör. Er legte sich mit den Partnern an und redete wegen nebulöser Probleme der Firmenpolitik stundenlang auf sie ein. Ins Gefängnis seines Büros verbannt, forderte er junge angestellte Anwälte auf, ihn zu besuchen, und brach dann einen Streit vom Zaun, um ihr Durchhaltevermögen unter Druck zu testen.

An dem kleinen Konferenztisch wählte er absichtlich den Adam genau gegenüberstehenden Stuhl und hielt eine dünne Akte in der Hand, als enthielte sie ein tödliches Geheimnis. E. Garner Goodman saß neben Adam, befingerte seine Fliege und kratzte sich den Bart. Als er Rosen angerufen, ihn über Adams Bitte unterrichtet und ihm die Neuigkeit über Adams Abstammung mitgeteilt hatte, hatte Rosen mit vorhersehbarer Unvernunft reagiert.

Emmitt Wycoff stand mit einem Mobiltelefon von Streichholzschachtelgröße am Ohr an einem Ende des Raums. Er war knapp fünfzig, sah wesentlich älter aus und durchlebte jeden Tag im Zustand unablässiger Panik und ständigen Telefonierens.

Rosen schlug vor Adams Augen sorgfältig die Akte auf und holte einen Notizblock heraus. »Weshalb haben Sie uns während des Vorstellungsgesprächs im vorigen Jahr nichts von Ihrem Großvater erzählt?« begann er mit scharfer Stimme und wütendem Blick.

»Weil mich niemand danach gefragt hat«, erwiderte Adam. Goodman hatte ihn darauf hingewiesen, daß das Treffen hart werden könnte, aber er und Wycoff würden die Oberhand gewinnen.

»Ich will keine Klugscheißerei hören«, knurrte Rosen.

»Immer mit der Ruhe, Daniel«, sagte Goodman und verdrehte Wycoff gegenüber die Augen, der den Kopf schüttelte und dann zur Decke emporschaute.

»Meinen Sie nicht, Mr. Hall, daß Sie uns hätten mitteilen müssen, daß Sie mit einem unserer Mandanten verwandt sind? Ihnen ist doch wohl klar, daß wir ein Recht darauf haben, das zu wissen, oder etwa nicht, Mr. Hall?« Sein spöttischer Ton war normalerweise für Zeugen reserviert, die logen und in der Falle saßen.

»Ich bin nach allen möglichen Dingen gefragt worden«, erwiderte Adam sehr beherrscht. »Erinnern Sie sich an die Sicherheitsüberprüfung? Die Fingerabdrücke? Es war sogar die Rede von einem Lügendetektor.«

»Ja, Mr. Hall, aber Sie wußten etwas, das uns unbekannt war. Ihr Großvater war Mandant dieser Firma, als Sie sich um eine Anstellung bewarben, und Sie hätten uns davon in Kenntnis setzen müssen.« Rosens Stimme war klangvoll und bewegte sich mit dem dramatischen Nachdruck eines guten Schauspielers durch Höhen und Tiefen. Sein Blick ruhte unverwandt auf Adam.

»Nicht gerade der typische Großvater«, sagte Adam leise.

»Er ist trotzdem Ihr Großvater, und als Sie sich hier beworben haben, wußten Sie, daß er von uns vertreten wird.«

»Dann bitte ich um Entschuldigung«, sagte Adam. »Diese Firma hat Tausende von Mandanten, alle gut betucht, die Unsummen für unsere Dienste bezahlen. Ich wäre nie auf die Idee gekommen, daß ein unbedeutender *pro-bono*-Fall irgendwelche Probleme bereiten würde.«

»Sie sind hinterhältig, Mr. Hall. Sie haben sich ganz bewußt für diese Firma entschieden, weil sie damals Ihren Großvater vertrat. Und jetzt sind Sie auf einmal hier und betteln um die Akte. Das bringt uns in eine unangenehme Lage.«

»Was für eine unangenehme Lage?« fragte Emmitt Wycoff, klappte sein Telefon zusammen und steckte es in die Tasche. »Schließlich reden wir über einen Mann, der in einer Todeszelle sitzt. Er braucht einen Anwalt, verdammt noch mal!«

»Seinen eigenen Enkel?« fragte Rosen.

»Wen kümmert es, ob es sein eigener Enkel ist? Der Mann steht mit einem Fuß im Grab, und er braucht einen Anwalt.«

»Er hat uns entlassen, haben Sie das vergessen?« fuhr Rosen auf.

»Ja, aber er kann uns jederzeit wieder engagieren. Es ist einen Versuch wert. Und kein Grund zur Aufregung.«

»Hören Sie, Emmitt, es ist mein Job, für das Image dieser Firma zu sorgen, und die Idee, einen unserer jungen Mitarbeiter nach Mississippi zu schicken, nur damit er einen Tritt in den Hintern bekommt und sein Mandant hingerichtet wird, gefällt mir ganz und gar nicht. Offengestanden, ich finde, wir sollten Mr. Hall entlassen.«

»Oh, wunderbar, Daniel«, sagte Wycoff. »Die typische Überreaktion auf ein heikles Thema. Und wer vertritt dann Sam Cayhall? Denken Sie einen Moment lang auch an ihn. Der Mann braucht einen Anwalt! Adam ist möglicherweise seine einzige Chance.«

»Dann stehe Gott ihm bei«, murmelte Rosen.

E. Garner Goodman entschloß sich zum Reden. Er verschränkte die Hände auf dem Tisch und funkelte Rosen an. »Das Image dieser Firma? Glauben Sie wirklich, man hält uns für einen Haufen unterbezahlter Sozialarbeiter, die sich für die Gesellschaft aufopfern?«

»Oder wie wäre es mit einem Haufen Nonnen, die in den Sozialsiedlungen arbeiten?« setzte Wycoff höhnisch hinzu.

»Wie könnte so etwas dem Image der Firma schaden?« fragte Goodman.

Der Gedanke an Rückzug war Rosen nie gekommen. »Ganz einfach, Garner. Wir schicken nicht unsere Anfänger in den Todestrakt. Gut, wir mißbrauchen sie vielleicht, versuchen sie umzubringen, erwarten von ihnen, daß sie zwanzig Stunden am Tag arbeiten, aber wir schicken sie nicht in die Schlacht, bevor sie dazu bereit sind. Sie wissen, wie kompliziert die mit der Todesstrafe verbundenen juristischen Probleme sind. Schließlich haben Sie Bücher darüber geschrieben. Wie können Sie da erwarten, daß Mr. Hall hier irgend etwas ausrichten kann?«

»Ich werde ein Auge auf alles haben, was er tut«, erwiderte Goodman.

»Er ist wirklich ziemlich gut«, setzte Wycoff abermals hinzu. »Er hat die gesamte Akte im Kopf, Daniel.«

»Es wird funktionieren«, sagte Goodman. »Vertrauen Sie mir, Daniel. Ich habe so etwas schon öfter gemacht. Ich werde ihm sagen, wo's langgeht.«

»Und ich werde ein paar Stunden darauf verwenden, ihm zu helfen«, setzte Wycoff hinzu. »Wenn nötig, fliege ich sogar hinunter.«

Goodman fuhr auf und starrte Wycoff fassungslos an. »Sie! *Pro bono?*«

»Natürlich. Ich habe ein Gewissen.«

Adam ignorierte den Wortwechsel und sah Daniel Rosen an. Also los, werfen Sie mich hinaus, hätte er am liebsten gesagt. Los, Mr. Rosen, setzen Sie mich vor die Tür, damit ich meinen Großvater begraben und dann zusehen kann, was ich mit dem Rest meines Lebens anfange.

»Und wenn er hingerichtet wird?« fragte Rosen in Goodmans Richtung.

»Wir haben schon früher Mandanten verloren, Daniel, das wissen Sie. Drei, seit ich *pro bono* arbeite.«

»Wie sehen seine Chancen aus?«

»Sehr mager. Im Augenblick lebt er mit einem Aufschub, den das Fünfte Berufungsgericht gewährt hat. Der Aufschub kann jeden Tag aufgehoben werden, und dann wird ein neuer Hinrichtungstermin festgesetzt. Vermutlich im Spätsommer.«

»Also ziemlich bald.«

»Richtig. Wir haben uns sieben Jahre um seine Berufungen gekümmert, und sie haben ihren Verlauf genommen.«

»Wieso haben wir von allen Leuten, die im Todestrakt sitzen, gerade dieses Arschloch vertreten?« wollte Rosen wissen.

»Das ist eine lange Geschichte und in diesem Moment völlig irrelevant.«

Rosen machte sich auf seinem Block scheinbar gewichtige Notizen. »Sie glauben doch nicht etwa, daß Sie das geheimhalten können?«

»Vielleicht.«

»Quatsch, vielleicht. Kurz bevor sie ihn töten, werden sie ihn zu einer Berühmtheit machen. Die Medien werden um ihn herumwimmeln wie ein Rudel Wölfe. Sie werden bloßgestellt werden, Mr. Hall.«

»Und?«

»Und es wird Schlagzeilen machen, Mr. Hall. Sehen Sie sie nicht schon vor sich? VERSCHOLLENER ENKEL KEHRT ZURÜCK, UM GROSSVATER ZU RETTEN.«

»Hör auf damit, Daniel«, sagte Goodman.

Aber er redete weiter. »Das ist ein gefundenes Fressen für die Medien, ist Ihnen das nicht klar, Mr. Hall? Sie werden Sie bloßstellen und alle Welt wissen lassen, wie verrückt Ihre Familie ist.«

»Aber wir lieben die Presse doch, nicht wahr, Mr. Rosen?« fragte Adam gelassen. »Wir sind Prozeßanwälte. Erwartet man von uns nicht, daß wir vor den Kameras auftreten? Sie haben nie …«

»Ein sehr gutes Argument«, unterbrach ihn Goodman. »Daniel, vielleicht sollten Sie diesen jungen Mann nicht auffordern, der Presse aus dem Weg zu gehen. Wir können ganze Geschichten erzählen, wie Sie die Aufmerksamkeit der Presse auf sich gelenkt haben.«

»Ja, bitte, Daniel, halten Sie dem Jungen Vorträge, worüber Sie wollen, aber hören Sie auf mit diesem Quatsch über die Medien«, sagte Wycoff mit einem gemeinen Grinsen. »Sie haben oft genug Ihre Schau abgezogen.«

Einen kurzen Augenblick lang wirkte Rosen verlegen. Adam beobachtete ihn genau.

»Was mich betrifft, mir gefällt das Szenarium«, sagte Goodman, während er seine Fliege befingerte und das Bücherregal hinter Rosen betrachtete. »Im Grunde spricht eine Menge dafür. Könnte eine großartige Sache sein für uns kleine *pro-bono*-Leute. Stellen Sie es sich bloß mal vor. Dieser junge Anwalt, der da unten wie ein Wahnsinniger darum kämpft, einen ziemlich berühmten Insassen einer Todeszelle zu retten. Und er ist einer unserer Anwälte – ein Mitarbeiter von Kravitz & Bane. Natürlich wird es Tonnen von Berichten geben, aber wem sollte das schaden?«

»Es ist eine wundervolle Idee, wenn Sie mich fragen«, setzte Wycoff hinzu, gerade als das irgendwo tief in einer seiner Taschen vergrabene Telefon piepte. Er klemmte es sich ans Ohr und wendete sich von der Versammlung ab.

»Was ist, wenn er stirbt? Stehen wir dann nicht schlecht da?« fragte Rosen Goodman.

»Es ist damit zu rechnen, daß er stirbt. Deshalb sitzt er schließlich in der Todeszelle«, erklärte Goodman.

Wycoff hörte auf zu murmeln und steckte das Telefon wieder in die Tasche. »Ich muß gehen«, sagte er und bewegte sich, jetzt nervös, eilig auf die Tür zu. »Wo stehen wir?«

»Es gefällt mir immer noch nicht«, sagte Rosen.

»Daniel, Daniel, immer mit dem Kopf durch die Wand«, sagte Wycoff, blieb am Ende des Tisches stehen und stützte sich mit beiden Händen darauf. »Sie wissen, daß es eine gute Idee ist. Sie sind nur sauer, weil er es uns nicht gleich gesagt hat.«

»Das stimmt. Er hat uns getäuscht, und jetzt benutzt er uns.«

Adam holte tief Luft und schüttelte den Kopf.

»Das Vorstellungsgespräch liegt fast ein Jahr zurück. Das ist Vergangenheit und erledigt. Vergessen Sie's. Er ist intelligent. Er arbeitet sehr hart. Weiß, was er will. Recherchiert überaus sorgfältig. Wir können froh sein, daß wir ihn haben. Na schön, seine Familie hat Probleme. Aber schließlich können wir nicht jeden Anwalt entlassen, mit dessen Familie etwas nicht stimmt.« Wycoff grinste Adam an.

»Außerdem schwärmen sämtliche Sekretärinnen für ihn. Ich schlage vor, wir schicken ihn für ein paar Monate in den Süden und holen ihn dann so bald wie möglich zurück. Ich brauche ihn. Und jetzt muß ich los.« Er verschwand und machte die Tür hinter sich zu.

Im Zimmer herrschte Schweigen. Rosen kritzelte etwas auf seinen Block, dann gab er es auf und klappte die Akte zu. Er tat Adam fast leid. Hier saß nun dieser gewaltige Krieger, der legendäre Matador der Gerichtssäle von Chicago, ein großartiger Anwalt, der dreißig Jahre lang Geschworene beeinflußt, Gegner in Angst und Schrecken versetzt und Richter eingeschüchtert hatte und jetzt nur noch mit Bleistiften hantieren durfte und verzweifelt versuchte, aus der Beauftragung eines Anfängers mit einem *pro-bono*-Projekt eine Staatsaktion zu machen. Adam sah das Komische daran, die Ironie und den Jammer.

»Ich bin einverstanden, Mr. Hall«, sagte Rosen mit sehr viel Dramatik in seiner leisen Stimme, als wäre er total frustriert. »Aber eines kann ich Ihnen versprechen: Wenn diese Cayhall-Geschichte vorbei ist und Sie nach Chicago zurückkehren, werde ich mich dafür einsetzen, daß Sie bei Kravitz & Bane entlassen werden.«

»Das wird vermutlich nicht nötig sein«, sagte Adam schnell.

»Sie haben sich unter falschem Vorwand bei uns beworben«, fuhr Rosen fort.

»Ich sagte es bereits, es tut mir leid. Es wird nicht wieder passieren.«

»Außerdem sind Sie verdammt gerissen.«

»Das sind Sie auch, Mr. Rosen. Zeigen Sie mir einen Prozeßanwalt, der nicht gerissen ist.«

»Schlaues Kerlchen. Genießen Sie den Cayhall-Fall, Mr. Hall, es wird Ihre letzte Arbeit für diese Firma sein.«

»Sie möchten, daß ich eine Hinrichtung genieße?«

»Regen Sie sich ab, Daniel«, sagte Goodman leise. »Hier wird niemand entlassen.«

Rosen richtete voller Zorn seinen Finger auf Goodman. »Ich schwöre, daß ich seine Entlassung empfehlen werde.«

»Gut. Aber mehr als empfehlen können Sie nicht, Daniel.

Ich bringe die Sache vor das Komitee, und dann werden sich alle in den Haaren liegen. Okay?«

»Ich kann es kaum abwarten«, knurrte Rosen und sprang auf. »Ich fange gleich an, mit den Leuten zu reden. Ende der Woche habe ich meine Stimmen beisammen. Guten Tag!« Er stürmte aus dem Zimmer und knallte die Tür hinter sich zu.

Sie saßen schweigend nebeneinander, starrten über den Tisch hinweg auf die Rücken der leeren Stühle und die Reihen von dicken, an der Wand aufgereihten juristischen Büchern und lauschten dem Echo der zugeknallten Tür.

»Danke«, sagte Adam schließlich.

»Im Grunde ist er kein schlechter Kerl«, sagte Goodman.

»Reizend. Ein gütiger alter Herr.«

»Ich kenne ihn schon sehr lange. Es geht ihm gar nicht gut, er ist frustriert und deprimiert. Wir wissen nicht recht, was wir mit ihm anfangen sollen.«

»Was ist mit Pensionierung?«

»Es ist darüber gesprochen worden, aber bisher wurde noch nie ein Partner zum Ausscheiden gezwungen. Und es liegt ja wohl auf der Hand, daß keiner von uns einen solchen Präzedenzfall schaffen möchte.«

»Ist es ihm ernst damit, daß ich entlassen werden soll?«

»Machen Sie sich deshalb keine Sorgen, Adam. Dazu wird es nicht kommen, das verspreche ich Ihnen. Es war unrecht, daß Sie es uns nicht gesagt haben, aber das ist eine relativ kleine Sünde. Und eine völlig verständliche. Sie sind jung, verstört, naiv, und Sie wollen helfen. Machen Sie sich wegen Rosen keine Sorgen. Ich glaube nicht, daß er in drei Monaten noch auf seinem Stuhl sitzen wird.«

»Ich glaube, tief in seinem Innern bewundert er mich.«

»Das ist ziemlich offensichtlich.«

Adam holte tief Luft und wanderte um den Tisch herum. Goodman zog die Kappe von seinem Stift und begann, sich Notizen zu machen. »Wir haben nicht viel Zeit, Adam«, sagte er.

»Ich weiß.«

»Wann können Sie abreisen?«

»Morgen. Ich packe gleich heute abend. Es ist eine Fahrt von zehn Stunden.«

»Die Akte wiegt einen Zentner. Sie wird gerade kopiert. Ich lasse sie morgen expedieren.«

»Erzählen Sie mir etwas über unser Büro in Memphis.«

»Ich habe vor einer Stunde mit den Leuten dort gesprochen. Der geschäftsführende Partner heißt Baker Cooley. Er erwartet Sie. Sie werden Ihnen ein kleines Büro und eine Sekretärin zur Verfügung stellen und Ihnen helfen, soweit es geht. Von Prozeßführung haben sie da unten nicht viel Ahnung.«

»Wie viele Anwälte?«

»Zwölf. Es ist eine kleine Nobelfirma, die wir vor zehn Jahren gekauft haben; niemand weiß mehr genau, warum. Aber es sind gute Leute. Die Überreste einer alten Firma, die mit dem Baumwoll- und Getreidehandel dort unten zu Ansehen gekommen ist, und ich glaube, darin liegt die Verbindung zu Chicago. Auf jeden Fall macht es sich gut auf den Briefbogen. Waren Sie schon einmal in Memphis?«

»Ich bin dort geboren, erinnern Sie sich?«

»Ach, ja.«

»Ich war einmal dort, vor ein paar Jahren, und habe meine Tante besucht.«

»Es ist eine alte Stadt am Fluß, irgendwie anheimelnd. Sie werden sich dort wohl fühlen.«

Adam ließ sich Goodman gegenüber am Tisch nieder. »Wie soll ich mich in den nächsten paar Monaten wohl fühlen können?«

»Gute Frage. Sie sollten so bald wie möglich nach Parchman fahren.«

»Das werde ich übermorgen nachmittag tun.«

»Gut. Ich rufe den Direktor an. Er heißt Philip Naifeh und ist seltsamerweise Libanese. Von denen gibt es eine ganze Reihe im Mississippi-Delta. Jedenfalls ist er ein alter Freund von mir, und ich sage ihm, daß Sie kommen.«

»Der Direktor ist Ihr Freund?«

»Ja. Und zwar schon seit etlichen Jahren. Das geht auf Maynard Tole zurück, einen ganz miesen Burschen, der mein erster Toter in diesem Krieg war. Ich glaube, er wurde 1986 hingerichtet, und der Direktor und ich wurden Freunde. Er ist ein Gegner der Todesstrafe, ob Sie's glauben oder nicht.«

»Das kann ich nicht glauben.«

»Er haßt Hinrichtungen. Das werden Sie bald lernen, Adam. Die Todesstrafe mag zwar in unserem Lande sehr populär sein, aber die Leute, die gezwungen sind, sie zu vollstrecken, befürworten sie nicht. Sie werden diese Leute kennenlernen: die Wärter, die in engem Kontakt zu den Insassen der Todeszellen stehen; die Verwaltungsbeamten, die eine reibungslose Tötung planen müssen; die Gefängnisangestellten, die schon einen Monat vorher zu proben beginnen. Es ist ein eigenartiger kleiner Ausschnitt dieser Welt, und ein überaus deprimierender.«

»Ich kann es kaum erwarten.«

»Ich spreche mit dem Direktor und hole die Besuchserlaubnis ein. Normalerweise gewährt man Ihnen ein paar Stunden. Aber es kann natürlich sein, daß es nur fünf Minuten dauert, falls Sam keinen Anwalt will.«

»Er wird mit mir reden, glauben Sie nicht?«

»Ich denke schon. Ich kann mir nicht vorstellen, wie der Mann reagieren wird, aber reden wird er. Es kann sein, daß Sie ihn mehrmals aufsuchen müssen, bis er unterschreibt, aber das können Sie ja tun.«

»Wann haben Sie ihn zum letztenmal gesehen?«

»Vor ungefähr zwei Jahren. Wallace Tyner und ich sind hingefahren. Sie sollten mit Tyner sprechen. Er hat in den letzten sechs Jahren an der vordersten Front gestanden.«

Adam nickte. Er hatte in den vergangenen neun Monaten schon eine Menge Informationen aus Tyner herausgeholt.

»Welchen Antrag reichen wir als ersten ein?«

»Darüber reden wir später. Ich treffe mich morgen früh mit Tyner, damit wir den Fall noch einmal durchsprechen können. Aber wir lassen alles offen, bis wir von Ihnen gehört haben. Wir können nichts unternehmen, solange wir ihn nicht vertreten.«

Adam dachte an die Zeitungsfotos, die Schwarzweißaufnahmen aus dem Jahre 1967, als Sam verhaftet wurde, und die Zeitschriftenfotos, in Farbe, vom dritten Prozeß im Jahre 1981; und an die Fernsehaufzeichnungen, die er zu einem halbstündigen Video über Sam Cayhall zusammengeschnitten hatte. »Wie sieht er aus?«

Goodman legte seinen Stift auf den Tisch und befingerte seine Fliege. »Mittelgroß. Dünn – aber schließlich sieht man im Todestrakt nur selten einen Dicken –, Nervenbelastung und mageres Essen. Er ist Kettenraucher, was nichts Ungewöhnliches ist, weil die Leute sonst kaum etwas anderes tun können, und sterben müssen sie ohnehin. Irgendeine ausgefallene Marke, Montclair, glaube ich, in einer blauen Packung. Sein Haar ist grau und fettig, soweit ich mich erinnere. Die Männer können nicht jeden Tag duschen. Hinten ist es ziemlich lang, aber das war vor zwei Jahren. Es ist noch nicht viel davon ausgefallen. Grauer Bart. Er ist ziemlich verrunzelt, aber schließlich geht er auf die Siebzig zu. Dazu das starke Rauchen. Sie werden feststellen, daß die Weißen im Todestrakt schlimmer aussehen als die Schwarzen. Sie sind dreiundzwanzig Stunden am Tag eingesperrt, deshalb bleichen sie sozusagen aus. Er sieht also richtig blaß und kränklich aus, blaue Augen, gut geschnittenes Gesicht. Ich vermute, daß Sam Cayhall früher einmal ein gutaussehender Mann war.«

»Nachdem mein Vater gestorben war und ich die Wahrheit über Sam erfahren hatte, habe ich meiner Mutter eine Menge Fragen gestellt. Sie hatte nicht viele Antworten, aber sie hat mir einmal gesagt, daß es zwischen meinem Vater und Sam kaum äußerliche Ähnlichkeiten gab.«

»Und auch nicht zwischen Ihnen und Sam, wenn es das ist, worauf Sie hinauswollen.«

»Ja, vermutlich.«

»Er hat Sie nicht mehr gesehen, seit Sie ein Kleinkind waren, Adam. Er wird Sie nicht wiedererkennen. So leicht wird es nicht sein. Sie werden es ihm sagen müssen.«

Adam starrte auf den Tisch. »Sie haben recht. Wie wird er reagieren?«

»Ich habe keine Ahnung. Ich nehme an, er wird zu bestürzt sein, um viel zu sagen. Aber er ist ein intelligenter

Mann, ohne viel Schulbildung, aber ziemlich belesen und redegewandt. Er wird sich schon etwas einfallen lassen. Es könnte ein paar Minuten dauern.«

»Das hört sich an, als ob Sie ihn fast mögen.«

»Das tue ich nicht. Er ist ein fürchterlicher Rassist und Fanatiker und hat keinerlei Reue für seine Taten gezeigt.«

»Sie sind überzeugt, daß er schuldig ist.«

Goodman grunzte und lächelte vor sich hin, dann überlegte er sich eine Antwort. Drei Prozesse hatten stattgefunden, um die Schuld oder Unschuld von Sam Cayhall zu erweisen. Seit nunmehr neun Jahren war der Fall von einem Berufungsgericht ans andere weitergereicht und von vielen Richtern begutachtet worden. In zahllosen Zeitungs- und Zeitschriftenartikeln war über das Bombenattentat und diejenigen, die dahintersteckten, geschrieben worden. »Die Geschworenen glauben es. Das ist vermutlich das einzige, was zählt.«

»Aber wie steht es mit Ihnen? Was glauben Sie?«

»Sie haben die Akten gelesen, Adam. Sie haben den Fall jahrelang recherchiert. Es besteht überhaupt kein Zweifel daran, daß Sam an dem Attentat beteiligt war.«

»Aber?«

»Es gibt eine Menge Aber. Die gibt es immer.«

»Nichts weist darauf hin, daß er schon früher mit Sprengstoff hantiert hatte.«

»Richtig. Aber er war ein Klan-Terrorist, und die haben gebombt wie die Irren. Sam wird verhaftet, und die Bombenattentate hören auf.«

»Aber ein Zeuge hat ausgesagt, daß er bei einem der Bombenanschläge vor Kramer in dem grünen Pontiac *zwei* Männer gesehen hat.«

»Richtig. Aber dem Zeugen wurde nicht gestattet, bei der Verhandlung auszusagen. Und der Zeuge hatte gerade um drei Uhr morgens eine Bar verlassen.«

»Aber ein anderer Zeuge, ein Lastwagenfahrer, behauptet, er hätte gesehen, wie Sam und ein anderer Mann ein paar Stunden vor dem Attentat in einem Restaurant in Cleveland zusammensaßen.«

»Richtig. Aber der Lastwagenfahrer hat drei Jahre geschwiegen, und auch ihm wurde nicht gestattet, im letzten Prozeß auszusagen. Zu weit hergeholt.«

»Und wer war Sams Komplize?«

»Ich bezweifle, daß wir das je erfahren werden. Vergessen Sie nicht, Adam, dieser Mann wurde dreimal vor Gericht gestellt, hat aber nie ausgesagt. Der Polizei hat er praktisch gar nichts gesagt, seinen Verteidigern nur sehr wenig, zu den Geschworenen kein einziges Wort, und auch wir haben in den letzten sieben Jahren nichts Neues von ihm erfahren.«

»Glauben Sie, daß er allein gehandelt hat?«

»Nein. Er hatte Hilfe. Sam trägt dunkle Geheimnisse mit sich herum, Adam. Er wird sie nie jemandem verraten. Er hat als Angehöriger des Klans einen Eid geschworen, und er hat eine ziemlich verschrobene, romantische Vorstellung von einem heiligen Gelübde, das er nie brechen darf. Sein Vater gehörte auch dem Klan an, wissen Sie das?«

»Ja, ich weiß. Erinnern Sie mich nicht daran.«

»Entschuldigung. Auf jeden Fall ist es jetzt zu spät, um noch auf die Suche nach neuem Beweismaterial zu gehen. Wenn er tatsächlich einen Komplizen hatte, dann hätte er schon vor langer Zeit reden sollen. Vielleicht hätte er mit dem FBI reden sollen. Vielleicht hätte er mit dem Staatsanwalt einen Handel abschließen sollen. Ich weiß es nicht, aber wenn man wegen zweifachen vorsätzlichen Mordes angeklagt wird und mit dem Tod rechnen muß, dann fängt man an zu reden. Auch Sie würden reden, Adam – um ihren Kopf zu retten; und Sie würden Ihren Komplizen selbst zusehen lassen, wie er sich in Sicherheit bringt.«

»Und wenn es keinen Komplizen gegeben hat?«

»Es hat einen gegeben.« Goodman ergriff seinen Stift und schrieb einen Namen auf ein Stück Papier. Er schob es Adam über den Tisch hinweg zu, der es betrachtete und sagte: »Wyn Lettner. Der Name kommt mir bekannt vor.«

»Lettner war der leitende FBI-Agent im Fall Kramer. Er ist jetzt pensioniert und lebt an einem Forellenfluß in den Ozark Mountains. Er liebt es, Geschichten über den Krieg gegen den Klan und die Zeit der Bürgerrechtsbewegung in Mississippi zu erzählen.«

»Und er würde mit mir reden?«

»Bestimmt. Er ist ein großer Biertrinker, und wenn er sich halb hat vollaufen lassen, erzählt er die unglaublichsten Geschichten. Er wird nichts von sich geben, was vertraulich ist, aber er weiß mehr über das Kramer-Attentat als sonst irgend jemand. Ich habe immer geargwöhnt, daß er mehr weiß, als er ausgesagt hat.«

Adam faltete das Papier zusammen und steckte es in die Tasche. Er sah auf die Uhr. Es war fast sechs. »Ich muß mich beeilen. Ich muß noch packen.«

»Ich bringe die Akten morgen auf den Weg. Rufen Sie mich an, sobald Sie mit Sam gesprochen haben.«

»Das tue ich. Darf ich noch etwas sagen?«

»Natürlich.«

»Im Namen meiner Familie, soweit man davon reden kann – meiner Mutter, die sich weigert, über Sam zu sprechen; meiner Schwester, die seinen Namen nur flüstert; meiner Tante in Memphis, die den Namen Cayhall verleugnet – und im Namen meines toten Vaters möchte ich Ihnen und dieser Firma danken für das, was Sie bisher getan haben. Ich bewundere Sie sehr.«

»Gern geschehen. Und ich bewundere Sie. Und nun sehen Sie zu, daß Sie nach Memphis kommen.«

6

Die Einzimmerwohnung lag auf dem Dachboden über dem zweiten Stock eines Lagerhauses, in einer Gegend der Innenstadt, die für ihre Verbrechensrate berüchtigt war, aber angeblich sicher, bis es dunkel wurde. Das Lagerhaus war Mitte der achtziger Jahre vom Manager einer Bausparkasse gekauft worden, der einen Haufen Geld hineingesteckt hatte. Er hatte es in sechzig Wohnungen unterteilt, einen gerissenen Makler engagiert und sie als Yuppie-Apartments angeboten. Er scheffelte das Geld nur so, denn das Haus füllte sich praktisch über Nacht mit jungen Bankiers und Börsenmaklern.

Adam haßte die Wohnung. Von seinem Sechs-Monats-Vertrag waren noch drei Wochen übrig, aber er wußte nicht, wo er sonst wohnen sollte. Er würde gezwungen sein, den Vertrag um weitere sechs Monate zu verlängern, weil Kravitz & Bane erwartete, daß man achtzehn Stunden am Tag arbeitete, und er einfach nicht die Zeit hatte, sich eine andere Wohnung zu suchen.

Offenbar hatte er auch nicht die Zeit gehabt, irgendwelche Möbel zu kaufen. Ein schönes Ledersofa ohne Armlehnen stand einer alten Backsteinmauer gegenüber auf dem Holzfußboden. Nicht weit davon entfernt lagen zwei Sitzkissen – gelb und blau – für den unwahrscheinlichen Fall, daß Besucher aufkreuzten. Links davon war eine kleine Kochnische mit einer Frühstücksbar und drei Korbstühlen, und rechts von dem Sofa lag die Schlafecke mit dem ungemachten Bett und Kleidungsstücken auf dem Fußboden. Sechzig Quadratmeter, für dreizehnhundert Dollar im Monat. Adams Gehalt, neun Monate zuvor eine grandiose Aussicht, hatte mit sechzigtausend pro Jahr angefangen und betrug jetzt zweiundsechzigtausend. Von seinem Bruttogehalt von etwas mehr als fünftausend Dollar pro Monat gingen fünfzehnhundert für Steuern ab. Weitere sechshundert gelangten nie auf sein Konto, sondern wanderten in eine Pensionskasse von Kravitz & Bane, die ihm das Leben erleichtern sollte, wenn er fünfundfünfzig war, sofern sie ihn nicht vorher umbrachten. Nach Abzug der Miete und der anderen laufenden Kosten, vierhundert Dollar im Monat für einen geleasten Saab und kleineren Ausgaben für Tiefkühlkost und anständige Kleidung blieben Adam ungefähr siebenhundert Dollar zur freien Verfügung. Einen Teil davon gab er für Frauen aus, aber diejenigen, die er kannte, kamen gleichfalls gerade von der Universität und hatten neue Jobs und neue Kreditkarten und bestanden in der Regel darauf, für sich selbst zu zahlen. Adam hatte nichts dagegen. Dank dem Glauben seines Vaters an eine Lebensversicherung hatte er sein Studium nicht über ein Darlehen finanzieren müssen. Obwohl es Dinge gab, die er gern gekauft hätte, zahlte er jeden Monat fünfhundert Dollar in einen Investmentfonds ein. Da weder Frau noch Kinder in Sicht waren, bestand sein Lebensziel darin, hart zu arbeiten, hart zu sparen und sich mit Vierzig aus dem Beruf zurückzuziehen.

Vor der Backsteinmauer stand ein Aluminiumtisch mit einem Fernseher darauf. Adam saß auf dem Sofa, nackt bis auf Boxershorts, und hielt die Fernbedienung in der Hand. Bis auf die vom Bildschirm kommende fahle Helligkeit war das Zimmer dunkel. Es war bereits nach Mitternacht. Das Video hatte er im Laufe der Jahre zusammengestückelt – *Die Abenteuer eines Klan-Terroristen* nannte er es. Es begann mit der kurzen Nachrichtensendung eines Lokalsenders in Jackson, Mississippi, aufgenommen am 3. März 1967, am Morgen nach der Zerstörung der Synagoge durch eine Bombenexplosion. Es war der vierte bekannte Anschlag auf eine jüdische Institution im Laufe von zwei Monaten, erklärte die Reporterin, während hinter ihr ein Radlader mit einer Schaufel voll Trümmer vorbeidröhnte. Das FBI hatte nur wenige Anhaltspunkte, erklärte sie, und noch weniger Material für die Medien. Die Terrorkampagne des Klans geht weiter, verkündete sie ernst und beendete damit ihre Reportage.

Der Kramer-Anschlag war der nächste, und die Story begann mit heulenden Sirenen und Polizisten, die Neugierige vom Tatort zurückdrängten. Ein Lokalreporter und sein Kameramann waren so schnell zur Stelle gewesen, daß sie das Chaos von Anfang an mitbekamen. Man sah Leute, die auf die Überreste von Marvins Büro zurannten. Über den kleinen Eichen auf dem Rasen vor dem Haus hing eine dichte Staubwolke. Die Bäume waren zerfetzt und blattlos, aber sie standen noch. Die Wolke bewegte sich nicht, und nichts deutete darauf hin, daß sie sich je wieder auflösen würde. Außerhalb des Bildes rief jemand etwas über ein Feuer, und die Kamera schwenkte herum und richtete sich auf das Gebäude nebenan, wo dichter Rauch durch eine beschädigte Wand drang. Der Reporter, atemlos und ins Mikrofon keuchend, redete zusammenhanglos über die grauenhafte Szene. Er zeigte hierhin und dorthin, und die Kamera folgte ihm mit verzögerter Reaktion. Die Polizei drängte ihn beiseite, aber er war zu aufgeregt, um sich darum zu kümmern. In der verschlafenen Stadt Greenville gab es ein grandioses Inferno, und dies war sein großer Moment.

Eine halbe Stunde später, unter einem anderen Blickwinkel, war seine Stimme etwas gelassener, als er über die hektische Rettung von Marvin Kramer aus den Trümmern berichtete. Die Polizei errichtete ihre Absperrung und drängte die Menge weiter zurück, während die Rettungsmannschaften die Tragbahre durch die Trümmer manövrierten. Die Kamera folgte der davonjagenden Ambulanz. Dann, eine Stunde später und abermals unter einem anderen Blickwinkel, war der Reporter ziemlich gefaßt und schwermütig, als von den Rettungsleuten die beiden Tragbahren mit den zugedeckten kleinen Leichen herausgebracht wurden.

Es folgte ein Schnitt vom Schauplatz des Bombenattentats zur Vorderfront des Gerichtsgebäudes, und zum erstenmal war Sam Cayhall zu sehen. Er trug Handschellen und wurde schnell in einen wartenden Wagen gestoßen.

Wie immer drückte Adam auf einen Knopf und ließ die kurze Szene mit der Aufnahme von Sam noch einmal ablaufen. Es war 1967, vor dreiundzwanzig Jahren. Sam war sechsundvierzig Jahre alt. Sein Haar war dunkel und nach der damaligen Mode sehr kurz geschnitten. Unter seinem linken Auge, der Kamera abgewandt, klebte ein Wundpflaster. Er ging schnell und hielt mit den Deputies Schritt, weil Leute zusahen, Fotos machten und Fragen riefen. Er drehte sich nur einmal zu ihren Stimmen um, und wie immer hielt Adam das Band an und starrte zum millionstenmal in das Gesicht seines Großvaters. Das Bild war schwarzweiß und nicht scharf, aber immer trafen sich ihre Blicke.

Neunzehnhundertsiebenundsechzig. Wenn Sam sechsundvierzig war, dann war Eddie damals vierundzwanzig und Adam fast drei Jahre alt. Damals hieß er Alan. Alan Cayhall, wenig später Einwohner eines anderen Staates, in dem ein Richter ihm per Dekret einen neuen Namen verlieh. Beim Anschauen des Videos hatte er sich oft gefragt, wo er in dem Augenblick gewesen sein mochte, in dem die Kramer-Zwillinge starben: um 7.46 Uhr am 21. April 1967.

Seine Eltern wohnten damals in einem kleinen Haus in Clanton, und wahrscheinlich hatte er noch geschlafen, unter den wachsamen Augen seiner Mutter. Er war fast drei, und die Kramer-Zwillinge waren erst fünf Jahre alt.

Das Video zeigte weitere kurze Aufnahmen von Sam, der in verschiedene Gefängnisse und Gerichtsgebäude hinein- oder aus ihnen herausgeführt wurde. Er trug immer Handschellen und hatte sich angewöhnt, den Blick ungefähr einen Meter vor sich auf den Boden zu richten. Sein Gesicht war ausdruckslos. Er sah nie die Reporter an, ging nie auf ihre Fragen ein, sagte nie ein Wort. Er bewegte sich schnell, schoß aus Türen heraus und in wartende Wagen.

Das Spektakel der ersten beiden Prozesse war mit täglichen Fernsehreportagen eingehend dokumentiert worden. Im Laufe der Jahre war es Adam gelungen, den größten Teil der Aufzeichnungen in die Hand zu bekommen, und er hatte das Material sorgfältig zusammengestellt. Da war das großmäulige Gesicht von Clovis Brazelton, Sams Anwalt, der sich keine Gelegenheit zu einem Auftritt vor der Presse entgehen ließ. Aber Adam hatte im Laufe der Zeit die meisten Aufnahmen von Brazelton herausgeschnitten. Er verabscheute den Mann. Es gab klare Schwenks über die Rasen vor den Gerichtsgebäuden, mit den Mengen der schweigenden Zuschauer, der schwerbewaffneten Staatspolizei und den Männern des Ku-Klux-Klan in ihren Kutten, mit kegelförmigen Kapuzen und unheimlichen Masken. Es gab kurze Aufnahmen von Sam, immer voller Hast, immer den Kameras ausweichend, indem er einen stämmigen Deputy als Schild benutzte. Nach dem zweiten Prozeß und der zweiten gescheiterten Jury hielt Marvin Kramer in seinem Rollstuhl auf dem Gehsteig vor dem Gericht von Wilson County an und verurteilte mit bitteren Worten und Tränen in den Augen Sam Cayhall und den Ku-Klux-Klan und das viel zu eng gefaßte Rechtssystem von Mississippi. Dann kam es vor laufenden Kameras zu einem erbarmungswürdigen Zwischenfall. Marvin entdeckte plötzlich nicht weit von ihm entfernt zwei Klansmänner in ihren Kutten und begann, sie anzuschreien. Einer von ihnen schrie etwas zurück, aber seine Antwort ging in der Hektik des Augenblicks unter. Adam hatte alles Erdenkliche versucht, um die Antwort des Klansmannes wieder hörbar zu machen, aber ohne Erfolg. Die Antwort würde für immer unverständlich bleiben. Ein paar Jahre zuvor, noch während seines Studiums in Michigan, war es Adam gelungen, einen der Lokalreporter ausfindig zu machen, der damals dort gewesen war und nicht weit von Marvins Gesicht entfernt ein Mikrofon in der Hand gehalten hatte. Diesem Reporter zufolge hatte die Antwort von jenseits des Rasens etwas zu tun gehabt mit dem Wunsch, Marvin auch die restlichen Gliedmaßen abzureißen. Irgend etwas in dieser gemeinen und grausamen Art mußte es gewesen sein, denn Marvin drehte durch. Er kreischte den davonschlendernden Kluxern Obszönitäten zu und trieb die Metallräder seines Rollstuhls an, um ihnen zu folgen. Er brüllte und fluchte und weinte. Seine Frau und ein paar Freunde versuchten, ihn zurückzuhalten, aber er riß sich los, und seine Hände bearbeiteten wie besessen die Räder. Er rollte ungefähr sechs Meter, gefolgt von seiner Frau, während die Kamera alles festhielt, bis der Gehsteig endete und der Rasen begann. Der Rollstuhl kippte um, und Marvin stürzte auf den Rasen. Die Decke über seinen amputierten Beinen löste sich, und er rollte bis dicht an einen Baum heran. Seine Frau und seine Freunde waren sofort bei ihm, und ein oder zwei Augenblicke lang war er in einer kleinen Gruppe verschwunden. Aber man konnte ihn immer noch hören. Als die Kamera herumschwenkte und eine kurze Aufnahme von den beiden Klansmännern machte, von denen sich der eine vor Lachen bog und der andere wie erstarrt dastand, kam aus der kleinen Gruppe auf dem Boden ein seltsames Geräusch. Marvin heulte, aber es war das schrille Geheul eines verwundeten Wahnsinnigen. Es war ein furchtbares Geräusch, ein paar grauenhafte Sekunden lang, und dann folgte auf dem Video die nächste Szene.

Adam hatte Tränen in den Augen gehabt, als er zum erstenmal gesehen hatte, wie Marvin auf dem Boden landete, stöhnend und heulend, und obwohl die Bilder und Geräusche ihm immer noch die Kehle zuschnürten, hatte er schon vor langer Zeit aufgehört zu weinen. Das Video war sein Werk. Niemand außer ihm hatte es je gesehen. Und er hatte es sich so oft angeschaut, daß Tränen nicht mehr möglich waren.

Von 1968 bis 1981 machte die Technologie gewaltige Fortschritte, und die Aufzeichnungen von Sams drittem und letztem Prozeß waren wesentlich schärfer und klarer. Es war Februar 1981, in einem hübschen Städtchen mit einem belebten Platz und einem Gerichtsgebäude aus roten Backsteinen. Die Luft war bitter kalt, und vielleicht war das der Grund dafür, daß die Massen von Zuschauern und Demonstranten diesmal ausblieben. In einer Reportage vom ersten Verhandlungstag gab es einen kurzen Schwenk auf drei vermummte Klansmänner, die sich um ein tragbares Heizgerät drängten, sich die Hände rieben und eher wie Karnevalsbesucher aussahen als wie ernstzunehmende Unruhestifter. Sie wurden von einem runden Dutzend Staatspolizisten bewacht, alle in blauen Jacken.

Da man zu jener Zeit in der Bürgerrechtsbewegung mehr ein historisches Ereignis als einen fortdauernden Kampf sah, zog der dritte Prozeß gegen Sam Cayhall ein größeres Medienaufgebot an als die ersten beiden. Hier war ein Mann, der zugegeben hatte, daß er dem Klan angehörte, ein richtiggehender Terrorist aus der fernen Vergangenheit der Freedom Riders und der Bombenanschläge auf Kirchen; ein Relikt aus diesen finsteren Zeiten, das man jetzt aufgespürt und vor Gericht gestellt hatte. Die Analogie zu den Nazi-Kriegsverbrechern wurde mehr als nur einmal aufs Tapet gebracht.

Sam war während seines letzten Prozesses nicht in Haft. Er blieb ein freier Mann, und seine Freiheit machte es noch schwerer, ihn vor die Kamera zu bekommen. Es gab kurze Aufnahmen, wie er in verschiedene Räume des Gerichtsgebäudes eilte. Sam war gut gealtert in den dreizehn Jahren, die seit dem zweiten Prozeß vergangen waren. Das Haar war immer noch kurz und ordentlich, aber jetzt grau durchwachsen. Er schien ein wenig dicker geworden zu sein, wirkte aber immer noch fit. Mit flinken Schritten bewegte er sich die Gehsteige entlang und stieg behende in Autos oder aus ihnen heraus, immer von den Medien verfolgt. Eine

Kamera erfaßte ihn, als er aus einer Nebentür des Gerichtsgebäudes trat, und Adam hielt das Band genau in dem Moment an, in dem Sam direkt in die Kamera schaute.

Im Mittelpunkt eines großen Teils des Filmmaterials vom dritten und letzten Prozeß stand ein forscher junger Staatsanwalt namens David McAllister, ein gutaussehender Mann, der dunkle Anzüge trug und ein allzeitbereites Lächeln mit einwandfreien Zähnen. Es konnte kaum ein Zweifel daran bestehen, daß McAllister politische Ambitionen hatte. Er hatte das Aussehen dazu, das Haar, das Kinn, die volle Stimme, die glatten Worte, die Fähigkeit, Kameras auf sich zu ziehen.

1989, acht kurze Jahre nach dem Prozeß, wurde David McAllister zum Gouverneur des Staates Mississippi gewählt. Zu niemandes Überraschung waren die Hauptanliegen seines Wahlkampfes mehr Gefängnisse gewesen, längere Verurteilungen und eine unerschütterliche Befürwortung der Todesstrafe. Adam verabscheute ihn, wußte aber, daß er binnen weniger Wochen, vielleicht sogar Tage, im Büro des Gouverneurs in Jackson, Mississippi, sitzen und um eine Begnadigung bitten würde.

Das Video endete damit, daß Sam, abermals in Handschellen, aus dem Gerichtsgebäude geführt wurde, nachdem die Geschworenen ihn zum Tode verurteilt hatten. Seine Miene war ausdruckslos. Sein Anwalt schien unter Schock zu stehen und gab ein paar belanglose Bemerkungen von sich. Der Reporter endete mit der Meldung, daß Sam an einem der nächsten Tage in den Todestrakt verbracht werden würde.

Adam drückte auf den Rückspulknopf und starrte auf den leeren Bildschirm. Hinter dem lehnenlosen Sofa standen drei Pappkartons, die den Rest der Geschichte enthielten: die umfangreichen Protokolle aller drei Prozesse, die Adam erstanden hatte, während er in Pepperdine studierte; Kopien der Anträge und Entscheidungen aus dem Berufungskrieg, der seit Sams Verurteilung tobte; ein dicker Ordner mit einem ausführlichen Register, der Kopien von Hunderten von Zeitungs- und Zeitschriftenstories über Sams Abenteuer als Angehöriger des Klans enthielt; Material und Recherchen über die Todesstrafe; Notizen aus dem Studium. Er wußte mehr über seinen Großvater als irgend jemand sonst.

Dennoch wußte Adam, daß er nicht einmal die Oberfläche angekratzt hatte. Er drückte auf einen anderen Knopf und sah sich das Video noch einmal an.

7

Die Beerdigung von Eddie Cayhall fand einen knappen Monat nach Sams Verurteilung statt. Der Trauergottesdienst, an dem nur wenige Freunde und noch weniger Familienangehörige teilnahmen, wurde in einer kleinen Kapelle in Santa Monica abgehalten. Adam saß in der vordersten Bank zwischen seiner Mutter und seiner Schwester. Sie hielten sich bei den Händen und starrten auf den nur wenige Zentimeter von ihnen entfernten, geschlossenen Sarg. Seine Mutter war wie immer steif und stoisch ruhig. Gelegentlich traten ihr Tränen in die Augen, und sie war gezwungen, sie mit einem Taschentuch abzutupfen. Sie und Eddie hatten sich so oft getrennt und wieder versöhnt, daß die Kinder nicht mehr wußten, wessen Kleidungsstükke wo waren. Obwohl es in ihrer Ehe nie zu wirklich heftigen Auseinandersetzungen gekommen war, war eine Scheidung immer in greifbarer Nähe gewesen – Androhungen einer Scheidung, Pläne für eine Scheidung, ernste Gespräche mit den Kindern über eine Scheidung, Verhandlungen über eine Scheidung, Einreichen einer Scheidungsklage, Zurückziehen der Scheidungsklage, Schwüre, eine Scheidung auf jeden Fall zu vermeiden. Während des dritten Prozesses gegen Sam Cayhall brachte Adams Mutter ihre Habe ohne viel Aufhebens wieder in ihr kleines Haus und hielt sich so oft wie möglich in Eddies Nähe auf. Eddie hörte auf zu arbeiten und zog sich wieder einmal in seine dunkle kleine Welt zurück. Adam löcherte seine Mutter mit Fragen, aber sie erklärte nur mit ein paar kurzen Worten, daß Eddie wieder »eine schlimme Zeit« hätte.

Die Vorhänge wurden zugezogen, die Jalousien geschlossen, die Lampenstecker herausgezogen, die Stimmen gedämpft und der Fernseher ausgeschaltet, während die Familie eine weitere von Eddies schlimmen Zeiten durchstand.

Drei Wochen nach der Verurteilung war er tot. Er erschoß sich in Adams Zimmer, an einem Tag, an dem er wußte, daß Adam als erster nach Hause kommen würde. In einem Brief, den er auf den Fußboden gelegt hatte, gab er Adam Anweisungen, sich zu beeilen und das Zimmer wieder sauberzumachen, bevor die Frauen nach Hause kamen. Ein weiterer Brief wurde in der Küche gefunden.

Carmen war damals vierzehn, drei Jahre jünger als Adam. Sie war in Mississippi gezeugt worden, aber erst nach der hastigen Flucht ihrer Eltern in Kalifornien zur Welt gekommen. Als sie geboren wurde, hatte Eddie den Namen seiner kleinen Familie offiziell von Cayhall in Hall geändert. Aus Alan war Adam geworden. Sie lebten im Osten von Los Angeles in einer Dreizimmerwohnung mit schmutzigen Gardinen an den Fenstern. Adam erinnerte sich an die Gardinen und die Löcher darin. Es war die erste von vielen zeitweiligen Unterkünften.

Neben Carmen auf der ersten Bank saß eine mysteriöse Frau, die Tante Lee hieß. Adam und Carmen hatten gerade erfahren, daß sie Eddies Schwester war. Als Kinder war ihnen beigebracht worden, keine Fragen über ihre Familie zu stellen, aber Lees Name war gelegentlich gefallen. Sie wohnte in Memphis, hatte dort irgendwann in eine reiche Familie eingeheiratet, hatte ein Kind und wollte wegen irgendeines alten Streits nichts mit Eddie zu tun haben. Die Kinder, vor allem Adam, hatten sich nach einem oder einer Verwandten gesehnt, und da Lee die einzige Person war, die jemals erwähnt wurde, beschäftigte sie ausgiebig ihre Fantasie. Sie wollten sie kennenlernen, aber Eddie lehnte immer ab, weil sie, wie er behauptete, kein netter Mensch sei. Aber ihre Mutter flüsterte ihnen zu, daß sie in Wirklichkeit sehr nett wäre und daß sie eines Tages mit ihnen nach Memphis fahren würde, damit sie sie kennenlernen konnten.

Statt dessen machte Lee die Reise nach Kalifornien, und zusammen begruben sie Eddie Hall. Nach der Beerdigung blieb sie zwei Wochen und freundete sich mit ihrer Nichte und ihrem Neffen an. Sie liebten sie, weil sie hübsch und cool war, immer Blue jeans und Blusen trug und am Strand barfuß ging. Sie nahm sie zum Einkaufen mit und ins Kino, und sie machten lange Spaziergänge an der Küste entlang. Sie entschuldigte sich immer wieder dafür, daß sie sie nicht schon früher besucht hatte. Sie hatte es gewollt, aber Eddie hatte es nicht zugelassen. Er wollte sie nicht sehen, weil es früher einen Streit zwischen ihnen gegeben hatte.

Und es war Tante Lee, die mit Adam am Ende einer Mole stand, zusah, wie die Sonne im Pazifik versank, und schließlich von ihrem Vater sprach, von Sam Cayhall. Während unter ihnen die Wellen sanft gegen die Mole schwappten, erzählte Lee dem jungen Adam, daß er als Säugling und Kleinkind in einer kleinen Stadt in Mississippi gelebt hatte. Sie hielt seine Hand und tätschelte hin und wieder sein Knie, während sie ihn mit der unseligen Geschichte der Familie vertraut machte. Sie informierte ihn über die nackten Tatsachen von Sams Klan-Aktivitäten, über das Kramer-Attentat und die Prozesse, die ihn schließlich in den Todestrakt von Mississippi gebracht hatten. Ihre Erzählung hatte Lücken, mit denen man Bibliotheken hätte füllen können, aber über die entscheidenden Punkte sprach sie mit sehr viel Feingefühl.

Für einen unsicheren Sechzehnjährigen, der gerade seinen Vater verloren hat, verkraftete Adam die ganze Angelegenheit recht gut. Er stellte ein paar Fragen, während ein kühler Wind auf die Küste traf und sie sich eng aneinanderdrückten, aber die meiste Zeit hörte er einfach zu, nicht schockiert oder empört, sondern ungeheuer fasziniert. Diese grauenhafte Geschichte war auf eine seltsame Art tröstlich. Es gab eine Familie da draußen! Vielleicht war er doch nicht so unnormal. Vielleicht gab es da Tanten und Onkel und Vettern, an deren Leben man teilhaben und mit denen man sich unterhalten konnte. Vielleicht gab es alte Häuser, gebaut von richtiggehenden Vorfahren, und Land und Farmen, auf denen sie sich niedergelassen hatten. Er hatte doch eine Geschichte.

Aber Lee war klug genug, um sein Interesse schnell zu durchschauen. Sie erklärte ihm, daß die Cayhalls merkwürdige und verschlossene Leute waren, die für sich allein lebten und keine Außenstehenden an sich herankommen ließen. Sie waren keine freundlichen und warmherzigen Menschen, die sich zu Weihnachten versammelten und den Vierten Juli gemeinsam feierten. Lee lebte nur eine Autostunde von Clanton entfernt, besuchte sie aber nie.

Die Ausflüge zur Mole in der Abenddämmerung wurden während der darauffolgenden Woche zu einem Ritual. Sie machten am Markt Station und kauften eine Tüte mit blauen Trauben, dann spuckten sie bis lange nach Einbruch der Dunkelheit Kerne in den Ozean. Lee erzählte Geschichten aus ihrer Kindheit in Mississippi mit ihrem kleinen Bruder Eddie. Sie hatten auf einer kleinen Farm gelebt, eine Viertelstunde von Clanton entfernt, mit Teichen zum Angeln und Ponys zum Reiten. Sam war ein passabler Vater gewesen, nicht übermäßig autoritär, aber auch alles andere als zärtlich. Ihre Mutter war eine schwache Frau, die Sam nicht mochte, aber ihre Kinder hingebungsvoll liebte. Sie verlor ein Kind, als Lee sechs war und Eddie beinahe vier, und lag danach fast ein Jahr im Bett. Sam stellte eine schwarze Frau ein, die sich um Eddie und Lee kümmern sollte. Ihre Mutter starb an Krebs, und das war das letztemal, daß sich die Cayhalls versammelten. Eddie schlich sich zur Beerdigung in die Stadt, versuchte aber, allen aus dem Wege zu gehen. Drei Jahre später wurde Sam zum letztenmal verhaftet und verurteilt.

Über ihr eigenes Leben hatte Lee wenig zu erzählen. Sie hatte im Alter von achtzehn Jahren fluchtartig ihr Zuhause verlassen, eine Woche nach Abschluß der High-School, und war nach Nashville gefahren, um als Sängerin berühmt zu werden. Irgendwie hatte sie Phelps Booth kennengelernt, der an der Vanderbilt University studierte und dessen Familie mehrere Banken besaß. Sie heirateten und ließen sich in Memphis nieder, wo sie ein allem Anschein nach unerfreuliches Leben führten. Sie hatten einen Sohn,

Walt, der offenbar ziemlich rebellisch war und jetzt in Amsterdam lebte. Das waren die einzigen Details.

Adam wußte nicht, ob Lee aus sich etwas anderes gemacht hatte als eine Cayhall, vermutete es aber. Wer konnte ihr daraus einen Vorwurf machen?

Lee verschwand so unauffällig, wie sie gekommen war. Ohne eine Umarmung oder ein Lebewohl verließ sie vor Tagesanbruch ihr Haus und war fort. Zwei Tage später rief sie an und sprach mit Adam und Carmen. Sie ermutigte sie, ihr zu schreiben, was sie eifrig taten, aber die Anrufe und Briefe von ihr kamen in immer größeren Abständen. Die Verheißung einer neuen Verwandtschaftsbeziehung verblaßte allmählich. Ihre Mutter entschuldigte sie. Sie sagte, Lee wäre ein guter Mensch, aber trotzdem eine Cayhall und deshalb anfällig für ein gewisses Maß an Schwermut und Seltsamkeit. Adam war nahezu verzweifelt.

Im Sommer nach seinem Abschluß in Pepperdine fuhren Adam und ein Freund quer durch das Land nach Key West. Sie machten in Memphis Station und verbrachten zwei Nächte bei Tante Lee. Sie lebte allein in einer geräumigen, modernen Eigentumswohnung auf dem Steilufer oberhalb des Flusses, und sie saßen stundenlang auf der Terrasse, nur sie drei, aßen selbstgebackene Pizza, tranken Bier, schauten den Schleppern nach und redeten über alles mögliche. Die Familie wurde nie erwähnt. Adam freute sich auf das Jurastudium, und Lee war voller Fragen über seine Zukunft. Sie war fröhlich und munter und redelustig und die perfekte Tante und Gastgeberin. Als sie sich von ihr verabschiedeten, hatte sie Tränen in den Augen; und sie bat ihn, sie wieder zu besuchen.

Adam und sein Freund mieden Mississippi. Statt dessen fuhren sie nach Westen, durch Tennessee und die Smoky Mountains. Einmal waren sie, nach Adams Berechnung, nur rund hundertfünfzig Kilometer von Parchman und dem Todestrakt und Sam Cayhall entfernt. Das war vor vier Jahren gewesen, im Sommer 1986, und er besaß bereits einen großen Karton voll Material über seinen Großvater. Das Video war fast vollständig.

Ihr Telefongespräch am Vorabend war kurz gewesen. Adam sagte, er würde ein paar Monate in Memphis verbringen, und er würde sie gern sehen. Lee lud ihn in ihre Wohnung ein, die auf dem Steilufer, wo sie vier Schlafzimmer und ein Teilzeitmädchen hatte. Sie bestand darauf, daß Adam bei ihr wohnen sollte. Dann sagte er, daß er in dem Büro in Memphis arbeiten würde, und zwar an Sams Fall. Daraufhin trat am anderen Ende Schweigen ein, dann kam ein mattes Angebot, trotzdem zu kommen, und sie würden darüber reden.

Ein paar Minuten nach neun drückte Adam auf ihre Klingel und warf einen Blick auf sein schwarzes Saab-Kabrio. Die Anlage bestand aus einer Reihe von zwanzig nebeneinander liegenden Wohnungen mit roten Ziegeldächern. Eine dicke, von einem schweren Eisengitter gekrönte Mauer schützte die Bewohner vor den Gefahren der Innenstadt von Memphis. Ein bewaffneter Wachmann hütete das einzige Tor. Ohne den Blick auf den Fluß auf der anderen Seite wären die Wohnungen praktisch wertlos gewesen.

Lee öffnete die Tür, und sie küßten sich gegenseitig auf die Wange. »Willkommen«, sagte sie, warf einen Blick auf den Parkplatz und schloß dann hinter ihm die Tür wieder ab. »Bist du müde?«

»Nicht sehr. Die Fahrt dauert rund zehn Stunden, aber ich habe zwölf gebraucht. Ich hatte es nicht eilig.«

»Hast du Hunger?«

»Nein. Ich habe vor ein paar Stunden etwas gegessen.« Er folgte ihr ins Wohnzimmer, wo sie einander gegenüberstanden und versuchten, sich etwas Angemessenes einfallen zu lassen. Sie war fast fünfzig und in den letzten vier Jahren stark gealtert. Das Haar war jetzt eine Mischung aus Grau und Braun zu gleichen Teilen und wesentlich länger. Sie hatte es zu einem Pferdeschwanz zusammengebunden. Ihre sanften blauen Augen waren gerötet und bekümmert und von mehr Falten umgeben. Sie trug ein übergroßes Baumwollhemd und verblichene Jeans. Lee war immer noch cool.

»Ich freue mich, dich zu sehen«, sagte sie mit einem freundlichen Lächeln.

»Wirklich?«

»Natürlich. Laß uns auf die Terrasse hinausgehen.« Sie ergriff seine Hand und führte ihn durch die Glastür auf eine hölzerne Terrasse, auf der Ampeln mit Farn und Bougainvillea von den Balken herabhingen. Der Fluß lag unter ihnen. Sie ließen sich auf weißen Korb-Schaukelstühlen nieder. »Wie geht es Carmen?« fragte sie, während sie aus einem Keramikkrug Eistee einschenkte.

»Gut. Immer noch in Berkeley. Wir telefonieren jede Woche miteinander. Sie hat einen Freund – es scheint ziemlich ernst zu sein.«

»Was studiert sie? Ich habe es vergessen.«

»Psychologie. Will ihren Doktor machen und dann vielleicht unterrichten.« Der Tee enthielt zuviel Zitrone und zu wenig Zucker. Adam trank ihn langsam. Die Luft war immer noch warm und feucht. »Es ist fast zehn Uhr«, sagte er. »Warum ist es so heiß?«

»Willkommen in Memphis, Junge. Wir schmoren hier bis Ende September.«

»Das könnte ich nicht aushalten.«

»Man gewöhnt sich dran. Halbwegs jedenfalls. Wir trinken Unmengen von Tee und bleiben im Haus. Wie geht es deiner Mutter?«

»Sie ist immer noch in Portland. Jetzt mit einem Mann verheiratet, der im Holzhandel reich geworden ist. Ich habe ihn mal getroffen. Er dürfte fünfundsechzig sein, sieht aber aus wie siebzig. Sie ist siebenundvierzig und sieht aus wie vierzig. Ein hübsches Paar. Sie jetten hierhin und dorthin, St. Barts, Südfrankreich, Mailand, zu all den Orten, an denen die Reichen sich sehen lassen müssen. Sie ist sehr glücklich. Ihre Kinder sind erwachsen. Eddie ist tot. Sie hat die Vergangenheit fein säuberlich weggesteckt. Und sie hat massenhaft Geld. In ihrem Leben steht alles zum Besten.«

»Du bist zu hart.«

»Ich bin zu nachsichtig. In Wirklichkeit will sie mich nicht um sich haben, weil ich ein schmerzhaftes Bindeglied zu meinem Vater und seiner unerfreulichen Familie bin.«

»Deine Mutter liebt dich, Adam.«

»Ich freue mich, das zu hören. Woher weißt du das?«

»Ich weiß es einfach.«

»Ich habe gar nicht gewußt, daß ihr beide, du und Mom, euch so nahesteht.«

»Das tun wir nicht. Reg dich ab, Adam. Nimm's leicht.«

»Entschuldige. Ich bin ein bißchen überdreht, das ist alles. Ich brauche einen stärkeren Drink.«

»Entspann dich. Laß uns ein bißchen Spaß haben, solange du hier bist.«

»Ich bin nicht zum Spaß hier, Tante Lee.«

»Nenn mich einfach Lee, okay?«

»Okay. Morgen fahre ich zu Sam.«

Sie stellte behutsam ihr Glas auf den Tisch, dann stand sie auf und verließ die Terrasse. Sie kehrte mit einer Flasche Jack Daniels zurück und goß ein großzügig bemessenes Quantum in beide Gläser. Sie trank einen großen Schluck und starrte auf den Fluß. »Warum?« fragte sie schließlich.

»Warum nicht? Weil er mein Großvater ist. Weil er bald sterben muß. Weil ich Anwalt bin und er Hilfe braucht.«

»Er kennt dich nicht einmal.«

»Morgen wird er mich kennenlernen.«

»Du willst es ihm also sagen?«

»Ja. Natürlich werde ich es ihm sagen. Kannst du dir das vorstellen? Ich werde tatsächlich ein tief vergrabenes, dunkles und unerfreuliches Cayhall-Geheimnis verraten. Wie findest du das?«

Lee hielt ihr Glas mit beiden Händen und schüttelte langsam den Kopf. »Er wird sterben«, murmelte sie, ohne Adam anzusehen.

»Noch nicht. Aber es ist schön zu wissen, daß es dich bekümmert.«

»Es bekümmert mich.«

»Natürlich. Wann warst du zum letztenmal bei ihm?«

»Fang nicht damit an, Adam. Du verstehst das nicht.«

»Na schön. Dann erklär es mir. Ich höre. Ich möchte es verstehen.«

»Können wir nicht über etwas anderes reden? Ich bin einfach noch nicht so weit.«

»Nein.«

»Wir können später darüber reden. Ich verspreche es. Im

Moment bin ich dazu noch nicht in der Lage. Ich dachte, wir könnten einfach eine Weile miteinander plaudern und lachen.«

»Tut mir leid, Lee. Ich habe das Geplauder und die Geheimnisse satt. Ich habe keine Vergangenheit, weil mein Vater sie ausradiert hat. Ich will etwas über sie erfahren, Lee. Ich will wissen, wie schlimm sie wirklich ist.«

»Sie ist fürchterlich«, flüsterte sie, fast wie im Selbstgespräch.

»Okay. Ich bin jetzt erwachsen. Ich kann es verkraften. Mein Vater hat sich aus dem Staub gemacht, bevor er damit konfrontiert wurde, also ist jetzt leider niemand mehr da außer dir.«

»Laß mir ein wenig Zeit.«

»Wir haben keine Zeit. Ich werde ihm morgen gegenüberstehen.« Adam trank einen großen Schluck und wischte sich mit dem Ärmel die Lippen ab. »Vor dreiundzwanzig Jahren stand in *Newsweek*, daß auch Sams Vater dem Klan angehörte. Stimmt das?«

»Ja. Mein Großvater.«

»Und außerdem mehrere Onkel und Vettern.«

»Der ganze verdammte Haufen.«

»In *Newsweek* stand außerdem, daß in Ford County jedermann wußte, daß Sam Cayhall Anfang der fünfziger Jahre einen Schwarzen erschossen hat und deshalb nie vor Gericht gestellt wurde. Keinen einzigen Tag hätte er dafür im Gefängnis gesessen. Stimmt das?«

»Was spielt das jetzt für eine Rolle, Adam. Das war Jahre vor deiner Geburt.«

»Also ist es wirklich passiert?«

»Ja, es ist passiert.«

»Und du hast davon gewußt?«

»Ich habe es gesehen.«

»Du hast es gesehen?« Adam schloß die Augen, weil er das einfach nicht glauben konnte. Er atmete schwer und ließ sich tiefer in den Schaukelstuhl sinken. Das Tuten eines Schleppkahns erregte seine Aufmerksamkeit, und er folgte ihm flußabwärts, bis er unter einer Brücke hindurchfuhr. Der Bourbon fing an, ihn zu beruhigen.

»Laß uns über etwas anderes reden«, sagte Lee leise.

»Schon als ich noch ein kleiner Junge war«, sagte er, immer noch auf den Fluß schauend, »hat mich Geschichte fasziniert, die Art, wie die Leute in früheren Zeiten gelebt haben – die Pioniere, die Planwagenzüge, der Goldrausch, Cowboys und Indianer, die Besiedelung des Westens. Da war ein Junge in der vierten Klasse, der behauptete, sein Ur-Ur-Großvater hätte Züge überfallen und das Geld in Mexiko vergraben. Er wollte eine Bande zusammenstellen und davonlaufen und das Geld suchen. Wir wußten, daß er log, aber es machte eine Menge Spaß, darauf einzugehen. Ich habe mich oft gefragt, wer meine Vorfahren waren, und ich erinnere mich, daß ich nie wußte, woran ich war, weil ich offenbar keine hatte.«

»Was hat Eddie dazu gesagt?«

»Er hat behauptet, sie wären alle tot; sagte, auf Familiengeschichte würde mehr Zeit vergeudet als auf alles andere. Jedesmal, wenn ich Fragen über meine Familie stellte, nahm meine Mutter mich beiseite und sagte mir, ich sollte damit aufhören, weil es ihn aufregen und er wieder in eine seiner düsteren Stimmungen verfallen könnte und dann einen Monat nicht aus seinem Schlafzimmer herauskommen würde. Der größte Teil meiner Kindheit bestand darin, daß ich wie auf Eierschalen um meinen Vater herumgeschlichen bin. Als ich älter wurde, begann ich zu begreifen, daß er ein sehr merkwürdiger Mann war und sehr unglücklich, aber ich wäre nie auf die Idee gekommen, daß er Selbstmord begehen würde.«

Sie ließ ihr Eis klirren und trank den letzten Schluck. »Da steckt eine Menge dahinter, Adam.«

»Und wann wirst du es mir erzählen?«

Lee ergriff den Krug und goß wieder Tee in die Gläser. Adam füllte sie mit Bourbon auf. Mehrere Minuten vergingen, in denen sie tranken und den Verkehr auf dem Riverside Drive beobachteten.

»Warst du schon einmal im Todestrakt?« fragte er schließlich, immer noch mit Blick auf die Lichter am Ufer des Flusses.

»Nein«, sagte sie fast unhörbar.

»Er ist seit fast zehn Jahren dort, und du hast ihn nie besucht?«

»Ich habe ihm einmal einen Brief geschrieben, kurz nach seinem letzten Prozeß. Sechs Monate später hat er geantwortet und geschrieben, ich sollte nicht kommen. Sagte, er wollte nicht, daß ich ihn im Todestrakt sähe. Ich habe noch zwei weitere Briefe geschrieben, aber sie blieben beide unbeantwortet.«

„Das tut mir leid.«

»Es braucht dir nicht leid zu tun. Ich schleppe eine Menge Schuld mit mir herum, Adam, und es ist nicht leicht, darüber zu reden. Laß mir einfach ein bißchen Zeit.«

»Es kann sein, daß ich eine Weile in Memphis bleibe.«

»Ich möchte, daß du hier wohnst. Wir werden uns gegenseitig brauchen.« Sie zögerte und rührte mit dem Zeigefinger in ihrem Drink. »Ich meine, er wird sterben müssen, meinst du nicht?«

»Wahrscheinlich.«

»Wann?«

»In zwei oder drei Monaten. Seine Einspruchsmöglichkeiten sind praktisch erschöpft. Es ist nicht mehr viel übrig.«

»Weshalb willst du dich dann damit beschäftigen?«

»Ich weiß es nicht. Vielleicht deshalb, weil immer noch eine geringe Chance besteht. Ich werde in den nächsten paar Monaten arbeiten wie ein Besessener und um ein kleines Wunder beten.«

»Ich werde auch beten«, sagte sie und trank noch einen Schluck.

»Können wir über etwas anderes sprechen?« fragte er und sah sie nun doch plötzlich an.

»Klar.«

»Lebst du hier allein? Ich finde, das ist eine faire Frage, wenn ich bei dir wohnen soll.«

»Ich lebe allein. Mein Mann wohnt in unserem Landhaus.«

»Und lebt er auch allein? Ich bin nur neugierig.«

»Gelegentlich. Er mag junge Mädchen, Anfang Zwanzig, gewöhnlich Angestellte in seinen Banken. Er erwartet von mir, daß ich anrufe, bevor ich in das Haus fahre. Und ich erwarte von ihm, daß er anruft, bevor er hierher kommt.«

»Hübsch und praktisch. Wer hat diese Vereinbarung ausgehandelt?«

»Das hat sich im Laufe der Zeit so ergeben. Wir leben seit fünfzehn Jahren nicht mehr zusammen.«

»Schöne Ehe.«

»Im Grunde funktioniert sie recht gut. Ich nehme sein Geld und stelle keine Fragen über sein Privatleben. Wir absolvieren die unerläßlichen gesellschaftlichen Auftritte gemeinsam, und er ist glücklich.«

»Bist du glücklich?«

»Meistens.«

»Wenn er dich betrügt, warum reichst du dann nicht die Scheidung ein und machst Schluß mit ihm? Ich würde dich vertreten.«

»Eine Scheidung würde nicht funktionieren. Phelps stammt aus einer sehr steifen und konservativen Familie von fürchterlich reichen Leuten. Alter Memphis-Adel. Einige dieser Familien haben seit Jahrzehnten nur untereinander geheiratet. Von Phelps wurde erwartet, daß er eine Cousine fünften Grades heiratete, doch er ist meinem Charme erlegen. Seine Familie war darüber äußerst erbost, und eine Scheidung wäre das schmerzliche Eingeständnis, daß sie recht gehabt hat. Außerdem sind diese Leute stolze Aristokraten, und eine unerfreuliche Scheidung würde sie demütigen. Mir gefällt die Unabhängigkeit, sein Geld zu nehmen und so zu leben, wie es mir paßt.«

»Hast du ihn je geliebt?«

»Natürlich. Als wir heirateten, haben wir uns heiß und innig geliebt. Wir sind übrigens zusammen durchgebrannt. Das war 1963, und die Vorstellung einer großen Hochzeit mit seiner Familie von Aristokraten und meiner Familie von engstirnigen Farmern gefiel uns beiden nicht. Seine Mutter wollte nicht mit mir reden, und mein Vater verbrannte Kreuze. Damals wußte Phelps nicht, daß mein Vater dem Klan angehörte, und ich wollte natürlich, daß er es nicht erfuhr.«

»Hat er es erfahren?«

»Als Daddy wegen des Bombenattentats verhaftet wurde, habe ich es ihm erzählt. Er wiederum hat es seinem Vater erzählt, und die Geschichte wurde allmählich und sehr behutsam in der Familie Booth verbreitet. Diese Leute sind sehr tüchtig im Bewahren von Geheimnissen. Es ist das einzige, was sie mit uns Cayhalls gemeinsam haben.«

»Also wissen nur wenige Leute, daß du Sam Cayhalls Tochter bist?«

»Sehr wenige. Und ich möchte, daß das so bleibt.«

»Du schämst dich ...«

»Zum Teufel ja, ich schäme mich meines Vaters. Wer täte das nicht?« Ihre Worte waren plötzlich scharf und bitter. »Ich hoffe nur, du hast nicht irgendwelche romantischen Vorstellungen von diesem armen, alten Mann, der im Todestrakt leidet und im Begriff steht, zu Unrecht für seine Sünden gekreuzigt zu werden.«

»Ich bin nicht der Meinung, daß er sterben sollte.«

»Ich auch nicht. Aber er hat genügend Leute umgebracht – die Kramer-Zwillinge, ihren Vater, deinen Vater und Gott weiß wen sonst noch. Er sollte für den Rest seines Lebens im Gefängnis bleiben müssen.«

»Du hast keine Sympathien für ihn?«

»Gelegentlich. Wenn ich einen guten Tag habe und die Sonne scheint, dann denke ich vielleicht an ihn und erinnere mich an irgendein erfreuliches kleines Ereignis aus meiner Kindheit. Aber solche Augenblicke sind sehr selten, Adam. Er hat viel Elend angerichtet in meinem Leben und im Leben der Menschen um ihn herum. Er hat uns gelehrt, jedermann zu hassen. Er war gemein zu unserer Mutter. Seine ganze verdammte Familie ist gemein.«

»Also sollen sie ihn einfach hinrichten.«

»Das habe ich nicht gesagt, Adam, und du bist unfair. Ich muß ständig an ihn denken. Ich bete jeden Tag für ihn. Ich habe diese Wände eine Million Mal gefragt, warum und wieso aus meinem Vater ein so fürchterlicher Mensch geworden ist. Weshalb konnte er nicht irgendein netter alter Mann sein, der mit einer Pfeife und einem Stock auf der Terrasse vor seinem Haus sitzt, vielleicht mit einem kleinen

Bourbon in der Hand, für seinen Magen natürlich? Weshalb mußte mein Vater ein Klansmann sein, der unschuldige Kinder umgebracht und seine eigene Familie ruiniert hat?«

»Vielleicht hatte er nicht die Absicht, sie umzubringen.«

»Sie sind tot, oder etwa nicht? Die Geschworenen haben gesagt, er hätte es getan. Sie wurden in Stücke gerissen und Seite an Seite in einem hübschen kleinen Grab beerdigt. Wen kümmert es, ob er die Absicht hatte, sie umzubringen? Er war dort, Adam.«

»Es könnte sehr wichtig sein.«

Lee sprang auf und ergriff seine Hand. »Komm mit«, sagte sie. Sie machten ein paar Schritte bis an den Rand der Terrasse, und sie deutete auf die Skyline von Memphis. »Siehst du das flache Gebäude dort in der Nähe des Flusses? Das, das uns am nächsten ist. Da drüben, drei oder vier Blocks entfernt.«

»Ja«, erwiderte er langsam.

»Das oberste Stockwerk ist das fünfzehnte. So, und nun zähle an der rechten Kante sechs Stockwerke nach unten. Verstanden?«

»Ja.« Adam nickte und zählte gehorsam. Das Gebäude war ein modernes Hochhaus.

»So, und jetzt zähle vier Fenster nach links. Da brennt Licht. Siehst du es?«

»Ja.«

»Rate mal, wer da wohnt.«

»Woher soll ich das wissen?«

»Ruth Kramer.«

»Ruth Kramer! Die Mutter?«

»Ja.«

»Woher kennst du sie?«

»Wir sind uns einmal begegnet, zufällig. Sie wußte, daß ich Lee Booth war, die Frau des berüchtigten Phelps Booth, aber das war auch alles. Es war eine elegante Party, bei der es darum ging, Spenden für das Ballett oder so etwas locker zu machen. Ich bin ihr nach Möglichkeit aus dem Weg gegangen.«

»Das muß eine kleine Stadt sein.«

»Sie kann winzig sein. Wenn du sie nach Sam fragen könntest, was würde sie sagen?«

Adam starrte auf die fernen Lichter. »Ich weiß es nicht. Ich habe gelesen, daß sie immer noch verbittert ist.«

»Verbittert? Sie hat ihre gesamte Familie verloren. Sie hat nie wieder geheiratet. Glaubst du, für sie spielt es eine Rolle, ob Sam vorgehabt hat, ihre Kinder umzubringen? Natürlich nicht. Sie weiß nur, daß sie tot sind, Adam, seit zwanzig Jahren tot. Sie weiß, daß sie von einer Bombe getötet wurden, die mein Vater gelegt hat, und wenn er zu Hause gewesen wäre bei seiner Familie, anstatt mit seinen schwachsinnigen Genossen in der Nacht herumzufahren, dann wären die kleinen Jungen, Josh und John, noch am Leben. Sie wären jetzt achtundzwanzig Jahre alt, hätten wahrscheinlich studiert, wären verheiratet und hätten vielleicht ein oder zwei Kinder, mit denen Ruth und Marvin spielen könnten. Es interessiert sie nicht, für wen die Bombe bestimmt war, Adam, nur, daß sie gelegt wurde und explodierte. Ihre Kinder sind tot. Das ist alles, was zählt.«

Lee kehrte zu ihrem Schaukelstuhl zurück. Sie ließ ihr Eis klirren und trank einen Schluck. »Versteh mich nicht falsch, Adam. Ich bin gegen die Todesstrafe. Ich bin vermutlich im ganzen Land die einzige fünfzigjährige weiße Frau, deren Vater in einer Todeszelle sitzt. Es ist barbarisch, unmoralisch, diskriminierend, grausam, unzivilisiert – ich unterschreibe jedes dieser Worte. Aber vergiß die Opfer nicht. Sie haben ein Recht darauf, Vergeltung zu erwarten. Sie haben sie verdient.«

»Will Ruth Kramer Vergeltung?«

»Ja, auf jeden Fall. Sie äußert sich nur noch selten der Presse gegenüber, aber sie arbeitet in verschiedenen Gruppen mit, die sich um die Opfer von Verbrechen kümmern. Vor ein paar Jahren wurde eine Bemerkung von ihr zitiert; sie soll gesagt haben, sie würde bei Sam Cayhalls Hinrichtung im Zeugenraum sitzen.«

»Nicht gerade ein Zeichen von Vergebung.«

»Ich kann mich nicht erinnern, daß mein Vater je um Vergebung gebeten hätte.«

Adam drehte sich um und setzte sich mit dem Rücken

zum Fluß auf die Brüstung. Er schaute zu den Gebäuden der Innenstadt hinüber, dann betrachtete er seine Füße. Lee trank einen weiteren großen Schluck.

»Also, Tante Lee, was sollen wir tun?«

»Bitte laß die Tante weg.«

»Okay, Lee. Ich bin hier. Ich reise nicht wieder ab. Morgen besuche ich Sam, und wenn ich ihn verlasse, will ich sein Anwalt sein.«

»Hast du vor, das geheimzuhalten?«

»Die Tatsache, daß ich in Wirklichkeit ein Cayhall bin? Ich habe nicht vor, es irgend jemandem zu erzählen, aber es sollte mich überraschen, wenn es lange ein Geheimnis bleiben würde. Sam ist eine Berühmtheit unter den Insassen des Traktes. Die Presse dürfte ziemlich bald anfangen, gründliche Nachforschungen anzustellen.«

Lee zog die Füße hoch und starrte auf den Fluß. »Wird es dir schaden?« fragte sie leise.

»Natürlich nicht. Ich bin Anwalt. Anwälte verteidigen Kinderschänder und Mörder und Drogendealer und Vergewaltiger und Terroristen. Wir sind nicht gerade populär. Wie sollte mir die Tatsache schaden, daß er mein Großvater ist?«

»Deine Firma weiß Bescheid?«

»Ich habe es ihnen gestern gesagt. Sie waren nicht gerade entzückt, aber sie haben sich wieder beruhigt. Ich habe es ihnen verheimlicht, als sie mich eingestellt haben, und das war ein Fehler. Aber ich glaube, jetzt ist alles in bester Ordnung.«

»Was ist, wenn er nein sagt?«

»Dann kann uns nichts passieren, stimmt's? Niemand wird es je erfahren, und du bist in Sicherheit. Ich fahre nach Chicago zurück und warte darauf, daß CNN über das Volksfest um die Hinrichtung berichtet. Und ich bin sicher, daß ich an einem kühlen Tag im Herbst hinfahren, ein paar Blumen auf sein Grab legen und wahrscheinlich den Grabstein betrachten und mich zum soundsovielten Mal fragen werde, weshalb er es getan hat und weshalb er so ein erbärmlicher Mensch geworden ist und weshalb ich in eine derart unerfreuliche Familie hineingeboren wurde; du weißt schon, die Fragen, die ich mir seit Jahren immer wieder gestellt habe. Ich werde dich fragen, ob du mitkommen willst. Es wird so eine Art kleines Familientreffen werden, nur wir Cayhalls, weißt du? Und dann schleichen wir mit einem billigen Blumenstrauß über den Friedhof und großen Sonnenbrillen, damit niemand uns erkennt.«

»Hör auf«, sagte sie, und Adam sah die Tränen. Sie flossen ihr über das Gesicht und hatten fast ihr Kinn erreicht, als sie sie mit den Fingern wegwischte.

»Es tut mir leid«, sagte er, dann drehte er sich um und beobachtete einen Schleppkahn, der durch die Schatten des Flusses nordwärts fuhr. »Es tut mir leid, Lee.«

8

Und so kehrte er nach dreiundzwanzig Jahren endlich in den Staat zurück, in dem er geboren war. Er fühlte sich nicht sonderlich willkommen, und obwohl er nicht gerade Angst hatte, fuhr er vorsichtige fünfundfünfzig Meilen und unterließ es, andere Fahrzeuge zu überholen. Die Straße verengte sich und versank in der flachen Ebene des Mississippi-Deltas, und ein paar hundert Meter beobachtete Adam, wie sich rechts von ihm ein Damm hinstreckte und schließlich verschwand. Er fuhr durch Walls, den ersten halbwegs großen Ort am Highway 61, und folgte dem Verkehr nach Süden.

Aus seinen umfassenden Recherchen wußte er, daß dieser Highway Jahrzehnte lang Hunderttausenden von armen Schwarzen aus dem Delta als Hauptroute auf ihrer Reise nach Norden gedient hatte, nach Memphis und St. Louis und Chicago und Detroit, Orten, an denen sie Arbeit und anständige Unterkünfte zu finden hofften. Es war in diesen Kleinstädten und auf diesen Farmen, in diesen baufälligen Häusern mit ihren hintereinanderliegenden Zimmern, in den staubigen Dorfläden und den belebten Jukebox-Kneipen am Highway 61, wo der Blues geboren wurde. Von hier aus war er nach Norden vorgedrungen und hatte in Memphis eine Heimstatt gefunden, wo er sich mit Gospel und Country vermischte, und zusammen brachten sie den Rock 'n' Roll hervor. Er lauschte einer alten Muddy-Waters-Kassette, als er den berüchtigten Ort Tunica erreichte, von dem es hieß, er wäre der ärmste im ganzen Land.

Die Musik trug wenig zu seiner Beruhigung bei. Er hatte es abgelehnt, bei Lee zu frühstücken, und er war nicht hungrig, sondern hatte einen Knoten im Magen. Der Knoten wuchs mit jeder Meile.

Nördlich von Tunica wurden die Felder riesig und erstreckten sich in allen Richtungen bis zum Horizont. Die Sojabohnen und die Baumwolle standen kniehoch. Ein kleines Heer von grünen und roten Traktoren mit Pflügen dahinter fuhr durch die endlosen, säuberlichen Reihen aus dichtem Blattwerk. Obwohl es noch nicht neun Uhr war, war es bereits heiß und stickig. Der Boden war trocken, und hinter jedem Pflug stiegen Staubwolken empor. Hin und wieder erschien aus dem Nirgendwo ein Flugzeug, flog, Pestizide versprühend, akrobatisch dicht über die Pflanzen hinweg und zog dann im Steilflug nach oben. Der Verkehr floß dicht und langsam und kam manchmal völlig zum Erliegen, wenn irgendein Monstrum von einem Traktor den Highway entlangkroch, als wäre er völlig leer.

Adam war geduldig. Er wurde erst um zehn erwartet, und wenn er sich verspätete, machte es auch nichts.

In Clarksdale verließ er den Highway 61 und fuhr auf dem 49 nach Südosten, durch die kleinen Nester Mattson und Dublin und Tutwiler, durch weitere Felder mit Sojabohnen. Er passierte Baumwollspinnereien, in denen jetzt nicht gearbeitet wurde, die aber auf die Ernte warteten. Er passierte Gruppen von heruntergekommenen Reihenhäusern und schmutzigen Wohnwagen, die ganz in der Nähe des Highways standen. Hin und wieder sah er ein schönes Haus, immer in einiger Entfernung, immer majestätisch dastehend unter großen Eichen und Ulmen und gewöhnlich mit einem eingezäunten Swimmingpool an einer Seite. Es gab keinen Zweifel, wem diese Felder gehörten.

Ein Straßenschild besagte, daß es bis zum Staatsgefängnis noch fünf Meilen waren, und instinktiv verringerte

Adam das Tempo. Einen Augenblick später stieß er auf einen großen Traktor, der gemächlich die Straße entlangtukkerte, und anstatt ihn zu überholen, entschied er sich dafür, hinter ihm herzufahren. Der Fahrer, ein alter Weißer mit einer schmutzigen Mütze, gab ihm das Zeichen zum Überholen. Adam winkte und blieb, nur zwanzig Meilen fahrend, hinter der Landmaschine. Andere Fahrzeuge waren nicht in Sicht. Hin und wieder schleuderte ein Hinterrad des Traktors einen Klumpen Erde hoch, der nur Zentimeter vor dem Saab landete. Adam fuhr noch etwas langsamer. Der Traktorfahrer drehte sich auf seinem Sitz um und bedeutete ihm abermals, er solle überholen. Sein Mund bewegte sich, und seine Miene war ärgerlich, als wäre dies sein Highway und als paßte es ihm überhaupt nicht, daß irgendwelche Idioten seinem Traktor folgten. Adam lächelte und winkte wieder, blieb aber hinter ihm.

Minuten später sah er das Gefängnis. Es gab keine hohen Maschendrahtzäune entlang der Straße, keine blinkenden, elektrisch geladenen Drähte, die ein Entkommen unmöglich machten, keine Wachtürme mit bewaffneten Posten. Und es gab keine Horden von Gefangenen, die Passanten anbrüllten. Statt dessen sah er zur Rechten ein Tor mit einem Bogen darüber, auf dem die Worte MISSISSIPPI STATE PENITENTIARY standen. In der Nähe des Tors gab es mehrere Gebäude, alle mit der Front zum Highway und allem Anschein nach unbewacht.

Adam winkte noch einmal dem Traktorfahrer zu, dann bog er vom Highway ab. Er holte tief Luft und betrachtete das Tor. Eine Frau in Uniform trat aus einem Wachhaus unterhalb des Bogens und musterte ihn. Adam fuhr langsam auf sie zu und kurbelte sein Fenster herunter.

»Morgen«, sagte sie. Sie hatte eine Waffe an der Hüfte und ein Clipboard in der Hand. Ein weiterer Wachmann beobachtete ihn von drinnen. »Was können wir für Sie tun?«

»Ich bin Anwalt und komme, um einen Mandanten im Todestrakt zu besuchen«, sagte Adam schwächlich; er wußte, daß seine Stimme nervös und schrill klang. Ganz ruhig, befahl er sich.

»Wir haben niemanden im Todestrakt, Sir.«

»Wie bitte?«

»So etwas wie einen Todestrakt gibt es hier nicht. Wir haben einen Haufen von ihnen im Hochsicherheitstrakt, abgekürzt HST. Sie können sich auf dem ganzen Gelände umsehen, aber so etwas wie einen Todestrakt werden Sie hier nicht finden.«

»Okay.«

»Name?« sagte sie, ihr Clipboard betrachtend.

»Adam Hall.«

»Und Ihr Mandant?«

»Sam Cayhall.« Halb und halb rechnete er mit einer Reaktion, aber der Frau war es völlig gleichgültig. Sie schlug eine Seite um und sagte: »Warten Sie hier.«

Hinter dem Tor lag ein Fahrweg mit schattenspendenden Bäumen und kleinen Häusern an beiden Seiten. Das war kein Gefängnis – das war eine hübsche kleine Straße in einem kleinen Ort, in dem jeden Augenblick eine Horde Kinder auf Fahrrädern und Rollschuhen auftauchen konnte. Rechts stand ein merkwürdiger Bau mit einer Vorderveranda und Blumenbeeten. Ein Schild besagte, daß dies das Besucherzentrum war, als würden dort Souvenirs und Limonade an ungeduldige Touristen verkauft. Ein weißer Pickup mit drei jungen Schwarzen darin und der Aufschrift MISSISSIPPI DEPARTMENT OF CORRECTIONS auf der Tür fuhr vorbei, ohne seine Fahrt zu verlangsamen.

Adam erhaschte einen Blick auf die Frau, die hinter seinem Wagen stand. Sie schrieb etwas auf ihr Clipboard, dann trat sie an sein Fenster. »Von wo in Illinois?« fragte sie.

»Chicago.«

»Haben Sie irgendwelche Kameras, Waffen oder Bandgerate?«

»Nein.«

Sie streckte die Hand herein und legte eine Karte auf sein Armaturenbrett. Dann wendete sie sich wieder ihrem Clipboard zu und sagte: »Ich habe hier eine Notiz, daß Sie Lucas Mann aufsuchen sollen.«

»Wer ist das?«

»Er ist der Gefängnisanwalt.«

»Ich weiß nichts davon, daß ich ihn aufsuchen soll.«

Sie hielt ein Blatt Papier in einem Meter Entfernung vor sein Gesicht. »Steht hier. Biegen Sie hinter dem dritten Haus links ab, dann fahren Sie zur Rückseite des roten Backsteingebäudes dort.« Sie zeigte mit dem Finger darauf.

»Was will er von mir?«

Sie schnaubte und zuckte gleichzeitig die Achseln und kehrte kopfschüttelnd in den Wachraum zurück. Blöde Anwälte.

Adam gab behutsam Gas und fuhr am Besucherzentrum vorbei den schattigen Weg entlang. Beiderseits davon standen hübsche weiße Fachwerkhäuser, in denen, wie er später erfuhr, Wärter und andere Angestellte mit ihren Familien wohnten. Er folgte ihren Anweisungen und hielt vor einem älteren Backsteingebäude an. Zwei Häftlinge in blauen Hosen mit weißen Seitenstreifen fegten die Vordertreppe. Adam vermied Blickkontakt und ging ins Haus.

Er fand ohne viel Mühe das ungekennzeichnete Büro von Lucas Mann. Eine Sekretärin lächelte ihn an und öffnete eine weitere Tür zu einem großen Büro, in dem Mr. Mann hinter seinem Schreibtisch stand und ins Telefon sprach.

»Setzen Sie sich«, flüsterte die Sekretärin, dann machte sie die Tür hinter sich zu. Mann lächelte und winkte verlegen, während er in den Apparat lauschte. Adam legte seinen Aktenkoffer auf einen Stuhl und stellte sich dahinter. Das Büro war groß und sauber. Zwei lange Fenster gingen auf den Highway hinaus und sorgten für reichlich Licht. An der linken Wand hing ein großes, gerahmtes Foto mit einem vertrauten Gesicht, ein gutaussehender junger Mann mit einem ernsten Lächeln und einem kraftvollen Kinn. Es war David McAllister, Gouverneur des Staates Mississippi. Adam vermutete, daß solche Fotos in jedem staatlichen Büro hingen und außerdem in sämtlichen Fluren, Schränken und Toiletten, die zur Domäne des Staates gehörten.

Lucas Mann zog das Telefonkabel lang und trat an eines der Fenster, wobei er Adam und seinem Schreibtisch den Rücken zuwandte. Er sah ganz und gar nicht aus wie ein Anwalt. Er war Mitte Fünfzig und hatte langes dunkelgraues Haar, säuberlich ins Genick gekämmt. Seine Kleidung war die modischste Studentenkluft – ein brettsteif gestärktes khakifarbenes Arbeitshemd mit zwei Taschen und einer mehrfarbigen Krawatte, noch gebunden, aber lose hängend; der oberste Knopf stand offen und ließ ein graues T-Shirt sehen; braune Drillichhose, gleichfalls gestärkt, mit einem perfekten Zwei-Zentimeter-Aufschlag, der gerade noch einen Blick auf weiße Socken freigab; auf Hochglanz polierte Slipper. Es war offensichtlich, daß Mann wußte, wie man sich anzuziehen hatte, und ebenso offensichtlich war, daß er eine andere Art von Rechtspraxis vertrat. Wenn er in seinem linken Ohrläppchen einen kleinen Ring getragen hätte, wäre er der vollkommene alternde Hippie gewesen, der in seinen späteren Jahren in die Konformität abgleitet.

Das Büro war mit gebrauchtem Regierungsmobiliar eingerichtet: einem etwas abgenutzten hölzernen Schreibtisch, auf dem makellose Ordnung herrschte; drei Metallstühlen mit Kunststoffsitzen; einer Reihe unterschiedlicher Aktenschränke an einer Wand. Adam stand hinter einem der Stühle und versuchte, sich zu beruhigen. Konnte es sein, daß alle zu Besuch kommenden Anwälte erst hier vorzusprechen hatten? Wohl kaum. In Parchman saßen fünftausend Gefangene. Garner Goodman hatte nichts von einem Besuch bei Lucas Mann erwähnt.

Der Name kam ihm irgendwie bekannt vor. Irgendwo in seinen Kartons mit Gerichtsakten und Zeitungsausschnitten war ihm der Name Lucas Mann schon einmal begegnet, und er versuchte verzweifelt, sich zu erinnern, ob er zu den Guten oder zu den Bösen gehörte. Worin genau bestand seine Rolle bei der juristischen Vertretung von zum Tode Verurteilten? Adam wußte definitiv, daß der eigentliche Feind der Justizminister des Staates war, aber es gelang ihm nicht, Lucas in das Szenarium einzuordnen.

Mann legte plötzlich den Hörer auf und streckte Adam die Hand entgegen. »Nett, Sie kennenzulernen, Mr. Hall. Bitte, nehmen Sie Platz«, sagte er leise mit einer angenehmen Stimme und deutete auf einen Stuhl. »Danke, daß Sie hereingeschaut haben.«

Adam setzte sich. »Gern geschehen. Ich freue mich gleichfalls, Sie kennenzulernen«, erwiderte er nervös. »Was liegt an?«

»Verschiedenes. Erstens wollte ich Ihnen einfach guten Tag sagen. Ich arbeite hier seit zwölf Jahren als Anwalt. Ich bin mit den meisten Zivilprozessen vertraut, die hier angestrengt werden. Sie wissen schon, alle möglichen verrückten Klagen von seiten unserer Gäste – Gefangenenrechte, Forderungen auf Schadenersatz, Dinge dieser Art. Wie es aussieht, werden wir tagtäglich verklagt. Von Amts wegen spiele ich außerdem eine kleine Rolle in den Fällen der zum Tode Verurteilten, und soweit mir bekannt ist, sind Sie hier, um Sam zu besuchen.«

»So ist es.«

»Hat er Sie engagiert?«

»Nicht direkt.«

»Das dachte ich mir. Und das stellt uns vor ein kleines Problem. Sehen Sie, es steht Ihnen nicht zu, einen Gefangenen zu sehen, sofern Sie ihn nicht tatsächlich vertreten, und ich weiß, daß Sam sich von Kravitz & Bane getrennt hat.«

»Also kann ich ihn nicht sehen?« fragte Adam, fast ein wenig erleichtert.

»Von Rechts wegen eigentlich nicht. Ich hatte gestern ein langes Gespräch mit Garner Goodman. Er und ich kennen uns schon seit ein paar Jahren, seit der Hinrichtung von Maynard Tole. Sind Sie mit dem Fall vertraut?«

»Vage.«

»Neunzehnhundertsechsundachtzig. Es war meine zweite Hinrichtung«, sagte er, als hätte er persönlich den Hebel umgelegt. Er saß auf der Kante seines Schreibtisches und blickte auf Adam herab. Die Stärke in seiner Drillichhose knisterte leise. Sein rechtes Bein baumelte vom Schreibtisch herunter. »Ich habe vier hinter mir. Sam könnte der fünfte sein. Wie dem auch sei, Garner vertrat Maynard Tole, und wir lernten uns gut kennen. Er ist ein echter Gentleman und ein hervorragender Anwalt.«

»Danke«, sagte Adam, weil ihm sonst nichts einfiel.

»Ich persönlich hasse Hinrichtungen.«

»Sie sind gegen die Todesstrafe?«

»Meistens. Genaugenommen ist das bei mir immer von der jeweiligen Phase abhängig. Jedesmal, wenn wir hier jemanden umbringen, glaube ich, daß die ganze Welt verrückt geworden ist. Dann lasse ich mir einen dieser Fälle wieder durch den Kopf gehen und erinnere mich daran, wie brutal und grauenhaft manche dieser Verbrechen waren. Meine erste Hinrichtung war Teddy Doyle Meeks, ein Herumtreiber, der einen kleinen Jungen vergewaltigt, verstümmelt und umgebracht hat. Niemand hier war sonderlich betrübt, als er in die Gaskammer mußte. Ich könnte Ihnen stundenlang solche Geschichten erzählen. Vielleicht haben wir später einmal Zeit dafür, okay?«

»Natürlich«, sagte Adam ohne eine Spur von Begeisterung. Er konnte sich nicht vorstellen, daß ihm jemals daran gelegen sein sollte, Geschichten über gemeine Mörder und ihre Hinrichtung zu hören.

»Ich habe Garner gesagt, daß Sie meiner Meinung nach keine Besuchserlaubnis bekommen dürften. Er hörte eine Weile zu, dann erklärte er, ziemlich vage, wie ich sagen muß, daß bei Ihnen vielleicht eine besondere Situation vorläge und daß ich zumindest einen Besuch zulassen sollte. Er wollte nicht sagen, was das Besondere daran ist, verstehen Sie, was ich meine?« Bei diesen Worten rieb sich Lucas das Kinn, als hätte er das Rätsel fast gelöst. »Unsere Vorschriften sind ziemlich streng, besonders die für den Hochsicherheitstrakt. Aber der Direktor wird alles tun, um was ich ihn bitte.« Das sagte er sehr langsam, und die Worte hingen in der Luft.

»Ich – äh – ich muß ihn unbedingt sehen«, sagte Adam mit fast brechender Stimme.

»Nun, er braucht einen Anwalt. Offen gestanden, ich bin froh, daß Sie hier sind. Wir haben noch nie jemanden hingerichtet, ohne daß sein Anwalt zugegen war. Es gibt bis zur letzten Minute alle möglichen juristischen Manöver, und mir ist einfach wohler, wenn Sam einen Anwalt hat.« Er ging um den Schreibtisch herum und setzte sich auf einen Stuhl auf der anderen Seite. Er schlug eine Akte auf und betrachtete ein Blatt Papier. Adam wartete und versuchte, normal zu atmen.

»Wir beschäftigen uns eingehend mit dem Hintergrund unserer zum Tode Verurteilten«, sagte Lucas, immer noch in seine Akte schauend. »Insbesondere, wenn die Berufungsverfahren abgeschlossen sind und die Hinrichtung näher rückt. Wissen Sie etwas über Sams Angehörige?«

Der Knoten in Adams Magen fühlte sich plötzlich an wie ein Baseball. Er schaffte es, gleichzeitig mit den Schultern zu zucken und den Kopf zu schütteln, als wollte er sagen, daß er nichts wußte.

»Haben Sie vor, mit Sams Angehörigen zu sprechen?«

Wieder keine Antwort, sondern nur dasselbe alberne Zucken mit den Schultern, sehr schweren Schultern in diesem Moment.

»Ich meine, normalerweise gibt es in solchen Fällen, wenn die Hinrichtung näher rückt, eine Menge Besuche von Angehörigen. Wahrscheinlich wollen Sie sich mit diesen Leuten in Verbindung setzen. Sam hat eine Tochter in Memphis, eine Mrs. Lee Booth. Ich habe die Adresse, wenn Sie sie haben möchten.« Lucas beobachtete ihn argwöhnisch. Adam konnte sich nicht rühren. »Sie kennen sie wohl nicht, oder?«

Adam schüttelte den Kopf, sagte aber nichts.

»Sam hatte einen Sohn, Eddie Cayhall, aber der arme Kerl hat 1981 Selbstmord begangen. Lebte in Kalifornien. Eddie hinterließ zwei Kinder, einen Sohn, der am 12. Mai 1964 in Clanton, Mississippi, geboren wurde, was meinem Juristenverzeichnis von Martindale-Hubbell zufolge auch Ihr Geburtstag ist. Dort steht, daß Sie am selben Tag in Memphis geboren wurden. Außerdem hinterließ Eddie eine Tochter, die in Kalifornien zur Welt kam. Das sind Sams Enkelkinder. Ich werde versuchen, mich mit ihnen in Verbindung zu setzen, wenn Sie ...«

»Eddie Cayhall war mein Vater«, platzte Adam heraus, dann holte er tief Luft. Er sackte auf dem Stuhl zusammen und starrte auf die Schreibtischplatte. Sein Herz hämmerte wie wahnsinnig, aber wenigstens konnte er wieder atmen. Seine Schultern fühlten sich plötzlich leichter an. Er schaffte sogar ein kleines Lächeln.

Manns Gesicht war ausdruckslos. Er dachte eine lange Minute nach, dann sagte er mit einem Anflug von Genugtuung: »Das habe ich mir beinahe gedacht.« Er fing sogar an, in seinen Papieren zu blättern, als enthielte die Akte noch viele weitere Überraschungen. »Sam ist ein sehr einsamer Mann gewesen in seiner Zelle, und ich habe mich oft gefragt, was mit seinen Angehörigen ist. Er bekommt gelegentlich Post, aber fast nie von seiner Familie. Praktisch keine Besucher. Nicht, daß er welche haben wollte. Aber es ist ein bißchen ungewöhnlich, daß jemand in seiner Situation von seinen Angehörigen völlig ignoriert wird. Besonders ein Weißer. Das soll nicht bedeuten, daß ich mich in Ihre Angelegenheiten einmischen will.«

»Natürlich nicht.«

Lucas ignorierte das. »Wir müssen Vorbereitungen treffen für die Hinrichtung, Mr. Hall. Zum Beispiel müssen wir wissen, was mit der Leiche geschehen soll. Wo sie begraben werden soll und so weiter. Das ist der Punkt, wo die Familie ins Spiel kommt. Nach meinem Gespräch mit Garner gestern habe ich einige unserer Leute in Jackson gebeten, die Angehörigen ausfindig zu machen. Es war im Grunde ganz einfach. Außerdem haben sie Ihre Papiere überprüft und sofort festgestellt, daß der Staat Tennessee keinerlei Unterlagen über die Geburt von Adam Hall am 12. Mai 1964 hat. Und so führte eins zum anderen. Es war nicht schwierig.«

»Ich verstecke mich nicht mehr.«

»Wann haben Sie das mit Sam erfahren?«

»Vor neun Jahren. Meine Tante, Lee Booth, hat es mir gesagt, nachdem wir meinen Vater begraben hatten.«

»Haben Sie jemals mit Sam Kontakt aufgenommen?«

»Nein.«

Lucas klappte die Akte zu und lehnte sich auf seinem knarrenden Stuhl zurück. »Also hat Sam keine Ahnung, wer Sie sind oder weshalb Sie hier sind?«

»So ist es.«

»Wow«, sagte er leise zur Zimmerdecke.

Adam entspannte sich ein wenig und setzte sich gerader hin. Die Katze war jetzt aus dem Sack, und wenn da nicht Lee gewesen wäre und ihre Angst vor Entdeckung, dann wäre ihm jetzt völlig wohl in seiner Haut gewesen. »Wie lange darf ich ihn heute sehen?« fragte er.

»Also, Mr. Hall …«

»Nennen Sie mich einfach Adam, okay?«

»Gern. Also, Adam, es gibt zweierlei Vorschriften für den Todestrakt.«

»Entschuldigen Sie, aber mir wurde am Tor gesagt, daß es keinen Todestrakt gibt.«

»Nicht offiziell. Sie werden nie hören, daß die Wärter oder andere Angestellte ihn anders nennen als Hochsicherheitstrakt oder HST oder Bau 17. Wie dem auch sei, wenn die Zeit eines Insassen nahezu abgelaufen ist, lockern wir die Vorschriften ein wenig. Normalerweise ist die Besuchszeit für einen Anwalt auf eine Stunde pro Tag beschränkt, aber in Sams Fall können Sie sich so viel Zeit lassen, wie Sie brauchen. Ich nehme an, Sie haben eine Menge zu besprechen.«

»Es gibt also keine zeitliche Beschränkung?«

»Nein. Sie können den ganzen Tag bleiben, wenn Sie wollen. Wir versuchen, die Dinge so einfach wie möglich zu machen während der letzten Wochen. Sie können kommen und gehen, wann immer Sie wollen, sofern es dabei kein Sicherheitsrisiko gibt. Ich bin in den Todestrakten von fünf anderen Staaten gewesen, und glauben Sie mir, wir behandeln sie am besten. In Louisiana zum Beispiel holen sie den armen Kerl aus seiner Zelle und stecken ihn während der letzten drei Tage vor der Hinrichtung in etwas, das Todeshaus genannt wird. Ziemlich grausam. So etwas tun wir nicht. Sam wird eine Sonderbehandlung genießen bis zu dem großen Tag.«

»Dem großen Tag?«

»Ja. In vier Wochen, wußten Sie das nicht? Am 8. August.« Lucas griff nach einigen Papieren auf seinem Schreibtisch und gab sie Adam. »Das ist heute morgen gekommen. Das Fünfte Berufungsgericht hat gestern nachmittag den Aufschub beendet. Das Gericht des Staates Mississippi hat als neuen Hinrichtungstermin den 8. August festgesetzt.«

Adam hielt die Papiere in der Hand, ohne sie anzuschauen. »Vier Wochen«, sagte er fassungslos.

»Ja, leider. Ich habe vor ungefähr einer Stunde Sam eine Kopie davon gebracht, und seine Stimmung ist entsprechend.«

»Vier Wochen«, wiederholte Adam, fast zu sich selbst.

Er warf einen Blick auf die Entscheidung des Gerichts. Der Fall trug die Bezeichnung *Staat Mississippi gegen Sam Cayhall.* »Ich meine, ich sollte jetzt mit ihm sprechen, meinen Sie nicht?« sagte er, ohne nachzudenken.

»Ja. Hören Sie, Adam, ich bin nicht einer von den bösen Buben, okay?« Lucas stand langsam auf und wanderte zur Schreibtischkante, um sich darauf niederzulassen. Er verschränkte die Arme und sah auf Adam herunter. »Ich tue nur meinen Job. Ich stecke in der Sache drin, weil ich dafür Sorge tragen muß, daß alles rechtens ist und sämtliche Vorschriften eingehalten werden. Ich werde es nicht genießen, aber es wird ziemlich verrückt und anstrengend zugehen, und alle möglichen Leute werden mich anrufen – der Direktor, seine Mitarbeiter, das Büro des Justizministers, der Gouverneur, Sie und hundert andere. Also werde ich mittendrin stecken, auch wenn ich es nicht will. Das ist das Unerfreulichste an diesem Job. Ich möchte nur, daß Sie wissen, daß ich hier bin, wenn Sie mich brauchen, okay? Ich werde Ihnen gegenüber immer fair und aufrichtig sein.«

»Sie gehen davon aus, daß Sam mir erlauben wird, ihn zu vertreten.«

»Ja. Davon gehe ich aus.«

»Wie stehen die Chancen, daß die Hinrichtung in vier Wochen stattfinden wird?«

»Fünfzig zu fünfzig. Man weiß nie, wie die Gerichte in letzter Minute entscheiden. Wir werden in ungefähr einer Woche mit den Vorbereitungen beginnen. Wir haben eine ziemlich lange Liste von Dingen, die vorher erledigt werden müssen.«

»So eine Art Arbeitsplan für den Tod.«

»So ungefähr. Glauben Sie nicht, daß uns das Spaß macht.«

»Sie tun alle nur Ihren Job, richtig?«

»Es sind die Gesetze dieses Staates. Wenn unsere Gesellschaft Kriminelle töten will, dann muß jemand es tun.«

Adam steckte das Gerichtsurteil in seinen Aktenkoffer und trat vor Lucas. »Danke für Ihre Gastfreundschaft.«

»Keine Ursache. Nach Ihrem Besuch bei Sam muß ich wissen, wie es gelaufen ist.«

»Ich werde Ihnen eine Kopie unserer Vertretungsvereinbarung schicken, wenn er sie unterschreibt.«

»Mehr brauche ich nicht.«

Sie gaben sich die Hand, und Adam ging auf die Tür zu.

»Noch etwas«, sagte Lucas. »Wenn sie Sam ins Besucherzimmer bringen, sagen Sie den Wärtern, sie sollen ihm die Handschellen abnehmen. Achten Sie darauf, daß sie es auch wirklich tun. Sam liegt sehr viel daran.«

»Danke.«

»Viel Glück.«

9

Die Temperatur war um mindestens fünf Grad gestiegen, als Adam das Gebäude verließ und an denselben beiden Häftlingen vorbeiging, die mit denselben trägen Bewegungen wie zuvor denselben Schmutz zusammenfegten. Er blieb auf der Vordertreppe stehen und beobachtete einen Moment lang, wie ein Trupp von Gefangenen am Rand des Highways Müll aufsammelte, bewacht von einem bewaffneten Wärter auf einem Pferd. Der Verkehr brauste vorbei, ohne die Fahrt zu verlangsamen. Adam fragte sich, was für Kriminelle das sein mochten, die außerhalb der Zäune und so nahe beim Highway arbeiten durften. Niemand außer ihm schien sich Gedanken darüber zu machen.

Er ging die paar Meter bis zu seinem Wagen, und als er die Tür geöffnet und den Motor gestartet hatte, war er schweißgebadet. Er fuhr den Weg entlang, über den Parkplatz hinter Manns Büro, dann bog er auf der Hauptstraße des Gefängnisses links ab. Wieder kam er an hübschen weißen Häuschen mit Blumen und Bäumen in den Vorgärten vorüber. Was für eine zivilisierte kleine Gemeinde. Ein Pfeil auf einem Wegweiser zeigte nach links zu Bau 17. Er bog ab, sehr langsam, und war Sekunden später auf einer Schotterstraße, die ihn rasch zu einem massiven Zaun mit Stacheldraht brachte.

Der Todestrakt von Parchman war 1954 gebaut worden

und trug die amtliche Bezeichnung Hochsicherheitstrakt oder HST. Auf der obligatorischen Tafel an einer Mauer hinter dem Zaun standen die Jahreszahl, der Name des damaligen Gouverneurs, die Namen mehrerer längst vergessener Amtspersonen, die bei seiner Errichtung eine wichtige Rolle gespielt hatten, und natürlich die Namen des Architekten und der Baufirma. Damals war er hochmodern gewesen – ein eingeschossiger Flachbau aus rotem Backstein, von dessen Zentrum zwei lange Rechtecke ausgingen.

Adam stellte seinen Wagen auf dem unbefestigten Parkplatz zwischen zwei anderen Wagen ab und betrachtete den Bau. Von außen waren keinerlei Gitterstäbe zu sehen. Keine Wachen patrouillierten darum herum. Wären da nicht der Zaun und der Stacheldraht gewesen, hätte man ihn für eine Grundschule in einer Vorstadt halten können. In einem eingezäunten Hof am Ende eines Flügels dribbelte ein einsamer Insasse einen Basketball über die nackte Erde und warf ihn dann gegen ein verzogenes Rückbrett.

Der Zaun vor Adam war mindestens dreieinhalb Meter hoch und mit einem dichten Stacheldrahtverhau gekrönt. Er verlief schnurgerade zu einer Ecke, wo er mit einem Wachturm verbunden war, aus dem Wärter herunterschauten. Der Zaun umgab den Bau mit bemerkenswerter Symmetrie an allen vier Seiten, und in jeder Ecke stand einer dieser Türme mit einer verglasten Wachstation darauf. Unmittelbar außerhalb des Zauns fing das Ackerland an und schien sich bis ins Unendliche hinzuziehen. Der Trakt lag praktisch mitten in einem Baumwollfeld.

Adam stieg aus, hatte plötzlich einen Anfall von Klaustrophobie und umklammerte den Griff seines Aktenkoffers, während er durch den Maschendraht auf das heiße, flache kleine Gebäude starrte, in dem man Menschen umbrachte. Er zog sich langsam das Jackett aus und stellte fest, daß sein Hemd bereits schweißfleckig war und an seiner Brust klebte. Der Knoten in seinem Leib war wieder da, jetzt noch größer als zuvor. Seine ersten paar Schritte auf die Wachstation zu waren langsam und unbeholfen, vor allem deshalb, weil er nicht sicher auf den Beinen war und seine Knie zitterten. Seine eleganten Slipper waren vollgestaubt, als er den Wachturm erreicht hatte und hinaufschaute. Von einer uniformierten Frau wurde an einem Seil ein roter Eimer heruntergelassen, einer von der Art, wie man sie zum Wagenwaschen benutzt. Sie beugte sich über die Brüstung und erklärte knapp: »Legen Sie Ihre Schlüssel in den Eimer.« Der Stacheldrahtverhau auf dem Zaun war etwas mehr als einen Meter unter ihr.

Eilig folgte Adam ihrem Befehl. Er deponierte seine Wagenschlüssel in dem Eimer, wo sie sich zu einem Dutzend weiterer Schlüsselbunde gesellten. Sie zog ihn hoch, und Adam sah zu, wie er ein paar Sekunden emporstieg und dann anhielt. Sie band das Seil irgendwo fest, und der kleine rote Eimer hing harmlos in der Luft. Eine kleine Brise hätte ihn leicht schwanken lassen, aber im Moment, in diesem erstickenden Vakuum, reichte die Luft kaum zum Atmen aus. Der Wind hatte sich schon vor Jahren gelegt.

Die Wache war fertig mit ihm. Irgendwo drückte irgend jemand auf einen Knopf oder legte einen Hebel um. Adam hatte keine Ahnung, wer das tat, aber ein summendes Geräusch setzte ein, und das erste von zwei massiven Maschendrahttoren begann so weit zur Seite zu gleiten, daß er hindurchgehen konnte. Er legte auf der Schotterstraße ungefähr fünf Meter zurück, dann blieb er stehen, als hinter ihm das erste Tor wieder zuglitt. Er war dabei, die erste Grundregel der Sicherheitsvorkehrungen in einem Gefängnis zu lernen – jeder geschützte Eingang besteht aus zwei verschlossenen Türen oder Toren.

Als das erste Tor hinter ihm angehalten und sich wieder verriegelt hatte, entriegelte sich das zweite und glitt zur Seite. Während das geschah, erschien am Haupteingang ein überaus massig gebauter Wärter und kam ihm auf dem gepflasterten Weg entgegen. Er hatte einen harten Bauch und einen dicken Nacken, und er wartete auf Adam, während Adam darauf wartete, daß die Tore ihre Schutzfunktion erfüllten.

Er hielt ihm eine gewaltige schwarze Hand entgegen und sagte: »Sergeant Packer.« Adam ergriff sie und bemerkte sofort die glänzenden schwarzen Cowboystiefel an Sergeant Packers Füßen.

»Adam Hall«, sagte er und versuchte, mit der Hand fertig zu werden.

»Sie kommen, um Sam zu sehen«, stellte Packer als Tatsache fest.

»Ja, Sir«, sagte Adam und fragte sich, ob sein Mandant von jedermann hier einfach Sam genannt wurde.

»Ihr erster Besuch hier?« Sie begannen einen langsamen Marsch auf den Haupteingang des Gebäudes zu.

»Ja«, sagte Adam und betrachtete die offenen Fenster des ihnen am nächsten liegenden Abschnitts. »Sind alle Todeskandidaten hier drinnen?« fragte er.

»Ja. Im Moment sind es siebenundvierzig. Vorige Woche haben wir einen verloren.«

Sie hatten den Haupteingang fast erreicht. »Verloren?«

»Ja. Das Oberste Bundesgericht hat das Urteil aufgehoben. Mußten ihn zur normalen Bevölkerung verlegen. Ich muß Sie durchsuchen.« Sie waren an der Tür angelangt, und Adam sah sich nervös um, um festzustellen, wo Packer die Durchsuchung vorzunehmen gedachte.

»Spreizen Sie die Beine ein wenig«, sagte Packer, der ihm bereits den Aktenkoffer abgenommen und auf den Beton gestellt hatte. Obwohl benommen und im Augenblick nicht imstande, von irgendwelchen seiner Fähigkeiten Gebrauch zu machen, konnte Adam sich in diesem gräßlichen Moment nicht erinnern, daß ihn jemals jemand aufgefordert hatte, die Beine zu spreizen, nicht einmal ein wenig.

Aber Packer war ein Profi. Er klopfte gekonnt die Socken ab, bewegte die Hände relativ zart zu den Knien hoch, die mehr als nur ein bißchen zittrig waren, dann ohne Verzug zur Taille; und nachdem Sergeant Packer ihm ziemlich flüchtig unter beide Arme gegriffen hatte, als rechnete er mit der Möglichkeit, daß Adam ein Schulterholster mit einer kleinen Pistole trug, war Adams erste Durchsuchung erfreulicherweise schon wenige Sekunden, nachdem sie begonnen hatte, wieder beendet. Packer schob geschickt seine massige Rechte in den Aktenkoffer, dann gab er ihn Adam zurück. »Kein guter Tag, um Sam zu besuchen«, sagte er.

»Ja, das habe ich gehört«, erwiderte Adam und schlang sein Jackett wieder über die Schulter. Er schaute auf die

Eisentür, als wäre es jetzt an der Zeit, den Todestrakt zu betreten.

»Hier entlang«, murmelte Packer, trat auf das Gras neben dem Weg und bog um eine Ecke. Adam folgte ihm willig einen weiteren kleinen gepflasterten Weg entlang, bis sie eine unscheinbare Tür erreicht hatten, neben der Unkraut wuchs. Die Tür war nicht gekennzeichnet und trug keinerlei Aufschrift.

»Was ist das?« fragte Adam. Er erinnerte sich vage an Goodmans Beschreibung des Baus, aber im Moment waren alle Details verschwommen.

»Besucherraum.« Packer holte einen Schlüssel aus der Tasche und schloß die Tür auf. Adam sah sich um, bevor er eintrat, und versuchte, sich zu orientieren. Die Tür lag neben dem zentralen Teil des Gebäudes, und Adam kam der Gedanke, daß vielleicht die Wärter und ihre Vorgesetzten nicht wollten, daß Anwälte ihnen vor den Füßen herumliefen und herumschnüffelten. Deshalb der separate Eingang.

Er holte tief Luft und trat ein. Es waren keine weiteren Anwälte da, die ihre Mandanten besuchten, und darüber war Adam besonders froh. Die Begegnung konnte hitzig und vielleicht sogar rührselig werden, und er zog es vor, dabei keine Zuschauer zu haben. Zumindest im Augenblick war der Raum leer. Er war so groß, daß sich mehrere Anwälte gleichzeitig mit ihren Mandanten beraten konnten, ungefähr zehn Meter lang und dreieinhalb Meter breit, mit einem Betonboden und hellen Leuchtstoffröhren. Die gegenüberliegende Mauer bestand aus Backsteinen und hatte drei Fenster, die genau wie die an den Außenseiten der Flure sehr hoch angebracht waren. Man merkte sofort, daß das Besucherzimmer nachträglich angebaut worden war.

Die Klimaanlage, ein kleines Fenstergerät, brummte wütend und leistete viel weniger, als sie eigentlich sollte. Eine Trennwand teilte den Raum in zwei Teile; die Anwälte hatten ihre Seite und die Mandanten die andere. Die Trennwand bestand bis zu einer Höhe von neunzig Zentimetern aus Backsteinen; auf ihr lag eine schmale hölzerne Platte, auf der sich die Anwälte ihre obligatorischen Notizen machen konnten. Von der Plattform aus erstreckte sich ein massives, hellgrünes Metallgitter bis zur Decke.

Adam ging langsam zum Ende des Raums, wobei er einer bunten Kollektion von Stühlen auswich – ausgemustertem, grünem und grauem Regierungsbestand, Klappstühlen, schmalen Cafeteriasitzen.

»Ich muß diese Tür abschließen«, sagte Packer, als er hinausging. »Wir holen Sam.« Die Tür schlug zu, und Adam war allein. Er entschied sich rasch für einen Platz am Ende des Raums für den Fall, daß ein anderer Anwalt aufkreuzen sollte; der andere Anwalt würde sich zweifellos am entgegengesetzten Ende des Raums niederlassen, und sie konnten beide ihre Strategien halbwegs ungestört planen. Er zog einen Stuhl an die hölzerne Platte heran, legte sein Jackett auf einen anderen Stuhl, holte seinen Block heraus, schraubte die Kappe von seinem Federhalter ab und begann, an den Nägeln zu kauen. Er versuchte, es zu lassen, brachte es aber nicht fertig. Er hatte das Gefühl, als drehte sich ihm der Magen um, und seine Fersen zitterten unkontrollierbar. Er schaute durch das Gitter und betrachtete den für die Todeskandidaten bestimmten Teil des Raumes – dieselbe hölzerne Platte, dieselbe Kollektion alter Stühle. In der Mitte des Gitters vor ihm war ein Schlitz, zehn mal dreißig Zentimeter groß, und durch diese kleine Öffnung hindurch würde er Sam Cayhall von Angesicht zu Angesicht sehen können.

Er wartete nervös, ermahnte sich immer wieder, gelassen zu sein, es leichtzunehmen, sich zu entspannen, es würde alles gutgehen. Er kritzelte etwas auf seinen Block, das er dann beim besten Willen nicht mehr entziffern konnte. Er krempelte die Ärmel hoch. Er suchte den Raum nach versteckten Mikrofonen und Kameras ab, aber das Ganze war so schlicht und bescheiden, daß er sich nicht vorstellen konnte, wie jemand eine Überwachung versuchen sollte. Wenn man von Sergeant Packer auf die anderen schließen konnte, war das Personal gelassen, fast gleichgültig.

Er betrachtete die leeren Stühle zu beiden Seiten des Gitters und fragte sich, wie viele verzweifelte Menschen in den letzten Stunden ihres Lebens schon mit ihren Anwälten hier gesessen und hoffnungsvollen Worten gelauscht hatten. Wie viele dringende Anträge waren durch dieses Gitter gereicht worden, während die Uhr stetig weitertickte? Wie viele Anwälte hatten da gesessen, wo er jetzt saß, und ihren Mandanten gesagt, daß sie nichts mehr unternehmen konnten, daß die Hinrichtung stattfinden würde? Es war ein ernüchternder Gedanke, und er bewirkte, daß Adam wesentlich ruhiger wurde. Er war nicht der erste Besucher hier, und er würde auch nicht der letzte sein. Er war Anwalt, bestens ausgebildet, gesegnet mit einem scharfen Verstand, und er hatte die beachtlichen Ressourcen von Kravitz & Bane hinter sich. Er konnte seine Arbeit tun. Seine Beine beruhigten sich allmählich, das Nägelkauen hörte auf.

Ein Türriegel klickte, und er wäre fast vom Stuhl hochgefahren. Die Tür wurde langsam geöffnet, und ein junger weißer Wärter betrat die Häftlingsseite. Hinter ihm, in einem leuchtendroten Overall, die Hände mit Handschellen auf dem Rücken gefesselt, kam Sam Cayhall herein. Er sah sich im Raum um, blinzelte durch das Gitter, bis sein Blick auf Adam fiel. Ein zweiter Wärter ergriff ihn beim Ellenbogen und führte ihn zu einer Stelle, dem Anwalt genau gegenüber. Sam war mager, blaß und fünfzehn Zentimeter kleiner als die beiden Wärter, aber sie schienen sich möglichst fern von ihm zu halten.

»Wer sind Sie?« zischte er Adam an, der in diesem Moment einen Fingernagel zwischen den Zähnen hatte.

Der eine Wärter zog einen Stuhl für Sam heran, und der andere drückte ihn darauf nieder. Die Wärter traten zurück und waren im Begriff, den Raum zu verlassen, als Adam sagte: »Würden Sie ihm bitte die Handschellen abnehmen.?«

»Nein, Sir. Das geht nicht.«

Adam schluckte hart. »Tun Sie es trotzdem. Wir werden eine ganze Weile hier sein«, sagte er, wobei es ihm gelang, seiner Stimme ein gewisses Maß an Nachdruck zu verleihen. Die Wärter sahen sich an, als wäre dies ein Ersuchen, das sie noch nie gehört hatten. Dann wurde schnell nach einem Schlüssel gegriffen, und die Handschellen wurden abgenommen.

Sam war nicht beeindruckt. Er funkelte Adam durch die Öffnung in dem Gitter hindurch an, während die Wärter geräuschvoll verschwanden. Die Tür wurde zugeschlagen, und der Riegel klickte.

Sie waren allein, die Cayhall-Version eines Familientreffens. Die Klimaanlage ratterte und spuckte, und während einer langen Minute lieferte sie das einzige Geräusch. Obwohl er es tapfer versuchte, war Adam mehr als zwei Sekunden lang nicht imstande, Sam in die Augen zu schauen. Er beschäftigte sich damit, auf seinem Block wichtige Notizen zu machen, und während er die Eintragungen numerierte, konnte er die Hitze spüren, die von Sams Blick ausging.

Endlich schob Adam eine Visitenkarte durch die Öffnung. »Mein Name ist Adam Hall. Ich bin Anwalt bei Kravitz & Bane, Chicago und Memphis.«

Sam nahm geduldig die Karte und studierte ihre Vorder- und Rückseite. Adam folgte jeder seiner Bewegungen. Seine Finger waren runzlig und von Zigarettenrauch braun verfärbt. Sein Gesicht war blaß, die einzige Farbe kam von den fünf Tage alten, schwarzweiß melierten Bartstoppeln. Sein Haar war lang, grau und fettig und straff zurückgekämmt. Adam erkannte rasch, daß er keinerlei Ähnlichkeit hatte mit den Aufnahmen auf dem Video. Und auch nicht mit den letzten bekannten Fotos von ihm, denen von dem Prozeß 1981. Er war jetzt ein ziemlich alter Mann, mit dünner, teigiger Haut und zahlreichen Fältchen um die Augen herum. Tiefe Alters- und Kummerfurchen durchzogen seine Stirn. Das einzig Attraktive an ihm waren die durchdringenden, indigoblauen Augen, die sich inzwischen von der Karte gehoben hatten. »Ihr Juden gebt wohl nie auf?« sagte er mit einer angenehmen, gelassenen Stimme, in der keine Spur von Zorn lag.

»Ich bin kein Jude«, sagte Adam. Er schaffte es, den Blick zu erwidern.

»Wie können Sie dann für Kravitz & Bane arbeiten?« fragte er, nachdem er die Karte beiseite gelegt hatte. Seine Worte waren leise und langsam und wurden gesprochen mit der Geduld eines Mannes, der neuneinhalb Jahre allein in einer einsachtzig mal zwei Meter siebzig großen Zelle verbracht hat.

»In unserer Firma herrscht Chancengleichheit.«

»Wie schön. Alles schön legal, vermute ich. In voller Übereinstimmung mit sämtlichen Bürgerrechtsentscheidungen und Weltverbesserungsgesetzen.«

»Natürlich.«

»Wie viele Partner gibt es bei Kravitz & Bane?«

Adam zuckte die Achseln. Die Zahl änderte sich von Jahr zu Jahr. »Ungefähr hundertfünfzig.«

»Hundertfünfzig. Und wie viele davon sind Frauen?«

Adam zögerte. Er versuchte zu zählen. »Ich weiß es wirklich nicht. Vermutlich ein Dutzend.«

»Ein Dutzend«, wiederholte Sam, fast ohne die Lippen zu bewegen. Seine Hände waren gefaltet und ruhig, und seine Augen zwinkerten nicht. »Also sind weniger als zehn Prozent eurer Partner Frauen. Wie viele Nigger habt ihr?«

»Könnten wir sie bitte Schwarze nennen?«

»Aber sicher doch, obwohl natürlich auch das inzwischen ein antiquierter Ausdruck ist. Heutzutage wollen sie, daß man sie Afro-Amerikaner nennt. Das ist Ihnen doch sicher bekannt.«

Adam nickte, sagte aber nichts.

»Wie viele afro-amerikanische Partner gibt es?«

»Vier, glaube ich.«

»Weniger als drei Prozent. Ist das zu glauben? Kravitz & Bane, diese großartige Bastion der Bürgerrechte und liberaler Politik, diskriminiert Afro-Amerikaner und weibliche Amerikaner. Ich weiß einfach nicht, was ich dazu sagen soll.«

Adam kritzelte etwas Unleserliches auf seinen Block. Er konnte natürlich darauf hinweisen, daß fast ein Drittel der angestellten Anwälte Frauen waren und daß die Firma sich intensiv darum bemühte, die Elite der schwarzen Jurastudenten anzuheuern. Er konnte darauf hinweisen, daß sie von zwei weißen Männern, deren Bewerbungen sich im letzten Moment in Luft aufgelöst hatten, wegen umgekehrter Diskriminierung verklagt worden waren.

»Wie viele jüdisch-amerikanische Partner gibt es? Achtzig Prozent?«

»Ich weiß es nicht. Und es spielt für mich auch keine Rolle.«

»Aber für mich tut es das. Mir war es immer zuwider, von diesen marktschreierischen Fanatikern vertreten zu werden.«

»Viele Leute würden es als angemessen empfinden.«

Sam griff in die einzig sichtbare Tasche seines Overalls und holte eine Packung Montclair und ein Wegwerf-Feuerzeug heraus. Der Overall stand bis zur Brustmitte offen, und in der Öffnung war eine dichte Matte aus grauem Haar zu sehen. Der Stoff war eine sehr leichte Baumwolle. Adam konnte sich nicht vorstellen, wie man in dieser Gegend ohne Klimaanlage leben konnte.

Sam zündete die Zigarette an und stieß den Rauch in Richtung Decke aus. »Ich dachte, ich wäre fertig mit euch Leuten.«

»Sie haben mich nicht hergeschickt. Ich bin auf eigenen Wunsch hier.«

»Warum?«

»Ich weiß es nicht. Sie brauchen einen Anwalt, und …«

»Weshalb sind Sie so nervös?«

Adam riß seine Fingernägel zwischen den Zähnen heraus und hörte auf, mit den Füßen auf den Boden zu tappen. »Ich bin nicht nervös.«

»Natürlich sind Sie das. Ich habe hier schon eine Menge Anwälte gesehen, aber noch nie einen, der so nervös war, wie Sie es sind. Was ist los, junger Mann? Haben Sie Angst, daß ich durch das Gitter hindurch über Sie herfallen könnte?«

Adam grunzte und versuchte zu lächeln. »Seien Sie nicht albern. Ich bin nicht nervös.«

»Wie alt sind Sie?«

»Sechsundzwanzig.«

»Sie sehen aus wie zweiundzwanzig. Wann haben Sie Ihr Studium beendet?«

»Im vorigen Jahr.«

»Großartig. Diese jüdischen Mistkerle haben einen blutigen Anfänger geschickt, damit er mich rettet. Ich vermute ja seit langem, daß sie insgeheim meinen Tod wünschen, aber das beweist es. Ich habe ein paar Juden umgebracht, deshalb wollen sie jetzt mich umbringen. Ich hatte die ganze Zeit recht.«

»Sie geben zu, daß Sie die Kramer-Jungen umgebracht haben?«

»Was für eine blöde Frage ist das? Die Geschworenen haben erklärt, ich hätte es getan. Seit nunmehr neun Jahren sagen die Berufungsgerichte, was die Geschworenen gesagt haben, war richtig. Das ist alles, worauf es ankommt. Wer zum Teufel sind Sie, daß Sie mir derartige Fragen stellen?«

»Sie brauchen einen Anwalt, Mr. Cayhall. Ich bin hier, um Ihnen zu helfen.«

»Ich brauche eine Menge Dinge, mein Junge, aber ich bin verdammt sicher, was ich nicht brauche, ist, daß ein eifriger Grünschnabel wie Sie mir gute Ratschläge erteilt. Sie sind gefährlich, mein Junge, und Sie sind zu dämlich, um es zu wissen.« Wieder kamen die Worte entschieden und ohne jede Emotion. Er hielt die Zigarette zwischen Zeige- und Mittelfinger seiner rechten Hand und schnippte von Zeit zu Zeit die Asche in einem ordentlichen Häufchen in eine Plastikschale. Seine Augen zwinkerten gelegentlich. Sein Gesicht verriet keinerlei Gefühle und Empfindungen.

Adam machte sich bedeutungslose Notizen, dann versuchte er abermals, Sam durch die Öffnung hindurch in die Augen zu schauen. »Hören Sie, Mr. Cayhall, ich bin Anwalt und aus moralischen Gründen ein entschiedener Gegner der Todesstrafe. Ich habe eine gute Ausbildung gehabt, bin gut geschult, kenne die den Achten Verfassungszusatz betreffenden Fälle, und ich kann Ihnen von Nutzen sein. Deshalb bin ich hier. Kostenlos.«

»Kostenlos«, wiederholte Sam. »Wie großzügig. Wissen Sie, junger Mann, daß ich jetzt jede Woche mindestens drei Angebote von Anwälten bekomme, die mich kostenlos vertreten wollen? Großen Anwälten. Berühmten Anwälten. Reichen Anwälten. Einige von ihnen sind wirklich miese Schlangen. Sie alle sind durchaus willens, da zu sitzen, wo

Sie jetzt sitzen, sämtliche in letzter Minute möglichen Anträge und Einsprüche einzureichen, sich interviewen zu lassen, hinter den Kameras herzujagen, in den letzten Stunden meine Hand zu halten, zuzusehen, wie sie mich vergasen, dann eine weitere Pressekonferenz abzuhalten und dann einen Vertrag für ein Buch, einen Film oder vielleicht eine Miniserie im Fernsehen abzuschließen über das Leben und Sterben von Sam Cayhall, einem echten Klan-Mörder. Ich bin nämlich berühmt, junger Mann, und was ich getan habe, ist inzwischen Legende. Und da sie im Begriff sind, mich zu töten, werde ich sogar noch berühmter werden. Deshalb sind diese Anwälte scharf auf mich. Ich bin eine Menge Geld wert. Ein widerliches Land.«

Adam schüttelte den Kopf. »Ich werde nichts von alledem tun, das verspreche ich. Ich bin bereit, eine Vereinbarung zu unterschreiben, daß alles vertraulich bleibt.«

Sam kicherte. »Schön, und wer sorgt für ihre Einhaltung, wenn ich tot bin?«

»Ihre Familie«, sagte Adam.

»Vergessen Sie meine Familie«, sagte Sam entschieden.

»Meine Motive sind sauber, Mr. Cayhall. Meine Firma hat Sie sieben Jahre lang vertreten, also weiß ich fast alles, was in Ihrer Akte steht. Außerdem habe ich mich eingehend mit Ihrem Hintergrund beschäftigt.«

»Willkommen im Klub. An die hundert dämliche Reporter haben meine Unterwäsche durchwühlt. Offenbar gibt es eine Menge Leute, die viel über mich wissen. Aber all dieses Wissen zusammengenommen ist für mich im Augenblick ohne jeden Wert. Mir bleiben noch vier Wochen. Wissen Sie das?«

»Ich habe eine Kopie der Entscheidung.«

»Vier Wochen, dann vergasen sie mich.«

»Also lassen Sie uns an die Arbeit gehen. Sie haben mein Wort, daß ich nie mit der Presse sprechen werde, es sei denn, mit Ihrem Einverständnis, daß ich nie etwas wiederholen werde, das Sie mir sagen, und daß ich weder einen Buch- noch einen Filmvertrag unterschreiben werde. Ich schwöre es.«

Sam zündete sich eine weitere Zigarette an und starrte

auf etwas auf der Trennplatte. Er rieb sich sanft die rechte Schläfe mit dem rechten Daumen, wobei die Zigarette nur Zentimeter von seinem Haar entfernt war. Lange Zeit war das einzige Geräusch das Gurgeln der überlasteten Klimaanlage im Fenster. Sam rauchte und dachte nach. Adam malte Männchen auf seinen Block und war ziemlich stolz darauf, daß seine Füße stillhielten und sein Magen nicht schmerzte. Das Schweigen war unangenehm, und er nahm zu Recht an, daß es Sam nichts ausmachen würde, tagelang einfach dazusitzen, zu rauchen und nachzudenken.

»Sind Sie über *Barroni* informiert?« fragte Sam ruhig.

»Barroni?«

»Ja, *Barroni.* Kam letzte Woche vom Neunten Berufungsgericht. Kalifornischer Fall.«

Adam durchackerte sein Gehirn nach einer Spur von *Barroni.* »Es könnte sein, daß ich davon gehört habe.«

»Es könnte sein, daß Sie davon gehört haben? Sie sind gut geschult, kennen alle einschlägigen Fälle und so weiter und so weiter, und es könnte sein, daß Sie etwas von *Barroni* gehört haben. Was für eine Niete von Anwalt sind Sie?«

»Ich bin keine Niete.«

»Schon gut, schon gut. Wie steht es mit *Texas gegen Eckes*? Das haben Sie doch bestimmt gelesen, oder?«

»Wann wurde darüber entschieden?«

»Vor ungefähr sechs Wochen.«

»Welches Gericht?«

»Fünftes Berufungsgericht.«

»Achter Verfassungszusatz?«

»Blöde Frage.« Sam grunzte vor echter Verachtung. »Glauben Sie etwa, ich verbrächte meine Zeit damit, Fälle zu lesen, die die Redefreiheit betreffen? Das ist mein Hintern, der hier drüben sitzt, junger Mann, das sind meine Handgelenke und Knöchel, die man festschnallen wird. Das ist meine Nase, in die das Gas eindringen wird.«

»Nein. An *Eckes* erinnere ich mich nicht.«

»Was haben Sie überhaupt gelesen?«

»Alle wichtigen Fälle.«

»Haben Sie *Barefoot* gelesen?«

»Natürlich.«

»Erzählen Sie mir von *Barefoot*.«

»Was ist das, eine Quizsendung?«

»Das ist, was immer ich will. Woher stammte *Barefoot*?« fragte Sam.

»Daran erinnere ich mich nicht. Aber die volle Bezeichnung war *Barefoot gegen Estelle*, eine Grundsatzentscheidung des Obersten Bundesgerichts im Jahr 1983, die besagte, daß zum Tode Verurteilte in einem Berufungsverfahren stichhaltige Aussagen nicht zurückhalten dürfen, um sie für später aufzuheben. So ungefähr jedenfalls.«

»Donnerwetter, Sie haben es tatsächlich gelesen. Ist Ihnen schon einmal aufgefallen, wie dasselbe Gericht seine Ansicht ändert, wann immer es ihm in den Kram paßt? Zwei Jahrhunderte lang hat das Oberste Bundesgericht die Vollstreckung von Todesurteilen zugelassen. Sagte, sie wären verfassungskonform, in voller Übereinstimmung mit dem Achten Verfassungszusatz. Dann, 1972, hat das Oberste Bundesgericht dieselbe, unveränderte Verfassung gelesen und die Todesstrafe für rechtswidrig erklärt. 1976 hat das Oberste Bundesgericht dann gesagt, Hinrichtungen wären doch verfassungskonform. Immer dieselben Schwachköpfe in denselben schwarzen Talaren in demselben Gebäude in Washington. Und jetzt ändert das Oberste Bundesgericht mit derselben Verfassung schon wieder die Gesetze. Diese Reagan-Leute haben es satt, so viele Berufungen lesen zu müssen, also erklären sie bestimmte Wege für gesperrt. Kommt mir sehr merkwürdig vor.«

»Das kommt vielen Leuten merkwürdig vor.«

»Was ist mit *Dulaney*?« fragte Sam nach einem langen Zug an seiner Zigarette. In dem Zimmer gab es kaum oder überhaupt keine Belüftung, und über ihnen bildete sich eine Wolke.

»Wo war das?«

»In Louisiana. Den haben Sie doch bestimmt gelesen.«

»Vermutlich. Wahrscheinlich habe ich mehr Fälle gelesen als Sie, aber ich mache mir nicht immer die Mühe, sie in meinem Gedächtnis zu speichern, sofern ich nicht vorhabe, sie zu verwenden.«

»Sie wozu verwenden?«

»Bei Anträgen und Eingaben.«

»Also hatten Sie schon früher mit Todeskandidaten zu tun? Wie viele Fälle?«

»Dies ist der erste.«

»Weshalb tröstet mich das nicht? Diese jüdisch-amerikanischen Anwälte bei Kravitz & Bane haben Sie hergeschickt, damit Sie mit mir experimentieren können, stimmt's? Damit Sie ein paar praktische Erfahrungen sammeln können. So was macht sich schließlich immer gut im Lebenslauf.«

»Ich sagte es bereits – sie haben mich nicht hergeschickt.«

»Was macht Garner Goodman? Ist er noch am Leben?«

»Ja. Er ist in Ihrem Alter.«

»Dann bleibt ihm nicht mehr viel Zeit, oder? Und Tyner?«

»Mr. Tyner geht es gut. Ich sage ihm, daß Sie sich nach ihm erkundigt haben.«

»Ja, tun Sie das. Sagen Sie ihm, daß ich ihn vermisse, ihn und Goodman. Schließlich habe ich fast zwei Jahre gebraucht, sie mir vom Hals zu schaffen.«

»Sie haben für Sie getan, was sie nur konnten.«

»Dann sagen Sie ihnen, sie sollen mir eine Rechnung schicken.« Sam kicherte leise und lächelte zum erstenmal. Er drückte seine Zigarette in der Schale aus und zündete sich eine neue an. »Tatsache ist, Mr. Hall, daß ich Anwälte hasse.«

»Das ist in Amerika nichts Ungewöhnliches.«

»Anwälte haben mich gejagt, mich angeklagt, mich verfolgt, mir einen Strick gedreht und mich dann hierher geschickt. Seit ich hier bin, haben sie mich keine Minute in Ruhe gelassen, mir noch mehr Stricke gedreht und mich angelogen, und jetzt sind sie wieder da in Gestalt von Ihnen, einem übereifrigen Grünschnabel, der noch nicht einmal imstande ist, das verdammte Gericht zu finden.«

»Dann könnte Ihnen eine Überraschung bevorstehen.«

»Es wäre die größte Überraschung meines Lebens, junger Mann, wenn Sie Ihr Arschloch von einem Loch in der Erde unterscheiden könnten. Sie wären dann von den

Schwachköpfen von Kravitz & Bane der erste, der das kann.«

»Sie haben Sie immerhin sieben Jahre vor der Gaskammer bewahrt.«

»Und dafür soll ich ihnen dankbar sein? Hier gibt es fünfzehn Männer, die noch länger hier sitzen als ich. Weshalb sollte ich der nächste sein? Ich bin seit neuneinhalb Jahren hier. Treemont ist seit vierzehn Jahren hier. Aber er ist natürlich ein Afro-Amerikaner, und das hilft immer. Die haben mehr Rechte, müssen Sie wissen. Es ist viel schwieriger, einen von denen hinzurichten, weil, was immer sie getan haben, jemand anderes schuld daran war.«

»Das ist nicht wahr.«

»Woher zum Teufel wollen Sie wissen, was wahr ist? Vor einem Jahr waren Sie noch an der Universität, haben den ganzen Tag verblichene Jeans getragen, haben noch mit Ihren idealistischen Freunden zusammengesessen und Bier getrunken. Sie haben noch nicht gelebt, mein Junge. Also erzählen Sie mir nicht, was wahr ist und was nicht.«

»Sie sind also für schnelle Hinrichtungen von Afro-Amerikanern?«

»Das wäre gar keine schlechte Idee. Die meisten von diesen Gangstern haben das Gas verdient.«

»Ich bin sicher, mit dieser Ansicht stehen Sie im Trakt so ziemlich allein da.«

»Das kann man wohl sagen.«

»Und Sie sind natürlich anders und gehören nicht hierher.«

»Nein. Ich gehöre nicht hierher. Ich bin ein politischer Gefangener, hergeschickt von einem Mann, der nur seine eigenen Interessen verfolgt und mich für seine politischen Zwecke mißbraucht hat.«

»Können wir über Ihre Schuld oder Unschuld sprechen?«

»Nein. Aber ich habe nicht getan, was die Geschworenen behauptet haben.«

»Also hatten Sie einen Komplizen? Die Bombe wurde von einem anderen gelegt?«

Sam rieb mit seinem Mittelfinger über die tiefen Furchen auf seiner Stirn, als wollte er ihm den Vogel zeigen. Aber das tat er nicht. Er war plötzlich in eine tiefe und anhaltende Trance versunken. Im Besucherzimmer war es wesentlich kühler als in seiner Zelle. Die Unterhaltung war sinnlos, aber wenigstens war es eine Unterhaltung mit jemandem, der nicht ein Wärter war oder einer seiner unsichtbaren Zellennachbarn. Er würde sich Zeit lassen und dafür sorgen, daß dies so lange wie möglich dauerte.

Adam studierte seine Notizen und überlegte, was er als nächstes sagen sollte. Sie hatten inzwischen zwanzig Minuten miteinander geredet beziehungsweise miteinander gestritten, ohne klare Richtung. Er war entschlossen, auf die Familiengeschichte zu kommen, bevor er wieder ging. Er wußte nur noch nicht, wie er das anstellen sollte.

Minuten vergingen. Keiner sah den anderen an. Sam zündete sich eine weitere Montclair an.

»Weshalb rauchen Sie so viel?« fragte Adam schließlich.

»Ich sterbe lieber an Lungenkrebs. Das möchten alle, die hier sitzen.«

»Wieviel Schachteln pro Tag?«

»Drei oder vier.«

Eine weitere Minute verging. Sam drückte langsam die Zigarette aus und fragte freundlich: »Wo haben Sie studiert?«

»Jura in Michigan. Vorher war ich in Pepperdine.«

»Wo liegt das?«

»In Kalifornien.«

»Sind Sie dort aufgewachsen?«

»Ja.«

»Wie viele Staaten haben die Todesstrafe?«

»Achtunddreißig. Aber die meisten von ihnen machen keinen Gebrauch davon. Populär zu sein scheint sie nur im tiefen Süden und dann noch in Texas, Florida und Kalifornien.«

»Sie wissen, daß unsere hochgeschätzte Legislative die Gesetze hier geändert hat. Jetzt kann man durch eine tödliche Injektion sterben. Es ist humaner. Ist das nicht nett? Aber das betrifft mich nicht, da ich schon vor Jahren verurteilt worden bin. Ich muß das Gas einatmen.«

»Vielleicht nicht.«

»Sie sind sechsundzwanzig?«

»Ja.«

»1964 geboren?«

»So ist es.«

Sam holte eine weitere Zigarette aus der Packung und tippte mit dem Filter auf die Plattform. »Wo?«

»In Memphis«, erwiderte Adam, ohne ihn anzusehen.

»Sie verstehen das nicht, junger Mann. Dieser Staat braucht eine Hinrichtung, und ich bin zufällig das nächstbeste Opfer. In Louisiana, Texas und Florida tötet man sie wie die Fliegen, und die gesetzestreuen Bürger dieses Staates können einfach nicht verstehen, weshalb unsere kleine Kammer nicht benutzt wird. Je mehr Gewaltverbrechen begangen werden, desto heftiger drängen die Leute auf Hinrichtungen. Sie fühlen sich wohler, wenn sie das Gefühl haben, daß das System schwer arbeitet, um Mörder aus der Welt zu schaffen. Die Politiker halten Wahlreden, in denen sie mehr Gefängnisse, härtere Strafen und mehr Hinrichtungen versprechen. Deshalb haben diese Schwachköpfe in Jackson für die tödliche Injektion gestimmt. Sie ist angeblich humaner, weniger anstößig und deshalb leichter auszuführen. Sie verstehen?«

Adam nickte leicht mit dem Kopf.

»Es wird Zeit für eine Hinrichtung, und ich bin an der Reihe. Deshalb setzen sie alle Hebel in Bewegung. Sie können sie nicht aufhalten.«

»Wir können es immerhin versuchen. Ich möchte die Möglichkeit dazu haben.«

Sam zündete schließlich die Zigarette an. Er inhalierte tief, dann stieß er den Rauch durch eine kleine Öffnung zwischen den Lippen aus. Er lehnte sich auf den Ellenbogen leicht vor und schaute durch die Öffnung in dem Gitter. »Aus welchem Teil von Kalifornien kommen Sie?«

»Aus dem südlichen. Los Angeles.« Adam schaute in die durchdringenden Augen, dann wandte er den Blick ab.

»Ihre Angehörigen leben noch dort?«

Ein scharfer Schmerz schoß durch Adams Brustkorb, und eine Sekunde lang blieb sein Herz stehen. Sam paffte an seiner Zigarette und schaute ihn unverwandt an.

»Mein Vater ist tot«, sagte Adam mit zittriger Stimme und sackte ein paar Zentimeter auf seinem Stuhl zusammen.

Eine lange Minute verging, während der Sam ganz vorn auf der Kante seines Stuhles saß. Schließlich sagte er: »Und Ihre Mutter?«

»Sie lebt in Portland. Hat wieder geheiratet.«

»Wo ist Ihre Schwester?«

Adam schloß die Augen und ließ den Kopf sinken. »Sie studiert«, murmelte er.

»Sie heißt Carmen, stimmt's?« fragte Sam leise.

Adam nickte. »Woher wissen Sie das?« fragte er mit zusammengebissenen Zähnen.

Sam wich von dem Gitter zurück und sackte in dem metallenen Klappstuhl zusammen. Er ließ die brennende Zigarette auf den Boden fallen, ohne sie anzusehen. »Weshalb bist du hergekommen?« fragte er, jetzt mit wesentlich kraftvollerer Stimme.

»Woher hast du gewußt, daß ich es bin?«

»Die Stimme. Du hörst dich an wie dein Vater. Weshalb bist du hergekommen?«

»Eddie hat mich geschickt.«

Ihre Blicke trafen sich kurz, dann schaute Sam weg. Er beugte sich langsam vor und stützte die Ellenbogen auf die Knie. Sein Blick war auf etwas auf dem Boden geheftet. Er saß völlig regungslos da.

Dann legte er die rechte Hand über die Augen.

10

Philip Naifeh war dreiundsechzig Jahre alt und stand neunzehn Monate vor der Pensionierung. Neunzehn Monate und vier Tage. Er war siebenundzwanzig Jahre lang Leiter der Abteilung für Strafvollzugsanstalten des Staates Mississippi gewesen und hatte dabei sechs Gouverneure überdauert, ein Heer von Gesetzgebern, tausend Gefangenenprozesse, ungezählte Einmischungen durch die Bundesgerichte und etliche Hinrichtungen, an die er sich nur höchst ungern erinnerte.

Der Direktor – er zog diesen Titel vor, obwohl es ihn in der Terminologie der staatlichen Behörden offiziell nicht gab – war ein Libanese, dessen Eltern in den zwanziger Jahren eingewandert waren und sich im Delta niedergelassen hatten. Sie hatten einen kleinen, gutgehenden Gemischtwarenladen in Clarksdale geführt, wo seine Mutter mit ihren selbstgemachten libanesischen Süßspeisen zu einigem Ruhm gelangt war. Er besuchte staatliche Schulen und anschließend das College, kehrte dann zum Staat zurück und begann, aus längst vergessenen Gründen, im Strafvollzug zu arbeiten.

Er haßte die Todesstrafe. Er verstand, weshalb die Gesellschaft nach ihr verlangte, und hatte all die sterilen Gründe für ihre Notwendigkeit schon vor langer Zeit auswendig gelernt. Sie hatte abschreckende Wirkung. Sie schaffte Killer aus der Welt. Sie war die höchstmögliche Strafe. Sie war biblisch. Sie befriedigte das Verlangen der Öffentlichkeit nach Vergeltung. Sie linderte den Schmerz der Angehörigen der Opfer. Wenn es sein mußte, konnte er diese Argumente ebenso überzeugend vortragen wie ein Ankläger. An eines oder zwei von ihnen glaubte er sogar.

Aber auf seinen Schultern lag die Bürde des eigentlichen Tötens, und dieser grauenhafte Aspekt seines Jobs war ihm zutiefst zuwider. Es war Philip Naifeh, der den Verurteilten aus seiner Zelle in den sogenannten Isolierraum brachte, in dem er die letzte Stunde vor seinem Tod verbringen mußte. Es war Philip Naifeh, der ihn in den Kammerraum nebenan begleitete und das Anschnallen der Arme, der Beine und des Kopfes überwachte. »Irgendwelche letzten Worte?« hatte er in siebenundzwanzig Jahren zweiundzwanzigmal gemurmelt. Es war seine Aufgabe, den Wärtern zu sagen, daß sie die Tür der Gaskammer abschließen sollten, und es war seine Aufgabe, den Vollstrecker mit einem Kopfnicken anzuweisen, die Hebel zu bedienen und das tödliche Gas zu mischen. Den ersten beiden hatte er sogar ins Gesicht gesehen, als sie starben, doch dann war er zu dem Schluß gekommen, daß er besser daran tat, die Gesichter der Zeugen zu beobachten, die in dem kleinen Raum hinter der Kammer zusahen. Er mußte die Zeugen auswählen. Er mußte hundert Dinge erledigen, die in einem kleinen Handbuch aufgeführt waren, in dem stand, wie man einen zum Tode Verurteilten legal tötete, ihn für tot erklärte, den Leichnam aus der Kammer entfernte, ihn besprühte, um das Gas aus der Kleidung zu entfernen, und so weiter und so weiter.

Er hatte einmal vor einem Rechtsausschuß in Jackson ausgesagt und seine Ansichten über die Todesstrafe geäußert. Er hätte eine bessere Idee, hatte er vor tauben Ohren erklärt. Nach seinem Plan würden verurteilte Mörder in Einzelhaft im Hochsicherheitstrakt bleiben, in dem sie niemanden umbringen und aus dem sie nicht fliehen konnten und eine vorzeitige Entlassung ausgeschlossen war. Sie würden schließlich im Hochsicherheitstrakt sterben, aber nicht durch die Hand des Staates.

Die Aussage machte Schlagzeilen und hätte beinahe seine Entlassung nach sich gezogen.

Neunzehn Monate und vier Tage, dachte er, als er sich langsam mit den Fingern durch sein dichtes graues Haar fuhr und sorgfältig die neueste Entscheidung des Fünften Berufungsgerichts durchlas. Lucas Mann saß auf der anderen Seite des Schreibtisches und wartete.

»Vier Wochen«, sagte Naifeh und legte die Entscheidung beiseite. »Welche Rechtsmittel sind noch übrig?« fragte er langsam.

»Die übliche Kollektion von letzten Strohhalmen«, erwiderte Mann.

»Wann ist das hier eingegangen?«

»Heute morgen, ganz früh. Sam will das Oberste Gericht anrufen, wo man den Einspruch vermutlich ignorieren wird. Das dürfte ein oder zwei Wochen dauern.«

»Und was meinen Sie?«

»Alle begründeten Argumente sind inzwischen vorgetragen worden. Meiner Meinung nach stehen die Chancen fünfzig zu fünfzig, daß es in vier Wochen passiert.«

»Das ist ziemlich viel.«

»Irgend etwas sagt mir, daß die Sache diesmal durchgezogen wird.«

Beim ununterbrochenen Rollen des Todesstrafen-Roulettes war eine Chance von fünfzig Prozent schon fast eine Gewißheit. Der Vorgang würde in die Wege geleitet und das Handbuch konsultiert werden. Nach Jahren endloser Eingaben und Aufschübe würden diese vier Wochen wie im Flug vergehen.

»Haben Sie mit Sam gesprochen?« fragte der Direktor.

»Kurz. Ich habe ihm eine Kopie der Entscheidung gebracht.«

»Garner Goodman hat mich gestern angerufen und gesagt, sie schickten einen ihrer jungen Kollegen her, damit er mit Sam redet. Haben Sie alles Nötige in die Wege geleitet?«

»Ich habe mit Garner gesprochen und auch mit dem Anwalt. Er heißt Adam Hall, und er ist jetzt bei Sam und spricht mit ihm. Bestimmt ziemlich interessant. Sam ist sein Großvater.«

»Was?«

»Sie haben richtig verstanden. Sam Cayhall ist Adam Halls Großvater väterlicherseits. Wir haben uns gestern routinemäßig mit Adam Halls Hintergrund beschäftigt, und dabei sind uns ein paar graue Flecke aufgefallen. Ich habe das FBI in Jackson angerufen, und binnen zweier Stunden fanden sich eine Menge Indizien. Ich habe ihn heute morgen zur Rede gestellt, und er hat es zugegeben. Ich habe nicht den Eindruck, daß er versucht, es geheimzuhalten.«

»Aber er hat einen anderen Namen.«

»Das ist eine lange Geschichte. Sie haben sich nicht mehr gesehen, seit Adam ein Kleinkind war. Sein Vater verließ fluchtartig den Staat, nachdem sein Vater wegen des Bombenattentats verhaftet worden war. Ging nach Westen, änderte seinen Namen, zog herum, mal mit Arbeit, mal ohne. Anscheinend der typische Verlierer. Hat 1981 Selbstmord begangen. Aber wie dem auch sei, Adam besuchte das College und hatte hervorragende Noten. Anschließend studierte er Jura in Michigan, einer der zehn besten Universitäten, und war Redakteur der Juristenzeitung dort. Dann wurde er von unseren alten Freunden bei Kravitz & Bane eingestellt, und heute morgen kreuzte er hier auf, um seinen Großvater wiederzusehen.«

Jetzt fuhr sich Naifeh mit beiden Händen durch die Haare und schüttelte den Kopf. »Wirklich wundervoll. Als ob wir noch mehr Publicity brauchten, noch mehr schwachsinnige Reporter, die noch mehr blöde Fragen stellen.«

»Sie sitzen jetzt beisammen. Ich nehme an, Sam wird dem Jungen erlauben, ihn zu vertreten. Ich hoffe es jedenfalls. Wir haben noch nie einen Verurteilten ohne Anwalt hingerichtet.«

»Wir sollten ein paar Anwälte ohne Verurteilte hinrichten«, sagte Naifeh mit einem erzwungenen Lächeln. Sein Haß auf Anwälte war legendär; doch Lucas störte sich nicht daran. Er konnte es verstehen. Er hatte einmal geschätzt, daß Naifeh öfter verklagt und vor Gericht gestellt worden war als irgend jemand sonst in der Geschichte des Staates. Er hatte sich das Recht, Anwälte zu hassen, vollauf verdient.

»Ich gehe in neunzehn Monaten in Pension«, sagte er, als hätte Lucas noch nie davon gehört. »Wer kommt nach Sam als nächster an die Reihe?«

Lucas dachte eine Minute nach und versuchte, die voluminösen Berufungsakten der siebenundvierzig Insassen des Todestraktes Revue passieren zu lassen. »Eigentlich niemand. Der Pizzamann war vor vier Monaten nahe dran, aber er hat seinen Aufschub bekommen. Er wird wahrscheinlich in ein oder zwei Jahren aufgehoben werden, aber in dem Fall gibt es noch andere Probleme. Soweit ich sehen kann, wird es in den nächsten paar Jahren keine weitere Hinrichtung geben.«

»Der Pizzamann?«

»Malcolm Friar. Hat in nur einer Woche drei Jungen umgebracht, die Pizza auslieferten. Beim Prozeß hat er behauptet, sein Motiv wäre nicht Raub gewesen, er hätte nur Hunger gehabt.«

Naifeh hob beide Hände und nickte. »Natürlich, ich erinnere mich. Er ist der nächste nach Sam?«

»Vermutlich. Das ist schwer zu sagen.«

»Ich weiß.« Naifeh schob behutsam seinen Stuhl zurück und ging zu einem Fenster. Seine Schuhe lagen irgendwo unter dem Schreibtisch. Er steckte die Hände in die Taschen, drückte seine Zehen in den Teppich und dachte eine Weile angestrengt nach. Nach der letzten Hinrichtung hatte er im Krankenhaus gelegen, wegen eines kleinen Herzflatterns, wie sein Arzt es nannte. Er hatte eine Woche dort verbracht und sein kleines Flattern auf einem Monitor betrachtet und seiner Frau geschworen, daß er nie wieder eine Hinrichtung durchstehen würde. Wenn es ihm gelang, Sam zu überleben, dann konnte er mit voller Pension in den Ruhestand gehen.

Er drehte sich um und sah seinen Freund Lucas Mann an. »Ich werde das nicht machen, Lucas. Ich gebe den schwarzen Peter an einen anderen weiter, einen meiner Untergebenen, einen jüngeren Mann, einen guten Mann, einen Mann, dem man vertrauen kann, einen Mann, der so etwas noch nie mitgemacht hat, einen Mann, der ganz wild darauf ist, Blut an seine Hände zu bekommen.«

»Doch nicht Nugent.«

»Genau den. Colonel außer Dienst George Nugent, mein getreuer Assistent.«

»Er ist ein Spinner.«

»Ja, aber er ist unser Spinner. Er ist ein Fanatiker, wenn es um Details, Disziplin und Organisation geht, aber er ist genau der Richtige für diesen Job. Ich gebe ihm das Handbuch, sage ihm, was ich will, und er wird beim Töten von Sam Cayhall großartige Arbeit leisten. Er wird der perfekte Mann dafür sein.«

George Nugent war stellvertretender Direktor in Parchman. Er hatte sich einen Namen gemacht, indem er für Leute, die zum erstenmal straffällig geworden waren, ein überaus erfolgreiches Spezial-Straflager eingerichtet hatte. Es war eine brutale, sechs Wochen dauernde Strapaze, während der Nugent in schwarzen Stiefeln herumstolzierte, wie ein Stabsfeldwebel fluchte und bei der kleinsten Widersetzlichkeit mit Massenvergewaltigung drohte. Die erstmals straffällig Gewordenen kehrten selten nach Parchman zurück.

»Nugent ist verrückt, Philip. Es ist nur eine Frage der Zeit, bis er jemandem etwas antut.«

»Richtig! Jetzt haben Sie verstanden. Wir lassen zu, daß

er Sam etwas antut, genau auf die Art und Weise, wie es zu geschehen hat. Genau nach Vorschrift. Der Himmel weiß, wie sehr Nugent Vorschriften liebt, nach denen er sich richten kann. Er ist der ideale Mann für den Job, Lucas. Es wird eine makellose Hinrichtung werden.«

Lucas war das ziemlich egal. Er zuckte die Achseln und sagte: »Sie sind der Boß.«

»Danke«, sagte Naifeh. »Aber behalten Sie Nugent im Auge. Ich passe von hier aus auf ihn auf, und Sie kümmern sich um die juristische Seite. Wir werden es überstehen.«

»Das wird die bisher größte Sache werden«, sagte Lucas.

»Ich weiß. Aber ich muß es langsam angehen lassen. Ich bin ein alter Mann.«

Lucas nahm seine Akte vom Schreibtisch und machte sich auf den Weg zur Tür. »Ich rufe Sie an, wenn der junge Mann abfährt. Ich habe ihn gebeten, bei mir hereinzuschauen, bevor er verschwindet.«

»Ich würde ihn gern kennenlernen«, sagte Naifeh.

»Er ist ein netter Junge.«

»Merkwürdige Familie, finden Sie nicht auch?«

Der nette Junge und sein zum Tode verurteilter Großvater hatten eine Viertelstunde in Schweigen verbracht; das einzige Geräusch war das mühsame Rasseln der überforderten Klimaanlage gewesen. Einmal war Adam zur Wand gegangen, hatte seine Hände vor der staubigen Lüftungsöffnung geschwenkt und einen Hauch frischer Luft erhascht. Dann lehnte er mit verschränkten Armen an der Wand und starrte die Tür an, so weit weg von Sam wie möglich. Er lehnte immer noch da und starrte auf die Tür, als sie aufging und der Kopf von Sergeant Packer erschien. Wollte nur nachsehen, ob alles in Ordnung ist, sagte er, wobei er zuerst einen Blick auf Adam warf und dann durch das Gitter hindurch Sam musterte, der mit einer Hand vor dem Gesicht vornübergebeugt auf seinem Stuhl saß.

»Alles bestens«, sagte Adam wenig überzeugend.

»Gut, gut«, sagte Packer und machte schnell die Tür wieder zu und schloß ab. Adam kehrte langsam zu seinem Stuhl zurück. Er zog ihn dicht an das Gitter heran und stützte die Ellenbogen auf. Sam ignorierte ihn ein oder zwei Minuten, dann wischte er sich mit dem Ärmel die Augen ab und richtete sich auf. Sie sahen sich an.

»Wir müssen reden«, sagte Adam leise.

Sam nickte, sagte aber nichts. Er wischte sich noch einmal die Augen ab, diesmal mit dem anderen Ärmel. Er holte eine Zigarette aus der Packung und steckte sie zwischen die Lippen. Seine Hand zitterte, als er das Feuerzeug aufschnappen ließ. Er paffte schnell.

»Also bist du wirklich Alan«, sagte er mit leiser, rauher Stimme.

»So habe ich wohl früher geheißen. Ich habe es erst erfahren, nachdem mein Vater gestorben war.«

»Du bist 1964 geboren.«

»Stimmt.«

»Mein erster Enkel.«

Adam nickte und schaute woanders hin.

»1967 seid ihr verschwunden.«

»Vermutlich. Ich kann mich nicht daran erinnern. Meine frühesten Erinnerungen stammen aus Kalifornien.«

»Ich habe gehört, daß Eddie nach Kalifornien gegangen ist und daß da noch ein zweites Kind war. Jemand hat mir später erzählt, daß sie Carmen heißt. Im Laufe der Jahre habe ich dieses und jenes erfahren und wußte, daß ihr alle irgendwo in Kalifornien seid, aber er hat ganze Arbeit geleistet bei seinem Verschwinden.«

»Wir sind ziemlich viel herumgezogen, als ich klein war. Ich glaube, er hatte Mühe, einen Job zu behalten.«

»Du hast nichts von mir gewußt?«

»Nein. Angehörige wurden nie erwähnt. Ich habe es erst nach seiner Beerdigung erfahren.«

»Wer hat es dir gesagt?«

»Lee.«

Sam kniff einen Moment lang die Augen fest zusammen, dann tat er wieder einen Zug aus seiner Zigarette. »Wie geht es ihr?«

»Gut, nehme ich an.«

»Weshalb arbeitest du bei Kravitz & Bane?«

»Es ist eine gute Firma.«

»Hast du gewußt, daß sie mich vertreten hat?«

»Ja.«

»Also hast du das geplant?«

»Seit ungefähr fünf Jahren.«

»Aber warum?«

»Ich weiß es nicht.«

»Du mußt doch einen Grund gehabt haben.«

»Der Grund liegt auf der Hand. Du bist mein Großvater. Ob es uns nun gefällt oder nicht, du bist der, der du bist, und ich bin auch der, der ich bin. Und jetzt bin ich hier. Also, wie geht es jetzt weiter?«

»Ich finde, du solltest verschwinden.«

»Ich verschwinde nicht, Sam. Ich habe mich sehr lange hierauf vorbereitet.«

»Worauf vorbereitet?«

»Du brauchst einen Rechtsbeistand. Du brauchst Hilfe. Deshalb bin ich hier.«

»Mir kann keiner mehr helfen. Sie sind entschlossen, mich in die Gaskammer zu schicken, aus einer Menge von Gründen. Du brauchst dich da nicht mit hineinziehen zu lassen.«

»Warum nicht?«

»Nun, zum einen ist es hoffnungslos. Du wirst darunter leiden, wenn du dir Arme und Beine ausreißt und keinerlei Erfolg damit hast. Zum anderen wird deine wahre Identität bekannt werden. Das wird sehr unerfreulich sein. Das Leben wird für dich wesentlich angenehmer sein, wenn du Adam Hall bleibst.«

»Ich bin Adam Hall, und ich habe nicht vor, daran etwas zu ändern. Außerdem bin ich dein Enkel, und daran können wir schließlich auch nichts ändern. Weshalb also die Aufregung?«

»Es wird deine Familie in Verlegenheit bringen. Eddie hat gute Arbeit geleistet, um euch zu schützen.«

»Meine Deckung ist bereits aufgeflogen. Meine Firma weiß es. Ich habe es Lucas Mann gesagt, und ...«

»Dieser Mistkerl wird es jedem weitererzählen. Dem darfst du keine Minute trauen.«

»Du verstehst das nicht, Sam. Mir ist es völlig gleich, ob

er es weitererzählt oder nicht. Von mir aus kann die ganze Welt wissen, daß ich dein Enkel bin. Ich habe diese schmutzigen kleinen Familiengeheimnisse restlos satt. Ich bin jetzt erwachsen. Ich kann für mich selbst denken. Außerdem bin ich Anwalt und habe mir ein dickes Fell zugelegt. Ich kann das durchstehen.«

Sam entspannte sich ein wenig auf seinem Stuhl und betrachtete den Fußboden mit einem angenehmen kleinen Grinsen von der Art, mit denen erwachsene Männer kleine Jungen bedenken, die so tun, als wären sie älter als ihre Jahre. Er grunzte leise und nickte dann sehr langsam mit dem Kopf. »Du verstehst das einfach nicht, Junge«, sagte er, jetzt in gemessenem, geduldigem Tonfall.

»Dann erklär es mir«, sagte Adam.

»Das würde eine Ewigkeit dauern.«

»Wir haben vier Wochen. In vier Wochen kann man eine Menge reden.«

»Was genau ist es, das du hören willst?«

Adam lehnte sich auf seinen Ellenbogen noch näher an das Gitter heran. Seine Augen waren nur Zentimeter von der Öffnung im Gitter entfernt. »Erstens möchte ich mit dir über den Fall reden – Anträge, Strategien, die Prozesse, das Bombenattentat, wer dabei war in jener Nacht …«

»Niemand war dabei in jener Nacht.«

»Darüber können wir später reden.«

»Wir reden jetzt darüber. Ich war allein, hast du gehört?«

»Okay. Zweitens will ich alles über meine Familie erfahren.«

»Warum?«

»Warum nicht? Weshalb sollte es vergraben bleiben? Ich will etwas erfahren über deinen Vater und dessen Vater, über deine Brüder und Vettern. Es kann sein, daß mir diese Leute zuwider sind, wenn alles vorüber ist, aber ich habe ein Recht darauf, über sie Bescheid zu wissen. Diese Informationen sind mir bisher vorenthalten worden, und ich will Bescheid wissen.«

»Da gibt es nichts Bemerkenswertes.«

»Ach, wirklich? Ich finde es ziemlich bemerkenswert, daß du es bis hierher in den Todestrakt gebracht hast. Eine ziemlich exklusive Gesellschaft. Nimmt man die Tatsache hinzu, daß du weiß bist, aus der Mittelschicht stammst und fast siebzig Jahre alt bist, dann wird es noch bemerkenswerter. Ich will wissen, wie und warum du hier gelandet bist. Was hat dich dazu gebracht, diese Dinge zu tun? Wie viele Männer aus meiner Familie haben dem Klan angehört? Und warum? Wie viele weitere Leute wurden so ganz nebenbei umgebracht?«

»Und du glaubst, ich werde auspacken und dir das alles erzählen?«

»Ja, das glaube ich. Du wirst es tun. Ich bin dein Enkel, Sam, der einzige lebende, atmende Verwandte, dem du noch etwas bedeutest. Du wirst reden, Sam. Du wirst mit mir reden.«

»Nun, da ich so geschwätzig sein werde – worüber werden wir sonst noch reden?«

»Über meinen Vater.«

Sam tat einen tiefen Atemzug und schloß die Augen. »Du verlangst nicht gerade wenig, stimmt's?« sagte er leise. Adam notierte etwas Sinnloses auf seinem Block.

Es war Zeit für das Ritual einer weiteren Zigarette, und Sam vollführte es mit noch mehr Geduld und Sorgfalt. Ein weiterer Schwall Rauch vereinigte sich mit der Wolke über ihren Köpfen. Seine Hände zitterten nicht mehr. »Und wenn wir mit Eddie fertig sind, worüber willst du dann reden?«

»Ich weiß es nicht. Aber damit sollten wir wohl vier Wochen beschäftigt sein.«

»Wann reden wir über dich?«

»Jederzeit.« Adam griff in seinen Aktenkoffer und holte eine dünne Akte heraus. Er schob ein Blatt Papier und einen Stift durch die Öffnung. »Das ist eine Vereinbarung über juristische Vertretung. Unterschreib auf der unteren Linie.«

Ohne es anzurühren, las Sam es aus einiger Entfernung. »Also engagiere ich Kravitz & Bane von neuem?«

»Gewissermaßen.«

»Wie meinst du das, gewissermaßen? Hier steht schwarz auf weiß, daß ich damit einverstanden bin, daß diese Juden mich wieder vertreten. Es hat eine Ewigkeit gedauert, bis ich sie los war, und dabei habe ich sie nicht einmal bezahlt.«

»Die Vereinbarung triffst du mit mir, Sam. Du wirst diese Leute nicht zu Gesicht bekommen, wenn du es nicht willst.«

»Ich will es nicht.«

»Schön. Zufällig arbeite ich für die Firma, und deshalb muß die Vereinbarung auch mit der Firma getroffen werden. So einfach ist das.«

»Ah, der Optimismus der Jugend. Alles ist einfach. Hier sitze ich, weniger als dreißig Meter von der Gaskammer entfernt, die Uhr an der Wand dort drüben tickt weiter und wird immer lauter, und alles ist einfach.«

»Unterschreib das verdammte Papier, Sam.«

»Und was passiert dann?«

»Dann machen wir uns an die Arbeit. Rechtlich kann ich nichts für dich tun, bevor wir diese Vereinbarung getroffen haben. Du unterschreibst, wir machen uns an die Arbeit.«

»Und womit willst du anfangen, wenn du dich an die Arbeit machst?«

»Das Kramer-Attentat noch einmal durchgehen, ganz langsam, Schritt für Schritt.«

»Das ist bereits tausendmal geschehen.«

»Wir tun es noch einmal. Ich habe ein dickes Notizbuch voller Fragen.«

»Die sind alle schon gestellt worden.«

»Das stimmt, Sam, aber sie wurden nicht beantwortet, richtig?«

»Du glaubst, ich lüge.«

»Tust du das?«

»Nein.«

»Aber du hast nicht die ganze Geschichte erzählt, stimmt's?«

»Was würde das ändern, Mr. Rechtsanwalt? Du hast *Bateman* gelesen.«

»Ja, ich habe mich eingehend mit *Bateman* beschäftigt, und der Fall hat eine Menge Schwachstellen.«

»Typisch Anwalt.«

»Wenn neue Beweise vorliegen, dann gibt es auch Möglichkeiten, sie vorzubringen. Wir versuchen nichts anderes, Sam, als so viel Verwirrung zu stiften, daß irgendein Richter noch einmal über die Sache nachdenkt. Dann denkt er noch ein bißchen drüber nach, und dann gewährt er einen Aufschub, damit er mehr darüber erfahren kann.«

»Ich weiß, wie das Spiel gespielt wird, mein Junge.«

»Adam. Ich heiße Adam.«

»Ja, und du kannst mich Granpa nennen. Ich nehme an, du hast vor, dich an den Gouverneur zu wenden.«

»Ja.«

Sam rutschte auf seinem Stuhl nach vorn und kam ganz nahe an das Gitter heran. Mit dem Zeigefinger seiner rechten Hand deutete er auf eine Stelle ungefähr in der Mitte von Adams Nase. Sein Gesicht war plötzlich verkniffen, seine Augen schmal. »Hör mir zu, Adam«, knurrte er, weiterhin mit dem Finger auf ihn zeigend. »Wenn ich dieses Papier unterschreibe, wirst du niemals mit dem Kerl reden. Niemals. Hast du verstanden?«

Adam beobachtete den Finger, sagte aber nichts.

Sam beschloß, fortzufahren. »Er ist ein Schweinehund. Er ist niederträchtig, gemein und korrupt und dabei imstande, das alles hinter einem netten Lächeln und einem ordentlichen Haarschnitt zu verstecken. Er ist der einzige Grund dafür, daß ich jetzt hier sitze. Wenn du auch nur ein Wort mit ihm redest, bist du nicht mehr mein Anwalt.«

»Also bin ich dein Anwalt.«

Der Finger sank herab, und Sam entspannte sich ein wenig »Oh, es kann sein, daß ich dir eine Chance gebe und zulasse, daß du an mir übst. Weißt du, Adam, die Juristen sind alle nicht richtig im Kopf. Wenn ich ein freier Mann wäre, der versucht, sich seinen Lebensunterhalt zu verdienen, wenn ich mich um meine eigenen Angelegenheiten kümmern würde, meine Steuern bezahlte, mich an die Gesetze hielte und all das, dann würde ich keinen Anwalt finden, der sich auch nur die Zeit nehmen würde, mich anzuspucken, es sei denn, ich hätte eine Menge Geld. Statt dessen aber sitze ich hier, ein zum Tode verurteilter Mörder, der keinen Penny besitzt, und alle möglichen Anwälte betteln darum, mich vertreten zu dürfen. Große, reiche Anwälte mit langen Namen, vor denen Initialen stehen und Ziffern dahinter, berühmte Anwälte mit eigenen Jets und Fernsehshows. Kannst du mir das erklären?«

»Natürlich nicht. Und es ist mir auch egal.«

»Es ist eine üble Profession, die du dir da ausgesucht hast.«

»Die meisten Anwälte sind redliche, hart arbeitende Leute.«

»Natürlich. Und die meisten meiner Kumpane hier im Todestrakt könnten Pfarrer und Missionare sein, wenn man sie nicht zu Unrecht verurteilt hätte.«

»Der Gouverneur könnte unsere letzte Chance sein.«

»Dann sollen sie mich lieber gleich in die Gaskammer bringen. Dieser aufgeblasene Affe wird wahrscheinlich meiner Hinrichtung als Zeuge beiwohnen wollen, und dann hält er eine Pressekonferenz ab und informiert die Welt über jedes Detail. Er ist ein rückgratloser kleiner Wurm, der es nur durch mich so weit gebracht hat. Und wenn er noch ein paar tüchtige Bissen aus mir herausholen kann, dann wird er es tun. Halt dich von ihm fern.«

»Darüber können wir später reden.«

»Wir reden jetzt darüber. Du wirst mir dein Wort geben, bevor ich dieses Papier unterschreibe.«

»Weitere Bedingungen?«

»Ja. Ich möchte, daß hier noch etwas hinzugefügt wird, in dem Sinne, daß du und deine Firma keine Schwierigkeiten machen, falls ich beschließen sollte, dich wieder zu entlassen. Das sollte einfach sein.«

»Laß mich sehen.«

Die Vereinbarung wurde wieder durch die Öffnung geschoben, und Adam fügte noch einen weiteren Paragraphen hinzu. Er gab sie Sam zurück, der sie langsam las und das Blatt dann auf die Holzplatte legte.

»Du hast nicht unterschrieben«, sagte Adam.

»Ich denke noch nach.«

»Kann ich dir ein paar Fragen stellen, während du nachdenkst?«

»Nur zu.«

»Wo hast du gelernt, mit Sprengstoff umzugehen?«

»Hier und dort.«

»Vor Kramer hat es mindestens fünf Bombenanschläge gegeben, alle von der gleichen Art, alle sehr primitiv – Dynamit, Sprengkapseln, Zündschnüre. Bei Kramer lagen die Dinge anders, weil da ein Zeitzünder benutzt wurde. Wer hat dir beigebracht, wie man solche Bomben baut?«

»Hast du schon einmal einen Knallfrosch angezündet?«

»Klar.«

»Dasselbe Prinzip. Ein Streichholz an die Zündschnur, davonrennen, was das Zeug hält, und peng.«

»Der Zeitzünder ist ein bißchen komplizierter. Wer hat dir beigebracht, wie man so was anschließt?«

»Meine Mutter. Wann gedenkst du wiederzukommen?«

»Morgen.«

»Gut. Also tun wir folgendes. Ich brauche ein bißchen Zeit, um darüber nachzudenken. Im Moment möchte ich nicht reden, und vor allem habe ich keine Lust, einen Haufen Fragen zu beantworten. Laß mich dieses Dokument durchsehen, ein paar Veränderungen vornehmen, und morgen sehen wir uns wieder.«

»Das ist Zeitverschwendung.«

»Ich habe hier fast zehn Jahre verschwendet. Was ist da ein weiterer Tag?«

»Es kann sein, daß sie mich nicht wieder hereinlassen, solange ich noch nicht dein offizieller Rechtsbeistand bin. Mit diesem Besuch haben sie mir nur einen Gefallen getan.«

»Prächtige Kerle sind das, stimmt's? Sag ihnen, du wärest für die nächsten vierundzwanzig Stunden mein Anwalt. Dann lassen sie dich rein.«

»Wir haben sehr viel Arbeit vor uns, Sam. Ich möchte damit anfangen.«

»Ich brauche Zeit zum Nachdenken. Wenn man mehr als neun Jahre allein in einer Zelle gesessen hat, wird man richtig gut im Nachdenken und Analysieren. Aber man kann es nicht schnell tun, verstehst du? Es dauert länger, sich Dinge durch den Kopf gehen zu lassen und sie in die richtige Reihenfolge zu bringen. Im Augenblick geht in meinem Kopf alles durcheinander. Du hast mir einen ganz schönen Schlag versetzt.«

»Okay.«

»Morgen geht es mir besser. Dann können wir reden, ich verspreche es.«

»Geht in Ordnung.« Adam schraubte die Kappe auf seinen Federhalter und steckte ihn in die Tasche. Er verstaute die Akte in seinem Koffer und entspannte sich auf seinem Stuhl. »Ich werde die nächsten paar Monate in Memphis wohnen.«

»In Memphis? Ich dachte, du wohnst in Chicago?«

»Wir haben ein kleines Büro in Memphis. Ich werde von dort aus arbeiten. Die Telefonnummer steht auf der Karte. Du kannst mich jederzeit dort anrufen.«

»Was passiert, wenn diese Sache vorbei ist?«

»Das weiß ich noch nicht. Vielleicht gehe ich nach Chicago zurück.«

»Bist du verheiratet?«

»Nein.«

»Und Carmen?«

»Auch nicht.«

»Wie ist sie?«

Adam verschränkte die Hände hinter dem Kopf und betrachtete die Rauchwolke über ihnen. »Sie ist sehr intelligent. Sehr hübsch. Hat sehr viel Ähnlichkeit mit ihrer Mutter.«

»Evelyn war eine schöne Frau.«

»Sie ist immer noch schön.«

»Ich habe immer gefunden, daß Eddie viel Glück hatte, daß er sie bekommen hat. Aber von ihrer Familie habe ich nie viel gehalten.«

Und die hat bestimmt von Eddies Familie nichts gehalten, dachte Adam. Sams Kinn sank fast bis auf die Brust hinunter. Er rieb sich die Augen und zwickte sich in den Nasenrükken. »Diese Familiensache wird uns eine Menge Arbeit machen, stimmt's?« sagte er, ohne Adam anzusehen.

»Ja.«

»Es kann sein, daß ich über manche Dinge nicht reden kann.«

»Doch, das wirst du. Du bist es mir schuldig, Sam. Und dir selbst auch.«

»Du weißt nicht, wovon du redest, und es gibt Dinge, die du bestimmt nicht hören möchtest.«

»Laß es auf den Versuch ankommen. Ich habe diese Geheimnisse satt.«

»Weshalb willst du so viel wissen?«

»Damit ich versuchen kann, irgendeinen Sinn hineinzubringen.«

»Pure Zeitverschwendung.«

»Das muß ich selbst entscheiden, oder etwa nicht?«

Sam legte die Hände auf die Knie und stand langsam auf. Er tat einen tiefen Atemzug und sah Adam durch das Gitter hindurch an. »Ich möchte jetzt gehen.«

Ihre Blicke trafen sich durch die schmalen Rauten des Gitters hindurch. »Okay«, sagte Adam. »Kann ich dir etwas mitbringen?«

»Nein. Komm einfach wieder.«

»Mach ich.«

11

Packer machte die Tür zu und schloß sie ab, und zusammen traten sie aus dem schmalen Schatten vor dem Besucherzimmer in die grelle Mittagssonne. Adam schloß die Augen und blieb einen Moment stehen, dann durchwühlte er seine Taschen auf der verzweifelten Suche nach seiner Sonnenbrille. Packer wartete geduldig; er hatte seine Augen vernünftigerweise mit einer dicken, imitierten Ray-Ban-Brille bedeckt, und sein Gesicht wurde durch die breite Krempe des offiziellen Parchman-Hutes geschützt. Die Luft war erstickend, und man konnte sie fast sehen. Als Adam die Sonnenbrille endlich in seinem Aktenkoffer gefunden und aufgesetzt hatte, waren seine Arme und sein Gesicht schweißbedeckt. Er kniff die Augen zusammen und verzog das Gesicht, und sobald er imstande war, tatsächlich etwas zu sehen, folgte er Packer über den

Backsteinweg und das ausgedörrte Gras bis vor das Gebäude.

»Ist Sam okay?« fragte Packer. Seine Hände steckten in den Taschen, und er schien es nicht eilig zu haben.

»Ich denke schon.«

»Haben Sie Hunger?«

»Nein«, erwiderte Adam mit einem Blick auf die Uhr. Es war fast eins. Er wußte nicht, ob Packer ihm Gefängnisessen anbot oder etwas anderes, aber er wollte kein Risiko eingehen.

»Schade. Heute ist Mittwoch, und das bedeutet Steckrüben mit Maisbrot. Schmeckt gut.«

»Danke.« Adam war überzeugt, daß er jetzt, sozusagen genetisch bedingt, eigentlich einen Heißhunger auf Steckrüben mit Maisbrot verspüren sollte. Das heutige Menü müßte ihm das Wasser im Mund zusammenlaufen lassen. Aber er fühlte sich als Kalifornier, und seines Wissens waren ihm Steckrüben noch nie begegnet. »Vielleicht nächste Woche«, sagte er; er konnte kaum glauben, daß man ihm ein Mittagessen im Todestrakt anbot.

Sie standen vor dem ersten der beiden Tore. Als es aufglitt, sagte Packer, ohne die Hände aus den Taschen zu nehmen: »Wann kommen Sie wieder?«

»Morgen.«

»So bald?«

»Ja. Sie werden mich in nächster Zeit häufig hier sehen.«

»Nun, hat mich gefreut, Sie kennenzulernen.« Er lächelte breit und ging davon.

Als Adam durch das zweite Tor ging, kam der rote Eimer herunter. Er machte einen Meter über der Erde halt, und Adam durchwühlte die Schlüsselkollektion auf dem Boden, bis er seine eigenen gefunden hatte. Er schaute nicht zu dem Wachturm hinauf.

Ein weißer Kleintransporter mit offizieller Kennzeichnung auf der Tür und an den Seiten wartete neben Adams Wagen. Das Fenster auf der Fahrerseite wurde heruntergekurbelt, und Lucas Mann lehnte sich heraus. »Haben Sie es eilig?«

Adam schaute wieder auf die Uhr. »Nicht sehr.«

»Gut. Steigen Sie ein. Ich muß mit Ihnen reden. Wir machen eine kleine Rundfahrt über das Gelände.«

Adam lag nichts an einer kleinen Rundfahrt über das Gelände, aber er hatte ohnehin vorgehabt, noch in Manns Büro vorbeizuschauen. Er öffnete die Beifahrertür und warf sein Jackett und seinen Aktenkoffer auf den Rücksitz.

Erfreulicherweise lief die Klimaanlage auf Hochtouren. Lucas, kühl aussehend und immer noch makellos gestärkt, wirkte ein wenig merkwürdig am Steuer eines Kleintransporters. Er lenkte den Wagen vom HST fort und steuerte auf die Hauptstraße zu.

»Wie ist es gelaufen?« fragte er. Adam versuchte, sich daran zu erinnern, was genau Sam über Lucas Mann gesagt hatte. Irgend etwas in dem Sinne, daß man ihm nicht trauen durfte.

»Okay, nehme ich an«, erwiderte er, absichtlich vage.

»Werden Sie ihn vertreten?«

»Wahrscheinlich. Er will es sich noch eine Nacht durch den Kopf gehen lassen. Und er möchte, daß ich morgen wiederkomme.«

»Kein Problem, aber Sie müssen zusehen, daß er morgen unterschreibt. Wir brauchen eine schriftliche Vollmacht von ihm.«

»Ich bekomme sie morgen. Wo fahren wir hin?« Sie bogen nach links ab, weg von der Vorderfront des Gefängnisses. Sie hatten das letzte der hübschen weißen Häuser mit schattenspendenden Bäumen und Blumenbeeten passiert und fuhren jetzt durch Baumwoll- und Bohnenfelder, die sich ins Endlose erstreckten.

»Eigentlich nirgendwohin. Ich dachte nur, Sie würden gern etwas von unserem Gefängnis sehen. Wir müssen ein paar Dinge erörtern.«

»Ich höre.«

»Die Entscheidung des Fünften Berufungsgerichts kam am späten Vormittag in den Nachrichten, und wir hatten schon jetzt mindestens drei Anrufe von Reportern. Sie riechen natürlich Blut, und sie wollen wissen, ob das das Ende von Sam bedeuten könnte. Ich kenne einige dieser Leute, hatte schon früher bei anderen Hinrichtungen mit ihnen zu tun. Ein paar sind anständige Burschen, aber die meisten sind ausgesprochene Widerlinge. Aber wie dem auch sei, alle erkundigen sich nach Sam und fragen, ob er einen Anwalt hat oder nicht. Wird er sich bis zum Ende selbst vertreten? Und so weiter und so weiter, Sie wissen schon.«

Auf einem Feld rechts von ihnen sah er eine große Gruppe von Häftlingen in weißen Hosen und mit bloßem Oberkörper. Sie arbeiteten sich durch die Reihen und schwitzten heftig; ihre Rücken und Brustkörbe waren klatschnaß und glänzten in der sengenden Sonne. Sie wurden von einem berittenen Wärter mit einem Gewehr bewacht. »Was machen diese Leute?«

»Hacken Baumwolle.«

»Müssen sie das?«

»Nein. Das sind alles Freiwillige. Entweder sie arbeiten hier, oder sie müssen den ganzen Tag in der Zelle sitzen.«

»Sie tragen Weiß. Sam trägt Rot. Und am Highway habe ich einen Trupp in Blau gesehen.«

»Das ist Teil des Klassifizierungssystems. Weiß bedeutet, daß diese Leute ein geringes Risiko darstellen.«

»Was haben sie verbrochen?«

»Alles mögliche. Drogen, Mord, sind rückfällig geworden, alles, was es so gibt. Aber sie haben sich gut geführt, seit sie hier sind, deshalb tragen sie Weiß und dürfen arbeiten.«

Der Kleintransporter bog an einer Kreuzung ab, und die Zäune und der Stacheldraht kehrten zurück. Links von ihnen stand eine Reihe von modernen zweigeschossigen Gebäuden, die von einem gemeinsamen Zentrum aus in alle Richtungen abzweigten. Wären da nicht der Stacheldraht gewesen und die Wachtürme, hätte man den Bau für ein schlecht geplantes Studentenwohnheim halten können. »Was ist das?« fragte Adam und zeigte mit dem Finger darauf.

»Bau 30.«

»Wie viele von diesen Abteilungen gibt es hier?«

»Das weiß ich nicht genau. Wir sind ständig dabei, zu bauen und abzureißen. An die dreißig.«

»Er sieht neu aus.«

»Oh ja. Wir haben seit fast zwanzig Jahren ständig Probleme mit den Bundesgerichten, deshalb mußten wir eine Menge bauen. Es ist kein Geheimnis, daß der Mann, der eigentlich für diese Anlage hier verantwortlich ist, ein Bundesrichter war.«

»Können die Reporter bis morgen warten? Ich muß erst wissen, was Sam zu sagen hat. Ich möchte nicht jetzt mit ihnen reden, und dann läuft morgen alles schief.«

»Ich nehme an, ich kann sie noch einen Tag hinhalten. Aber lange werden sie nicht warten.«

Sie passierten den letzten Wachturm, und Bau 30 verschwand. Dann fuhren sie mindestens drei Kilometer, bevor über den Feldern der Stacheldraht eines weiteren Baus in Sicht kam.

»Ich habe heute morgen mit dem Direktor gesprochen, nachdem Sie hier eingetroffen waren«, sagte Lucas. »Er sagte, er würde Sie gern kennenlernen. Sie werden ihn mögen. Er haßt Hinrichtungen, müssen Sie wissen. Er hatte gehofft, in knapp zwei Jahren in Pension gehen zu können, ohne noch eine weitere durchstehen zu müssen, aber jetzt wird es ja wohl doch anders kommen.«

»Lassen Sie mich raten. Er tut nur seine Pflicht, stimmt's?«

»Wir alle hier tun unsere Pflicht.«

»Genau das meine ich. Ich habe allmählich den Eindruck, daß mir jedermann hier auf den Rücken klopfen und mit betrübter Stimme über das reden will, was mit dem armen alten Sam passieren wird. Niemand will ihn umbringen, aber ihr tut alle nur eure Pflicht.«

»Es gibt eine Menge Leute, die Sam tot sehen wollen.«

»Wer?«

»Der Gouverneur und der Justizminister unseres Staates. Den Gouverneur kennen Sie sicher, aber der Justizminister ist derjenige, vor dem Sie sich vorsehen müssen. Er will natürlich eines Tages Gouverneur werden. Aus irgendeinem Grund haben wir in diesem Staat einen ganzen Haufen von diesen jungen, fürchterlich ehrgeizigen Politikern gewählt, die einfach nicht stillsitzen können.«

»Er heißt Roxburgh, richtig?«

»So ist es. Er liebt Kameras, und ich rechne damit, daß er

heute nachmittag eine Pressekonferenz abhalten wird. Wenn er seiner Natur treu bleibt, wird er behaupten, der Sieg vor dem Fünften Berufungsgericht wäre ausschließlich sein Verdienst, und versprechen, daß er alles daransetzen wird, daß Sam in vier Wochen hingerichtet wird. Es ist nämlich sein Büro, das diese Dinge organisiert. Und dann würde es mich nicht überraschen, wenn der Gouverneur selbst mit ein oder zwei Kommentaren in den Abendnachrichten auftreten würde. Worauf ich hinaus will, Adam, ist folgendes – von oben wird ein ungeheurer Druck ausgeübt werden, daß Sam nicht noch einmal ein Aufschub gewährt wird. Sie wollen ihn tot sehen, um politisches Kapital daraus schlagen zu können. Sie werden aus der Sache herausholen, was nur irgend geht.«

Adam betrachtete im Vorbeifahren die nächste Abteilung. Auf einer Betonfläche zwischen zwei Gebäuden war ein Basketballspiel im Gange mit mindestens einem Dutzend Spielern auf jeder Seite. Alle waren schwarz. Am Rand des Spielfeldes stemmten massige Männer Gewichte. Unter ihnen entdeckte Adam auch ein paar Weiße.

Lucas bog auf eine andere Straße ab. »Es gibt noch einen weiteren Grund«, fuhr er fort. »Louisiana richtet hin, was das Zeug hält. In Texas waren es in diesem Jahr bereits sechs, in Florida fünf. Wir haben seit über zwei Jahren niemanden mehr exekutiert. Wir sind zu lahm, behaupten manche Leute. Es wird Zeit, daß wir diesen anderen Staaten beweisen, daß uns an einer guten Regierung ebensoviel liegt wie ihnen. Erst letzte Woche haben in Jackson Anhörungen vor einem Gesetzgebungskomitee stattgefunden. Es gab alle möglichen wütenden Statements von führenden Persönlichkeiten darüber, daß diese Dinge endlos hingeschleppt würden. Und zu niemandes Überraschung kam man zu dem Schluß, daß die Bundesgerichte daran schuld sind. Es gibt eine Menge Druck, jemanden zu töten. Und zufällig ist Sam als nächster an der Reihe.«

»Wer kommt nach Sam?«

»Eigentlich niemand. Es kann durchaus zwei Jahre dauern, bis wir wieder so nahe an eine Hinrichtung herankommen. Die Bussarde kreisen.«

»Weshalb erzählen Sie mir das?«

»Ich bin kein Feind. Ich bin nicht der Staat Mississippi, sondern der Anwalt dieses Gefängnisses. Und Sie sind noch nie zuvor hiergewesen. Deshalb dachte ich, Sie würden diese Dinge gern wissen.«

»Danke«, sagte Adam. Obwohl er nicht um diese Informationen gebeten hatte, waren sie auf jeden Fall nützlich.

»Ich werde Ihnen helfen, wo immer ich kann.«

Am Horizont waren die Dächer von Gebäuden zu sehen. »Ist das dort der vordere Teil des Gefängnisses?« fragte Adam.

»Ja.«

»Ich würde jetzt gern abfahren.«

Das Büro von Kravitz & Bane in Memphis nahm zwei Stockwerke in einem Gebäude ein, das Brinkley Plaza hieß, um 1920 erbaut worden war und in der Innenstadt an der Ecke von Main und Monroe lag. Die Main Street wurde auch die Mid-America Mall genannt. Sie war für Fahrzeuge aller Art gesperrt worden, als man versuchte, die Innenstadt neu zu beleben, und an die Stelle des Asphalts waren Platten, Springbrunnen und dekorative Bäume getreten. Jetzt war die Mall eine Fußgängerzone.

Auch das Gebäude war neu belebt und geschmackvoll renoviert worden. Das Foyer bestand aus Marmor und Bronze. Die Büros von Kravitz & Bane waren groß und aufwendig ausgestattet mit antiken Möbeln, eichengetäfelten Wänden und Perserteppichen.

Eine hübsche junge Sekretärin führte Adam in das Eckbüro von Baker Cooley, dem geschäftsführenden Partner. Sie machten sich miteinander bekannt, reichten sich die Hand und bewunderten die Sekretärin, als sie das Zimmer verließ und die Tür hinter sich zumachte. Cooley verfolgte sie mit einem etwas zu lüsternen Blick und schien den Atem anzuhalten, bis die Tür vollständig geschlossen und nichts mehr von ihr zu sehen war.

»Willkommen im Süden«, sagte Cooley, endlich ausatmend, und ließ sich auf seinem noblen, mit burgunderrotem Leder bezogenen Drehsessel nieder.

»Danke. Ich nehme an, Sie haben mit Garner Goodman gesprochen.«

»Gestern. Zweimal. Er hat mich ins Bild gesetzt. Wir haben ein hübsches kleines Konferenzzimmer am Ende dieses Flurs mit einem Telefon, einem Computer und massenhaft Platz. Es gehört Ihnen, solange Sie hier sind.«

Adam nickte und sah sich in dem Büro um. Cooley war Anfang Fünfzig, ein gepflegter Mann mit einem aufgeräumten Schreibtisch und einem ordentlichen Zimmer. Er sprach und gestikulierte schnell, und mit seinem grauen Haar und den dunklen Ringen unter den Augen sah er aus wie ein überlasteter Buchprüfer. »Welche Art von Arbeit wird hier getan?« fragte Adam.

»Kaum Prozesse und überhaupt keine Kriminalfälle«, erwiderte Cooley schnell, als wäre es Verbrechern nicht gestattet, ihre schmutzigen Füße auf den dicken Teppichboden und die teuren Brücken dieses Büros zu setzen. Adam erinnerte sich an Goodmans Beschreibung der Filiale in Memphis – eine Nobelfirma mit zwölf guten Anwälten, von der niemand mehr wußte, weshalb Kravitz & Bane sie vor Jahren übernommen hatte. Aber die zusätzliche Adresse machte sich gut auf den Briefbögen.

»Meistens Firmenangelegenheiten«, fuhr Cooley fort. »Wir vertreten einige alte Banken, und außerdem beraten wir Regierungsbehörden hier in der Stadt bei Anlagegeschäften.«

Wie aufregend, dachte Adam.

»Die Kanzlei besteht seit hundertundvierzig Jahren und ist, nebenbei bemerkt, die älteste in Memphis. Wurde bereits vor dem Bürgerkrieg gegründet. Sie hat sich mehrmals gespalten und ist ins Trudeln geraten, dann hat sie sich mit den Big Boys in Chicago zusammengetan.«

Cooley gab diese kurze Chronik mit sehr viel Stolz zum besten, als hätte der Stammbaum tatsächlich etwas mit der Rechtspraxis im Jahre 1990 zu tun.

»Wie viele Anwälte?« fragte Adam in dem Versuch, die Lücken einer Unterhaltung zu füllen, die lahm begonnen hatte und nirgendwohin führte.

»Ein Dutzend. Elf Anwaltsgehilfen. Neun Sekretäre.

Siebzehn Sekretärinnen. Zehn Hilfskräfte der verschiedensten Art. Nicht schlecht für diesen Teil des Landes, aber natürlich nicht mit Chicago zu vergleichen.«

Damit hast du recht, dachte Adam. »Ich freue mich darauf, hier arbeiten zu dürfen. Ich hoffe nur, ich bin niemandem im Wege.«

»Durchaus nicht. Aber ich fürchte, wir werden Ihnen nicht viel helfen können. Wie ich bereits sagte – wir sind auf Firmenangelegenheiten spezialisiert, sitzen in unseren Büros und erledigen eine Menge Papierkram. Ich bin seit zwanzig Jahren nicht mehr in einem Gerichtssaal gewesen.«

»Das macht nichts. Mr. Goodman und die anderen Herren in Chicago werden mir helfen.«

Cooley sprang auf und rieb sich die Hände, als wüßte er nicht, was er sonst mit ihnen anfangen sollte. »Also – äh – Darlene wird Ihre Sekretärin sein. Normalerweise arbeitet sie im Schreibzimmer, aber ich habe sie Ihnen zugeteilt. Sie wird Ihnen einen Schlüssel geben und Sie über alles informieren, was Sie wissen müssen – Parkplatz, Sicherheitseinrichtungen, Telefone, Kopierer und so weiter. Alles auf dem neuesten Stand, beste Qualität. Wenn Sie einen Anwaltsgehilfen brauchen, sagen Sie Bescheid. Wir nehmen dann einem der anderen Herren einen weg, und ...«

»Nein, das wird nicht nötig sein. Danke.«

»Dann lassen Sie uns einen Blick in Ihr neues Büro werfen.«

Adam folgte Cooley den stillen und leeren Flur entlang und mußte lächeln, als er an die Büros in Chicago dachte. Dort waren die Flure immer voll von gehetzten Anwälten und geschäftigen Sekretärinnen. Telefone läuteten unaufhörlich, Kopierer und Faxgeräte und Gegensprechanlagen piepten und summten und verliehen dem Ganzen die Atmosphäre eines Rummelplatzes. Zehn Stunden am Tag war es ein Irrenhaus. Stille fand man nur in den Nischen der Bibliotheken und vielleicht in den Ecken des Gebäudes, in denen die Partner arbeiteten.

Hier war es so still wie in einem Bestattungsinstitut. Cooley stieß eine Tür auf und betätigte einen Schalter. »Wie finden Sie das?« fragte er und schwenkte seinen Arm in einem weiten Halbkreis. Der Raum war mehr als angemessen, ein langes, schmales Büro mit einem wundervoll polierten Tisch in der Mitte und fünf Stühlen an jeder Seite. An einem Ende war ein provisorischer Arbeitsplatz mit einem Telefon, einem Computer und einem Managersessel aufgebaut worden. Adam ging an dem Tisch entlang und betrachtete die mit guten, aber unbenutzt aussehenden juristischen Büchern gefüllten Regale. Dann warf er einen Blick durch die Gardinen vor dem Fenster. »Hübsche Aussicht«, sagte er, während er drei Stockwerke hinabschaute auf die Tauben und die Fußgänger auf der Mall.

»Ich hoffe, es erfüllt seinen Zweck«, sagte Cooley.

»Es ist sehr schön. Hier werde ich gut arbeiten können. Ich werde versuchen, Sie möglichst wenig zu stören.«

»Unsinn. Wenn Sie etwas brauchen, rufen Sie mich einfach an.« Cooley kam langsam auf Adam zu. »Da ist allerdings noch etwas«, sagte er mit plötzlich ernst zusammengezogenen Augenbrauen.

Adam sah ihn an. »Und das wäre?«

»Vor ein paar Stunden hatte ich einen Anruf von einem der Reporter hier in Memphis. Ich kenne den Mann nicht, aber er hat gesagt, er hätte den Cayhall-Fall seit Jahren verfolgt. Wollte wissen, ob unsere Firma die Sache immer noch vertritt. Ich habe ihm vorgeschlagen, sich in Chicago zu erkundigen. Wir haben damit natürlich nichts zu tun.« Er holte ein Stück Papier aus seiner Hemdentasche und gab es Adam. Es stand ein Name und eine Telefonnummer darauf.

»Ich werde mich darum kümmern«, sagte Adam.

Cooley trat noch einen Schritt näher heran und verschränkte die Arme vor der Brust. »Hören Sie, Adam, Sie wissen, daß wir keine Prozeßanwälte sind. Wir arbeiten ausschließlich für Firmen und verdienen eine Menge Geld damit. Wir arbeiten in aller Stille und versuchen, jede Art von Publicity zu vermeiden. Sie verstehen?«

Adam nickte, sagte aber nichts.

»Wir haben nie mit einem Kriminalfall zu tun gehabt, und schon gar nicht mit einem von dieser Größenordnung.«

»Sie wollen nicht, daß etwas von dem Schmutz an Ihnen hängenbleibt, stimmt's?«

»Das habe ich nicht gesagt. Ganz und gar nicht. Nein. Es ist nur so, daß die Dinge hier unten anders erledigt werden. Wir sind nicht in Chicago. Unsere wichtigsten Mandanten sind ein paar überaus gesetzte und penible alte Banker, für die wir seit vielen Jahren arbeiten, und – nun, wir machen uns einfach Sorgen um unser Image. Sie verstehen, was ich meine?«

»Nein.«

»Natürlich verstehen Sie. Wir arbeiten nicht für Kriminelle, und – nun ja, wir achten sehr auf das Bild, das man hier in Memphis von uns hat.«

»Sie arbeiten nicht für Kriminelle?«

»Nie.«

»Aber Sie vertreten große Banken?«

»Sie wissen, worauf ich hinaus will, Adam. Dieser Teil unserer Tätigkeit unterliegt rapiden Veränderungen. Die Aufhebung restriktiver Bestimmungen, Fusionen, Konkurse, ein wirklich dynamischer Sektor der juristischen Arbeit. Die Konkurrenz ist hart unter den großen Kanzleien, und wir wollen keine Mandanten verlieren. Jeder ist scharf auf Banken.«

»Und Sie wollen nicht, daß mein Mandant Ihre Mandanten besudelt?«

»Hören Sie, Adam, Sie kommen aus Chicago. Lassen wir diese Angelegenheit dort, wo sie hingehört, okay? Es ist ein Chicago-Fall und Sache der Leute dort oben. Memphis hat damit nichts zu tun.«

»Diese Kanzlei ist ein Teil von Kravitz & Bane.«

»Ja, und dieser Kanzlei kann es nur schaden, wenn sie mit Abschaum wie Sam Cayhall in Verbindung gebracht wird.«

»Sam Cayhall ist mein Großvater.«

»Scheiße!« Cooleys Knie wurden weich, und die Arme sanken von seiner Brust herab. »Das ist nicht wahr!«

Adam tat einen Schritt auf ihn zu. »Das ist die reine Wahrheit, und wenn Sie Einwände gegen meine Anwesenheit hier haben, dann müssen Sie Chicago anrufen.«

»Das ist furchtbar«, sagte Cooley, drehte sich um und ging auf die Tür zu.

»Rufen Sie Chicago an.«

»Das werde ich vermutlich tun«, sagte er, fast zu sich selbst, während er die Tür öffnete und, noch etwas murmelnd, verschwand.

Willkommen in Memphis, sagte Adam, als er sich auf seinem neuen Stuhl niederließ und auf den leeren Bildschirm des Computers starrte. Er legte das Stück Papier auf den Tisch und las den Namen und die Telefonnummer. Plötzlich überfiel ihn ein heftig bohrendes Hungergefühl, und ihm wurde bewußt, daß er seit Stunden nichts gegessen hatte. Es war fast vier Uhr. Er fühlte sich plötzlich schwach und erschöpft und hungrig.

Er legte beide Füße auf den Tisch neben dem Telefon und schloß die Augen. Der Tag war eine einzige Ansammlung von verschwommenen Bildern, von der Nervosität während seiner Fahrt nach Parchman, dem ersten Blick auf die Vorderfront des Gefängnisses, der unerwarteten Zusammenkunft mit Lucas Mann, bis hin zum Betreten des Todestraktes und der Angst vor der Begegnung mit Sam. Und jetzt wollte der Direktor ihn sprechen, die Presse wollte ihm Fragen stellen, und die hiesige Filiale seiner Firma wollte, daß alles vertuscht wurde. All das in weniger als acht Stunden.

Und was würde der morgige Tag bringen?

Sie saßen nebeneinander auf der weich gepolsterten Couch mit einer Schüssel Popcorn aus der Mikrowelle zwischen sich. Ihre bloßen Füße lagen auf dem Couchtisch zwischen einem halben Dutzend leerer Kartons, die chinesische Gerichte enthalten hatten, und zwei Flaschen Wein. Über ihre Zehen hinweg sahen sie auf den Fernseher. Adam hielt die Fernbedienung in der Hand. Das Zimmer war dunkel. Er aß langsam eine Handvoll Popcorn nach der anderen.

Lee hatte sich seit langer Zeit nicht bewegt. Ihre Augen waren feucht, aber sie sagte nichts. Das Video lief zum zweitenmal an.

Als Sam zum erstenmal erschien, in Handschellen, auf

dem Weg vom Gefängnis zu einem Verhör, stoppte Adam den Film. »Wo warst du, als du von seiner Verhaftung erfahren hast?« fragte er, ohne sie anzusehen.

»Hier in Memphis«, sagte sie leise, aber mit fester Stimme. »Wir waren seit ein paar Jahren verheiratet. Ich war zu Hause. Phelps rief an und sagte, in Greenville hätte es ein Bombenattentat gegeben, mindestens zwei Menschen wären ums Leben gekommen. Könnte der Klan gewesen sein. Er sagte, ich sollte mir die Mittagsnachrichten ansehen, aber ich traute mich nicht. Ein paar Stunden später rief meine Mutter an und sagte mir, Daddy wäre verhaftet worden, wegen des Attentats. Sie sagte, er wäre im Gefängnis von Greenville.«

»Wie hast du darauf reagiert?«

»Ich weiß es nicht mehr. Fassungslos. Bestürzt. Eddie rief an und sagte, Sam hätte ihn und Mutter beauftragt, nach Cleveland zu fahren und seinen Wagen zu holen. Ich erinnere mich, daß Eddie immer wieder sagte, nun hätte er es schließlich doch getan. Nun hätte er noch jemanden umgebracht. Eddie weinte, und ich fing auch an zu weinen, und ich erinnere mich, daß es grauenhaft war.«

»Sie haben den Wagen geholt.«

»Ja. Niemand hat je davon erfahren. Von dem Wagen war bei keinem der drei Prozesse die Rede. Wir hatten Angst, die Polizei würde davon erfahren, und Eddie und meine Mutter müßten vor Gericht aussagen. Aber dazu ist es nie gekommen.«

»Wo war ich?«

»Laß mich überlegen. Ihr habt damals in einem kleinen weißen Haus in Clanton gewohnt, und ich bin sicher, daß du dort warst, zusammen mit Evelyn. Ich glaube, damals hat sie nicht gearbeitet. Aber das weiß ich nicht mehr genau.«

»Was hat mein Vater damals gemacht?«

»Ich erinnere mich nicht. Eine Zeitlang war er Geschäftsführer in einem Laden für Autoersatzteile in Clanton, aber er hat seine Jobs nie lange behalten.«

Das Video lief weiter, mit Aufnahmen von Sam, wie er ins Gefängnis und ins Gericht und wieder heraus eskortiert wurde, dann kam die Meldung, daß er offiziell des Mordes angeklagt worden war. Adam hielt das Band wieder an. »Hat einer von euch Sam im Gefängnis besucht?«

»Nein. Nicht, solange er in Greenville war. Seine Kaution war sehr hoch, eine halbe Million Dollar, glaube ich.«

»Es war eine halbe Million.«

»Und anfangs hat die Familie versucht, das Geld aufzutreiben, um ihn herauszuholen. Natürlich wollte Mutter, daß ich Phelps dazu überredete, einen Scheck auszuschreiben. Und natürlich hat Phelps nein gesagt. Er wollte nichts mit der Sache zu tun haben. Wir hatten einen heftigen Streit, aber im Grunde konnte ich ihm keinen Vorwurf daraus machen. Daddy blieb im Gefängnis. Ich erinnere mich, daß einer seiner Brüder versuchte, eine Hypothek auf sein Land aufzunehmen, aber es funktionierte nicht. Eddie wollte ihn nicht im Gefängnis besuchen, und Mutter war dazu nicht imstande. Ich weiß auch nicht, ob Sam uns überhaupt dort haben wollte.«

»Wann sind wir aus Clanton weggezogen?«

Lee beugte sich vor und holte ihr Weinglas vom Tisch. Sie trank einen Schluck und dachte einen Augenblick nach. »Da war er ungefähr seit einem Monat im Gefängnis, glaube ich. Eines Tages fuhr ich hinunter, um Mutter zu besuchen, und sie erzählte mir, daß Eddie davon redete, zu verschwinden. Ich habe es nicht geglaubt. Sie sagte, er sei beschämt und fühle sich gedemütigt, und er könnte den Leuten im Ort nicht mehr ins Gesicht sehen. Er hatte gerade wieder einmal seinen Job verloren und weigerte sich, das Haus zu verlassen. Ich rief an und sprach mit Evelyn. Eddie wollte nicht an den Apparat kommen. Sie sagte, er wäre deprimiert und zutiefst betroffen und all das, und ich erinnere mich, daß ich sagte, uns allen ginge es nicht anders. Ich fragte sie, ob sie denn wirklich weggehen wollten, und sie sagte eindeutig nein. Ungefähr eine Woche später rief Mutter abermals an und sagte, deine Eltern hätten ihre Sachen gepackt und wären mitten in der Nacht verschwunden. Der Vermieter meldete sich und wollte sein Geld, und niemand hatte Eddie gesehen. Das Haus war leer.«

»Ich wollte, ich könnte mich an etwas davon erinnern.«

»Du warst damals erst drei Jahre alt, Adam. Als ich dich das letztemal sah, spieltest du neben der Garage des kleinen weißen Hauses. Du warst ein süßes Kerlchen.«

»Danke für die Blumen.«

»Mehrere Wochen vergingen, dann rief Eddie eines Tages an und bat mich, Mutter zu sagen, daß ihr in Texas wäret und es euch gut ginge.«

»In Texas?«

»Ja. Viel später hat Evelyn mir erzählt, daß ihr alle irgendwie nach Westen gedriftet seid. Sie war schwanger und sehnte sich nach einem festen Wohnsitz, egal wo. Dann rief er wieder an und sagte, ihr wäret in Kalifornien. Das war für viele Jahre der letzte Anruf.«

»Jahre?«

»Ja. Ich versuchte, ihn zu überreden, wieder nach Hause zu kommen, aber davon wollte er nichts hören. Schwor, er würde nie zurückkehren, und ich vermute, es war ihm ernst damit.«

»Wo waren die Eltern meiner Mutter?«

»Das weiß ich nicht. Sie stammte nicht aus Ford County. Ich glaube, sie lebten in Georgia, vielleicht auch in Florida.«

»Ich habe sie nie kennengelernt.«

Er drückte wieder auf den Knopf, und das Video lief weiter. Der Beginn des ersten Prozesses in Nettles County. Die Kamera schwenkte über den Rasen vor dem Gerichtsgebäude mit den Gruppen von Klansmitgliedern und Reihen von Polizisten und Unmengen von Zuschauern.

»Das ist unglaublich«, sagte Lee.

Er hielt den Film wieder an. »Bist du zu dem Prozeß gefahren?«

»Einmal. Ich habe mich ins Gericht geschlichen und mir die Schlußplädoyers angehört. Er hatte uns bei allen drei Prozessen verboten, dabeizusein. Mutter konnte nicht. Ihr Blutdruck spielte verrückt, und sie mußte Unmengen von Medikamenten schlucken. Sie war praktisch bettlägerig.«

»Wußte Sam, daß du dort warst?«

»Nein. Ich saß ganz hinten, mit einem Tuch um den Kopf. Er hat mich nicht gesehen.«

»Was hat Phelps gemacht?«

»Sich in seinem Büro versteckt, sich um seine Geschäfte gekümmert, gebetet, daß niemand herausfinden würde, daß Sam Cayhall sein Schwiegervater war. Nicht lange nach diesem Prozeß haben wir uns das erstemal getrennt.«

»Was ist dir von dem Prozeß, vom Gerichtssaal in Erinnerung geblieben?«

»Ich erinnere mich, daß ich gedacht habe, daß Sam eine gute Jury bekommen hatte, Leute seines Schlages. Ich weiß nicht, wie sein Anwalt das geschafft hat, aber sie haben zwölf der stursten Farmer ausgewählt, die sie auftreiben konnten. Ich habe beobachtet, wie die Geschworenen auf den Ankläger reagierten und genau zuhörten, was Sams Verteidiger vorbrachte.«

»Clovis Brazelton.«

»Er war ein guter Redner, und sie ließen sich kein Wort entgehen. Ich war richtig bestürzt, als die Geschworenen sich nicht einigen konnten und das Verfahren für ungültig erklärt wurde. Ich war überzeugt gewesen, daß er freigesprochen werden würde. Ich glaube, er war genauso bestürzt.«

Das Video zeigte jetzt Reaktionen auf den ungültigen Prozeß, ausführliche Kommentare von Clovis Brazelton, ein weiteres Bild von Sam beim Verlassen des Gerichtsgebäudes. Dann begann der zweite Prozeß, der dem ersten in vielerlei Hinsicht so ähnlich gewesen war.

»Wie lange hast du daran gearbeitet?« fragte sie.

»Sieben Jahre. Ich war in meinem ersten Jahr in Pepperdine, als mir die Idee kam.« Er ließ die erbarmungswürdige Szene mit dem nach dem zweiten Prozeß aus seinem Rollstuhl stürzenden Marvin Kramer schnell durchlaufen und hielt den Film dann bei dem lächelnden Gesicht einer Moderatorin wieder an, die über die Eröffnung eines dritten Verfahrens gegen den legendären Sam Cayhall redete. Das war 1981.

»Sam war dreizehn Jahre lang ein freier Mann«, sagte Adam. »Was hat er getan?«

»Er lebte für sich allein, tat ein bißchen Farmarbeit, versuchte, finanziell über die Runden zu kommen. Mir gegenüber hat er das Attentat oder irgendwelche anderen Klan-

Aktivitäten nie erwähnt, aber er genoß die Achtung, die man ihm in Clanton entgegenbrachte. Da unten war er so etwas wie eine Lokalgröße, und das schien ihm zu gefallen. Mit Mutters Gesundheit ging es weiter bergab, und er blieb zu Hause und kümmerte sich um sie.«

»Er hat nie daran gedacht, einfach zu verschwinden?«

»Nicht ernsthaft. Er war überzeugt, daß seine rechtlichen Probleme vorbei waren. Er hatte zweimal vor Gericht gestanden und war beide Male davongekommen. Ende der sechziger Jahre wäre keine Jury auf die Idee gekommen, einen Klansmann zu verurteilen. Er glaubte, er wäre unsichtbar. Er blieb in Clanton, ging dem Klan aus dem Wege und führte ein friedliches Leben. Ich dachte, er würde seine letzten Lebensjahre damit zubringen, Tomaten anzubauen und Brassen zu angeln.«

»Hat er je nach meinem Vater gefragt?«

Sie trank den Rest ihres Weins und stellte das leere Glas auf den Tisch. Lee war nie der Gedanke gekommen, daß sie eines Tages aufgefordert werden könnte, sich in allen Einzelheiten an so viel von dieser traurigen kleinen Geschichte zu erinnern. Sie hatte sich sehr viel Mühe gegeben, sie zu vergessen. »Ich erinnere mich, daß er während des ersten Jahres, als er wieder zu Hause war, gelegentlich fragte, ob ich etwas von meinem Bruder gehört hätte. Natürlich hatte ich nichts von ihm gehört. Wir wußten, daß ihr irgendwo in Kalifornien wart, und wir hofften, daß es euch gutging. Sam ist ein sehr stolzer und starrköpfiger Mann, Adam. Er wäre nie auf den Gedanken gekommen, euch ausfindig zu machen und Eddie zu bitten, wieder nach Hause zu kommen. Wenn Eddie sich seiner Familie schämte, dann konnte er von Sam aus in Kalifornien bleiben.« Sie hielt inne und ließ sich tiefer in die Couch sinken. »1973 wurde festgestellt, daß Mutter Krebs hatte, und ich engagierte einen Privatdetektiv, der Eddie finden sollte. Er arbeitete sechs Monate, überreichte mir eine dicke Rechnung und fand nichts heraus.«

»Ich war damals neun Jahre alt und in der vierten Klasse, in Salem, Oregon.«

»Ja. Evelyn hat mir später erzählt, daß ihr eine Zeitlang in Oregon gelebt habt.«

»Wir waren ständig auf Achse. Bis zur achten Klasse habe ich jedes Jahr eine andere Schule besucht. Dann haben wir uns in Santa Monica niedergelassen.«

»Ihr wart spurlos verschwunden. Eddie muß einen guten Anwalt gehabt haben; es gab nicht die geringste Spur von Eddie Cayhall. Der Detektiv hat sogar ein paar Leute im Westen eingeschaltet, aber auch die haben nichts herausbekommen.«

»Wann ist sie gestorben?«

»Siebenundsiebzig. Wir saßen gerade in der Kirche, kurz vor Beginn des Gedenkgottesdienstes, als Eddie durch eine Nebentür hereingeschlichen kam und sich hinter mich setzte. Frag mich nicht, durch wen er von Mutters Tod erfahren hatte. Er tauchte einfach in Clanton auf, dann verschwand er wieder. Sprach kein Wort mit Sam. Er fuhr einen Mietwagen, damit niemand ihn anhand der Nummernschilder aufspüren konnte. Am nächsten Tag fuhr ich nach Memphis zurück, und da war er und wartete vor meinem Haus. Wir tranken zwei Stunden lang Kaffee und redeten über alles. Er hatte Schulfotos von dir und Carmen, alles war einfach wunderbar im sonnigen Südkalifornien. Guter Job, hübsches Haus in der Vorstadt. Evelyn verkaufte Grundstücke. Der amerikanische Traum. Sagte, er würde nie nach Mississippi zurückkehren, nicht einmal zu Sams Beerdigung. Nachdem ich ihm absolutes Stillschweigen gelobt hatte, verriet er mir den neuen Namen und gab mir seine Telefonnummer. Nicht seine Adresse, nur seine Telefonnummer. Wenn ich auch nur ein Wort verlauten ließe, drohte er, würde er einfach wieder verschwinden. Aber er sagte auch, ich sollte ihn niemals anrufen, außer in einem Notfall. Ich sagte ihm, ich würde dich und Carmen gern sehen, und er sagte, das würde ich auch, irgendwann mal. Manchmal war er der alte Eddie und dann wieder ein völlig anderer Mensch. Wir umarmten uns, und er winkte mir zum Abschied zu, und danach habe ich ihn nie wiedergesehen.«

Adam drückte auf die Fernbedienung, und das Video lief weiter. Die scharfen, modernen Bilder des dritten und letzten Prozesses liefen schnell vorbei, und da war Sam, plötzlich dreizehn Jahre älter, mit einem neuen Anwalt, an einer Seitentür des Gerichts von Lakehouse County. »Bist du zu dem dritten Prozeß gefahren?«

»Nein. Er hat gesagt, ich sollte wegbleiben.«

Adam hielt das Video an. »Wann ist Sam bewußt geworden, daß sie wieder hinter ihm her waren?«

»Das ist schwer zu sagen. Eines Tages stand in der Zeitung von Memphis eine kleine Story über diesen neuen Staatsanwalt in Greenville, der den Kramer-Fall wieder aufnehmen wollte. Es war keine große Story, nur ein paar Absätze irgendwo in der Mitte der Zeitung. Ich erinnere mich, daß ich fassungslos war. Ich habe den Artikel zehnmal gelesen und ihn dann eine Stunde lang angestarrt. Nach all diesen Jahren stand der Name Sam Cayhall wieder in der Zeitung. Ich konnte es einfach nicht glauben. Ich rief ihn an, und natürlich hatte er den Artikel auch gelesen. Er sagte, ich sollte mir keine Sorgen machen. Ungefähr zwei Wochen später stand ein weiterer Artikel in der Zeitung, diesmal etwas größer, mit David McAllisters Gesicht in der Mitte. Ich rief Daddy an, er sagte, alles wäre in bester Ordnung. So hat es angefangen. Zuerst ganz harmlos, doch dann mit der Gewalt einer Dampfwalze. Die Familie Kramer unterstützte die Idee, dann ergriff auch die Nationale Vereinigung zur Unterstützung der Rechte farbiger Bürger Partei. Eines Tages war dann nicht mehr zu übersehen, daß McAllister entschlossen war, einen neuen Prozeß anzustrengen, und daß die Sache nicht einfach vorübergehen würde. Sam war angewidert, und er hatte Angst, aber er versuchte, sich tapfer zu geben. Er sagte, er hätte schon zwei Prozesse erfolgreich durchgestanden, das könnte er auch ein drittes Mal.«

»Hast du Eddie angerufen?«

»Ja. Sobald festzustehen schien, daß es eine neuerliche Anklage geben würde, habe ich ihn angerufen und ihn informiert. Er hat nicht viel gesagt, fast gar nichts. Es war ein kurzes Gespräch, und ich habe versprochen, ihn auf dem laufenden zu halten. Ich glaube, es hat ihn schwer getroffen. Es dauerte nicht lange, bis es zu einer nationalen Story wurde, und ich bin sicher, daß Eddie sie in den Medien verfolgt hat.«

Sie betrachteten die restlichen Abschnitte des dritten Prozesses schweigend. McAllisters gutaussehendes Gesicht war überall, und Adam wünschte sich mehr als einmal, er hätte mehr herausgeschnitten. Sam wurde zum letztenmal in Handschellen abgeführt, dann war der Bildschirm leer.

»Hat irgend jemand sonst das gesehen?« fragte Lee.

»Nein. Du bist die erste.«

»Wie hast du das alles zusammenbekommen?«

»Es hat Zeit gekostet, ein bißchen Geld und eine Menge Arbeit.«

»Es ist unglaublich.«

»Als ich im ersten Jahr in der High School war, hatten wir einen tollen Lehrer für politische Wissenschaften. Er erlaubte uns, Zeitungen und Zeitschriften anzuschleppen und über aktuelle Probleme zu diskutieren. Jemand brachte die *Los Angeles Times* mit; auf der Titelseite stand eine Story über den bevorstehenden Prozeß gegen Sam Cayhall in Mississippi. Wir diskutierten ausführlich darüber, dann verfolgten wir den Prozeß. Alle, auch ich, waren froh, als er für schuldig befunden wurde. Aber es gab eine heftige Debatte über die Todesstrafe. Ein paar Wochen später war mein Vater tot, und du hast mir endlich die Wahrheit erzählt. Ich hatte eine Heidenangst, daß meine Freunde es herausfinden könnten.«

»Haben sie es herausgefunden?«

»Natürlich nicht. Ich bin ein Cayhall und folglich ein Meister im Hüten von Geheimnissen.«

»Jetzt wird es nicht viel länger ein Geheimnis bleiben.«

»Nein, das wird es nicht.«

Es folgte eine lange Pause; sie starrten auf den leeren Bildschirm. Schließlich drückte Adam auf den Power-Knopf, und der Fernseher schaltete sich aus. Dann warf er die Fernbedienung auf den Tisch. »Es tut mir leid, falls das peinlich für dich werden sollte. Wirklich. Ich wollte, es gäbe eine Möglichkeit, das zu vermeiden.«

»Du verstehst das nicht.«

»Ich weiß. Und du kannst es nicht erklären, stimmt's? Hast du Angst vor Phelps und seiner Familie?«

»Ich verabscheue Phelps und seine Familie.«

»Aber du lebst von ihrem Geld.«

»Das Geld habe ich mir verdient. Ich habe es siebenundzwanzig Jahre mit ihm ausgehalten.«

»Hast du Angst, daß die gute Gesellschaft nicht mehr mit dir redet? Daß sie dich aus dem Country Club hinauswerfen?«

»Hör auf, Adam.«

»Tut mir leid«, sagte er. »Es war ein harter Tag. Ich verstecke mich nicht länger, Lee. Ich stelle mich meiner Vergangenheit, und vermutlich erwarte ich von jedermann, daß er auch den Mut dazu hat. Es tut mir leid.«

»Wie sieht er aus?«

»Ein sehr alter Mann. Unmengen von Falten und bleiche Haut. Er ist zu alt, um in einem Käfig eingesperrt zu werden.«

»Ich weiß noch, wie ich ein paar Tage vor seinem letzten Prozeß mit ihm gesprochen habe. Ich habe ihn gefragt, warum er nicht einfach abhaut, mitten in der Nacht verschwindet und sich irgendwo versteckt, in Südamerika zum Beispiel. Und weißt du was?«

»Na?«

»Er hat gesagt, er hätte daran gedacht. Mutter war seit mehreren Jahren tot. Eddie war fort. Er hatte Bücher gelesen über Mengele und Eichmann und andere Naziverbrecher, die in Südamerika untergetaucht waren. Er erwähnte sogar São Paulo, sagte, es wäre eine Stadt mit zwanzig Millionen Einwohnern, in der es von Flüchtlingen aller Art nur so wimmelte. Er hatte einen Freund, auch jemand vom Klan, nehme ich an, der für die nötigen Papiere sorgen und ihm helfen konnte, sich zu verstecken. Er hat gründlich darüber nachgedacht.«

»Ich wollte, er hätte es getan. Dann wäre mein Vater vielleicht noch am Leben.«

»Zwei Tage bevor er nach Parchman gebracht wurde, habe ich ihn im Gefängnis von Greenville besucht. Es war unsere letzte Begegnung. Ich habe ihn gefragt, warum er nicht geflüchtet war. Er sagte, er hätte sich nie vorstellen können, daß man ihn zum Tode verurteilen würde. Ich konnte einfach nicht glauben, daß er jahrelang ein freier Mann gewesen war und ohne weiteres hätte verschwinden können. Es war ein großer Fehler, sagte er, daß er nicht untergetaucht war. Ein Fehler, der ihn das Leben kosten würde.«

Adam stellte die Popcornschüssel auf den Tisch und neigte sich langsam zu ihr hinüber. Sein Kopf ruhte auf ihrer Schulter. Sie nahm seine Hand. »Tut mir leid, daß du da jetzt mittendrin steckst«, flüsterte sie.

»Er sah so mitleiderregend aus, wie er mir da in seinem roten Overall gegenübersaß.«

12

Clyde Packer goß eine großzügig bemessene Menge eines starken Gebräus in einen Becher, auf dem sein Name stand, und machte sich an die morgendliche Papierarbeit. Er arbeitete seit einundzwanzig Jahren im HST, die letzten sieben davon als Schichtführer. Jeden Morgen war er acht Stunden lang einer von vier Abschnitts-Sergeanten, verantwortlich für vierzehn zum Tode Verurteilte, zwei Wärter und zwei Vertrauenshäftlinge. Er beendete das Ausfüllen der Formulare und schaute auf einem Clipboard nach. Da war eine Nachricht, daß er den Direktor anrufen sollte. Eine weitere Notiz besagte, daß F. M. Dempsey knapp an Herztabletten war und den Arzt sprechen wollte. Alle wollten sie den Arzt sprechen. Seinen dampfend heißen Kaffee trinkend, verließ er das Büro und machte sich zu seiner allmorgendlichen Inspektionsrunde auf. Er überprüfte die Uniformen der beiden Wärter an der Vordertür und wies den jungen Weißen an, sich die Haare schneiden zu lassen.

Der Hochsicherheitstrakt war kein schlechter Arbeitsplatz. Die Insassen waren in der Regel ruhig und machten keine Schwierigkeiten. Sie verbrachten täglich dreiundzwanzig Stunden allein in ihrer Zelle, voneinander getrennt und deshalb außerstande, irgendeinen Aufruhr anzuzetteln. Sie schliefen sechzehn Stunden am Tag. Sie mußten in ihren Zellen essen. Täglich wurde ihnen eine Stunde im Freien zugestanden, ihre »Draußenstunde«, wie sie es nannten, und wenn sie wollten, konnten sie auch diese Zeit allein verbringen. Jeder hatte entweder einen Fernseher oder ein Radio oder auch beides, und nach dem Frühstück erwachten die vier Abteilungen mit Musik, Nachrichten, Seifenopern und leisen Gesprächen durch die Gitter hindurch zum Leben. Die Insassen konnten ihre Zellennachbarn nicht sehen, aber ohne viel Mühe mit ihnen reden. Gelegentlich gab es Streit über die Lautstärke von irgend jemandes Musik, aber diese kleinen Auseinandersetzungen wurden von den Wärtern schnell geschlichtet. Die Insassen hatten bestimmte Rechte und auch bestimmte Privilegien. Der Entzug eines Fernsehers oder eines Radioapparates war niederschmetternd.

Der Trakt bewirkte eine merkwürdige Kameradschaft unter den dort einsitzenden Männern. Die eine Hälfte war weiß, die andere schwarz, und alle waren wegen brutaler Morde verurteilt worden. Aber hier spielten frühere Verbrechen und Strafregister kaum eine Rolle, und auch die Hautfarbe war ziemlich unwesentlich. Draußen, unter der normalen Gefängnispopulation, gab es alle möglichen Banden, die es schafften, die Häftlinge bestimmten Gruppen zuzuordnen, zumeist anhand ihrer Rasse. Im Trakt dagegen wurde ein Mann danach beurteilt, wie er mit dem Zellendasein fertig wurde. Ob sie sich mochten oder nicht, sie waren alle zusammen in dieser winzigen Ecke der Welt eingesperrt, warteten alle darauf, daß sie sterben mußten. Es war eine schäbige kleine Bruderschaft aus Unangepaßten, Herumtreibern, Gangstern und kaltblütigen Mördern.

Und der Tod von einem konnte den Tod aller bedeuten. Die Nachricht von Sams neuerlicher Verurteilung zum Tode wurde in allen Abteilungen durch die Gitterstäbe geflüstert. Als sie am Tag zuvor in den Mittagsnachrichten gebracht worden war, war es im Trakt plötzlich wesentlich stiller geworden. Jeder Insasse wollte plötzlich mit seinem Anwalt sprechen. Man interessierte sich wieder für juristische Probleme, und Packer hatte beobachtet, wie sich mehrere der Insassen bei ausgeschaltetem Fernseher und leise gestelltem Radio eingehend mit ihren Prozeßakten beschäftigten.

Er schob sich durch eine schwere Tür, trank einen großen Schluck und ging langsam und in aller Ruhe durch den Abschnitt A. Vierzehn identische Zellen, einen Meter achtzig breit und zwei Meter siebzig lang. Die Front jeder Zelle bestand aus einem Eisengitter, so daß die Insassen zu keiner Zeit völlige Abgeschiedenheit genießen konnten. Alles, was er gerade tat – schlafen, die Toilette benutzen – konnte von den Wärtern beobachtet werden.

Sie lagen alle im Bett, als Packer vor jeder der kleinen Zellen stehenblieb und nach einem Kopf unter den Laken Ausschau hielt. Die Zellenbeleuchtung war ausgeschaltet und der Gang dunkel. Der Flurmann, ein Insasse mit speziellen Privilegien, würde sie um fünf wecken. Um sechs gab es Frühstück – Eier, Toast, Marmelade, manchmal Speck, Kaffee und Fruchtsaft. In ein paar Minuten würde der Trakt langsam zum Leben erwachen, wenn siebenundvierzig Männer den Schlaf abschüttelten und zum endlosen Prozeß des Sterbens zurückkehrten. Es passierte langsam, jeweils einen Tag lang, nachdem ein weiterer elender Sonnenaufgang dafür gesorgt hatte, daß sich über ihre kleinen Privatnischen der Hölle eine weitere Hitzedecke legte. Und es passierte schnell, wie zum Beispiel am Vortag, wenn ein Gericht ein Gesuch oder eine Eingabe oder eine Berufung verwarf und erklärte, daß bald eine Hinrichtung stattfinden müßte.

Packer trank Kaffee und zählte Köpfe und absolvierte in aller Ruhe sein Morgenritual. Normalerweise lief im HST alles wie am Schnürchen, wenn nichts die Routine störte und alles nach Plan verlief. Es gab Unmengen von Vorschriften im Handbuch, aber sie waren fair und leicht zu befolgen. Jedermann kannte sie. Aber für eine Hinrichtung gab es ein spezielles Handbuch mit einer anderen Verfahrensweise und veränderten Richtlinien, die in der Regel die Ruhe im Trakt empfindlich störten. Packer brachte Philip Naifeh sehr viel Respekt entgegen, aber er hatte die verdammte Angewohnheit, das Handbuch vor und nach jeder

Hinrichtung umzuschreiben. Es gab eine Menge Druck, damit alles ordentlich und verfassungsgemäß und mitleidsvoll vor sich ging. Keine zwei Hinrichtungen waren auf die gleiche Weise abgelaufen.

Packer haßte Hinrichtungen. Er glaubte an die Todesstrafe, weil er ein religiöser Mensch war, und wenn Gott sagte, Auge um Auge, dann meinte Gott das auch. Er hätte es jedoch lieber gesehen, wenn sie irgendwoanders von irgendwelchen anderen Leuten vollstreckt werden würden. Glücklicherweise hatte es in Mississippi so selten Hinrichtungen gegeben, daß seine Arbeit reibungslos und fast ohne äußere Einmischungen ablief. In seinen einundzwanzig Jahren hatte er fünfzehn durchgestanden, aber nur vier seit 1982.

Er sprach leise mit einem Wärter am Ende der Abteilung. Durch die offenen Fenster oberhalb des Flurs fielen die ersten Sonnenstrahlen. Der Tag würde wieder heiß und stickig werden. Außerdem würde er viel stiller werden. Es würde weniger Beschwerden über das Essen geben, weniger Bitten, den Arzt sprechen zu dürfen, vereinzeltes Murren über dieses und jenes, aber aufs Ganze gesehen würden die Männer gefügig und mit sich selbst beschäftigt sein. Es war mindestens ein Jahr her, vielleicht sogar länger, daß ein Aufschub so kurz vor dem Hinrichtungstermin annulliert worden war. Packer lächelte ein wenig, während er nach einem Kopf unter den Laken Ausschau hielt. Dies würde wahrhaftig ein sehr ruhiger Tag werden.

Während der ersten Monate von Sams Anwesenheit im Trakt hatte Packer ihn ignoriert. Das offizielle Handbuch verbot jeden über das Notwendige hinausgehenden Kontakt mit den Insassen, und Packer hatte festgestellt, daß es ihm nicht schwerfiel, Sam in Ruhe zu lassen. Er gehörte dem Ku-Klux-Klan an. Er haßte Schwarze. Er sagte kaum etwas. Er war verbittert und mißlaunig, vor allem in der ersten Zeit. Aber das ewige Nichtstun, acht Stunden am Tag, schleift allmählich die Kanten ab, und im Laufe der Zeit gelangten sie auf eine Ebene der Kommunikation, die aus einer Handvoll kurzer Worte und Grunzlaute bestand. Nachdem sie sich neuneinhalb Jahre lang täglich gesehen hatten, war Sam gelegentlich sogar imstande, Packer anzulächeln.

Nach Jahren des Beobachtens war Packer zu dem Schluß gekommen, daß es im HST zwei Typen von Killern gab. Da waren die kaltblütigen Mörder, die es wieder tun würden, wenn man ihnen die Gelegenheit dazu bot, und da waren diejenigen, die einfach Fehler gemacht hatten und nie auch nur im Traum daran denken würden, noch einmal Blut zu vergießen. Die in der ersten Gruppe sollten schleunigst hingerichtet werden. Die in der zweiten Gruppe bereiteten Packer großes Unbehagen, weil ihre Hinrichtung keinerlei Zweck erfüllte. Die Gesellschaft würde nicht darunter leiden und es nicht einmal zur Kenntnis nehmen, wenn diese Männer aus dem Gefängnis entlassen wurden. Sam gehörte eindeutig der zweiten Gruppe an. Man könnte ihn in sein Haus zurückkehren lassen, wo er bald eines einsamen Todes sterben würde. Nein, Packer lag nichts daran, daß Sam Cayhall hingerichtet wurde.

Er schlenderte durch den Abschnitt A zurück und schaute in die dunklen Zellen. Seine Abteilung war diejenige, die dem Isolierraum gleich neben dem Kammerraum am nächsten lag. Sam saß in Zelle sechs in Abschnitt A, kaum dreißig Meter von der Gaskammer entfernt. Er hatte vor ein paar Jahren um eine Verlegung gebeten, wegen eines dummen Streits mit Cecil Duff, seinem damaligen Zellennachbarn.

Jetzt saß Sam im Dunkeln auf der Bettkante. Packer blieb stehen und trat an die Gitterstäbe heran. »Morgen, Sam«, sagte er leise.

»Morgen«, erwiderte Sam, zu Packer hinausblinzelnd. Dann stand er auf und drehte sich zur Tür. Er trug ein schmuddeliges weißes T-Shirt und ausgebeulte Boxershorts, die übliche Kleidung der Insassen des Todestraktes, weil es dort so heiß war. Die Vorschriften verlangten, daß außerhalb der Zelle die leuchtendroten Overalls getragen werden mußten, aber drinnen trugen sie so wenig wie möglich.

»Wird ein heißer Tag«, sagte Packer, die übliche Morgenbegrüßung.

»Warten Sie erst mal den August ab«, sagte Sam, die übliche Erwiderung auf die übliche Morgenbegrüßung.

»Bist du okay?« fragte Packer.

»Habe mich nie besser gefühlt.«

»Dein Anwalt sagte, er würde heute wiederkommen.«

»Ja. Das hat er gesagt. Ich glaube, ich brauche massenhaft Anwälte, finden Sie nicht auch, Packer?«

»Sieht so aus.« Packer trank einen Schluck Kaffee und ließ den Blick durch die Abteilung wandern. Die Fenster hinter ihm gingen nach Süden, und ein paar Sonnenstrahlen fielen durch sie herein. »Bis später, Sam«, sagte er und ging weiter. Er überprüfte die restlichen Zellen und fand seine sämtlichen Jungs. Die Türen klickten hinter ihm ins Schloß, als er den Abschnitt A verließ und in sein Büro zurückkehrte.

Die einzige Lampe in der Zelle befand sich über dem Edelstahl-Ausguß. Er bestand aus Metall, damit er nicht angeschlagen und die Splitter dann als Waffe oder als Selbstmordinstrument benutzt werden konnten. Neben dem Ausguß stand eine Edelstahl-Toilette. Sam schaltete die Lampe ein und putzte sich die Zähne. Es war fast halb sechs. Das Schlafen war schwierig gewesen.

Er zündete sich eine Zigarette an und setzte sich wieder auf die Bettkante, betrachtete seine Füße und starrte auf den gestrichenen Betonboden, der im Sommer die Hitze und im Winter die Kälte speicherte. Seine einzigen Schuhe, ein Paar Duschsandalen aus Plastik, die er haßte, standen unter dem Bett. Er besaß ein Paar Wollsocken, die er im Winter zum Schlafen anzog. Seine restliche Habe bestand aus einem Schwarzweißfernseher, einem Radio, einer Schreibmaschine, sechs löchrigen T-Shirts, fünf einfachen weißen Boxershorts, einer Zahnbürste, einem Kamm, einer Nagelschere, einem Ventilator und einem Monats-Wandkalender. Sein wertvollster Besitz war eine Kollektion von juristischen Werken, die er im Laufe der Jahre zusammengetragen und fast auswendig gelernt hatte. Sie standen säuberlich aufgereiht auf dem billigen Holzregal gegenüber seinem Bett. In einem Karton auf dem Fußboden zwischen dem Regal und der Tür türmte sich ein gewaltiger Stapel Akten, die chronologisch geordnete Geschichte der Verfahren *Staat Mississippi gegen Sam Cayhall*. Auch sie kannte er inzwischen auswendig.

Sams Bilanz war schnell aufgestellt, und sicher war ihm nur der Tod. Anfangs hatte die Armut ihm schwer zu schaffen gemacht, aber diese Sorgen waren schon vor Jahren vergangen. Der Familienlegende zufolge war sein Urgroßvater ein reicher Mann gewesen, mit einer Menge Grundbesitz und Sklaven; aber von den jüngeren Cayhalls besaß keiner viel. Er hatte Verurteilte gekannt, die sich Tag und Nacht mit ihrem Testament beschäftigt hatten, als rechneten sie damit, daß ihre Erben sich über ihre alten Fernseher und Pornomagazine in die Haare geraten könnten. Er dachte daran, gleichfalls eine Letztwillige Verfügung zu treffen und ein Testament aufzusetzen, in dem er seine Wollsocken und seine schmutzige Unterwäsche dem Staat Mississippi vermachte oder vielleicht der NAACP.

Rechts von ihm saß J. B. Gullitt, ein junger Weißer und Analphabet, der eine Tunte auf ihrem Heimweg vergewaltigt und ermordet hatte. Drei Jahre zuvor war Gullitt bis auf Tage an die Hinrichtung herangekommen, bis Sam mit einem geschickten Antrag interveniert hatte. Sam wies auf mehrere ungeklärte Aspekte hin und machte das Fünfte Berufungsgericht darauf aufmerksam, daß Gullitt keinen Anwalt hatte. Daraufhin wurde sofort ein Aufschub gewährt, und Gullitt wurde sein Freund auf Lebenszeit.

Links von ihm saß Hank Henshaw, der angebliche Anführer einer längst vergessenen Gangsterbande, die man die »Redneck-Mafia« nannte. Hank und seine bunt zusammengewürfelte Bande hatten eines Nachts einen Lastzug entführt und eigentlich nur vorgehabt, die Fracht zu stehlen. Der Fahrer zog einen Revolver und wurde bei der darauffolgenden Schießerei getötet. Hanks Familie bezahlte gute Anwälte, und deshalb war damit zu rechnen, daß er noch viele Jahre am Leben bleiben würde.

Die drei Nachbarn hatten ihrem kleinen Abschnitt des HST den Namen Rhodesien gegeben.

Sam warf den Zigarettenstummel in die Toilette und

streckte sich auf seinem Bett aus. Am Tag vor dem Kramer-Attentat hatte er in Eddies Haus in Clanton Station gemacht, er wußte nicht mehr, weshalb, außer daß er ihnen ein bißchen frischen Spinat aus seinem Garten bringen wollte, und er hatte ein paar Minuten mit dem kleinen Alan, jetzt Adam, im Vorgarten gespielt. Es war April gewesen und warm, erinnerte er sich, und sein Enkel war barfuß. Er erinnerte sich an die pummeligen kleinen Füße mit einem Pflaster an einem Zeh. Er hatte ihn sich an einem Stein aufgeschürft, hatte Alan ihm stolz erklärt. Der Kleine liebte Pflaster, hatte immer eines an einem Finger oder auf einem Knie. Evelyn hielt den Spinat in der Hand und schüttelte den Kopf, als er seinem Großvater stolz einen ganzen Karton voller gesammelter Pflaster zeigte.

Das war das letztemal, daß er Alan gesehen hatte. Am nächsten Tag fand das Attentat statt, und Sam verbrachte die nächsten zehn Monate im Gefängnis. Als der zweite Prozeß vorüber und er entlassen worden war, waren Eddie und seine Familie fort. Er war zu stolz, um ihnen nachzuspüren. Es gab Gerüchte und Klatsch über ihren Aufenthaltsort. Lee sagte, sie wären in Kalifornien, aber sie könnte sie nicht finden. Jahre später telefonierte sie mit Eddie und erfuhr von der Existenz des zweiten Kindes, einer Tochter, die Carmen hieß.

Er hörte Stimmen am Ende des Flurs. Dann das Rauschen einer Toilettenspülung, dann ein Radio. Der Trakt erwachte zum Leben. Sam kämmte sein fettiges Haar, zündete sich eine weitere Montclair an und betrachtete den Kalender an der Wand. Heute war der 12. Juli. Ihm blieben noch siebenundzwanzig Tage.

Er setzte sich wieder auf die Bettkante und schaute wieder auf seine Füße hinunter. J. B. Gullitt schaltete den Fernseher ein, um Nachrichten zu sehen, und während Sam rauchte und sich am Knöchel kratzte, hörte er der Lokalstation von NBC in Jackson zu. Nachdem die Schießereien, Raubüberfälle und Morde abgehandelt waren, brachte der Moderator die brandheiße Meldung, daß in Parchman eine Hinrichtung bevorstand. Das Fünfte Berufungsgericht, vermeldete er eifrig, hatte den Aufschub für

Sam Cayhall, Parchmans berühmtesten Insassen, aufgehoben, und die Hinrichtung war nunmehr für den 8. August festgesetzt worden. Amtliche Stellen vertraten die Ansicht, sagte die Stimme, daß Cayhalls Einspruchsmöglichkeiten erschöpft waren und die Hinrichtung somit stattfinden könnte.

Sam schaltete seinen eigenen Fernseher ein. Wie gewöhnlich kam der Ton gut zehn Sekunden vor dem Bild, und er hörte, wie der Justizminister höchstpersönlich vorhersagte, daß Mr. Cayhall jetzt, nach all diesen Jahren, seine gerechte Strafe erhalten würde. Ein flimmerndes Gesicht erschien auf dem Bildschirm, aus dem Worte hervorsprudelten, und dann war Roxburgh da, gleichzeitig lächelnd und die Stirn runzelnd, tief in Gedanken versunken, während er vor laufenden Kameras in der Vorstellung schwelgte, wie man Mr. Cayhall endlich in die Gaskammer zerren würde. Zurück zum Moderator, einem jungen Mann mit flaumigem Schnurrbart, der die Story vervollständigte, indem er Sams grauenhaftes Verbrechen kurz rekapitulierte, während über seiner Schulter im Hintergrund eine grobe Illustration von einem Klansmann mit Maske und spitzer Kapuze zu sehen war. Ein Gewehr, ein brennendes Kreuz und die Buchstaben KKK vervollständigten die Darstellung. Der junge Mann wiederholte das Datum, 8. August, als sollten seine Zuschauer es im Kalender rot anstreichen und daran denken, sich den Tag freizuhalten. Dann folgte der Wetterbericht.

Er schaltete den Fernseher aus und ging zu den Gitterstäben.

»Hast du das gehört, Sam?« rief Gullitt von nebenan.

»Ja.«

»Das wird ein irrer Zirkus werden, Mann.«

»Ja.«

»Sieh es von der guten Seite.«

»Und welche ist das?«

»Du brauchst nur noch vier Wochen lang durchzuhalten.« Gullitt kicherte, als er diese Pointe brachte, aber er lachte nicht lange. Sam holte einige Papiere aus seiner Akte und setzte sich auf die Bettkante. In der Zelle gab es keine Stühle. Er las Adams Vertretungsvollmacht durch, ein zweiseitiges Dokument mit einem Haufen juristischer Fachausdrücke. Auf sämtlichen Rändern hatte Sam mit Bleistift säuberliche, präzise Notizen gemacht. Und er hatte auf den Rückseiten der Blätter Paragraphen hinzugefügt. Ihm kam eine weitere Idee, und er fand Platz, wo er sie unterbringen konnte. Mit einer Zigarette zwischen den Fingern der rechten Hand hielt er das Dokument in der linken und las es noch einmal durch. Und noch einmal.

Schließlich ging Sam zu seinem Regal und holte behutsam seine alte Royal-Schreibmaschine herunter. Er balancierte sie gekonnt auf den Knien, zog ein Blatt Papier ein und fing an zu tippen.

Zehn Minuten nach sechs klickten die Türen am Nordende von Abschnitt A und wurden geöffnet. Zwei Wärter betraten den Flur. Der eine schob einen Wagen mit vierzehn säuberlich in Fächern gestapelten Tabletts. Sie hielten an Zelle Nummer eins an und schoben das metallene Tablett durch eine schmale Öffnung in der Tür. Der Insasse von Nummer eins war ein magerer Kubaner, der am Gitter wartete, hemdlos und mit rutschender Unterhose. Er griff nach dem Tablett wie ein verhungernder Flüchtling und trug es wortlos zu seiner Bettkante.

An diesem Tag bestand das Frühstück aus zwei Rühreiern, vier Scheiben getoastetem Weißbrot, einer dicken Scheibe gebratenem Speck, zwei kleinen Behältern mit Traubengelee, einer kleinen Flasche Orangensaft und einem großen Plastikbecher mit Kaffee. Das Essen war warm und füllte den Magen, und es hatte den Vorzug, daß es von den Bundesgerichten gutgeheißen wurde.

Sie bewegten sich zur nächsten Zelle, deren Insasse ebenfalls schon wartete. Sie warteten immer, standen immer an der Tür wie hungrige Hunde.

»Sie sind elf Minuten zu spät dran«, sagte der Mann gelassen, als er sein Tablett entgegennahm. Die Wärter sahen ihn nicht an.

»Verklag uns doch«, sagte der eine.

»Ich habe meine Rechte.«

»Mit deinen Rechten kannst du dir den Hintern abputzen.«

»Reden Sie nicht so mit mir. Ich werde Sie verklagen. Das ist eine Beleidigung.«

Die Wärter schoben den Wagen zur nächsten Tür, ohne darauf zu reagieren. Es gehörte zum täglichen Ritual.

Sam wartete nicht an der Tür. Als das Frühstück kam, war er in seiner kleinen Kanzlei eifrig bei der Arbeit.

»Dachte mir, daß du tippen würdest«, sagte einer der Wärter, als er vor Nummer sechs halt machte. Sam stellte langsam die Schreibmaschine aufs Bett.

»Liebesbriefe«, sagte er im Aufstehen.

»Nun, was immer du da auch tippst, Sam, du solltest dich beeilen. Der Koch redet schon von deiner Henkersmahlzeit.«

»Sagen Sie ihm, ich will Pizza aus der Mikrowelle. Aber wahrscheinlich wird er auch die versauen. Vielleicht entscheide ich mich einfach für Hot dogs und Bohnen.« Sam nahm sein Tablett entgegen.

»Liegt ganz bei dir, Sam. Der letzte Bursche wollte Steak und Shrimps. Kannst du dir das vorstellen? Steak und Shrimps in diesem Bau?«

»Hat er sie bekommen?«

»Nein. Der Appetit ist ihm vergangen, und statt dessen haben sie ihn mit Valium vollgestopft.«

»Nicht der schlechteste Abgang.«

»Ruhe!« brüllte J. B. Gullitt aus der Nebenzelle. Die Wärter schoben den Wagen ein Stück weiter den Flur entlang und hielten vor J. B. an, der mit beiden Händen die Gitterstäbe umklammerte. Sie hielten Abstand.

»So fröhlich heute morgen?« sagte einer von ihnen.

»Weshalb könnt ihr Arschlöcher das Essen nicht stillschweigend verteilen? Ich meine, glaubt ihr etwa, wir wollten jeden Morgen aufwachen und den Tag damit beginnen, daß wir uns eure blöden Bemerkungen anhören müssen? Gib mir einfach mein Essen, Mann.«

»Tut uns furchtbar leid, J. B. Wir dachten nur, ihr fühltet euch vielleicht einsam.«

»Da habt ihr falsch gedacht.« J. B. nahm sein Tablett und drehte ihnen den Rücken zu.

»Beleidigte Leberwurst«, sagte der eine, während sie weiterzogen zu jemand anderem, den sie ärgern konnten.

Sam stellte sein Essen aufs Bett und schüttete ein Tütchen Zucker in seinen Kaffee. Rührei und Speck waren nicht Bestandteil seiner täglichen Routine. Er würde den Toast und das Gelee aufheben und im Laufe des Vormittags essen. Den Kaffee würde er ganz langsam trinken, damit er bis zehn Uhr reichte, seiner Draußenstunde mit Bewegung und Sonnenschein.

Er balancierte die Schreibmaschine auf den Knien und machte sich wieder ans Tippen.

13

Um halb zehn war Sam mit seiner Version der Vereinbarung fertig. Er war stolz darauf, sie gehörte zu den gelungeneren Ergebnissen seiner Bemühungen im Laufe der letzten Monate. Während er das Dokument zum letztenmal durchlas, kaute er an einem Stück Toast. Die Schrift war sauber, aber unmodern, das Produkt einer sehr alten Maschine. Die Sprache war wortreich und voller Wiederholungen, blumig und voll von Ausdrücken, die ein schlichter Laie nie in den Mund nahm. Sam kannte sich im Juristenjargon aus und konnte seine Sache auch ohne die Hilfe eines Anwalts vertreten.

Am Ende des Flurs flog eine Tür auf und schloß sich dann wieder. Schwere Tritte näherten sich, und Packer erschien. »Dein Anwalt ist da, Sam«, sagte er und löste die Handschellen von seinem Gürtel.

Sam stand auf und zog seine Boxershorts hoch. »Wie spät ist es?«

»Kurz nach halb zehn. Spielt das eine Rolle?«

»Um zehn sollte ich meine Draußenstunde bekommen.«

»Wollen Sic nach draußen, oder wollen Sie Ihren Anwalt sehen?«

Sam dachte darüber nach, während er seinen roten Overall überzog und seine Füße in die Plastiksandalen schob. Das Anziehen ging schnell im Trakt. »Bekomme ich sie später?«

»Das findet sich.«

»Ich lege Wert auf meine Draußenstunde.«

»Ich weiß, Sam. Gehen wir.«

»Sie ist sehr wichtig für mich.«

»Ich weiß, Sam. Sie ist für jeden von euch sehr wichtig. Wir werden versuchen, sie auf später zu verlegen, okay?«

Sam kämmte sich sorgfältig, dann spülte er die Hände mit kaltem Wasser ab. Packer wartete geduldig. Er wollte etwas zu J. B. Gullitt sagen, irgend etwas über seine Laune heute morgen, aber Gullitt schlief schon wieder. Die meisten von ihnen schliefen. Der durchschnittliche Insasse einer Todeszelle hielt bis zum Frühstück und danach noch ein oder zwei Stunden Fernsehen durch, bevor er sein Vormittagsschläfchen machte. Obwohl seine Studie keinesfalls wissenschaftlich war, schätzte Packer, daß sie täglich fünfzehn bis sechzehn Stunden schliefen. Und sie konnten immer schlafen – in der Hitze, in der Kälte und inmitten des Lärms von lauten Fernsehern und Radios.

Der Lärm war wesentlich schwächer heute morgen. Die Ventilatoren summten und winselten, aber es gab kein Gebrüll von Zelle zu Zelle.

Sam trat an die Gitterstäbe, drehte Packer den Rücken zu und streckte beide Hände durch die schmale Öffnung in der Tür. Packer legte ihm die Handschellen an, und Sam ging zu seinem Bett und holte das Dokument. Packer nickte einem Wärter am Ende des Flurs zu, und Sams Tür öffnete sich selbsttätig. Dann glitt sie wieder zu.

Fußketten waren Ermessenssache in solchen Fällen, und bei einem jüngeren Gefangenen, vielleicht einem, der zur Aufsässigkeit neigte und kräftiger war, hätte Packer sie wahrscheinlich verwendet. Aber hier ging es nur um Sam. Er war ein alter Mann. Wie weit konnte er rennen? Wieviel Schaden konnte er mit seinen Füßen anrichten?

Packer legte sanft die Hand auf Sams mageren Bizeps und führte ihn den Flur entlang. Sie blieben vor der Abteilungstür, einer Reihe aus weiteren Gitterstäben, stehen, warteten darauf, daß sie sich öffnete, und verließen den Abschnitt A. Ein weiterer Wärter hielt sich hinter ihnen, als sie eine Eisentür erreichten, die Packer mit einem Schlüssel an seinem Gürtel aufschloß. Sie gingen hindurch, und da war Adam, der allein auf der anderen Seite des grünen Metallgitters saß.

Packer nahm Sam die Handschellen ab und verließ den Raum.

Das erstemal las Adam langsam. Beim zweiten Durchlesen machte er sich ein paar Notizen und amüsierte sich über einige der Ausdrücke. Er hatte von studierten Juristen schon schlechtere Texte gesehen. Aber auch viel bessere. Sam litt unter derselben Krankheit wie die meisten Jurastudenten im ersten Semester. Er benutzte sechs Wörter, wo eines ausgereicht hätte. Sein Latein war grauenhaft. Ganze Absätze waren überflüssig. Aber aufs Ganze gesehen – nicht schlecht für einen Nicht-Juristen.

Das ursprünglich zweiseitige Dokument war auf vier Seiten angeschwollen, sauber getippt, mit ordentlichen Rändern und nur zwei Tippfehlern und einem falsch geschriebenen Wort.

»Du hast mächtig gute Arbeit geleistet«, sagte Adam, als er das Dokument auf die Schreibplatte legte. Sam paffte an einer Zigarette und schaute ihn durch die Öffnung hindurch an. »Es ist im Prinzip dieselbe Vereinbarung, die ich dir gestern gegeben habe.«

»Sie ist im Prinzip grundverschieden davon«, korrigierte ihn Sam.

Adam schaute auf seine Notizen, dann sagte er: »Offensichtlich sind es fünf Punkte, auf die du besonderen Wert legst. Der Gouverneur, Bücher, Filme, Entlassung und wer als Zeuge der Hinrichtung beiwohnen soll.«

»Ich lege auf eine Menge Dinge Wert. Das sind nur die, die nicht zur Diskussion stehen.«

»Ich habe dir gestern versprochen, daß ich mit Büchern und Filmen nichts zu schaffen haben werde.«

»Gut. Dann weiter.«

»Der Paragraph über die Entlassung ist gut formuliert. Du verlangst das Recht, die Vertretung durch mich und damit durch Kravitz & Bane jederzeit und aus jedem beliebigen Grund zu beenden, ohne Widerspruch von unserer Seite.«

»Das letztemal hat es mich eine Menge Zeit gekostet, diese jüdischen Bastarde loszuwerden. Das will ich nicht noch einmal durchmachen.«

»Das ist verständlich.«

»Mir ist es gleich, ob du es für verständlich hältst oder nicht. Es steht in der Vereinbarung, und zwar eindeutig.«

»In Ordnung. Und du willst mit niemandem etwas zu tun haben außer mit mir.«

»So ist es. Niemand von Kravitz & Bane rührt meine Akte an. In dem Laden wimmelt es von Juden, und mit denen will ich nichts zu tun haben. Dasselbe gilt für Nigger und Weiber.«

»Können wir nicht auf diese diskriminierenden Ausdrücke verzichten? Wie wäre es, wenn wir von Schwarzen sprechen würden?«

»Ach, herrjeh, das tut mir aber leid. Wie wäre es, wenn wir es gleich ganz richtig machen und sie Afro-Amerikaner nennen und jüdische Amerikaner und weibliche Amerikaner? Du und ich, wir wären dann irische Amerikaner und außerdem weiße männliche Amerikaner. Wenn du Hilfe brauchst von deiner Firma, dann versuchen wir, uns an Deutsch-Amerikaner oder Italo-Amerikaner zu halten. Da du in Chicago zu Hause bist, kommen vielleicht auch ein paar polnische Amerikaner ins Spiel. Das wäre doch nett, oder? Alles, wie sich's gehört, multikulturell und politisch korrekt.«

»Von mir aus.«

»Jetzt ist mir schon wohler.«

Adam hakte eine seiner Notizen ab. »Ich bin damit einverstanden.«

»Dir bleibt gar nichts anderes übrig, wenn du eine Abmachung willst. Aber halte mir die Minoritäten vom Hals.«

»Du gehst davon aus, daß sie sich unbedingt einmischen wollen.«

»Ich gehe von gar nichts aus. Mir bleiben noch vier Wochen, und diese Zeit möchte ich mit Leuten verbringen, denen ich vertrauen kann.«

Adam las noch einmal einen Paragraphen auf Seite drei von Sams Entwurf. Die Formulierung gestand Sam das ausschließliche Recht zu, zwei Zeugen seiner Hinrichtung zu benennen. »Diese Klausel über die Zeugen verstehe ich nicht«, sagte Adam.

»Ganz einfach. Wenn es soweit ist, wird es ungefähr fünfzehn Zeugen geben. Da ich der Ehrengast bin, darf ich zwei davon benennen. In den Vorschriften, falls du Gelegenheit bekommst, sie zu lesen, sind einige aufgeführt, die anwesend sein müssen. Die übrigen kann der Direktor, der übrigens ein libanesischer Amerikaner ist, so ziemlich nach Gutdünken auswählen. Im allgemeinen lassen sie die Leute von der Presse Lose ziehen und entscheiden so, wem von den Geiern gestattet wird, das Schauspiel zu genießen.«

»Weshalb willst du dann diese Klausel?«

»Weil der Anwalt immer einer von denen ist, den der Hinzurichtende auswählt. Der bin ich.«

»Und du willst nicht, daß ich Zeuge der Hinrichtung bin?«

»So ist es.«

»Du meinst also, daß ich diese Absicht habe.«

»Ich meine gar nichts. Es ist einfach eine Tatsache, daß die Anwälte es kaum abwarten können, ihre Mandanten auf dem Stuhl zu sehen, sobald es unausweichlich geworden ist. Und danach können sie es kaum abwarten, vor die Kameras zu treten und zu weinen und sich des langen und breiten über diese schreckliche Ungerechtigkeit auszulassen.«

»Und du glaubst, ich würde das tun?«

»Nein. Ich glaube nicht, daß du das tun würdest.«

»Weshalb dann diese Klausel?«

Sam beugte sich vor, mit den Ellenbogen auf der Schreibplatte. Seine Nase war nur Zentimeter von dem Gitter entfernt. »Weil du bei der Hinrichtung nicht als Zeuge anwesend sein wirst, klar?«

»Einverstanden«, sagte Adam beiläufig und schlug die nächste Seite auf. »Aber dazu wird es nicht kommen, Sam.«

»Das war es, was ich hören wollte.«

»Es kann natürlich sein, daß wir den Gouverneur brauchen werden.«

Sam schnaubte verächtlich und lehnte sich auf seinem Stuhl zurück. Er legte das rechte Bein aufs linke Knie und funkelte Adam an. »Die Vereinbarung ist eindeutig.«

Das war sie in der Tat. Fast eine volle Seite war einer giftigen Attacke auf David McAllister gewidmet. Sam hatte die juristischen Fachausdrücke vergessen und Worte wie verschlagen und egoistisch und narzißtisch benutzt und mehrfach seinen unersättlichen Appetit auf Publicity erwähnt.

»Du hast also ein Problem mit dem Gouverneur«, sagte Adam.

Sam schnaubte.

»Ich finde nicht, daß das eine gute Idee ist, Sam.«

»Was du findest, ist mir völlig egal.«

»Der Gouverneur könnte dir das Leben retten.«

»Ach, wirklich? Er ist der einzige Grund dafür, daß ich hier bin, im Todestrakt, und darauf warte, in der Gaskammer zu sterben. Weshalb zum Teufel sollte er mir das Leben retten wollen?«

»Ich habe nicht gesagt, daß er es will. Ich habe gesagt, er könnte es. Wir müssen uns alle Optionen offenhalten.«

Sam lächelte höhnisch, eine lange Minute, während er sich eine weitere Zigarette anzündete. Er blinzelte und verdrehte die Augen, als wäre dieser junge Mann das dämlichste Geschöpf, das ihm seit Jahren begegnet war. Dann lehnte er sich vor, stützte den linken Ellenbogen auf und richtete einen gekrümmten Finger auf Adam. »Wenn du glaubst, David McAllister würde mich in letzter Minute begnadigen, dann bist du ein Narr. Laß dir von mir sagen, was er tun wird. Er wird dich benutzen – und mich –, um alle nur erdenkliche Publicity herauszuschlagen. Er wird dich in sein Büro im Kapitol des Staates einladen, und bevor du dort eintriffst, wird er den Medien einen Tip geben. Er wird dich mit bemerkenswertem Ernst anhören. Er wird wahrscheinlich gravierende Zweifel äußern, ob ich sterben sollte oder nicht. Und nachdem du gegangen bist, gibt er einen

Haufen Interviews und macht alles publik, was du ihm gerade gesagt hast. Er wird das Kramer-Attentat wieder aufwärmen. Er wird über die Bürgerrechte reden und all diesen radikalen Niggerscheiß. Er wird vermutlich sogar weinen. Je näher ich an die Gaskammer herankomme, desto größer wird der Medienzirkus werden. Und er wird nichts unversucht lassen, um in seine Mitte zu gelangen. Er wird sich jeden Tag mit dir treffen wollen, wenn wir es zulassen. Er wird aus uns Kapital schlagen.«

»Das kann er auch ohne unsere Mithilfe.«

»Und er wird es tun. Eines kann ich dir schon jetzt prophezeien, Adam. Eine Stunde bevor ich sterbe, wird er irgendwo eine Pressekonferenz abhalten – wahrscheinlich hier, vielleicht auch im Gouverneurspalast –, und er wird dastehen im Scheinwerferlicht von hundert Kameras und meine Begnadigung verweigern. Und zwar mit Tränen in den Augen.«

»Es kann nicht schaden, wenn ich mit ihm rede.«

»Fein. Rede mit ihm. Und nachdem du das getan hast, berufe ich mich auf Paragraph zwei, und du fährst zurück nach Chicago.«

»Es könnte sein, daß er mich mag. Wir könnten Freunde werden.«

»Oh, er wird dich lieben. Du bist Sams Enkel. Was für eine großartige Story! Noch mehr Reporter, noch mehr Kameras, noch mehr Journalisten, noch mehr Interviews. Er wird überglücklich sein, deine Bekanntschaft zu machen, damit er sie nach Strich und Faden ausnutzen kann. Vielleicht sorgst du sogar dafür, daß er wiedergewählt wird.«

Adam schlug eine andere Seite auf, machte sich weitere Notizen und überlegte, wie er am besten vom Gouverneur zu einem anderen Thema überleiten konnte. »Von wem hast du gelernt, so zu schreiben?« fragte er schließlich.

»Von Leuten wie dir. Von toten Richtern. Vom ehrenwerten Obersten Bundesgericht. Von gerissenen Anwälten. Von weitschweifigen Professoren. Ich habe denselben Mist gelesen wie du.«

»Nicht schlecht«, sagte Adam, einen weiteren Absatz überfliegend.

»Ich bin entzückt, das zu hören.«

»Ich habe gehört, daß du hier eine hübsche kleine Praxis hast.«

»Eine Praxis? Was ist eine Praxis? Weshalb praktizieren Anwälte? Weshalb können sie nicht einfach ihre Arbeit tun wie alle anderen Leute auch? Praktizieren Klempner? Oder Lastwagenfahrer? Nein, die arbeiten einfach. Aber Anwälte nicht. Oh nein. Sie sind etwas Besonderes, und sie praktizieren. Und bei all dieser Praktiziererei sollte man annehmen, daß sie wissen, was sie tun. Man sollte annehmen, daß sie irgendwann einmal zu irgendwas nütze sind.«

»Kannst du überhaupt jemanden leiden?«

»Das ist eine idiotische Frage.«

»Wieso ist sie idiotisch?«

»Weil du auf der anderen Seite der Mauer sitzt. Und du kannst durch diese Tür dort hinausgehen und davonfahren. Und heute abend kannst du in einem netten Restaurant essen und in einem weichen Bett schlafen. Auf dieser Seite hier sieht das Leben ein bißchen anders aus. Ich werde behandelt wie ein Tier. Ich habe einen Käfig. Ich habe ein Todesurteil, das es dem Staat Mississippi erlaubt, mich in vier Wochen umzubringen. Und deshalb, mein Junge, ist es verdammt schwer, Zuneigung und Mitleid zu empfinden. Unter diesen Umständen ist es ziemlich unmöglich, jemanden leiden zu können. Deshalb ist deine Frage idiotisch.«

»Willst du damit sagen, daß du Zuneigung und Mitleid empfunden hast, bevor du hierher gekommen bist?«

Sam starrte durch die Öffnung und paffte an seiner Zigarette. »Noch so eine blöde Frage.«

»Warum?«

»Sie ist irrelevant. Du bist Anwalt und kein Psychiater.«

»Ich bin dein Enkel. Und deshalb darf ich dir Fragen über deine Vergangenheit stellen.«

»Dann stell sie. Es kann sein, daß ich sie nicht beantworten werde.«

»Weshalb nicht?«

»Die Vergangenheit ist vorbei, mein Junge. Sie ist Geschichte. Was geschehen ist, können wir nicht ungeschehen machen. Und erklären können wir es auch nicht.«

»Aber ich habe keine Vergangenheit.«

»Dann bist du ein wahrhaft glücklicher Mensch.«

»Da bin ich nicht so sicher.«

»Hör mal, wenn du von mir erwartest, daß ich die Lükken fülle, dann bist du leider an den Falschen geraten.«

»Okay. Und wen sollte ich sonst fragen?«

»Das weiß ich nicht. Es ist nicht wichtig.«

»Vielleicht ist es für mich sehr wichtig.«

»Nun, um ehrlich zu sein, im Augenblick mache ich mir deinetwegen keine großen Sorgen. Ich mache mir viel mehr Sorgen um mich. Um mich und meine Zukunft. Um mich und meinen Hals. Irgendwo tickt eine große Uhr, und zwar ziemlich laut, findest du nicht? Aus irgendeinem merkwürdigen Grund, nach dem du mich nicht fragen darfst, kann ich das verdammte Ding hören, und es jagt mir scheußliche Angst ein. Und deshalb fällt es mir sehr schwer, mir Sorgen um die Probleme anderer Leute zu machen.«

»Weshalb hast du dich dem Klan angeschlossen?«

»Weil mein Vater im Klan war.«

»Und weshalb hat er sich dem Klan angeschlossen?«

»Weil sein Vater im Klan war.«

»Großartig. Drei Generationen.«

»Vier, glaube ich. Colonel Jacob Cayhall hat im Krieg mit Nathan Bedford Forrest gekämpft, und der Familienlegende zufolge war er einer der ersten Angehörigen des Klans. Er war mein Urgroßvater.«

»Bist du stolz darauf?«

»Ist das eine Frage?«

»Ja.«

»Das ist keine Sache des Stolzes.« Sam nickte in Richtung Schreibplatte. »Wirst du diese Vereinbarung unterschreiben?«

»Ja.«

»Dann tu' es.«

Adam unterschrieb auf der letzten Seite und reichte Sam das Dokument. »Du stellst Fragen, die überaus vertraulich sind. Als mein Anwalt darfst du kein Wort darüber verlauten lassen.«

»Das ist mir bekannt.«

Sam unterschrieb neben Adam, dann betrachtete er die Unterschriften. »Wann bist du ein Hall geworden?«

»Einen Monat vor meinem vierten Geburtstag. Es war eine Familienangelegenheit. Sämtliche Namen wurden gleichzeitig geändert. Natürlich kann ich mich daran nicht erinnern.«

»Weshalb hat er sich für Hall entschieden? Weshalb hat er nicht reinen Tisch gemacht und sich Miller oder Green oder sonstwie genannt?«

»Ist das eine Frage?«

»Nein.«

»Er war auf der Flucht, Sam. Und dabei hat er sämtliche Brücken hinter sich abgebrochen. Vermutlich hat er gedacht, vier Generationen reichten ihm.«

Sam legte die Vollmacht auf einen Stuhl neben sich und zündete sich methodisch eine weitere Zigarette an. Er stieß den Rauch zur Decke aus und musterte Adam. »Hör zu, Adam«, sagte er langsam mit plötzlich viel sanfterer Stimme. »Laß uns diesen Familienkram eine Weile vergessen. Vielleicht kommen wir später darauf zurück. Im Augenblick muß ich wissen, was mit mir passieren wird. Wie meine Chancen stehen. Solche Dinge. Wie willst du die Uhr anhalten? Welchen Antrag wirst du als ersten stellen?«

»Das hängt von mehreren Dingen ab. Davon, wieviel du mir über das Bombenattentat erzählst.«

»Das verstehe ich nicht.«

»Wenn es neue Fakten gibt, legen wir sie vor. Das ist möglich, glaube mir. Wir werden einen Richter finden, der zuhört.«

»Welche Art von neuen Fakten?«

Adam schlug eine neue Seite seines Blocks auf und notierte am Rand das Datum. »Wer hat am Abend vor dem Attentat den grünen Pontiac nach Cleveland gebracht?«

»Das weiß ich nicht. Einer von Dogans Leuten.«

»Du kennst seinen Namen nicht?«

»Nein.«

»Ach, komm schon, Sam.«

»Ich schwöre es. Ich weiß nicht, wer es war. Ich habe den Mann nie gesehen. Der Wagen wurde zu einem Parkplatz gebracht. Ich fand ihn. Ich sollte ihn wieder dort abstellen, wo ich ihn gefunden hatte. Den Mann, der ihn brachte, habe ich nie gesehen.«

»Weshalb war von ihm bei den Prozessen nie die Rede?«

»Woher soll ich das wissen? Vermutlich war er nur ein unbedeutender Komplize. Sie waren hinter mir her. Weshalb sollten sie sich da für einen Laufburschen interessieren? Ich weiß es nicht.«

»Kramer war das sechste Bombenattentat, richtig?«

»Ich glaube, ja.« Sam beugte sich wieder vor, bis sein Gesicht fast das Gitter berührte. Seine Stimme war leise, und er wählte seine Worte vorsichtig, als könnte irgendwo jemand mithören.

»Du *glaubst* es?«

»Es ist schließlich sehr lange her.« Er schloß die Augen und dachte einen Moment nach. »Ja, es war das sechste.«

»Das FBI sagt, es wäre das sechste gewesen.«

»Dann stimmt es. Das FBI irrt sich nie.«

»Wurde der grüne Pontiac bei einem oder allen der vorangegangenen Attentate benutzt?«

»Ja, bei zweien, soweit ich mich erinnere. Wir haben mehr als nur einen Wagen benutzt.«

»Alle von Dogan zur Verfügung gestellt.«

»Ja. Er handelte mit Gebrauchtwagen.«

»Ich weiß. Hat bei den früheren Attentaten derselbe Mann den Pontiac gebracht?«

»Ich habe nie jemanden gesehen oder getroffen, der die Wagen für die Attentate brachte. Auf die Art arbeitete Dogan nicht. Er war überaus vorsichtig, und seine Pläne waren bis ins letzte Detail durchdacht. Ich weiß es natürlich nicht, aber ich bin ziemlich sicher, daß der Mann, der die Wagen brachte, nicht die geringste Ahnung hatte, wer ich war.«

»Lag das Dynamit schon in den Wagen, wenn sie gebracht wurden?«

»Ja. Immer. Dogan hatte genug Waffen und Sprengstoff für einen kleinen Krieg. Aber sein Arsenal hat das FBI auch nicht gefunden.«

»Wo hast du gelernt, mit Sprengstoff umzugehen?«

»In einem KKK-Ausbildungslager und aus einem einschlägigen Lehrbuch.«

»War wohl ererbt, was?«

»Nein. War es nicht.«

»Im Ernst. Wo hast du gelernt, Sprengstoff zur Detonation zu bringen?«

»Das ist kinderleicht. Jeder Schwachkopf könnte es in einer halben Stunde lernen.«

»Und dann braucht man nur ein bißchen Übung, und schon ist man ein Experte.«

»Übung hilft. Es ist kaum schwieriger als einen Knallfrosch anzuzünden. Man reißt ein Streichholz an und hält es ans Ende einer langen Zündschnur, bis sie Feuer gefangen hat. Dann rennt man wie der Teufel, und wenn man Glück hat, dauert es eine Viertelstunde, bis die Ladung hochgeht.«

»Und das ist etwas, das allen Klansmännern sozusagen in Fleisch und Blut übergegangen ist?«

»Die meisten von denen, die ich kannte, konnten mit Sprengstoff umgehen.«

»Kennst du jetzt noch irgendwelche Männer vom Klan?«

»Nein. Sie haben mich im Stich gelassen.«

Adam musterte Sams Gesicht. Der Blick seiner durchdringenden blauen Augen war stetig. Die Runzeln bewegten sich nicht. Da waren keinerlei Emotion, kein Gefühl, weder Kummer noch Zorn. Sam erwiderte den Blick, ohne zu blinzeln.

Adam kehrte zu seinem Notizblock zurück. »Am 2. März 1967 wurde im Hirsch Temple in Jackson eine Bombe gelegt. Hast du das getan?«

»Du machst keine Umschweife, stimmt's?«

»Es ist eine einfache Frage.«

Sam drehte den Filter zwischen seinen Lippen und dachte eine Sekunde lang nach. »Warum ist das wichtig?«

»Beantworte gefälligst meine Frage«, fuhr Adam ihn an. »Für irgendwelche Spielchen haben wir keine Zeit.«

»Diese Frage hat mir noch nie jemand gestellt.«

»Dann ist heute wohl dein großer Tag. Ein simples Ja oder Nein genügt mir.«

»Ja.«

»Hast du den grünen Pontiac benutzt?«

»Ich glaube, ja.«

»Wer war noch dabei?«

»Wie kommst du auf die Idee, daß noch jemand dabei war?«

»Weil ein Zeuge ein paar Minuten vor der Explosion einen vorbeifahrenden grünen Pontiac gesehen hat. Und er hat gesagt, in dem Wagen hätten zwei Personen gesessen. Er war sogar ziemlich sicher, daß du der Fahrer warst.«

»Ach ja. Unser kleiner Freund Bascar. Ich habe in den Zeitungen von ihm gelesen.«

»Er stand an der Ecke von Fortification und State Street, als euer Wagen vorüberfuhr.«

»Natürlich stand er dort. Er war gerade um drei Uhr morgens aus einer Kneipe gekommen, stockbetrunken und saudämlich außerdem. Bascar, wie du bestimmt weißt, ist nie im Gerichtssaal aufgetaucht, hat nie seine Hand auf die Bibel gelegt und geschworen, die Wahrheit zu sagen, war nie einem Kreuzverhör ausgesetzt. Er hat sich erst gemeldet, als ich in Greenville im Gefängnis saß und die halbe Welt Fotos von dem grünen Pontiac gesehen hatte. Er behauptete erst, daß vermutlich ich der Fahrer gewesen war, nachdem mein Gesicht in allen Zeitungen erschienen war.«

»Also hat er gelogen?«

»Nein, er war vermutlich nur ein Blödmann. Vergiß nicht, Adam, daß ich wegen dieses Attentats nie angeklagt worden bin. Bascar war nie irgendwelchem Druck ausgesetzt. Er hat nie unter Eid ausgesagt. Ich glaube, seine Geschichte kam nur heraus, weil ein Reporter von einer Zeitung aus Memphis so lange die Kneipen und Bordelle abklapperte, bis er jemanden wie Bascar gefunden hatte.«

»Versuchen wir es andersherum. War jemand bei dir, als du am 2. März 1967 die Bombe in der Hirsch-Temple-Synagoge gelegt hast?«

Sams Blick senkte sich ein paar Zentimeter unter die Öffnung, dann auf die Schreibplatte und schließlich auf den Boden. Er schob seinen Stuhl ein Stückchen von dem Gitter fort und lehnte sich zurück. Wie nicht anders zu erwarten, kam die blaue Packung Montclair aus der Brusttasche zum Vorschein, und er brauchte eine Ewigkeit, um eine Zigarette auszuwählen, den Filter aufzuklopfen und ihn dann zwischen seine feuchten Lippen zu stecken. Das Anzünden des Streichholzes war eine weitere kurze Zeremonie, aber auch die war schließlich bewältigt, und eine neue Rauchwolke stieg zur Decke auf.

Adam sah zu und wartete, bis offensichtlich war, daß er nicht mit einer schnellen Antwort rechnen konnte. Schon das Zögern war ein Geständnis. Nervös tippte er mit seinem Stift auf den Block. Er atmete schnell und registrierte eine Beschleunigung seines Herzschlags. Sein leerer Magen krampfte sich plötzlich zusammen. Konnte das der Durchbruch sein? Wenn es einen Komplizen gegeben hatte, dann hatten sie vielleicht als Team gearbeitet, und vielleicht war es nicht Sam gewesen, der das Dynamit, das die Kramers umbrachte, gelegt hatte. Vielleicht konnte man diesen Tatbestand irgendeinem verständnisvollen Richter vorlegen, der zuhören und einen Aufschub gewähren würde. Vielleicht. Möglicherweise. Konnte das sein?

»Nein«, sagte Sam sehr leise, aber mit fester Stimme, und sah Adam dabei durch die Öffnung hindurch an.

»Ich glaube dir nicht.«

»Es hat keinen Komplizen gegeben.«

»Ich glaube dir nicht, Sam.«

Sam zuckte die Achseln, als wäre ihm das völlig egal. Er schlug die Beine übereinander und schlang die Finger um ein Knie.

Adam holte tief Luft, machte sich routinemäßig eine Notiz, als hätte er nichts anderes erwartet, und schlug eine neue Seite auf. »Wann bist du am Abend des 20. April 1967 in Cleveland angekommen?«

»Bei welchem Mal?«

»Beim erstenmal.«

»Ich habe Clanton gegen sechs verlassen. Die Fahrt nach Cleveland dauert zwei Stunden. Also war ich gegen acht dort.«

»Wohin bist du gefahren?«

»In ein Einkaufszentrum.«

»Weshalb gerade dorthin?«
»Um den Wagen zu holen.«
»Den grünen Pontiac?«
»Ja. Aber er war nicht da. Also bin ich nach Greenville gefahren, um mich ein bißchen umzusehen.«
»Warst du schon früher dort gewesen?«
»Ja. Zwei Wochen vorher hatte ich die Gegend erkundet. Ich war sogar im Büro des Juden, um mich ein bißchen umzusehen.«
»Das war ziemlich blöd, stimmt's? Schließlich hat seine Sekretärin dich beim Prozeß als den Mann identifiziert, der hereingekommen war, um sich nach dem Weg zu erkundigen, und dann gefragt hatte, ob er die Toilette benutzen dürfte.«
»Ausgesprochen blöd. Aber schließlich war nicht damit zu rechnen, daß man mich erwischen würde. Normalerweise hätte sie mein Gesicht nie wiedergesehen.« Er biß auf den Filter und zog heftig daran. »Sehr unvorsichtig. Jetzt ist es natürlich leicht, hier zu sitzen und kluge Überlegungen anzustellen.«
»Wie lange bist du in Greenville geblieben?«
»Ungefähr eine Stunde. Dann bin ich nach Cleveland zurückgefahren, um den Wagen zu holen. Dogan hatte immer detaillierte Pläne mit mehreren Alternativen. Der Wagen stand an Ort B, auf dem Parkplatz einer Raststätte.«
»Wo war der Schlüssel?«
»Unter der Fußmatte.«
»Was hast du dann getan?«
»Eine Spazierfahrt gemacht. Aus der Stadt heraus, zwischen Baumwollfeldern hindurch. Ich fand eine einsame Stelle, hielt an und öffnete den Kofferraum, um mir das Dynamit anzusehen.«
»Wie viele Stangen?«
»Fünfzehn, glaube ich. Ich benutzte zwischen zwölf und zwanzig, je nach Gebäude. Zwanzig für die Synagoge, weil die neu und modern war und aus Beton und Stein gebaut. Aber das Büro des Juden war ein altes Holzhaus, und ich war sicher, daß fünfzehn völlig ausreichen würden.«

»Was war sonst noch im Kofferraum?«

»Das übliche. Ein Pappkarton mit dem Dynamit. Drei Zündkapseln. Eine Fünfzehn-Minuten-Zündschnur.«

»War das alles?«

»Ja.«

»Bist du sicher?«

»Natürlich bin ich sicher.«

»Was ist mit dem Zeitzünder?«

»Ach ja, den hatte ich vergessen. Er lag in einem anderen, kleineren Karton.«

»Beschreib ihn mir.«

»Wozu? Du hast die Prozeßprotokolle gelesen. Die Experten vom FBI haben meine kleine Bombe wundervoll und bis ins letzte Detail rekonstruiert. Du hast sie doch gelesen, oder etwa nicht?«

»Viele Male.«

»Und du hast die Fotos gesehen, die beim Prozeß vorgelegt wurden. Die mit den Überresten des Zeitzünders. Du hast sie gesehen, oder etwa nicht?«

»Ich habe sie gesehen. Wo hatte Dogan den Wecker her?«

»Ich habe ihn nie danach gefragt. So etwas kann man in jedem Drugstore kaufen. Es war schließlich ein ganz simpler Wecker zum Aufziehen. Nichts Ausgefallenes.«

»War das das erstemal, daß du einen Zeitzünder benutzt hast?«

»Du weißt, daß es das erstemal war. Die anderen Bomben wurden mit Zündschnüren gezündet. Weshalb stellst du mir all diese Fragen?«

»Weil ich deine Antworten hören möchte. Ich habe alles gelesen, aber ich möchte es von dir hören. Warum wolltest du die Detonation der Kramer-Bombe verzögern?«

»Weil ich es satt hatte, Zündschnüre anzuzünden und dann loszurennen. Ich wollte mehr Zeit haben zwischen dem Legen der Bombe und der Explosion.«

»Wann hast du sie gelegt?«

»Gegen vier Uhr.«

»Und wann sollte sie hochgehen?«

»Gegen fünf.«

»Was ist schiefgelaufen?«

»Sie ist nicht um fünf hochgegangen. Sie ist ein paar Minuten vor acht hochgegangen, und da waren inzwischen Leute in dem Gebäude, und ein paar von diesen Leuten sind ums Leben gekommen. Und deshalb sitze ich hier in diesem roten Affenfrack und frage mich, wie das Gas wohl riechen wird.«

»Dogan hat ausgesagt, die Wahl von Marvin Kramer als Opfer wäre von euch beiden gemeinsam getroffen worden; Kramer hätte schon seit zwei Jahren auf der schwarzen Liste des Klans gestanden; die Verwendung eines Zeitzünders hättest du vorgeschlagen als sicheren Weg, Kramer umzubringen, weil seine tägliche Routine allgemein bekannt war; und du hättest allein gehandelt.«

Sam hörte geduldig zu und paffte an seiner Zigarette. Seine Augen verengten sich zu schmalen Schlitzen, und er nickte zum Fußboden hin. Dann lächelte er beinahe. »Nun, ich glaube, Dogan hatte durchgedreht. Das FBI hat sich jahrelang an seine Fersen geheftet, bis er schließlich zusammengebrochen ist. Er war kein starker Mann.« Er tat einen tiefen Atemzug und sah Adam an. »Aber einiges davon stimmt. Nicht viel, aber einiges.«

»Hattest du vor, Kramer umzubringen?«

»Nein. Uns ging es nicht darum, Leute zu töten. Nur darum, Gebäude in die Luft zu sprengen.«

»Was ist mit dem Haus der Pinders in Vicksburg? War das eins von deinen Unternehmen?«

Sam nickte langsam.

»Die Bombe ging um vier Uhr morgens hoch, während die ganze Familie Pinder tief und fest schlief. Sechs Personen. Wie durch ein Wunder wurde nur eine von ihnen leicht verletzt.«

»Das war kein Wunder. Die Bombe lag in der Garage. Wenn ich jemanden hätte umbringen wollen, hätte ich sie vor ein Schlafzimmerfenster gelegt.«

»Das halbe Haus ist eingestürzt.«

»Ja, und ich hätte einen Zeitzünder benutzen und einen Haufen Juden ausradieren können, während sie ihre Matzen oder sonst so etwas aßen.«

»Warum hast du es nicht getan?«

»Ich sagte es bereits. Uns ging es nicht darum, Leute zu töten.«

»Was wolltet ihr dann?«

»Einschüchtern. Uns rächen. Die verdammten Juden davon abhalten, die Bürgerrechtsbewegung zu finanzieren. Wir haben versucht, dafür zu sorgen, daß die verdammten Nigger dort blieben, wo sie hingehörten – in ihren eigenen Schulen und Kirchen und Vierteln und Toiletten, weit weg von unseren Frauen und Kindern. Juden wie Marvin Kramer setzten sich für eine gemischtrassige Gesellschaft ein und wiegelten die Nigger auf. Wir mußten dem Mistkerl zeigen, wo's langgeht.«

»Und ihr habt es ihm gezeigt, nicht wahr?«

»Er hat bekommen, was er verdiente. Das mit den kleinen Jungen tut mir leid.«

»Dein Mitgefühl ist überwältigend.«

»Hör mir zu, Adam, hör mir genau zu. Ich hatte nicht vor, jemanden umzubringen. Der Zeitzünder war auf fünf Uhr eingestellt, drei Stunden vor seinem üblichen Eintreffen im Büro. Die Kinder waren nur dort, weil seine Frau Grippe hatte.«

»Aber du empfindest keine Reue darüber, daß Marvin beide Beine verloren hat?«

»Eigentlich nicht.«

»Keine Reue, weil er Selbstmord begangen hat?«

»Er hat auf den Abzug gedrückt, nicht ich.«

»Du bist ein elender Mensch, Sam.«

»Ja, und ich werde noch viel elender sein, wenn ich in der Gaskammer sitze.«

Adam schüttelte angewidert den Kopf, hielt aber seine Zunge im Zaum. Sie konnten später über Rasse und Haß diskutieren. Er machte sich durchaus keine falschen Hoffnungen, daß er bei Sam zu diesen Themen irgend etwas erreichen könnte, aber er war entschlossen, es wenigstens zu versuchen. Jetzt allerdings mußten sie über Fakten reden.

»Nachdem du dir das Dynamit angesehen hattest – was hast du dann getan?«

»Ich bin zu der Raststätte zurückgefahren und habe Kaffee getrunken.«

»Weshalb?«

»Vielleicht war ich durstig.«

»Sehr komisch, Sam. Versuche bitte, meine Frage zu beantworten.«

»Ich habe gewartet.«

»Worauf?«

»Ich mußte ein paar Stunden totschlagen. Inzwischen war es ungefähr Mitternacht, und ich wollte so wenig Zeit wie möglich in Greenville verbringen. Also habe ich in Cleveland Zeit totgeschlagen.«

»Hast du in der Raststätte mit irgend jemandem gesprochen?«

»Nein.«

»War sie voll?«

»Das weiß ich nicht mehr.«

»Hast du allein gesessen?«

»Ja.«

»An einem Tisch?«

»Ja.« Sam grinste, weil er wußte, was jetzt kommen würde.

»Ein Lastwagenfahrer namens Tommy Farris hat ausgesagt, er hätte in jener Nacht in der Raststätte einen Mann gesehen, der sehr viel Ähnlichkeit mit dir hatte, und dieser Mann hätte lange Zeit mit einem anderen, jüngeren Mann zusammen Kaffee getrunken.«

»Ich bin Mr. Farris nie begegnet, aber ich glaube, er hat ungefähr drei Jahre lang an Gedächtnisschwund gelitten. Kein Wort zu irgend jemandem, soweit ich mich erinnere, bis ein weiterer Reporter ihn ausfindig machte und seinen Namen in die Zeitung brachte. Es ist erstaunlich, wie Jahre nach den Prozessen plötzlich diese geheimnisvollen Zeugen auftauchen.«

»Weshalb hat Farris nicht in deinem letzten Prozeß ausgesagt?«

»Das darfst du mich nicht fragen. Vermutlich deshalb, weil er nichts zu sagen hatte. Die Tatsache, daß ich sieben Stunden vor dem Attentat allein oder mit jemand anderem Kaffee getrunken habe, war völlig irrelevant. Außerdem fand die Kaffeetrinkerei in Cleveland statt und hatte nichts damit zu tun, ob ich das Verbrechen begangen hatte oder nicht.«

»Also hat Farris gelogen?«

»Ich weiß nicht, was Farris getan hat. Es ist mir auch egal. Ich war allein. Das ist alles, was zählt.«

»Wann bist du von Cleveland abgefahren?«

»Gegen drei, glaube ich.«

»Und du bist direkt nach Greenville gefahren?«

»Ja. Und ich fuhr am Haus der Kramers vorbei, sah den Wachmann auf der Veranda, fuhr an seinem Büro vorbei, schlug noch etwas mehr Zeit tot, und so gegen vier stellte ich den Wagen hinter dem Gebäude ab, brach durch die Hintertür ein, packte die Bombe in einen Schrank auf dem Flur, kehrte zu meinem Wagen zurück und fuhr davon.«

»Um welche Zeit hast du Greenville verlassen?«

»Ich wollte verschwinden, nachdem die Bombe hochgegangen war. Aber wie du weißt, vergingen mehrere Monate, bis ich die Stadt tatsächlich verlassen konnte.«

»Wohin bist du von Kramers Büro aus gefahren?«

»Ich fand ein kleines Lokal am Highway, nur ein paar hundert Meter von Kramers Büro entfernt.«

»Weshalb bist du dorthin gefahren?«

»Um Kaffee zu trinken.«

»Wie spät war es da?«

»Ich weiß es nicht. Ungefähr halb fünf.«

»War das Lokal voll?«

»Eine Handvoll Leute. Es war eines von diesen ganz gewöhnlichen kleinen Lokalen, die die ganze Nacht hindurch geöffnet haben, mit einem fetten Koch in einem schmutzigen T-Shirt und einer Kellnerin, die schmatzend auf ihrem Gummi herumkaute.«

»Hast du mit irgend jemandem gesprochen?«

»Ich habe mit der Kellnerin gesprochen, als ich meinen Kaffee bestellte. Vielleicht habe ich auch einen Doughnut gegessen.«

»Und du hast dagesessen, in aller Seelenruhe deinen Kaffee getrunken und darauf gewartet, daß die Bombe hochgeht?«

»Ja. Mir hat es immer Spaß gemacht, die Bomben hochgehen zu hören und zu beobachten, wie die Leute reagierten.«

»Du hattest das also schon vorher getan?«

»Mehrmals. Im Februar jenes Jahres hatte ich eine Bombe im Büro eines Grundstücksmaklers in Jackson gelegt – ein Jude, der einem Nigger ein Haus in einem weißen Viertel verkauft hatte –, und als sie hochging, saß ich keine drei Blocks entfernt in einem kleinen Lokal. Damals hatte ich eine Zündschnur verwendet, also mußte ich zusehen, daß ich fortkam, meinen Wagen abstellte und einen Tisch fand. Die Kellnerin hatte gerade meinen Kaffee vor mich hingestellt, als die Erde bebte und alle erstarrten. Das war wirklich hübsch. Es war vier Uhr morgens, und das Lokal war voll mit Männern, die Last- oder Lieferwagen fuhren; in einer Ecke saßen sogar ein paar Polizisten, und die sind natürlich hinausgerannt zu ihren Wagen und mit heulender Sirene davongerast. Der Tisch, an dem ich saß, hat so gewackelt, daß mein Kaffee überschwappte.«

»Und das hat dir Spaß gemacht?«

»Ja, das hat es. Aber die anderen Jobs waren zu riskant. Ich hatte nicht die Zeit, ein Lokal oder ein Café zu finden, also bin ich nur ein paar Minuten herumgefahren und habe auf den großen Knall gewartet. Ich habe ständig auf die Uhr geschaut; schließlich wußte ich, wann es soweit sein würde. Wenn ich im Wagen saß, habe ich immer versucht, an den Stadtrand zu kommen.« Sam hielt inne und tat einen langen Zug an seiner Zigarette. Seine Worte kamen langsam und überlegt. Seine Augen tanzten ein wenig, während er von seinen Abenteuern erzählte, aber seine Worte waren gemessen. »Die Pinder-Explosion habe ich beobachtet«, setzte er hinzu.

»Wie konntest du das?«

»Sie wohnten in einem großen Haus in einer Vorstadt, in einer Art Tal mit vielen Bäumen. Ich parkte meinen Wagen ungefähr eine Meile entfernt an der Flanke eines Hügels, und als die Bombe hochging, saß ich unter einem Baum.«

»Wie friedlich.«

»Das war es wirklich. Vollmond, eine kühle Nacht. Ich hatte eine großartige Aussicht auf die Straße, und ich konnte fast das ganze Dach sehen. Es war so ruhig und friedlich, alles schlief, und dann, wumm, flog das Dach in die Luft.«

»Worin bestand Mr. Pinders Sünde?«

»Er war eben ein Jude. Liebte Nigger. Empfing jeden radikalen Nigger mit offenen Armen, der aus dem Norden kam, um hier zu agitieren. Er liebte es, zusammen mit den Niggern zu marschieren und zu boykottieren. Wir hatten ihn im Verdacht, daß er eine Menge ihrer Aktivitäten finanzierte.«

Adam machte sich Notizen und versuchte, das alles aufzunehmen. Es war schwer zu verdauen, weil es fast unglaublich war. Vielleicht war die Todesstrafe doch keine so schlechte Idee. »Kommen wir wieder auf Greenville. Wo lag dieses Lokal?«

»Das weiß ich nicht mehr.«

»Wie hieß es?«

»Das ist dreiundzwanzig Jahre her. Und es war nicht gerade die Art Lokal, an die man sich gern erinnert.«

»Lag es am Highway 82?«

»Ich nehme es an. Was hast du vor? Deine Zeit damit zu verbringen, den fetten Koch ausfindig zu machen und die schlampige Kellnerin? Glaubst du meiner Geschichte nicht?«

»Nein. Ich glaube deiner Geschichte nicht.«

»Weshalb?«

»Weil du mir nicht sagen kannst, wo du gelernt hast, eine Bombe mit einem Zeitzünder zu basteln.«

»In der Garage hinter meinem Haus.«

»In Clanton?«

»Außerhalb von Clanton. So schwierig ist das gar nicht.«

»Wer hat es dir beigebracht?«

»Ich habe es mir selbst beigebracht. Ich hatte eine Zeichnung, eine kleine Broschüre mit Skizzen und so weiter. Erster, zweiter, dritter Schritt. Gar kein Problem.«

»Wie oft hast du vor Kramer mit so einer Vorrichtung geübt?«

»Einmal.«

»Wo? Und wann?«

»Im Wald, nicht weit von meinem Haus entfernt. Ich

nahm zwei Stangen Dynamit und das entsprechende Zubehör und ging damit zu einem kleinen Bach mitten im Wald. Es hat perfekt funktioniert.«

»Natürlich. Und dieses ganze Lernen und Studieren fand in deiner Garage statt.«

»Das habe ich doch gesagt.«

»Dein eigenes kleines Labor.«

»Das kannst du nennen, wie du willst.«

»Nun, während du im Gefängnis warst, hat das FBI dein Haus, deine Garage und das gesamte Grundstück gründlich durchsucht und nicht die Spur eines Hinweises auf Sprengstoff gefunden.«

»Vielleicht waren die Fibbies dämlich. Vielleicht war ich ganz besonders vorsichtig und habe keine Spuren hinterlassen.«

»Oder vielleicht wurde die Bombe von jemandem gelegt, der Erfahrung im Umgang mit Sprengstoff hatte.«

»Nein. Tut mir leid.«

»Wie lange bist du in dem Lokal in Greenville geblieben?«

»Verdammt lange. Es wurde fünf und noch später. Dann war es fast sechs. Ich ging ein paar Minuten vor sechs aus dem Lokal und fuhr an Kramers Büro vorbei. Das Haus sah aus wie immer. Einige Frühaufsteher waren schon unterwegs, und ich wollte nicht gesehen werden. Ich überquerte den Fluß und fuhr bis nach Lake Village, Arkansas, dann kehrte ich nach Greenville zurück. Inzwischen war es sieben Uhr, und eine Menge Leute waren auf den Beinen. Keine Explosion. Ich stellte den Wagen in einer Nebenstraße ab und wanderte eine Weile herum. Das verdammte Ding wollte einfach nicht hochgehen, und schließlich konnte ich nicht noch mal rein und nachsehen. Ich wanderte weiter herum und hoffte, endlich den Knall zu hören und zu spüren, wie die Erde bebte. Aber nichts passierte.«

»Hast du gesehen, wie Marvin Kramer und seine Söhne das Gebäude betraten?«

»Nein. Ich bog um eine Ecke und sah seinen Wagen vor dem Haus stehen und dachte, verdammt noch mal! In mir rastete etwas aus. Ich konnte nicht mehr denken. Aber dann dachte ich, was soll's, er ist nur ein Jude, und er hat eine Menge üble Sachen gemacht. Danach dachte ich an Sekretärinnen und andere Leute, die vielleicht da drin arbeiteten, also wanderte ich wieder um den Block herum. Ich erinnere mich, daß ich auf die Uhr geschaut habe, als es zwanzig vor acht war, und da kam mir der Gedanke, daß ich vielleicht anonym bei Kramer anrufen und ihm sagen sollte, daß in dem Schrank eine Bombe lag. Und wenn er mir nicht glaubte, dann konnte er nachschauen und dann zusehen, daß er aus dem Haus herauskam.«

»Weshalb hast du es nicht getan?«

»Ich hatte keine zehn Cents. Alles, was ich an Kleingeld hatte, hatte ich der Kellnerin als Trinkgeld gegeben. Und ich wollte nicht in einen Laden gehen und etwas einwechseln. Ich muß gestehen, ich war verdammt nervös. Meine Hände zitterten, und ich wollte auf gar keinen Fall bei irgend jemandem Verdacht erregen. Schließlich war ich ein Fremder. Und schließlich war das meine Bombe da drinnen. Ich war in einer Kleinstadt, in der jeder jeden kennt, und man kann Gift darauf nehmen, daß sich die Leute an einen Fremden erinnern, wenn ein Verbrechen begangen worden ist. Ich weiß noch, daß ich einen Gehsteig entlangging, genau gegenüber von Kramers Büro, und vor einem Friseurladen war ein Zeitungsstand, und da stand dieser Mann, der in seinen Taschen nach Kleingeld suchte. Ich hätte ihn fast um zehn Cents gebeten, um Kramer anzurufen, aber ich war zu nervös.«

»Weshalb warst du so nervös, Sam? Du hast doch eben gesagt, es wäre dir egal gewesen, ob Kramer etwas passierte. Und außerdem war das dein sechster Anschlag, stimmt's?«

»Ja, aber die anderen waren einfach. Die Zündschnur in Brand stecken, abhauen und ein paar Minuten warten. Ich mußte ständig an die nette Sekretärin in Kramers Büro denken, die mir den Weg zur Toilette gezeigt hatte. Und die später beim Prozeß ausgesagt hat. Und ich mußte ständig an die anderen Leute denken, die in dem Haus gearbeitet hatten, denn als ich das erstemal hinging, waren eine Menge Leute da. Es war fast acht, und ich wußte, daß in ein paar

Minuten die Arbeitszeit begann. Ich wußte, daß eine Menge Leute ums Leben kommen würden. Mein Verstand hörte auf zu arbeiten. Ich erinnere mich, daß ich vor einer Telefonzelle stand, einen Block entfernt, auf die Uhr starrte und dann auf das Telefon und mir sagte, daß ich unbedingt anrufen mußte. Schließlich ging ich in die Zelle und suchte die Nummer heraus, aber sowie ich das Buch zugeschlagen hatte, hatte ich sie wieder vergessen. Also sah ich noch einmal nach und fing an zu wählen, als mir wieder einfiel, daß ich keine zehn Cents hatte. Daraufhin entschloß ich mich, in den Friseurladen zu gehen und um Wechselgeld zu bitten. Meine Beine waren schwer, und ich war schweißgebadet. Ich ging zu dem Friseurladen, dann blieb ich vor dem Schaufenster stehen und schaute hinein. Drinnen herrschte Hochbetrieb. Männer lehnten an der Wand, unterhielten sich oder lasen Zeitung, und da war eine Reihe Stühle, mit Männern besetzt, die alle gleichzeitig redeten. Ich weiß noch, daß einige von ihnen mich ansahen, dann schauten noch ein oder zwei weitere auf, und ich machte, daß ich fortkam.«

»Wohin bist du gegangen?«

»Das weiß ich nicht mehr so genau. Neben dem Haus von Kramer war ein weiteres Bürogebäude, und ich erinnere mich, daß ich gesehen habe, wie ein Wagen davor anhielt. Ich dachte, es wäre vielleicht die Sekretärin oder sonst jemand, der in Kramers Haus wollte, und ich glaube, ich ging auf den Wagen zu, als die Bombe detonierte.«

»Du warst also auf der anderen Straßenseite?«

»Ich glaube, ja. Ich erinnere mich, daß ich auf der Straße lag, auf Händen und Knien, während um mich herum Trümmer und Glassplitter herunterprasselten. Aber an das, was danach passierte, kann ich mich kaum erinnern.«

Von draußen wurde leise an die Tür geklopft, dann erschien Sergeant Packer mit einem großen Plastikbecher voll Kaffee, einer Papierserviette, einem Rührstäbchen und Tütchen mit Zucker und Milchpulver. »Ich dachte, Sie könnten einen Kaffee gebrauchen. Tut mir leid, wenn ich störe.« Er stellte den Becher und das Zubehör auf die Plattform.

»Danke«, sagte Adam.

Packer machte schnell kehrt und strebte auf die Tür zu.

»Ich nehme zwei Zucker und einmal Milch«, sagte Sam von der anderen Seite.

»Ja, Sir«, sagte Packer, ohne stehenzubleiben. Dann war er fort.

»Guter Service hier«, sagte Adam.

»Wundervoll. Einfach wundervoll.«

14

Sam bekam natürlich keinen Kaffee. Er wußte das sofort, aber Adam wußte es nicht. Und deshalb sagte Sam, nachdem er ein paar Minuten gewartet hatte: »Trink ihn.« Er selbst zündete sich eine neue Zigarette an und wanderte ein bißchen herum, während Adam mit dem Stäbchen den Zucker umrührte. Es war fast elf; Sam hatte seine Draußenstunde verpaßt, und er hatte wenig Hoffnung, daß Packer sich die Zeit nehmen würde, damit er sie nachholen konnte. Er wanderte herum und machte ein paar Rumpfbeugen und ein halbes Dutzend tiefe Kniebeugen, und während er sich zittrig hob und senkte, knackten seine Kniegelenke. In seinem ersten Jahr im Todestrakt hatte er sich angewöhnt, regelmäßig zu trainieren. Eine Zeitlang hatte er in seiner Zelle täglich hundert Liegestütze und hundert Kniebeugen gemacht, Tag für Tag. Sein Gewicht sank auf ideale achtzig Kilo, wozu auch die fettarme Ernährung beitrug. Sein Bauch war flach und hart. Noch nie war er so gesund gewesen.

Aber nicht lange danach wurde ihm bewußt, daß der Trakt seine letzte Heimstätte sein und der Staat ihn eines Tages töten würde. Welchen Sinn haben schon gute Gesundheit und ein straffer Bizeps, wenn man dreiundzwanzig Stunden am Tag eingesperrt ist und aufs Sterben wartet? Das Trainieren hörte allmählich auf. Dafür nahm das Rauchen zu. Unter seinen Genossen galt Sam als glücklicher Mann, vor allem deshalb, weil er draußen Geld hatte. Ein jüngerer Bruder, Daniel, lebte in North Carolina, und einmal im Monat schickte er Sam ein Paket mit zehn Stangen Montclair-Zigaretten. Sam rauchte drei bis vier Schachteln pro Tag. Er wollte sich selbst umbringen, bevor der Staat es tun konnte. Und er zog es vor, an irgendeiner langwierigen Sache zu sterben, an einer Krankheit, die eine teure Behandlung erforderte, die zu bezahlen der Staat Mississippi nach dem Wortlaut seiner Verfassung verpflichtet war.

Doch es sah so aus, als würde er das Rennen verlieren.

Der Bundesrichter, der nach einem Prozeß, mit dem ein Gefangener seine Rechte eingeklagt hatte, jetzt für Parchman zuständig war, hatte eine Reihe von Weisungen zur Änderung der grundlegenden Methoden des Strafvollzugs erteilt. Er hatte die Rechte der Gefangenen bis in alle Einzelheiten festgelegt. Und er hatte auch geringfügigere Details nicht außer acht gelassen, so zum Beispiel die Abmessungen jeder Zelle im Todestrakt und die Geldsumme, die jeder Insasse besitzen durfte. Zwanzig Dollar waren das Maximum. Das Geld wurde »Staub« genannt und kam immer von draußen. Den Insassen des Traktes war es nicht gestattet, zu arbeiten und Geld zu verdienen. Die Glücklichen unter ihnen erhielten jeden Monat ein paar Dollars von Verwandten oder Freunden. Sie konnten es in einer Kantine ausgeben, die in der Mitte des Hochsicherheitstraktes lag und in der sie Soft Drinks, Süßigkeiten und Zigaretten kaufen konnten.

Der größere Teil der Insassen bekam nichts von draußen. Sie handelten und machten Tauschgeschäfte, bis sie genügend Münzen zusammen hatten, um ein paar lose Tabakblätter zu kaufen, die sie in dünnes Papier einwickelten und rauchten. Sam war in der Tat ein glücklicher Mann.

Er setzte sich wieder und zündete sich eine weitere Zigarette an.

»Warum hast du beim Prozeß nicht ausgesagt?« fragte sein Anwalt durch das Gitter hindurch.

»Bei welchem Prozeß?«

»Gute Frage. Bei den ersten beiden.«

»Das brauchte ich nicht. Brazelton hatte gute Geschworene ausgewählt, alle weiß, gute, mitfühlende Leute, die Bescheid wußten. Ich war sicher, daß diese Leute mich nicht verurteilen würden. Deshalb brauchte ich nicht auszusagen.«

»Und beim letzten Prozeß?«

»Das ist ein bißchen komplizierter. Keyes und ich haben oft genug darüber gesprochen. Anfangs dachte er, es könnte von Vorteil sein, wenn ich den Geschworenen erklären konnte, was meine Absichten gewesen waren. Niemand sollte verletzt werden, und so weiter. Die Bombe sollte um 5 Uhr hochgehen. Aber wir wußten, daß das Kreuzverhör brutal werden würde. Der Richter hatte bereits entschieden, daß auch die anderen Anschläge angeführt werden durften. Ich wäre gezwungen gewesen, zuzugeben, daß ich in der Tat die Bombe gelegt hatte, alle fünfzehn Stangen; und das war natürlich mehr als genug, um Leute umzubringen.«

»Und weshalb hast du nicht ausgesagt?«

»Dogan. Dieses verlogene Schwein hat den Geschworenen gesagt, wir hätten vorgehabt, den Juden umzubringen. Er war ein toller Zeuge. Ich meine, stell dir das vor – ein früherer Imperial Wizard des Klans von Mississippi, der für die Anklage gegen einen seiner eigenen Männer aussagt! Das war ein dicker Hund. Die Geschworenen ließen sich kein Wort entgehen.«

»Weshalb hat Dogan gelogen?«

»Jerry Dogan war verrückt geworden. Total verrückt, Adam. Das FBI war fünfzehn Jahre hinter ihm her – zapfte seine Telefone an, folgte seiner Frau durch die Stadt, machte sich an seine Verwandten heran, bedrohte seine Kinder, klopfte zu jeder Tages- und Nachtzeit an seine Tür. Er hatte keine ruhige Minute mehr. Ständig war jemand da, der aufpaßte und mithörte. Dann wurde er unvorsichtig, und die Steuerfahndung trat auf den Plan. Die Leute von der Steuerfahndung, zusammen mit denen vom FBI, sagten ihm, daß er mit dreißig Jahren Gefängnis rechnen müßte. Dogan klappte unter dem Druck zusammen. Ich habe gehört, daß er nach dem Prozeß eine Zeitlang in einer Anstalt verbracht hat, dort behandelt wurde und dann nach Hause zurückkehrte. Nicht lange danach ist er gestorben.«

»Dogan ist tot?«

Sam erstarrte mitten im Inhalieren. Rauch drang aus seinem Mund, kräuselte sich an seiner Nase hoch zu seinen Augen, die in diesem Moment ungläubig in die seines Enkels starrten. »Du weißt über Dogan nicht Bescheid?«

Adams Gedächtnis jagte durch die zahllosen Artikel und Berichte, die er gesammelt und registriert hatte. Er schüttelte den Kopf. »Nein. Was ist mit Dogan passiert?«

»Ich dachte, du wüßtest alles«, sagte Sam. »Ich dachte, du hättest alles im Kopf, was mit mir zusammenhängt.«

»Ich weiß sehr viel über dich, Sam. Jeremiah Dogan ist für mich ziemlich unwichtig.«

»Er ist bei einem Brand ums Leben gekommen. Er und seine Frau. Sie schliefen eines Nachts in ihrem Haus, als aus einer Leitung Propangas ausströmte. Nachbarn sagten, es hätte ausgesehen, als wäre eine Bombe detoniert.«

»Wann war das?«

»Auf den Tag genau ein Jahr nachdem er gegen mich ausgesagt hatte.«

Adam versuchte, das zu notieren, aber sein Federhalter wollte sich nicht bewegen. Er suchte in Sams Gesicht nach einem Anhaltspunkt. »Genau ein Jahr?«

»Ja.«

»Das ist ein merkwürdiger Zufall.«

»Ich saß natürlich hier drinnen, aber ich habe dieses und jenes gehört. Die Polizei sagte, es wäre ein Unfall gewesen. Soweit ich weiß, gab es sogar einen Prozeß gegen die Propangas-Gesellschaft.«

»Du glaubst also nicht, daß er ermordet wurde?«

»Natürlich glaube ich, daß er ermordet wurde.«

»Okay. Von wem?«

»Das FBI war hier und hat mir ein paar Fragen gestellt. Wie findest du das? Daß die Feds ihre Nase hier hereinstekken? Zwei Jungs aus dem Norden. Konnten es kaum abwarten, dem Todestrakt einen Besuch abzustatten und ihre Ausweise zu schwenken und einem echten Klan-Terroristen zu begegnen. Sie waren so nervös, daß sie sich vor ihren eigenen Schatten fürchteten. Sie stellten mir einen Haufen dämliche Fragen, dann verschwanden sie wieder. Seither habe ich nie wieder davon gehört.«

»Wer hätte einen Grund gehabt, Dogan zu ermorden?«

Sam biß auf den Filter und sog den letzten Mundvoll Rauch aus seiner Zigarette. Er drückte sie im Aschenbecher aus und blies den Rauch durch das Gitter. Adam wedelte ihn mit übertriebenen Bewegungen beiseite, aber Sam ignorierte ihn. »Eine Menge Leute«, murmelte er.

Adam notierte sich, daß er später auf Dogan zurückkommen würde. Er würde die Sache zuerst recherchieren und sie dann bei einer künftigen Unterhaltung wieder zur Sprache bringen.

»Nur um das mal klarzustellen«, sagte er, immer noch schreibend, »ich meine, du hättest aussagen sollen, um Dogan zu widerlegen.«

»Ich hätte es fast getan«, sagte Sam mit einer Spur von Bedauern. »Am letzten Abend des Prozesses haben wir, Keyes und ich und seine Kollegin, ihren Namen habe ich vergessen, bis Mitternacht zusammengesessen und darüber diskutiert, ob ich in den Zeugenstand gehen sollte oder nicht. Aber denk einmal darüber nach, Adam. Ich wäre gezwungen gewesen, zuzugeben, daß ich die Bombe gelegt hatte, daß sie einen Zeitzünder hatte und erst später hochgehen sollte, daß ich an anderen Bombenanschlägen beteiligt war und daß ich mich auf der anderen Straßenseite aufhielt, als sie detonierte. Außerdem hatte die Anklage eindeutig bewiesen, daß wir es auf Marvin Kramer abgesehen hatten. Ich meine, sie spielten im Gerichtssaal die Bänder ab, die das FBI aufgenommen hatte. Das hättest du hören sollen. Sie bauten im Saal riesige Lautsprecher auf und stellten das Bandgerät auf einen Tisch vor den Geschworenen, als wäre es eine Art scharfe Bombe. Und da war Dogan am Telefon und unterhielt sich mit Wayne Graves, seine Stimme war kratzig, aber völlig verständlich, über den Bombenanschlag auf Marvin Kramer, weil er dieses und jenes getan hatte, und renommierte damit, daß er seine Truppe, wie er mich nannte, nach Greenville schicken würde, damit sie die Sache in die Hand nahm. Die Stimmen auf dem Tonband hörten sich an wie Gespenster aus der Hölle, und die Geschworenen ließen sich kein Wort entgehen. Sehr wirkungsvoll. Und dann war da natürlich Dogans eigene Aussage. Ich hätte mich nur lächerlich gemacht, wenn ich versucht hätte, auszusagen und die Geschworenen davon zu überzeugen, daß ich eigentlich gar kein Bösewicht war. McAllister hätte mich bei lebendigem Leibe aufgefressen. Also beschlossen wir, daß ich nicht aussagen würde. Jetzt bin ich ziemlich sicher, daß das ein Fehler war. Ich hätte reden sollen.«

»Aber auf den Rat deines Anwalts hin hast du es nicht getan?«

»Hör zu, Adam, wenn du daran denkst, Keyes wegen unzulänglicher juristischer Beratung zu attackieren, dann vergiß es. Ich habe Keyes gutes Geld bezahlt, alles verpfändet, was ich besaß, und er hat gute Arbeit geleistet. Vor langer Zeit haben Goodman und Tyner erwogen, gegen Keyes vorzugehen, aber sie konnten keinerlei Einwände gegen seine Vorgehensweise finden.«

Die Cayhall-Akte bei Kravitz & Bane enthielt einen mindestens fünf Zentimeter dicken Packen von Recherchen und Memos zum Thema Benjamin Keyes. Unzulängliche juristische Beratung war ein Standardargument bei Einsprüchen gegen Todesurteile, aber in Sams Fall war davon kein Gebrauch gemacht worden. Goodman und Tyner hatten eingehend darüber diskutiert, und zwischen ihren Büros im einundsechzigsten und sechsundsechzigsten Stock waren lange Memos hin- und hergegangen. Im letzten Memo hieß es, Keyes hätte beim Prozeß so gute Arbeit geleistet, daß man ihm keinerlei Vorwürfe machen konnte.

Die Akte enthielt auch einen drei Seiten langen Brief von Sam, in dem er jede Attacke auf Keyes ausdrücklich verbot. Eine entsprechende Eingabe würde er auf keinen Fall unterschreiben.

Doch das letzte Memo war vor sieben Jahren geschrieben worden, zu einer Zeit, in der der Tod nicht mehr als eine ferne Möglichkeit gewesen war. Jetzt lagen die Dinge anders. Einwände mußten wieder aus der Versenkung geholt oder sogar fabriziert werden. Die Zeit war gekommen, wo man nach jedem Strohhalm greifen mußte.

»Wo ist Keyes jetzt?« fragte Adam.

»Das letzte, was ich von ihm gehört habe, ist, daß er

einen Job in Washington übernommen hat. Er hat mir vor ungefähr fünf Jahren geschrieben, daß er nicht mehr praktizierte. Es hat ihn ziemlich schwer getroffen, daß wir verloren haben. Ich glaube, wir hatten beide nicht damit gerechnet.«

»Du hast nicht damit gerechnet, verurteilt zu werden?«

»Eigentlich nicht. Wie du weißt, war ich schon zweimal davongekommen. Und in meiner Jury beim dritten Prozeß saßen acht Weiße, Anglo-Amerikaner, sollte ich wohl sagen. So schlecht der Prozeß auch lief – eigentlich habe ich nie so recht daran glauben können, daß die Geschworenen mich verurteilen würden.«

»Was war mit Keyes?«

»Oh, er war beunruhigt. Wir haben die Sache bestimmt nicht auf die leichte Schulter genommen. Wir verbrachten Monate mit der Vorbereitung auf den Prozeß. Wochenlang, während der Vorarbeiten, hat er seine anderen Mandanten und sogar seine Familie vernachlässigt. McAllister war, wie es schien, jeden Tag in den Zeitungen, und je mehr er redete, desto mehr arbeiteten wir. Sie veröffentlichten die Liste möglicher Geschworener. Sie umfaßte vierhundert Mann, und wir verbrachten Tage damit, uns über diese Leute zu informieren. Seine Vorarbeit war makellos. Wir wußten, was auf uns zukam.«

»Lee hat mir gesagt, du hättest daran gedacht, zu verschwinden.«

»Ach, hat sie das?«

»Ja, sie hat es mir gestern abend erzählt.«

Er klopfte mit der nächsten Zigarette auf die Schreibplatte und betrachtete sie einen Moment lang, als könnte sie seine letzte sein. »Ja, ich habe daran gedacht. Bevor McAllister sich auf mich stürzte, vergingen fast dreizehn Jahre. Ich war ein freier Mann. Als der zweite Prozeß vorbei war und ich nach Hause zurückkehrte, war ich siebenundvierzig. Zwei Jurys hatten mich nicht verurteilt, und das alles lag hinter mir. Ich war glücklich. Das Leben war wieder normal. Ich arbeitete auf der Farm und hatte ein kleines Sägewerk, trank Kaffee in der Stadt und gab bei jeder Wahl meine Stimme ab. Das FBI beobachtete mich ein paar Monate, aber dann waren sie vermutlich überzeugt, daß ich Schluß gemacht hatte mit den Bombenanschlägen. Von Zeit zu Zeit tauchten neugierige Reporter in Clanton auf und stellten Fragen, aber niemand hat mit ihnen geredet. Einer kam eines Tages zu meinem Haus und wollte nicht wieder verschwinden. Anstatt meine Schrotflinte zu holen, habe ich die Hunde losgelassen, und sie haben ihn in den Arsch gebissen. Er ist nie wiedergekommen.« Er kicherte leise und zündete die Zigarette an. »Das hier habe ich mir nicht einmal in meinen schlimmsten Träumen vorstellen können. Wenn ich auch nur die geringste Ahnung gehabt hätte, den schwächsten Anhaltspunkt dafür, daß so etwas passieren könnte, dann wäre ich schon vor Jahren verschwunden. Ich war schließlich vollkommen frei, es gab keinerlei Beschränkungen. Ich wäre nach Südamerika gegangen, hätte meinen Namen geändert, wäre zwei- oder dreimal untergetaucht und hätte mich dann an irgendeinem Ort wie São Paulo oder Rio niedergelassen.«

»Wie Mengele.«

»Etwas von der Art. Den haben sie auch nie erwischt. Einen ganzen Haufen von diesen Kerlen haben sie nie erwischt. Ich würde jetzt in einem hübschen kleinen Haus wohnen, portugiesisch sprechen und über Idioten wie David McAllister lachen.« Sam schüttelte den Kopf und schloß die Augen; er träumte von dem, was hätte sein können.

»Warum bist du nicht verschwunden, als McAllister anfing, Lärm zu schlagen?«

»Weil ich blöd war. Es passierte langsam. Es war wie ein böser Traum, der Stück für Stück Wahrheit wird. Zuerst wurde McAllister mit all seinen Versprechungen gewählt. Dann, ein paar Monate später, wurde Dogan von der Steuerfahndung festgenagelt. Nach und nach hörte ich verschiedene Gerüchte und las hier und da einen kleinen Artikel in den Zeitungen. Aber ich weigerte mich einfach, zu glauben, daß es passieren könnte. Und bevor ich es recht wußte, war das FBI wieder hinter mir her, und ich konnte nicht mehr davonlaufen.«

Adam sah auf die Uhr und war plötzlich erschöpft. Sie hatten mehr als zwei Stunden miteinander geredet, und er brauchte frische Luft und Sonnenschein. Sein Kopf schmerzte von dem Zigarettenrauch, und der Raum wurde von Sekunde zu Sekunde heißer. Er schraubte die Kappe auf seinen Federhalter und steckte den Block in seinen Aktenkoffer. »Ich sollte jetzt gehen«, sagte er in Richtung auf das Gitter. »Wahrscheinlich komme ich morgen wieder, für die nächste Runde.«

»Ich werde hier sein.«

»Lucas Mann hat grünes Licht gegeben. Ich darf dich jederzeit besuchen.«

»Na, ist er nicht ein toller Bursche?«

»Er ist okay. Tut nur seine Pflicht.«

»Genau wie Naifeh und Nugent und all die anderen Großen Weißen.«

»Die Großen Weißen?«

»Ja, so heißen die Herren Gesetzesvertreter bei uns. Niemand hier will mich wirklich umbringen, sie tun doch alle nur ihre Pflicht. Da ist dieser kleine Idiot mit neun Fingern, der als offizieller Vollstrecker fungiert – der Mann, der das Gas mischt und den Kanister einschiebt. Frag den mal, was er tut, wenn sie mich festschnallen, und er wird sagen: ›Ich tue nur meine Pflicht.‹ Der Gefängnisgeistliche und der Gefängnisarzt und der Gefängnispsychiater und natürlich die Wärter, die mich hineinführen, und die Sanitäter, die mich hinterher wegtragen – alles nette Kerle, die im Grunde nichts gegen mich haben, aber sie tun alle nur ihre Pflicht.«

»Soweit wird es nicht kommen, Sam.«

»Ist das ein Versprechen?«

»Nein. Aber du mußt positiv denken.«

»Ja. Positives Denken ist hier drinnen sehr beliebt. Ich und die anderen Jungs, wir sind ganz groß in Spiel-Shows, gleich danach kommen Reiseprogramme und Einkaufen per Telefon. Die Afrikaner ziehen ›Soul Train‹ vor.«

»Lee macht sich Sorgen um dich, Sam. Ich soll dir sagen, daß sie an dich denkt und für dich betet.«

Sam biß sich auf die Unterlippe und schaute auf den Boden. Er nickte langsam, sagte aber nichts.

»Ich werde in den nächsten Wochen bei ihr wohnen.«

»Ist sie immer noch mit diesem Burschen verheiratet?«

»Halb und halb. Sie möchte dich besuchen.«

»Nein.«

»Warum nicht?«

Sam erhob sich langsam von seinem Stuhl und klopfte an die Tür hinter sich. Er drehte sich um und sah Adam durch das Gitter hindurch an. Sie musterten sich gegenseitig, bis ein Wärter erschien und Sam abführte.

15

»Der junge Mann ist vor einer Stunde abgefahren, mit seiner Vollmacht, obwohl ich sie nicht gesehen habe«, sagte Lucas Mann zu Philip Naifeh, der an seinem Fenster stand und einen Trupp Müllsammler am Highway beobachtete. Naifeh hatte Kopfschmerzen und Rückenschmerzen; überhaupt lag ein insgesamt scheußlicher Vormittag hinter ihm, zu dem auch drei frühmorgendliche Anrufe des Gouverneurs gehört hatten und zwei von Roxburgh, dem Justizminister. Natürlich war Sam der Anlaß dieser Anrufe gewesen.

»Also hat er jetzt einen Anwalt«, sagte Naifeh und drückte sanft mit einer Faust auf sein Kreuz.

»Ja, und mir gefällt der junge Mann. Er hat bei mir hereingeschaut, bevor er abgefahren ist, und er sah aus, als wäre er von einem Lastwagen überfahren worden. Ich glaube, die beiden haben es nicht leicht miteinander, er und sein Großvater.«

»Für den Großvater wird es noch schlimmer werden.«

»Für uns alle wird es noch schlimmer werden.«

»Wissen Sie, was der Gouverneur von mir wollte? Er hat gefragt, ob er eine Kopie unseres Handbuchs über die Durchführung einer Hinrichtung haben könnte. Ich habe gesagt, nein, er könnte keine Kopie haben. Er sagte, er wäre der Gouverneur dieses Staates, und es wäre nicht mehr als recht und billig, wenn er eine Kopie bekäme. Ich versuchte, ihm zu erklären, daß es im Grunde gar kein Handbuch ist, sondern nur eine kleine Kollektion von einzelnen Blättern in einem schwarzen Hefter, die jedesmal, wenn wir jemanden in die Kammer schicken, von vorn bis hinten umgearbeitet wird. Wie es genannt wird, wollte er wissen, und ich sagte ihm, daß es keinen offiziellen Namen hat, weil es erfreulicherweise nicht oft benutzt wird, und dann fiel mir ein, daß ich selbst es gewöhnlich das kleine schwarze Buch nenne. Er bedrängte mich ein wenig heftiger, ich wurde ein wenig wütender, wir legten auf, und eine Viertelstunde später rief sein Anwalt, dieser bucklige kleine Furz mit der Brille, die ihm die Nase einklemmt ...«

»Larramore.«

»Larramore rief an und sagte, gemäß Paragraph soundso hätte der Gouverneur ein Recht auf eine Kopie des Handbuchs. Ich ließ ihn zehn Minuten warten, schlug die genannten Paragraphen nach, dann lasen wir sie gemeinsam, und natürlich hat er gelogen und geblufft und sich eingebildet, ich wäre schwachsinnig. Im Gesetz steht nichts dergleichen. Ich legte den Hörer auf. Zehn Minuten später rief der Gouverneur wieder an, zuckersüß und aalglatt, und sagte, ich sollte das kleine schwarze Buch vergessen, ihm läge sehr daran, daß Sams verfassungsmäßige Rechte gewahrt würden, und er wollte nur, daß ich ihn auf dem laufenden hielte. Ein reizender Mann.« Naifeh verlagerte sein Gewicht von einem Fuß auf den anderen, preßte die andere Faust ins Kreuz und schaute weiterhin aus dem Fenster.

»Dann, eine halbe Stunde später, ruft Roxburgh an. Und wissen Sie, was er wollte? Er wollte wissen, ob ich mit dem Gouverneur gesprochen hätte. Roxburgh bildet sich nämlich ein, wir wären dicke Freunde, alte Parteigenossen, und deshalb könnten wir einander vertrauen. Er erzählte mir also, vertraulich natürlich, von Freund zu Freund, er glaube, der Gouverneur könnte versuchen, diese Hinrichtung für seine eigenen politischen Zwecke auszunützen.«

»Unvorstellbar!« höhnte Lucas.

»Ja. Ich habe Roxburgh gesagt, daß ich so etwas von unserem Gouverneur einfach nicht glauben könnte. Ich war todernst, und er wurde todernst, und wir versprachen uns gegenseitig, den Gouverneur genau im Auge zu behalten, und wenn wir feststellen sollten, daß er versucht, die Situation zu manipulieren, würden wir sofort miteinander telefonieren. Roxburgh sagte, es gäbe etliches, das er unternehmen könnte, um den Gouverneur zur Räson zu bringen, falls er übers Ziel hinausschösse. Ich getraute mich nicht, ihn zu fragen, was oder wie, aber er schien seiner Sache ziemlich sicher zu sein.«

»Und wer ist der größere Idiot?«

»Wahrscheinlich Roxburgh, aber groß ist der Unterschied nicht.« Naifeh streckte sich vorsichtig und wanderte zu seinem Schreibtisch. Er hatte die Schuhe ausgezogen, und das Hemd hing über der Hose. Er hatte offensichtlich Schmerzen. »Beide haben einen unersättlichen Appetit auf Publicity. Sie sind wie zwei kleine Jungs, die eine Heidenangst haben, der andere könnte ein größeres Stück Kuchen bekommen. Ich hasse sie, einen wie den anderen.«

»Jedermann haßt sie, nur die Wähler nicht.«

Jemand klopfte an der Tür, dreimal, in präziser Folge. »Das muß Nugent sein«, sagte Naifeh. Seine Schmerzen meldeten sich wieder. »Kommen Sie rein.«

Die Tür wurde rasch geöffnet, und Colonel außer Dienst George Nugent kam ins Zimmer marschiert, hielt nur kurz an, um die Tür zu schließen, und bewegte sich dann amtlichen Schrittes auf Lucas Mann zu, der nicht aufstand, aber trotzdem die angebotene Hand ergriff. »Mr. Mann«, begrüßte Nugent ihn knapp, dann trat er vor und reichte über den Schreibtisch hinweg auch Naifeh die Hand.

»Setzen Sie sich, George«, sagte Naifeh und deutete auf einen freien Stuhl neben Mann. Naifeh hätte ihm gern befohlen, das militärische Getue zu lassen, aber er wußte, daß das keinen Sinn hatte.

»Ja, Sir«, erwiderte Nugent. Dann ließ er sich auf dem Stuhl nieder, ohne den Rücken zu beugen. Obwohl in Parchman nur die Wärter und die Häftlinge Uniformen trugen, war es Nugent gelungen, sich eine eigene Uniform zuzulegen. Hemd und Hose waren dunkel olivgrün, genau zueinander passend und perfekt gebügelt mit exakten Falten an den richtigen Stellen, und wunderbarerweise überlebten sie jeden Tag, ohne auch nur im geringsten zu knittern. Die Hose endete ein paar Zentimeter über den Knöcheln, wo sie in einem Paar schwarzer Militärstiefel steckte, die mindestens zweimal täglich auf Hochglanz poliert wurden. Einmal hatte es ein leises Gerücht gegeben, daß eine Sekretärin oder vielleicht auch ein Vertrauenshäftling auf einer der Sohlen einen Schmutzfleck gesehen hätte, aber das Gerücht war unbestätigt geblieben.

Der oberste Hemdknopf war nicht geschlossen, so daß ein exaktes Dreieck entstand, in dem ein graues T-Shirt zu sehen war. Die Taschen und Ärmel waren kahl und ungeschmückt, frei von Medaillen und Auszeichnungen, und Naifeh argwöhnte seit langem, daß das für den Colonel kein geringes Maß an Demütigung bedeutete. Der Haarschnitt war streng militärisch, mit bloßer Haut über den Ohren und einer dünnen Schicht grauer Stoppeln darüber. Nugent war zweiundfünfzig; er hatte seinem Land vierunddreißig Jahre gedient, zuerst als eifriger Rekrut in Korea und später als Captain in Vietnam, wo er von einem Schreibtisch aus Krieg führte. Er war bei einem Jeep-Unfall verwundet und danach nach Hause geschickt worden.

Seit zwei Jahren tat Nugent nun auf bewundernswerte Weise Dienst als stellvertretender Direktor, ein getreuer, loyaler und verläßlicher Untergebener von Naifeh. Er liebte Details und Vorschriften und Bestimmungen. Er verschlang Handbücher und verfaßte ständig neue Verfahrensregeln, Direktiven und Abänderungen und legte sie dem Direktor zur Begutachtung vor. Er ging Naifeh fürchterlich auf die Nerven, wurde aber trotzdem gebraucht. Es war kein Geheimnis, daß der Colonel auf Naifehs Job aus war, sobald er in den Ruhestand trat.

»George, Lucas und ich haben gerade über die Cayhall-Sache gesprochen. Ich weiß nicht, wieviel Sie über die Einsprüche wissen, aber das Fünfte Berufungsgericht hat den Aufschub annulliert, und wir rechnen mit einer Hinrichtung in vier Wochen.«

»Ja, Sir«, schnarrte Nugent. »Habe es in der heutigen Zeitung gelesen.«

»Gut. Lucas ist der Ansicht, daß es diesmal dazu kommen könnte. Stimmt's, Lucas?«

»Durchaus möglich. Die Chancen stehen besser als fünfzig zu fünfzig« Lucas sagte das, ohne Nugent anzusehen.

»Wie lange sind Sie jetzt schon hier, George?«

»Zwei Jahre und einen Monat.«

Der Direktor rechnete nach und rieb sich dabei die Schläfen. »Also haben Sie die Parris-Hinrichtung verpaßt?«

»Ja, Sir. Um ein paar Wochen«, erwiderte er mit einem Anflug von Enttäuschung in der Stimme.

»Sie haben also noch keine mitgemacht?«

»Nein, Sir.«

»Nun, sie sind grauenhaft, George. Einfach grauenhaft. Der bei weitem schlimmste Teil dieses Jobs. Ich fühle mich dem offengestanden nicht mehr gewachsen. Ich hatte gehofft, bereits im Ruhestand zu sein, wenn wir die Gaskammer wieder benutzen müssen, aber jetzt erscheint das zweifelhaft. Ich brauche ein bißchen Hilfe.«

Nugents Rücken, obwohl ohnehin bereits stocksteif, schien noch ein wenig mehr zu erstarren. Er nickte rasch, und seine Augen tanzten in alle Richtungen.

Naifeh ließ sich vorsichtig auf seinen Sessel nieder und verzog das Gesicht, als er auf das weiche Leder sank. »Und da ich dem einfach nicht mehr gewachsen bin, George, haben Lucas und ich gedacht, daß Sie in dieser Sache vielleicht gute Arbeit leisten würden.«

Der Colonel konnte ein Lächeln nicht unterdrücken. Dann verschwand es rasch wieder und wurde durch eine ernste Miene ersetzt. »Ich bin sicher, daß ich das kann, Sir.«

»Da bin ich auch ganz sicher.« Naifeh deutete auf einen schwarzen Hefter auf seinem Schreibtisch. »Wir haben da so eine Art Handbuch. Sehen Sie? Die gesammelte Weisheit von zwei Dutzend Besuchen in der Gaskammer im Verlauf der letzten dreißig Jahre.«

Nugents Augen verengten sich und richteten sich auf das schwarze Buch. Er bemerkte, daß die Seiten nicht alle glatt und gleich groß waren, daß eine Reihe von ihnen tatsächlich geknickt und unordentlich dazwischengeschoben worden war, daß der Hefter selbst schäbig und abgegriffen aussah. Binnen weniger Stunden, beschloß er, würde aus dem Handbuch eine der Veröffentlichung würdige Fibel geworden sein. Das würde seine erste Aufgabe sein. Der Papierkram würde untadelig geführt werden.

»Was halten Sie davon, wenn Sie es heute abend lesen und wir uns morgen wieder treffen?«

»Ja, Sir«, sagte er selbstgefällig.

»Kein Wort darüber zu irgend jemandem, bis wir wieder miteinander gesprochen haben, verstanden?«

»Ja, Sir.«

Nugent verabschiedete sich mit einem kurzen Kopfnikken von Lucas Mann und verließ das Büro, wobei er das schwarze Buch an sich drückte wie ein Kind ein neues Spielzeug. Die Tür fiel hinter ihm ins Schloß.

»Er ist verrückt«, sagte Lucas.

»Ich weiß. Wir werden ihn im Auge behalten.«

»Das müssen wir unbedingt. Er ist dermaßen übereifrig, daß er glatt versuchen könnte, Sam schon an diesem Wochenende in die Gaskammer zu schicken.«

Naifeh zog eine Schublade auf und holte ein Röhrchen mit Tabletten heraus. Er schluckte zwei davon, ohne sich erst Wasser zu holen. »Ich gehe nach Hause, Lucas. Ich muß mich hinlegen. Wahrscheinlich werde ich noch vor Sam sterben.«

»Dann müssen Sie sich beeilen.«

Das Telefongespräch mit E. Garner Goodman war kurz. Adam erklärte mit einem gewissen Stolz, daß er und Sam eine schriftliche Vereinbarung getroffen und daß sie bereits vier Stunden zusammengesessen hatten, in denen allerdings nicht viel herausgekommen war. Goodman wollte eine Kopie der Vereinbarung, und Adam erklärte, daß bisher noch keine Kopien existierten, da sich das Original in einer Zelle im Todestrakt befand, und daß es außerdem nur Kopien geben würde, wenn der Mandant damit einverstanden war.

Goodman versprach, die Akte noch einmal durchzusehen und sich an die Arbeit zu machen. Adam gab ihm Lees Telefonnummer und versprach, sich jeden Tag zu melden. Er legte den Hörer auf und starrte auf zwei bestürzende Telefonbotschaften neben seinem Computer. Beide stammten von Reportern, einer arbeitete bei einer Zeitung in Memphis, der andere bei einem Fernsehsender in Jackson, Mississippi.

Baker Cooley hatte mit beiden Reportern gesprochen. Es war sogar ein Fernsehteam aus Jackson am Empfang aufgetaucht und erst wieder verschwunden, nachdem Cooley Drohungen ausgestoßen hatte. All diese unerwünschte Aufmerksamkeit hatte die eingefahrene Routine der Memphis-Filiale von Kravitz & Bane empfindlich gestört. Cooley war darüber gar nicht glücklich. Die anderen Partner hatten Adam nicht viel zu sagen. Die Sekretärinnen waren von Berufs wegen höflich, aber sehr darauf bedacht, sich von seinem Büro fernzuhalten.

Die Reporter wußten Bescheid, hatte Cooley ihn mit ernster Miene gewarnt. Sie wußten Bescheid über Sam und Adam, das Großvater-Enkel-Verhältnis, und obwohl er keine Ahnung hätte, wieso sie Bescheid wußten, hätten sie es ganz bestimmt nicht von ihm erfahren. Er hätte es keiner Menschenseele gesagt, natürlich nur so lange nicht, bis es allgemein bekannt war, und da war er gezwungen gewesen, vor dem Lunch die Partner und die angestellten Anwälte zusammenzurufen und sie zu informieren.

Es war fast fünf Uhr. Adam saß bei geschlossener Tür an seinem Schreibtisch und lauschte den Stimmen auf dem Flur; Anwaltsgehilfen, Sekretärinnen und andere Angestellte trafen die letzten Vorbereitungen, um für diesen Tag Feierabend zu machen. Er kam zu dem Schluß, daß er dem Fernsehreporter nichts zu sagen hatte. Er wählte die Nummer von Todd Marks von der *Memphis Press*. Ein Tonband dirigierte ihn durch die Wunder der fernmündlichen Verbindung, und nach ein paar Minuten meldete sich Mr. Marks auf einem seiner fünf Anschlüsse und sagte hastig: »Todd Marks.« Er hörte sich an wie ein Teenager.

»Ich bin Adam Hall, von Kravitz & Bane. Ich habe eine Nachricht vorgefunden, daß ich Sie anrufen sollte.«

»Ja, Mr. Hall«, sprudelte Marks, sofort freundlich und nicht mehr in Eile. »Danke für Ihren Anruf. Ich – äh – wir haben ein Gerücht gehört, daß Sie den Cayhall-Fall übernehmen wollen, und – äh – ich wollte der Sache nachgehen.«

»Ich vertrete Mr. Cayhall«, sagte Adam mit gemessenen Worten.

»Ja, genau, das haben wir gehört. Sie – äh – kommen aus Chicago?«

»Ich komme aus Chicago.«

»Ah ja. Und wie – äh – sind Sie an den Fall gekommen?«

»Meine Firma hat Sam Cayhall sieben Jahre lang vertreten.«

»Ja, richtig. Aber hat er die Vertretung nicht vor kurzem aufgekündigt?«

»Das hat er. Und jetzt hat er die Firma erneut engagiert.« Adam konnte Tastengeklapper hören; Marks verleibte die Worte einem Computer ein.

»Ich verstehe. Wir haben ein Gerücht gehört, mehr als ein Gerücht ist es ja wohl nicht, Sam Cayhall sei Ihr Großvater.«

»Von wem haben Sie das gehört?«

»Nun, wissen Sie, wir haben da so unsere Quellen, und die müssen wir schützen. Ich kann Ihnen wirklich nicht sagen, von wem wir das gehört haben.«

»Ja, ich weiß.« Adam holte tief Atem und ließ Marks eine Minute warten. »Wo sind Sie jetzt?«

»In der Redaktion.«

»Wo ist das? Ich kenne mich hier nicht aus.«

»Wo sind Sie?« fragte Marks.

»In der Innenstadt. In unserem Büro.«

»Ich bin nicht weit weg. Ich könnte in zehn Minuten bei Ihnen sein.«

»Nein, nicht hier. Treffen wir uns irgendwo anders. In irgendeiner ruhigen kleinen Bar.«

»Gut. Das Peabody Hotel liegt an der Union Street, drei Blocks von Ihnen entfernt. Dort gibt es eine nette Bar gleich am Foyer. Heißt Mallards.«

»Ich bin in einer Viertelstunde dort. Nur Sie und ich, okay?«

»Natürlich.«

Adam legte den Hörer auf. Sams Vereinbarung enthielt einige unscharfe und mehrdeutige Formulierungen, mit denen er zu verhindern versuchte, daß sein Anwalt mit der Presse sprach. Die entsprechende Klausel hatte große Schlupflöcher, die jeder Anwalt mühelos passieren konnte, aber Adam wollte es nicht darauf ankommen lassen.

Nach zwei Besuchen bei seinem Großvater wußte er immer noch nicht, was er von ihm zu halten hatte. Er konnte Anwälte nicht ausstehen und würde sich nicht scheuen, einen weiteren zu entlassen, selbst wenn es sein eigener Enkel war.

Mallards füllte sich rasch mit erschöpften jungen Männern, die vor der Heimfahrt in einen der Vororte erst einmal ein paar harte Drinks brauchten. In der Innenstadt von Memphis wohnten nur wenige Menschen, also trafen sich die Banker und Börsenmakler hier und in zahllosen weiteren Bars, tranken Bier aus grünen Flaschen und nippten an schwedischem Wodka. Sie säumten die Theke und versammelten sich an kleinen Tischen, um über die Chancen des Marktes und die künftige Zinsentwicklung zu diskutieren. Es war ein ziemlich luxuriöses Lokal, mit Wänden aus echten Ziegelsteinen und einem Fußboden aus echten Holzdielen. Auf einem Tisch neben der Tür standen Tabletts mit Hühnerkeulen und mit Speck umwickelter Leber.

Adam entdeckte einen jungen Mann in Jeans und mit einem Notizblock. Sie machten sich miteinander bekannt und gingen zu einem Ecktisch. Er trug eine Stahlbrille, und das Haar reichte ihm bis auf die Schultern. Er war freundlich und schien ein bißchen nervös zu sein. Sie bestellten Heineken-Bier.

Der Block lag auf dem Tisch, griffbereit, und Adam beschloß, die Initiative zu ergreifen. »Ein paar Grundregeln«, sagte er. »Erstens, alles, was ich sage, ist vertraulich. Sie dürfen keines meiner Worte zitieren. Einverstanden?«

Marks zuckte die Achseln, als wäre das in Ordnung, aber nicht gerade das, was er sich gewünscht hatte. »Okay«, sagte er.

»Ich glaube, Sie nennen so etwas Hintergrundmaterial oder so ähnlich.«

»Stimmt.«

»Ich werde Ihnen ein paar Fragen beantworten, aber nicht viele. Ich bin hier, weil ich möchte, daß die Fakten stimmen.«

»In Ordnung. Ist Sam Cayhall Ihr Großvater?«

»Sam Cayhall ist mein Mandant, und er hat mich angewiesen, nicht mit der Presse zu reden. Das ist der Grund dafür, daß Sie mich nicht zitieren dürfen. Ich bin nur hier, um zu bestätigen oder zu bestreiten. Das ist alles.«

»Okay. Aber er ist Ihr Großvater?«

»Ja.«

Marks holte tief Luft und genoß diese unglaubliche Tatsache, die zweifellos zu einer außerordentlichen Story führte. Er konnte schon die Schlagzeilen sehen.

Dann wurde ihm bewußt, daß er noch ein paar weitere Fragen stellen sollte. Er holte einen Stift aus der Tasche. »Wer ist Ihr Vater?«

»Mein Vater ist tot.«

Eine lange Pause. »Okay. Also ist Sam der Vater Ihrer Mutter?« »Nein. Sam ist der Vater meines Vaters.«

»Weshalb haben Sie einen anderen Nachnamen?«

»Weil mein Vater seinen Namen geändert hat.«

»Weshalb?«

»Diese Frage möchte ich nicht beantworten. Die Einzelheiten der Familiengeschichte gedenke ich für mich zu behalten.«

»Sind Sie in Clanton aufgewachsen?«

»Nein. Ich wurde dort geboren, ging aber von dort weg, als ich drei Jahre alt war. Meine Eltern zogen nach Kalifornien. Dort bin ich aufgewachsen.«

»Also waren Sie nicht in der Nähe von Sam Cayhall?«

»Nein.«

»Kannten Sie ihn?«

»Ich bin ihm gestern zum erstenmal begegnet.«

Marks überlegte sich seine nächste Frage, und zum Glück kam das Bier. Sie tranken und sagten nichts.

Er starrte auf seinen Notizblock, schrieb etwas, dann fragte er: »Wie lange sind Sie schon bei Kravitz & Bane?«

»Fast ein Jahr.«

»Wie lange arbeiten Sie schon an dem Cayhall-Fall?«

»Seit anderthalb Tagen.«

Er tat einen langen Zug und musterte Adam, als erwartete er eine Erklärung. »Also, Mr. Hall ...«

»Ich heiße Adam.«

»Okay, Adam. Mir scheint, da sind eine Menge Lücken. Könnten Sie mir ein bißchen helfen, sie auszufüllen?«

»Nein.«

»Auch gut. Ich habe irgendwo gelesen, daß Cayhall sich vor kurzem von Kravitz & Bane getrennt hat. Haben Sie an dem Fall gearbeitet, als das passierte?«

»Ich sagte es gerade. Ich arbeite seit anderthalb Tagen an dem Fall.«

»Wann waren Sie zum erstenmal im Trakt?«

»Gestern.«

»Hat er gewußt, daß Sie kommen würden?«

»Dazu möchte ich mich nicht äußern.«

»Weshalb nicht?«

»Das ist streng vertraulich. Ich denke nicht daran, über meine Besuche im Trakt zu sprechen. Ich werde nur solche Dinge bestätigen oder bestreiten, die Sie anderswo nachprüfen können.«

»Hat Sam noch mehr Kinder?«

»Ich spreche nicht über Familienangelegenheiten. Außerdem bin ich sicher, daß Ihre Zeitung schon früher darüber geschrieben hat.«

»Das ist lange her.«

»Dann suchen Sie es heraus.«

Ein weiterer langer Schluck und ein weiterer langer Blick auf den Notizblock. »Wie stehen die Chancen, daß die Hinrichtung am 8. August stattfinden wird?«

»Das ist schwer zu sagen. Ich will mich nicht auf Spekulationen einlassen.«

»Aber alle rechtlichen Möglichkeiten sind erschöpft, oder?«

»Vielleicht. Sagen wir, ich habe eine Menge Arbeit vor mir.«

»Kann der Gouverneur eine Begnadigung gewähren?«

»Ja.«

»Ist das eine Möglichkeit?«

»Ziemlich unwahrscheinlich. Fragen Sie ihn selbst.«

»Wird Ihr Mandant vor der Hinrichtung irgendwelche Interviews geben?«

»Das bezweifle ich.«

Adam schaute auf die Uhr, als müßte er plötzlich ein Flugzeug erreichen. »Sonst noch etwas?« fragte er, dann trank er sein Bier aus.

Mark steckte seinen Stift in eine Hemdtasche. »Können wir ein andermal wieder miteinander reden?«

»Kommt drauf an.«

»Worauf?«

»Wie Sie das bringen. Wenn Sie den Familienkram hervorzerren, dann vergessen Sie's.«

»In Ihrer Familie muß es ein paar ziemlich dunkle Punkte geben.«

»Kein Kommentar.« Adam stand auf und streckte ihm die Hand entgegen. »War nett, Sie kennenzulernen«, sagte er, während sie sich die Hände schüttelten.

»Danke. Ich rufe Sie an.«

Adam ging rasch an den Gästen an der Theke vorbei und verschwand im Foyer des Hotels.

16

Unter all den hirnverbrannten Vorschriften, die die Insassen des Todestraktes zu befolgen hatten, war die Zwölf-Zentimeter-Vorschrift diejenige, die Sam am meisten ärgerte. Dieses kleine Glanzstück kleinkrämerischer Regelungswut beschränkte die Menge juristischer Dokumente, die ein Insasse des Todestraktes in seiner Zelle haben durfte. Die Dokumente durften, wenn man sie aufeinanderlegte und zusammenpreßte, nicht dicker sein als zwölf Zentimeter. Sams Akte unterschied sich nicht sonderlich von denen der anderen Insassen, und nach neun Jahren juristischer Kriegführung füllte sie einen großen Pappkarton. Wie zum Teufel sollte er angesichts von Beschränkungen wie der Zwölf-Zentimeter-Vorschrift recherchieren und studieren und sich vorbereiten?

Packer war mehrmals mit einem Zollstock in seiner Zelle erschienen, den er wie einen Dirigentenstab geschwenkt und dann an die Papiere gehalten hatte. Jedesmal hatte Sam zuviel gehabt; einmal hatte man ihn, Packers Messung zufolge, mit einem Zuviel von zweiundfünfzig Zentimetern erwischt. Und jedesmal hatte Packer einen Bericht über einen Verstoß gegen die Vorschriften geschrieben, und Sams Gefängnisakte enthielt wieder ein Blatt Papier mehr. Sam fragte sich oft, ob seine Akte in der Hauptverwaltung dikker war als zwölf Zentimeter. Er hoffte es. Und was spielte es schon für eine Rolle? Sie hielten ihn nun seit neuneinhalb Jahren in einem Käfig, einzig und allein zu dem Zweck, ihn am Leben zu erhalten, um es ihm eines Tages zu nehmen. Was sonst konnten sie ihm noch antun?

Jedesmal hatte Packer ihm vierundzwanzig Stunden gegeben, seine Papiere abzulichten. Gewöhnlich schickte Sam einen Stapel an seinen Bruder in North Carolina. Ein paarmal hatte er widerwillig auch ein Päckchen an E. Garner Goodman geschickt.

Zur Zeit hatte er ungefähr dreißig Zentimeter zuviel. Außerdem hatte er eine dünne Akte mit neueren Entscheidungen des Obersten Gerichtshofs unter der Matratze. Und er hatte fünf Zentimeter nebenan, wo Hank Henshaw sie auf dem Bücherregal bewachte. Und er hatte ungefähr acht Zentimeter nebenan in J. B. Gullitts Stapel von Papieren. Sam begutachtete sämtliche Dokumente und Briefe für Henshaw und Gullitt. Henshaw hatte einen guten Anwalt, für den die Familie zahlte. Gullitt hatte einen Idioten von einer großen Firma in Washington, der noch nie einen Gerichtssaal von innen gesehen hatte.

Die Drei-Bücher-Vorschrift war eine weitere unverständliche Beschränkung dessen, was ein Mann in seiner Zelle haben durfte. Die Vorschrift besagte schlicht und einfach, daß ein Insasse einer Todeszelle nicht mehr als drei Bücher haben durfte. Sam besaß fünfzehn, sechs in seiner Zelle, neun weitere hatte er bei seinen Mandanten im Trakt untergebracht. Für schöne Literatur hatte er keine Zeit. Seine Sammlung bestand ausschließlich aus juristischen Werken über die Todesstrafe und den Achten Verfassungszusatz.

Er hatte ein Abendessen aus gekochtem Schweinefleisch, Bohnen und Maisbrot verzehrt und las jetzt eine Entscheidung des Neunten Berufungsgerichts in Kalifornien über einen Verurteilten, der seinem Tod so gelassen entgegengesehen hatte, daß seine Anwälte zu dem Schluß gelangten, er müßte verrückt sein. Also reichten sie eine Reihe von Anträgen ein, in denen sie erklärten, ihr Mandant wäre zu verrückt, als daß man ihn hinrichten könnte. Im Neunten Berufungsgericht saß ein Haufen kalifornischer Liberaler, die gegen die Todesstrafe waren und sich auf dieses neuartige Argument stürzten. Die Hinrichtung wurde aufgeschoben. Sam mochte diesen Fall. Er hatte sich viele Male gewünscht, er hätte es mit dem Neunten Berufungsgericht zu tun anstatt mit dem Fünften.

Gullitt nebenan sagte: »Ich hab' was für dich, Sam«, und Sam trat an das Gitter. Mehrere Zellen voneinander entfernte Insassen konnten nur über Kassiber miteinander in Verbindung treten. Gullitt reichte ihm den Zettel. Er kam von Preacher Boy, einem sieben Zellen weiter sitzenden jungen Weißen. Im Alter von vierzehn Jahren war er Landprediger geworden, ein hitziger Verkünder von Höllenfeuer und Schwefel, aber mit dieser Laufbahn war Schluß, als er wegen Vergewaltigung und Ermordung der Frau eines Diakons verurteilt wurde. Inzwischen war er vierundzwanzig, saß seit drei Jahren im Todestrakt und war kürzlich voller Inbrunst zum Evangelium zurückgekehrt. Auf dem Zettel stand:

Lieber Sam, ich bin hier und bete für dich. Ich glaube wirklich und wahrhaftig, daß Gott einschreiten und diese Sache aufhalten wird. Aber wenn er es nicht tut, dann bitte ich ihn, daß es schnell geht ohne Schmerzen oder sonst etwas, und daß er dich zu sich nimmt. In Liebe, Randy.

Wie wundervoll, dachte Sam, sie beten bereits, daß ich schnell sterbe, ohne Schmerzen oder sonst etwas. Er setzte sich auf die Bettkante und schrieb eine kurze Antwort auf ein Stück Papier.

Lieber Randy, danke für die Gebete. Außerdem brauche ich eines von meinen Büchern. Es heißt Bronstein's Death Penality Review. Es ist ein grünes Buch. Schick' es her. Sam.

Er gab J. B. den Zettel und wartete mit durch die Stangen gestreckten Armen, während der Kassiber von einer Zelle zur nächsten weitergereicht wurde. Es war fast acht Uhr, immer noch heiß und stickig, aber wenigstens wurde es draußen bereits dunkel. In der Nacht würde die Temperatur auf ungefähr fünfundzwanzig Grad absinken, und mit den schwirrenden Ventilatoren wurden die Zellen halbwegs erträglich.

Sam hatte im Laufe des Tages mehrere Kassiber erhalten. Alle hatten Mitgefühl und Hoffnung zum Ausdruck gebracht. Alle boten jede mögliche Hilfe an. Die Musik war leiser gewesen, und das Gebrüll, das man gelegentlich hören konnte, wenn jemandes Rechte beschnitten wurden, war ausgeblieben. Der Trakt war nun schon den zweiten Tag viel stiller als sonst. Die Fernseher liefen von morgens bis abends, aber die Lautstärke war gedämpft. In Abschnitt A ging es merklich ruhiger zu.

»Ich habe einen neuen Anwalt«, sagte Sam leise und mit durch das Gitter gestreckten Händen. Er konnte Gullitts Hände und Handgelenke sehen, aber nie sein Gesicht, wenn sie sich von Zelle zu Zelle unterhielten. Jeden Tag, wenn Sam zu seiner Draußenstunde hinausgeführt wurde, ging er langsam den Gang entlang und schaute seinen Genossen in die Augen. Und sie erwiderten den Blick. Er hatte sich ihre Gesichter eingeprägt, und er kannte ihre Stimmen. Aber es war grausam, wenn man jahrelang neben einem Mann lebte und lange Unterhaltungen mit ihm führte und dabei nichts von ihm sehen konnte als seine Hände.

»Das ist gut, Sam. Schön, das zu hören.«

»Ja. Ziemlich kluger Bursche, glaube ich.«

»Wer ist er?« Gullitt hatte die Hände verschränkt. Sie bewegten sich nicht.

»Mein Enkel«, sagte Sam gerade so laut, daß Gullitt es hören konnte. Ihm konnte man Geheimnisse anvertrauen.

Gullitts Finger bewegten sich ein wenig, während er das verdaute. »Dein Enkel?«

»Ja. Aus Chicago. Große Firma. Glaubt, wir könnten eine Chance haben.«

»Du hast mir nie erzählt, daß du einen Enkel hast.«

»Ich hatte ihn seit zwanzig Jahren nicht mehr gesehen. Gestern ist er aufgekreuzt und hat gesagt, er ist Anwalt und will meinen Fall übernehmen.«

»Wo hat er die letzten zehn Jahre gesteckt?«

»War vermutlich mit Aufwachsen beschäftigt. Er ist noch ziemlich jung. Sechsundzwanzig, glaube ich.«

»Du läßt zu, daß ein grüner Junge von sechsundzwanzig deinen Fall übernimmt?«

Das ärgerte Sam ein bißchen. »In diesem Moment meines Lebens habe ich keine sonderlich große Wahl.«

»Aber, Sam, du verstehst mehr von der Juristerei als er.«

»Ich weiß, aber es ist ein gutes Gefühl, da draußen einen wirklichen Anwalt zu haben, der auf einem wirklichen Computer Anträge und Eingaben tippt und sie bei den richtigen Gerichten einreicht. Es ist ein gutes Gefühl, jemanden zu haben, der zum Gericht gehen und mit den Richtern diskutieren kann, jemanden, der mit dem Staat kämpfen kann, und zwar auf gleicher Basis.«

Das schien Gullitt zufriedenzustellen, denn er schwieg mehrere Minuten. Seine Hände waren unbewegt, aber dann begann er, die Fingerspitzen gegeneinander zu reiben, und das bedeutete natürlich, daß ihm etwas zu schaffen machte. Sam wartete.

»Ich habe über etwas nachgedacht, Sam. Es hat den ganzen Tag an mir gefressen.«

»Und was ist das?«

»Also, seit drei Jahren bist du jetzt hier und ich direkt nebenan, und du bist der beste Freund, den ich in der Welt habe. Du bist der einzige Mensch, dem ich vertrauen kann, und ich weiß nicht, was ich tun soll, wenn du den Flur entlanggehst und in die Kammer. Ich meine, du bist immer dagewesen und hast dich um meinen juristischen Kram gekümmert, all dies Zeug, das ich nie verstehen werde, und du hast mir immer gute Ratschläge gegeben und mir gesagt, was ich tun soll. Meinem Anwalt in Washington kann ich nicht trauen. Er ruft mich nie an, er schreibt mir nie, und ich weiß einfach nicht, wie es mit meinem Fall weitergehen soll. Ich meine, ich weiß nicht, ob mir noch ein Jahr bleibt oder fünf Jahre, und das macht mich wahnsinnig. Wenn du nicht gewesen wärest, wäre ich inzwischen verrückt geworden. Und was ist, wenn du es nicht schaffst?« Inzwischen zappelten und zuckten seine Hände und unterstrichen die Intensität seiner Worte. Dann verstummte er, und die Hände beruhigten sich.

Sam zündete sich eine Zigarette an und gab Gullitt auch eine, dem einzigen Menschen im Trakt, mit dem er teilte. Hank Henshaw, links von ihm, rauchte nicht. Sie pafften einen Moment, beide bliesen den Rauch zu der Reihe von Fenstern im Flur hinauf.

Schließlich sagte Sam: »Ich gehe nirgendwohin, J. B. Mein Anwalt sagt, wir hätten eine gute Chance.«

»Glaubst du das?«

»Ich denke schon. Er ist ziemlich tüchtig.«

»Muß ein komisches Gefühl sein, einen Enkel zum Anwalt zu haben. Kann ich mir einfach nicht vorstellen.« Gullitt war einunddreißig, kinderlos, verheiratet, und beklagte sich oft über den Freund seiner Frau, der draußen in der freien Welt lebte. Sie war eine grausame Person, die ihn nie besuchte und ihm nur einmal einen kurzen Brief geschrieben hatte mit der guten Nachricht, daß sie schwanger war. Gullitt schmollte zwei Tage, bevor er Sam gestand, daß er sie seit Jahren geschlagen und selbst massenhaft andere Frauen gehabt hatte. Einen Monat später schrieb sie noch einmal und sagte, es täte ihr leid. Eine Freundin hätte ihr das Geld für eine Abtreibung geliehen, erklärte sie, und sie wollte doch keine Scheidung. Gullitt hätte nicht glücklicher sein können.

»Ja, es ist schon irgendwie komisch«, sagte Sam. »Er sieht mir überhaupt nicht ähnlich, aber er hat viel von seiner Mutter.«

»Also ist der Bursche einfach aufgekreuzt und hat gesagt, er wäre dein lange verlorener Enkel?«

»Nein. Zuerst nicht. Wir haben uns eine Weile unterhalten, und seine Stimme hörte sich vertraut an. Hörte sich an wie die seines Vaters.«

»Sein Vater ist dein Sohn, stimmt's?«

»Ja. Er ist tot.«

»Dein Sohn ist tot?«

»Ja.«

Endlich kam das grüne Buch von Preacher Boy an, zusammen mit einer weiteren Nachricht über einen grandiosen Traum, den er zwei Nächte zuvor gehabt hatte. Ihm war kürzlich die seltene geistige Gabe zuteil geworden, Träume interpretieren zu können, und er konnte es kaum abwarten, Sam davon profitieren zu lassen. Der Traum war noch dabei, sich ihm zu offenbaren, und sobald er alle Teile beisammen hatte, würde er sie entschlüsseln und entwirren und Sam ins Bild setzen. Es war etwas Gutes, soviel wußte er schon jetzt.

Wenigstens singt er nicht mehr, dachte Sam, als er sich wieder aufs Bett gesetzt und die Nachricht gelesen hatte. Preacher Boy war außerdem Gospelsänger und Songwriter gewesen, und von Zeit zu Zeit überkam ihn der Geist so heftig, daß er mit voller Lautstärke und zu jeder Tages- und Nachtzeit seine Mitgefangenen mit seinem Gesang beglückte. Er hatte einen ungeschulten Tenor mit wenig Höhe, aber einem unglaublichen Volumen, und die Beschwerden kamen schnell und wütend, wenn er seine neuen Melodien erschallen ließ. Gewöhnlich erschien Pakker selbst, um dem Lärm ein Ende zu machen. Sam hatte sogar gedroht, juristische Schritte zu ergreifen und die Hinrichtung des Jungen zu beschleunigen, wenn das Gesinge nicht aufhörte, eine sadistische Bemerkung, für die er sich später entschuldigte. Der arme Junge war einfach verrückt, und wenn Sam lange genug lebte, hatte er vor, es mit der Berufung auf Geistesgestörtheit zu versuchen, von der er in dem kalifornischen Fall gelesen hatte.

Er streckte sich auf seinem Bett aus und begann zu lesen. Der Ventilator ließ die Seiten flattern und wälzte die stickige Luft um, aber binnen Minuten war das Laken unter ihm naß. Er schlief in Feuchtigkeit bis in die frühen Morgenstunden, wo es im Trakt fast kühl und das Laken fast trocken war.

17

Das Auburn House war nie ein Wohnhaus gewesen, sondern jahrzehntelang eine merkwürdige kleine Kirche aus gelben Ziegelsteinen und Buntglasfenstern. Es stand, von einem häßlichen Maschendrahtzaun umgeben, auf einem schattigen Grundstück, nicht weit von der Innenstadt von Memphis entfernt. Die gelben Ziegelsteine waren mit Graffiti besprüht, und an die Stelle der Buntglasfenster war Sperrholz getreten. Die Gemeinde war schon vor Jahren nach Osten geflüchtet, fort von der Innenstadt, in die Sicherheit einer der Vorstädte. Sie hatten ihre Bänke und ihre Gesangbücher mitgenommen und sogar ihren Kirchturm. Am Zaun patrouillierte ein Wachmann, stets bereit, das Tor zu öffnen. Nebenan stand ein verfallenes Mietshaus, und einen Block dahinter lag ein herunterkommender Komplex aus Sozialwohnungen, aus dem die Patienten von Auburn House kamen.

Es waren alles junge Mütter, ausnahmslos Teenager, deren Mütter gleichfalls Teenager gewesen und deren Väter in der Regel unbekannt waren. Das Durchschnittsalter war fünfzehn. Die Jüngste war elf gewesen. Sie kamen aus den Sozialwohnungen mit einem Baby auf der Hüfte und gelegentlich einem weiteren Kind am Rockzipfel. Sie kamen in Dreier- oder Vierergruppen und machten aus ihren Besuchen ein gesellschaftliches Ereignis. Sie kamen allein und verängstigt. Sie versammelten sich in der ehemaligen Sakristei, die jetzt ein Wartezimmer war, in dem Formulare ausgefüllt werden mußten. Sie warteten mit ihren Säuglingen, während die Kleinkinder unter den Stühlen spielten. Sie unterhielten sich mit ihren Freundinnen, anderen Mädchen aus der Siedlung, die zu Fuß ins Auburn House gekommen waren, weil sie keine Wagen besaßen und ohnehin zu jung waren, um fahren zu dürfen.

Adam stellte seinen Wagen auf einem kleinen Parkplatz ab und fragte den Wachmann nach dem Weg. Er musterte Adam eingehend und deutete dann auf die Vordertür, wo zwei junge Mädchen Babys auf dem Arm trugen und rauchten. Er ging zwischen ihnen hindurch, nickte ihnen zu und versuchte, höflich zu sein, aber sie starrten ihn nur an. Drinnen fand er ein halbes Dutzend ebensolcher Mütter, die auf Plastikstühlen saßen und um deren Füße Kinder herumwieselten. Eine junge Frau an einem

Schreibtisch zeigte auf eine Tür und sagte ihm, er sollte den linken Flur entlanggehen. Die Tür zu Lees winzigem Büro stand offen, und sie redete ernst auf eine Patientin ein. Sie lächelte Adam zu. »In fünf Minuten bin ich soweit«, sagte sie und hielt etwas hoch, das wie eine Windel aussah. Die Patientin hatte kein Kind bei sich, würde aber sehr bald eines haben.

Adam ging ein Stück weiter und fand die Herrentoilette. Als er herauskam, wartete Lee auf dem Flur auf ihn. Sie küßten einander kurz auf die Wange. »Was hältst du von unserem kleinen Unternehmen?« fragte sie.

»Was genau tust du hier?« Sie gingen durch einen engen Flur mit einem abgeschabten Teppich und abblätternder Farbe an den Wänden.

»Auburn House ist eine gemeinnützige Organisation mit ehrenamtlichen Helfern. Wir kümmern uns um junge Mütter.«

»Das muß deprimierend sein.«

»Kommt drauf an, wie man es sieht. Willkommen in meinem Büro.« Lee deutete auf ihre Tür, und sie traten ein. An den Wänden hingen bunte Poster. Eines zeigte eine Reihe von Säuglingen und die Nahrung, die sie brauchten; ein anderes listete in großen, einfachen Worten die häufigsten Krankheiten von Neugeborenen auf; eine Zeichnung im Comicstil pries die Vorzüge von Kondomen. Adam setzte sich und betrachtete die Wände.

»All unsere Mädchen kommen aus Sozialwohnungen, du kannst dir also vorstellen, was ihnen zu Hause über Säuglingspflege beigebracht wird. Keines von ihnen ist verheiratet. Sie leben mit ihren Müttern oder Tanten oder Großmüttern zusammen. Auburn House wurde vor ungefähr zwanzig Jahren von ein paar Nonnen begründet, die den Mädchen beibringen wollten, wie man gesunde Kinder aufzieht.«

Adam deutete mit einem Kopfnicken auf das Kondom-Poster. »Und verhindert, daß man welche bekommt?«

»Ja. Wir betreiben keine Familienplanung und wollen es auch nicht, aber ein Hinweis auf Geburtenkontrolle kann nicht schaden.«

»Vielleicht solltet ihr mehr tun, als nur darauf hinzuweisen.«

»Vielleicht. Sechzig Prozent der Kinder, die im letzten Jahr in diesem Bezirk geboren wurden, waren unehelich, und die Zahl steigt von Jahr zu Jahr. Und jedes Jahr gibt es mehr Fälle von mißhandelten und ausgesetzten Kindern. Es kann einem das Herz brechen. Viele von diesen kleinen Dingern haben nicht die geringste Chance.«

»Wer finanziert diese Sache?«

»Privatpersonen. Wir verbringen die Hälfte unserer Zeit damit, Spenden lockerzumachen. Wir arbeiten mit einem sehr mageren Budget.«

»Wie viele Beraterinnen wie dich gibt es?«

»Ungefähr ein Dutzend. Einige von ihnen arbeiten ein paar Nachmittage pro Woche, andere samstags. Ich habe Glück. Ich kann es mir leisten, ständig hier zu arbeiten.«

»Wie viele Stunden pro Woche?«

»Ich weiß es nicht. Es ist niemand da, der sie zählt. Ich komme gewöhnlich gegen zehn und gehe, wenn es dunkel wird.«

»Und das tust du unentgeltlich?«

»Ja. Bei euch heißt das *pro bono*, glaube ich.«

»Bei Anwälten ist das anders. Wir tun ehrenamtliche Arbeit, um uns und unser Geld zu rechtfertigen. Es ist unser kleiner Beitrag für die Gesellschaft. Aber wir scheffeln trotzdem eine Menge Geld, verstehst du? Hier liegen die Dinge ein wenig anders.«

»Es ist die Mühe wert.«

»Wie bist du auf dieses Projekt gekommen?«

»Ich weiß es nicht mehr. Es ist schon so lange her. Ich gehörte einem Klub an, einem Klub teetrinkender Damen, und wir trafen uns einmal im Monat, um bei einem exquisiten Lunch darüber zu diskutieren, wie wir ein paar Groschen für die weniger Glücklichen lockermachen könnten. Eines Tages berichtete eine Nonne über Auburn House, und wir beschlossen, die Organisation zu unterstützen. Eins führte zum anderen.«

»Und du bekommst keinen Pfennig für deine Arbeit?«

»Phelps hat massenhaft Geld, Adam. Ich spende sogar

eine Menge davon für Auburn House. Jetzt findet einmal im Jahr im Peabody eine Soiree statt, mit schwarzer Fliege und Champagner, und ich beknie Phelps, daß er seine Bankerkollegen dazu bringt, mit ihren Frauen zu erscheinen und uns möglichst viel Geld rüberzuschaufeln. Im vorigen Jahr haben wir mehr als zweihunderttausend zusammengebracht.«

»Wozu wird das Geld verwendet?«

»Ein Teil davon wird für laufende Unkosten gebraucht. Wir haben zwei bezahlte Vollzeitkräfte. Das Gebäude ist billig, aber trotzdem nicht umsonst. Der Rest geht für Babybedarf, Medikamente und Literatur drauf. Es ist nie genug da.«

»Also bist du gewissermaßen die Leiterin der Organisation?«

»Nein. Wir bezahlen eine Verwalterin. Ich fungiere nur als Beraterin.«

Adam betrachtete das Poster hinter ihr, mit einem großen gelben Kondom, das sich harmlos über die Wand schlängelte. Er wußte aus den neuesten Studien und Statistiken, daß diese kleinen Dinger von Teenagern nicht benutzt wurden, trotz aller Fernsehkampagnen und Schulslogans und MTV-Spots mit verantwortungsbewußten Rockstars. Er konnte sich nichts Schlimmeres vorstellen, als den ganzen Tag in diesem engen kleinen Büro zu sitzen und mit fünfzehnjährigen Müttern über wunde Kinderpopos zu reden.

»Ich bewundere dich«, sagte er und schaute auf die Wand mit dem Babynahrungs-Poster.

Lee nickte, sagte aber nichts. Ihre Augen waren erschöpft, und sie war bereit zum Aufbruch. »Laß uns essen gehen«, sagte sie.

»Wo?«

»Ich weiß nicht. Irgendwo.«

»Ich war heute bei Sam. Habe zwei Stunden mit ihm verbracht.«

Lee sank auf ihrem Stuhl zusammen und legte langsam die Füße auf den Schreibtisch. Wie gewöhnlich trug sie verblichene Jeans und eine Bluse.

»Ich bin sein Anwalt.«

»Er hat die Vollmacht unterschrieben?«

»Ja. Er hat sie selbst aufgesetzt, vier Seiten lang. Wir haben sie beide unterschrieben, und alles weitere liegt jetzt bei mir.«

»Und wie ist dir zumute?«

»Ziemlich mies. Aber ich werde damit fertig. Heute nachmittag habe ich mit einem Reporter von der *Memphis Press* gesprochen. Sie hatten bereits Wind davon bekommen, daß Sam Cayhall mein Großvater ist.«

»Was hast du ihm erzählt?«

»Ich konnte es schließlich nicht abstreiten, oder? Er wollte alles mögliche über die Familie wissen, aber ich habe ihm nur sehr wenig erzählt. Ich bin sicher, er wird herumwühlen und noch ein bißchen mehr ausgraben.«

»Was ist mit mir?«

»Dich habe ich mit keinem Wort erwähnt, aber ich bin sicher, daß er auf dich stoßen wird. Tut mir leid.«

»Was tut dir leid?«

»Daß nun vielleicht deine wahre Identität ans Licht kommen wird. Daß du gebrandmarkt wirst als die Tochter von Sam Cayhall, dem Mörder, Rassisten, Antisemiten, Terroristen, Angehörigen des Klans, des ältesten Mannes, der je in die Gaskammer gebracht und getötet wurde wie ein Tier. Man wird dich aus der Stadt jagen.«

»Ich habe schon Schlimmeres erlebt.«

»Was?«

»Die Ehefrau von Phelps Booth zu sein.«

Darüber mußte Adam lachen, und Lee rang sich ein Lächeln ab. Eine Dame in mittleren Jahren erschien an der offenen Tür und teilte Lee mit, daß sie für heute Schluß mache. Lee sprang auf und stellte schnell ihren gutaussehenden jungen Neffen vor, Adam Hall, Rechtsanwalt aus Chicago, der für eine Weile bei ihr zu Besuch war. Die Dame war gebührend beeindruckt, als sie das Zimmer verließ und auf dem Flur verschwand.

»Das hättest du nicht tun sollen«, sagte Adam.

»Weshalb nicht?«

»Weil morgen mein Name in der Zeitung stehen wird – Adam Hall, Rechtsanwalt aus Chicago – und Enkel.«

Lees Unterkiefer sackte ein Stückchen herunter, bevor sie es verhindern konnte. Dann zuckte sie die Achseln, als spielte das keine Rolle, aber Adam sah die Furcht in ihren Augen. Was für ein blöder Fehler, sagte sie sich. »Na wenn schon«, sagte sie und griff nach ihrer Handtasche und ihrem Aktenkoffer. »Gehen wir und suchen wir uns ein Restaurant.«

Sie gingen in ein Bistro ganz in der Nähe, einen italienischen Familienbetrieb mit kleinen Tischen und düsterer Beleuchtung in einem umgebauten Bungalow. Dort saßen sie in einer dunklen Ecke und bestellten Drinks – Eistee für sie und Mineralwasser für ihn. Als der Kellner gegangen war, beugte Lee sich über den Tisch und sagte: »Adam, da ist etwas, das ich dir sagen muß.«

Er nickte, sagte aber nichts.

»Ich bin Alkoholikerin.«

Seine Augen verengten sich, dann erstarrten sie. Sie hatten an den letzten beiden Abenden zusammen getrunken.

»Seit ungefähr zehn Jahren«, erklärte sie, immer noch tief über den Tisch gebeugt. Der nächste Gast saß drei Meter entfernt. »Es gab eine Menge Gründe dafür, und einige davon kannst du vermutlich erraten. Ich machte eine Entziehungskur, kam sauber wieder heraus und hielt ungefähr ein Jahr durch. Dann wieder eine Entziehungskur. Ich habe drei solcher Kuren hinter mir, die letzte vor fünf Jahren. Es ist nicht leicht.«

»Aber du hast doch gestern abend etwas getrunken. Sogar mehrere Gläser.«

»Ich weiß. Und am Abend zuvor auch. Und heute habe ich alle Flaschen ausgeleert und das Bier weggeschüttet. Es ist kein einziger Tropfen mehr in der Wohnung.«

»Das stört mich nicht. Ich hoffe, ich bin nicht der Grund dafür.«

»Nein. Aber ich brauche deine Hilfe. Du wirst ein paar Monate bei mir wohnen, und wir werden manchmal eine schlimme Zeit durchmachen müssen. Hilf mir einfach.«

»Natürlich, Lee. Ich wollte, du hättest es mir gleich nach

meiner Ankunft gesagt. Ich trinke nicht viel. Ich kann es tun oder sein lassen.«

»Alkoholismus ist eine merkwürdige Sache. Manchmal kann ich zusehen, wie andere Leute trinken, und es stört mich überhaupt nicht. Ein andermal sehe ich eine Bierreklame und bekomme einen Schweißausbruch. Ich sehe eine Anzeige in einer Zeitschrift für einen Wein, den ich früher gern getrunken habe, und das Verlangen ist so heftig, daß mir regelrecht schlecht wird. Es ist ein furchtbarer Kampf.«

Die Getränke kamen, und Adam hatte Angst, sein Mineralwasser anzurühren. »Liegt das in der Familie?« fragte er, ziemlich sicher, daß es so war.

»Ich glaube, nein. Sam hat sich gelegentlich hinausgeschlichen und etwas getrunken, als wir klein waren, uns aber nicht an die Flaschen herangelassen. Die Mutter meiner Mutter war Alkoholikerin, deshalb hat meine Mutter das Zeug nie angerührt. Ich habe nie etwas davon im Haus gesehen.«

»Wie ist dir das passiert?«

»Ganz allmählich. Als ich von zu Hause fortgegangen war, wollte ich mal probieren, weil es tabu war, solange Eddie und ich aufwuchsen. Dann lernte ich Phelps kennen, und er kommt aus einer Familie, in der bei Geselligkeiten viel getrunken wird. Es wurde zu einer Flucht, und dann wurde es zur Sucht.«

»Ich werde tun, was in meinen Kräften steht. Es tut mir leid.«

»Das braucht es nicht. Es hat Spaß gemacht, ein Glas mit dir zu trinken, aber jetzt muß Schluß sein. Ich bin dreimal rückfällig geworden, und immer hat es damit angefangen, daß ich dachte, ich könnte ein oder zwei Glas tanken und es unter Kontrolle halten. Ich habe einen Monat damit verbracht, Wein zu trinken und mit einem Glas pro Tag auszukommen. Dann waren es anderthalb Glas, dann zwei, dann drei. Dann wieder eine Entziehungskur. Ich bin Alkoholikerin, und ich werde nie davon loskommen.«

Adam hob sein Glas und stieß mit ihr an. »Auf die Abstinenz. Wir halten sie gemeinsam.« Sie tranken beide einen großen Schluck.

Der Kellner war ein Student, der genau wußte, was sie essen sollten. Er schlug überbackene Ravioli vor, nicht nur, weil sie die besten waren, die man in der Stadt bekam, sondern auch, weil sie in zehn Minuten auf dem Tisch stehen würden. Sie bestellten sie.

»Ich habe mich oft gewundert, was du mit deiner Zeit anfängst, mich aber nicht getraut, dich zu fragen«, sagte Adam.

»Früher habe ich einen Job gehabt. Nachdem Walt geboren und in die Schule gekommen war, habe ich mich gelangweilt. Daraufhin hat mir Phelps einen Job in einer Firma eines seiner Freunde besorgt. Dickes Gehalt, nettes Büro. Ich hatte eine eigene Sekretärin, die von meinem Job viel mehr verstand als ich. Nach einem Jahr habe ich wieder aufgehört. Ich hatte Geld geheiratet, Adam, also gehörte es sich nicht, daß ich arbeitete. Phelps' Mutter war entrüstet, daß ich ein Gehalt bezog.«

»Was tun reiche Frauen denn sonst den ganzen Tag?«

»Sie tragen die Last der Welt auf ihren Schultern. Zuerst müssen sie dafür sorgen, daß ihr Ehemann aus dem Haus und zur Arbeit kommt, dann müssen sie den Tag planen. Das Personal muß seine Weisungen erhalten und beaufsichtigt werden. Das Einkaufen wird in mindestens zwei Abschnitte aufgeteilt – vormittags und nachmittags –, wobei der Vormittag gewöhnlich mit Anrufen bei Geschäften in der Fifth Avenue und der Bestellung von lebensnotwendigen Dingen hingeht. Das Einkaufen am Nachmittag wird manchmal tatsächlich persönlich erledigt, wobei natürlich der Chauffeur auf dem Parkplatz wartet. Den größten Teil des Tages nimmt der Lunch ein, weil es Stunden dauert, ihn vorzubereiten, und mindestens zwei Stunden, ihn zu verzehren. Er ist normalerweise ein kleines Bankett, an dem mehrere dieser vielgeplagten Seelen teilnehmen. Und dann sind da die gesellschaftlichen Verantwortlichkeiten, die eine reiche Frau übernehmen muß. Mindestens dreimal in der Woche besucht sie Tee-Partys in den Häusern ihrer Freundinnen, wo importierte Kekse geknabbert und über die Not ausgesetzter Kinder oder cracksüchtiger Mütter geseufzt wird. Dann geht es in aller Eile wieder nach Hause, damit man sich frisch machen kann für die Heimkehr des getreuen Ehemanns aus dem Bürokrieg. Sie trinkt mit ihm ihren ersten Martini am Pool, während vier Personen das Abendessen vorbereiten.«

»Was ist mit Sex?«

»Er ist zu müde. Außerdem hat er in der Regel eine Geliebte.«

»War es das, was mit Phelps passierte?«

»Ich nehme es an, obwohl er sich über den Sex nicht beklagen konnte. Ich hatte ein Kind, ich wurde älter, und er verfügte über einen ständigen Vorrat an jungen Blondinen aus seinen Banken. Du kannst dir sein Büro einfach nicht vorstellen. Dort wimmelt es von tollen Frauen mit makellosen Zähnen und Fingernägeln, alle mit kurzen Röcken und langen Beinen. Sie sitzen hinter hübschen Schreibtischen und führen Telefongespräche und warten nur darauf, daß er mit dem Finger schnippt. Er hat ein kleines Schlafzimmer neben einem seiner Konferenzräume. Dieser Mann ist ein Tier.«

»Also hast du Schluß gemacht mit dem harten Leben einer reichen Frau und bist ausgezogen?«

»Ja. Ich war nicht besonders gut darin, eine reiche Frau zu sein. Ich haßte es. Eine kurze Weile hat es Spaß gemacht, aber irgendwie paßte ich nicht hinein. Nicht die richtige Blutgruppe. Ob du es glaubst oder nicht, meine Familie gehörte eben nicht zu den besten Kreisen von Memphis.«

»Soll das ein Witz sein?«

»Es ist mein voller Ernst. Um in dieser Stadt eine richtiggehende reiche Frau mit einer Zukunft zu sein, muß man aus einer Familie reicher Fossilien stammen, möglichst mit einem Großvater, der ein Vermögen in Baumwolle gemacht hat. Ich habe da einfach nicht hineingepaßt.«

»Aber du spielst immer noch das Gesellschaftsspiel.«

»Nein. Ich trete zwar noch in Erscheinung, aber nur für Phelps. Für ihn ist es wichtig, eine Frau zu haben, die in seinem Alter ist, schon leicht angegraut, eine reife Frau, die in Abendkleid und Brillanten eine gute Figur macht und imstande ist, mit seinen langweiligen Freunden zu plaudern. Wir gehen dreimal im Jahr zusammen aus. Ich bin so eine Art alternde Vorzeigefrau.«

»Ich habe eher den Eindruck, daß er eine richtige Vorzeigefrau will, eine von seinen tollen Blondinen.«

»Nein. Seine Familie würde einen Aufruhr veranstalten, und in der Vermögensverwaltung steckt eine Menge Geld. Was seine Familie angeht, vollführt Phelps einen Eiertanz. Er wird erst dann richtig er selber sein, wenn seine Eltern gestorben sind.«

»Ich dachte, seine Eltern hassen dich.«

»Natürlich tun sie das. Aber ironischerweise sind sie auch der Grund dafür, daß wir immer noch verheiratet sind. Eine Scheidung wäre ein Skandal.«

Adam lächelte und schüttelte fassungslos den Kopf. »Das ist verrückt.«

»Ja, aber es funktioniert. Ich bin glücklich. Er ist glücklich. Er hat seine kleinen Mädchen. Und ich schlafe mit jedem, mit dem ich schlafen möchte. Keiner fragt danach.«

»Was ist mit Walt?«

Sie stellte langsam ihr Glas auf den Tisch und wendete den Blick ab. »Was soll mit ihm sein?« fragte sie, ohne ihn anzusehen.

»Du sprichst nie von ihm.«

»Ich weiß«, sagte sie leise, immer noch etwas auf der anderen Seite des Lokals betrachtend.

»Laß mich raten. Ein weiterer dunkler Punkt in der Familie.«

Sie sah ihn traurig an, dann zuckte sie leicht die Achseln, als wollte sie sagen, na, wenn schon.

»Er ist schließlich mein Vetter ersten Grades«, sagte Adam. »Und meines Wissens und vorbehaltlich weiterer Offenbarungen ist er der einzige Vetter ersten Grades, den ich habe.«

»Du würdest ihn nicht mögen.«

»Natürlich nicht. Er ist zum Teil ein Cayhall.«

»Nein. Er ist voll und ganz ein Booth. Phelps wollte einen Sohn, warum, weiß ich nicht. Und so hatten wir einen Sohn. Phelps hatte natürlich kaum Zeit für ihn. Immer zu sehr mit der Bank beschäftigt. Er nahm ihn mit in den Country Club und versuchte, ihm das Golfspielen beizubringen, aber es funktionierte nicht. Walt mochte den Sport nicht. Sie fuhren einmal zusammen nach Kanada, um Fasanen zu jagen, und nach ihrer Rückkehr haben sie eine Woche lang nicht miteinander geredet. Er war kein Weichling, aber ein Sportler war er auch nicht. Phelps war in der Schule eine große Sportskanone – Football, Rugby, Boxen und so weiter. Walt versuchte mitzuhalten, aber er hatte einfach kein Talent dazu. Phelps bedrängte ihn noch härter, und Walt rebellierte. Daraufhin schickte ihn Phelps mit der für ihn typischen Strenge in ein Internat. Mein Sohn verließ das Haus, als er fünfzehn Jahre alt war.«

»Welches College hat er besucht?«

»Er verbrachte ein Jahr in Cornell, dann ist er ausgestiegen.«

»Ausgestiegen?«

»Ja. Nach seinem ersten Jahr dort ist er nach Europa gefahren und seither dort geblieben.«

Adam musterte ihr Gesicht und wartete auf mehr. Er trank einen Schluck von seinem Mineralwasser und wollte gerade etwas sagen, als der Kellner erschien und eine große Schüssel mit grünem Salat zwischen sie stellte.

»Weshalb ist er in Europa geblieben?«

»Er fuhr nach Amsterdam und verliebte sich.«

»In ein nettes holländisches Mädchen?«

»Einen netten holländischen Jungen.«

»Ich verstehe.«

Sie interessierte sich plötzlich für den Salat, den sie auf ihren Teller packte und in kleine Stücke zu zerschneiden begann. Adam folgte ihrem Beispiel, und sie aßen eine Weile schweigend, während sich das Bistro füllte und lauter wurde. Ein junges Yuppie-Paar, attraktiv und erschöpft, ließ sich an einem kleinen Tisch neben ihnen nieder und bestellte harte Drinks.

Adam strich Butter auf ein Brötchen und biß ein Stück ab, dann fragte er: »Und wie hat Phelps reagiert?«

Sie wischte sich die Mundwinkel ab. »Die letzte Reise, die Phelps und ich zusammen gemacht haben, führte nach Amsterdam, um unseren Sohn zu finden. Da war er schon seit fast zwei Jahren fort. Er hatte ein paarmal geschrieben und mich gelegentlich angerufen, aber dann kam kein Lebenszeichen mehr von ihm. Wir machten uns natürlich Sorgen, also flogen wir hinüber und wohnten in einem Hotel, bis wir ihn gefunden hatten.«

»Was tat er?«

»Er arbeitete als Kellner in einer Kneipe. Hatte in jedem Ohr einen Ohrring. Sein Haar war wie abgehackt. Verrückte Kleidung. Er trug diese komischen Holzbotten und Wollsocken. Sprach fließend Holländisch. Wir wollten keine Szene machen, also baten wir ihn, in unser Hotel zu kommen. Er tat es. Es war grauenhaft. Einfach grauenhaft. Phelps ging die Sache an wie der Idiot, der er ist, und der Schaden war irreparabel. Wir reisten ab und kehrten nach Hause zurück. Phelps machte eine Staatsaktion daraus, sein Testament zu ändern und Walt aus der Vermögensverwaltung auszuschließen.«

»Er ist nie wieder nach Hause gekommen?«

»Nie. Ich treffe mich alljährlich in Paris mit ihm. Wir kommen beide allein, das ist die einzige Regel. Wir wohnen in einem netten Hotel und verbringen eine Woche miteinander, wandern durch die Stadt, essen zusammen, besuchen die Museen. Es ist der Höhepunkt meines Jahres. Aber er haßt Memphis.«

»Ich würde ihn gern kennenlernen.«

Lee musterte ihn eingehend, dann wurden ihre Augen feucht. »Wenn das ernst gemeint war, würde ich dich gern mitnehmen.«

»Es ist ernst gemeint. Mich stört es nicht, daß er schwul ist. Ich möchte meinen Vetter ersten Grades wirklich gern kennenlernen.«

Sie holte tief Luft und lächelte. Die Ravioli kamen auf zwei vollen, einladend dampfenden Tellern. Ein langer Laib Knoblauchbrot wurde auf den Tisch gelegt, und der Kellner war verschwunden.

»Weiß Walt über Sam Bescheid?« fragte Adam.

»Nein. Ich hatte nie den Mumm, es ihm zu sagen.«

»Weiß er über mich und Carmen Bescheid? Über Eddie? Über irgend etwas aus der ruhmreichen Geschichte unserer Familie?«

»Ja, ein wenig. Als er klein war, habe ich ihm erzählt, daß er Verwandte in Kalifornien hat, die aber nie nach Memphis kommen würden. Phelps informierte ihn natürlich, daß seine Verwandten einer wesentlich niedrigeren gesellschaftlichen Schicht angehörten und deshalb seiner Aufmerksamkeit nicht würdig seien. Walt wurde von seinem Vater zu einem Snob erzogen, das mußt du verstehen, Adam. Er besuchte die angesehensten Schulen, trieb sich in den vornehmsten Country Clubs herum, und seine Familie bestand aus einer Horde von Booth-Verwandten, die alle so waren wie er. Lauter bemitleidenswerte Leute.«

»Was halten die Booths davon, daß sie einen Homosexuellen in der Familie haben?«

»Sie hassen ihn natürlich. Und er haßt sie.«

»Ich mag ihn schon jetzt.«

»Er ist kein schlechter Kerl. Er will Kunst studieren und malen. Ich schicke ihm ständig Geld.«

»Weiß Sam, daß er einen schwulen Enkel hat?«

»Ich glaube nicht. Ich weiß nicht, wer es ihm sagen sollte.«

»Ich werde es vermutlich nicht tun.«

»Bitte, tu' es nicht. Er hat ohnehin schon genug Probleme.«

Die Ravioli waren so weit abgekühlt, daß man sie essen konnte, und sie genossen sie schweigend. Der Kellner brachte mehr Mineralwasser und Tee. Das Paar neben ihnen bestellte eine Flasche Rotwein, und Lee sah mehr als nur einmal zu ihnen hinüber.

Adam wischte sich den Mund ab und machte einen Moment Pause. Er beugte sich über den Tisch. »Darf ich dich etwas Persönliches fragen?« sagte er leise.

»All deine Fragen sind persönlich.«

»Stimmt. Also, darf ich dir noch eine stellen?«

»Bitte, immer los.«

»Also, ich habe nachgedacht. Heute abend hast du mir gesagt, daß du Alkoholikerin bist, daß dein Mann ein Tier und dein Sohn schwul ist. Das ist eine Menge für eine Mahlzeit. Aber gibt es sonst noch etwas, das ich wissen müßte?«

»Laß mich überlegen. Ja. Phelps ist auch Alkoholiker, aber er gibt es nicht zu.«

»Sonst noch etwas?«

»Er ist zweimal wegen sexueller Belästigung verklagt worden.«

»Okay. Lassen wir die Booths aus dem Spiel. Irgendwelche weiteren Überraschungen aus unserem Teil der Familie?«

»Wir haben noch nicht einmal die Oberfläche angekratzt, Adam.«

»Das habe ich befürchtet.«

18

Kurz vor Tagesanbruch zog ein heftiges Gewitter über das Delta, und Sam wurde vom Grollen des Donners geweckt. Er hörte, wie Regentropfen gegen die offenen Oberlichter des Flurs prasselten, und dann hörte er, wie sie nicht weit von seiner Zelle entfernt an der Mauer unterhalb der Fenster herunterrannen und Pfützen bildeten. Die Feuchtigkeit seines Bettes fühlte sich plötzlich kühl an. Vielleicht würde es heute nicht ganz so heiß sein. Vielleicht würde der Regen anhalten und die Sonne nicht durchkommen lassen, und vielleicht würde der Wind die feuchte Schwüle für einen oder zwei Tage vertreiben. Er machte sich diese Hoffnungen jedesmal, wenn es regnete; aber im Sommer bedeutete ein Gewitter gewöhnlich durchnäßten Boden, der unter der gleißenden Sonne nur noch mehr erstickende Hitze aufsteigen ließ.

Er hob den Kopf und schaute zu, wie der Regen von den Fenstern tropfte und sich auf dem Fußboden sammelte. Das Wasser schimmerte im Widerschein einer fernen gelben

Glühlampe. Abgesehen von diesem schwachen Licht war der Trakt dunkel. Und es herrschte Stille.

Sam liebte den Regen, besonders nachts und besonders im Sommer. Der Staat Mississippi in seiner grenzenlosen Weisheit hatte sein Gefängnis in der heißesten Gegend errichtet, die er finden konnte. Und außerdem hatte er den Hochsicherheitstrakt nach denselben Prinzipien gebaut wie einen Backofen. Die Fenster nach draußen waren klein und nutzlos, natürlich aus Sicherheitsgründen. Die Planer dieser kleinen Dependance der Hölle hatten außerdem entschieden, daß es keinerlei Belüftung geben sollte, keine Chance, daß ein frischer Luftzug hereingelangte oder die stickige Luft entweichen konnte. Und nachdem sie das gebaut hatten, was sie für eine Modellanlage hielten, entschieden sie weiterhin, daß keine Klimaanlage eingebaut werden würde. Das Gebäude würde stolz inmitten von Sojabohnen und Baumwolle dastehen und dieselbe Hitze und Feuchtigkeit aus dem Boden absorbieren. Und wenn der Boden trocken war, dann würde der Trakt ebenso geröstet werden wie die Pflanzen auf den Feldern.

Aber der Staat Mississippi konnte das Wetter nicht kontrollieren, und wenn Regen kam und die Luft abkühlte, dann lächelte Sam und sprach ein Dankgebet. Offenbar gab es doch ein höheres Wesen. Wenn es regnete, war der Staat hilflos. Es war ein kleiner Sieg.

Er stand auf und streckte sich. Sein Bett bestand aus einem Stück Schaumstoff, einsachtzig mal fünfundsechzig und zehn Zentimeter dick, das als Matratze bezeichnet wurde. Es lag auf einem sicher an Wand und Fußboden befestigten Metallrahmen. Darauf lagen zwei Laken. Im Winter wurden manchmal Decken ausgegeben. Rückenschmerzen waren weit verbreitet im Trakt, aber mit der Zeit gewöhnte sich der Körper daran, und es gab nur wenige Klagen. Der Gefängnisarzt galt nicht gerade als Freund der Todeskandidaten.

Sam tat zwei Schritte und lehnte sich mit den Ellenbogen gegen die Gitterstäbe. So lauschte er dem Wind und dem Donner und schaute zu, wie die Tropfen auf der Fensterbank entlanghüpften und auf den Boden spritzten. Wie schön wäre es, wenn er durch diese Wand und auf der anderen Seite durch das nasse Gras gehen und im strömenden Regen auf dem Gefängnisgelände herumwandern könnte, nackt und verrückt und klatschnaß, und ihm das Wasser von Kopf und Bart herabrinnen würde.

Das Grauenhafte am Todestrakt ist, daß man jeden Tag ein wenig mehr stirbt. Das Warten bringt einen um. Man lebt in einem Käfig, und wenn man aufwacht, hakt man einen weiteren Tag ab und sagt sich, daß man jetzt dem Tod wieder einen Tag näher ist.

Sam zündete sich eine Zigarette an und beobachtete, wie der Rauch den Regentropfen entgegendriftete. In diesem absurden Rechtssystem passieren die verrücktesten Dinge. Die Gerichte entscheiden an einem Tag so und am nächsten genau entgegengesetzt. Die gleichen Richter treffen bei denselben Problemen ganz verschiedene Entscheidungen. Ein Gericht ignoriert jahrelang einen auf gut Glück gestellten Antrag oder eine Berufung, und eines Tages wird dann über die Sache verhandelt und dem Antrag entsprochen. Richter sterben und werden durch Richter ersetzt, die anderer Ansicht sind. Präsidenten kommen und gehen und ernennen ihre guten Freunde. Das Oberste Bundesgericht tendiert mal in die eine und dann wieder in die andere Richtung.

Es gab Zeiten, in denen Sam der Tod willkommen gewesen wäre. Und wenn er die Wahl zwischen dem Tod auf der einen und dem Leben im Todestrakt auf der anderen Seite gehabt hätte, dann hätte er sich schnell für das Gas entschieden. Aber da war immer die Hoffnung, immer die schwach funkelnde Möglichkeit, daß irgendeine Kleinigkeit irgendwo in diesem riesigen, undurchdringlichen juristischen Dschungel bei jemandem eine Saite anklingen lassen und das Todesurteil aufgehoben werden würde. Sämtliche Insassen der Todeszellen träumten davon, daß der Himmel ein Wunder geschehen ließe. Und diese Träume hielten sie von einem elenden Tag zum anderen aufrecht.

Sam hatte kürzlich gelesen, daß in Amerika fast zweitausendfünfhundert Menschen in Todeszellen saßen, und im vorigen Jahr, 1989, waren nur sechzehn hingerichtet worden. Mississippi hatte seit 1977 nur vier hingerichtet, das war das Jahr gewesen, in dem Gary Gilmore in Utah auf einem Erschießungskommando bestanden hatte. Es lag Sicherheit in diesen Zahlen. Sie bestätigten ihn in seinem Entschluß, noch mehr Rechtsmittel einzulegen.

Er rauchte durch die Gitterstäbe hindurch, während das Gewitter weiterzog und der Regen aufhörte. Als die Sonne aufging, nahm er sein Frühstück entgegen, und um sieben stellte er für die Morgennachrichten den Fernseher an. Er hatte gerade in eine Scheibe kalten Toast gebissen, als plötzlich sein Gesicht auf dem Bildschirm erschien, hinter dem einer Moderatorin. Sie berichtete fast atemlos über den Knüller des Tages, den bizarren Fall von Sam Cayhall und seinem neuen Anwalt. Allem Anschein nach war dieser neue Anwalt sein lange verschollener Enkel, ein gewisser Adam Hall, ein junger Mitarbeiter von Kravitz & Bane in Chicago, derselben Firma, die Sam in den letzten sieben Jahren vertreten hatte. Das Foto von Sam war mindestens zehn Jahre alt und dasselbe, das sie immer benutzt hatten, wenn im Fernsehen oder den Printmedien sein Name erwähnt worden war. Das Foto von Adam war ein bißchen merkwürdiger. Ganz offensichtlich hatte er nicht dafür posiert. Jemand hatte es ohne sein Wissen im Freien aufgenommen. Die Moderatorin erklärte mit funkelnden Augen, die *Memphis Press* habe in ihrer Morgenausgabe berichtet, daß Adam Hall in der Tat der Enkel von Sam Cayhall sei. Sie lieferte eine kurze Rückschau auf Sams Verbrechen und nannte zweimal den Tag seiner Hinrichtung. Mehr zu dieser Story später, vielleicht schon in den Mittagsnachrichten. Dann ging sie zur allmorgendlichen Zusammenfassung der Morde der vergangenen Nacht über.

Sam warf den Toast auf den Fußboden unter dem Bücherregal und starrte darauf. Ein Insekt entdeckte ihn fast sofort und kroch ein halbdutzendmal darüber und darum herum, bevor es zu dem Schluß gelangte, daß er das Fressen nicht lohnte. Sein Anwalt hatte also bereits mit der Presse geredet. Was brachten sie diesen Leuten an der Universität bei? Gab man ihnen Spezialkurse über den Umgang mit den Medien?

»Sam, bist du wach?« Es war Gullitt.

»Ja. Ich bin wach.«

»Habe dich gerade auf Channel Four gesehen.«

»Ja. Habe ich auch gesehen.«

»Bist du sauer?«

»Ich bin okay.«

»Einfach tief durchatmen, Sam. Es ist okay.«

Unter den zum Tod in der Gaskammer verurteilten Männern waren die Worte »Einfach tief durchatmen« eine gängige Redensart, und sie sahen darin nicht mehr als einen Versuch, die Sache mit Humor zu nehmen. Sie benutzten sie ständig, gewöhnlich dann, wenn einer wütend war. Wenn allerdings einer der Wärter so mit ihnen sprach, war das alles andere als lustig. Es war ein Verstoß gegen ihre verfassungsmäßigen Rechte und in mehr als einem Prozeß als Beispiel für die grausame Behandlung von Insassen der Todeszellen vorgebracht worden.

Sam schloß sich dem Insekt an und verzichtete auf den Rest seines Frühstücks. Er trank einen Schluck Kaffee und starrte auf den Fußboden.

Um halb zehn erschien Sergeant Packer in der Abteilung und kam zu Sam. Es war Zeit für seine Stunde an der frischen Luft. Der Regen war weit weg, und die Sonne versengte das Delta. Packer hatte zwei Wärter bei sich und ein Paar Beinketten. Sam deutete auf die Ketten und fragte: »Wozu sind die da?«

»Eine Sicherheitsmaßnahme, Sam.«

»Ich gehe doch nur raus zum Spielen, oder?«

»Nein, Sam. Wir bringen dich in die juristische Bibliothek. Dein Anwalt will sich dort mit dir treffen, damit ihr euch schön zwischen den Büchern unterhalten könnt. Und jetzt dreh dich um.«

Sam schob beide Hände durch die Öffnung in seiner Tür. Packer legte ihm die Handschellen an, dann glitt die Tür auf, und Sam trat auf den Flur hinaus. Die Wärter ließen sich auf die Knie nieder und befestigten die Beinketten, während Sam fragte: »Was ist mit meiner Draußenstunde?«

»Was soll damit sein?«

»Wann bekomme ich sie?«

»Später.«

»Das haben Sie gestern auch gesagt, und ich habe sie nicht bekommen. Gestern haben Sie mich angelogen. Und jetzt lügen Sie mich wieder an. Ich werde Sie verklagen.«

»Prozesse dauern lange. Manchmal Jahre.«

»Ich will mit dem Direktor sprechen.«

»Und ich bin sicher, daß er auch mit dir sprechen will, Sam. Willst du nun deinen Anwalt sehen oder nicht?«

»Ich habe ein Recht auf meinen Anwalt, und ich habe ein Recht auf meine Draußenstunde.«

»Lassen Sie ihn in Ruhe, Packer!« rief Hank Henshaw, keine zwei Meter entfernt.

»Sie lügen, Packer! Sie lügen!« setzte J. B. Gullitt von der anderen Seite hinzu.

»Ruhe, Jungs«, sagte Packer gelassen. »Wir kümmern uns um den alten Sam.«

»Ja, Sie würden ihn gleich heute in die Gaskammer schleppen, wenn Sie könnten«, brüllte Henshaw.

Die Beinketten waren angelegt, und Sam schlurfte in seine Zelle, um eine Akte zu holen. Er drückte sie an die Brust und watschelte den Flur entlang, mit Packer neben sich und den beiden Wärtern im Gefolge.

»Zeig's ihnen, Sam«, rief Henshaw, als sie davongingen.

Es gab weitere aufmunternde Rufe für Sam und bissige Bemerkungen für Packer, während sie den Flur entlanggingen. Sie wurden durch zwei Türen hinausgelassen, und Abschnitt A lag hinter ihnen.

»Der Direktor hat gesagt, du bekommst heute nachmittag zwei Draußenstunden, und zwei Stunden täglich, bis es vorbei ist«, sagte Packer, als sie langsam einen kurzen Flur entlanggingen.

»Bis was vorbei ist?«

»Diese Chose.«

»Welche Chose?«

Im Gefängnisjargon von Packer und den anderen Wärtern war Chose die Umschreibung für eine Hinrichtung.

»Na, du weißt schon, was ich meine«, sagte Packer.

»Sagen Sie dem Direktor, er ist ein reizender Mensch. Und fragen Sie ihn, ob ich die zwei Stunden auch bekomme, wenn aus der Chose nichts wird, okay? Und wenn Sie schon mal dabei sind, sagen Sie ihm auch, daß er ein verlogener Mistkerl ist.«

»Das weiß er schon.«

Sie hielten an einer Gitterwand an und warteten darauf, daß die Türen aufglitten. Sie gingen hindurch und blieben dann bei zwei Wärtern an der Vordertür stehen. Packer schrieb ein paar Worte auf ein Clipboard, und sie gingen nach draußen, wo ein weißer Transporter wartete. Die Wärter ergriffen Sams Arme und hoben ihn mitsamt seinen Ketten durch die Seitentür hinein. Packer setzte sich vorn neben den Fahrer.

»Hat diese Kiste eine Klimaanlage?« fauchte Sam den Fahrer an, dessen Fenster geöffnet war.

»Ja«, sagte der Fahrer, während sie vom HST zurücksetzten.

»Dann schalten Sie das verdammte Ding gefälligst ein.«

»Halt den Mund, Sam«, sagte Packer ohne besonderen Nachdruck.

»Es ist schon schlimm genug, den ganzen Tag in einem Käfig ohne Klimaanlage schwitzen zu müssen, aber es ist Blödsinn, hier zu sitzen und zu ersticken. Schalten Sie das verdammte Ding ein. Ich habe meine Rechte.«

»Einfach tief durchatmen, Sam«, näselte Packer und zwinkerte dem Fahrer zu.

»Das kommt Sie teuer zu stehen, Packer. Sie werden sich noch wünschen, Sie hätten das nicht gesagt.«

Der Fahrer drückte auf einen Schalter, und schon setzte das Gebläse ein. Der Transporter wurde durch das Doppeltor hinausgelassen und fuhr langsam die Schotterstraße entlang, fort vom Todestrakt.

Trotz seiner Handschellen und Beinketten genoß Sam diese kurze Fahrt über das Gelände. Er hörte mit den bissigen Bemerkungen auf und ignorierte die anderen Insassen des Transporters. Der Regen hatte Pfützen in den grasbewachsenen Gräben neben der Straße hinterlassen und die Baumwollstauden abgespült, die mehr als kniehoch waren. Stengel und Blätter waren dunkelgrün. Sam erinnerte sich, daß er als Junge Baumwolle gepflückt hatte. Dann schob er den Gedanken rasch beiseite. Er hatte seinen Verstand darauf trainiert, die Vergangenheit zu vergessen, und in den seltenen Fällen, in denen eine Kindheitserinnerung aufflakkerte, unterdrückte er sie so schnell wie möglich.

Der Transporter fuhr im Schrittempo, und dafür war er dankbar. Er betrachtete die beiden Häftlinge, die unter einem Baum saßen und zusahen, wie ein dritter in der Sonne Gewichte stemmte. Sie waren von einem Zaun umgeben, aber wie schön, dachte er, draußen sein zu können, herumzuwandern, zu reden, zu trainieren oder sich anderweitig zu beschäftigen und nie an die Gaskammer zu denken, nie befürchten zu müssen, daß der letzte Einspruch abgewiesen würde.

Die juristische Bibliothek wurde »der Ableger« genannt, weil sie ziemlich klein war. Die Hauptbibliothek des Gefängnisses befand sich tiefer im Innern des Geländes, in einem anderen Bau. Der Ableger wurde ausschließlich von Insassen der Todeszellen benutzt. Er war an die Rückfront eines Verwaltungsgebäudes angebaut worden und hatte nur eine Tür und keine Fenster. Im Laufe der letzten neun Jahre war Sam oft hier gewesen. Es war ein kleiner Raum mit einer anständigen Kollektion von gängigen juristischen Werken und Loseblattsammlungen auf dem jüngsten Stand. In der Mitte des Raumes stand ein ramponierter Konferenztisch, Bücherregale säumten alle vier Wände. Von Zeit zu Zeit erbot sich ein Vertrauenshäftling, als Bibliothekar zu fungieren, aber gute Helfer waren schwer zu finden, und die Bücher standen nur selten da, wo sie hingehörten. Das irritierte Sam gewaltig, denn er hielt auf Ordnung und verachtete die Afrikaner, und er war sicher, daß die meisten, wenn nicht sogar alle Bibliothekare schwarz waren, obwohl er nicht wußte, ob das stimmte oder nicht.

Die beiden Wärter nahmen Sam an der Tür die Fesseln ab.

»Du hast zwei Stunden«, sagte Packer.

»Ich habe so lange, wie ich will«, sagte Sam und rieb sich die Handgelenke, als hätten die Handschellen sie ihm gebrochen.

»Klar, Sam. Aber ich wette, wenn ich in zwei Stunden wiederkomme, werden wir deinen mageren kleinen Arsch in den Transporter befördern.«

Packer öffnete die Tür, während die beiden Wärter sich zu beiden Seiten von ihr postierten. Sam betrat die Bibliothek und knallte die Tür hinter sich zu. Er legte seine Akte auf den Tisch und starrte seinen Anwalt an.

Adam stand am entgegengesetzten Ende des Konferenztisches, hielt ein Buch in der Hand und wartete auf seinen Mandanten. Er hatte draußen Stimmen gehört, und jetzt sah er zu, wie Sam ohne Wärter und ohne Handschellen den Raum betrat. Der stand da in seinem roten Overall und wirkte jetzt wesentlich kleiner, so ohne das dichte Metallgitter zwischen ihnen.

Sie musterten sich einen Moment lang über den Tisch hinweg. Enkel und Großvater, Anwalt und Mandant, Fremder und Fremder. Es war ein ungemütlicher Augenblick, in dem sie einander abschätzten und keiner wußte, was er mit dem anderen anfangen sollte.

»Hallo, Sam«, sagte Adam dann und ging auf ihn zu.

»Morgen. Habe uns vor ein paar Stunden im Fernsehen gesehen.«

»Ja. Hast du die Zeitung schon gelesen?«

»Noch nicht. Die kommt erst später.«

Adam ließ die Morgenzeitung über den Tisch schliddern, und Sam hielt sie auf. Er ergriff sie mit beiden Händen, ließ sich auf einen Stuhl sinken und hob die Zeitung bis auf fünfzehn Zentimeter vor seine Nase. Er las den Artikel sorgfältig und betrachtete die Fotos von sich selbst und Adam.

Todd Marks hatte offensichtlich den größten Teil des Abends damit verbracht, in den Archiven zu wühlen und hektische Telefonate zu führen. Er hatte herausgefunden, daß ein gewisser Alan Cayhall 1964 in Ford County geboren worden war und der Name des Vaters auf der Geburtsurkunde Edward S. Cayhall lautete. Er hatte die Geburtsurkunde von Edward S. Cayhall eingesehen und festgestellt, daß dessen Vater Samuel Lucas Cayhall war, der Mann, der jetzt in einer Todeszelle saß. Er berichtete, Adam Hall hätte bestätigt, daß sein Vater in Kalifornien seinen Namen geändert hätte und daß Sam Cayhall sein Großvater sei. Er hatte Adam zwar nicht direkt zitiert, aber trotzdem gegen ihre Abmachung verstoßen. Es konnte kaum ein Zweifel daran bestehen, daß sie miteinander gesprochen hatten.

Unter Berufung auf ungenannte Quellen wurde berichtet, daß Eddie und seine Familie nach Sams Verhaftung 1967 Clanton verlassen hatten und nach Kalifornien geflüchtet waren, wo Eddie dann Selbstmord beging. Dort endete die Spur, weil Marks offenbar später am Tage die Zeit ausgegangen war und er keine Bestätigungen aus Kalifornien mehr hatte einholen können. Die ungenannten Quellen erwähnten nicht, daß Sams Tochter in Memphis lebte; also blieb Lee verschont. Die Story versickerte mit einer Reihe von »Kein Kommentar« von Baker Cooley, Garner Goodman, Philip Naifeh, Lucas Mann und einem Anwalt aus dem Büro des Justizministers in Jackson, doch dann kam ein beeindruckender Schluß mit einem sensationellen Rückblick auf den Kramer-Anschlag.

Die Story stand auf der Titelseite der *Press*, oberhalb der Hauptschlagzeile. Rechts war das uralte Foto von Sam und daneben ein merkwürdiges Foto von Adam von der Taille aufwärts. Einige Stunden zuvor hatte Lee ihm die Zeitung gebracht, als er auf der Terrasse saß und den frühmorgendlichen Verkehr auf dem Fluß beobachtete. Sie tranken Kaffee und Fruchtsaft und lasen die Story wieder und wieder. Adam war zu dem Schloß gekommen, daß Todd Marks einen Fotografen auf der dem Peabody gegenüberliegenden Straßenseite postiert haben mußte, der ihn fotografiert hatte, als er gestern nach ihrem Treffen aus dem Hotel gekommen und auf den Gehsteig hinausgetreten war. Anzug und Krawatte waren eindeutig die, die er gestern getragen hatte.

»Hast du mit diesem Kerl geredet?« knurrte Sam, während er die Zeitung auf den Tisch legte. Adam setzte sich ihm gegenüber hin.

»Wir haben uns getroffen.«

»Weshalb?«

»Weil er in unserem Büro in Memphis angerufen und gesagt hat, er hätte einige Gerüchte gehört, und ich wollte, daß alles seine Richtigkeit hat. Keine große Sache.«

»Unsere Fotos auf der Titelseite sollen keine große Sache sein?«

»Das ist für dich doch nichts Neues.«

»Und für dich?«

»Das Foto ist ohne mein Wissen aufgenommen worden. Es war ein Hinterhalt. Aber ich finde, ich sehe ziemlich flott aus.«

»Hast du ihm diese Fakten bestätigt?«

»Ja. Wir waren uns einig, daß das nur Hintergrundmaterial sein sollte und daß er mich nicht zitieren durfte. Außerdem durfte er mich nicht als Quelle benutzen. Er hat gegen unsere Abmachung verstoßen und mich aufs Kreuz gelegt. Außerdem hat er einen Fotografen mitgebracht. Also habe ich zum ersten- und zum letztenmal mit der *Memphis Press* geredet.«

Sam betrachtete einen Moment lang die Zeitung. Er war entspannt, und seine Worte kamen so langsam wie gewöhnlich. Er brachte sogar den Anflug eines Lächelns zustande. »Und du hast bestätigt, daß du mein Enkel bist?«

»Ja. Ich kann es ja schließlich nicht gut abstreiten, oder?«

»Würdest du es denn gern abstreiten?«

»Lies den Artikel, Sam. Wenn ich es hätte abstreiten wollen – stünde es dann auf der Titelseite?«

Das stellte Sam zufrieden, und sein Lächeln wurde ein wenig breiter. Er biß sich auf die Unterlippe und musterte Adam. Dann holte er langsam eine frische Schachtel Zigaretten aus der Tasche, und Adam schaute sich nach einem Fenster um.

Nachdem die erste angezündet war, sagte Sam: »Halt dich von der Presse fern. Diese Leute sind skrupellos und dämlich obendrein. Sie lügen und scheren sich nicht darum, ob sie Fehler machen.«

»Aber ich bin Anwalt, Sam. Das liegt mir im Blut.«

»Ich weiß. Es ist schwer, aber versuch, dich zu beherrschen. Ich will nicht, daß das noch einmal passiert.«

Adam griff nach seinem Aktenkoffer, lächelte und holte einige Papiere heraus. »Ich habe eine wundervolle Idee, wie wir dein Leben retten können.« Er rieb sich die Hände, dann holte er einen Stift aus der Tasche. Es war Zeit, mit der Arbeit zu beginnen.

»Ich höre.«

»Nun, wie du dir vielleicht denken kannst, habe ich eine Menge Recherchen angestellt.«

»Dafür wirst du schließlich bezahlt.«

»Ja. Und ich bin dabei auf einen prächtigen Gedanken gekommen, eine neue Eingabe, die ich am Montag einreichen will. Die Argumentation ist simpel. Mississippi ist einer von nur fünf Staaten, die noch die Gaskammer verwenden, richtig?«

»Richtig.«

»Und 1984 hat das Parlament von Mississippi ein Gesetz verabschiedet, das einem zum Tode Verurteilten die Wahl läßt, ob er durch eine tödliche Injektion oder in der Gaskammer sterben will. Aber das neue Gesetz gilt nur für Leute, die nach dem 1. Juli 1984 verurteilt wurden. Also nicht für dich.«

»Das stimmt. Ich nehme an, ungefähr die Hälfte der Männer im Trakt hat diese Wahl. Aber bis dahin können noch Jahre vergehen.«

»Einer der Gründe, aus denen das Parlament das Gesetz verabschiedete, war, das Töten humaner zu machen. Ich habe mich eingehend mit der Vorgeschichte dieses Gesetzes beschäftigt. Es hat lange Diskussionen über Probleme gegeben, die der Staat mit Hinrichtungen in der Gaskammer gehabt hat. Was dahintersteckt, ist ganz einfach: Richtet die Leute schnell und schmerzlos hin, dann gibt es weniger Verfassungsbeschwerden des Inhalts, daß Hinrichtungen grausam seien. Tödliche Injektionen werfen weniger juristische Probleme auf, deshalb sind die Hinrichtungen leichter durchzuführen. Unsere Theorie ist also, daß der Staat, indem er sich für die tödliche Injektion entschieden hat, im Grunde zugegeben hat, daß die Gaskammer veraltet ist. Und weshalb ist sie veraltet? Weil sie eine grausame Art des Tötens ist.«

Sam paffte eine Minute lang schweigend, dann nickte er langsam. »Sprich weiter«, sagte er.

»Wir attackieren die Gaskammer als Hinrichtungsmethode.«

»Willst du dich auf Mississippi beschränken?«

»Wahrscheinlich. Ich weiß, daß es mit Teddy Doyle Meeks und Maynard Tole Probleme gegeben hat.«

Sam schnaubte und blies Rauch über den Tisch. »Probleme? Das kann man wohl sagen.«

»Wieviel weißt du darüber?«

»Na hör mal. Sie sind keine fünfzig Meter von mir entfernt gestorben. Wir sitzen den ganzen Tag in unseren Zellen und denken über den Tod nach. Jeder im Trakt weiß, was mit den beiden passiert ist.«

»Erzähl mir von ihnen.«

Sam stützte die Ellenbogen auf, lehnte sich vor und starrte geistesabwesend auf die vor ihm liegende Zeitung. »Meeks war nach einer Pause von zehn Jahren der erste, der in Mississippi hingerichtet wurde, und sie waren wohl ein bißchen aus der Übung. Das war 1982. Ich war seit fast zwei Jahren hier, und bis dahin hatten wir in einer Traumwelt gelebt. Wir haben nie an die Gaskammer gedacht oder an Cyanidkörnchen und Henkersmahlzeiten. Wir waren zum Tode verurteilt, aber schließlich brachten sie niemanden um, weshalb sich also Sorgen machen? Aber Meeks hat uns aufgeweckt. Sie hatten ihn umgebracht, also konnten sie mit uns das gleiche tun.«

»Was ist mit ihm passiert?« Adam hatte ein Dutzend Berichte über die verpfuschte Hinrichtung von Teddy Doyle Meeks gelesen, aber er wollte es von Sam hören.

»Die Sache ist von vorn bis hinten schiefgegangen. Hast du die Kammer gesehen?«

»Noch nicht.«

»Gleich daneben liegt ein kleiner Raum, in dem der Vollstrecker seine Lösung anmischt. Die Schwefelsäure befindet sich in einem Kanister, den er aus seinem kleinen Labor zu einem Rohr überführt, das im Boden der Kammer ausläuft. Bei Meeks war der Vollstrecker betrunken.«

»Na hör mal, Sam.«

»Zugegeben, ich habe ihn nicht gesehen. Aber alle wußten, daß er betrunken war. Der Staat ernennt von Gesetzes wegen einen offiziellen Vollstrecker, und daran haben der Direktor und seine Leute bis ein paar Stunden vor der Hinrichtung überhaupt nicht gedacht. Vergiß nicht, niemand glaubte, daß Meeks sterben würde. Wir warteten alle auf einen Aufschub in letzter Minute, und sie haben bis zur letzten Minute verzweifelt versucht, den staatlichen Vollstrecker ausfindig zu machen. Sie fanden ihn, betrunken. Er war Klempner, glaube ich. Jedenfalls hat seine erste Mixtur nicht gewirkt. Er packte den Kanister in das Rohr, legte einen Hebel um, und alle warteten darauf, daß Meeks tief einatmete und starb. Meeks hielt den Atem an, solange er konnte, dann atmete er ein. Nichts passierte. Sie warteten. Meeks wartete. Die Zeugen warteten. Alle drehten sich langsam zu dem Vollstrecker um, der auch nur wartete – und fluchte. Er kehrte in sein Zimmerchen zurück und mischte eine neue Portion Schwefelsäure an. Dann mußte er den ersten Kanister aus dem Rohr holen, und das dauerte zehn Minuten. Der Direktor und Lucas Mann und die ganzen anderen Affen standen herum, warteten, zappelten und verfluchten den betrunkenen Klempner, der schließlich den neuen Kanister anschloß und den Hebel umlegte. Diesmal landete die Schwefelsäure dort, wo sie landen sollte – in einer Schüssel unter dem Stuhl, auf den man Meeks geschnallt hatte. Der Vollstrecker legte den zweiten Hebel um, um die Cyanidkörnchen herabfallen zu lassen, die sich gleichfalls unter dem Stuhl befanden, über der Schwefelsäure. Die Körnchen fielen herunter, und das Gas stieg tatsächlich hoch zum alten Meeks, der wieder die Luft anhielt. Man kann die Dünste nämlich sehen. Als er schließlich eine Nase voll davon einatmete, fing er an zu zittern und zu zucken, und so ging es eine ganze Weile weiter. Aus irgendeinem Grund ist da eine Metallstange, die vom Boden der Kammer bis zur Decke reicht, und zwar direkt hinter dem Stuhl. Gerade, als Meeks still wurde und alle dachten, er wäre tot, fing er an, mit dem Kopf zu schlagen. Er schlug immer wieder gegen die Stange. Seine Augen waren verdreht, seine Lippen weit geöffnet, er hatte Schaum vor dem Mund, und sein Hinterkopf knallte gegen die Stange. Es war fürchterlich.«

»Wie lange haben sie gebraucht, um ihn zu töten?«

»Wer weiß das schon? Nach dem Bericht des Gefängnisarztes ist der Tod unverzüglich und schmerzlos eingetreten. Einigen der Augenzeugen zufolge hat sich Meeks aber fünf Minuten lang in Krämpfen gewunden und sich an der Stange den Kopf eingeschlagen.«

Die Hinrichtung von Meeks hatte den Gegnern der Todesstrafe eine Menge Munition geliefert. Es konnten kaum irgendwelche Zweifel daran bestehen, daß er furchtbar gelitten hatte, und über seinen Tod waren viele Berichte geschrieben worden. Sams Version stimmte auf erstaunliche Weise mit den Aussagen der Augenzeugen überein.

»Wer hat dir davon erzählt?«

»Zwei Wärter haben sich darüber unterhalten. Natürlich nicht mit mir, aber es sprach sich schnell herum. Es gab einen öffentlichen Aufschrei, und der wäre sicher noch schlimmer ausgefallen, wenn Meeks nicht ein so verabscheuungswürdiger Verbrecher gewesen wäre. Alle haßten ihn. Und sein kleines Opfer hatte sehr leiden müssen, also war es schwer, Mitgefühl für ihn aufzubringen.«

»Wo warst du, als er hingerichtet wurde?«

»In meiner ersten Zelle, in Abschnitt D, weit weg von der Kammer. In dieser Nacht hatten sie alle eingeschlossen, sämtliche Insassen von Parchman. Es passierte kurz nach Mitternacht, was irgendwie amüsant ist, weil dem Staat für die Vollstreckung der ganze Tag zur Verfügung steht. Im Todesurteil ist keine bestimmte Stunde angegeben, nur ein bestimmter Tag. Aber diese Bastarde sind ganz wild darauf, es so früh wie möglich zu erledigen. Sie planen jede Hinrichtung für eine Minute nach Mitternacht. Auf diese Weise haben ihre Anwälte, wenn es einen Aufschub gibt, den ganzen Tag Zeit, für seine Annullierung zu sorgen. Buster Moac ist auf diese Weise gestorben. Sie schnallten ihn um Mitternacht fest, dann klingelte das Telefon, und sie brachten ihn in den Warteraum zurück, wo er sechs Stunden lang saß und schwitzte, während die Anwälte von einem Gericht zum nächsten rannten. Als schließlich die Sonne aufging, schnallten sie ihn endgültig fest. Ich nehme an, du weißt, was seine letzten Worte waren.«

Adam schüttelte den Kopf. »Ich habe keine Ahnung.«

»Buster war ein Freund von mir, ein feiner Kerl. Naifeh fragte ihn, ob er noch etwas zu sagen hätte, und er sagte, ja, er hätte tatsächlich noch etwas zu sagen. Er sagte, das Steak, das sie ihm zu seiner letzten Mahlzeit vorgesetzt hätten, wäre ein bißchen zu wenig durchgebraten gewesen. Naifeh murmelte etwas in der Art, daß er mit dem Koch darüber sprechen würde. Dann fragte Buster, ob der Gouverneur einen Aufschob in letzter Minute bewilligt hätte. Naifeh sagte nein. Daraufhin sagte Buster: ›Dann sagen Sie dem Mistkerl, daß er meine Stimme verloren hat.‹ Sie knallten die Tür zu und vergasten ihn.«

Sam amüsierte sich offensichtlich darüber, und Adam war gezwungen, ein bemühtes Lachen von sich zu geben. Er schaute auf seinen Block, während Sam sich eine neue Zigarette anzündete.

Vier Jahre nach der Hinrichtung von Teddy Doyle Meeks waren die Einsprüche von Maynard Tole in einer Sackgasse angelangt, und die Zeit für eine abermalige Benutzung der Gaskammer war gekommen. Tole war ein *pro-bono*-Projekt von Kravitz & Bane gewesen. Er wurde von einem jungen Anwalt namens Peter Wiesenberg vertreten, der unter der Aufsicht von E. Garner Goodman arbeitete. Sowohl Wiesenberg als auch Goodman wohnten als Zeugen der Hinrichtung bei, die in mancher Hinsicht eine grauenhafte Ähnlichkeit mit der von Meeks hatte. Adam hatte nicht mit Goodman über die Tole-Hinrichtung gesprochen, aber er hatte sich mit der Akte beschäftigt und die von Wiesenberg und Goodman verfaßten Augenzeugenberichte gelesen.

»Was war mit Maynard Tole?« fragte Adam.

»Er war ein militanter Afrikaner, der bei einem Raubüberfall etliche Leute umgebracht hatte und natürlich dem System die Schuld für alles gab. Er nannte sich selbst immer einen afrikanischen Krieger. Er hat mich mehrere Male bedroht, aber die meiste Zeit spuckte er nur große Töne. Das haben die Afrikaner so an sich. Sie sind alle unschuldig. Jeder einzelne von ihnen. Sie sind nur hier, weil sie schwarz sind und das System weiß ist, und sogar wenn sie vergewaltigt und gemordet haben, ist jemand anderes daran schuld.«

»Du warst also froh, als er hingerichtet wurde?«

»Das habe ich nicht gesagt. Das Töten von Menschen ist ein Unrecht. Es ist ein Unrecht, wenn Afrikaner Menschen umbringen. Es ist ein Unrecht, wenn Weiße Menschen umbringen. Und es ist ein Unrecht, wenn die Angestellten des Staates Mississippi Insassen des Todestraktes umbringen. Was ich getan habe, war falsch. Wie wollen sie es richtigmachen, indem sie mich töten?«

»Hat Tole gelitten?«

»Genau wie Meeks. Sie engagierten einen neuen Vollstrecker, und der machte es gleich beim erstenmal richtig. Das Gas erreichte Tole, und er bekam Krämpfe und fing an, mit dem Kopf gegen die Stange zu schlagen, genau wie Meeks, nur daß Tole offenbar einen härteren Schädel hatte, weil er einfach nicht aufhören wollte, ihn an die Stange zu hauen. So ging es immer weiter, bis schließlich Naifeh und seine Helfershelfer richtig nervös wurden, weil der Junge einfach nicht sterben wollte und es nicht mehr mit anzusehen war. Also forderten sie die Zeugen auf, den Zeugenraum zu verlassen. Es war grauenhaft.«

»Ich habe irgendwo gelesen, daß er zehn Minuten brauchte, um zu sterben.«

»Er hat schwer dagegen angekämpft, das ist alles, was ich weiß. Natürlich haben der Direktor und sein Doktor behauptet, er wäre sofort und schmerzlos gestorben. Typisch. Allerdings haben sie nach Tole eine kleine Änderung vorgenommen. Bis mein Freund Moac an die Reihe kam, hatten sie eine hübsche kleine Kopfhalterung aus Lederriemen entwickelt und an dieser verdammten Stange angebracht. Bei Moac und später bei Jumbo Parris haben sie die Köpfe so festgeschnallt, daß sie sich unmöglich bewegen und gegen die Stange schlagen konnten. Eine wirklich menschenfreundliche Vorsichtsmaßnahme, findest du nicht auch? Das macht es einfacher für Naifeh und die Zeugen, weil sie auf diese Weise nicht soviel Leiden mit ansehen müssen.«

»Du verstehst, worauf ich hinaus will, Sam? Es ist eine grauenhafte Art zu sterben. Wir attackieren die Methode. Wir werden Zeugen finden, die über diese Hinrichtungen aussagen, und wir werden versuchen, einen Richter davon zu überzeugen, daß die Gaskammer verfassungswidrig ist.«

»Na und? Verlangen wir dann die tödliche Injektion? Was soll das? Das ist doch irgendwie albern, wenn ich sage, ich ziehe es vor, nicht in der Gaskammer zu sterben, aber von mir aus könnt ihr mir eine Spritze geben. Legt mich auf eine Tragbahre und pumpt mich mit Drogen voll. Dann sterbe ich auch.«

»Richtig. Aber wir verschaffen uns ein bißchen Zeit. Wir attackieren die Gaskammer, bekommen einen vorläufigen Aufschub und verfechten die Sache vor den höheren Gerichten. Auf diese Weise könnten wir das Ganze auf Jahre hinaus blockieren.«

»So was hat es schon einmal gegeben.«

»Was meinst du damit, daß es so was schon mal gegeben hat?«

»Texas, 1983. Fall eines gewissen *Larson*. Dabei wurden die gleichen Argumente vorgebracht, aber erfolglos. Das Gericht erklärte, Gaskammern gäbe es bereits seit fünfzig Jahren, und sie hätten sich zum Töten von Menschen als durchaus brauchbar erwiesen.«

»Ja, aber es gibt einen großen Unterschied.«

»Und der wäre?«

»Wir sind hier nicht in Texas. Meeks und Tole und Moac und Parris wurden nicht in Texas hingerichtet. Und außerdem ist Texas inzwischen zur tödlichen Injektion übergegangen. Sie haben ihre Gaskammern abgeschafft, weil sie eine bessere Tötungsmethode gefunden hatten. Die meisten Gaskammern sind durch bessere Technologie ersetzt worden.«

Sam stand auf und wanderte ans andere Ende des Tisches. »Also, wenn meine Zeit gekommen ist, will ich natürlich mit der neuesten Technologie abtreten.« Er wanderte am Tisch entlang, hin und her, drei- oder viermal, dann blieb er stehen. »Es sind vier Meter fünfzig von einem Ende des Raums bis zum anderen. Ich kann vier Meter fünfzig weit laufen, ohne gegen Gitter zu stoßen. Kannst du dir vorstellen, wie es ist, wenn man dreiundzwanzig Stunden am Tag in einer einsachtzig mal zwei Meter siebzig großen Zelle verbringt? Das ist Freiheit, Mann.« Vor sich hin rauchend setzte er seine Wanderung fort, hin und her und hin und her.

Adam sah zu, wie die schmächtige Gestalt mit einer Rauchfahne hinter sich an der Tischkante entlangwanderte. Er hatte keine Socken an und trug marineblaue Duschsandalen, die beim Gehen quietschten. Plötzlich blieb er stehen, riß ein Buch aus einem Regal, warf es auf den Tisch und fing an, eifrig darin herumzublättern. Nach ein paar Minuten intensiven Blätterns hatte er gefunden, wonach er gesucht hatte, und verbrachte fünf Minuten damit, es durchzulesen.

»Hier ist es«, murmelte er. »Wußte doch, daß ich das schon mal gelesen hatte.«

»Was denn?«

»Ein Fall aus North Carolina, von 1984. Der Mann hieß Jimmy Old. Offensichtlich wollte Jimmy nicht sterben. Sie mußten ihn in die Kammer schleifen, er hat um sich getreten und geweint und geschrien, und sie brauchten eine Weile, um ihn festzuschnallen. Sie schlugen die Tür zu und setzten das Gas frei, und sein Kinn knallte auf seine Brust. Dann fuhr sein Kopf hoch und begann zu zucken. Er wendete ihn den Zeugen zu, die nichts sehen konnten als das Weiß seiner Augäpfel und begann zu speicheln. Sein Kopf ruckte hin und her, eine Ewigkeit lang, während sein Körper zuckte und Schaum vor seinen Mund trat. Es ging weiter und weiter, und einer der Zeugen, ein Journalist, mußte sich übergeben. Schließlich hatte der Direktor es satt und ließ den schwarzen Vorhang zuziehen, so daß die Zeugen nichts mehr sehen konnten. Man nimmt an, daß Jimmy Old vierzehn Minuten zum Sterben brauchte.«

»Hört sich grausam an.«

Sam klappte das Buch zu und stellte es wieder ins Regal. Er zündete sich eine Zigarette an und musterte eindringlich die Decke. »Praktisch jede Gaskammer wurde vor langer Zeit von Eaton Metal Products in Salt Lake City gebaut. Ich habe irgendwo gelesen, daß die in Missouri von Häftlingen gebaut wurde. Aber unsere kleine Kammer wurde von Eaton gebaut, und sie sind im Grunde alle gleich – aus Stahl, achteckig, mit Reihen von Fenstern hier und dort, damit die Zeugen den Tod beobachten können. Die eigentliche Kammer ist ziemlich klein, nur ein hölzerner Stuhl mit einer Menge Riemen. Direkt unter dem Stuhl steht eine Metallschüssel, und ein paar Zentimeter über der Schüssel hängt ein kleiner Beutel mit Cyanidkörnchen, die der Vollstrecker mit einem Hebel freisetzt. Er läßt auch die Schwefelsäure einfließen, die mit Hilfe des Kanisters in die Kammer geleitet wird. Der Kanister gelangt durch ein Rohr in die Schüssel, und wenn sich die Schüssel mit Säure füllt, legt er den Hebel um und läßt das Cyanid herunterfallen. Dann entsteht das Gas, das natürlich den Tod bewirkt, der natürlich auf der Stelle eintreten und schmerzlos sein soll.«

»Wurde die Gaskammer nicht entwickelt, um den elektrischen Stuhl zu ersetzen?«

»Ja. In den zwanziger und dreißiger Jahren hatten alle einen elektrischen Stuhl, und es war einfach das wundervollste Gerät, das je erfunden wurde. Ich erinnere mich, als ich ein Junge war, hatten sie einen transportablen elektrischen Stuhl, den sie einfach auf einen Anhänger luden und in die verschiedenen Countys beförderten. Sie fuhren beim örtlichen Gefängnis vor, brachten sie gefesselt heraus, reihten sie neben dem Anhänger auf und erledigten einen nach dem anderen. Wirksame Methode, überfüllte Gefängnisse zu entlasten.« Er schüttelte ungläubig den Kopf. »Aber sie hatten natürlich keine Ahnung, was sie taten, und es gab eine ganze Reihe von fürchterlichen Geschichten darüber, wie Leute gelitten hatten. Schließlich heißt es Todesstrafe, nicht Todesfolter. Und so war es nicht nur in Mississippi. Viele Staaten benutzten diese primitiven elektrischen Stühle, bei denen irgendwelche Idioten die Schalter bedienten, und es gab alle möglichen Probleme. Sie schnallten irgend so einen armen Kerl fest, drückten auf den Schalter, gaben ihm einen guten Stromstoß, aber nicht gut genug, der arme Kerl wurde innerlich geröstet, wollte aber nicht sterben, also warteten sie ein paar Minuten und versetzten ihm noch einen Stoß. Das konnte eine Viertelstunde lang so weitergehen. Sie brachten die Elektroden nicht richtig an, und es kam nicht selten vor, daß aus den Ohren und den Augen Flammen und Funken hervorschossen. Ich habe einen Bericht über einen Mann gelesen, der eine falsche Strommenge bekam. Der Dampf staute sich in seinem Kopf und seine Augäpfel flogen heraus, Blut rann ihm übers Gesicht. Bei einer Hinrichtung durch Strom wird die Haut so heiß, daß man den Mann eine ganze Weile nicht anrühren kann, deshalb mußten sie ihn immer erst abkühlen lassen, bevor sie feststellen konnten, ob er tot war. Es gibt Unmengen von Geschichten über Männer, die nach dem ersten Stromstoß völlig still dasaßen und dann wieder zu atmen begannen. Worauf sie natürlich einen weiteren Stoß verpaßt bekamen. Das konnte vier- oder fünfmal passieren. Es war grauenhaft, also erfand dieser Militärarzt die Gaskammer als humanere Methode, Leute umzubringen. Und jetzt ist sie, wie du sagtest, gleichfalls veraltet, weil es inzwischen die Todesspritze gibt.«

Sam hatte ein Publikum, und Adam war fasziniert. »Wie viele Männer sind in der Gaskammer von Mississippi gestorben?« fragte er.

»Sie wurde hier zum erstenmal 1954 verwendet, oder um diese Zeit herum. Zwischen damals und 1970 richteten sie fünfunddreißig Männer hin. Keine Frauen. Nach Furman 1972 stand sie leer bis zu Teddy Doyle Meeks im Jahr 1982. Seither ist sie dreimal benutzt worden. Macht insgesamt neununddreißig. Ich werde Nummer vierzig sein.«

Er begann wieder herumzuwandern, jetzt wesentlich langsamer. »Es ist eine fürchterlich ineffiziente Methode zum Töten von Leuten«, sagte er, fast wie ein Lehrer in einem Klassenzimmer. »Und gefährlich außerdem. Gefährlich natürlich für den armen Kerl, den man auf dem Stuhl festgeschnallt hat, aber auch für die Leute außerhalb der

Kammer. Diese verdammten Dinger sind alt und alle mehr oder weniger undicht. Die Versiegelungen und Dichtungsmanschetten verrotten und zerkrümeln, und die Kosten für den Bau einer wirklich dichten Kammer sind immens. Schon ein kleines Leck könnte tödlich sein für den Vollstrecker oder jeden anderen, der gerade in der Nähe steht. Es sind immer eine Handvoll Leute anwesend – Naifeh, Lucas Mann, vielleicht ein Geistlicher, der Arzt, ein oder zwei Wärter. Sie stehen in dem kleinen Raum gleich außerhalb der Kammer. In diesen kleinen Raum führen zwei Türen, und die sind während einer Hinrichtung geschlossen. Wenn etwas von dem Gas in der Kammer in den Raum eindringen sollte, würde es wahrscheinlich Naifeh oder Lucas Mann erwischen, und sie würden sich auf dem Boden winden. Keine schlechte Idee, wenn man es sich recht überlegt.

Auch die Zeugen sind in großer Gefahr, und sie haben keine Ahnung davon. Zwischen ihnen und der Kammer ist nur eine Reihe von Fenstern, die alt sind und gleichfalls undicht sein könnten. Auch sie befinden sich bei geschlossener Tür in einem kleinen Raum, und wenn irgendwo eine größere undichte Stelle auftritt, dann werden diese gaffenden Idioten gleich mit vergast.

Aber wirklich gefährlich wird es erst hinterher. Sie kleben dir nämlich einen Draht an die Rippen, der durch ein Loch in der Kammer nach draußen führt, wo ein Arzt deinen Herzschlag überwacht. Sobald der Arzt sagt, der Mann ist tot, öffnen sie ein Ventil in der Decke der Kammer, durch die das Gas entweichen soll. Der größte Teil davon tut das auch. Sie warten ungefähr eine Viertelstunde, dann öffnen sie die Tür. Die kühlere Luft von draußen, die in die Kammer eindringt, schafft ein Problem, weil sie sich mit dem restlichen Gas vermischt und auf allem kondensiert, was drinnen ist. Dadurch entsteht eine Todesfalle für alle, die hineingehen. Es ist überaus gefährlich; den meisten dieser Typen ist überhaupt nicht bewußt, wie gefährlich es ist. Überall sind Reste von Blausäure – an den Wänden, den Fenstern, dem Fußboden, der Decke, der Tür und natürlich dem Toten.

Sie besprühen die Kammer und die Leiche mit Ammoniak, um das restliche Gas zu neutralisieren, dann geht das Aufräumkommando, oder wie immer es genannt wird, mit Sauerstoffmasken hinein. Sie waschen den Toten noch einmal mit Ammoniak oder Chlorbleiche ab, weil das Gift durch die Poren in die Haut eindringt. Während er noch am Stuhl festgeschnallt ist, schneiden sie seine Kleidung auf und stecken sie in einen Sack; sie wird verbrannt. Früher durfte ein Verurteilter nur Shorts tragen, um ihnen die Arbeit zu erleichtern, aber jetzt sind sie ganz reizend und erlauben uns, zu tragen, was immer wir wollen. Wenn es also mit mir so weit kommt, dann habe ich das Vergnügen, meine Garderobe auswählen zu dürfen.«

Bei diesem Gedanken spuckte er tatsächlich auf den Boden, fluchte leise und stapfte zum entgegengesetzten Ende des Tisches.

»Was passiert mit dem Toten?« fragte Adam. Es widerstrebte ihm ein wenig, ein so heikles Thema anzuschneiden, aber er wollte die ganze Geschichte hören.

Sam grunzte ein- oder zweimal, dann steckte er die Zigarette in den Mund. »Weißt du, was ich an Kleidungsstücken besitze?«

»Nein.«

»Zwei von diesen roten Affenfräcken, vier oder fünf Garnituren Unterwäsche und ein Paar von diesen hübschen kleinen Duschsandalen, die aussehen wie Überbleibsel von einem Nigger-Flohmarkt. Ich weigere mich, in einem dieser roten Overalls zu sterben. Ich habe daran gedacht, auf meinen verfassungsmäßigen Rechten zu bestehen und splitterfasernackt in die Kammer zu marschieren. Wäre das nicht ein grandioser Anblick? Kannst du dir vorstellen, wie diese Kerle mich herumschubsen und festschnallen und dabei krampfhaft versuchen, meine Geschlechtsteile nicht zu berühren? Und wenn sie mich festschnallen, dann strecke ich die Hand aus und nehme dieses kleine Herzmonitor-Ding und befestige es an meinen Hoden. Wäre das nicht ein Heidenspaß für den Doktor? Und ich werde dafür sorgen, daß die Zeugen meinen nackten Arsch sehen. Ich glaube, genau das werde ich tun.«

»Was passiert mit dem Toten?« fragte Adam noch einmal.

»Nun, wenn er genügend gewaschen und desinfiziert ist, holen sie ihn von dem Stuhl herunter, ziehen ihm Gefängniskleidung an und stecken ihn in einen Leinensack. Sie legen ihn auf eine Bahre, und die wird in eine Ambulanz geschoben, die ihn zu irgendeinem Bestattungsinstitut bringt. Dort übernimmt ihn die Familie. In den meisten Fällen jedenfalls.«

Sam hatte Adam jetzt den Rücken zugekehrt, redete gegen die Wand und lehnte sich an ein Bücherregal. Er schwieg eine ganze Weile, stand still und stumm da und starrte in eine Ecke und dachte über die vier Männer nach, die er gekannt hatte und die bereits in die Kammer gegangen waren. Im Todestrakt gab es ein ungeschriebenes Gesetz, daß man, wenn die Zeit gekommen war, nicht in einem der roten Overalls in die Kammer ging. Man verschaffte ihnen nicht die Genugtuung, daß sie einen in der Kleidung umbringen durften, die sie einem aufgezwungen hatten.

Vielleicht würde sein Bruder, der ihm immer seinen Monatsvorrat an Zigaretten schickte, ihm ein Hemd und eine Hose beschaffen. Neue Socken wären auch nett. Und alles andere als diese Duschsandalen. Er würde lieber barfuß gehen, als diese verdammten Dinger tragen.

Er drehte sich um, kam langsam auf Adams Ende des Tisches zu und setzte sich. »Mir gefällt diese Idee«, sagte er, sehr ruhig und gefaßt. »Sie ist einen Versuch wert.«

»Gut. Dann wollen wir uns an die Arbeit machen. Ich möchte, daß du noch mehr Fälle findest wie den von Jimmy Old in North Carolina. Laß uns alle fürchterlichen und versauten Hinrichtungen in Gaskammern ausgraben, die es je gegeben hat. Wir zitieren sie alle in dem Antrag. Und ich möchte, daß du eine Liste der Leute machst, die bei den Hinrichtungen von Meeks und Tole dabei waren. Vielleicht sogar für die von Moac und Parris.«

Sam war bereits wieder auf den Beinen, holte Bücher aus den Regalen und murmelte vor sich hin. Er stapelte sie auf dem Tisch, Dutzende von Büchern, dann vergrub er sich zwischen den Stapeln.

19

Die wogenden Weizenfelder erstreckten sich meilenweit und stiegen dann an den Ausläufern des Gebirges an. In der Ferne begrenzten die majestätischen Berge das Farmland. In einem breiten Tal oberhalb der Felder, mit einer weiten Aussicht nach vorn und den Bergen als Barriere im Hintergrund, lag auf einer Fläche von mehr als hundert Morgen das Nazi-Camp. Seine Stacheldrahtzäune waren mit Hecken und Unterholz getarnt. Auch seine Schießstände und Exerzierplätze waren so getarnt, daß sie aus der Luft nicht zu erkennen waren. Nur zwei harmlos aussehende Blockhäuser waren zu sehen, und wenn man sie von außen betrachtete, sahen sie aus wie Anglerhütten. Aber unter ihnen, tief in den Bergen, führten zwei Schächte mit Fahrstühlen in ein Labyrinth aus natürlichen und von Menschen geschaffenen Höhlen hinab. Breite Tunnel, groß genug für Golfkarren, erstreckten sich in alle Richtungen und verbanden ein Dutzend verschiedener Räume. In einem von ihnen stand eine Druckmaschine. In zweien lagerten Waffen und Munition. Drei große dienten als Wohnräume. Einer beherbergte eine kleine Bibliothek. Der größte Raum, eine zwölf Meter hohe Höhle, bildete das Zentrum, in dem sich die Mitglieder zu Ansprachen, Filmvorführungen und Appellen versammelten.

Es war eine erstklassige Anlage, mit Satellitenschüsseln, die Nachrichten aus aller Welt auffingen, Computern, die mit anderen Camps verbunden waren und für schnellen Informationsfluß sorgten, mit Fax-Geräten, Mobiltelefonen und allen modernen elektronischen Anlagen, die es nur irgend gab.

Nicht weniger als zehn Zeitungen trafen täglich in dem Camp ein und stapelten sich auf einem Tisch in einem Raum neben der Bibliothek, wo sie zuerst von einem Mann namens Roland gelesen wurden. Er hielt sich fast ständig im Camp auf, ebenso wie mehrere andere Mitglieder, die

die Anlage überwachten. Wenn die Zeitungen aus der Stadt eintrafen, in der Regel gegen neun Uhr morgens, goß Roland sich einen großen Becher Kaffee ein und fing an zu lesen. Das war für ihn keine unangenehme Aufgabe. Er war viel in der Welt herumgekommen, sprach vier Sprachen und hatte einen unstillbaren Wissensdurst. Wenn ein Bericht seine Aufmerksamkeit erregte, strich er ihn an. Später würde er eine Kopie davon machen und sie in die Computer-Abteilung geben.

Seine Interessen waren vielseitig. Die Sportberichte überflog er nur, und die Kleinanzeigen las er nie. Mode, Lebensstil, Wohnen, Klatsch und ähnliche Themen erregten kaum sein Interesse. Er sammelte Berichte über Gruppen wie die seine – Arier, Nazis, den Ku-Klux-Klan. In jüngster Zeit hatte er viele Berichte aus Deutschland und Osteuropa angestrichen; das neuerliche Aufkommen des Faschismus in diesen Ländern bereitete ihm einige Genugtuung. Er sprach fließend Deutsch und verbrachte jährlich mindestens einen Monat in Deutschland. Er behielt die Politiker im Auge, mit ihrer tiefen Betroffenheit über aus Haß begangene Verbrechen und ihrem Bestreben, die Rechte von Gruppen wie seiner zu beschneiden. Er behielt das Oberste Bundesgericht im Auge. Er verfolgte die Prozesse gegen Skinheads in den Vereinigten Staaten. Er verfolgte die Nachstellungen, denen der Ku-Klux-Klan ausgesetzt war.

Normalerweise verbrachte er jeden Vormittag zwei Stunden mit der Lektüre der neuesten Nachrichten und der Entscheidung darüber, welche Artikel als künftiges Nachschlagematerial gespeichert werden sollten. Es war Routine, aber er genoß sie ungemein.

An diesem speziellen Morgen lagen die Dinge etwas anders. Das erste Anzeichen für Probleme war ein Foto von Sam Cayhall im Nachrichtenteil einer Tageszeitung aus San Francisco. Der Bericht umfaßte nur drei Absätze, reichte aber aus, um die brandheiße Neuigkeit zu verkünden, daß der älteste Insasse eines Todestraktes in Amerika jetzt von seinem Enkel vertreten wurde. Roland las ihn dreimal, dann strich er ihn zur Aufbewahrung an. Eine Stunde später hatte er dieselbe Geschichte fünf- oder sechsmal gelesen.

Zwei Zeitungen brachten den Schnappschuß von Adam Hall, den die *Memphis Press* am Tag zuvor auf der Titelseite abgedruckt hatte.

Roland hatte den Fall Sam Cayhall über viele Jahre hinweg verfolgt, und zwar aus verschiedenen Gründen. Erstens war es genau die Art von Fall, für die sich ihre Computer interessierten – ein alternder Klan-Terrorist aus den Sechzigern, der in einer Todeszelle schmachtete. Das Dossier über Cayhall war bereits dreißig Zentimeter dick. Obwohl er alles andere als ein Anwalt war, teilte Roland die allgemein vorherrschende Ansicht, daß Sams juristische Möglichkeiten erschöpft waren und er demnächst hingerichtet werden würde. Das konnte Roland nur recht sein, aber er behielt seine Meinung für sich. Für die Verfechter der Vorherrschaft der weißen Rasse war Sam Cayhall ein Held, und Rolands eigene kleine Horde von Nazis war bereits aufgefordert worden, an Demonstrationen vor der Hinrichtung teilzunehmen. Sie hatten keinen direkten Kontakt mit Cayhall, weil er ihre Briefe nie beantwortet hatte, aber er war ein Symbol, und sie wollten aus seinem Tod herausholen, so viel sie nur konnten.

Rolands Nachname, Forchin, war der Name einer Cajun-Familie aus der Gegend von Thibodaux. Er hatte keine Sozialversicherungsnummer, hatte nie eine Steuererklärung abgegeben; soweit es die Regierung betraf, gab es ihn nicht. Er besaß drei perfekt gefälschte Pässe; einer davon war ein deutscher und ein weiterer vorgeblich von der Republik Irland ausgestellt. Roland hatte keinerlei Probleme, Grenzen zu überqueren und in Länder einzureisen.

Einer von Rolands früheren Namen, nur ihm selbst bekannt und nie einer lebenden Seele gegenüber erwähnt, war Rollie Wedge. Er war 1967 nach dem Kramer-Anschlag aus den USA geflüchtet und hatte in Nordirland gelebt. Er hatte auch in Libyen, München, Belfast und im Libanon gelebt. 1967 und 1968 war er kurz in die Vereinigten Staaten zurückgekehrt, um die beiden Prozesse gegen Sam Cayhall zu verfolgen. Schon damals reiste er mühelos mit einwandfreien Papieren.

Es hatte ein paar weitere kurze Reisen zurück in die USA

gegeben, alle erforderlich wegen der Cayhall-Katastrophe. Aber mit der Zeit machte er sich deshalb immer weniger Sorgen. Vor drei Jahren war er in diesen Bunker gezogen, um die Botschaft des Nazismus zu verbreiten. Er hielt sich nicht mehr für einen Klansmann. Jetzt war er ein stolzer Faschist.

Als er seine morgendliche Lektüre beendet hatte, war er in sieben der zehn Zeitungen auf die Cayhall-Story gestoßen. Er legte die Zeitungen in einen Metallkorb und beschloß, die Sonne zu genießen. Er goß sich mehr Kaffee in seinen Plastikbecher und fuhr mit einem der Fahrstühle vierundzwanzig Meter hoch in die Diele einer der Blockhütten. Es war ein schöner Tag, kühl und sonnig, ohne ein Wölkchen am Himmel. Er wanderte einen schmalen Pfad bergauf, und zehn Minuten später blickte er auf das unter ihm liegende Tal hinab. Die Weizenfelder wogten in der Ferne.

Seit dreiundzwanzig Jahren träumte Roland von Cayhalls Tod. Sie hatten ein Geheimnis gemeinsam, eine schwere Last, die er erst loswerden würde, wenn Sam hingerichtet worden war. Er bewunderte den Mann sehr. Im Gegensatz zu Jeremiah Dogan hatte Sam seinen Eid gehalten und nie geredet. Im Verlauf von drei Prozessen, unter dem Druck von mehreren Anwälten, zahllosen Eingaben und Millionen von Fragen hatte Sam nie klein beigegeben. Er war ein ehrenhafter Mann, und Roland wollte ihn tot sehen. Natürlich war er gezwungen gewesen, Cayhall und Dogan während der ersten beiden Prozesse ein paar Warnungen zukommen zu lassen, aber das war sehr lange her. Dogan war unter Druck zusammengeklappt und hatte geredet und gegen Sam ausgesagt. Und Dogan war tot.

Dieser junge Mann beunruhigte ihn. Wie alle anderen Leute hatte Roland Sams Sohn und seine Familie aus den Augen verloren. Er wußte Bescheid über die Tochter in Memphis, aber der Sohn war verschwunden. Und jetzt das – ein gutaussehender, gut ausgebildeter junger Anwalt aus einer großen, jüdischen Kanzlei war aus dem Nirgendwo aufgetaucht und fest entschlossen, seinen Großvater zu retten. Roland wußte genug über Hinrichtungen, um sich darüber im klaren zu sein, daß Anwälte in letzter Minute alles nur Erdenkliche versuchen. Wenn Sam zu reden gedachte, dann würde er es jetzt tun, und er würde es in Gegenwart seines Enkels tun.

Er trat gegen einen Steinbrocken und sah zu, wie er den Hang hinunter und außer Sicht rollte. Er würde nach Memphis fahren müssen.

Bei Kravitz & Bane in Chicago war der Samstag nur ein gewöhnlicher harter Arbeitstag, aber in der Filiale in Memphis ging es etwas geruhsamer zu. Adam traf um neun Uhr dort ein und fand nur zwei der Anwälte und einen Anwaltsgehilfen bei der Arbeit. Er schloß sich in seinem Büro ein und zog die Vorhänge zu.

Er und Sam hatten am Vortag zwei Stunden gearbeitet, und als Packer mit den Handschellen und den Beinketten in die Bibliothek zurückkehrte, hatten sie den Tisch inzwischen erfolgreich mit Dutzenden von juristischen Büchern und Notizblöcken bedeckt. Packer hatte ungeduldig gewartet, während Sam die Bücher langsam wieder in die Regale zurückstellte.

Adam ging ihre Notizen noch einmal durch. Er gab seine eigenen Recherchen in den Computer ein und überarbeitete die Petition zum drittenmal. Er hatte bereits eine Kopie davon an Garner Goodman gefaxt, der sie seinerseits überarbeitet und zurückgeschickt hatte.

Goodman war nicht optimistisch, daß sie eine faire Anhörung bekommen würden, aber bei diesem Stand der Dinge hatten sie nichts mehr zu verlieren. Wenn es vor einem Bundesgericht zu einer beschleunigten Anhörung kommen sollte, war Goodman bereit, über die Maynard-Tole-Hinrichtung auszusagen. Er und Peter Wiesenberg hatten ihr als Zeugen beigewohnt. Wiesenberg hatte der Anblick der Vergasung eines lebendigen Menschen so zugesetzt, daß er die Firma verlassen und einen Job als Lehrer angenommen hatte. Sein Großvater hatte den Holocaust überlebt; seine Großmutter nicht. Goodman versprach, sich mit Wiesenberg in Verbindung zu setzen, und war ziemlich sicher, daß auch er aussagen würde.

Gegen Mittag hatte Adam genug vom Büro. Er schloß seine Tür auf und hörte keinerlei Geräusche auf der Etage. Die anderen Anwälte waren gegangen. Er verließ das Gebäude.

Er fuhr nach Westen, über den Fluß nach Arkansas, vorbei an den Raststätten und der Hunderennbahn in West Memphis, bis er schließlich aus dem Häusergewühl heraus war und sich in Farmland befand. Er passierte die Dörfer Earle, Parkin und Wynne, wo die Berge begannen. Bei einem Dorfladen, vor dem drei alte Männer in ausgeblichenen Overalls auf der Veranda saßen, Fliegen totschlugen und unter der Hitze litten, hielt er auf eine Cola an. Dann öffnete er das Verdeck seines Kabrios und fuhr weiter.

Zwei Stunden später machte er wieder halt, diesmal in dem Städtchen Mountain View, um sich ein Sandwich zu kaufen und nach dem Weg zu fragen. Bis Calico Rock war es nicht mehr weit, nur ein Stück die Straße hinauf, wurde ihm gesagt; folgen Sie einfach dem White River. Es war eine hübsche Straße, die durch die Ausläufer der Ozark Mountains führte, durch dichte Wälder und über Bergbäche. Der White River wand sich zu seiner Linken und war gesprenkelt mit Forellenanglern in kleinen Booten.

Calico Rock war eine Kleinstadt auf einer Anhöhe oberhalb des Flusses. Am Ostufer, in der Nähe der Brücke, lagen drei Bootsvermietungen. Adam parkte am Fluß und ging zu der ersten, die sich Calico Marina nannte. Das Gebäude stand auf einem Ponton und wurde mit dicken Kabeln am Ufer gehalten. Neben dem Anleger war eine Reihe von leeren Mietbooten vertäut. Von einer einsamen Zapfsäule ging ein durchdringender Geruch nach Benzin und Öl aus. Auf einem Schild standen die Preise für Boote, Begleiter, Ausrüstung und Angelscheine.

Adam betrat den Ponton und bewunderte den nur wenige Schritte entfernten Fluß. Ein junger Mann mit schmutzigen Händen tauchte aus einem Hinterzimmer auf und fragte, ob er etwas für ihn tun könnte. Er musterte Adam von Kopf bis Fuß und kam offensichtlich zu dem Schluß, daß er kein Angler war.

»Ich suche Wyn Lettner.«

Oberhalb der Hemdtasche war ein Namensschild angenäht, das ihn als Ron auswies und leicht ölverschmiert war. Ron kehrte in sein Zimmer zurück und rief »Mr. Lettner!« in Richtung auf eine Fliegentür, die zu einem kleinen Laden führte. Dann verschwand er.

Wyn Lettner war ein riesiger Mann, weit über einsachtzig groß, mit einem gewaltigen, ziemlich massigen Körper. Garner hatte ihn als Biertrinker beschrieben, und daran mußte Adam denken, als er den dicken Bauch sah. Er war Ende sechzig, mit gelichtetem grauem Haar, auf dem er eine Schirmmütze mit dem Aufdruck EVINRUDE trug. Irgendwo in Adams Unterlagen steckten mindestens drei Zeitungsfotos von Special Agent Lettner, und auf jedem war er der typische FBI-Beamte – dunkler Anzug, weißes Hemd, schmale Krawatte, militärischer Haarschnitt. Und damals war er wesentlich schlanker gewesen.

»Ja, Sir«, sagte er laut, als er durch die Fliegentür kam und sich Krümel von den Lippen wischte. »Ich bin Wyn Lettner.« Er hatte eine tiefe Stimme und ein angenehmes Lächeln.

Adam streckte ihm die Hand entgegen und sagte: »Ich bin Adam Hall. Freut mich, Sie kennenzulernen.«

Lettner ergriff seine Hand und schüttelte sie vehement. Seine Unterarme waren muskulös, und sein Bizeps wölbte sich sichtbar. »Ja, Sir«, dröhnte er. »Was kann ich für Sie tun?«

Glücklicherweise war der Anleger menschenleer bis auf Ron, der sich außer Sichtweite befand, aber in seinem Zimmer geräuschvoll mit irgendeinem Werkzeug hantierte. Adam mußte einen Moment der Unsicherheit überwinden, dann sagte er: »Also, ich bin Anwalt, und ich vertrete Sam Cayhall.«

Das Lächeln wuchs und entblößte zwei Reihen von kräftigen gelben Zähnen. »Dann steht Ihnen ja einiges bevor«, sagte er mit einem Auflachen und schlug Adam auf den Rücken.

»Vermutlich«, sagte Adam nervös und wartete auf eine weitere Attacke. »Ich würde gern mit Ihnen über Sam reden.«

Lettner war plötzlich ernst. Er strich sich mit einer fleischigen Hand übers Kinn und musterte Adam mit schmalen Augen. »Hab's in der Zeitung gelesen, Söhnchen. Ich weiß, daß Sam Ihr Großvater ist. Muß hart sein für Sie. Und es wird noch härter werden.« Dann lächelte er wieder. »Und für Sam auch.« Seine Augen funkelten, als hätte er gerade einen tollen Witz gemacht und erwartete nun, daß sich Adam vor Lachen bog.

Adam war der Witz entgangen. »Sam hat nicht einmal mehr einen Monat«, sagte er, sicher, daß Lettner auch gelesen hatte, wann die Hinrichtung stattfinden sollte.

Plötzlich lag eine schwere Hand auf Adams Schulter und schob ihn in Richtung des Ladens. »Kommen Sie mit hier hinein. Dann können wir über Sam reden. Wollen Sie ein Bier?«

»Nein, danke.« Sie betraten einen schmalen Raum, in dem Angelgerät an Wänden und Decke hing, mit wackligen Regalen voller Eßwaren – Crackers, Sardinen, Würstchen in Dosen, Brot, Dosen mit Fleisch und Bohnen, Kuchen – allem, was man für einen Tag auf dem Fluß brauchte. In einer Ecke stand ein mit Soft Drinks gefüllter Kühlschrank.

»Setzen Sie sich«, sagte Lettner und deutete auf eine Ecke in der Nähe der Kasse. Adam ließ sich auf einem wackligen Holzstuhl nieder, während Lettner in einer Eisbox wühlte und eine Flasche Bier zutage förderte. »Sind Sie sicher, daß Sie nicht auch eins möchten?«

»Vielleicht später.« Es war fast fünf Uhr.

Er schraubte den Deckel ab, leerte die Flasche mit dem ersten Schluck zu mindestens einem Drittel, schmatzte und setzte sich dann auf einen abgenutzten, offenbar irgendwo ausgebauten Kapitänsstuhl. »Wollen sie dem alten Sam nun schließlich doch ans Leder?« fragte er.

»Sie geben sich alle Mühe.«

»Wie stehen die Chancen?«

»Nicht gut. Wir haben die übliche Kollektion von Eingaben in letzter Minute, aber die Uhr tickt.«

»Sam ist kein schlechter Kerl«, sagte Lettner mit einem Anflug von Bedauern, den er mit einem weiteren großen

Schluck hinunterspülte. Der Boden quietschte leise, als sich der Ponton mit dem Fluß bewegte.

»Wie lange waren Sie in Mississippi?« fragte Adam.

»Fünf Jahre. Hoover hatte mich dort eingesetzt, nachdem drei Bürgerrechtler verschwunden waren. Neunzehnvierundsechzig. Wir bildeten eine Spezialeinheit und machten uns an die Arbeit. Nach Kramer ging dem Klan sozusagen der Sprit aus.«

»Und was war Ihre Aufgabe?«

»Mr. Hoover hatte sich sehr deutlich ausgedrückt. Ich hatte Weisung, den Klan zu infiltrieren, ohne Rücksicht auf Verluste. Er wollte, daß ihm das Handwerk gelegt wurde. Um ehrlich zu sein, wir kamen in Mississippi nur sehr langsam voran. Dafür gab es eine Menge Gründe. Hoover haßte die Kennedys, und sie bedrängten ihn, also verschleppte er die Sache. Aber als diese drei Leute verschwanden, legten wir los. Neunzehnvierundsechzig war ein scheußliches Jahr in Mississippi.«

»In dem Jahr bin ich geboren.«

»Ja, in der Zeitung stand, daß Sie in Clanton geboren sind.«

Adam nickte. »Ich habe es sehr lange nicht gewußt. Meine Eltern haben mir erzählt, ich wäre in Memphis geboren.«

Die Türglocke läutete, und Ron betrat den Laden. Er sah sie an, dann betrachtete er die Crackers und die Sardinen. Sie beobachteten ihn und warteten. Er warf einen Blick auf Adam, als wollte er sagen: »Redet nur weiter. Ich höre nicht zu.«

»Was willst du?« fuhr Lettner ihn an.

Er griff mit seiner schmutzigen Hand nach einer Dose Wiener Würstchen und zeigte sie ihnen. Lettner nickte und deutete auf die Tür. Ron schlenderte darauf zu und betrachtete unterwegs die Kuchen und die Kartoffelchips.

»Er ist fürchterlich neugierig«, sagte Lettner, nachdem er gegangen war. »Ich habe ein paarmal mit Garner Goodman gesprochen. Vor vielen Jahren. Ein merkwürdiger Vogel.«

»Er ist mein Boß. Er hat mir Ihren Namen genannt und gemeint, Sie würden mit mir reden.«

»Worüber reden?« fragte Lettner und nahm einen weiteren Schluck.

»Über den Kramer-Fall.«

»Der Kramer-Fall ist abgeschlossen, Söhnchen. Das einzige, was davon noch übrig ist, sind Sam und seine Verabredung mit der Gaskammer.«

»Wollen Sie, daß er hingerichtet wird?«

Draußen ertönten Schritte, dann Stimmen, und die Tür wurde abermals geöffnet. Ein Mann und ein Junge kamen herein, und Lettner stand auf. Sie brauchten Essen und andere Vorräte, und zehn Minuten lang wählten sie aus und redeten und diskutierten darüber, wo die Fische anbissen. Lettner achtete sehr darauf, daß sein Bier unter dem Tresen stand, während die Kunden anwesend waren.

Adam holte sich einen Soft Drink aus dem Kühlschrank und verließ den Laden. Er ging an der Flußseite auf der hölzernen Plattform entlang und blieb bei der Zapfsäule stehen. Zwei Teenager in einem Boot hatten in der Nähe der Brücke ihre Angeln ausgeworfen, und Adam fiel ein, daß er noch nie in seinem Leben geangelt hatte. Sein Vater war kein Mann gewesen, der Hobbys hatte und Freizeitvergnügen nachging. Außerdem war er nicht in der Lage gewesen, einen Job zu behalten. Adam konnte sich nicht genau erinnern, was sein Vater mit seiner Zeit angefangen hatte.

Die Kunden gingen, und die Tür schlug zu. Lettner kam zu der Zapfsäule. »Angeln Sie gern Forellen?« fragte er mit einem ehrfürchtigen Blick auf den Fluß.

»Hab' ich noch nie getan.«

»Lassen Sie uns eine Spazierfahrt machen. Ich muß eine Stelle zwei Meilen flußabwärts überprüfen. Da soll es von Fischen wimmeln.«

Lettner hatte seine Eisbox mitgebracht und verstaute sie vorsichtig in einem Boot. Dann stieg er von der Plattform herunter, und das Boot schaukelte heftig von einer Seite zur anderen, als er den Motor ausklappte. »Kommen Sie«, rief er Adam zu, der zweifelnd den siebzig Zentimeter breiten Spalt zwischen sich und dem Boot betrachtete. »Und machen Sie das Tau los«, fuhr Lettner fort und deutete auf ein dünnes, an einem Haken befestigtes Seil.

Adam hakte das Seil ab und trat nervös in das Boot, das genau in dem Moment losschaukelte, in dem sein Fuß es berührte. Er stolperte und fiel vornüber; es hätte nicht viel gefehlt, und er hätte ein Bad genommen. Lettner lachte schallend und zog die Startschnur. Ron hatte natürlich zugesehen und stand dämlich grinsend auf der Plattform. Adam war verlegen, lachte aber trotzdem, als wäre das alles sehr komisch. Lettner startete den Motor, der Bug des Bootes fuhr hoch, und sie waren unterwegs.

Adam klammerte sich mit beiden Händen fest, als sie durch das Wasser und unter der Brücke hindurchjagten. Calico Rock lag bald hinter ihnen. Der Fluß wand sich zwischen malerischen Hügeln hindurch und um felsige Klippen herum. Lettner steuerte mit einer Hand, in der anderen hielt er ein frisches Bier. Nach ein paar Minuten gelang es Adam, sich ein wenig zu entspannen und sich gleichfalls ein Bier aus der Box zu holen, ohne das Gleichgewicht zu verlieren. Die Flasche war eiskalt. Er hielt sie mit der rechten Hand, mit der linken klammerte er sich am Dollbord fest. Lettner saß hinter ihm und summte oder sang etwas. Das Dröhnen des Motors machte jede Unterhaltung unmöglich.

Sie passierten einen kleinen Anleger, an dem eine Gruppe von geschniegelten Stadtmenschen Fische zählte und Bier trank, und passierten eine Flottille von Schlauchbooten, angefüllt mit schmuddeligen Teenagern, die rauchten und die Sonne genossen. Sie winkten anderen Anglern zu, die schwer mit ihrer Aufgabe beschäftigt waren.

Schließlich verlangsamte das Boot seine Fahrt, und Lettner steuerte es behutsam um eine Biegung herum, als könnte er die Fische im Wasser sehen und müßte sich in die richtige Position bringen. Er schaltete den Motor aus. »Wollen Sie angeln oder Bier trinken?« fragte er und starrte dabei ins Wasser.

»Bier trinken.«

»Dachte ich mir.« Die Flasche war plötzlich von untergeordneter Bedeutung, als er die Rute nahm und sie auf eine Stelle in Ufernähe auswarf. Adam schaute eine Sekunde lang zu, und als kein schneller Erfolg eintrat, lehnte er sich zurück und ließ die Beine über das Wasser baumeln. Das Boot war nicht gerade bequem.

»Wie oft angeln Sie?« fragte er.

»Jeden Tag. Das gehört zu meinem Job, ist ein Teil von meinem Service für meine Kunden. Ich muß wissen, wo die Fische anbeißen.«

»Mühsamer Job.«

»Irgend jemand muß ihn tun.«

»Wie sind Sie nach Calico Rock gekommen?«

»Ich hatte fünfundsiebzig einen Herzinfarkt und mußte deshalb aus dem FBI ausscheiden. Hatte eine gute Rente, aber es ist entschieden zu langweilig, einfach so rumzusitzen. Meine Frau und ich sind auf diesen Ort gestoßen, und der Bootsverleih und der Laden standen zum Verkauf. Ein Fehler führte zum anderen, und hier bin ich nun. Geben Sie mir noch ein Bier.«

Nachdem Adam ihm das Bier gegeben hatte, warf er erneut die Angel aus. Adam zählte rasch – in dem Eis steckten noch vierzehn Flaschen. Das Boot trieb mit der Strömung, und Lettner griff nach einem Paddel. Er angelte mit einer Hand, dirigierte mit der anderen Hand das Boot und schaffte es irgendwie, zwischen den Knien sein Bier zu balancieren. Das Leben eines Angler-Beraters.

Sie trieben unter ein paar Bäume und waren gnädigerweise eine Weile vor der Sonne geschützt. Bei ihm sah das Auswerfen ganz einfach aus. Er ließ die Rute mit einer gekonnten Handbewegung vorschnellen und plazierte den Köder genau dahin, wo er ihn gerade haben wollte. Aber die Fische bissen nicht an. Er warf die Rute in der Flußmitte aus.

»Sam ist kein schlechter Kerl.« Das hatte er schon einmal gesagt.

»Finden Sie, daß er hingerichtet werden sollte?«

»Darüber habe ich nicht zu entscheiden. Die Leute in diesem Staat wollen die Todesstrafe, also ist es auch so festgeschrieben. Die Leute haben gesagt, Sam wäre schuldig, und dann haben sie gesagt, er müßte hingerichtet werden, also wer bin ich?«

»Aber Sie haben doch eine Meinung.«

»Was nützt die schon? Meine Gedanken sind völlig wertlos.«

»Weshalb sagen Sie, daß Sam kein schlechter Kerl ist?«

»Das ist eine lange Geschichte.«

»Wir haben noch vierzehn Bier.«

Lettner sah ihn an, und das breite Lächeln kehrte zurück. Er trank einen großen Schluck und schaute flußabwärts, fort von seiner Schnur. »Für Sam haben wir uns nicht sonderlich interessiert, müssen Sie wissen. Er war nicht aktiv bei den wirklich üblen Geschichten, jedenfalls zu Anfang nicht. Als diese Bürgerrechtler verschwanden, stürzten wir uns in die Arbeit. Wir gaben das Geld mit vollen Händen aus, und wenig später hatten wir alle möglichen Klan-Informanten. Das waren im Grunde nur engstirnige Farmer, die nie einen Dollar besessen hatten, und wir spekulierten auf ihre Geldgier. Wir hätten unsere drei Männer nie gefunden, wenn wir nicht ein bißchen Geld hätten springen lassen. Ungefähr dreißigtausend, wenn ich mich recht entsinne, aber ich hatte nicht direkt mit den Informanten zu tun. Sie waren in einer Uferböschung verscharrt worden. Wir fanden sie, und damit standen wir erst mal ziemlich gut da. Endlich hatten wir etwas erreicht. Wir haben etliche Leute verhaftet, aber die Verurteilungen waren schwierig. Die Gewalttaten gingen weiter. Sie sprengten schwarze Kirchen und schwarze Wohnhäuser in die Luft, so viele, daß wir nicht mehr mitkamen. Es war ein regelrechter Krieg. Es wurde schlimmer, und Mr. Hoover wurde wütender, und wir brachten folglich noch mehr Geld unter die Leute.

Aber ich habe nicht vor, Ihnen irgend etwas zu erzählen, was für Sie von Nutzen sein könnte, ist Ihnen das klar?«

»Weshalb nicht?«

»Über manche Dinge darf ich reden, über andere nicht.«

»Sam war nicht allein, als er die Bombe in Kramers Büro legte, stimmt's?«

Lettner lächelte wieder und betrachtete seine Angelschnur. Die Rute lag in seinem Schoß. »Jedenfalls hatten wir Ende fünfundsechzig und Anfang sechsundsechzig ein gewaltiges Netz von Informanten. Im Grunde war es gar nicht so schwierig. Wir erfuhren, daß irgend jemand zum Klan gehörte, und daraufhin hängten wir uns an ihn. Wir folgten ihm abends nach Hause, schalteten hinter ihm unsere Blinklichter ein, parkten vor seinem Haus. Damit jagten wir ihm in der Regel eine Heidenangst ein. Dann folgten wir ihm zur Arbeit, manchmal redeten wir mit seinem Chef, zückten unsere Ausweise, taten so, als würden wir gleich den nächstbesten erschießen. Wir redeten mit seinen Eltern, zeigten auch denen unsere Ausweise, sorgten dafür, daß sie uns sahen in unseren dunklen Anzügen, daß sie unseren Yankee-Akzent hörten, und diese armen Leute vom Lande brachen buchstäblich vor uns zusammen. Wenn der Mann in die Kirche ging, folgten wir ihm, und am nächsten Tag sprachen wir mit seinem Geistlichen. Wir teilten ihm mit, daß wir ein entsetzliches Gerücht gehört hätten, demzufolge Mr. Soundso ein aktives Mitglied des Klans wäre und ob er denn wohl etwas davon wüßte? Wir taten so, als wäre es ein Verbrechen, dem Klan anzugehören. Wenn der Mann Kinder im Teenageralter hatte, dann folgten wir ihnen zu ihren Verabredungen, setzten uns im Kino hinter sie, erwischten sie beim Parken im Wald. Es war nichts als pure Belästigung, aber es zahlte sich aus. Schließlich riefen wir den armen Kerl an oder fingen ihn irgendwo ab und boten ihm Geld an. Wir versprachen, ihn in Ruhe zu lassen, und es funktionierte immer. Gewöhnlich waren sie zu diesem Zeitpunkt die reinsten Nervenbündel, sie konnten es kaum abwarten, mit uns zusammenzuarbeiten. Ich habe gesehen, wie sie weinten, stellen Sie sich das mal vor. Die weinten tatsächlich, wenn sie schließlich vor den Altar traten und ihre Sünden beichteten.« Lettner lachte und beobachtete zugleich seine Schnur, die sich einfach nicht bewegen wollte.

Adam nippte an seinem Bier. Wenn sie genug davon tranken, würde ihm das vielleicht doch noch die Zunge lösen.

»Einmal hatten wir da einen Kerl, den werde ich nie vergessen. Wir erwischten ihn im Bett mit seiner schwarzen Freundin, was nichts Ungewöhnliches war. Ich meine, diese Kerle zogen los und verbrannten Kreuze und schossen in die Häuser von Schwarzen, dann schlichen sie sich davon und trafen sich mit ihren schwarzen Mädchen. Habe nie verstanden, weshalb die schwarzen Frauen da mitmachten. Aber wie dem auch sei, er hatte eine kleine Jagdhütte tief im Wald, und die benutzte er als Liebesnest. Eines Nachmittags traf er sich dort mit ihr für eine schnelle Nummer, und als er fertig war und gerade gehen wollte, machte er die Vordertür auf, und wir fotografierten ihn. Wir machten auch von ihr ein Foto, und dann redeten wir mit ihm. Er war Diakon oder Kirchenältester oder so was in irgendeiner Landgemeinde, eine wahre Stütze der Gesellschaft, und wir redeten mit ihm, als wäre er ein Hund. Wir schickten sie weg und knöpften ihn uns vor in seiner kleinen Hütte, und nach kurzer Zeit hatten wir ihn so weit, daß er weinte. Wie sich herausstellte, sollte er einer unserer besten Zeugen werden. Aber später kam er dann ins Gefängnis.«

»Weshalb?«

»Na ja, während er sich mit seiner Freundin amüsierte, tat seine Frau offenbar dasselbe mit einem jungen Schwarzen, der auf ihrer Farm arbeitete. Die Dame wurde schwanger, das Baby war halb und halb, woraufhin unser Informant ins Krankenhaus ging und Mutter und Kind umbrachte. Hat fünfzehn Jahre in Parchman gesessen.«

»Gut.«

»Wir erreichten nicht viele Verurteilungen damals, setzten den Leuten aber dermaßen zu, daß sie sich nicht getrauten, viel zu unternehmen. Die Gewalttaten hatten erheblich abgenommen, bis Dogan beschloß, auf die Juden loszugehen. Ich muß zugeben, damit hat er uns überrumpelt. Wir hatten keinerlei Anhaltspunkte.«

»Weshalb nicht?«

»Weil er es schlauer anfing. Er hatte auf die harte Tour gelernt, daß seine eigenen Leute mit uns redeten, also beschloß er, mit einer unauffälligen kleinen Einheit zu arbeiten.«

»Einheit? Also mehr als einer Person?«

»Etwas dergleichen.«

»Also mit Sam und wem noch?«

Lettner schnaubte und kicherte gleichzeitig und kam zu

dem Schluß, daß die Fische sich woandershin verzogen hatten. Er legte seine Rute ins Boot und zog an der Startschnur. Dann waren sie wieder unterwegs und jagten flußabwärts. Adam ließ seine Füße in den Leder-Mokassins weiter über die Bordwand hängen, und bald waren sie bis zu den Knöcheln naß. Er nippte an seinem Bier. Die Sonne fing endlich an, hinter den Bergen zu verschwinden. Er genoß die Schönheit des Flusses.

Die nächste Station war ein Stück stillen Wassers unterhalb einer Klippe, von der ein Tau herabhing. Lettner warf seine Rute aus, wieder vergeblich, und übernahm nun selber die Rolle des Befragers. Er stellte hundert Fragen über Adam und seine Familie – die Flucht nach Westen, die neue Identität, Eddies Selbstmord. Er erklärte, daß er, während Sam im Gefängnis saß, seine Familie überprüft hatte und wußte, daß er einen Sohn hatte, der gerade aus der Stadt verschwunden war, aber da Eddie harmlos zu sein schien, hatte er ihm nicht weiter nachgespürt, sondern statt dessen Sams Brüder und Vettern überwacht. Er war fasziniert von Adams Kindheit und der Tatsache, daß er praktisch ohne jedes Wissen um seine Verwandtschaft aufgewachsen war.

Adam stellte ebenfalls ein paar Fragen, aber die Antworten waren vage und wurden sofort in weitere Fragen über seine Vergangenheit verkehrt. Adam hatte es mit einem Mann zu tun, der fünfundzwanzig Jahre seines Lebens damit verbracht hatte, Fragen zu stellen.

Die dritte und letzte vielversprechende Stelle war nicht weit von Calico Rock entfernt, und sie angelten, bis es dafür zu dunkel wurde. Nach fünf Flaschen Bier brachte Adam den Mut auf, einen Haken zu beködern. Lettner war ein geduldiger Lehrer, und binnen weniger Minuten hatte Adam eine beachtliche Forelle gefangen. Für kurze Zeit vergaßen sie Sam, den Klan und andere Alpträume aus der Vergangenheit und angelten einfach. Sie tranken und angelten.

Mrs. Lettners Vorname war Irene, und sie hieß ihren Mann und seinen unerwarteten Gast freundlich und gelassen willkommen. Als Ron sie nach Hause fuhr, hatte Wyn erklärt, daß Irene an solche Überfälle gewöhnt sei, und es schien ihr in der Tat nicht das geringste auszumachen, als sie durch die Tür torkelten und ihr ihren Fang übergaben.

Die Behausung der Lettners war ein Cottage ungefähr eine Meile nördlich des Ortes. Die Hinterveranda hatte ein Fliegengitter zum Schutz vor Insekten, und von ihr aus hatte man einen prachtvollen Blick auf den Fluß. Sie saßen in Korb-Schaukelstühlen auf der Veranda bei einer weiteren Runde Bier, während Irene die Forellen briet.

Selber für das Essen zu sorgen war eine neue Erfahrung für Adam, und er aß den Fisch, den er gefangen hatte, mit großem Appetit. Er schmeckte immer besser, verkündete Wyn, ohne im Kauen und Trinken innezuhalten, wenn man ihn selbst gefangen hatte. Ungefähr in der Mitte der Mahlzeit ging er zu Scotch über. Adam lehnte ab. Er hätte am liebsten ein Glas Wasser getrunken, aber der übliche Männlichkeitswahn trieb ihn dazu, bei Bier zu bleiben. Er konnte jetzt keinen Rückzieher machen. Lettner würde bestimmt über ihn herfallen.

Irene trank Wein und erzählte Geschichten über Mississippi. Sie war mehrfach bedroht worden, ihre Kinder weigerten sich, sie zu besuchen. Sie stammten beide aus Ohio, und ihre Angehörigen machten sich ständig Sorgen um ihre Sicherheit. Das waren noch Zeiten, sagte sie mehr als einmal mit einer gewissen Sehnsucht nach Aufregung in der Stimme. Sie war ungeheuer stolz auf ihren Mann und seine Heldentaten im Kampf um die Bürgerrechte.

Nach dem Essen verließ sie sie und verschwand in einem anderen Raum. Es war fast zehn Uhr, und Adam war bettreif. Wyn erhob sich, wobei er sich an einem Balken festhielt, und entschuldigte sich für einen Gang auf die Toilette. Nach angemessener Zeit kehrte er mit zwei großen Gläsern Scotch zurück. Er gab Adam eines davon und ließ sich wieder in seinem Schaukelstuhl nieder.

Eine Weile tranken und schaukelten sie stumm, dann sagte Lettner: »Sie sind also überzeugt, daß Sam einen Komplizen hatte.«

»Natürlich hatte er einen Komplizen.« Adam war sich bewußt, daß seine Zunge schwer war und seine Worte nur sehr langsam herauskamen. Lettners Sprechweise war bemerkenswert deutlich.

»Und was macht Sie da so sicher?«

Adam ließ das schwere Glas sinken und schwor sich, keinen Tropfen mehr zu trinken. »Das FBI hat nach dem Anschlag Sams Haus durchsucht, richtig?«

»Richtig.«

»Sam saß in Greenville im Gefängnis, und ihr hattet einen Durchsuchungsbefehl.«

»Ich war dabei. Wir gingen mit einem Dutzend Agenten hinein und suchten drei Tage.«

»Und habt nichts gefunden.«

»So könnte man es ausdrücken.«

»Keine Spur von Dynamit. Keine Spur von Sprengkapseln, Zündschnüren, Detonatoren. Keine Spur von irgendwelchen Geräten oder Substanzen, wie sie bei einem der Anschläge benutzt wurden. Ist das korrekt?«

»Absolut korrekt. Also worauf wollen Sie hinaus?«

»Sam besaß keinerlei Kenntnisse im Umgang mit Sprengstoff, und er hatte auch keinerlei Vorgeschichte in seiner Anwendung.«

»Nein, das stimmt nicht. Ich würde sagen, er hatte eine ziemlich beachtliche Vorgeschichte in seiner Anwendung. Kramer war, wenn ich mich recht erinnere, der sechste Anschlag. Diese Wahnsinnigen bombten überall herum, und wir konnten sie nicht daran hindern. Sie waren nicht dabei. Ich steckte mittendrin. Wir hatten dem Klan dermaßen zugesetzt, daß er sich nicht mehr getraute, etwas zu unternehmen, und dann brach ganz plötzlich ein neuer Krieg aus, und überall explodierten Bomben. Wir verhörten jeden, den wir verhören konnten. Wir setzten den Leuten zu, die wir kannten. Und wir hatten keinerlei Anhaltspunkte. Unsere Informanten hatten keinerlei Anhaltspunkte. Es war, als wäre plötzlich eine andere Abteilung des Klan in Mississippi eingefallen, ohne den alten Mitgliedern etwas davon zu verraten.«

»Wußten Sie über Sam Bescheid?«

»Sein Name stand in unseren Akten. Soweit ich mich erinnere, hatte sein Vater dem Klan angehört und vielleicht einer oder zwei seiner Brüder. Also hatten wir ihre Namen. Aber sie schienen harmlos zu sein. Sie lebten im nördlichen Teil des Staates, in einer Gegend, aus der wenig gewaltsame Klan-Aktivitäten bekannt waren. Wahrscheinlich verbrannten sie ein paar Kreuze, schossen vielleicht auch mal in ein paar Häuser, aber das war nichts im Vergleich zu Dogan und seiner Bande. Wir hatten alle Hände voll zu tun mit Mördern. Wir hatten nicht die Zeit, uns mit sämtlichen Kluxern im Staat zu befassen.«

»Wie erklären Sie sich dann Sams plötzlichen Übergang zur Gewalttätigkeit?«

»Den kann ich nicht erklären. Sam war schließlich kein Chorknabe. Er hatte schon früher getötet.«

»Sind Sie sicher?«

»Wenn ich es Ihnen sage. Anfang der Fünfziger hat er einen seiner schwarzen Arbeiter erschossen. Nicht einen Tag hat er dafür im Gefängnis gesessen. Ich weiß es nicht genau, aber ich glaube, er wurde nicht einmal verhaftet. Vielleicht hat er sogar noch einen weiteren Mord begangen. Auch an einem Schwarzen.«

»Davon möchte ich lieber nichts hören.«

»Fragen Sie ihn. Finden Sie heraus, ob der alte Gauner den Mut aufbringt, es seinem Enkel gegenüber zuzugeben.« Er trank einen weiteren Schluck. »Er war ein gewalttätiger Mann, Söhnchen, und durchaus imstande, Bomben zu legen und Leute umzubringen. Seien Sie nicht naiv.«

»Ich bin nicht naiv. Ich versuche lediglich, sein Leben zu retten.«

»Weshalb? Er hat zwei vollkommen unschuldige kleine Jungen umgebracht. Zwei Kinder. Ist Ihnen das klar?«

»Er wurde wegen dieser Morde zum Tode verurteilt. Aber wenn die Morde ein Verbrechen waren, dann ist es auch ein Verbrechen, wenn der Staat ihn umbringt.«

»Diesen Quatsch kaufe ich Ihnen nicht ab. Die Todesstrafe ist zu gut für diese Leute. Sie ist zu sauber und steril. Sie wissen, daß sie sterben müssen, also haben sie genügend Zeit, ihre Gebete zu sprechen und Lebewohl zu sagen. Was ist mit den Opfern? Wieviel Zeit hatten sie, sich auf den Tod vorzubereiten?«

»Sie wollen also, daß Sam hingerichtet wird?«

»Ja. Ich will, daß sie alle hingerichtet werden.«

»Mir ist, als hätten Sie gesagt, Sam wäre kein schlechter Kerl.«

»Ich habe gelogen. Sam ist ein kaltblütiger Killer. Und eindeutig schuldig. Wie sonst ließe sich die Tatsache erklären, daß die Bombenanschläge aufhörten, sobald er im Gefängnis saß?«

»Vielleicht hatten sie es nach Kramer mit der Angst zu tun bekommen.«

»Sie? Wer zum Teufel sind sie?«

»Sam und sein Komplize. Und Dogan.«

»Okay. Ich spiele mit. Nehmen wir an, daß Sam einen Komplizen hatte.«

»Nein. Nehmen wir an, daß Sam der Komplize war. Nehmen wir an, daß der andere Mann der Sprengstoffexperte war.«

»Experte? Das waren sehr primitive Bomben, Jungchen. Die ersten fünf bestanden aus nicht mehr als ein paar mit einer Zündschnur umwickelten Stangen. Man zündet ein Streichholz an, macht, daß man wegkommt, und eine Viertelstunde später – wamm! Die Kramer-Bombe war nichts als eine zusammengeschusterte Vorrichtung mit einem Wecker dran. Sie haben Glück gehabt, daß sie nicht hochging, während sie daran herumbastelten.«

»Glauben Sie, daß sie bewußt auf den Zeitpunkt eingestellt war, zu dem sie dann tatsächlich hochging?«

»Die Jury war davon überzeugt. Dogan sagte aus, sie hätten vorgehabt, Marvin Kramer umzubringen.«

»Weshalb trieb sich Sam dann in der Nähe herum? Weshalb war er der Bombe so nahe, daß er von Trümmern getroffen wurde?«

»Das müssen Sie Sam fragen, was Sie vermutlich bereits getan haben. Behauptet er, er hätte einen Komplizen gehabt?«

»Nein.«

»Dann ist alles klar. Wenn Ihr eigener Mandant nein sagt – weshalb zum Teufel graben Sie dann weiter?«

»Weil ich glaube, daß mein Mandant lügt.«

»Pech für Ihren Mandanten. Wenn er lügen und die Identität von irgend jemandem nicht preisgeben will, weshalb zerbrechen Sie sich dann den Kopf?«

»Weshalb lügt er mich an?«

Lettner schüttelte frustriert den Kopf, dann murmelte er etwas und trank einen weiteren Schluck. »Woher zum Teufel soll ich das wissen? Und ich will es auch nicht wissen. Mir ist es völlig gleich, ob Sam lügt oder die Wahrheit sagt. Aber wenn er nicht einmal Ihnen, seinem Anwalt und Enkel, gegenüber ehrlich ist, dann sage ich, schickt ihn in die Gaskammer.«

Adam trank einen großen Schluck und starrte in die Dunkelheit. Er kam sich in der Tat manchmal albern vor, wenn er mit allen Mitteln zu beweisen versuchte, daß sein eigener Mandant ihn anlog. Er würde noch einen Versuch machen und dann das Thema wechseln. »Sie glauben den Zeugen nicht, die Sam zusammen mit einer anderen Person gesehen haben?«

»Nein. Sie waren ziemlich fragwürdig, wenn ich mich recht erinnere. Der Mann in der Raststätte hat sich erst nach sehr langer Zeit gemeldet. Der andere war gerade aus einer Kneipe gekommen. Sie waren unglaubwürdig.«

»Haben Sie Dogan geglaubt?«

»Die Geschworenen taten es.«

»Ich habe nicht nach den Geschworenen gefragt.«

Lettners Atem wurde nun doch schwer, und er schien abzuschalten. »Dogan war wahnsinnig, und er war ein Genie. Er hat gesagt, mit der Bombe sollte getötet werden, und ich glaube ihm. Vergessen Sie nicht, Adam, in Vicksburg hätten sie beinahe eine ganze Familie ausgelöscht. An den Namen kann ich mich nicht erinnern ...«

»Pinder. Und Sie sagen immer wieder, *sie* haben dies und jenes getan.«

»Ich spiele einfach mit, klar? Wir nehmen also an, daß Sam einen Komplizen bei sich hatte. Sie legten mitten in der Nacht eine Bombe im Haus der Pinders. Eine ganze Familie hätte getötet werden können.«

»Sam hat gesagt, er hätte die Bombe in der Garage gelegt, damit niemand zu Schaden käme.«

»Das hat Sam zu Ihnen gesagt? Sam hat zugegeben, daß er das getan hat? Weshalb fragen Sie mich dann noch nach einem Komplizen? Mir scheint, Sie müssen besser zuhören, wenn Ihr Mandant etwas sagt. Der Mistkerl ist schuldig. Sie brauchen ihm nur zuzuhören.«

Adam trank noch einen Schluck, und seine Lider wurden schwerer. Er schaute auf die Uhr, konnte sie aber nicht entziffern. »Erzählen Sie mir von den Tonbändern«, sagte er gähnend.

»Welchen Tonbändern?« fragte Lettner, ebenfalls gähnend.

»Den FBI-Tonbändern, die bei Sams Prozeß abgespielt wurden. Denen, auf denen Dogan mit Wayne Graves über den Kramer-Anschlag sprach.«

»Wir hatten Unmengen von Tonbändern. Und sie hatten Unmengen von möglichen Opfern. Wir hatten sogar ein Tonband, auf dem sich zwei Kluxer über einen Anschlag auf eine Synagoge während einer Hochzeit unterhielten. Sie wollten die Türen verriegeln und irgendein Gas durch die Heizungsrohre hineinleiten und auf diese Weise die ganze Gemeinde auslöschen. Eine widerliche Bande. Aber das waren nur ein paar Idioten, die herumgesponnen haben, und deshalb haben wir die Sache nicht weiter verfolgt. Wayne Graves war einer vom Klan, der auf unserer Gehaltsliste stand; er hat uns erlaubt, sein Telefon anzuzapfen. Er rief Dogan eines Abends an, sagte, er wäre an einem Münzfernsprecher und brachte ihn dazu, über Kramer zu reden. Sie redeten auch über andere potentielle Opfer. Machte großen Eindruck bei Sams Prozeß. Aber die Tonbänder halfen uns nicht, auch nur einen einzigen Anschlag zu verhindern. Und sie halfen uns auch nicht bei der Identifizierung von Sam.«

»Sie hatten also keine Ahnung, daß Sam Cayhall beteiligt war?«

»Nicht die geringste. Wenn der Idiot rechtzeitig aus Greenville verschwunden wäre, dann wäre er vermutlich immer noch ein freier Mann.«

»Wußte Kramer, daß man es auf ihn abgesehen hatte?«

»Wir haben es ihm gesagt. Aber er war mittlerweile an

Drohungen gewöhnt. Er ließ sein Haus bewachen.« Seine Worte fingen an, ein wenig undeutlich zu werden, und sein Kinn war ein paar Zentimeter heruntergesackt.

Adam entschuldigte sich und suchte sich vorsichtig einen Weg zur Toilette. Als er auf die Veranda zurückkehrte, hörte er lautes Schnarchen. Lettner war auf seinem Stuhl zusammengesackt und mit dem Drink in der Hand eingeschlafen. Adam nahm ihm das Glas ab, dann machte er sich auf die Suche nach einer Couch.

20

Der Spätvormittag war warm, aber auf dem Vordersitz des ausrangierten Militär-Jeeps, dem eine Klimaanlage und andere wichtige Dinge fehlten, schien er schlichtweg glutheiß. Adam schwitzte und hielt die Hand beständig am Türgriff, in der Hoffnung, sie würde sich schnell genug öffnen lassen, falls Irenes Frühstück wieder hochkam.

Er war auf dem Fußboden neben einer schmalen Couch aufgewacht, in einem Raum, den er für ein Wohnzimmer gehalten hatte, der aber in Wirklichkeit der Waschraum neben der Küche gewesen war. Und die Couch war eine Bank, hatte Lettner unter viel Gelächter erklärt, auf die er sich immer setzte, um sich die Stiefel auszuziehen. Irene hatte das Haus abgesucht und ihn schließlich dort gefunden, und Adam entschuldigte sich wortreich, bis beide ihn aufforderten, damit aufzuhören. Sie hatte auf einem ausgiebigen Frühstück bestanden. Es war der eine Tag in der Woche, an dem sie Fleisch aßen, eine alte Tradition in der Familie Lettner, und Adam hatte am Küchentisch gesessen und Eiswasser getrunken, während der Speck brutzelte und Irene summte und Wyn die Zeitung las. Außerdem machte sie Rührei und mixte Bloody Marys.

Der Wodka stumpfte einen Teil seiner Kopfschmerzen ab, war aber nicht dazu angetan, seinen Magen zu beruhigen. Als sie auf der holprigen Straße auf Calico Rock zurumpelten, fürchtete Adam, sich übergeben zu müssen.

Obwohl Lettner als erster weggesackt war, machte er an diesem Morgen einen bemerkenswert gesunden Eindruck. Keine Spur von einem Kater. Er hatte einen Teller voll Speck vertilgt und nur eine Bloody Mary getrunken. Er hatte aufmerksam die Zeitung gelesen und Bemerkungen zu diesem und jenem gemacht, und Adam hatte das Gefühl, daß er einer von jenen gut angepaßten Alkoholikern war, die sich jeden Abend vollaufen ließen, es aber mühelos abschüttelten.

Der Ort kam in Sichtweite. Die Straße war plötzlich ebener, und Adams Magen hörte auf zu hüpfen. »Tut mir leid wegen gestern abend«, sagte Lettner.

»Was?« fragte Adam.

»Das mit Sam. Ich war gemein. Ich weiß, daß er Ihr Großvater ist und daß Sie sich große Sorgen machen. Ich habe gelogen. In Wirklichkeit will ich nicht, daß Sam hingerichtet wird. Er ist kein schlechter Kerl.«

»Ich werde es ihm sagen.«

»Ja. Ich bin sicher, daß er sich darüber freuen wird.«

Sie fuhren in den Ort und bogen zur Brücke ab. »Da ist noch etwas«, sagte Lettner. »Wir haben immer vermutet, daß Sam einen Komplizen hatte.«

Adam lächelte und schaute durch sein Fenster. Sie kamen an einer kleinen Kirche vorbei, bei der ältere Leute in ihren Sonntagskleidern und besten Anzügen unter einem schattenspendenden Baum standen.

»Weshalb?« fragte Adam.

»Aus denselben Gründen. Sam hatte bis dahin nichts mit Bomben zu tun gehabt. Er war nicht an gewalttätigen Klan-Aktivitäten beteiligt gewesen. Die beiden Zeugen, vor allem der Lastwagenfahrer in Cleveland, haben uns immer zu denken gegeben. Der Lastwagenfahrer hatte keine Veranlassung zu lügen, und er schien sich seiner Sache völlig sicher zu sein. Sam schien einfach nicht der Typ, der von sich aus loszog, um Bomben zu legen.«

»Und wer ist der Mann?«

»Ich weiß es wirklich nicht.« Sie rollten an den Fluß heran und hielten an, und Adam öffnete sicherheitshalber seine Tür. Lettner stützte sich auf das Lenkrad und musterte Adam mit schiefgehaltenem Kopf. »Nach dem dritten oder vierten Anschlag, es könnte die Synagoge in Jackson gewesen sein, trafen sich ein paar einflußreiche Juden aus New York und Washington mit Präsident Johnson. Er rief Mr. Hoover an, und der rief mich an. Ich fuhr nach Washington, wo ich mit Mr. Hoover und dem Präsidenten zusammentraf, die mir eine Menge Honig ums Maul schmierten. Ich kam mit neu erwachter Entschlossenheit nach Memphis zurück. Wir stürzten uns auf unsere Informanten. Einigen Leuten taten wir ziemlich weh. Wir versuchten alles Erdenkliche, aber vergeblich. Unsere Informanten wußten einfach nicht, wer die Bombenanschläge beging. Nur Dogan wußte es, und der machte natürlich den Mund nicht auf. Aber nach der fünften Bombe, ich glaube, es war die Zeitungsredaktion, hatten wir ein bißchen Glück.«

Lettner öffnete seine Tür und ging zur Vorderseite des Jeeps. Adam trat zu ihm, und sie sahen zu, wie der Fluß durch Calico Rock strömte. »Möchten Sie ein Bier? Im Laden stehen immer ein paar auf Eis.«

»Nein, bitte nicht. Ich bin ohnehin schon halb tot.«

»Hab' nur Spaß gemacht. Also, Dogan hatte diesen großen Gebrauchtwagenladen, und einer von seinen Mitarbeitern war ein alter Schwarzer, der weder lesen noch schreiben konnte. Er wusch die Wagen und fegte den Boden. Wir hatten uns früher schon mal vorsichtig an den Alten rangemacht, aber er war ziemlich feindselig. Doch dann erzählte er wie aus heiterem Himmel einem unserer Agenten, daß er gesehen hatte, wie Dogan und ein anderer Mann ein paar Tage zuvor etwas in den Kofferraum eines grünen Pontiac legten. Er sagte, er hätte gewartet und dann den Kofferraum geöffnet und gesehen, daß es Dynamit war. Am nächsten Tag hörte er, daß es wieder einen Bombenanschlag gegeben hatte. Er wußte, daß das FBI Dogan nicht aus den Augen ließ, also hielt er es für angebracht, es uns zu sagen. Dogans Helfer war ein Klansmann, der Virgil hieß und gleichfalls für ihn arbeitete. Also statteten wir Virgil einen Besuch ab. Ich klopfte eines Nachts gegen drei Uhr an seine Tür, hämmerte dagegen, wie wir es damals immer gemacht haben, und es dauerte nicht lange, bis er das Licht einschaltete und auf die Veranda herauskam. Ich hatte ungefähr acht Agenten bei mir, und wir hielten Virgil unsere Ausweise unter die Nase. Er hatte eine Heidenangst. Ich sagte ihm, wir wüßten, daß er am Vorabend das Dynamit nach Jackson gebracht hatte, und daß ihm dreißig Jahre bevorstünden. Man konnte hören, wie seine Frau hinter der Fliegentür weinte. Virgil zitterte und war nahe daran, gleichfalls zu weinen. Ich ließ meine Karte zurück mit der Anweisung, mich noch vor Mittag des gleichen Tages anzurufen, und ich drohte ihm für den Fall, daß er Dogan oder sonst jemanden informierte. Ich sagte ihm, wir würden ihn rund um die Uhr überwachen.

Ich bezweifle, daß Virgil wieder ins Bett ging. Seine Augen waren rot und verquollen, als er ein paar Stunden später bei mir aufkreuzte. Wir wurden Freunde. Er sagte, die Anschläge wären nicht das Werk von Dogans gewöhnlichem Trupp. Er wußte nicht viel, aber er hatte genug von Dogan gehört, um anzunehmen, daß der Attentäter ein sehr junger Mann aus einem anderen Staat war. Dieser Kerl war aus dem Nirgendwo aufgetaucht und sollte sehr gut sein im Umgang mit Sprengstoff. Dogan wählte die Opfer aus, plante die Anschläge und rief dann diesen Mann an, der sich in die jeweilige Stadt schlich, den Anschlag ausführte und danach wieder verschwand.«

»Haben Sie ihm geglaubt?«

»Das meiste. Es war einleuchtend. Es mußte jemand Neues sein, weil wir den Klan mit Informanten regelrecht durchsiebt hatten. Wir wußten praktisch über jeden Schritt Bescheid, den sie taten.«

»Was ist aus Virgil geworden?«

»Ich verbrachte einige Zeit mit ihm, gab ihm ein bißchen Geld, Sie wissen schon, die übliche Routine. Sie wollten immer Geld. Schließlich war ich überzeugt, daß er keine Ahnung hatte, wer die Bomben legte. Er hätte nie zugegeben, daß er beteiligt gewesen war, daß er die Wagen und das Dynamit überbracht hatte, und wir setzten ihm nicht zu. Wir waren nicht hinter ihm her.«

»War er an der Kramer-Sache beteiligt?«

»Nein. Dafür hatte Dogan jemand anderen benutzt. Dogan schien einen sechsten Sinn dafür zu haben, wann er Verwirrung stiften und die Routine ändern mußte.«

»Das, was Virgil über den Attentäter sagte, hört sich aber ganz und gar nicht nach Sam Cayhall an, oder?«

»Nein.«

»Und Sie hatten keine Verdächtigen?«

»Nein.«

»Heraus mit der Sprache, Wyn. Sie müssen doch irgendwelche Anhaltspunkte gehabt haben.«

»Ich schwöre es, wir hatten keine. Kurz nachdem wir miteinander gesprochen hatten, wurde die Bombe bei Kramer gelegt, und alles war vorbei. Wenn Sam einen Komplizen gehabt hat, dann hat dieser Komplize sich aus dem Staub gemacht.«

»Und das FBI hat auch hinterher nichts herausbekommen?«

»Absolut nichts. Wir hatten Sam, der überaus schuldig roch und auch so aussah.«

»Und ihr wolltet natürlich den Fall so schnell wie möglich abschließen.«

»Stimmt. Und die Anschläge hörten auf. Nach Sams Verhaftung wurden keine Bomben mehr gelegt, vergessen Sie das nicht. Wir hatten unseren Mann. Mr. Hoover war glücklich. Die Juden waren glücklich. Der Präsident war glücklich. Dann konnten sie ihn vierzehn Jahre lang nicht verurteilen, aber das ist eine andere Geschichte. Alle waren erleichtert, als die Bombenanschläge aufhörten.«

»Und weshalb hat Dogan den wirklichen Attentäter nicht verpfiffen, als er Sam verpfiff?«

Sie waren die Uferböschung hinuntergegangen und standen jetzt nur ein paar Zentimeter oberhalb des Wassers, nicht weit von Adams Wagen entfernt. Lettner räusperte sich und spuckte ins Wasser. »Würden Sie gegen einen Terroristen aussagen, der frei herumläuft?«

Adam dachte eine Sekunde lang nach. Lettner lächelte, ließ seine großen gelben Zähne sehen, dann kicherte er und machte sich auf den Weg zu seinem Ponton. »Lassen Sie uns ein Bier trinken.«

»Nein, danke. Ich muß los.«

Lettner blieb stehen, und sie gaben sich die Hand und versprachen, daß sie sich wiedersehen würden. Adam lud ihn nach Memphis ein, und Lettner lud ihn ein, wieder mal nach Calico Rock zu kommen, damit sie zusammen angeln und trinken konnten. In diesem Moment war Adam von der Einladung alles andere als begeistert. Er bat Lettner, Irene zu grüßen, entschuldigte sich noch einmal dafür, daß er in der Waschküche eingeschlafen war, und dankte ihm abermals für seine Informationen.

Er ließ die kleine Stadt hinter sich und steuerte den Wagen ganz vorsichtig um Kurven herum und zwischen den Bergen hindurch, immer noch darauf bedacht, seinen Magen nicht unnötig zu erschüttern.

Als er Lees Wohnung betrat, mühte sie sich mit einem Nudelgericht ab. Der Tisch war mit Porzellan, Silber und frischen Blumen gedeckt. Es war ein Rezept für überbackene Manicotti, aber die Dinge liefen nicht gut in der Küche. In der vergangenen Woche hatte sie mehr als einmal gestanden, daß sie eine miserable Köchin war, und jetzt bewies sie es. Überall auf den Arbeitsplatten standen Töpfe und Pfannen herum. Ihre selten benutzte Schürze war mit Tomatensauce bespritzt. Sie lachten, als sie sich gegenseitig auf die Wange küßten, und sie sagte, im Gefrierschrank läge eine Pizza für den Fall, daß alles schiefgehen sollte.

»Du siehst fürchterlich aus«, sagte sie plötzlich und betrachtete seine Augen.

»Es war ein anstrengender Abend.«

»Du riechst nach Alkohol.«

»Ich hatte zwei Bloody Marys zum Frühstück. Und jetzt brauche ich noch eine.«

»Die Bar ist geschlossen.« Sie ergriff ein Messer und bewegte sich zu einem Berg Gemüse. Eine Zucchini war das nächste Opfer. »Was hast du dort oben getan?«

»Mich mit einem FBI-Mann betrunken. Auf dem Fußboden geschlafen, neben seiner Waschmaschine und seinem Trockner.«

»Wie nett.« Fast hätte sie sich in den Finger geschnitten.

Sie riß ihre Hand vom Hackbrett zurück und betrachtete den Finger. »Hast du die Zeitung schon gesehen?«

»Nein. Sollte ich?«

»Ja. Sie liegt da drüben.« Sie deutete auf eine Ecke des Frühstückstresens.

»Etwas Schlimmes?«

»Lies es.«

Adam nahm die Sonntagsausgabe der *Memphis Post* und setzte sich auf einen Stuhl am Tisch. Auf der ersten Seite im zweiten Teil stieß er plötzlich auf sein lächelndes Gesicht. Es war ein vertrautes Foto, aufgenommen vor gar nicht langer Zeit, als er im zweiten Jahr in Michigan Jura studierte. Die Story nahm die halbe Seite ein, und sein Foto befand sich in Gesellschaft von vielen anderen – Sam natürlich, Marvin Kramer, Josh und John Kramer, Ruth Kramer, David McAllister, Justizminister Steve Roxburgh, Naifeh, Jeremiah Dogan und Mr. Elliott Kramer, Marvins Vater.

Todd Marks war fleißig gewesen. Sein Artikel begann mit einer kurzgefaßten Geschichte des Falles, die eine ganze Spalte ausfüllte, dann ging er schnell zur Gegenwart über und rekapitulierte noch einmal die Story, die er bereits zwei Tage zuvor geschrieben hatte. Er hatte etwas mehr biographisches Material über Adam ausgegraben – College in Pepperdine, Jurastudium in Michigan, Redakteur der Juristen-Zeitschrift, erst seit kurzem Mitarbeiter von Kravitz & Bane. Naifeh hatte wenig zu sagen, nur, daß die Hinrichtung in Übereinstimmung mit dem Gesetz erfolgen würde. McAllister hingegen war voller Weisheit. Er lebte seit dreiundzwanzig Jahren mit dem Kramer-Alptraum, erklärte er in feierlich gedämpftem Ton, und hatte, seit es passiert war, an jedem Tag seines Lebens daran gedacht. Er hatte die Ehre und den Vorzug gehabt, die Anklage gegen Sam Cayhall zu vertreten und den Killer seiner gerechten Strafe zuzuführen, und nur die Hinrichtung konnte unter dieses grauenhafte Kapitel der Geschichte von Mississippi den Schlußstrich ziehen. Nein, erklärte er nach ausgiebigem Nachdenken, eine Begnadigung kam überhaupt nicht in Frage. Das wäre nicht fair gegenüber den kleinen Kramer-Jungen. Und so weiter und so weiter.

Auch Steve Roxburgh hatte das Interview offensichtlich genossen. Er stand bereit, um anzukämpfen gegen die letzten Versuche von Sam Cayhall und seinem Anwalt, die Hinrichtung zu vereiteln. Er und seine Mitarbeiter waren darauf gefaßt, achtzehn Stunden am Tag zu arbeiten, um die Wünsche des Volkes zu erfüllen. Diese Sache hat sich lange genug hingezogen, hatte er angeblich mehr als einmal gesagt, und es wird Zeit, daß die Gerechtigkeit ihren Lauf nimmt. Nein, er machte sich keine Sorgen wegen irgendwelcher juristischen Herausforderungen von Seiten Sam Cayhalls. Er hatte Vertrauen in seine Fähigkeiten als Anwalt, als Anwalt des Volkes.

Sam Cayhall hatte jeden Kommentar verweigert, erklärte Marks, und Adam Hall war nicht zu erreichen gewesen, als hätte Adam nur allzugern geredet, wenn man ihn nur hätte ausfindig machen können.

Die Kommentare der Familie waren interessant und entmutigend zugleich. Elliott Kramer, jetzt siebenundsiebzig und immer noch nicht im Ruhestand, wurde als rüstig und gesund beschrieben, trotz Problemen mit dem Herzen. Er war sehr verbittert. Er gab dem Klan und Sam Cayhall nicht nur die Schuld am Tod seiner beiden Enkel, sondern auch an dem von Marvin. Dreiundzwanzig Jahre hatte er darauf gewartet, daß Sam hingerichtet würde, und es konnte nicht eine Minute zu früh geschehen. Er geißelte ein juristisches System, das es einem Mann erlaubt, noch fast zehn Jahre zu leben, nachdem die Geschworenen ihn zum Tode verurteilt hatten. Er war nicht sicher, ob er der Hinrichtung als Zeuge beiwohnen würde, das hätten seine Ärzte zu entscheiden, sagte er, aber er täte es gern. Er wollte dort sein und Cayhall in die Augen schauen, während sie ihn festschnallten.

Ruth Kramer war ein wenig zurückhaltender. Die Zeit hatte viele Wunden geheilt, sagte sie, und sie war nicht sicher, was sie nach der Hinrichtung empfinden würde. Nichts würde ihr ihre beiden kleinen Söhne zurückbringen. Sie hatte Todd Marks nur wenig zu sagen.

Adam faltete die Zeitung zusammen und legte sie neben den Stuhl. Er hatte plötzlich einen Knoten in seinem überreizten Magen, und der Grund dafür waren Steve Roxburgh und David McAllister. Für ihn als den Anwalt, von dem erwartet wurde, daß er Sam das Leben rettete, war es erschreckend, wie begierig seine Feinde darauf waren, sich ins letzte Gefecht zu stürzen. Er war ein Anfänger. Sie waren Veteranen. Vor allem Roxburgh hatte das alles schon früher mitgemacht, und er hatte erfahrene Mitarbeiter, darunter einen berühmten Spezialisten, der Mr. Death genannt wurde, einen mit allen Wassern gewaschenen Anwalt mit einer Passion für Hinrichtungen. Adam hatte nichts als eine alte Akte voller erfolgloser Eingaben und konnte nur beten, daß ein Wunder geschehen möge. In diesem Moment hatte er nicht die geringsten Hoffnungen und fühlte sich der Sache schutzlos ausgeliefert.

Lee setzte sich mit einem Espresso neben ihn. »Du siehst aus, als machtest du dir Sorgen«, sagte sie und streichelte seinen Arm.

»Mein forellenangelnder Freund konnte mir nicht weiterhelfen.«

»Der alte Kramer scheint unerbittlich zu sein.«

Adam rieb sich die Schläfen. »Ich brauche eine Kopfschmerztablette.«

»Wie wär's mit Valium?«

»Wunderbar.«

»Hast du großen Hunger?«

»Nein. Mir ist ziemlich flau im Magen.«

»Gut. Aus dem Essen ist nichts geworden. Ein kleines Problem mit dem Rezept. Entweder Pizza aus der Tiefkühltruhe oder nichts.«

»Nichts hört sich gut an. Nichts außer Valium.«

21

Adam legte seine Schlüssel in den roten Eimer und sah zu, wie er bis zu einem Punkt ungefähr sechs Meter über der Erde hochgezogen wurde, wo er anhielt und sich am Ende des Seils langsam drehte. Er ging zum ersten Tor, das erzitterte, bevor es aufglitt. Dann ging er zum zweiten Tor und wartete. Packer erschien in der zehn Meter entfernten Vordertür und gähnte, als hätte er im Trakt gerade ein Nickerchen gemacht.

Das zweite Tor glitt hinter ihm zu, und Packer wartete in der Nähe. »Guten Tag«, sagte er. Es war fast zwei Uhr, die heißeste Zeit des Tages. Der Wetterbericht am Morgen hatte fröhlich den ersten Vierzig-Grad-Tag des Jahres vorhergesagt.

»Hallo, Sergeant«, sagte Adam, als wären sie inzwischen alte Freunde. Sie gingen den Ziegelsteinpfad entlang zu der kleinen Tür mit dem Unkraut davor. Packer schloß auf, und Adam trat ein.

»Ich hole Sam«, sagte Packer ohne eine Spur von Eile und verschwand.

Die Stühle beiderseits des Metallgitters waren über den Raum verstreut. Zwei waren umgekippt, als hätte es zwischen Anwälten und Besuchern ein Handgemenge gegeben. Adam zog einen am entgegengesetzten Ende, so weit wie möglich von der Klimaanlage entfernt, dicht an die Plattform heran.

Er holte eine Kopie der Eingabe hervor, die er an diesem Morgen um neun Uhr bei Gericht eingereicht hatte. Das Gesetz schrieb vor, daß keine Klage und keine Eingabe vor einem Bundesgericht verhandelt werden durfte, wenn sie nicht vorher einem Staatsgericht vorgelegen hatte und von diesem abgewiesen worden war. Die Klage gegen die Gaskammer war beim Obersten Gericht des Staates Mississippi im Rahmen des Rechtsschutzes für bereits Verurteilte eingereicht worden. Nach Adams Ansicht und auch nach der von Garner Goodman war dies eine reine Formsache. Goodman hatte das ganze Wochenende über an dem Schriftsatz gearbeitet, auch am Samstag, während Adam mit Wyn Lettner Bier getrunken und Forellen geangelt hatte.

Sam erschien wie üblich mit auf den Rücken gefesselten Händen und ausdrucksloser Miene. Der rote Overall stand bis zur Taille offen, und das graue Haar auf seiner Brust war schweißnaß. Wie ein gut abgerichtetes Tier drehte er

Packer den Rücken zu, der ihm schnell die Handschellen abnahm und dann durch die Tür verschwand. Sam griff sofort nach einer Zigarette und vergewisserte sich, daß sie richtig brannte, bevor er sich hinsetzte und sagte: »Schön, daß du wieder da bist.«

»Das hier habe ich heute morgen um neun eingereicht«, sagte Adam und schob die Eingabe durch die schmale Öffnung im Gitter. »Ich habe mit der Kanzlistin beim Gericht in Jackson gesprochen. Sie schien zu glauben, daß das Gericht ziemlich schnell drüber entscheiden wird.«

Sam nahm die Papiere und sah Adam an. »Darauf kannst du wetten. Sie werden sie mit dem größten Vergnügen abweisen.«

»Der Staat wird ersucht werden, sofort zu reagieren, also dürfte der Justizminister bereits an der Arbeit sein.«

»Großartig. Wir werden in den Abendnachrichten über den jüngsten Stand der Dinge informiert werden. Er hat wahrscheinlich die Kameras in sein Büro eingeladen, während seine Leute an der Erwiderung arbeiten.«

Adam zog sein Jackett aus und lockerte seine Krawatte. Der Raum war feuchtheiß, und er schwitzte schon jetzt. »Sagt dir der Name Wyn Lettner etwas?«

Sam warf die Eingabe auf einen leeren Stuhl und zog heftig an seiner Zigarette. »Ja. Warum?«

»Bist du ihm je begegnet?«

Sam grübelte eine Weile vor sich hin und wählte seine Worte dann wie üblich sehr bedacht. »Vielleicht. Ich bin nicht sicher. Damals wußte ich, wer er war. Weshalb?«

»Ich war am Wochenende bei ihm. Er ist jetzt pensioniert und arbeitet im Forellengeschäft am White River. Wir haben uns ausführlich unterhalten.«

»Wie nett. Und was genau hast du erreicht?«

»Er sagt, er ist immer noch überzeugt, daß da jemand war, der mit dir zusammengearbeitet hat.«

»Hat er irgendeinen Namen genannt?«

»Nein. Sie hatten nie irgendwelche Verdächtigen, sagt er jedenfalls. Aber sie hatten einen Informanten, einen von Dogans Leuten, der Lettner erzählt hat, daß der andere Mann ein Fremder war, keiner von der üblichen Truppe. Er glaubte, daß er aus einem anderen Staat kam und daß er noch sehr jung war. Das ist alles, was Lettner wußte.«

»Und das hast du ihm geglaubt?«

»Ich weiß nicht, was ich glaube.«

»Und welchen Unterschied macht das heute?«

»Ich weiß es nicht. Aber ich versuche nur, dir das Leben zu retten. Und vielleicht ist da irgendwas drin, das mir dabei helfen kann. Mehr will ich ja gar nicht. Ich bin nämlich ziemlich verzweifelt.«

»Und ich etwa nicht?«

»Ich greife nach Strohhalmen, Sam, und versuche, Löcher damit zu stopfen.«

»Du glaubst also, daß meine Geschichte Löcher hat?«

»Ja, das glaube ich. Lettner hat gesagt, er hätte immer an deiner Schuld gezweifelt, weil sie bei der Durchsuchung deines Hauses keinerlei Spuren von Sprengstoff fanden. Und sie wußten, daß du früher nie damit gearbeitet hattest. Er sagte, er hätte den Eindruck gehabt, daß du nicht der Typ wärest, der auf eigene Faust Bombenanschläge verübt.«

»Und du glaubst alles, was Lettner gesagt hat?«

»Ja. Weil es absolut einleuchtend ist.«

»Laß mich dich etwas fragen. Was wäre, wenn ich dir sagte, daß da noch jemand anders war? Wenn ich dir seinen Namen, seine Adresse, seine Telefonnummer, seine Blutgruppe und seine Urinanalyse gäbe? Was würdest du damit anfangen?«

»Ein fürchterliches Geschrei machen. Ich würde ganze Lastwagen voller Eingaben und Beschwerden einreichen. Ich würde die Medien aufscheuchen und dich als Sündenbock darstellen. Ich würde versuchen, deine Unschuld an die große Glocke zu hängen, und hoffen, daß irgend jemand darauf aufmerksam wird, ein Richter an einem Berufungsgericht zum Beispiel.«

Sam nickte langsam, als wäre das total albern und genau das, was er erwartet hatte. »Es würde nicht funktionieren, Adam«, sagte er bedächtig, als versuchte er, einem Kind etwas beizubringen. »Mir bleiben noch dreieinhalb Wochen. Du kennst die Gesetze. Es hat keinen Sinn, zu behaupten, der Große Unbekannte hätte es getan, weil der Große Unbekannte nie erwähnt worden ist.«

»Ich weiß. Aber ich würde es trotzdem tun.«

»Es würde nicht funktionieren. Hör auf, nach dem Großen Unbekannten zu suchen.«

»Wer ist er?«

»Er existiert nicht.«

»Doch, das tut er.«

»Wieso bist du so sicher?«

»Weil ich glauben möchte, daß du unschuldig bist, Sam. Das ist sehr wichtig für mich.«

»Ich habe dir gesagt, daß ich unschuldig bin. Ich habe die Bombe gelegt, aber ich hatte nicht die Absicht, jemanden umzubringen.«

»Aber weshalb hast du die Bombe gelegt? Weshalb hast du das Haus der Pinders, die Synagoge und das Maklerbüro in die Luft gesprengt? Weshalb hattest du es auf unschuldige Leute abgesehen?«

Sam paffte nur und schaute auf den Boden.

»Weshalb hast du gehaßt, Sam? Weshalb fiel es dir so leicht? Weshalb ist dir beigebracht worden, Schwarze und Juden und Katholiken zu hassen und jedermann sonst, der ein bißchen anders war als du? Hast du dich das jemals selbst gefragt?«

»Nein. Ich habe es auch nicht vor.«

»Also hat es einfach in dir gesteckt, stimmt's? Es lag in deinem Charakter, deinem ganzen Wesen, genau wie deine Größe und deine blauen Augen. Es war etwas, womit du geboren wurdest und woran du nichts ändern konntest. Es steckte in den Genen, die du von deinem Vater und deinem Großvater geerbt hattest, getreue Mitglieder des Klans alle miteinander, und es ist etwas, das du stolz mit ins Grab nehmen wirst, stimmt's?«

»Es war eine Art zu leben. Eine andere kannte ich nicht.«

»Und was ist dann mit meinem Vater passiert? Weshalb konntest du Eddie nicht anstecken?«

Sam warf die Zigarette auf den Fußboden und lehnte sich auf den Ellenbogen vor. Die Runzeln in den Augenwinkeln und auf seiner Stirn verspannten sich. Adams Gesicht befand sich direkt vor der Öffnung, aber er sah ihn nicht an. Statt dessen starrte er auf das untere Ende des Gitters. »Also ist jetzt die Zeit gekommen für unser Eddie-Gespräch.« Seine Stimme war wesentlich sanfter, und seine Worte kamen noch langsamer.

»Wie hast du es mit Eddie verdorben?«

»Das hat natürlich nicht das geringste zu tun mit der kleinen Gas-Party, die sie für mich planen, richtig? Es hat nichts zu tun mit Klagen und Eingaben, Anwälten und Gerichten, Anträgen und Aufschüben. Reine Zeitverschwendung.«

»Sei kein Feigling, Sam. Sag mir, wie du es mit Eddie verdorben hast. Hast du ihn das Wort Nigger gelehrt? Hast du ihm beigebracht, kleine schwarze Kinder zu hassen? Hast du versucht, ihm beizubringen, wie man Kreuze verbrennt oder Bomben bastelt? Hast du ihn zu seinem ersten Lynchmord mitgenommen? Was hast du mit ihm gemacht, Sam? Wie hast du es mit ihm verdorben?«

»Eddie hat nicht gewußt, daß ich zum Klan gehörte, bis er auf der High-School war.«

»Weshalb nicht? Du hast dich dessen doch bestimmt nicht geschämt. Das war doch etwas, worauf die Familie unheimlich stolz war, oder etwa nicht?«

»Es war keine Sache, über die wir redeten.«

»Warum nicht? Du warst die vierte Generation von Cayhalls im Klan, mit Wurzeln, die bis auf die Zeit kurz nach dem Bürgerkrieg zurückgingen. Hast du mir das nicht selbst erzählt?«

»Ja.«

»Weshalb hast du dann den kleinen Eddie nicht auf den Schoß genommen und ihm Bilder aus dem Familienalbum gezeigt? Weshalb hast du ihm nicht Gutenacht-Geschichten erzählt über die heldenhaften Cayhalls und wie sie nachts mit Masken vor ihren tapferen Gesichtern herumgefahren sind und Negerhütten niedergebrannt haben? Du weißt schon, Geschichten aus dem Krieg, von Vater zu Sohn.«

»Ich sagte es schon – es war keine Sache, über die wir redeten.«

»Na schön, und als er älter wurde, hast du da versucht, ihn zu rekrutieren?«

»Nein. Er war anders.«

»Du meinst, er hat nicht gehaßt?«

Sam rutschte ruckartig nach vorn und hustete. Es war das tiefe, trockene Husten eines Kettenrauchers. Sein Gesicht rötete sich, als er nach Atem rang. Das Husten wurde schlimmer, und er spuckte auf den Boden. Er stand auf und beugte sich vor mit beiden Händen auf den Hüften und hustete und keuchte, schlurfte herum und versuchte, damit aufzuhören.

Endlich ließ das Husten nach. Er richtete sich auf und atmete hastig. Er schluckte und spuckte abermals aus, dann entspannte er sich und holte langsam Atem. Der Anfall war vorüber, und sein gerötetes Gesicht war plötzlich wieder blaß. Er ließ sich Adam gegenüber nieder und tat einen kräftigen Zug an seiner Zigarette, als hätte irgendein anderer Gegenstand oder eine andere Gewohnheit seinen Hustenanfall ausgelöst. Er ließ sich Zeit, atmete tief und räusperte sich dann.

»Eddie war ein zartes Kind«, begann er heiser. »Das hatte er von seiner Mutter. Er war also kein Weichling, sondern im Grunde genauso zäh wie andere kleine Jungen.« Eine lange Pause, ein weiterer Zug Nikotin. »Nicht weit von uns entfernt wohnte eine Niggerfamilie ...«

»Können wir sie nicht einfach Schwarze nennen, Sam? Ich habe dich schon einmal darum gebeten.«

»Verzeih mir. Da war eine afrikanische Familie auf unserem Grundstück. Die Lincolns. Joe Lincoln hieß er, und er hatte viele Jahre für uns gearbeitet. Er lebte mit einer Frau zusammen, und sie hatten ungefähr ein Dutzend Kinder. Einer der Jungen war im gleichen Alter wie Eddie, und sie waren die besten Freunde und unzertrennlich. Das war damals nichts Ungewöhnliches. Man spielte mit jedem, der in der Nähe wohnte. Sogar ich hatte als Junge afrikanische Freunde, ob du es glaubst oder nicht. Als Eddie in die Schule kam, regte er sich fürchterlich auf, weil er in einem Bus fuhr und sein afrikanischer Freund in einem anderen. Der Junge hieß Quince. Quince Lincoln. Sie konnten es kaum erwarten, aus der Schule nach Hause zu kommen und auf der Farm miteinander zu spielen. Ich erinnere mich, daß Eddie nicht damit fertig wurde, daß sie nicht in dieselbe Schule gehen konnten. Und Quince konnte nicht die Nacht in unserem Haus verbringen, und Eddie konnte nicht bei den Lincolns schlafen. Er stellte mir immer Fragen, weshalb die Afrikaner in Ford County so arm waren und in schäbigen Hütten wohnten und keine hübschen Kleider hatten und so viele Kinder in jeder Familie. Darunter hat er sehr gelitten, und das machte ihn anders. Je älter er wurde, desto größer wurde sein Mitgefühl für die Afrikaner. Ich habe versucht, mit ihm zu reden.«

»Bestimmt hast du das. Du hast versucht, ihm den Kopf zurechtzusetzen, stimmt's?«

»Ich habe versucht, ihm einiges zu erklären.«

»Zum Beispiel?«

»Zum Beispiel, daß man die Rassen getrennt halten muß. Es ist nichts Unrechtes an getrennten, aber gleichwertigen Schulen. Nichts Unrechtes an Gesetzen, die Rassenvermischung verbieten. Nichts Unrechtes daran, dafür zu sorgen, daß die Afrikaner da bleiben, wo sie hingehören.«

»Und wo gehören sie hin?«

»Sie müssen unter Kontrolle gehalten werden. Sieh dir doch an, was passiert, wenn man sie freiläßt. Verbrechen, Drogen, AIDS, uneheliche Kinder, ein allgemeiner Zusammenbruch der moralischen Werte in der Gesellschaft.«

»Was ist mit der Weiterverbreitung von Atomwaffen und Mörderbienen?«

»Jetzt hast du mich verstanden.«

»Was ist mit den Grundrechten, radikalen Ideen wie dem Wahlrecht, dem Recht, öffentliche Toiletten zu benutzen, dem Recht, in Restaurants zu essen und in Hotels zu schlafen, dem Recht, nicht diskriminiert zu werden in bezug auf Wohnung, Arbeit und Schulbildung?«

»Du hörst dich an wie Eddie.«

»Gut.«

»Um die Zeit, als er mit der High-School fertig war, hat er genauso schwadroniert und ständig davon geredet, wie schlecht die Afrikaner behandelt würden. Mit achtzehn ist er ausgezogen.«

»Hat er dir gefehlt?«

»Anfangs wohl nicht. Wir hatten uns immer in den Haaren gelegen. Er wußte, daß ich zum Klan gehörte, und konnte mich nicht ausstehen. Das hat er jedenfalls behauptet.«

»Also war dir der Klan wichtiger als dein eigener Sohn?«

Sam starrte auf den Fußboden. Adam kritzelte etwas auf seinen Block. Die Klimaanlage klapperte, wurde leise und schien einen Moment lang entschlossen, ihren Geist aufzugeben. »Er war ein netter Junge«, sagte Sam leise. »Wir sind oft zum Angeln gefahren, das war unsere große gemeinsame Sache. Ich hatte ein altes Boot, und wir verbrachten Stunden auf dem See und fingen Süßwasserbarsche und Brassen. Dann wuchs er heran und konnte mich nicht mehr ausstehen. Er schämte sich meiner, und das tat natürlich weh. Er erwartete, daß ich mich änderte, und ich erwartete, daß ihm ein Licht aufging wie allen anderen weißen Jungen in seinem Alter. Es ist nie passiert. Wir drifteten auseinander, als er in der High-School war. Um diese Zeit muß der Quatsch mit den Bürgerrechten angefangen haben, und danach gab es keine Hoffnung mehr.«

»Hat er sich in der Bewegung engagiert?«

»Nein. Er war doch nicht dumm. Er hat vielleicht mit ihr sympathisiert, aber er hielt den Mund. Man lief einfach nicht herum und hielt Volksreden, wenn man ein Einheimischer war. Es gab genügend Juden und Radikale aus dem Norden, die die Sache ins Rollen brachten. Sie brauchten keine Hilfe.«

»Was hat er getan, nachdem er von zu Hause fortgegangen war?«

»Er trat in die Armee ein. Das war der einfachste Weg, die Stadt zu verlassen und aus Mississippi herauszukommen. Er war drei Jahre fort, und als er zurückkam, hatte er eine Frau. Sie wohnten in Clanton, und wir bekamen sie kaum zu Gesicht. Gelegentlich besuchte er seine Mutter, aber mir hatte er nicht viel zu sagen. Inzwischen war es

Anfang der sechziger Jahre, und die Afrikanerbewegung lief auf Hochtouren. Es gab eine Menge Klan-Treffen, eine Menge Aktivitäten, meistens weiter südlich. Eddie hielt sich heraus. Er war sehr still, er hatte ohnehin nie viel zu sagen.«

»Dann wurde ich geboren.«

»Du wurdest ungefähr um die Zeit geboren, als diese drei Bürgerrechtler verschwanden. Eddie hatte den Nerv, mich zu fragen, ob ich etwas damit zu tun hätte.«

»Und? Hattest du?«

»Nein. Ich habe fast ein Jahr lang nicht gewußt, wer es getan hat.«

»Es waren Kluxer, nicht wahr?«

»Klansmänner. Ja.«

»Warst du glücklich, als diese Jungen ermordet wurden?«

»Was zum Teufel hat das mit mir zu tun und der Gaskammer im Jahre 1990?«

»Hat Eddie Bescheid gewußt, als du mit den Bombenanschlägen angefangen hast?«

»In Ford County hat das niemand gewußt. Wir waren nicht sonderlich aktiv gewesen. Ich sagte es bereits, das meiste passierte weiter südlich, in der Gegend um Meridian.«

»Und du konntest es einfach nicht abwarten, dich selbst ins Getümmel zu stürzen?«

»Sie brauchten Hilfe. Das FBI war so tief in unsere Organisation eingedrungen, daß man niemandem mehr trauen konnte. Die Bürgerrechtsbewegung wuchs lawinenartig an. Irgend etwas mußte unternommen werden. Ich schäme mich dessen nicht.«

Adam lächelte und schüttelte den Kopf. »Aber Eddie schämte sich, nicht wahr?«

»Eddie wußte von nichts, bis zu dem Kramer-Anschlag.«

»Weshalb hast du ihn mit hineingezogen?«

»Das habe ich nicht getan.«

»Doch, das hast du. Du hast zu deiner Frau gesagt, sie soll Eddie holen und mit ihm nach Cleveland fahren, um deinen Wagen zurückzuholen. Er war ein Komplize nach begangener Tat.«

»Ich saß im Gefängnis. Ich hatte Angst. Und niemand hat es je erfahren. Es war harmlos.«

»Vielleicht hat Eddie nicht so gedacht.«

»Ich weiß nicht, was Eddie gedacht hat. Aber als ich aus dem Gefängnis herauskam, war er fort. Ihr wart alle fort. Ich habe ihn nie wiedergesehen, außer bei der Beerdigung seiner Mutter, und da ist er aufgetaucht und wieder verschwunden, ohne ein Wort zu irgend jemandem.« Er rieb sich mit der linken Hand die Runzeln auf seiner Stirn, dann fuhr er mit ihr durch sein fettiges Haar. Sein Gesicht war traurig, und als Adam einen Blick durch die Öffnung warf, sah er einen Anflug von Feuchtigkeit in den Augen. »Als ich Eddie das letztemal sah, stieg er nach dem Gedenkgottesdienst vor der Kirche in seinen Wagen. Er hatte es eilig. Ich hatte das Gefühl, daß ich ihn nie wiedersehen würde. Er war da, weil seine Mutter gestorben war, und ich wußte, daß dies sein letzter Besuch zu Hause gewesen sein würde. Für ihn gab es keinen anderen Grund, zurückzukommen. Ich stand auf der Vordertreppe der Kirche, Lee war bei mir, und wir sahen beide zu, wie er davonfuhr. Da war ich, mußte meine Frau begraben und gleichzeitig zusehen, wie mein Sohn zum letztenmal verschwand.«

»Hast du versucht, ihn zu finden?«

»Nein. Nicht ernsthaft. Lee sagte, sie hätte eine Telefonnummer, aber mir war nicht nach Betteln zumute. Es war offensichtlich, daß er nichts mit mir zu tun haben wollte, also ließ ich ihn in Ruhe. An dich habe ich oft gedacht, und ich erinnere mich, daß ich zu deiner Großmutter gesagt habe, wie schön es wäre, dich wiederzusehen. Aber ich dachte nicht daran, einen Haufen Zeit zu verschwenden mit dem Versuch, euch aufzuspüren.«

»Es wäre schwierig gewesen, uns zu finden.«

»Das habe ich gehört. Lee telefonierte hin und wieder mit Eddie, und sie hat mir dann Bericht erstattet. Hörte sich an, als zöget ihr in ganz Kalifornien herum.«

»Ich habe in zwölf Jahren sechs verschiedene Schulen besucht.«

»Aber weshalb? Was hat er getan?«

»Alles mögliche. Er verlor seinen Job, und wir zogen weiter, weil wir die Miete nicht mehr bezahlen konnten. Dann fand Mutter Arbeit, und wir zogen wieder woanders hin. Dann regte sich Dad aus irgendwelchen unerfindlichen Gründen über meine Schule auf und zerrte mich heraus.«

»Was für Jobs hatte er?«

»Einmal hat er für die Post gearbeitet, bis man ihn hinausgeworfen hat. Er drohte damit, sie zu verklagen, und hat lange seinen kleinen Privatkrieg gegen die Post geführt. Er konnte keinen Anwalt finden, der seinen Fall übernehmen wollte, also beschimpfte er sie brieflich. Er hatte immer einen kleinen Schreibtisch mit einer alten Schreibmaschine und Kartons voller Papierkram; das war sein wertvollster Besitz. Jedesmal, wenn wir woanders hinzogen, galt sein Hauptinteresse seinem Büro, wie er es nannte. Alles andere war ihm gleichgültig, aber sein Büro hütete er wie seinen Augapfel. Ich weiß noch, daß ich viele Nächte in meinem Bett lag und zu schlafen versuchte und stundenlang diese verdammte Schreibmaschine hörte. Er haßte die Bundesbehörden.«

»Ganz mein Sohn.«

»Aber aus anderen Gründen, glaube ich. In einem Jahr war die Steuerbehörde hinter ihm her, was ich immer merkwürdig fand, weil er so wenig verdiente, daß er keine drei Dollar Steuern zu bezahlen brauchte. Er erklärte also der Steuerbehörde den Krieg, und der tobte jahrelang. Dann entzog ihm der Staat Kalifornien den Führerschein, weil er versäumt hatte, ihn erneuern zu lassen, und das verstieß gegen alle möglichen Bürger- und Menschenrechte. Zwei Jahre lang mußte Mutter ihn fahren, bis er vor der Bürokratie kapitulierte. Er schrieb ständig Briefe – an den Gouverneur, den Präsidenten, Senatoren, Kongreßabgeordnete, jeden, der ein Büro und Angestellte hatte. Er schlug einfach Krach wegen allem und jedem, und wenn er eine Antwort bekam, erklärte er das zu einem kleinen Sieg. Er hob sämtliche Briefe auf. Einmal legte er sich mit den Leuten im Nebenhaus an, es ging offenbar um einen fremden Hund, der auf unsere Veranda gepinkelt hatte, und sie brüllten sich über die Hecke hinweg an. Je wütender sie wurden, desto mächtiger wurden ihre Freunde, und bei beiden fehlten nur Minuten, daß sie alle möglichen großen Tiere anriefen, die den anderen auf der Stelle seiner gerechten Strafe zuführen sollten. Dad rannte ins Haus und kam Sekunden später mit dreizehn Briefen zurück, die er an den Gouverneur des Staates Kalifornien geschrieben hatte. Er zählte sie laut und hielt sie dem Nachbarn unter die Nase, und der arme Kerl war am Boden zerstört. Ende des Streits. Ende des Hundes, der auf unsere Veranda gepinkelt hatte. Natürlich wurde Dad in all diesen Briefen mit freundlichen Worten aufgefordert, sich zum Teufel zu scheren.«

Obwohl es ihnen nicht bewußt war, lächelten sie beide, als Adam am Ende dieser kleinen Geschichte angekommen war.

»Wenn er keinen Job behalten konnte, wie habt ihr dann überlebt?« fragte Sam durch die Öffnung hindurch.

»Ich weiß es nicht. Mutter hat immer gearbeitet. Sie war immer sehr tüchtig, und zeitweise hatte sie zwei Jobs gleichzeitig. Kassiererin in einem Supermarkt. Verkäuferin in einer Drogerie. Sie konnte alles, und ich erinnere mich an mehrere sehr gute Jobs als Sekretärin. Irgendwann bekam Dad eine Lizenz zum Verkaufen von Versicherungen, und das wurde zu einer dauerhaften Teilzeitbeschäftigung. Ich glaube, er war recht gut darin, denn es ging uns besser, als ich älter wurde. Er konnte seine Arbeitszeit selbst bestimmen und brauchte niemandem Rechenschaft abzulegen. Das gefiel ihm, obwohl er sagte, er haßte Versicherungen. Er verklagte eine, weil sie eine Police für ungültig erklärt hatte oder so etwas. Ich habe wirklich nicht verstanden, um was es ging, und er hat den Fall verloren. Natürlich gab er seinem Anwalt die Schuld daran, und der machte den Fehler, Eddie einen Brief voller unmißverständlicher Erklärungen zu schicken. Dad tippte drei Tage lang, und als sein Meisterwerk fertig war, war er sehr stolz darauf. Einundzwanzig Seiten Fehler und Lügen, die der Anwalt begangen hatte. Die Versicherung schüttelte nur den Kopf. Er hat sich jahrelang mit diesem armen Anwalt herumgestritten.«

»Was für eine Art von Vater war er?«

»Ich weiß es nicht. Das ist eine schwierige Frage, Sam.«

»Weshalb?«

»Wegen der Art, wie er starb. Nach seinem Tode war ich lange Zeit wütend auf ihn und konnte nicht verstehen, wie er auf die Idee kommen konnte, uns zu verlassen, zu glauben, daß wir ihn nicht mehr brauchten, daß für ihn die Zeit gekommen war, Schluß zu machen. Und nachdem ich die Wahrheit erfahren hatte, war ich wütend auf ihn, weil er mich all die Jahre angelogen hatte, weil er meinen Namen geändert hatte und davongelaufen war. Es war fürchterlich verwirrend für einen Jungen. Und das ist es immer noch.«

»Bist du immer noch wütend?«

»Eigentlich nicht. Ich neige eher dazu, mich an Eddies gute Seiten zu erinnern. Er war der einzige Vater, den ich je hatte, also weiß ich nicht, wie ich ihn einschätzen soll. Er trank und rauchte nicht, war kein Spieler, nahm keine Drogen, war nicht hinter anderen Frauen her und prügelte seine Kinder nicht. Es fiel ihm schwer, einen Job zu behalten, aber wir hatten immer etwas zu essen und ein Dach über dem Kopf. Er und Mutter redeten ständig über Scheidung, aber dazu ist es nie gekommen. Ein paarmal ist sie ausgezogen, dann zog er wieder aus. Es war ziemlich aufreibend, aber Carmen und ich haben uns schließlich daran gewöhnt. Er hatte seine dunklen Tage oder schlimmen Zeiten, wie wir sie nannten, wo er sich in sein Zimmer zurückzog, die Tür verschloß und die Jalousien herunterließ. Mutter rief uns zu sich und erklärte uns, er fühle sich nicht wohl, und wir sollten ganz leise sein. Kein Fernsehen oder Radio. Sie war sehr fürsorglich, wenn er sich zurückzog. Er konnte tagelang in seinem Zimmer bleiben und dann plötzlich wieder zum Vorschein kommen, als wäre nichts passiert. Wir lernten, mit Eddies schlimmen Zeiten zu leben. Sein Aussehen und seine Kleidung waren völlig normal. Er war fast immer da, wenn wir ihn brauchten. Wir spielten Baseball im Hinterhof und gingen zusammen auf den Rummelplatz. Er ist mehrmals mit uns nach Disneyland gefahren. Heute glaube ich, daß er ein guter Mann war, ein guter

Vater, der einfach diese seltsame, dunkle Seite hatte, die manchmal zum Vorschein kam.«

»Aber ihr habt euch nicht nahegestanden?«

»Nein, das haben wir nicht. Er half mir bei den Schularbeiten und bestand auf erstklassigen Noten. Wir unterhielten uns über das Sonnensystem und die Umwelt, aber nie über Mädchen und Sam und Autos. Nie über Familienangehörige und Vorfahren. Es gab keinerlei Vertraulichkeiten. Er war kein herzlicher Mensch. Es gab Zeiten, wo ich ihn brauchte und er sich in seinem Zimmer eingeschlossen hatte.«

Sam rieb sich die Augenwinkel, dann lehnte er sich mit aufgestützten Ellenbogen vor, bis sein Gesicht dicht am Gitter war, und sah Adam direkt an.

»Was ist mit seinem Tod?« fragte er.

»Was soll damit sein?«

»Wie ist es passiert?«

Adam legte eine lange Pause ein, bevor er antwortete. Er konnte die Geschichte auf verschiedene Arten erzählen. Er konnte grausam und haßerfüllt und brutal ehrlich sein und damit den alten Mann vernichten. Die Versuchung war groß. Es mußte getan werden, hatte er sich viele Male gesagt, Sam mußte leiden; er mußte ihm die Schuld an Eddies Tod um die Ohren hauen. Adam wollte dem alten Mistkerl richtig weh tun und ihn zum Weinen bringen.

Aber gleichzeitig wollte er die Geschichte schnell erzählen, die schmerzhaften Teile hinter sich bringen und dann zu etwas anderem übergehen. Der alte Mann, der da auf der anderen Seite des Gitters saß, mußte auch so schon genug leiden. Die Regierung hatte vor, ihn in weniger als vier Wochen umzubringen. Adam vermutete ohnehin, daß er mehr über Eddies Tod wußte, als er vorgab.

»Er machte eine schlimme Zeit durch«, sagte Adam. Er sah auf das Gitter, wich aber Sams Augen aus. »Er war drei Wochen lang in seinem Zimmer gewesen, was länger war als üblich. Mutter sagte uns immer wieder, es ginge ihm schon besser, nur noch ein paar Tage, dann würde er herauskommen. Wir glaubten ihr, weil er es immer abzuschütteln schien. Er suchte sich einen Tag aus, an dem sie bei der

Arbeit war und Carmen im Haus einer Freundin, einen Tag, an dem er wußte, daß ich als erster nach Hause kommen würde. Ich fand ihn auf dem Fußboden meines Zimmers, mit der Waffe in der Hand, einer Achtunddreißiger. Ein Schuß durch die rechte Schläfe. Um seinen Kopf herum war eine runde Blutlache. Ich setzte mich auf die Kante meines Bettes.«

»Wie alt warst du?«

»Knapp siebzehn. In der ersten Klasse der High-School. Nur Einsen. Ich sah, daß er ein halbes Dutzend Handtücher auf den Boden gelegt und sich dann mitten auf ihnen niedergelassen hatte. Ich tastete nach dem Puls an seinem Handgelenk, aber er wurde bereits steif. Der Coroner hat gesagt, er wäre seit drei Stunden tot. Neben ihm lag ein Brief, säuberlich auf weißes Papier getippt. Die Anrede lautete ›Lieber Adam.‹ Darin stand, er liebe mich, und es täte ihm leid, er wolle, daß ich mich um die Frauen kümmere, und eines Tages würde ich es vielleicht verstehen. Dann war von einem Müllsack die Rede, der gleichfalls auf dem Boden lag, und es hieß, ich sollte die schmutzigen Handtücher in den Müllsack stecken und den Fußboden saubermachen und dann die Polizei anrufen. Rühr die Waffe nicht an, stand da. Und beeil dich, bevor die Frauen nach Hause kommen.« Adam räusperte sich und schaute auf den Boden.

»Also tat ich genau das, was er wollte, und dann wartete ich auf die Polizei. Wir waren eine Viertelstunde allein miteinander, nur wir beide. Er lag auf dem Boden, und ich saß auf dem Bett und schaute auf ihn herab. Ich fing an zu weinen und konnte nicht wieder aufhören, fragte ihn nach dem Warum und dem Wie und Was und stellte ihm noch hundert weitere Fragen. Da war mein Dad, der einzige Dad, den ich je haben würde, er lag da in seinen ausgeblichenen Jeans und seinen schmutzigen Socken und seinem Lieblings-Sweatshirt. Vom Hals abwärts sah er aus, als schliefe er, aber er hatte ein Loch im Kopf, und das Blut war in seinem Haar getrocknet. Ich haßte ihn für sein Sterben, und er tat mir so leid, weil er tot war. Ich weiß noch, daß ich ihn gefragt habe, weshalb er nicht mit mir darüber geredet hätte. Ich stellte ihm eine Unmenge Fragen. Ich hörte Stimmen, und plötzlich wimmelte es von Polizisten. Sie führten mich ins Wohnzimmer und legten mir eine Decke um. Und das war das Ende meines Vaters.«

Sam stützte sich immer noch auf die Ellenbogen, aber jetzt lag eine Hand über seinen Augen. Aber es gab noch ein paar Dinge, die Adam sagen wollte.

»Nach der Beerdigung ist Lee eine Weile bei uns geblieben. Sie erzählte mir von dir und den Cayhalls. Sie füllte eine Menge Lücken über meinen Vater aus. Bald war ich fasziniert von dir und dem Kramer-Anschlag, und ich fing an, alte Artikel in Zeitungen und Zeitschriften zu lesen. Ich brauchte ungefähr ein Jahr, um zu begreifen, weshalb Eddie zu dem Zeitpunkt Selbstmord begangen hatte, zu dem er es tat. Er hatte sich während deines Prozesses in seinem Zimmer eingeschlossen, und er brachte sich um, als er vorbei war.«

Sam zog seine Hand herunter und funkelte Adam mit feuchten Augen an. »Du gibst also mir die Schuld an seinem Tod, stimmt's, Adam? Das ist es doch, was du eigentlich sagen wolltest, oder?«

»Nein, ich gebe dir nicht voll und ganz die Schuld.«

»Also wieviel davon? Achtzig Prozent? Neunzig Prozent? Du hast Zeit genug gehabt, die Rechnung aufzumachen. Wieviel davon ist meine Schuld?«

»Ich weiß es nicht, Sam. Warum sagst du es mir nicht?«

Sam wischte sich die Augen ab und erhob die Stimme. »Zum Teufel damit! Ich erkläre mich zu hundert Prozent für schuldig. Ich übernehme die volle Verantwortung für seinen Tod, okay? Ist es das, was du willst?«

»Übernimm, was dir in den Kram paßt.«

»Komm mir nicht so! Du willst doch nur den Namen meines Sohnes auf meine Liste setzen, oder etwa nicht? Die Kramer-Zwillinge, ihr Vater, dann Eddie. Das sind vier, die ich umgebracht habe, richtig? Sonst noch jemand, den du hinzufügen willst? Tu' es schnell, mein Junge, die Uhr tickt.«

»Wie viele waren es außerdem?«

»Tote?«

»Ja. Tote. Ich habe da so einiges gehört.«

»Und das nimmst du natürlich für bare Münze, stimmt's? Du scheinst nur zu bereit, alles Schlechte über mich zu glauben.«

»Ich habe nicht gesagt, daß ich es glaube.«

Sam sprang auf und ging zum anderen Ende des Raums. »Ich habe diese Unterhaltung satt!« brüllte er aus neun Meter Entfernung. »Ich habe dich satt! Ich wünsche mir fast, diese verdammten Juden würden mir wieder auf die Nerven gehen.«

»Das kannst du haben«, konterte Adam.

Sam kehrte langsam zu seinem Stuhl zurück. »Hier sitze ich und habe Angst um mein Leben, ich bin dreiundzwanzig Tage von der Gaskammer entfernt, und alles, was du tun willst, ist, über tote Leute zu reden. Mach nur so weiter, mein Junge, und es dauert nicht mehr lange, bis du auch über mich reden kannst. Ich will, daß etwas passiert.«

»Ich habe heute morgen eine Eingabe eingereicht.«

»Wunderbar! Dann verschwinde, verdammt noch mal. Scher dich zum Teufel und hör auf, mich zu quälen!«

22

Die Tür auf Adams Seite wurde geöffnet, und Packer trat ein, gefolgt von zwei Herren. Sie waren offensichtlich Anwälte – dunkle Anzüge, finstere Mienen, dicke Aktenkoffer. Packer deutete auf zwei Stühle unter der Klimaanlage, und sie setzten sich. Er sah Adam an und richtete seine besondere Aufmerksamkeit auf Sam, der auf der anderen Seite des Gitters immer noch stand. »Alles in Ordnung?« fragte er Adam.

Adam nickte, und Sam ließ sich auf seinem Stuhl nieder. Adam erhaschte ein paar Blicke von den Anwälten am anderen Ende. Sie befanden sich im gleichen Raum wie der berühmteste Insasse des Todestraktes, der Mann, der als nächster in die Gaskammer gebracht werden sollte, und sie konnten einfach nicht anders – sie mußten immer wieder neugierige Blicke auf Sam Cayhall und seinen Anwalt werfen.

Dann wurde die Tür hinter Sam geöffnet, und zwei Wärter kamen mit einem drahtigen, kleinen Schwarzen herein, der an Händen und Füßen doppelt und dreifach gefesselt war, als könnte er jeden Moment lospreschen und Dutzende mit den bloßen Händen umbringen. Sie führten ihn zu einem Stuhl gegenüber seinen Anwälten und machten sich daran, die meisten seiner Fesseln zu lösen. Die Hände blieben mit Handschellen auf dem Rücken gefesselt. Einer der Wärter verließ den Raum, aber der andere bezog ungefähr in der Mitte zwischen Sam und dem Schwarzen Posten.

Sam warf einen Blick auf seinen Leidensgenossen, einen nervösen Typ, der offenbar nicht glücklich war mit seinen Anwälten. Auch seine Anwälte machten nicht gerade einen freudig erregten Eindruck. Adam beobachtete sie auf seiner Seite des Gitters, und binnen Minuten hatten sie die Köpfe zusammengesteckt und redeten einstimmig durch die Öffnung, während ihr Mandant kämpferisch auf seinen Händen saß. Ihre leisen Stimmen waren hörbar, einzelne Worte aber nicht zu verstehen.

Sam lehnte sich auf den Ellenbogen vor und bedeutete Adam, dasselbe zu tun. Ihre Gesichter kamen bis auf zwanzig Zentimeter aneinander heran, mit der Öffnung zwischen ihnen.

»Das ist Stockholm Turner«, sagte Sam fast flüsternd.

»Stockholm?«

»Ja, aber wir nennen ihn Stock. Diese Afrikaner vom Lande haben ungewöhnliche Namen. Er sagt, er hätte einen Bruder, der Denmark heißt, und einen weiteren mit Namen Germany. Könnte sogar wahr sein.«

»Was hat er getan?« fragte Adam, plötzlich neugierig geworden.

»Einen Whiskyladen überfallen, glaube ich. Den Besitzer erschossen. Vor ungefähr zwei Jahren wurde die Vollstreckung des Todesurteils angeordnet, und er ist ihr nur um Haaresbreite entgangen, zwei Stunden vor der Kammer.«

»Was ist passiert?«

»Seine Anwälte konnten einen Aufschub bewirken, und seither tun sie alles, was in ihren Kräften steht. Man kann es zwar nie genau sagen, aber ich nehme an, er wird nach mir der Nächste sein.«

Sie schauten beide zum anderen Ende des Raums, wo die Konferenz in vollem Gange war. Stock war von seinen Händen herunter, saß auf der Stuhlkante und machte seinen Anwälten die Hölle heiß.

Sam grinste, dann kicherte er und beugte sich noch dichter an das Gitter heran. »Stocks Familie ist bettelarm und kümmert sich kaum um ihn. Das ist nichts Ungewöhnliches, besonders bei den Afrikanern. Er wurde fünfzig Meilen von hier entfernt geboren, aber die freie Welt hat ihn vergessen. Als seinen Berufungen der Dampf ausging, fing Stock an, sich Gedanken zu machen über das Leben und den Tod und die Dinge im allgemeinen. Hier ist es nämlich so, wenn niemand Anspruch auf den Toten erhebt, dann wird man vom Staat in einem Armengrab beigesetzt. Stock machte sich Sorgen darüber, was mit seiner Leiche geschehen würde, und fing an, alle möglichen Fragen zu stellen. Packer und einige der Wärter erfuhren davon und redeten Stock ein, seine Leiche würde ins Krematorium gebracht und verbrannt. Die Asche würde dann von einem Flugzeug aus über Parchman verstreut werden. Sie sagten ihm, da er dann ohnehin voller Gas steckte, würde er, wenn man ein Streichholz an ihn hielte, hochgehen wie eine Bombe. Stock war völlig am Boden zerstört. Dann fing er an, an seine Angehörigen und seine Freunde Briefe zu schreiben und sie um ein paar Dollar zu bitten, damit er ein christliches Begräbnis bekommen könnte, wie er es nannte. Das Geld tröpfelte herein, und er schrieb noch mehr Briefe. Er schrieb an Geistliche und Bürgerrechts-Gruppen. Sogar sein Anwalt schickte Geld. Als sein Aufschub annulliert wurde, hatte Stock an die vierhundert Dollar und war bereit zu sterben. Dachte er jedenfalls.«

Sams Augen funkelten, und seine Stimme klang belustigt. Er erzählte die Geschichte langsam, mit leiser Stimme, und genoß die Details. Adam amüsierte sich mehr über die Erzählweise als über die Erzählung selbst.

»Sie haben hier ein ungeschriebenes Gesetz, das in den letzten zweiundsiebzig Stunden vor der Hinrichtung fast uneingeschränkt Besuche gestattet. Solange kein Sicherheitsrisiko besteht, darf der Verurteilte so ziemlich alles tun. Vorn gibt es ein kleines Büro mit einem Schreibtisch und einem Telefon, und das wird dann das Besucherzimmer. Dort wimmelt es gewöhnlich von allen möglichen Leuten – Großmüttern, Nichten, Neffen, Cousins, Tanten – vor allem bei den Afrikanern. Ganze Busladungen voll Verwandte, die keine fünf Minuten darauf verwendet haben, an den Verurteilten zu denken, tauchen plötzlich auf, um die letzten Stunden mit ihm zu verbringen. Es ist fast ein gesellschaftliches Ereignis.

Einer anderen Regel zufolge, die bestimmt auch nirgendwo schriftlich festgelegt ist, steht dem Verurteilten ein letzter Besuch der Ehefrau zu. Wenn es keine Ehefrau gibt, dann erlaubt der Direktor in seiner grenzenlosen Güte eine kurze Zusammenkunft mit einer Freundin. Eine letzte schnelle Nummer, bevor der tolle Liebhaber den Löffel abgibt.« Sam warf einen kurzen Blick auf Stock, dann beugte er sich noch näher an das Gitter heran.

»Nun, der alte Stock ist einer der beliebteren Insassen des Traktes, und irgendwie hat er den Direktor davon überzeugt, daß er sowohl eine Ehefrau als auch eine Freundin hat und daß diese Damen willens wären, ein paar Momente mit ihm zu verbringen, bevor er stirbt. Gleichzeitig! Alle drei zusammen! Der Direktor hat angeblich gewußt, daß da etwas vorging, was nicht astrein war, aber alle mögen Stock, und schließlich waren sie ohnehin im Begriff, ihn umzubringen, also, na wenn schon. Stock saß also in dem kleinen Zimmer mit seiner Mutter, seinen Schwestern und Cousins und Nichten, einer ganzen Horde von Afrikanern, von denen die meisten in den letzten zehn Jahren nicht einmal seinen Namen erwähnt hatten, und verzehrte seine Henkersmahlzeit aus Steak und Kartoffeln, während alle anderen weinten und trauerten und beteten. Als noch ungefähr vier Stunden geblieben waren, leerten sie das Zimmer und schickten die Verwandtschaft in die Kapelle. Stock wartete ein paar Minuten, während ein Transporter seine Frau und seine Freundin brachte. Sie trafen in Begleitung von Wärtern ein und wurden in das kleine Büro geführt, in dem Stock wartete, bereit und voller Vorfreude. Der arme Kerl hatte bereits zwölf Jahre im Trakt hinter sich.

Nun, sie brachten eine kleine Liege, und Stock und seine Frauen legten sich drauf. Die Wärter sagten später, Stock hätte aber ein paar gutaussehende Frauen, und ihnen wäre damals schon aufgefallen, wie jung sie aussahen. Stock war gerade im Begriff, sich entweder an seine Frau oder seine Freundin heranzumachen, als das Telefon läutete. Es war sein Anwalt, der ihm völlig atemlos und unter Tränen die wunderbare Nachricht ins Ohr trompetete, daß das Fünfte Berufungsgericht einen Aufschub gewährt hatte.

Stock legte einfach den Hörer auf. Er hatte im Moment Wichtigeres zu tun. Ein paar Minuten vergingen, dann klingelte das Telefon wieder. Stock nahm ab. Es war wieder sein Anwalt, und diesmal war er wesentlich gefaßter, als er Stock die juristischen Manöver erklärte, die ihm das Leben gerettet hatten, jedenfalls für den Augenblick. Stock bekundete seine Anerkennung, dann bat er den Anwalt, es noch eine Stunde für sich zu behalten.«

Adam warf wieder einen Blick nach rechts und fragte sich, welcher der beiden Anwälte Stock angerufen hatte, während er von seinem verfassungsmäßigen Recht eines letzten ehelichen Verkehrs Gebrauch machte.

»Nun, inzwischen hatte das Büro des Justizministers mit dem Direktor gesprochen, und die Hinrichtung war abgesagt worden. Aber das kümmerte Stock nicht. Er machte weiter, als würde er nie wieder eine Frau zu Gesicht bekommen. Die Tür zu dem Raum läßt sich aus naheliegenden Gründen von innen nicht abschließen, also klopfte Naifeh, nachdem er eine Weile geduldig gewartet hatte, höflich an und forderte Stock auf, herauszukommen. Zeit, in Ihre Zelle zurückzukehren, Stock, sagte er. Stock sagte, er brauche nur noch fünf Minuten. Nein, sagte Naifeh. Bitte, bettelte Stock, und plötzlich waren wieder Geräusche zu hören. Also grinste der Direktor die Wärter an, die wiederum den Direktor angrinsten, und fünf Minuten lang betrachteten sie geduldig den Fußboden, während die Liege knarrte und in dem kleinen Raum herumrutschte.

Endlich öffnete Stock die Tür und kam herausstolziert wie der Weltmeister im Schwergewicht. Die Wärter erzählten hinterher, er wäre über seine Potenz glücklicher gewesen als über seinen Aufschub. Sie schafften schnell die Frauen weg, die, wie sich dann herausstellte, keineswegs seine Frau und seine Freundin waren.«

»Sondern?«

»Nutten.«

»Nutten!« sagte Adam eine Spur zu laut, und einer der Anwälte starrte ihn an.

Sam beugte sich so weit vor, daß seine Nase fast in der Öffnung steckte. »Ja, zwei Huren. Sein Bruder hatte das irgendwie arrangiert. Erinnere dich an das Begräbnisgeld, das er so mühsam zusammengebettelt hatte.«

»Das kann doch nicht dein Ernst sein.«

»Doch. Vierhundert Dollar für zwei Huren, was auf den ersten Blick ziemlich happig zu sein scheint, besonders für afrikanische Huren aus dieser Gegend hier, aber offenbar hatten sie eine Heidenangst davor, in den Todestrakt zu kommen, was ja irgendwie einleuchtet. Sie nahmen Stocks ganzes Geld. Er hat mir später erzählt, es wäre ihm scheißegal, wie sie ihn begraben würden. Sagte, es wäre jeden Cent wert gewesen. Naifeh war die Sache sehr peinlich, und er drohte damit, die ehelichen Besuche zu verbieten. Aber Stocks Anwalt, der kleine Dunkelhaarige da drüben, legte Klage ein und erreichte einen Beschluß, wonach eine letzte schnelle Nummer auch weiterhin möglich bleiben soll. Ich glaube, Stock freut sich beinahe auf das nächste Mal.«

Sam lehnte sich auf seinem Stuhl zurück, und das Lächeln verschwand langsam aus seinem Gesicht. »Was mich betrifft – ich habe mir nicht viel Gedanken über meinen ehelichen Besuch gemacht. Es ist nur für Mann und Frau vorgesehen, das besagt ja schon das Wort ehelich. Aber der Direktor wird bei mir wahrscheinlich Fünfe gerade sein lassen, meinst du nicht auch?«

»Darüber habe ich wirklich noch nicht nachgedacht.«

»Das sollte ein Witz sein. Ich bin ein alter Mann. Ich begnüge mich mit einer Rückenmassage und einem steifen Drink.«

»Was ist mit deiner Henkersmahlzeit?« fragte Adam, immer noch sehr leise.

»Das ist nicht komisch.«

»Ich dachte, wir machen Witze.«

»Wahrscheinlich irgend etwas Widerliches wie gekochtes Schweinefleisch und Gummierbsen. Derselbe Dreck, mit dem sie mich seit fast zehn Jahren gefüttert haben. Vielleicht eine Extrascheibe Toast. Ich werde dem Koch doch nicht die Möglichkeit bieten, etwas zuzubereiten, das man auch einem freien Menschen vorsetzen könnte.«

»Hört sich köstlich an.«

»Oh, ich werde mit dir teilen. Ich habe mich oft gefragt, weshalb sie einen füttern, bevor sie ihn töten. Außerdem schicken sie den Doktor und lassen ihn eine gründliche Untersuchung vornehmen. Kannst du dir das vorstellen? Vergewissern sich, daß du fit genug bist, um zu sterben. Und zu den Angestellten hier gehört auch ein Psychiater, der dich gleichfalls vor der Hinrichtung untersucht, und er muß dem Direktor schriftlich versichern, daß du geistig so gesund bist, daß man dich in die Gaskammer schicken kann. Und außerdem haben sie einen Geistlichen auf der Gehaltsliste, der mit dir betet und dafür sorgt, daß deine Seele in die richtige Richtung strebt. Das alles wird von den Steuerzahlern des Staates Mississippi bezahlt und von diesen liebevollen Menschen hier zur Verfügung gestellt. Vergiß nicht den letzten ehelichen Besuch. Du darfst mit gestillter Begierde sterben. Sie denken an alles. Sie sind überaus rücksichtsvoll. Wirklich besorgt um deinen Appetit und deine Gesundheit und dein seelisches Wohlbefinden. Ganz zum Schluß stecken sie dir einen Katheter in den Penis und stöpseln dir den Arsch zu, damit du keine Schweinerei machst. Das tun sie in ihrem eigenen Interesse, nicht in deinem. Dann brauchen sie dich hinterher nicht sauberzumachen. Also füttern sie dich gut, geben dir, was immer du haben möchtest, und dann stöpseln sie dich zu. Widerlich, findest du nicht? Einfach widerlich.«

»Laß uns über etwas anderes reden.«

Sam rauchte seine letzte Zigarette auf und warf dem Wärter den Stummel vor die Füße. »Nein. Laß uns überhaupt nicht mehr reden. Für einen Tag reicht es mir.«

»Gut.«

»Und nichts mehr über Eddie, okay? Es ist einfach nicht fair von dir, hierher zu kommen und mich mit solchen Dingen zu überfallen.«

»Tut mir leid. Nichts mehr über Eddie.«

»Wir sollten versuchen, uns in den nächsten drei Wochen nur mit mir zu befassen. Damit haben wir mehr als genug zu tun.«

»Einverstanden, Sam.«

Nach Osten hin hatte sich Greenville entlang des Highway 82 auf eine unschöne Weise ausgebreitet, mit zahlreichen Einkaufszentren mit Videotheken und kleinen Schnapsläden und einer endlosen Kette von Fast-food-Lokalen und Motels mit Frühstück und kostenlosem Kabelfernsehen. Nach Westen hin verhinderte der Fluß diese Art von Fortschritt, und da der Highway 82 die Hauptdurchfahrtsstraße war, hatten ihn die Grundstücksspekulanten offenbar zu ihrem Lieblingsterritorium erkoren.

In den letzten fünfundzwanzig Jahren hatte sich Greenville von einem verschlafenen Städtchen mit fünfunddreißigtausend Einwohnern zu einer geschäftigen Metropole mit sechzigtausend entwickelt, fortschrittlich und voller Leben. 1990 war es die fünftgrößte Stadt des Staates.

Die ins Zentrum führenden Straßen waren schattig und mit stattlichen alten Häusern gesäumt. Das Zentrum selbst präsentierte sich hübsch und malerisch, gut erhalten und offensichtlich unverändert, ein erfreulicher Kontrast zu dem gedankenlosen Chaos am Highway 82. Adam stellte seinen Wagen in der Washington Street ab, ein paar Minuten nach fünf, und die Kaufleute in der Innenstadt und ihre Kunden begannen, sich auf das Ende des Tages vorzubereiten. Er legte seine Krawatte ab und ließ sie zusammen mit seinem Jackett im Wagen, denn es war immer noch sehr heiß und schien sich auch nicht abkühlen zu wollen.

Er ging drei Blocks bis zu dem Park, in dessen Mitte die lebensgroße Bronzestatue zweier kleiner Jungen stand. Sie waren gleich groß, mit dem gleichen Lächeln und den gleichen Augen. Einer lief, während der andere hüpfte, und der Bildhauer hatte sie auf perfekte Weise festgehalten. Josh und John Kramer, für immer fünf Jahre alt, erstarrt in Kupfer und Zinn. Eine Messingtafel unter ihnen verkündete schlicht:

HIER STARBEN AM 21. APRIL 1967
JOSH UND JOHN KRAMER
2. MÄRZ 1962—21. APRIL 1967

Der Park war quadratisch und lag genau dort, wo sich einst Marvins Bürohaus und ein altes Gebäude gleich nebenan befunden hatten. Das Land war seit vielen Jahren im Besitz der Familie Kramer gewesen, und Marvins Vater hatte es für eine Gedenkstätte der Stadt geschenkt. Sam hatte beim Einebnen von Kramers Büro ganze Arbeit geleistet, das Nachbargebäude hatte die Stadt abgerissen. Auf den Kramer-Park war etliches Geld verwendet worden, und man war mit sehr viel Überlegung vorgegangen. Er war zur Gänze mit dekorativem Schmiedeeisen eingezäunt, und man konnte ihn von den Gehsteigen an beiden Seiten aus betreten. Die Einfassung säumten makellose Reihen von Eichen und Ahorn. Streifen aus beschnittenen Sträuchern trafen sich in rechten Winkeln und umgaben Blumenbeete mit Begonien und Geranien. In einer Ecke lag ein kleines Amphitheater unter den Bäumen, und auf der anderen Seite des Weges segelte eine Gruppe schwarzer Kinder auf hölzernen Schaukeln durch die Luft.

Es war ein hübscher, farbenfroher kleiner Garten inmitten der Straßen und Gebäude. Ein Teenager-Pärchen stritt auf einer Bank, als Adam vorüberging. Eine Gruppe von Achtjährigen jagte auf Fahrrädern um einen Springbrunnen herum. Ein ältlicher Polizist schlenderte vorbei und grüßte sogar, nachdem Adam hallo gesagt hatte, indem er die Hand an die Mütze legte.

Er setzte sich auf eine Bank und starrte auf Josh und

John, die weniger als zehn Meter von ihm entfernt waren. »Du darfst nie die Opfer vergessen«, hatte Lee erklärt. »Sie haben ein Recht darauf, Vergeltung zu verlangen. Sie haben sie verdient.«

Er erinnerte sich an all die grauenhaften Details bei den Prozessen – an den FBI-Experten, der über die Bombe ausgesagt hatte und die Geschwindigkeit, mit der sie das Gebäude zerfetzt hatte; den Gerichtsmediziner, der mit behutsamen Worten die kleinen Leichen beschrieb und was ihren Tod herbeigeführt hatte; die Feuerwehrleute, die zu retten versuchten, aber viel zu spät kamen und nur noch bergen konnten. Es hatte Fotos gegeben von dem Gebäude und von den Jungen, und die vorsitzenden Richter hatten beträchtliche Zurückhaltung geübt und nur sehr wenige von ihnen den Geschworenen vorlegen lassen. McAllister hatte, was typisch für ihn war, stark vergrößerte Farbfotos von den zerfetzten Körpern vorzeigen wollen, aber sie waren nicht zugelassen worden.

Adam saß jetzt auf dem Gelände, auf dem sich einst Kramers Büro befunden hatte, und er schloß die Augen und versuchte sich vorzustellen, wie die Erde erbebte. Er sah die Aufnahmen in seinem Video mit den schwelenden Trümmern und der über der Szene hängenden Staubwolke. Er hörte die aufgeregte Stimme des Reporters und die im Hintergrund heulenden Sirenen.

Diese Bronze-Jungen waren nicht viel älter, als er gewesen war, als sein Großvater sie umbrachte. Sie waren fünf und er knapp drei, und aus irgendeinem Grund hielt er mit ihrem Alter Schritt. Jetzt war er sechsundzwanzig, und sie wären achtundzwanzig.

Das Schuldbewußtsein schlug ihm hart und tief in den Magen. Es ließ ihn schaudern und schwitzen. Die Sonne verschwand hinter zwei großen Eichen, und als ihre Strahlen durch die Äste fielen, leuchteten die Gesichter der Jungen auf.

Wie hatte Sam das tun können? Weshalb war Sam Cayhall sein Großvater und nicht der von jemand anderem? Wann hatte er beschlossen, sich am heiligen Krieg des Klans gegen die Juden zu beteiligen? Was hatte ihn dazu veranlaßt, von einem harmlosen Verbrenner von Kreuzen zu einem ausgewachsenen Terroristen zu werden?

Adam saß auf der Bank, starrte auf das Denkmal und haßte seinen Großvater. Er fühlte sich schuldig, weil er in Mississippi war und versuchte, dem alten Dreckskerl zu helfen.

Er fand ein Holiday Inn, nahm sich ein Zimmer und rief Lee an, um ihr Bescheid zu sagen. Dann sah er sich die Abendnachrichten der Programme aus Jackson an. Allem Anschein nach war es in Mississippi nur ein heißer Sommertag wie alle andern gewesen, an dem wenig passiert war. Sam Cayhall und sein jüngster Versuch, am Leben zu bleiben, waren das Hauptthema. Alle Sender brachten finstere Kommentare von Gouverneur und Justizminister zu der neuesten Klage, die die Verteidigung am Morgen eingereicht hatte, und beide Männer hatten die endlose Einlegung von Rechtsmitteln gründlich satt. Beide würden unermüdlich dafür kämpfen, daß die Sache durchgezogen wurde, bis der Gerechtigkeit Genüge getan war. Ein Sender begann seinen eigenen Countdown – dreiundzwanzig Tage bis zur Hinrichtung, rasselte der Moderator herunter, als handelte es sich um die Zahl der bis Weihnachten noch verbleibenden Einkaufstage. Die Zahl 23 prangte fett unter dem alten, immer wieder verwendeten Foto von Sam Cayhall.

Adam aß in einem kleinen Restaurant in der Innenstadt. Er saß allein in einer Nische, stocherte in Roastbeef und Erbsen und lauschte dem harmlosen Geplauder um ihn herum. Niemand erwähnte Sam.

Als es dunkel wurde, wanderte er die Gehsteige vor den Läden und Geschäften entlang und dachte daran, wie Sam durch die gleichen Straßen gestrichen war, auf demselben Beton, wie er darauf gewartet hatte, daß die Bombe hochging, und sich fragte, was in aller Welt da schiefgegangen sein mochte. Er blieb an einer Telefonzelle stehen, vielleicht derselben, in der Sam versucht hatte, anzurufen und Kramer zu warnen.

Der Park war verlassen und dunkel. Zwei mit Gas betriebene Straßenlaternen standen am Vordereingang und lieferten das einzige Licht. Adam setzte sich auf den Sockel des Denkmals, unterhalb der Jungen, unterhalb der Messingtafel mit ihren Namen und ihrem Geburts- und Todesdatum. Genau hier, hieß es, waren sie gestorben.

Er saß lange Zeit dort, ohne sich der Dunkelheit bewußt zu sein, erwog Unwägbares, verschwendete Zeit mit sinnlosen Überlegungen darüber, was hätte sein können. Die Bombe hatte sein Leben bestimmt, soviel war ihm klar. Sie hatte ihn aus Mississippi fortgeholt und in einer anderen Welt abgesetzt, mit einem anderen Namen. Sie hatte seine Eltern in Flüchtlinge verwandelt, die vor ihrer Vergangenheit flohen und sich vor ihrer Gegenwart versteckten. Sie hatte seinen Vater getötet, höchstwahrscheinlich jedenfalls, obwohl natürlich niemand sagen konnte, was sonst mit Eddie Cayhall passiert wäre. Die Bombe hatte die entscheidende Rolle gespielt bei Adams Entschluß, Anwalt zu werden, eine Berufung, die er nie gespürt hatte, bevor er von Sam erfahren hatte. Er hatte davon geträumt, Pilot zu werden.

Und jetzt hatte die Bombe ihn zurückgeführt nach Mississippi für ein Unterfangen, das qualvoll war und wenig Hoffnung bot. Aller Wahrscheinlichkeit nach würde die Bombe in dreiundzwanzig Tagen ihr letztes Opfer fordern, und Adam fragte sich, was danach wohl aus ihm werden würde.

Was mochte die Bombe für ihn außerdem noch in petto haben?

23

In der Regel ziehen sich Berufungen gegen die Todesstrafe jahrelang hin, gewissermaßen im Schneckentempo, und zwar dem einer sehr betagten Schnecke. Niemand hat es eilig. Es ist eine komplizierte Angelegenheit. Die Schriftsätze, Eingaben, Anträge und so weiter sind dick und mühsam zu lesen. Im übrigen sind die Gerichte ohnehin schon mit wesentlich dringlicheren Fällen überlastet.

Gelegentlich kann jedoch ein Beschluß mit verblüffender Schnelligkeit ergehen. Die Justiz kann Erstaunliches leisten. Besonders in der Schlußphase, wenn ein Hinrichtungstermin festgesetzt worden ist und die Gerichte weitere Eingaben und noch mehr Anträge satt haben. Adam erhielt seine erste Dosis schneller Gerichtsbarkeit, während er am Montagnachmittag auf den Straßen von Greenville herumwanderte.

Das Gericht des Staates Mississippi warf einen Blick auf seinen Antrag auf Aussetzung des Todesurteils und wies ihn am Montag gegen 17 Uhr ab. Adam kam gerade in Greenville an und hatte keine Ahnung davon. Die Abweisung an sich war keine Überraschung, wohl aber die Schnelligkeit. Der Antrag lag nicht einmal acht Stunden beim Gericht. Aber schließlich hatte das Gericht sich seit rund zehn Jahren immer wieder mit Sam Cayhall beschäftigen müssen.

In der Endphase vor der Vollstreckung von Todesurteilen beobachten die Gerichte sich gegenseitig sehr genau. Kopien von Klagen und Entscheidungen werden per Fax übermittelt, damit die höheren Gerichte wissen, was auf sie zukommt. Die Abweisung durch das Gericht des Staates Mississippi wurde routinemäßig an das Bundes-Bezirksgericht in Jackson, Adams nächstes Forum, gefaxt. Ihr Empfänger war der Ehrenwerte F. Flynn Slattery, ein junger Bundesrichter, der erst kürzlich ernannt worden war und bisher noch nicht mit dem Cayhall-Fall zu tun gehabt hatte.

Am Montag zwischen 17 und 18 Uhr versuchte Richter Slatterys Büro, Adam Hall ausfindig zu machen, aber der saß im Kramer-Park. Slattery rief den Justizminister Steve Roxburgh an, und um halb neun fand im Büro des Richters eine kurze Zusammenkunft statt. Der Richter war ein Arbeitstier, und er hatte es bei diesem Fall zum erstenmal mit einem Todesurteil zu tun. Er und sein Kanzleivorsteher saßen bis Mitternacht über dem Antrag.

Wenn Adam am Montag die Spätnachrichten gesehen hätte, dann hätte er erfahren, daß sein Antrag in der ersten Instanz bereits abgewiesen worden war. Um diese Zeit schlief er jedoch bereits tief und fest.

Am Dienstagmorgen um sechs griff er beiläufig nach der Zeitung aus Jackson und erfuhr, daß das Staatsgericht gegen ihn entschieden hatte und die Sache jetzt beim Bundesgericht lag und Richter Slattery zugewiesen worden war, und daß sowohl der Justizminister als auch der Gouverneur dies als weiteren Sieg für sich verbuchten. Merkwürdig, dachte er, bisher hatte er schließlich noch keinen offiziellen Antrag beim Bundesgericht gestellt. Er sprang in seinen Wagen und raste ins zwei Stunden entfernte Jackson. Um neun betrat er das Gebäude des Bundesgerichts in der Capitol Street und traf kurz mit Breck Jefferson zusammen, einem jungen Mann frisch von der Universität, dem offenbar jede Fähigkeit zum Lächeln abging und der den wichtigen Posten des Bürovorstehers in Slatterys Kanzlei innehatte. Adam wurde aufgefordert, sich um elf wieder zu einer Zusammenkunft mit dem Richter einzufinden.

Obwohl er um Punkt elf in Slatterys Büro eintraf, war offensichtlich, daß bereits seit geraumer Zeit eine Art Konferenz im Gange war. In der Mitte von Slatterys riesigem Büro stand ein Konferenztisch aus Mahagoni, lang und breit, mit acht schwarzen Lederstühlen zu beiden Seiten. Slatterys Thron stand am Ende, in der Nähe seines Schreibtisches, und vor ihm auf dem Tisch lagen Stapel von Papieren, Notizblöcken und anderem Handwerkszeug. Die Seite zu seiner Rechten war voll besetzt mit weißen jungen Männern in marineblauen Anzügen, die dicht gedrängt am Tisch saßen. Direkt hinter ihnen hatte sich eine weitere Reihe kampfeslustiger Krieger niedergelassen. Diese Seite gehörte dem Staat, wobei Seine Ehren, der Gouverneur, Mr. David McAllister, Slattery am nächsten saß. Seine Ehren, der Justizminister Steve Roxburgh, war in die Mitte des Tisches verbannt worden; offensichtlich hatte er den Kampf um den Ehrenplatz verloren. Beide ehrenwerten Diener des Volkes hatten ihre vertrauenswürdigsten Anwälte und Denker mit an den Tisch gebracht, und diese Schwadron von Strategen hatte sich offensichtlich bereits lange vor Adams Ankunft mit dem Richter zusammengetan und Pläne mit ihm geschmiedet.

Breck, der Kanzleivorsteher, öffnete die Tür, begrüßte Adam halbwegs freundlich und forderte ihn dann auf, hereinzukommen. Im Raum trat sofort Stille ein, als Adam sich dem Tisch näherte. Slattery erhob sich widerstrebend und stellte sich vor. Der Händedruck war kalt und flüchtig. »Nehmen Sie Platz«, sagte er kühl und deutete mit der linken Hand auf die acht Lederstühle auf der Seite der Verteidigung. Adam zögerte, dann wählte er einen Stuhl genau gegenüber einem Gesicht, von dem er wußte, daß es Roxburgh gehörte. Er legte seinen Aktenkoffer auf den Tisch und setzte sich. Vier leere Stühle standen rechts von ihm, in Richtung Slattery, drei zu seiner Linken. Er kam sich vor wie ein einsamer Eindringling.

»Ich nehme an, Sie kennen den Gouverneur und den Justizminister«, sagte Slattery, als wäre jedermann diesen beiden Männern schon persönlich begegnet.

»Keinen von beiden«, sagte Adam mit leichtem Kopfschütteln.

»Ich bin David McAllister, Mr. Hall. Ich freue mich, Sie kennenzulernen«, sagte der Gouverneur schnell, ganz der Politiker, der es allen recht zu machen versucht, mit einem unglaublich raschen Aufblitzen makelloser Zähne.

»Ganz meinerseits«, sagte Adam, kaum die Lippen bewegend.

»Und ich bin Steve Roxburgh«, sagte der Justizminister.

Adam nickte ihm nur zu. Er hatte sein Gesicht in den Zeitungen gesehen.

Roxburgh ergriff die Initiative. Er begann zu reden und deutete auf die Leute, die neben ihm saßen. »Das sind Anwälte aus meiner Berufungsabteilung in Strafsachen. Morris Henry, Kevin Laird, Hugh Simms und Joseph Ely. Diese Männer bearbeiten alle Fälle, in denen die Todesstrafe verhängt wurde.« Sie alle nickten gehorsam, behielten aber ihre argwöhnischen Mienen bei. Adam zählte elf Männer an der anderen Seite des Tisches.

McAllister entschied sich dafür, die Mitglieder seiner Truppe, die alle entweder unter Migräne oder unter Hämorrhoiden zu leiden schienen, nicht vorzustellen. Ihre Gesichter waren verzerrt von Schmerz oder vielleicht auch von sehr angestrengtem Nachdenken über anstehende juristische Probleme.

»Ich hoffe, wir haben uns keines Frühstarts schuldig gemacht, Mr. Hall«, sagte Slattery und setzte eine Lesebrille auf. Er war Anfang Vierzig, einer der von Reagan ernannten jungen Leute. »Wann gedenken Sie Ihren Antrag offiziell beim Bundesgericht einzureichen?«

»Heute«, sagte Adam nervös, verblüfft über das Tempo der ganzen Sache. Aber während der Fahrt nach Jackson war er zu dem Schluß gekommen, daß dies eine positive Entwicklung war. Wenn Sam einen Aufschub erhielt, dann von einem Bundesgericht, nicht von einem Gericht des Staates.

»Wann kann der Staat reagieren?« fragte der Richter Roxburgh.

»Morgen früh. Vorausgesetzt, der Antrag beinhaltet dieselben Argumente wie der, der beim Staatsgericht eingereicht wurde.«

»Das tut er«, sagte Adam zu Roxburgh, dann wandte er sich an Slattery. »Man hat mich für elf Uhr hergebeten. Wann hat die Zusammenkunft begonnen?«

»Die Zusammenkunft hat begonnen, als ich es für richtig hielt«, sagte Slattery mit eisiger Stimme. »Haben Sie damit irgendwelche Probleme?«

»Ja. Es ist offensichtlich, daß diese Konferenz schon vor geraumer Zeit begonnen hat, ohne mich.«

»Was haben Sie dagegen einzuwenden? Das ist mein Büro, und ich lasse Sitzungen beginnen, wann immer ich will.«

»Ja, aber es ist mein Antrag, und ich wurde hierher gebeten, damit er diskutiert werden kann. Ich finde, ich hätte von Anfang an bei diesem Treffen zugegen sein sollen.«

»Trauen Sie mir nicht, Mr. Hall?« Slattery lehnte sich auf den Ellenbogen vor. Offensichtlich genoß er die Situation.

»Ich traue niemandem«, sagte Adam und starrte Seine Ehren an.

»Wir versuchen lediglich, Ihnen entgegenzukommen, Mr. Hall. Ihrem Mandanten bleibt nicht mehr viel Zeit, und ich versuche nur, die Dinge zu beschleunigen. Ich dachte, es würde Sie freuen, daß wir in der Lage waren, diese Zusammenkunft so schnell anzusetzen.«

»Vielen Dank«, sagte Adam und schaute auf seinen Notizblock. Es folgte ein kurzes Schweigen, die Spannung ebbte ein wenig ab.

Slattery hielt ein Blatt Papier in der Hand. »Reichen Sie Ihren Antrag noch heute ein. Der Staat legt seine Erwiderung morgen vor. Ich werde mich übers Wochenende damit beschäftigen und am Montag meine Entscheidung bekanntgeben. Für den Fall, daß ich beschließe, eine Anhörung anzusetzen, muß ich von beiden Parteien wissen, wie lange es dauern wird, sie vorzubereiten. Wie steht es mit Ihnen, Mr. Hall? Wieviel Zeit brauchen Sie, um sich auf eine Anhörung vorzubereiten?«

Sam hatte noch zweiundzwanzig Tage zu leben. Jede Anhörung mußte gezwungenermaßen eine übereilte Angelegenheit sein mit flinken Zeugen und, wie er hoffte, einer schnellen Entscheidung des Gerichts. Was zu dem momentanen Streß hinzukam, war die fatale Tatsache, daß Adam keine Ahnung hatte, wie lange er brauchen würde, um eine Anhörung vorzubereiten, weil er dergleichen noch nie versucht hatte. Er war an ein paar kleineren Scharmützeln in Chicago beteiligt gewesen, aber immer mit Emmitt Wycoff in seiner Nähe. Verdammt noch mal, er war nur ein blutiger Anfänger. Er war nicht einmal sicher, wo sich der Gerichtssaal befand.

Und irgend etwas sagte ihm, daß die elf Geier, die ihn in dieser Sekunde musterten, ganz genau wußten, daß er keine Ahnung hatte, was er tun sollte. »Ich kann in einer Woche bereit sein«, sagte er mit undurchdringlicher Miene und so viel Zuversicht, wie er aufzubringen vermochte.

»Sehr schön«, sagte Slattery, als wäre das in Ordnung, eine gute Antwort, Adam, braver Junge. Eine Woche war annehmbar. Dann flüsterte Roxburgh einem seiner Hexenmeister etwas zu, und die ganze Horde fand es komisch. Adam ignorierte sie.

Slattery schrieb etwas mit einem Füllfederhalter, dann überlas er es. Er gab es Breck, dem Kanzleivorsteher, der es einsteckte und hinauseilte, um irgend etwas damit zu tun.

Seine Ehren ließ den Blick über die juristische Infanterie zu seiner Rechten schweifen, dann richtete er ihn auf Adam. »Also, Mr. Hall, da ist noch etwas, worüber ich mit Ihnen sprechen möchte. Wie Sie wissen, soll diese Hinrichtung in zweiundzwanzig Tagen stattfinden, und ich wüßte gern, ob dieses Gericht weitere Anträge zugunsten von Mr. Cayhall zu erwarten hat. Ich weiß, daß dies ein ungewöhnliches Ersuchen ist, aber wir arbeiten hier auch in einer ungewöhnlichen Situation. Ich gebe zu, daß dies mein erster Fall ist, bei dem die Vollstreckung der Todesstrafe so nahe bevorsteht, und ich halte es für das beste, wenn wir alle zusammenarbeiten.«

Mit anderen Worten, Euer Ehren, Sie wollen ganz sichergehen, daß es keinen Aufschub gibt. Adam dachte eine Sekunde lang nach. Es war ein ungewöhnliches Ersuchen, und überdies eines, das ziemlich unfair war. Sam hatte das verfassungsmäßige Recht, jederzeit jeden beliebigen Antrag zu stellen, und Adam konnte sich nicht mit irgendwelchen hier abgegebenen Versprechungen festlegen. Er beschloß, höflich zu sein. »Das kann ich wirklich nicht sagen, Euer Ehren. Jedenfalls jetzt noch nicht. Vielleicht in einer Woche.«

»Sicherlich werden Sie die üblichen Strohhalm-Anträge stellen«, sagte Roxburgh, und die grinsenden Kerle um ihn herum starrten Adam an wie ein Wundertier.

»Offen gesagt, Mr. Roxburgh, ich bin nicht verpflichtet, meine Pläne mit Ihnen zu erörtern. Und auch nicht mit dem Gericht, was das angeht.«

»Natürlich nicht«, verkündete McAllister, vermutlich nur, weil er nicht imstande war, länger als fünf Minuten den Mund zu halten.

Adam war der Anwalt aufgefallen, der rechts von Roxburgh saß, ein methodisch wirkender Typ mit stählernem Blick, der ständig auf Adam gerichtet war. Er war jung, aber grauhaarig, glatt rasiert und wie aus dem Ei gepellt. McAllister schien viel von ihm zu halten und hatte sich mehrmals wie ratsuchend nach rechts geneigt. Die anderen Männer aus dem Büro des Justizministers schienen seine Gedanken und Bewegungen eifrig nachzuvollziehen. In einem der hundert Artikel, die Adam ausgeschnitten und abgeheftet hatte, wurde ein infamer Anwalt im Büro des Justizministers erwähnt, der Dr. Death genannt wurde, ein kluger Vogel mit einer Vorliebe dafür, Todesurteile zur Vollstreckung zu treiben. Entweder sein Vor- oder Nachname war Morris, und Adam erinnerte sich vage, daß bei Roxburghs flüchtiger Vorstellung seiner Mitarbeiter auch der Name Morris gefallen war.

Adam nahm an, daß er der berüchtigte Dr. Death war. Genau. Morris Henry war sein Name.

»Also gut, dann sehen Sie zu, daß Sie Ihre Anträge möglichst bald stellen«, sagte Slattery. »Ich möchte nicht rund um die Uhr arbeiten müssen, wenn die Sache ihrem Ende zugeht.«

»Nein, Sir«, sagte Adam mit gespieltem Mitgefühl.

Slattery warf ihm einen kurzen Blick zu, dann vertiefte er sich wieder in die vor ihm liegenden Papiere. »Also, meine Herren, ich schlage vor, daß Sie sich Sonntag abend und Montag vormittag in der Nähe Ihrer Telefone aufhalten. Ich rufe an, sobald ich eine Entscheidung getroffen habe. Diese Sitzung ist geschlossen.«

Die Verschwörung auf der anderen Seite löste sich mit einer gewissen Hektik auf – Papiere raschelten, Akten wurden vom Tisch genommen und verstaut, und plötzlich setzte eine gemurmelte Unterhaltung ein. Adam war der Tür am nächsten. Er nickte Slattery zu, verabschiedete sich mit einem schwachen »Guten Tag, Euer Ehren« und verließ das Büro. Er bedachte die Sekretärin mit einem höflichen Lächeln und war bereits auf dem Flur, als jemand seinen Namen rief. Es war der Gouverneur, mit zwei Lakaien im Gefolge.

»Können wir uns eine Minute unterhalten?« fragte McAllister und streckte Adam die Hand entgegen. Adam ergriff sie eine Sekunde lang.

»Worüber?«

»Nur fünf Minuten, ja?«

Adam betrachtete die in kaum einem Meter Entfernung wartenden Begleiter des Gouverneurs. »Allein. Unter vier Augen. Und inoffiziell«, sagte er.

»Natürlich«, sagte McAllister, dann deutete er auf eine Doppeltür. Sie betraten einen kleinen Gerichtssaal, in dem kein Licht brannte. Die Hände des Gouverneurs waren frei. Irgendwer trug seinen Koffer und seine Akten. Er schob sie tief in die Hosentaschen und lehnte sich an ein Geländer. Er war schlank und gut angezogen, hübscher Anzug, modische Seidenkrawatte, das obligatorische weiße Baumwollhemd. Er war knapp vierzig und alterte bemerkenswert gut. Nur ein Anflug von Grau durchzog sein Haar. »Wie geht es Sam?« fragte er, tiefe Besorgnis vortäuschend.

Adam schnaubte, schaute weg, dann stellte er seinen Aktenkoffer auf den Boden. »Oh, ihm geht es prächtig. Ich werde ihm sagen, daß Sie sich erkundigt haben. Das wird ihn ungemein freuen.«

»Ich habe gehört, mit seiner Gesundheit steht es nicht zum besten.«

»Gesundheit? Sie versuchen, ihn umzubringen. Wie können Sie sich da Sorgen um seine Gesundheit machen?«

»Nur ein Gerücht, das ich gehört habe.«

»Er haßt Sie, wissen Sie das? Sein Gesundheitszustand ist schlecht, aber er wird noch drei Wochen durchhalten.«

»Haß ist schließlich nichts Neues bei Sam.«

»Worüber genau wollten Sie mit mir sprechen?«

»Ich wollte nur hallo sagen. Ich bin sicher, daß wir uns bald zusammensetzen werden.«

»Hören Sie, Gouverneur, ich habe eine Vereinbarung mit meinem Mandanten unterschrieben, die mir ausdrücklich verbietet, mit Ihnen zu sprechen. Ich wiederhole es – er haßt Sie. Ihnen hat er es zu verdanken, daß er in der Todeszelle sitzt. Er macht Sie für alles verantwortlich, und wenn er wüßte, daß wir jetzt miteinander reden, würde er mich sofort entlassen.«

»Ihr eigener Großvater würde Sie entlassen?«

»Ja. Davon bin ich felsenfest überzeugt. Also, wenn ich morgen in der Zeitung lese, daß wir uns heute getroffen und über Sam Cayhall gesprochen haben, dann kehre ich sofort nach Chicago zurück, was vermutlich Ihre Hinrichtung vermasseln wird, weil Sam dann keinen Anwalt mehr hat. Sie können keinen Mann töten, der keinen Anwalt hat.«

»Wer sagt das?«

»Behalten Sie es einfach für sich, okay?«

»Sie haben mein Wort darauf. Aber wenn wir nicht miteinander reden können, wie sollen wir dann das Thema Begnadigung erörtern?«

»Ich weiß es nicht. Bis zu diesem Punkt bin ich noch nicht gekommen.«

McAllisters Gesicht war immer verbindlich. Das freundliche Lächeln war immer vorhanden oder wenigstens dicht unter der Oberfläche. »Aber Sie haben doch bestimmt über eine Begnadigung nachgedacht?«

»Ja. Bei nur noch drei Wochen Zeit habe ich in der Tat über eine Begnadigung nachgedacht. Jeder Insasse einer Todeszelle träumt von einer Begnadigung, Gouverneur, und deshalb können Sie keine gewähren. Sie begnadigen einen, und die anderen fünfzig lassen Ihnen keine Ruhe mehr. Fünfzig Familien schreiben Briefe und rufen Sie Tag und Nacht an. Fünfzig Anwälte werden aktiv und versuchen, in Ihr Büro einzudringen. Wir wissen beide, daß es unmöglich ist.«

»Ich bin nicht sicher, daß er sterben sollte.«

Er sagte dies mit abgewendetem Blick, als wäre ein Sinneswandel im Gange, als hätten die Jahre ihn reifer gemacht und seinen Eifer, Sam zu bestrafen, abgemildert. Adam wollte etwas sagen, doch dann begriff er die Wichtigkeit dieser Worte. Er betrachtete eine Minute lang den Fußboden und richtete seine besondere Aufmerksamkeit auf die Schuhe des Gouverneurs. Der Gouverneur war tief in Gedanken versunken.

»Ich bin auch nicht sicher, daß er sterben sollte«, sagte Adam.

»Wieviel hat er Ihnen erzählt?«

»Worüber?«

»Über das Kramer-Attentat.«

»Er sagt, er hätte mir alles erzählt.«

»Aber Sie bezweifeln es?«

»Ja.«

»Ich auch. Ich habe immer Zweifel gehabt.«

»Weshalb?«

»Aus vielen Gründen. Jeremiah Dogan war ein notorischer Lügner, und er hatte eine Todesangst vor dem Gefängnis. Die Steuerbehörde hatte ihn am Haken, wie Sie vielleicht wissen, und er war überzeugt, wenn er ins Gefängnis müßte, würde er von schwarzen Banden vergewaltigt und gefoltert und umgebracht werden. Schließlich war er der Imperial Wizard des Ku-Klux-Klan. Außerdem hatte Dogan von vielen Dingen keine Ahnung. Wenn es um Terrorismus ging, war er aalglatt und schwer zu fassen, aber das System der Strafjustiz verstand er nicht. Ich habe immer geglaubt, daß irgend jemand, vielleicht das FBI, zu Dogan gesagt hat, Sam müßte zum Tode verurteilt werden, sonst würde man ihn ins Gefängnis verfrachten. Keine Verurteilung, kein Handel. Er war ein willfähriger Zeuge. Er wollte unbedingt, daß die Geschworenen Sam verurteilten.«

»Also hat er gelogen?«

»Ich weiß es nicht. Möglicherweise.«

»Worüber?«

»Haben Sie Sam gefragt, ob er einen Komplizen hatte?«

Adam schwieg einen Moment und analysierte die Frage. »Ich kann Ihnen wirklich nicht sagen, worüber Sam und ich gesprochen haben. Das ist vertraulich.«

»Natürlich ist es das. In diesem Staat gibt es eine Menge Leute, die insgeheim wünschen, daß Sam nicht hingerichtet wird.« Jetzt beobachtete McAllister Adam ganz genau.

»Gehören Sie dazu?«

»Ich weiß es nicht. Aber was ist, wenn Sam nicht vorhatte, Marvin Kramer oder seine Söhne umzubringen? Sam war vor Ort, er steckte mit drin. Aber was ist, wenn ein anderer vorsätzlich getötet hat?«

»Dann ist Sam nicht so schuldig, wie wir glauben.«

»Richtig. Er ist eindeutig nicht unschuldig, aber auch nicht so schuldig, daß er hingerichtet werden müßte. Das macht mir zu schaffen, Mr. Hall. Darf ich Sie Adam nennen?«

»Natürlich.«

»Ich nehme an, Sam hat nichts von einem Komplizen erwähnt?«

»Darüber kann ich wirklich nicht sprechen. Nicht jetzt.«

Der Gouverneur zog eine Hand aus der Tasche und gab Adam eine Karte. »Auf der Rückseite stehen zwei Telefonnummern. Die eine ist die Nummer von meinem persönlichen Büro, die andere meine Privatnummer. Alle Anrufe werden vertraulich behandelt, das schwöre ich. Ich posiere gelegentlich vor den Kameras, Adam, das gehört zu meinem Job, aber ich kann auch verschwiegen sein.«

Adam nahm die Karte und betrachtete die mit der Hand geschriebenen Nummern.

»Ich könnte nicht damit leben, wenn ich es unterlassen würde, einen Mann zu begnadigen, der es nicht verdient hat zu sterben«, sagte McAllister, während er auf die Tür zuging. »Rufen Sie mich an, aber warten Sie nicht zu lange. Diese Sache wird langsam heiß. Ich bekomme jeden Tag zwanzig Anrufe.«

Er nickte Adam zu, zeigte ihm abermals die blendend weißen Zähne und verließ den Raum.

Adam setzte sich auf einen Metallstuhl an der Wand und betrachtete die Vorderseite der Karte. Sie war in Gold geprägt mit einem offiziellen Siegel. Zwanzig Anrufe am Tag. Was bedeutete das? Wollten die Anrufer, daß Sam starb, oder wollten sie, daß er begnadigt wurde?

In diesem Staat gibt es eine Menge Leute, die wünschen, daß Sam nicht hingerichtet wird, hatte er gesagt, als wäre er bereits dabei, die Stimmen, die er verlieren würde, abzuwägen gegen die, die er gewinnen konnte.

24

Das Lächeln der Empfangsdame im Vorzimmer war nicht so behende wie gewöhnlich, und während Adam auf sein Büro zuging, fiel ihm auf, daß unter den Angestellten und der Handvoll Anwälte eine nüchternere Atmosphäre herrschte als sonst. Man unterhielt sich eine Oktave tiefer. Alles war ein bißchen dringlicher.

Chicago war eingetroffen. Das kam gelegentlich vor, nicht notwendigerweise zum Zwecke der Inspektion, sondern meist, um einem hiesigen Mandanten beizustehen oder um bürokratische kleine Firmentreffen abzuhalten. Niemand war je entlassen worden, wenn Chicago eingetroffen war. Niemand war je beschimpft oder beleidigt worden. Aber es gab immer ein paar nervöse Momente, bis Chicago wieder verschwunden und nach Norden zurückgekehrt war.

Adam öffnete die Tür zu seinem Büro und prallte fast auf das besorgte Gesicht von E. Garner Goodman, wie üblich mit grüner Paisley-Fliege, gestärktem weißem Hemd und buschigem grauem Haar. Er war im Zimmer herumgewandert und stand zufällig gerade in der Nähe der Tür, als sie geöffnet wurde. Adam starrte ihn an, dann ergriff er seine Hand und schüttelte sie rasch.

»Immer herein«, sagte Goodman und schloß die Tür, nachdem er Adam zum Eintreten in sein eigenes Büro aufgefordert hatte. Bisher hatte er noch nicht gelächelt.

»Was tun Sie denn hier?« fragte Adam, stellte seinen Aktenkoffer auf den Boden und trat an seinen Schreibtisch. Sie standen einander gegenüber.

Goodman strich über seinen säuberlich gestutzten grauen Bart, dann rückte er seine Fliege zurecht. »Es ist eine ziemlich heikle Situation eingetreten. Könnte eine schlechte Nachricht sein.«

»Was ist passiert?«

»Setzen Sie sich erstmal hin. Das dauert länger als eine Minute.«

»Nein. Ich bleibe lieber stehen. Also, was ist los?« Es mußte fürchterlich sein, wenn er sich dazu hinsetzen sollte.

Goodman befingerte seine Fliege, rieb sich den Bart, dann sagte er: »Es war heute morgen um neun. Sie wissen, daß der Personalausschuß aus fünfzehn Partnern besteht, fast alles jüngere Leute. Der Ausschuß hat natürlich mehrere Unterausschüsse, einen für Anwerbung und Einstellung, einen für Fortbildung, einen für Streitigkeiten und so weiter und so weiter. Und einen, wie Sie sich vermutlich denken können, für Entlassungen. Der Unterausschuß für Entlassungen ist heute morgen zusammengetreten. Und raten Sie mal, wer dort war und den Ton angegeben hat.«

»Daniel Rosen.«

»Daniel Rosen. Wie es scheint, hat er den Unterausschuß für Entlassungen zehn Tage lang bearbeitet und versucht, genügend Stimmen für Ihre Entlassung zusammenzubekommen.«

Adam setzte sich auf seinen Schreibtischsessel, und Goodman ließ sich ihm gegenüber nieder.

»Der Unterausschuß besteht aus sieben Personen, und er hat heute morgen auf Rosens Verlangen hin getagt. Es waren fünf Mitglieder anwesend, er war also beschlußfähig. Rosen hat natürlich weder mich noch sonst jemanden informiert. Entlassungssitzungen sind aus naheliegenden Gründen streng vertraulich, deshalb war er nicht verpflichtet, irgend jemanden davon in Kenntnis zu setzen.«

»Nicht einmal mich?«

»Nein, nicht einmal Sie. Sie waren der einzige Punkt auf der Tagesordnung, und die Sitzung dauerte nicht einmal eine Stunde. Rosen hatte gute Vorarbeit geleistet, und er trug seinen Fall mit sehr viel Nachdruck vor. Schließlich ist er dreißig Jahre lang vor Gericht aufgetreten. Alle Entlassungssitzungen werden protokolliert – für den Fall, daß es hinterher zu einem Prozeß kommt; also ließ Rosen die gesamte Sitzung aufzeichnen. Er behauptet natürlich, daß Sie sich in betrügerischer Absicht um die Anstellung bei Kravitz & Bane beworben haben; daß die Firma dadurch in einen Interessenkonflikt geraten sei und so weiter und so weiter. Und er hatte Kopien von ungefähr einem Dutzend Zeitungsartikeln über Sie und Sam und die Großvater-Enkel-Konstellation. Sein Argument war, daß Sie die Firma in eine peinliche Lage gebracht hatten. Er war sehr gut vorbereitet. Ich glaube, wir haben ihn vorigen Montag unterschätzt.«

»Und sie haben abgestimmt.«

»Vier zu eins für Ihre Entlassung.«

»Bastarde!«

»Ich weiß. Ich habe Rosen schon früher in zähen Verhandlungen erlebt; der Mann verfügt über eine geradezu brutale Überredungskraft. Gewöhnlich setzt er seinen Willen durch. Er kann nicht mehr vor Gericht auftreten, also bricht er im Büro Streitereien vom Zaun. In sechs Monaten sind wir ihn los.«

»Das ist im Augenblick nur ein schwacher Trost.«

»Es besteht noch Hoffnung. Die Nachricht hat mein Büro gegen elf erreicht, und glücklicherweise war Emmitt Wycoff gerade bei mir. Wir gingen in Rosens Büro und hatten einen fürchterlichen Streit. Dann haben wir uns ans Telefon gehängt. Was dabei herausgekommen ist – der gesamte Personalausschuß tritt morgen früh um acht zusammen, um Ihre Entlassung noch einmal zu diskutieren. Sie müssen dabeisein.«

»Um acht Uhr morgen?«

»Ja. Diese Leute sind sehr beschäftigt. Viele müssen um neun bei Gericht sein. Einige sind den ganzen Tag anderweitig beschäftigt. Wir können froh sein, wenn wir überhaupt eine beschlußfähige Mannschaft zusammenbekommen.«

»Wie viele wären das?«

»Zwei Drittel. Zehn der fünfzehn Mitglieder. Wenn der Ausschuß nicht beschlußfähig ist, könnten wir Probleme bekommen.«

»Probleme! Und wie nennen Sie das hier?«

»Es könnte noch schlimmer kommen. Wenn der Ausschuß morgen früh nicht beschlußfähig ist, können Sie dreißig Tage später eine weitere Sitzung verlangen.«

»In dreißig Tagen ist Sam tot.«

»Vielleicht auch nicht. Aber ich glaube, die Sitzung wird morgen früh stattfinden. Emmitt und ich haben die Zusagen von neun Mitgliedern, daß sie erscheinen werden.«

»Was ist mit den vier, die heute morgen gegen mich gestimmt haben?«

Goodman grinste und schaute beiseite. »Raten Sie mal Natürlich hat Rosen dafür gesorgt, daß seine Leute morgen erscheinen können.«

Adam hieb plötzlich mit beiden Händen auf den Tisch. »Verdammt noch mal! Ich kündige.«

»Sie können nicht kündigen. Sie sind gerade entlassen worden.«

»Dann werde ich mich nicht wehren. Mistkerle!«

»Also, Adam ...«

»Mistkerle!«

Goodman schwieg einen Moment, um Adam Zeit zum Abkühlen zu lassen. Er rückte seine Fliege zurecht und überprüfte das Wachstum scines Bartes. Er tippte mit den Fingern auf den Schreibtisch. Dann sagte er: »Hören Sie, Adam, ich glaube, wir haben gute Aussichten morgen früh. Emmitt ist auch dieser Ansicht. Die Firma steht in dieser Sache hinter Ihnen. Wir halten für richtig, was Sie tun, und wir sind froh über die Publicity. Die Chicagoer Zeitungen haben hübsche Berichte gebracht.«

»Man könnte beinahe glauben, daß die Firma mich nach Kräften unterstützt.«

»Wir können diese Sache morgen ins reine bringen. Ich übernehme das Reden. Wycoff bekniet im Moment die Mitglieder des Ausschusses. Und wir haben andere Leute, die sie gleichfalls beknien.«

»Rosen ist nicht dumm, Mr. Goodman. Er will gewinnen, sonst nichts. Er macht sich nicht die geringsten Gedanken über mich, über Sam oder Sie oder sonst jemanden. Er will einfach gewinnen. Es ist ein Wettkampf, und ich wette, er hängt gerade am Telefon und versucht, Stimmen zu bekommen.«

»Dann sollten wir gegen diesen alten Spinner antreten. Wir sollten morgen bei dieser Sitzung erscheinen, zum Kampf entschlossen. Wir sollten Rosen als den bösen Buben hinstellen. Der Mann hat nicht viele Freunde, Adam.«

Adam ging zum Fenster und schaute durch die Jalousie hinaus. Auf der Mall unter ihm herrschte dichter Fußgängerverkehr. Es war fast fünf Uhr. Er besaß knapp fünftausend Dollar in einem Investmentfonds, und wenn er sehr sparsam war und gewisse Änderungen in seinem Lebensstil vornahm, würde das Geld vielleicht ein halbes Jahr reichen. Sein Gehalt betrug zweiundsechzigtausend, und in naher Zukunft etwas Gleichwertiges zu finden, würde schwierig sein. Aber er war nie ein Mensch gewesen, der sich wegen Geld den Kopf zerbrach, und er würde auch jetzt nicht damit anfangen. Viel mehr Sorgen machten ihm die nächsten drei Wochen. Nach zehn Tagen als Anwalt eines zum Tode Verurteilten wußte er, daß er Hilfe brauchte.

»Wie wird es zum Ende hin sein?« fragte er nach einem lastenden Schweigen.

Goodman erhob sich langsam und wanderte zu einem anderen Fenster. »Ziemlich wild. Die letzten vier Tage werden Sie nicht schlafen. Sie werden in alle Richtungen rennen. Die Gerichte sind unberechenbar. Das System ist unberechenbar. Sie reichen Petitionen und Berufungen ein, obwohl Sie genau wissen, daß sie sinnlos sind. Die Presse folgt Ihnen auf Schritt und Tritt. Und, was das wichtigste ist, Sie müssen so viel Zeit wie möglich mit Ihrem Mandanten verbringen. Es ist total irre und eine verdammt harte Zeit.«

»Also brauche ich Hilfe.«

»Oh ja. Allein schaffen Sie es nicht. Als Maynard Tole hingerichtet wurde, hatten wir einen Anwalt in Jackson, der das Büro des Gouverneurs im Auge behielt, einen im Büro des Kanzleivorstehers beim Bundesgericht in Jackson, einen in Washington und zwei im Todestrakt. Und deshalb müssen Sie morgen kämpfen, Adam. Sie brauchen die Firma und ihre Ressourcen. Allein können Sie es nicht schaffen. Dazu ist ein Team erforderlich.«

»Das ist wirklich ein Schlag ins Kontor.«

»Ich weiß. Vor einem Jahr waren Sie noch auf der Universität, und jetzt hat man Sie entlassen. Ich weiß, daß das weh tut. Aber glauben Sie mir, Adam, das war nur ein unglücklicher Zwischenfall. Das hat keinen Bestand. In zehn Jahren sind Sie Partner in unserer Firma, und dann sind Sie es, der junge Anwälte terrorisiert.«

»Darauf sollten Sie nicht wetten.«

»Machen wir uns auf den Weg nach Chicago. Ich habe zwei Tickets für eine Maschine um neunzehn Uhr fünfzehn. Halb neun sind wir in Chicago, und dann suchen wir uns ein nettes Restaurant.«

»Ich muß mir noch ein paar Sachen holen.«

»Gut. Wir treffen uns um halb sieben am Flughafen.«

Die Sache war im Grunde schon entschieden, bevor die Sitzung begann. Elf Mitglieder des Personalausschusses waren anwesend, er war also beschlußfähig. Sie versammelten sich hinter verschlossenen Türen in einer Bibliothek im sechzigsten Stock um einen langen Tisch, auf dem große Kannen mit Kaffee standen, und sie brachten dicke Akten und tragbare Diktiergeräte und randvolle Terminkalender mit. Einer hatte sogar eine Sekretärin dabei; sie saß auf dem Flur und arbeitete auf Hochtouren. Sie waren vielbeschäftigte Leute, einer wie der andere, allen stand ein weiterer hektischer Tag bevor, angefüllt mit endlosen Konferenzen, Sitzungen, Besprechungen, Zeugenvernehmungen, Gerichtsverhandlungen, Telefongesprächen und wichtigen Geschäftsessen. Zehn Männer und eine Frau, alle Ende Dreißig oder Anfang Vierzig, alle Partner bei Kravitz & Bane, alle in Eile, wieder an ihre überfüllten Schreibtische zurückkehren zu können.

Die Angelegenheit Adam Hall war ihnen lästig. Der ganze Personalausschuß war ihnen lästig. Er gehörte nicht zu den angenehmeren Ausschüssen, in denen man mitarbeiten konnte, aber sie waren ordnungsgemäß hineingewählt worden, und niemand hatte es gewagt, die Wahl abzulehnen. Alles für die Firma und den Teamgeist.

Adam war um halb acht eingetroffen. Er war zehn Tage weggewesen, seine bisher längste Abwesenheit. Emmitt Wycoff hatte Adams Arbeit einem anderen jungen Anwalt übertragen. Bei Kravitz & Bane herrschte nie Mangel an Anfängern.

Um acht Uhr versteckte er sich in einem kleinen, nutzlosen Konferenzraum im sechzigsten Stock. Er war nervös, gab sich aber alle Mühe, es sich nicht anmerken zu lassen. Er trank Kaffee und las die Morgenzeitungen. Parchman lag in einer anderen Welt. Und er studierte die Liste der fünfzehn Mitglieder des Personalausschusses, von denen er keines kannte. Elf Fremde, die in der nächsten Stunde mit seiner Zukunft Fußball spielen und dann schnell abstimmen und sich wichtigeren Dingen zuwenden würden. Ein paar Minuten vor acht schaute Wycoff herein. Adam dankte ihm für alles, entschuldigte sich für die Mühe, die er ihm machte, und hörte zu, als Emmitt ein schnelles und befriedigendes Resultat versprach.

Fünf Minuten nach acht öffnete Garner Goodman die

Tür. »Sieht ziemlich gut aus«, sagte er fast flüsternd. »Im Augenblick sind elf anwesend. Mindestens fünf sind auf unserer Seite. Drei von denen, die im Unterausschuß für Rosen gestimmt haben, sind da, aber es sieht so aus, als könnten ihm ein oder zwei Stimmen fehlen.«

»Ist Rosen da?« fragte Adam. Er kannte die Antwort, hoffte aber, daß der alte Gauner vielleicht im Schlaf gestorben sein könnte.

»Ja, natürlich. Und ich glaube, er macht sich Sorgen. Emmitt hat gestern abend noch um zehn herumtelefoniert. Wir haben die Stimmen, und Rosen weiß das.« Goodman schob sich durch die Tür und verschwand.

Um Viertel nach acht eröffnete der Vorsitzende die Sitzung und erklärte den Ausschuß für beschlußfähig. Die Entlassung von Adam Hall war der einzige Punkt auf der Tagesordnung und der einzige Grund für diese Sondersitzung. Emmitt Wycoff machte den Anfang und leistete in zehn Minuten gute Arbeit, indem er Adams Vorzüge hervorhob. Er stand an einem Ende des Tisches vor einem Bücherregal und redete drauflos, als versuchte er, eine Jury zu überzeugen. Mindestens die Hälfte der elf hörte kein Wort davon. Sie überflogen Dokumente und jonglierten mit ihren Terminen.

Als nächster sprach Garner Goodman. Er gab einen kurzen Überblick über den Fall Sam Cayhall und zeigte sich ehrlich überzeugt, daß Sam höchstwahrscheinlich in drei Wochen hingerichtet werden würde. Dann rühmte er Adam, sagte, er hätte vielleicht nicht recht daran getan, seine Verbindung zu Sam geheimzuhalten, aber wenn schon. Das war damals, und jetzt ist heute, und die Gegenwart ist wesentlich wichtiger als die Vergangenheit, zumal wenn der Mandant nur noch drei Wochen zu leben hat.

Weder Wycoff noch Goodman wurde auch nur eine einzige Frage gestellt. Die Fragen wurden offensichtlich für Rosen aufgespart.

Anwälte haben ein langes Gedächtnis. Man schneidet einem heute die Kehle durch, und er wird jahrelang geduldig in aller Seelenruhe abwarten, bis er mit gleicher Münze zurückzahlen kann. Rosen hatte auf den Fluren von Kravitz &

Bane massenhaft Münzen herumliegen, und als geschäftsführender Partner war er damit beschäftigt, sie einzuheimsen. Er hatte jahrelang auf Leuten herumgetrampelt, auf seinen eigenen Leuten. Er war ein Tyrann, ein Lügner, ein Gangster. In seiner Glanzzeit war er das Herz und die Seele der Firma gewesen, und das wußte er. Niemand wagte es, ihn herauszufordern. Er hatte junge Kollegen mißhandelt und seine Partner schikaniert. Er hatte sich rücksichtslos über Ausschußbeschlüsse hinweggesetzt, die Firmenbräuche ignoriert, anderen Anwälten von Kravitz & Bane die Mandanten gestohlen, und jetzt, gegen Ende seiner Karriere, wurde ihm alles zurückgezahlt.

Er hatte noch keine zwei Minuten geredet, als er zum erstenmal von einem jungen Partner unterbrochen wurde, der mit Emmitt Wycoff zusammen Motorrad fuhr. Rosen wanderte hin und her, als agierte er in seiner besten Zeit vor einem voll besetzten Gerichtssaal. Die Frage ließ ihn innehalten. Bevor er sich eine sarkastische Antwort einfallen lassen konnte, wurde eine weitere Frage auf ihn abgeschossen. Er hatte keine Zeit, sich auf eine der beiden Fragen eine Antwort auszudenken, weil aus dem Nirgendwo bereits die dritte kam. Die Schlacht hatte begonnen.

Die drei Fragesteller arbeiteten wie Staffelläufer, und es war offensichtlich, daß sie trainiert hatten. Sie fielen abwechselnd mit unerbittlichen Fragen über Rosen her, und binnen weniger Miauten war er so weit, daß er fluchte und mit Beleidigungen um sich warf, während das Kollektiv der Fragesteller völlig gelassen blieb. Jeder von ihnen hatte einen Block mit einer offenbar langen Liste von Fragen.

»Worin besteht der Interessenkonflikt, Mr. Rosen?«

»Ein Anwalt kann doch ohne weiteres einen Familienangehörigen vertreten, oder etwa nicht, Mr. Rosen?«

»Wurde Mr. Hall bei den Einstellungsgesprächen ausdrücklich gefragt, ob diese Firma einen Angehörigen seiner Familie vertritt?«

»Weshalb halten Sie Publicity für etwas Negatives?«

»Würden Sie versuchen, einem Familienangehörigen zu helfen, der in einer Todeszelle sitzt?«

»Wie ist Ihre Einstellung zur Todesstrafe, Mr. Rosen?«

»Möchten Sie insgeheim, daß Sam Cayhall hingerichtet wird, weil er Juden umgebracht hat?«

»Finden Sie nicht, daß Sie Mr. Hall gegenüber hinterhältig gehandelt haben?«

Es war kein erfreulicher Anblick. Einige der größten Siege in den Gerichtssälen von Chicago waren von Daniel Rosen erfochten worden, und jetzt saß er hier und mußte in einem sinnlosen Kampf vor einem Ausschuß eine Menge Prügel einstecken. Nicht vor einer Jury. Nicht vor einem Richter. Vor einem Ausschuß.

Der Gedanke an Rückzug kam ihm erst gar nicht. Er machte weiter, wurde immer lauter und bösartiger. Seine Erwiderungen und ätzenden Antworten wurden persönlich, und er sagte einige häßliche Dinge über Adam.

Das war ein Fehler. Andere mischten sich in das Getümmel ein, und bald schlug Rosen um sich wie ein verwundetes Tier mitten in einem Wolfsrudel. Als offensichtlich war, daß er keine Mehrheit erlangen konnte, senkte er die Stimme und gewann seine Fassung zurück.

Er nahm sich zusammen und hielt einen ruhigen Vortrag über ethische Erwägungen und das Vermeiden jeden Anscheins von Unschicklichkeit, Grundsätze, die Anwälte beim Jurastudium lernen und sich, wenn sie gegeneinander kämpfen, gegenseitig an den Kopf werfen, aber ignorieren, wenn es ihnen in den Kram paßt.

Als Rosen geendet hatte, stürmte er aus dem Raum, wobei er sich im Geiste über diejenigen Notizen machte, die so unverschämt gewesen waren, ihn zu attackieren. Er würde ihre Namen in einer Akte festhalten, sobald er in seinem Zimmer angekommen war, und eines Tages, nun, eines Tages würde er etwas gegen sie unternehmen.

Papiere und Blöcke und elektronische Geräte verschwanden vom Tisch, der plötzlich frei war bis auf die Kaffeekannen und die leeren Tassen. Der Vorsitzende forderte zur Abstimmung auf. Rosen bekam fünf Stimmen, Adam sechs, und unmittelbar darauf wurde die Sitzung für beendet erklärt und die Mitglieder des Personalausschusses verschwanden blitzschnell.

»Sechs zu fünf?« wiederholte Adam, in die erleichterten, aber ernsten Gesichter von Goodman und Wycoff blickend.

»Ein wahrer Erdrutsch«, witzelte Wycoff.

»Es hätte schlimmer kommen können«, sagte Goodman. »Sie könnten arbeitslos sein.«

»Weshalb bin ich nicht hocherfreut? Eine lausige Stimme, und ich säße auf der Straße.«

»So ist das nicht«, erklärte Wycoff. »Die Stimmen standen vor der Sitzung fest. Rosen hatte vielleicht zwei sichere Stimmen, und die anderen hielten zu ihm, weil sie wußten, daß Sie gewinnen würden. Sie haben keine Ahnung, wie sehr die Leute gestern abend in den Schwitzkasten genommen worden sind. Damit ist Rosen erledigt. In drei Monaten ist er verschwunden.«

»Vielleicht schon früher«, setzte Goodman hinzu. »Er schießt nur noch wild um sich. Keiner kann ihn ausstehen.«

»Mich eingeschlossen«, sagte Adam.

Wycoff sah auf die Uhr. Es war Viertel vor neun, und er mußte um neun beim Gericht sein. »Also, Adam, ich muß los«, sagte er, sein Jackett zuknöpfend. »Wann fahren Sie nach Memphis zurück?«

»Noch heute, denke ich.«

»Können wir uns zum Lunch treffen? Ich möchte mit Ihnen reden.«

»Natürlich.«

Er öffnete die Tür und sagte: »Gut. Meine Sekretärin ruft Sie an. Muß jetzt los. Bis später.« Und er war verschwunden.

Auch Goodman schaute plötzlich auf die Uhr. Seine Uhr ging wesentlich langsamer als die der anderen Anwälte in der Firma, aber auch er hatte Termine, die er einhalten mußte. »Ich habe eine Verabredung in meinem Büro. Ich komme zum Lunch dazu.«

»Eine lausige Stimme«, wiederholte Adam und starrte die Wand an.

»Kopf hoch, Adam. So knapp war es in Wirklichkeit gar nicht.«

»Es fühlt sich aber verdammt knapp an.«

»Hören Sie, wir müssen uns in ein paar Stunden zusammensetzen, bevor Sie wieder verschwinden. Ich will alles über Sam hören, okay? Fangen wir beim Lunch damit an.« Er öffnete die Tür und war verschwunden.

Adam setzte sich auf den Tisch und schüttelte den Kopf.

25

Wenn Baker Cooley und die anderen Anwälte in der Kanzlei in Memphis überhaupt über Adams plötzliche Entlassung und ihre schnelle Annullierung Bescheid wußten, so ließen sie es sich nicht anmerken. Sie behandelten ihn wie immer, was hieß, daß sie sich um ihre eigenen Angelegenheiten kümmerten und sich von seinem Büro fernhielten. Sie waren nicht unhöflich, denn er kam schließlich aus Chicago. Sie lächelten, wenn sie dazu gezwungen waren, und sie schafften es, auf den Fluren ein paar belanglose Worte von sich zu geben, wenn Adam in der rechten Stimmung dazu war. Aber sie waren Firmenanwälte mit gestärkten Hemden und gepflegten Händen, die es nicht gewohnt waren, mit dem Schmutz und Dreck der Strafverteidigung in Berührung zu kommen. Sie gingen nicht in Untersuchungsgefängnisse oder Haftanstalten, um mit Mandanten zu reden, und sie schlugen sich auch nicht mit Polizisten und Anklägern und unberechenbaren Richtern herum. Sie arbeiteten fast ausschließlich an ihren Schreibtischen und an Konferenztischen aus Mahagoni. Ihre Zeit verbrachten sie im Gespräch mit Mandanten, die es sich leisten konnten, ihnen für ihre Ratschläge etliche hundert Dollar pro Stunde zu zahlen, und wenn sie nicht mit Mandanten sprachen, dann hingen sie am Telefon oder saßen beim Lunch mit anderen Anwälten, Bankiers und Versicherungsmanagern.

Schon jetzt hatte genug in den Zeitungen gestanden, um in der Kanzlei Ressentiments auszulösen. Den meisten Anwälten war es überaus peinlich, wenn sie lesen mußten, daß der Name ihrer Firma mit einem Menschen wie Sam Cayhall in Verbindung gebracht wurde. Die meisten von ihnen hatten keine Ahnung, daß er sieben Jahre lang von Chicago vertreten worden war. Jetzt stellten Freunde Fragen. Andere Anwälte machten spöttische Bemerkungen. Ehefrauen wurden beim Tee im Garden Club geschnitten. Angeheiratete Verwandte interessierten sich plötzlich für ihre juristische Laufbahn.

Sam Cayhall und sein Enkel waren für die Anwälte in Memphis sehr schnell zu einer überaus unerfreulichen Angelegenheit geworden. Aber sie konnten nichts dagegen tun.

Adam spürte das, aber es kümmerte ihn nicht. Es war ein provisorisches Büro, gerade richtig für weitere drei Wochen und hoffentlich nicht einen Tag länger. Er trat am Freitagmorgen aus dem Fahrstuhl, ignorierte die Empfangsdame, die plötzlich vollauf mit dem Aufstapeln von Zeitschriften beschäftigt war, und sprach mit seiner Sekretärin, einer jungen Frau namens Darlene, und sie gab ihm eine Telefonnachricht von Todd Marks von der *Memphis Press*.

Er nahm den rosa Zettel mit in sein Büro und warf ihn in den Papierkorb. Dann hängte er seinen Mantel auf einen Kleiderbügel und ging daran, seinen Schreibtisch mit Papieren zu füllen. Da waren seitenweise Notizen, die er sich während der Flüge nach Chicago und zurück nach Memphis gemacht harte, ähnliche Schriftsätze, die er sich aus Goodmans Akten entliehen hatte, und dutzendweise Kopien von neueren Entscheidungen der Bundesgerichte.

Bald war er in eine Welt aus juristischen Theorien und Strategien versunken. Chicago war nur noch eine Erinnerung, die schon jetzt immer blasser wurde.

Rollie Wedge betrat das Gebäude an der Brinkley Plaza durch den Haupteingang an der Mall. Er hatte an einem Tisch eines Straßencafés geduldig gewartet, bis der schwarze Saab auftauchte und in ein nahegelegenes Parkhaus abbog. Er trug ein weißes Hemd mit Krawatte, eine Leinenhose und bequeme Slipper. Während er seinen Eistee trank, beobachtete er, wie Adam den Gehsteig entlangkam und das Gebäude betrat.

Das Foyer war leer, als Wedge den Wegweiser studierte.

Kravitz & Bane hatten ihre Geschäftsräume im dritten und vierten Stock. Es gab vier identische Fahrstühle, und er fuhr mit einem in den achten Stock hinauf. Dort gelangte er in eine schmale Diele. Rechts von ihm war eine Tür mit einem Messingschild, auf dem der Name einer Investmentfirma stand, und links zweigte ein Flur mit Türen ab, die zu allen möglichen Unternehmen führten. Neben dem Trinkwasserbehälter gab es eine Tür zum Treppenhaus. Er ging gelassen die acht Stockwerke hinunter und sah sich unterwegs die Türen genau an. Niemand kam ihm auf der Treppe entgegen. Er kehrte ins Foyer zurück, dann fuhr er mit einem anderen Fahrstuhl allein in den dritten Stock. Er lächelte die Empfangsdame an, die immer noch mit ihren Zeitschriften beschäftigt war, und war gerade im Begriff, sich nach dem Weg zu der Investmentfirma zu erkundigen, als das Telefon läutete und sie mit dem Gespräch zu tun hatte. Eine zweiflügelige Glastür trennte den Empfangsbereich von dem Zugang zu den Fahrstühlen. Er fuhr in den vierten Stock hinauf und fand eine ebensolche Tür, aber keine Empfangsdame. Die Tür war verschlossen. An der Wand rechts neben ihr befand sich eine kodierte Schließanlage mit neun numerierten Knöpfen.

Er hörte Stimmen und trat ins Treppenhaus. Die Tür ließ sich weder von der einen noch von der anderen Seite abschließen. Er wartete einen Moment, dann schlüpfte er hindurch und trank einen Schluck Wasser. Eine Fahrstuhltür ging auf, und ein junger Mann in khakifarbener Hose und blauem Blazer schoß heraus, mit einem Pappkarton unter einem Arm und einem dicken Buch in der rechten Hand. Er strebte auf die Kravitz-&-Bane-Tür zu. Dabei summte er laut vor sich hin und bemerkte nicht, daß Wedge hinter ihn trat. Er blieb stehen und balancierte das juristische Werk auf dem Karton, um die rechte Hand zum Eingeben des Codes freizubekommen. Sieben, sieben, drei, und bei jeder Ziffer gab die Schließanlage einen Piepton von sich. Wedge war nur ein paar Zentimeter von ihm entfernt, schaute ihm über die Schulter und merkte sich den Code.

Der junge Mann ergriff schnell das Buch und war im Begriff, sich umzudrehen, als Wedge ihn leicht anrempelte und sagte: »Oh, bitte entschuldigen Sie. Ich wollte nicht …« Er trat einen Schritt zurück und betrachtete die Schrift über der Tür. »Das ist nicht der Riverbend Trust«, sagte er, verblüfft und verwirrt.

»Nein. Das ist Kravitz & Bane.«

»Welcher Stock ist das hier?« fragte Wedge. Etwas klickte, und die Tür war frei.

»Der vierte. Riverbend Trust ist im achten.«

»Entschuldigen Sie«, sagte Wedge abermals, jetzt verlegen und beinahe bekümmert. »Muß im falschen Stock ausgestiegen sein.«

Der junge Mann runzelte die Stirn und schüttelte den Kopf, dann öffnete er die Tür.

»Entschuldigen Sie«, sagte Wedge zum drittenmal, während er zurücktrat. Die Tür schloß sich, und der junge Mann war verschwunden. Wedge fuhr mit dem Fahrstuhl ins Foyer hinunter und verließ das Gebäude.

Er fuhr aus der Innenstadt heraus und zehn Minuten lang nach Osten und Norden, bis er in einen Stadtteil mit Sozialwohnungen kam. Er bog auf den Parkplatz neben Auburn House ab und wurde von einem uniformierten Wachmann angehalten. Er wollte nur wenden, erklärte er, hatte sich verfahren, und es tat ihm sehr leid. Als er auf die Straße zurücksetzte, sah er, daß der burgunderfarbene Jaguar, der Lee Booth gehörte, zwischen zwei Kleinwagen stand.

Er fuhr in Richtung Fluß, wieder auf die Innenstadt zu, und zwanzig Minuten später hielt er an einem verlassenen Lagerhaus aus roten Ziegelsteinen auf dem Steilufer an. In seinem Wagen sitzend, wechselte er schnell in ein gelbbraunes Hemd mit blauer Einfassung an den kurzen Ärmeln und dem über der Tasche aufgenähten Namen Rusty. Dann bewegte er sich schnell, aber unauffällig zu Fuß um die Ecke des Gebäudes herum und durch dichtes Gestrüpp hindurch einen Abhang hinunter, bis er ein Gebüsch erreicht hatte. Unter einem kleinen Baum suchte er Schutz vor der sengenden Sonne und wartete, bis er wieder zu Atem gekommen war. Vor ihm lag eine kleine Wiese mit Bermudagras, dicht und grün und offensichtlich gut gepflegt, und hinter der Wiese gab es eine Anlage aus zwanzig Luxus-Eigentumswohnungen, die über die Kante des Steilufers hinausragten. Eine Mauer aus Ziegelsteinen und Eisen war ein lästiges Problem, und er studierte sie, noch immer im Gebüsch versteckt, geduldig.

Eine Seite der Wohnanlage bestand aus dem Parkplatz mit einem verschlossenen Tor, das den einzigen Ein- und Ausgang bildete. In dem kleinen, kastenförmigen, mit einer Klimaanlage versehenen Pförtnerhaus saß ein uniformierter Wachmann. Nur wenige Wagen waren zu sehen. Es war fast zehn Uhr morgens. Durch das getönte Glas konnte man die Silhouette des Wachmanns erkennen.

Wedge beschloß, die Mauer zu ignorieren und statt dessen vom Steilufer aus einzudringen. Er kroch an einer Reihe von Kornelkirschbüschen entlang und krallte sich an Grasbüscheln fest, um nicht auf den Riverside Drive abzurutschen, der fünfundzwanzig Meter unter ihm lag. Er glitt unter Holzterrassen entlang, von denen sich einige über dem steil abfallenden Hang drei Meter weit in die Luft hinausstreckten. An der siebenten machte er halt und schwang sich auf die Terrasse.

Er ruhte sich einen Moment in einem Korbstuhl aus und beschäftigte sich mit einem auf Putz liegenden Kabel, gerade so, als nähme er eine Routineüberprüfung vor. Niemand beachtete ihn. Abgeschiedenheit war diesen reichen Leuten sehr wichtig; sie bezahlten eine Menge Geld dafür, und jede Terrasse war von der benachbarten durch dekorative Holzplanken und alle möglichen Hängepflanzen abgeschirmt. Sein Hemd war inzwischen feucht geworden und klebte ihm am Rücken.

Die gläserne Schiebetür von der Terrasse zur Küche war natürlich verschlossen, aber es war ein relativ einfaches Schloß, das ihn nur ungefähr eine Minute aufhielt. Er öffnete es, ohne es zu beschädigen oder Spuren zu hinterlassen; dann sah er sich noch einmal um, bevor er hineinging. Das war der riskante Teil. Er vermutete, daß es eine Alarmanlage gab, wahrscheinlich mit Sensoren an sämtlichen Fenstern und Türen. Da niemand zu Hause war, war die Anlage vermutlich eingeschaltet. Die entscheidende Frage lautete, wieviel Lärm ausgelöst werden würde, wenn er die Tür öffnete. Würde es ein stummer Alarm sein, oder würde eine Sirene aufheulen?

Er holte Luft, dann schob er vorsichtig die Tür auf. Kein Sirenengeheul begrüßte ihn. Er warf einen raschen Blick auf den Monitor über der Tür, dann trat er ein.

Der Alarm drang augenblicklich zu Willis durch, dem Wachmann am Tor, der ein zwar nicht sehr lautes, aber doch eindringliches Piepen aus seiner Überwachungsanlage hörte. Er betrachtete das rote Blinklicht von Nummer 7, Eigentum von Lee Booth, und wartete darauf, daß es aufhörte. Mrs. Booth löste ihren Alarm mindestens zweimal im Monat aus; das war der Durchschnitt bei der Herde, die er zu hüten hatte. Er schaute auf sein Clipboard und stellte fest, daß Mrs. Booth um neun Uhr fünfzehn abgefahren war. Aber gelegentlich hatte sie Besucher, die bei ihr übernachteten, gewöhnlich Männer, und jetzt war ihr Neffe bei ihr zu Besuch, und deshalb beobachtete Willis das rote Licht fünfundvierzig Sekunden lang, bis es aufhörte zu blinken und zu einem Dauerlicht wurde.

Das war ungewöhnlich, aber kein Grund zur Panik. Diese Leute lebten hinter Mauern und bezahlten für bewaffnete Bewachung rund um die Uhr, deshalb kümmerten sie sich kaum um ihre Alarmanlagen. Er wählte rasch Mrs. Booth' Telefonnummer, aber niemand meldete sich. Er drückte auf einen Knopf und löste damit einen automatischen Anruf unter der Nummer 911 mit der Anforderung von Polizeiunterstützung aus. Er öffnete die Schublade mit den Schlüsseln und holte einen für Nummer 7 heraus, dann verließ er das Pförtnerhaus und ging schnell über den Parkplatz, um in Mrs. Booth' Wohnung nachzusehen. Er knöpfte sein Holster auf, um notfalls schnell nach seiner Waffe greifen zu können.

Rollie Wedge betrat das Pförtnerhaus und sah die offene Schublade. Er nahm sich einen mit 7 gekennzeichneten Schlüsselsatz sowie eine Karte mit dem Alarmcode und Instruktionen und außerdem die Schlüssel und Karten für die Wohnungen 8 und 13, nur um den alten Willis und die Polizei irrezuführen.

26

Sie gingen zuerst zum Friedhof, um den Toten ihren Respekt zu erweisen. Er erstreckte sich über zwei kleine Hügel am Rand von Clanton, von denen der eine mit prächtigen Grabsteinen und Monumenten übersät war. Dort hatten im Laufe der Zeit ganze Familien ihre letzte Ruhestätte gefunden. Ihre Namen waren in schweren Granit eingemeißelt. Der zweite Hügel war für die neueren Gräber bestimmt, und während in Mississippi die Jahre vergingen, waren die Grabsteine immer kleiner geworden. Stattliche Eichen und Ulmen beschatteten den größten Teil des Friedhofs. Die Rasenflächen waren kurz gemäht, die Sträucher säuberlich beschnitten. In jeder Ecke standen Azaleen. Clanton legte großen Wert auf seine Erinnerungen.

Es war ein wunderschöner Samstag, ohne Wolken und mit einer leichten Brise, die in der Nacht eingesetzt und die Feuchtigkeit vertrieben hatte. Der Regen hatte für eine Weile ausgesetzt, und an den Abhängen wuchsen üppiges Gras und Wildblumen. Lee kniete vor dem Grabstein ihrer Mutter und legte einen kleinen Blumenstrauß unter ihren Namen. Sie schloß die Augen, während Adam hinter ihr stand und das Grab betrachtete. *Anna Gates Cayhall, 3. September 1922–18. September 1977.* Sie war fünfundfünfzig gewesen, als sie starb, rechnete Adam nach. Er war damals dreizehn gewesen und hatte, immer noch in gnädiger Unwissenheit, irgendwo im Süden von Kalifornien gelebt.

Sie war allein begraben worden, unter einem Einzelgrabstein, und schon das hatte einige Probleme aufgeworfen. Alte Ehepaare werden in der Regel Seite an Seite beigesetzt, zumindest im Süden, wobei derjenige, der zuerst stirbt, den ersten Platz unter einem Doppelgrabstein erhält. Bei jedem Friedhofsbesuch sieht der oder die Überlebende seinen oder ihren Namen, der bereits eingemeißelt ist und nur noch auf seinen Besitzer wartet.

»Daddy war sechsundfünfzig, als Mutter starb«, erklärte

Lee, als sie Adams Hand ergriff und von dem Grab zurücktrat. »Ich wollte, daß er sie auf einer Grabstelle beisetzen ließ, wo er sich eines Tages zu ihr gesellen konnte, aber er weigerte sich. Vielleicht glaubte er, daß er noch etliche Jahre vor sich hatte und vielleicht wieder heiraten würde.«

»Du hast mir einmal erzählt, daß sie Sam nicht mochte.«

»Ich bin sicher, daß sie ihn irgendwie geliebt hat, schließlich waren sie fast vierzig Jahre beisammen. Aber sie haben sich nie sehr nahegestanden. Als ich älter wurde, spürte ich, daß sie nicht gern in seiner Nähe war. Manchmal hat sie sich mir anvertraut. Sie war ein einfaches Mädchen vom Lande, das jung heiratete, Kinder bekam und bei ihnen blieb, und von dem man erwartete, daß es seinem Ehemann gehorchte. Das war zu jener Zeit nichts Ungewöhnliches. Ich glaube, sie war eine sehr frustrierte Frau.«

»Vielleicht wollte sie Sam nicht in alle Ewigkeit neben sich haben.«

»Darüber habe ich auch nachgedacht. Eddie wollte sogar, daß sie getrennt und an entgegengesetzten Enden des Friedhofs beigesetzt würden.«

»Das spricht für Eddie.«

»Und er hat es völlig ernst gemeint.«

»Was hat sie über Sam und den Klan gewußt?«

»Ich habe keine Ahnung. Darüber redeten wir nicht. Ich erinnere mich, daß seine Verhaftung ihr schwer zu schaffen gemacht hat. Sie lebte sogar eine Weile bei Eddie und euch, weil die Reporter ihr keine Ruhe ließen.«

»Und sie war bei keinem seiner Prozesse.«

»Nein. Er wollte es nicht. Sie hatte Probleme mit zu hohem Blutdruck, und Sam benutzte das als Vorwand, um sie fernzuhalten.«

Sie bogen ab und wanderten auf einem schmalen Weg durch den alten Teil des Friedhofes. Sie hielten sich bei den Händen und betrachteten die Grabsteine, an denen sie vorüberkamen. Lee deutete auf eine Baumreihe auf einem anderen Hügel jenseits der Straße. »Da drüben werden die Schwarzen begraben«, sagte sie. »Unter den Bäumen dort. Es ist ein kleiner Friedhof.«

»Soll das ein Witz sein? Sogar heute noch?«

»Natürlich. Sie müssen immer dort bleiben, wo sie hingehören. Diese Leute könnten den Gedanken, daß zwischen ihren Vorfahren ein Neger liegt, einfach nicht ertragen.«

Adam schüttelte ungläubig den Kopf. Sie erstiegen den Hügel und ruhten sich unter einer Eiche aus. Unter ihnen breiteten sich friedlich die Grabreihen. Ein paar Blocks entfernt funkelte die Kuppel des Gerichtsgebäudes von Ford County in der Sonne.

»Als kleines Mädchen habe ich hier gespielt«, sagte sie leise. Sie deutete nach rechts, nach Norden. »Jeder vierte Juli wird hier mit einem Feuerwerk gefeiert, und von diesem Friedhof hier hat man die beste Aussicht. Da unten ist ein Park, von dort werden die Raketen abgefeuert. Wir nahmen unsere Fahrräder mit und kamen in die Stadt, um uns die Parade anzusehen und im Stadtbad zu schwimmen und mit unseren Freunden zu spielen. Und nach Einbruch der Dunkelheit haben wir uns hier versammelt, mitten zwischen den Toten, und uns auf die Grabsteine gesetzt, um uns das Feuerwerk anzusehen. Die Männer blieben bei ihren Lastern, auf denen sie ihr Bier und ihren Whiskey versteckt hatten, und die Frauen lagen auf Decken und kümmerten sich um ihre kleinen Kinder. Wir liefen und fuhren überall herum.«

»Eddie auch?«

»Natürlich. Eddie war ein ganz normaler kleiner Bruder, manchmal eine verdammte Nervensäge, aber ein richtiger Junge. Er fehlt mir. Er fehlt mir sehr. Wir haben uns über viele Jahre hinweg nicht nahegestanden, aber wenn ich hierher zurückkomme, denke ich immer an meinen kleinen Bruder.«

»Mir fehlt er auch.«

»Am Abend seines High-School-Abschlusses haben wir uns hier getroffen, er und ich, genau an dieser Stelle. Ich war zwei Jahre in Nashville gewesen, und ich war zurückgekommen, weil er wollte, daß ich bei seiner Schulentlassung dabei war. Wir hatten eine Flasche billigen Wein, und ich glaube, es war sein erster Alkohol. Ich werde das nie vergessen. Wir saßen hier auf Emil Jacobs Grabstein und tranken Wein, bis die Flasche leer war.«

»Wann war das?«

»Neunzehnhunderteinundsechzig, glaube ich. Er wollte in die Armee eintreten, damit er Clanton verlassen konnte und von Sam wegkam. Ich wollte nicht, daß mein kleiner Bruder zur Armee ging, und wir haben darüber diskutiert, bis die Sonne aufging.«

»Er war ziemlich durcheinander?«

»Er war achtzehn und vermutlich so durcheinander wie die meisten Jungen, die gerade die High-School hinter sich haben. Eddie hatte eine fürchterliche Angst, daß etwas mit ihm passieren würde, wenn er in Clanton blieb. Daß irgendein mysteriöser genetischer Defekt an die Oberfläche kommen und er so wie Sam werden könnte. Noch ein Cayhall mit Kapuze. Er wollte unbedingt so schnell wie möglich von hier weg.«

»Aber du bist auch abgehauen, sobald du konntest.«

»Ich weiß, aber ich war zäher als Eddie, jedenfalls im Alter von achtzehn. Ich konnte es einfach nicht mit ansehen, daß er schon in so jungen Jahren von zu Hause fortging. Also tranken wir Wein und versuchten, das Leben in den Griff zu bekommen.«

»Hat mein Vater sein Leben je in den Griff bekommen?«

»Ich bezweifle es. Wir haben beide schwer unter unserem Vater und dem Haß seiner Familie gelitten. Es gibt Dinge, von denen du hoffentlich nie erfahren wirst, Geschichten, bei denen ich darum bete, daß sie unerzählt bleiben. Ich glaube, ich habe sie verdrängt, aber Eddie konnte das nicht.«

Sie ergriff wieder seine Hand, und sie schlenderten ins Sonnenlicht und einen Weg hinunter zum neueren Teil des Friedhofs. Sie blieb stehen und deutete auf eine Reihe von kleinen Grabsteinen. »Hier liegen deine Urgroßeltern, zusammen mit Tanten und Onkeln und diversen anderen Cayhalls.«

Adam zählte acht Grabsteine. Er las die Namen und Daten und rezitierte laut die in den Granit eingravierten Verse und Bibelstellen.

»Es gibt noch eine Menge mehr draußen im Lande«, sagte Lee. »Die meisten Cayhalls stammten aus der Gegend um Karaway, fünfzehn Meilen von hier entfernt. Sie waren Farmersleute und wurden hinter Dorfkirchen begraben.«

»Bist du zu diesen Begräbnissen hergekommen?«

»Zu einigen. Es ist keine sehr enge Familie, Adam. Einige dieser Leute waren schon jahrelang tot, als ich das erstemal von ihnen hörte.«

»Weshalb ist deine Mutter nicht auch hier beigesetzt worden?«

»Weil sie es nicht wollte. Sie wußte, daß sie bald sterben mußte, und sie hat sich die Grabstelle selber ausgesucht. Sie hat sich nie als eine Cayhall gefühlt. Sie war eine Gates.«

»Kluge Frau.«

Lee zupfte eine Handvoll Unkraut aus dem Grab ihrer Großmutter und rieb mit den Fingern über den Namen von Lydia Newsome Cayhall, die 1961 im Alter von zweiundsiebzig Jahren gestorben war. »Ich kann mich noch gut an sie erinnern«, sagte sie, auf dem Gras kniend. »Eine gute, christliche Frau. Sie würde sich im Grabe umdrehen, wenn sie wüßte, daß ihr dritter Sohn in der Todeszelle sitzt.«

»Und was ist mit ihm?« fragte Adam und deutete auf das Grab von Lydias Ehemann, Nathaniel Lucas Cayhall, 1952 im Alter von vierundsechzig Jahren gestorben. Der liebevolle Ausdruck verschwand aus Lees Gesicht. »Ein gemeiner alter Mann«, sagte sie. »Ich bin sicher, er wäre stolz auf Sam. Nat, wie man ihn nannte, wurde bei einer Beerdigung umgebracht.«

»Bei einer Beerdigung?«

»Ja. Früher waren Beerdigungen hier gesellschaftliche Ereignisse. Ihnen gingen lange Totenwachen voraus mit Unmengen von Besuchern und Essen. Und Alkohol. Das Leben war hart im ländlichen Süden, und Beerdigungen arteten oft in betrunkene Schlägereien aus. Nat war sehr gewalttätig, und direkt nach einem Gedenkgottesdienst fing er eine Schlägerei mit den falschen Männern an. Sie knüppelten ihn mit einem Stock Holz zu Tode.«

»Wo war Sam?«

»Mittendrin. Er wurde auch zusammengeschlagen, aber er überlebte. Ich war damals ein kleines Mädchen, und ich erinnere mich an Nats Beerdigung. Sam lag im Krankenhaus und konnte nicht daran teilnehmen.«

»Hat er sich gerächt?«

»Natürlich.«

»Wie?«

»Es wurde nie etwas bewiesen, aber ein paar Jahre später wurden die beiden Männer, die Nat erschlagen hatten, aus dem Gefängnis entlassen. Sie tauchten kurz hier auf, dann verschwanden sie. Eine Leiche wurde Monate später in Milburn County gefunden. Erschlagen natürlich. Der andere Mann ist nie gefunden worden. Die Polizei hat Sam und seine Brüder verhört, aber es gab keinerlei Beweise.«

»Glaubst du, daß er es getan hat?«

»Natürlich hat er es getan. Niemand legte sich damals mit den Cayhalls an. Man wußte, daß sie halb verrückt waren und bösartig wie der Teufel selbst.«

Sie verließen die Stelle mit den Familiengräbern und wanderten weiter den Weg entlang. »Also, Adam, die Frage für uns ist, wo sollen wir Sam begraben?«

»Ich finde, wir sollten ihn da drüben begraben, bei den Schwarzen. Das wäre nur recht und billig.«

»Wie kommst du auf die Idee, daß sie ihn haben wollen?«

»Gute Frage.«

»Im Ernst.«

»Sam und ich sind noch nicht an diesem Punkt angelangt.«

»Glaubst du, daß er hier begraben werden möchte? In Ford County?«

»Ich weiß es nicht. Wir haben noch nicht darüber gesprochen, aus naheliegenden Gründen. Noch besteht Hoffnung.«

»Wieviel Hoffnung?«

»Ein ganz klein wenig. Genug, um weiterzukämpfen.«

Sie verließen den Friedhof zu Fuß und gingen eine ruhige Straße mit abgetretenen Gehsteigen und uralten Eichen entlang. Die Häuser waren gleichfalls alt, aber sauber gestrichen, mit langen Veranden und Katzen, die auf der Vortreppe schliefen. Kinder rasten auf Fahrrädern und Skateboards vorbei, und alte Leute saßen in ihren Schaukeln auf den Veranden und wiegten sich langsam hin und her. »Das ist das Revier meiner Kindheit, Adam«, sagte Lee, während sie ziellos herumwanderten. Ihre Hände steckten tief in den Taschen ihrer Jeans und ihre Augen wurden feucht von Erinnerungen, die gleichzeitig traurig und angenehm waren. Sie betrachtete jedes Haus, als hätte sie sich als Kind darin aufgehalten und könnte sich an die kleinen Mädchen erinnern, die ihre Freundinnen gewesen waren. Sie konnte das Kichern und Lachen hören, die albernen Spiele und die erbitterten Auseinandersetzungen von Zehnjährigen.

»War es eine glückliche Zeit?« fragte Adam.

»Ich weiß es nicht. Wir haben nie in der Stadt gewohnt, deshalb galten wir als Kinder vom Lande. Ich habe mich immer nach einem dieser Häuser gesehnt, mit Freundinnen ringsum und Geschäften ganz in der Nähe. Die Stadtkinder hielten sich für ein bißchen besser als wir, aber das war kein sonderliches Problem. Meine besten Freundinnen wohnten hier, und ich habe viele Stunden damit verbracht, auf diesen Straßen zu spielen und auf diese Bäume zu klettern. Ja, ich glaube, es war eine gute Zeit. Die Erinnerungen an das Haus auf dem Lande sind weniger erfreulich.«

»Wegen Sam?«

Eine alte Frau in geblümtem Kleid und mit einem großen Strohhut fegte gerade ihre Vortreppe. Sie warf einen Blick auf Lee, dann erstarrte sie und glotzte sie an. Lee verlangsamte ihren Schritt, dann blieb sie in der Nähe des zum Haus führenden Pfades stehen. Sie musterte die alte Frau, und die alte Frau musterte Lee. »Guten Morgen, Mrs. Langston«, sagte Lee freundlich.

Mrs. Langston umklammerte den Besenstiel und richtete sich steif auf. Sie schien sich damit begnügen zu wollen, sie anzustarren.

»Ich bin Lee Cayhall. Kennen Sie mich noch?«

Als der Name Cayhall über das winzige Rasenstück tönte, ertappte Adam sich dabei, daß er sich umschaute, um festzustellen, ob noch jemand ihn gehört hatte. Er war darauf eingestellt, sich zu schämen, wenn der Name anderen Leuten zu Ohren kam. Falls Mrs. Langston sich an Lee erinnerte, so ließ sie es sich nicht anmerken. Sie brachte ein höfliches Nicken zustande, nur eine kurze Auf- und Abwärtsbewegung des Kopfes, ziemlich linkisch, als wollte sie sagen: gleichfalls guten Morgen. Und nun gehen Sie gefälligst weiter.

»War nett, Sie wiederzusehen«, sagte Lee und setzte sich in Bewegung. Mrs. Langston huschte die Stufen hinauf und verschwand im Haus. »Ich bin in meiner High-School-Zeit öfter mit ihrem Sohn ausgegangen«, sagte Lee und schüttelte ungläubig den Kopf.

»Sie war nicht gerade begeistert, dich wiederzusehen.«

»Sie war schon immer ein bißchen verschroben«, sagte Lee ohne rechte Überzeugung. »Vielleicht hatte sie auch Angst davor, mit einer Cayhall zu reden. Wer weiß, was die Nachbarn dazu sagen würden?«

»Vielleicht wäre es das beste, wenn wir den Rest des Tages incognito verbringen würden. Was hältst du davon?«

»Abgemacht.«

Sie gingen an anderen Leuten vorbei, die sich mit ihren Blumenbeeten beschäftigten und auf den Briefträger warteten, sagten aber nichts. Lee verdeckte ihre Augen mit einer Sonnenbrille. Sie schlenderten kreuz und quer durch das Viertel, ungefähr in Richtung auf den Hauptplatz des Ortes zu, und plauderten über Lees einstige Freundinnen und darüber, wo sie jetzt lebten. Sie hatte noch Verbindung mit zweien von ihnen, einer in Clanton und einer in Texas. Die Familiengeschichte mieden sie, bis sie eine Straße mit kleineren, dicht beieinanderstehenden Holzhäusern erreicht hatten. Sie blieben an der Ecke stehen, und Lee deutete mit einem Kopfnicken auf etwas, das ein Stück weit entfernt war.

»Siehst du das dritte Haus auf der rechten Seite, das kleine braune da drüben?«

»Ja.«

»Da habt ihr gewohnt. Wir könnten hingehen, aber es sind Leute dort.«

Zwei kleine Kinder vergnügten sich im Vorgarten mit Spielzeugwaffen, und jemand schaukelte auf der schmalen Veranda. Es war ein quadratisches Haus, klein, gut instand gehalten, ideal für ein junges Ehepaar mit kleinen Kindern.

Adam war fast drei Jahre alt gewesen, als Eddie und Evelyn verschwanden, und als er da an der Ecke stand, versuchte er verzweifelt, sich an etwas von diesem Haus zu erinnern. Es gelang ihm nicht.

»Damals war es weiß gestrichen, und die Bäume waren natürlich kleiner. Eddie hatte es von einem hiesigen Makler gemietet.«

»War es schön?«

»Schön genug. Sie waren noch nicht lange verheiratet. Halbe Kinder mit einem Neugeborenen. Eddie arbeitete in einem Geschäft für Autoteile, dann für die Straßenmeisterei. Dann nahm er wieder einen anderen Job an.«

»Klingt vertraut.«

»Evelyn arbeitete stundenweise in einem Schmuckgeschäft in der Innenstadt. Ich glaube, sie waren glücklich. Wie du weißt, stammte sie nicht von hier, und deshalb kannte sie nicht viele Leute. Sie blieben unter sich.«

Sie gingen an dem Haus vorbei, und eines des Kinder richtete ein orangefarbenes Maschinengewehr auf Adam. In diesem Moment gab es nichts, das Erinnerungen an das Haus hätte heraufbeschwören können. Er lächelte das Kind an und schaute woanders hin. Bald befanden sie sich in einer anderen Straße und konnten den Platz sehen.

Lee war plötzlich eine Stadtführerin und Historikerin. Die Yankees, diese Mistkerle, hatten Clanton 1863 niedergebrannt, und nach dem Krieg war General Clanton, ein Held der Konföderierten, dessen Familie die ganze Gegend gehörte, mit nur einem Bein zurückgekehrt; das andere hatte er auf dem Schlachtfeld von Shiloh verloren. Er hatte das neue Gerichtsgebäude und die Straßen drumherum entworfen. Die Originale seiner Entwürfe hingen an den Wänden im oberen Stockwerk des Gerichtsgebäudes. Er wollte viel Schatten, also ließ er Eichen in schnurgeraden Reihen rings um das neue Gericht anpflanzen. Er war ein Mann mit Visionen, der sich vorstellen konnte, wie sich die kleine Stadt aus der Asche erhob und wuchs und gedieh; deshalb plante er die Straßen in einem exakten Quadrat um das Gerichtsgebäude herum. Sie waren gerade einen Augenblick zuvor am Grab des großen Mannes vorbeigekommen, und Lee sagte, sie würde es Adam später zeigen.

Nördlich der Stadt gab es ein Einkaufszentrum und östlich davon eine Reihe von Discount-Supermärkten, aber den Leuten aus Ford County machte es nach wie vor Spaß, am Samstagmorgen um den Platz herum einzukaufen, erklärte sie, während sie die Washington Street entlangschlenderten. Der Verkehr war langsam, und die Fußgänger waren sogar noch langsamer. Die eng aneinandergrenzenden Gebäude waren alt und besetzt mit Anwaltsbüros und Versicherungsmaklern, Banken und Restaurants, Haushaltswarenläden und Modegeschäften. Der Gehsteig war überdacht mit Baldachinen und Markisen, und vor den Läden und Restaurants lagen Veranden mit knarrenden Ventilatoren, die sich träge drehten. Sie blieben vor einer alten Apotheke stehen, und Lee nahm ihre Sonnenbrille ab. »Das war früher einer unserer Treffs«, erklärte sie. »Hinten im Laden gab es eine kleine Eisbar und einen Musikautomaten und Regale voller Comic-Hefte. Für fünf Cents konnte man eine riesige Portion Kirscheis kaufen, und man brauchte Stunden, um es aufzuessen. Es dauerte sogar noch länger, wenn die Jungen hier waren.«

Wie aus einem Film, dachte Adam. Sie blieben vor einem Eisenwarengeschäft stehen, und aus irgendeinem Grund betrachtete er die an der Schaufensterscheibe lehnenden Schaufeln, Hacken und Harken. Lee musterte die abgenutzte, mit Ziegelsteinen offengehaltene Doppeltür und dachte an etwas aus ihrer Kindheit. Aber sie behielt es für sich. Sie überquerten die Straße, Hand in Hand, und kamen an einer Gruppe von alten Männern vorbei, die um das Kriegerdenkmal herum saßen, schnitzten und Tabak kauten. Sie deutete auf eine Statue und informierte ihn leise, daß das General Clanton sei, mit beiden Beinen. Das Gerichtsgebäude war samstags geschlossen. Sie holten sich jeder eine Cola aus dem davorstehenden Automaten und tranken sie in einem Pavillon auf dem Rasen. Sie erzählte ihm vom berühmtesten Prozeß in der Geschichte von Ford County, dem Prozeß gegen Carl Lee Hailey im Jahre 1984.

Er war ein Schwarzer und hatte zwei Weiße erschossen, die seine kleine Tochter vergewaltigt hatten. Es hatte Märsche und Proteste gegeben von Schwarzen auf der einen und Angehörigen des Klans auf der anderen Seite, und sogar die Nationalgarde hatte hier, um das Gerichtsgebäude herum, kampiert, um den Frieden aufrechtzuerhalten. Lee war für einen Tag von Memphis gekommen, um sich das Spektakel anzuschauen. Carl Lee war von einer nur aus Weißen bestehenden Jury freigesprochen worden.

Auch Adam erinnerte sich an den Prozeß. Er studierte damals im ersten Jahr in Pepperdine, und er hatte ihn in den Zeitungen verfolgt, weil er in seinem Geburtsort stattfand.

Als Lee ein Kind war, gab es nicht viel, womit man sich die Zeit vertreiben konnte, und Prozesse waren immer gut besucht. Sam hatte sie und Eddie einmal hergebracht, damit sie dem Prozeß gegen einen Mann beiwohnen konnten, der angeklagt war, einen Jagdhund getötet zu haben. Er wurde für schuldig befunden und verbrachte ein Jahr im Gefängnis. Das County war gespalten – die Stadtleute waren gegen die Verurteilung wegen eines so belanglosen Vergehens, während die Landbewohner guten Beagles einen wesentlich höheren Wert beimaßen. Sam war besonders erfreut gewesen, als der Mann eingebuchtet wurde.

Lee wollte ihm etwas zeigen. Sie gingen um das Gerichtsgebäude herum zum Hintereingang, wo drei Meter voneinander entfernt zwei Wasserspender standen. Beide waren seit Jahren nicht mehr benutzt worden. Der eine war für Weiße bestimmt gewesen, der andere für Schwarze. Sie erzählte ihm die Geschichte von Rosia Alfie Gatewood, Miss Alfie, wie sie genannt wurde, der ersten schwarzen Person, die aus der für Weiße bestimmten Anlage getrunken hatte und unverletzt entkommen war. Wenig später waren die Wasserleitungen gekappt worden.

Sie fanden einen Tisch in einem überfüllten Restaurant an der Westseite des Platzes, das *The Tea Shoppe* hieß. Sie erzählte Geschichten, alle erfreulich und die meisten davon komisch, während sie Schinken-Sandwiches und Pommes frites aßen. Sie behielt ihre Sonnenbrille auf, und Adam ertappte sie dabei, wie sie die Leute musterte.

Nach dem Lunch und einem gemächlichen Spaziergang zum Friedhof zurück verließen sie Clanton. Adam fuhr, und Lee deutete hierhin und dorthin, bis sie sich auf einer Landstraße befanden, die an kleinen, ordentlichen Farmen mit grasenden Kühen vorbeiführte. Gelegentlich kamen sie an Stellen vorbei, wo sich weißes Pack angesiedelt hatte – halb zerfallene Wohnwagen, umgeben von Schrottautos –, und sie sahen heruntergekommene Hütten, in denen nach wie vor arme Schwarze wohnten. Aber die hügelige Landschaft war durchweg hübsch, und es war ein herrlicher Tag.

Auf Lees Anweisung hin bogen sie auf eine schmalere, gepflasterte Straße ab, die sie noch tiefer in diese Hinterwäldler-Gegend hineinführte. Schließlich hielten sie vor einem verlassenen weißen Holzhaus an, auf dessen Veranda Unkraut wucherte und Efeu in die Fenster kroch. Es stand fünfzig Meter von der Straße entfernt, und der Kiesweg, der zu ihm hinführte, war von tiefen Rinnen durchzogen und unpassierbar. Wo einst der Rasen gewesen war, wuchsen jetzt wilde Negerhirse und Kletten. Der Briefkasten war in den Straßengraben gekippt und kaum zu sehen.

»Das Anwesen der Cayhalls«, murmelte sie, und sie saßen lange im Wagen und betrachteten das deprimierende kleine Haus.

»Was ist damit passiert?« fragte Adam schließlich.

»Oh, es war ein gutes Haus. Aber es hatte kaum eine Chance. Die Bewohner waren eine Enttäuschung.« Sie nahm langsam ihre Sonnenbrille ab und wischte sich über die Augen. »Ich habe achtzehn Jahre lang hier gewohnt und konnte es kaum erwarten, von hier wegzukommen.«

»Weshalb wurde es aufgegeben?«

Sie holte tief Luft und versuchte, die Geschichte auf die Reihe zu bringen. »Soweit ich weiß, war es schon seit vielen Jahren schuldenfrei, aber Daddy nahm eine Hypothek darauf auf, um die Anwälte bei seinem letzten Prozeß bezahlen zu können. Er kehrte bekanntlich nicht nach Hause zurück, und irgendwann hat die Bank die Hypothek für verfallen erklärt. Es gehörten achtzig Morgen Land dazu, und alles ging mit drauf. Seit der Zwangsvollstreckung war ich nicht mehr hier. Ich habe Phelps gebeten, es zu kaufen, aber er hat nein gesagt. Ich konnte ihm keinen Vorwurf daraus machen. Im Grunde wollte ich es selbst nicht haben. Später habe ich von Bekannten gehört, daß es mehrere Male vermietet wurde; schließlich ist es dann vermutlich aufgegeben worden. Ich wußte nicht einmal, ob das Haus noch steht.«

»Was ist mit der persönlichen Habe geschehen?«

»Die Bank hatte mir gestattet, am Tag vor der Zwangsvollstreckung hineinzugehen und alles einzupacken, was ich haben wollte. Ich habe einiges mitgenommen – Fotoalben, Andenken, Jahrbücher, Bibeln, einige der Sachen, an denen Mutter gehangen hatte. Sie sind in Memphis eingelagert.«

»Ich würde sie gerne sehen.«

»Das Mobiliar lohnte das Aufheben nicht, es war kein anständiges Stück darunter. Meine Mutter war tot, mein Bruder hatte gerade Selbstmord begangen, mein Vater war in eine Todeszelle geschickt worden, und ich war nicht in der rechten Stimmung, eine Menge Andenken zu behalten. Es war ziemlich deprimierend, durch dieses schmutzige kleine Haus zu wandern und zu versuchen, Gegenstände zu retten, die vielleicht eines Tages ein Lächeln auslösen würden. Am liebsten hätte ich alles verbrannt. Beinahe hätte ich es getan.«

»Soll das ein Witz sein?«

»Nein, keineswegs. Nachdem ich ein paar Stunden hier gewesen war, beschloß ich, das verdammte Haus und alles, was darinnen war, einfach niederzubrennen. So etwas passiert schließlich alle Tage. Ich fand eine alte Lampe mit etwas Petroleum darin, und dann saß ich am Küchentisch und redete mit ihr, während ich das Zeug einpackte. Es wäre ganz einfach gewesen.«

»Weshalb hast du es nicht getan?«

»Ich weiß es nicht. Ich wollte, ich hätte den Mumm gehabt, es zu tun, aber ich weiß noch, daß ich mir Sorgen gemacht habe wegen der Bank und der Zwangsvollstreckung, und schließlich ist Brandstiftung ein Verbrechen, nicht wahr? Ich weiß noch, wie ich mir vorgestellt habe, daß man mich zu Sam ins Gefängnis stecken würde. Deshalb habe ich das Streichholz nicht angezündet. Ich hatte Angst, daß man mich vor Gericht stellen und ins Gefängnis stekken würde.«

Im Wagen war es inzwischen sehr heiß geworden, und Adam öffnete seine Tür. »Ich möchte mich ein bißchen umsehen«, sagte er und stieg aus. Sie gingen den Kiesweg entlang, wo sie über halbmeterbreite Rinnen hinwegsteigen mußten. Vor der Veranda blieben sie stehen und betrachteten die verrotteten Planken.

»Ich gehe nicht hinein«, sagte sie entschieden und entzog ihm ihre Hand. Adam musterte die verfallende Veranda und beschloß, sie lieber nicht zu betreten. Er ging an der Vorderfront des Hauses entlang und betrachtete die zerbrochenen Fenster. Dann ging er den ums Haus führenden Pfad entlang. Lee folgte ihm widerstrebend.

Der Hintergarten lag im Schatten alter Eichen und Ahornbäume, und da, wo keine Sonne hinfiel, war die Erde nackt. Der Garten erstreckte sich ungefähr zweihundert Meter weit einen leichten Abhang hinunter und endete in einem Dickicht. In einiger Entfernung war das Grundstück von Wald umgeben.

Sie ergriff abermals seine Hand, und sie gingen zu einem Baum neben einem Schuppen, der sich merkwürdigerweise in viel besserem Zustand befand als das Haus. »Das war mein Baum«, sagte sie und schaute zu den Ästen empor. »Mein eigener Hickorybaum.« In ihrer Stimme lag ein leichtes Beben.

»Es ist ein prachtvoller Baum.«

»Herrlich zum Klettern. Ich habe Stunden dort oben verbracht, habe auf diesen Ästen gesessen, die Füße baumeln lassen und mein Kinn auf einen Zweig gelegt. Im Frühling und Sommer bin ich immer bis auf ungefähr halbe Höhe hinaufgeklettert, und niemand konnte mich sehen. Ich hatte meine eigene kleine Welt da oben.«

Plötzlich schloß sie die Augen und bedeckte ihren Mund mit einer Hand. Ihre Schultern zitterten. Adam legte den Arm um sie und versuchte, sich etwas einfallen zu lassen, das er sagen konnte.

»Da ist es passiert«, sagte sie nach einem Moment des

Schweigens. Sie biß sich auf die Lippen und kämpfte gegen Tränen an. Adam sagte nichts.

»Du hast mich einmal gebeten, dir eine Geschichte zu erzählen«, sagte sie mit zusammengebissenen Zähnen, während sie sich mit dem Handrücken das Gesicht abwischte. »Die Geschichte, wie Daddy einen Schwarzen umgebracht hat.« Sie deutete mit einem Kopfnicken auf das Haus. Ihre Hände zitterten heftig, sie steckte sie in die Hosentaschen.

Eine Minute verging, während der sie das Haus betrachteten und keiner von ihnen etwas sagte. Die einzige Hintertür führte auf eine kleine, rechteckige Veranda, die von einem Geländer umgeben war. Eine leichte Brise ließ die Blätter über ihnen rauschen. Sonst war nichts zu hören.

Sie holte tief Luft, dann sagte sie: »Er hieß Joe Lincoln, und er lebte mit seiner Familie dort drüben.« Sie deutete mit einem Kopfnicken auf die Überreste eines Feldweges, der am Rande eines Feldes entlang verlief und dann zwischen den Bäumen verschwand. »Er hatte ungefähr ein Dutzend Kinder.«

»Quince Lincoln?« fragte Adam.

»Ja. Woher weißt du das?«

»Sam erwähnte neulich seinen Namen, als wir uns über Eddie unterhielten. Er sagte, Quince und Eddie wären als Kinder gute Freunde gewesen.«

»Aber über den Vater von Quince hat er nichts gesagt, oder?«

»Nein.«

»Das dachte ich mir. Joe arbeitete hier auf der Farm für uns, und seine Familie lebte in einem kleinen Haus, das gleichfalls uns gehörte. Er war ein guter Mann mit einer großen Familie, und wie die meisten armen Schwarzen in jener Zeit konnten sie mit knapper Not überleben. Ich kannte etliche von seinen Kindern, aber wir waren keine dicken Freunde wie Quince und Eddie. Eines Tages spielten die Jungen hier im Garten, es war Sommer, und wir hatten Schulferien. Sie gerieten in Streit über ein kleines Spielzeug, einen Soldaten der Konföderierten, und Eddie beschuldigte Quince, er hätte ihn gestohlen. Typischer

Jungskram, mehr nicht. Ich glaube, sie waren acht oder neun Jahre alt. Daddy kam zufällig vorbei, da drüben, und Eddie lief zu ihm und sagte, Quince hätte den Soldaten gestohlen. Quince stritt es nachdrücklich ab. Beide Jungen waren ziemlich aufgeregt und den Tränen nahe. Sam bekam, was typisch für ihn war, einen Wutanfall und beschimpfte Quince, warf ihm alles mögliche an den Kopf und nannte ihn einen ›diebischen kleinen Nigger‹ und ein ›elendes kleines Niggerschwein‹. Sam verlangte den Soldaten, und Quince fing an zu weinen. Er sagte immer wieder, er hätte ihn nicht, und Eddie sagte immer wieder, er hätte ihn doch. Sam packte den Jungen, schüttelte ihn richtig grob und schlug ihn auf den Hintern. Sam brüllte und kreischte und fluchte, und Quince weinte und flehte. Sie machten ein paarmal die Runde durch den Garten, wobei Sam ihn immer wieder erwischte, ihn schüttelte und schlug. Quince riß sich schließlich los und rannte nach Hause. Eddie lief in unser Haus, und Daddy folgte ihm. Einen Augenblick später kam Sam zu dieser Tür dort wieder heraus, mit einem Spazierstock, den er auf die Veranda legte. Dann setzte er sich auf die Stufen und wartete geduldig. Er rauchte eine Zigarette und beobachtete den Feldweg. Das Haus der Lincolns war nicht weit entfernt, und nur ein paar Minuten später kam Joe zwischen den Bäumen herausgerannt, mit Quince dicht hinter sich. Als er näher an das Haus herangekommen war, sah er, daß Daddy auf ihn wartete, und verlangsamte seine Schritte. Sam brüllte über die Schulter: »Eddie! Komm her! Sieh zu, wie ich diesen Nigger fertigmache!«

Sie ging sehr langsam auf das Haus zu und blieb dann ein paar Schritte vor der Veranda stehen. »Als Joe ungefähr an dieser Stelle angekommen war, blieb er stehen und sah Sam an. Er sagte so etwas wie ›Mr. Sam, Quince hat gesagt, Sie hätten ihn geschlagen.‹ Woraufhin mein Vater etwas erwiderte wie ›Quince ist ein diebischer kleiner Nigger, Joe. Du solltest deinen Kindern beibringen, daß sie nicht stehlen dürfen.‹ Sie fingen an zu streiten, und es war offensichtlich, daß es eine Schlägerei geben würde. Sam sprang von der Treppe herunter und versetzte Joe den ersten Schlag. Sie fielen zu Boden, genau hier, und kämpften miteinander wie Katzen. Joe war ein paar Jahre jünger und kräftiger, aber Daddy war so niederträchtig und wütend, daß beide sich ungefähr ebenbürtig waren. Sie schlugen sich gegenseitig ins Gesicht und fluchten und traten sich wie zwei Tiere.« Sie unterbrach ihren Bericht und ließ den Blick über den Garten wandern, dann zeigte sie auf die Hintertür. »Irgendwann kam Eddie auf die Veranda, um zuzuschauen. Quince stand ein paar Meter entfernt und schrie seinen Vater an. Sam stürzte auf die Veranda und ergriff den Spazierstock, und die Schlägerei geriet außer Kontrolle. Er schlug Joe ins Gesicht und auf den Kopf, bis der auf die Knie fiel, und er rammte ihm den Stock in den Magen und in die Lenden, bis er sich kaum noch rühren konnte. Joe sah Quince an und rief ihm zu, er sollte nach Hause laufen und die Schrotflinte holen. Quince rannte los. Sam hörte mit dem Schlagen auf und wendete sich an Eddie. ›Hol meine Schrotflinte‹, sagte er. Eddie erstarrte, und Daddy brüllte ihn wieder an. Joe war auf der Erde, auf allen vieren, und als er versuchte, aufzustehen, schlug Sam abermals auf ihn ein. Eddie lief ins Haus, und Sam ging zur Veranda hinüber. Sekunden später kam Eddie mit der Schrotflinte zurück, und Daddy forderte ihn auf, hineinzugehen. Die Tür wurde zugemacht.«

Lee ging zur Veranda und setzte sich auf die Kante. Sie schlug die Hände vors Gesicht und weinte lange. Adam stand ein Stück von ihr entfernt, starrte auf den Boden und hörte dem Schluchzen zu. Als sie ihn endlich anschaute, war ihr Blick verschwommen und ihre Wimperntusche verlaufen, und an ihrer Nase hingen Tropfen. Sie wischte sich mit den Händen über das Gesicht, dann rieb sie sie an ihren Jeans ab. »Es tut mir leid«, flüsterte sie.

»Bring es bitte zu Ende«, sagte er schnell.

Sie atmete einen Moment lang tief ein, dann wischte sie sich erneut das Gesicht ab. »Joe stand genau dort drüben«, sagte sie und deutete auf eine Stelle im Gras, nicht weit von Adam entfernt. »Er hatte es geschafft, wieder auf die Beine zu kommen, und nun drehte er sich um und sah Daddy mit der Flinte. Er schaute in die Richtung, in der sein Haus lag, aber von Quince und seiner Waffe war nichts zu sehen. Er drehte sich wieder zu Daddy um, der genau hier stand, am Rand der Veranda. Und dann hob mein lieber, reizender Vater langsam die Flinte, zögerte eine Sekunde, schaute sich um, ob irgend jemand zusah, und drückte auf den Abzug. Einfach so. Joe stürzte zu Boden und rührte sich nicht mehr.«

»Du hast alles mit angesehen, nicht wahr?«

»Ja.«

»Wo warst du?«

»Da drüben.« Sie nickte, streckte aber nicht den Finger aus. »Auf meinem Hickorybaum. Vor der Welt verborgen.«

»Sam konnte dich nicht sehen?«

»Niemand konnte mich sehen. Ich habe alles beobachtet.« Sie schlug wieder die Hände vors Gesicht und kämpfte gegen die Tränen an. Adam ging auf die Veranda zu und setzte sich neben sie.

Sie räusperte sich und wendete den Blick ab. »Er beobachtete Joe ungefähr eine Minute, bereit, noch einmal zu schießen, falls es erforderlich sein sollte. Aber Joe rührte sich nicht mehr. Er war tot. Um seinen Kopf herum war etwas Blut im Gras, und ich konnte es vom Baum aus sehen. Ich weiß noch, daß ich meine Fingernägel in die Rinde gekrallt habe, um nicht herunterzufallen, und ich weiß auch, daß ich weinen wollte, aber zuviel Angst dazu hatte. Er hätte mich hören können. Ein paar Minuten später tauchte Quince auf. Er hatte den Schuß gehört, und als er in mein Blickfeld kam, weinte er. Rannte wie ein Verrückter und weinte, und als er seinen Vater da liegen sah, fing er an zu schreien, wie jedes Kind es getan hätte. Mein Vater hob abermals die Flinte, und ich weiß noch genau, daß er eine Sekunde lang nahe daran war, auch den Jungen zu erschießen. Aber Quince warf Joes Schrotflinte auf die Erde und rannte zu seinem Vater. Er heulte und jammerte. Er trug ein helles Hemd, und bald war es mit Blut bedeckt. Sam ging hin und hob Joes Schrotflinte auf, dann ging er mit beiden Flinten ins Haus.«

Sie stand langsam auf und tat mehrere vorsichtige Schritte. »Quince und Joe waren ungefähr hier«, sagte sie, die Stelle mit ihrem Absatz markierend. »Quince drückte den Kopf seines Vaters gegen seinen Bauch, überall war Blut, und er gab dieses seltsame, stöhnende Geräusch von sich, das sich anhörte wie das Wimmern eines sterbenden Tieres.« Sie drehte sich um und schaute zu dem Baum hinüber. »Und da war ich, saß dort oben wie ein kleiner Vogel und weinte auch, weil ich in diesem Moment meinen Vater so sehr haßte.«

»Wo war Eddie?«

»Im Haus, in seinem Zimmer, hinter verschlossener Tür.« Sie deutete auf ein Fenster mit zerbrochenen Scheiben und einem fehlenden Laden. »Das war sein Zimmer. Später hat er mir erzählt, daß er herausgeschaut hat, als er den Schuß hörte, und sah, wie Quince seinen Vater umklammerte. Nur Minuten später kam Ruby Lincoln angerannt, gefolgt von ihren sämtlichen Kindern. Sie alle brachen um Quince und Joe herum zusammen, und es war grauenhaft. Alle kreischten und weinten und riefen Joe zu, er sollte aufstehen, er sollte doch bitte nicht sterben und sie allein lassen.

Sam ging hinein und rief eine Ambulanz. Außerdem rief er einen seiner Brüder an, Albert, und ein paar Nachbarn. Bald wimmelte es im Garten von Leuten. Sam und seine Kumpel standen mit ihren Waffen auf der Veranda und beobachteten die Trauernden, die die Leiche unter den Baum dort trugen.« Sie deutete auf eine große Eiche. »Nach einer halben Ewigkeit erschien die Ambulanz und schaffte den Toten fort. Ruby und ihre Kinder kehrten in ihr Haus zurück, und mein Vater und seine Kumpel lachten auf der Veranda.«

»Wie lange bist du auf dem Baum geblieben?«

»Ich weiß es nicht. Sobald alle weg waren, bin ich heruntergeklettert und in den Wald gelaufen. Eddie und ich hatten einen Lieblingsplatz an einem Bach, und ich wußte, daß er kommen und dort nach mir suchen würde. Er kam tatsächlich. Er war verängstigt und außer Atem; er erzählte mir, was passiert war, und ich sagte ihm, daß ich alles mit angesehen hätte. Zuerst wollte er mir nicht glauben, aber ich lieferte ihm die Details. Wir waren beide zu Tode verängstigt. Er griff in die Tasche und holte etwas heraus. Es war der kleine Konföderierten-Soldat, über den er und Quince sich in die Haare geraten waren. Er hatte ihn unter seinem Bett gefunden, und deshalb kam er unverzüglich zu dem Schluß, daß alles nur seine Schuld war. Wir gelobten beide Verschwiegenheit. Er versprach, daß er nie jemandem erzählen würde, daß ich den Mord mit angesehen hatte, und ich versprach, daß ich nie jemandem erzählen würde, daß er den Soldaten gefunden hatte. Er warf ihn in den Bach.«

»Hat einer von euch je etwas verraten?«

Sie schüttelte lange den Kopf.

»Sam hat nie erfahren, daß du auf dem Baum warst?« fragte Adam.

»Nein. Ich habe es auch meiner Mutter nie erzählt. Eddie und ich haben gelegentlich darüber gesprochen, und im Laufe der Jahre haben wir es irgendwo in uns vergraben. Als wir ins Haus zurückkehrten, steckten unsere Eltern mitten in einem heftigen Streit. Sie war hysterisch, und er war völlig übergeschnappt. Ich glaube, er hat sie ein paarmal geschlagen. Sie packte uns und befahl uns, in den Wagen zu steigen. Als wir auf dem Kiesweg zurücksetzten, kam der Sheriff an. Wir fuhren eine Weile herum, Mutter am Lenkrad und Eddie und ich auf den Rücksitzen, beide zu verängstigt, um zu reden. Sie wußte nicht, was sie sagen sollte. Wir waren sicher, daß er ins Gefängnis gesteckt werden würde, aber als wir zurückkehrten, saß er auf der Vorderveranda, als wäre nichts passiert.«

»Was hat der Sheriff getan?«

»Im Grunde gar nichts. Er und Sam haben sich eine Weile unterhalten. Sam zeigte ihm Joes Schrotflinte und erklärte, es wäre ein simpler Fall von Notwehr gewesen. Nur ein toter Nigger.«

»Er wurde nicht verhaftet?«

»Nein. Das war Mississippi zu Anfang der fünfziger Jahre. Ich bin sicher, daß der Sheriff darüber gelacht, Sam auf den Rücken geklopft, ihm gesagt hat, er sollte immer schön brav sein, und dann wieder abgefahren ist. Er erlaubte Sam sogar, Joes Schrotflinte zu behalten.«

»Das ist ja unglaublich.«

»Wir hatten gehofft, daß er für ein paar Jahre ins Gefängnis müßte.«

»Was haben die Lincolns unternommen?«

»Was konnten sie schon unternehmen? Wer hätte sie angehört? Sam verbot Eddie, Quince zu sehen, und um sicherzugehen, daß sie sich nicht mehr trafen, vertrieb er die Lincolns aus ihrem Haus.«

»Großer Gott!«

»Er gab ihnen eine Woche, um zu verschwinden, und der Sheriff erschien, um seine beschworene Pflicht zu tun und sie zum Verlassen des Hauses zu zwingen. Sam versicherte Mutter, daß die Zwangsräumung völlig Rechtens war. Das war das einzige Mal, wo ich überzeugt war, daß sie ihn verlassen würde. Ich wollte, sie hätte es getan.«

»Hat Eddie Quince je wiedergesehen?«

»Jahre später. Als Eddie seinen Führerschein bekommen hatte, fing er an, nach den Lincolns zu suchen. Sie waren in ein kleines Nest auf der anderen Seite von Clanton gezogen, und da hat Eddie sie gefunden. Er entschuldigte sich hundertmal und sagte immer wieder, wie leid es ihm täte. Aber sie sind nie wieder Freunde geworden. Ruby forderte ihn auf zu verschwinden. Er hat mir erzählt, daß sie in einer elenden Hütte wohnten, ohne elektrischen Strom.«

Sie wanderte zu ihrem Hickorybaum und setzte sich dicht an den Stamm. Adam folgte ihr und lehnte sich stehend dagegen. Er schaute auf sie herab und dachte an all die Jahre, die sie diese Last getragen hatte. Und er dachte an seinen Vater, an die Qualen, unter denen er gelitten, an die unauslöschlichen Narben, die er bis zu seinem Tod getragen hatte. Jetzt hatte Adam den ersten Hinweis darauf, weshalb sein Vater sich das Leben genommen hatte, und er fragte sich, ob die Teile wohl eines Tages zusammenpassen würden. Er dachte an Sam, und als er einen Blick auf die Veranda warf, konnte er einen jüngeren Mann dort stehen sehen, mit einer Flinte und Haß im Gesicht. Lee schluchzte leise.

»Was hat Sam hinterher getan?«

Sie versuchte, ihre Fassung zurückzugewinnen. »Das

Haus war eine Woche lang sehr ruhig, vielleicht auch einen Monat lang, ich weiß es nicht. Aber mir kam es vor wie eine Ewigkeit, bis beim Essen wieder jemand sprach. Eddie blieb hinter verschlossener Tür in seinem Zimmer. Ich konnte ihn nachts weinen hören, und er sagte mir immer und immer wieder, wie sehr er seinen Vater haßte. Er wünschte inbrünstig, er wäre tot. Er wollte von zu Hause fortlaufen. Er gab sich selbst die Schuld an allem. Mutter fing an, sich Sorgen um ihn zu machen, und verbrachte eine Menge Zeit mit ihm. Was mich anging, so dachten alle, ich wäre im Wald gewesen und hätte dort gespielt, als es passierte. Kurz nachdem Phelps und ich geheiratet hatten, fing ich an, heimlich einen Psychiater aufzusuchen. Ich versuchte, durch eine Therapie darüber hinwegzukommen, und ich wollte, daß Eddie das auch tat. Aber er wollte nichts davon hören. Als ich das letztemal vor seinem Tod mit Eddie sprach, erwähnte er den Mord. Er ist nie darüber hinweggekommen.«

»Und du bist darüber hinweggekommen?«

»Das habe ich nicht gesagt. Die Therapie hat geholfen, aber ich frage mich noch heute, was passiert wäre, wenn ich Daddy angeschrien hätte, bevor er auf den Abzug drückte. Hätte er Joe umgebracht, während seine Tochter zuschaute? Ich glaube es nicht.«

»Das ist vierzig Jahre her. Du kannst dir nicht die Schuld daran geben.«

»Eddie hat mir die Schuld daran gegeben. Und er hat sich die Schuld daran gegeben, und wir haben uns gegenseitig Vorwürfe gemacht, bis wir erwachsen waren. Wir waren Kinder, als es passierte, und wir konnten uns unseren Eltern nicht anvertrauen. Wir waren hilflos.«

Adam fielen hundert Fragen ein zu dem Mord an Joe Lincoln. Es war nicht zu erwarten, daß Lee noch einmal über dieses Thema sprechen würde, und er wollte alles wissen, was passiert war, bis ins kleinste Detail. Wo war Joe begraben worden? Was war aus seiner Schrotflinte geworden? Wurde in der Lokalzeitung über seinen Tod berichtet? War der Fall vor einer Anklagejury verhandelt worden? Hatte Sam die Sache je seinen Kindern gegenüber erwähnt?

Wo war ihre Mutter gewesen? Hatte sie den Streit und den Schuß gehört? Was war aus Joes Familie geworden? Lebte sie immer noch in Ford County?

»Laß es uns niederbrennen, Adam«, sagte sie entschieden, wischte sich das Gesicht ab und funkelte ihn an.

»Das kann doch nicht dein Ernst sein.«

»Doch, das ist es. Laß uns den ganzen verdammten Laden abbrennen, das Haus, den Schuppen, diesen Baum, das Gras und das Unkraut. Das ist überhaupt kein Problem. Nur ein paar Streichhölzer hier und dort. Also los.«

»Nein, Lee.«

»Komm schon.«

Adam beugte sich sanft herunter und ergriff ihren Arm. »Laß uns losfahren, Lee. Für einen Tag habe ich genug gehört.«

Sie wehrte sich nicht. Auch ihr reichte es für einen Tag. Er führte sie durch das Unkraut, um das Haus herum, die zerfurchte Einfahrt entlang, zurück zum Wagen.

Sie verließen das Cayhall-Anwesen ohne ein Wort. Die Straße verwandelte sich in Schotter und mündete dann in einen Highway. Lee deutete nach rechts, dann schloß sie die Augen, als wollte sie versuchen zu schlafen. Sie fuhren an Clanton vorbei und hielten an einem Dorfladen in der Nähe von Holly Springs an. Lee sagte, sie brauchte eine Cola, und bestand darauf, sie selbst zu holen. Sie kehrte mit einem Sechserpack Bier zum Wagen zurück und bot Adam eine Flasche an. »Was soll das?« fragte er.

»Nur zwei«, sagte sie. »Ich bin mit den Nerven am Ende. Laß mich nicht mehr als zwei trinken, okay? Nur zwei.«

»Ich glaube, du solltest das lieber bleiben lassen.«

»Die tun mir nichts«, beharrte sie mit gerunzelter Stirn und trank.

Adam fügte sich und gab Gas. In einer Viertelstunde leerte sie zwei Flaschen, dann schlief sie ein. Adam stellte die Tüte mit dem Rest auf den Rücksitz und konzentrierte sich aufs Fahren.

Er wollte plötzlich so schnell wie möglich aus Mississippi herauskommen und sehnte sich nach den Lichtern von Memphis.

27

Genau eine Woche zuvor war er mit heftigen Kopfschmerzen und einem überreizten Magen aufgewacht und gezwungen gewesen, den Speck und die fettigen Eier von Irene Lettner herunterzuwürgen. Und in den vergangenen sieben Tagen war er im Saal von Richter Slattery gewesen, in Chicago und Greenville, in Ford County und in Parchman. Er war dem Gouverneur begegnet und dem Justizminister. Mit seinem Mandanten hatte er seit sechs Tagen nicht mehr gesprochen.

Zum Teufel mit seinem Mandanten. Adam hatte bis zwei Uhr nachts auf der Terrasse gesessen, den Verkehr auf dem Fluß beobachtet und koffeinfreien Kaffee getrunken. Er erschlug Moskitos und wehrte sich gegen die überdeutlichen Bilder von Quince Lincoln, der den Leichnam seines Vaters umklammerte, während Sam Cayhall auf der Veranda stand und sein Werk betrachtete. Er konnte hören, wie Sam und seine Kumpel auf der Veranda leise lachten, während Ruby Lincoln und ihre Kinder neben der Leiche niedersanken und sie schließlich durch den Garten in den Schatten eines Baumes trugen. Er konnte Sam vor dem Haus sehen, mit den beiden Schrotflinten, wie er dem Sheriff genau erklärte, daß der verrückte Nigger ihn umbringen wollte und daß er vernünftig und in Notwehr reagiert hatte. Der Sheriff hatte natürlich keine Mühe, Sams Darstellung zu akzeptieren. Adam konnte das Flüstern der verstörten Kinder hören, Eddie und Lee, wie sie sich gegenseitig Vorwürfe machten und versuchten, mit Sams grauenhafter Tat fertig zu werden. Und er verfluchte eine Gesellschaft, die so bereitwillig Verbrechen gegen eine verachtete Klasse ignorierte.

Er hatte unruhig geschlafen, und einmal hatte er auf der Bettkante gesessen und sich selbst verkündet, daß Sam sich einen anderen Anwalt suchen konnte, daß die Todesstrafe für manche Leute, insbesondere seinen Großvater, tatsächlich angemessen war, und daß er sofort nach Chicago zurückkehren und zum zweitenmal seinen Namen ändern würde. Aber dieser Traum ging vorüber, und als er zum letztenmal aufwachte, schien die Sonne durch die Jalousien und warf Lichtstreifen auf sein Bett. Er betrachtete eine halbe Stunde lang die Zimmerdecke und die Stuckleisten an den Wänden und erinnerte sich dabei an den Ausflug nach Clanton. Heute, so hoffte er, würde er sich einen langen Sonntag morgen machen, mit einer dicken Zeitung und starkem Kaffee. Am Nachmittag würde er ins Büro fahren. Sein Mandant hatte noch siebzehn Tage.

Lee hatte ihr drittes Bier getrunken, nachdem sie in der Wohnung angekommen waren, dann war sie zu Bett gegangen. Adam hatte sie genau beobachtet, weil er halb und halb mit einer wilden Sauferei oder aber einem plötzlichen Abgleiten in den typischen Trinkerstumpfsinn rechnete. Aber sie war sehr still und gefaßt gewesen, und in der Nacht hatte er sie nicht gehört.

Er ging unter die Dusche, rasierte sich nicht und ging dann in die Küche, wo die Überreste der ersten Kanne Kaffee auf ihn warteten. Lee mußte schon eine ganze Weile früher aufgestanden sein. Er rief ihren Namen, dann ging er in ihr Schlafzimmer. Er warf schnell einen Blick auf die Terrasse, dann durchsuchte er die ganze Wohnung. Sie war nicht da. Die Sonntagszeitung lag auf dem Tisch im Wohnzimmer.

Er machte sich frischen Kaffee und Toast und nahm sein Frühstück mit hinaus auf die Terrasse. Es war fast halb zehn, und der Himmel war erfreulicherweise bedeckt und die Temperatur nicht erdrückend. Es würde ein guter Sonntag zum Arbeiten im Büro sein. Er begann, die Zeitung zu lesen.

Vielleicht war sie nur kurz einkaufen oder etwas dergleichen. Oder sie war in die Kirche gegangen. Sie waren noch nicht an dem Punkt angelangt, daß sie sich gegenseitig Zettel hinterließen. Aber es war nicht die Rede davon gewesen, daß Lee an diesem Morgen irgendwohin wollte.

Er hatte eine Scheibe Toast mit Erdbeermarmelade gegessen, als ihm plötzlich der Appetit verging. Auf der Titelseite des Lokalteils stand eine weitere Story über Sam Cayhall mit demselben zehn Jahre alten Foto. Es war eine geschwätzige Zusammenfassung der Ereignisse der vergangenen Woche, mit einer chronologischen Tabelle aller wichtigen Daten in der Geschichte des Falles. Das Datum 8. August 1990 war mit einem vielsagenden Fragezeichen versehen. Würde es an diesem Tag eine Hinrichtung geben? Offensichtlich hatte der Chefredakteur Todd Marks unbegrenzt Platz zur Verfügung gestellt, denn die Story enthielt fast nichts Neues. Der beunruhigende Teil daran waren ein paar Zitate von einem Juraprofessor an der Universität von Mississippi, einem Experten für Verfassungsrecht, der sich schon mit vielen Verurteilungen zum Tode befaßt hatte. Der gelehrte Professor machte aus seinen Ansichten keinerlei Hehl, und sie liefen darauf hinaus, daß Sam praktisch keine Chancen mehr hatte. Er hatte sich eingehend mit der Akte beschäftigt, hatte den Fall die ganzen Jahre hindurch verfolgt und war zu der Ansicht gelangt, daß Sam praktisch nichts mehr unternehmen konnte. Er erklärte, daß bei vielen Todesurteilen manchmal im letzten Moment noch Wunder bewirkt werden konnten, weil der Verurteilte in der Regel unzulängliche juristische Beratung selbst während seiner Berufungen geltend machen konnte. In solchen Fällen konnten Experten wie er, der Professor, oft Kaninchen aus dem Zylinder zaubern, weil sie so verdammt brillant und deshalb imstande waren, Einwände vorzubringen, die von minder bedeutenden juristischen Köpfen übersehen worden waren. Aber leider lag Sams Fall anders, da er von ein paar vorzüglichen Anwälten aus Chicago kompetent vertreten worden war.

Sams Berufungen waren nach allen Regeln der Kunst eingelegt worden, und nun waren die Möglichkeiten in dieser Hinsicht erschöpft. Der Professor, offensichtlich ein Spieler, schätzte die Wahrscheinlichkeit, daß Sam am 8. August hingerichtet werden würde, auf fünf zu eins. Und für all das, die Ansichten und die Wahrscheinlichkeitsschätzung, hatte er sein Foto in die Zeitung bekommen.

Adam war plötzlich nervös. Er hatte Dutzende Fälle von zum Tode Verurteilten gelesen, bei denen die Anwälte in letzter Minute Hebel in Bewegung setzten, die sie zuvor nie angerührt hatten, und Richter dazu brachten, sich noch einmal eine ganz neue Darstellung des Falles anzuhören. Die einschlägige Literatur war voll von Geschichten über juristische Möglichkeiten, die unentdeckt und ungenutzt blieben, bis ein anderer Anwalt mit frischem Blick die Arena betrat und einen Aufschub bewirkte. Aber der Juraprofessor hatte recht. Sam hatte Glück gehabt. Obwohl Sam die Anwälte von Kravitz & Bane verabscheute, hatten sie ihn exzellent vertreten. Jetzt war nichts mehr übrig, als ein paar verzweifelte Versuche, Griffe nach den letzten Strohhalmen.

Er warf die Zeitung auf die Holzplanken und ging hinein, um sich mehr Kaffee zu holen. Die Schiebetür piepte, ein neues Geräusch von einem neuen Sicherheitssystem, das am letzten Freitag installiert worden war, nachdem das alte Fehlalarm gegeben hatte und auf mysteriöse Weise mehrere Schlüssel verschwunden waren. Nichts deutete auf einen Einbruch hin. Die Überwachung der Wohnanlage war lückenlos. Und Willis wußte wirklich nicht, wie viele Garnituren Schlüssel er für jede Wohnung besaß. Die Polizei von Memphis war zu dem Schluß gelangt, daß die Schiebetür nicht abgeschlossen gewesen und irgendwie aufgeglitten war. Adam und Lee hatten sich weiter keine Gedanken darüber gemacht.

Er stieß versehentlich gegen ein Wasserglas neben dem Ausguß, und es fiel zu Boden und zerbrach. Glasscherben spritzten um seine bloßen Füße herum, und er ging vorsichtig und auf Zehenspitzen zum Besenschrank, um Handfeger und Kehrschaufel zu holen. Er fegte die Scherben ohne Blutvergießen zu einem säuberlichen Häufchen zusammen und kippte sie in den Mülleimer unter dem Ausguß. Etwas erregte seine Aufmerksamkeit. Langsam griff er in den schwarzen Plastiksack und tastete sich durch warmen Kaffeesatz und Glasscherben, bis er eine Flasche fand und sie herauszog. Es war eine leere Halbliterflasche Wodka.

Er wischte den Kaffeesatz ab und betrachtete das Etikett. Der Mülleimer war klein und wurde normalerweise jeden zweiten Tag geleert, manchmal sogar täglich. Jetzt war er halb voll. Die Flasche hatte noch nicht lange darin gelegen. Er öffnete den Kühlschrank und suchte nach den restlichen drei Flaschen Bier von dem gestrigen Sechserpack. Sie hatte zwei auf der Rückfahrt nach Memphis getrunken und eine hier in der Wohnung. Er konnte sich nicht erinnern, wo sie sie hingestellt hatte, aber im Kühlschrank waren sie nicht. Und auch nicht in den Müllbehältern in der Küche, im Wohnzimmer, in den Badezimmern und den Schlafzimmern. Je länger er suchte, desto entschlossener war er, die Flaschen zu finden. Er inspizierte die Speisekammer, den Besenschrank, den Kleiderschrank, die Küchenschränke. Er durchsuchte ihre Schränke und Schubladen und kam sich vor wie ein Dieb und ein Betrüger, machte aber trotzdem weiter, weil er Angst hatte.

Sie waren unter ihrem Bett, natürlich leer, und sorgsam in einem alten Schuhkarton versteckt. Drei leere Flaschen Heineken, säuberlich nebeneinandergelegt, als sollten sie als Geschenk verschickt werden. Er setzte sich auf den Boden und untersuchte sie. Sie waren frisch, und in ihnen rollten noch einige Tropfen herum.

Er schätzte ihr Gewicht auf fünfundsechzig Kilo und ihre Größe auf ungefähr einsfünfundsechzig. Sie war schlank, aber nicht zu mager. Ihr Körper konnte nicht viel Alkohol verkraften. Sie war zeitig zu Bett gegangen, gegen neun, und dann irgendwann in der Wohnung herumgeschlichen, um Bier und Wodka zu holen. Adam lehnte sich an die Wand, und sein Verstand lief auf Hochtouren. Sie hatte sich sehr bemüht, die grünen Flaschen zu verstecken, aber gleichzeitig damit gerechnet, daß er sie ertappen würde. Sie hätte wissen müssen, daß Adam sich später auf die Suche nach ihnen machen würde. Weshalb war sie mit der Halbliterflasche nicht vorsichtiger gewesen? Weshalb hatte sie sie in den Mülleimer geworfen und die leeren Bierflaschen unter dem Bett versteckt?

Dann wurde ihm klar, daß er versuchte, einen rationalen Verstand zu analysieren anstelle eines betrunkenen. Er schloß die Augen und schlug leicht mit dem Kopf nach hinten gegen die Wand. Er war mit ihr nach Ford County gefahren, wo sie sich Gräber angesehen und einen Alptraum noch einmal durchlebt hatten und wo sie eine Sonnenbrille getragen hatte, um ihr Gesicht zu verbergen. Seit nunmehr zwei Wochen hatte er Familiengeheimnisse von ihr verlangt, und gestern hatte sie ihm ein paar davon ins Gesicht geschleudert. Er mußte Bescheid wissen, hatte er sich gesagt. Er war nicht sicher, weshalb, aber er hatte einfach das Gefühl, daß er die Gründe dafür kennen mußte, warum seine Familie so seltsam und gewalttätig und voller Haß war.

Und jetzt kam ihm zum erstenmal der Gedanke, daß das alles vielleicht wesentlich komplizierter war als das beiläufige Erzählen von Familiengeschichten. Vielleicht war es schmerzhaft für alle Beteiligten. Vielleicht war sein egoistisches Interesse an Leichen im Keller nicht so wichtig wie Lees Stabilität.

Er schob den Schuhkarton an seine ursprüngliche Stelle zurück, dann warf er die Wodkaflasche zurück in den Mülleimer. Er zog sich schnell an und verließ das Haus. Am Tor fragte er den Wachmann nach Lee. Einem Blatt Papier auf seinem Clipboard zufolge war sie vor fast zwei Stunden weggefahren, zehn Minuten nach acht.

In Chicago war es üblich, daß die Anwälte von Kravitz & Bane die Sonntage im Büro verbrachten, aber in Memphis hielt man offensichtlich nichts von diesem schönen Brauch. Adam war der einzige auf weiter Flur. Er schloß seine Tür trotzdem ab und war bald in die unübersichtliche juristische Welt der *Habeas-corpus*-Praxis der Bundesgerichte versunken.

Aber er hatte Mühe, sich zu konzentrieren, und er schaffte es auch nur während kurzer Zeitabschnitte. Er machte sich Sorgen um Lee, und er haßte Sam. Es würde ihm schwerfallen, ihn wieder durch das Metallgitter hindurch anzusehen, voraussichtlich morgen. Er war gebrechlich und ausgeblichen und verrunzelt und hatte von Rechts wegen Anspruch auf ein wenig Mitgefühl. Ihre letzte Unterhaltung hatte sich um Eddie gedreht, und als sie zu Ende gewesen war, hatte Sam verlangt, er sollte den Familienkram außerhalb des Todestraktes lassen. Er hatte im Moment andere Dinge im Kopf. Es war nicht fair, einen zum Tode verurteilten Mann mit seinen alten Sünden zu konfrontieren.

Adam war weder ein Biograph noch ein Ahnenforscher. Er hatte weder Soziologie noch Psychiatrie studiert, und im Moment fürchtete er sich beinahe vor weiteren Ausflügen in die Geschichte der Familie Cayhall. Er war lediglich ein Anwalt, ein ziemlich grüner, aber dennoch ein Anwalt, und sein Mandant brauchte ihn.

Es war an der Zeit, sich um die juristische Seite zu kümmern und die Folklore zu vergessen.

Um halb zwölf wählte er Lees Nummer und hörte zu, wie das Telefon läutete. Er hinterließ eine Nachricht auf dem Anrufbeantworter, sagte ihr, wo er war, und bat sie, ihn anzurufen. Um eins und um zwei versuchte er es wieder. Keine Antwort. Er arbeitete an einem Widerspruch, als das Telefon klingelte.

Anstatt Lees angenehmer Stimme hörte er die knappen Worte des Ehrenwerten F. Flynn Slattery. »Ja, Mr. Hall, hier ist Richter Slattery. Ich habe mir die Sache gründlich durch den Kopf gehen lassen, und ich lehne Ihren Antrag ab, einschließlich ihrer Forderung nach einem Aufschub der Hinrichtung«, sagte er, fast mit einem Anflug von Fröhlichkeit. »Eine Menge Gründe, aber die brauchen wir jetzt nicht zu erörtern. Mein Kanzleivorsteher wird Ihnen meine Begründung gleich per Fax durchgeben, Sie werden sie also in ein paar Minuten haben.«

»Ja, Sir«, sagte Adam.

»Sie müssen so bald wie möglich Widerspruch einlegen, das wissen Sie. Ich schlage vor, daß Sie das morgen früh tun.«

»Ich arbeite bereits an dem Widerspruch, Euer Ehren. Er ist fast fertig.

»Gut. Sie haben also damit gerechnet?«

»Ja, Sir. Ich habe sofort, nachdem ich am Dienstag Ihr Büro verlassen hatte, mit der Arbeit angefangen.« Es war verlockend, ein oder zwei Pfeile auf Slattery abzuschießen. Schließlich war er zweihundert Meilen entfernt. Aber er war trotz allem ein Bundesrichter, und Adam war sich völlig im klaren darüber, daß er eines nicht allzu fernen Tages Seine Ehren vielleicht wieder brauchen würde.

»Guten Tag, Mr. Hall.« Und damit legte Slattery den Hörer auf.

Adam wanderte ein dutzendmal um den Tisch herum, dann schaute er in den leichten Regen vorm Fenster hinaus. Er fluchte leise über Bundesrichter im allgemeinen und Slattery im besonderen, dann kehrte er an den Computer zurück, starrte auf den Bildschirm und wartete auf eine Inspiration.

Er tippte und las, recherchierte und druckte aus, schaute aus seinen Fenstern und träumte von Wundern, bis es dunkel war. Er hatte mehrere Stunden mit sinnlosen Kleinigkeiten vertrödelt, und einer der Gründe dafür, daß er bis acht Uhr gearbeitet hatte, war der, daß er Lee reichlich Zeit lassen wollte, in die Wohnung zurückzukehren.

Es gab keine Spur von ihr. Der Wachmann sagte, sie wäre nicht zurückgekommen. Außer der seinen war keine Nachricht auf dem Anrufbeantworter. Er aß Popcorn aus der Mikrowelle und sah sich zwei Filme auf Video an. Die Vorstellung, Phelps Booth anzurufen, war ihm so zuwider, daß er schon bei dem Gedanken daran erschauderte.

Er dachte daran, auf der Couch im Wohnzimmer zu schlafen, damit er hören konnte, wenn sie nach Hause kam, aber nach dem zweiten Film zog er sich in sein Zimmer im Obergeschoß zurück und machte die Tür hinter sich zu.

28

Die Erklärung für ihr gestriges Verschwinden kam ziemlich langsam, klang aber plausibel, nachdem sie damit fertig war. Sie war den ganzen Tag im Krankenhaus gewesen, mit einem ihrer Mädchen von Auburn House, sagte sie, während sie sich langsam in der Küche herumbewegte. Das arme kleine Ding war erst dreizehn, Baby Nummer eins, aber natürlich würden noch mehr kommen, und die Wehen hatten einen Monat zu früh eingesetzt. Ihre Mutter saß im Gefängnis, ihre Tante war unterwegs und verkaufte Drogen, und sie hatte sonst niemanden, an den sie sich wenden konnte. Lee hatte während der ganzen schwierigen Entbindung ihre Hand gehalten. Dem Mädchen ging es gut, und das Baby war in Ordnung, und nun gab es in den Gettos von Memphis ein weiteres unerwünschtes Kind.

Lees Stimme war rauh, und ihre Augen waren gerötet und verquollen. Sie sagte, sie wäre ein paar Minuten nach eins zurückgekehrt, und sie hätte anrufen wollen, aber sie war sechs Stunden im Kreißsaal gewesen und zwei Stunden im Entbindungssaal. Das Wohlfahrts-Krankenhaus St. Peter ist der reinste Zoo, besonders in der Entbindungsstation, und, nun ja, es war ihr einfach unmöglich gewesen, an ein Telefon zu kommen.

Adam saß im Pyjama am Tisch, trank Kaffee und überflog die Zeitung, während sie redete. Er hatte sie nicht um eine Erklärung gebeten. Er bemühte sich nach Kräften, sich seine Sorge um sie nicht anmerken zu lassen. Sie bestand darauf, Frühstück zu machen, Rührei und Weißbrot aus der Dose. Es war eine richtige Meisterleistung, wie sie sich in der Küche zu schaffen machte, redete und jeden Blickkontakt vermied.

»Wie heißt das Mädchen?« fragte er ernst, als nähme er großen Anteil an Lees Geschichte.

»Ah, Natasha. Natasha Perkins.«

»Und sie ist erst dreizehn?«

»Ja. Ihre Mutter ist neunundzwanzig. Kannst du dir das vorstellen? Eine neunundzwanzigjährige Großmutter.«

Adam schüttelte ungläubig den Kopf. Er hatte zufällig gerade den Teil der *Memphis Post* aufgeschlagen, in dem die Personennachrichten standen. Aufgebote. Scheidungsanträge. Geburten. Festnahmen. Todesfälle. Er überflog die Liste der gestrigen Geburten, als überprüfte er Baseballergebnisse, und fand keinen Hinweis auf eine junge Mutter namens Natasha Perkins.

Lee beendete ihren Kampf mit dem Dosenbrot. Sie legte die Scheiben zusammen mit dem Rührei auf eine kleine Platte und stellte sie auf den Tisch, dann ließ sie sich an einem Ende des Tisches nieder, so weit wie möglich von Adam entfernt. *»Bon appétit«*, sagte sie, nahm einen Bissen Rührei und warf einen Blick auf die zusammengefaltete Zeitung.

»Die Clubs scheinen immer zu verlieren, nicht wahr?«

»Nicht immer. Interessierst du dich für Baseball?«

»Ich hasse Baseball. Phelps hat mir den Spaß an jeder der Menschheit bekannten Sportart verdorben.«

Adam grinste und las weiter Zeitung. Ein paar Minuten lang aßen sie, ohne zu reden, und das Schweigen wurde langsam bedrückend. Lee tippte auf die Fernbedienung, und der Fernseher schaltete sich ein und gab Geräusche von sich. Sie interessierten sich plötzlich beide für das Wetter, das wieder heiß und trocken war. Sie beschäftigte sich mit ihrem Frühstück, knabberte an einem nur halb gerösteten Stück Brot und schob das Rührei auf ihrem Teller herum. Adam vermutete, daß ihr Magen im Moment nicht viel von Essen hielt.

Er aß schnell auf und trug seinen Teller zum Ausguß. Dann setzte er sich wieder an den Tisch, um die Zeitung fertig zu lesen. Sie starrte auf den Fernseher, nur um ihren Neffen nicht ansehen zu müssen.

»Ich werde wahrscheinlich heute zu Sam fahren«, sagte er. »Ich war seit einer Woche nicht mehr dort.«

Ihr Blick fiel auf eine Stelle irgendwo in der Mitte des Tisches. »Ich wollte, wir wären am Samstag nicht nach Clanton gefahren«, sagte sie.

»Ich weiß.«

»Es war keine gute Idee.«

»Es tut mir leid, Lee. Ich wollte hinfahren, und es war wirklich keine gute Idee. Ich wollte eine Menge Dinge, und vielleicht war das nicht recht von mir.«

»Es ist nicht fair ...«

»Ich weiß, daß es nicht fair ist. Jetzt ist mir klar, daß es mir nicht einfach darum geht, Familiengeschichte aufzuarbeiten.«

»Es ist nicht fair ihm gegenüber, Adam. Es ist fast grausam, ihn mit diesen Dingen zu konfrontieren, wo er nur noch zwei Wochen zu leben hat.«

»Du hast recht. Und es war falsch von mir, von dir zu verlangen, daß du sie noch einmal durchlebst.«

»Ich komme schon wieder in Ordnung.« Sie sagte das, als wäre sie im Moment keineswegs in Ordnung, hätte aber noch eine Spur von Hoffnung für die Zukunft.

»Es tut mir leid, Lee. Es tut mir wirklich leid.«

»Das braucht es nicht. Was werdet ihr heute tun, Sam und du?«

»In erster Linie reden. Das hiesige Bundesgericht hat gestern gegen uns entschieden, deshalb müssen wir heute morgen Widerspruch einlegen. Sam macht es Spaß, über juristische Strategien zu reden.«

»Sag ihm, daß ich an ihn denke.«

»Das werde ich tun.«

Sie schob ihren Teller von sich und umfaßte ihre Tasse mit beiden Händen. »Und frag ihn, ob er möchte, daß ich ihn besuche.«

»Willst du das wirklich?« fragte Adam, außerstande, seine Überraschung zu verbergen.

»Irgend etwas sagt mir, ich sollte es tun. Ich habe ihn seit Jahren nicht mehr gesehen.«

»Ich werde ihn fragen.«

»Und kein Wort über Joe Lincoln, hast du gehört? Ich habe Daddy nie gesagt, was ich gesehen habe.«

»Du und Sam – ihr habt nie über den Mord gesprochen?«

»Nein. Der ganze Ort wußte darüber Bescheid. Eddie und ich sind damit aufgewachsen und haben es mit uns herumgetragen. Aber für die Nachbarn war es offengestanden keine große Sache. Mein Vater hat einen Schwarzen getötet. Das war 1950, und es geschah in Mississippi. In unserem Haus wurde nie darüber gesprochen.«

»Also geht Sam seinem Grab entgegen, ohne daß er je mit dem Mord konfrontiert wurde?«

»Was bringt es, wenn du ihn damit konfrontierst? Es ist vierzig Jahre her.«

»Ich weiß es nicht. Vielleicht würde er sagen, daß es ihm leid tut.«

»Dir gegenüber? Er sagt dir gegenüber, daß es ihm leid tut, und damit ist alles wieder in bester Ordnung? Du bist jung, Adam, und du verstehst das alles nicht. Laß es auf sich beruhen. Tu' dem alten Mann nichts mehr an. Im Augenblick bist du der einzige helle Fleck in seinem jämmerlichen Leben.«

»Okay, okay.«

»Du hast nicht das Recht, ihn mit der Geschichte von Joe Lincoln zu überfallen.«

»Du hast recht. Ich werde es nicht tun. Ich verspreche es.«

Sie starrte ihn mit blutunterlaufenen Augen an, bis er auf den Fernsehschirm schaute, dann entschuldigte sie sich rasch und eilte durch das Zimmer. Adam hörte, wie die Badezimmertür geschlossen und verriegelt wurde. Er schlich über den Teppich und stand dann auf dem Flur und hörte, wie sie würgte und sich erbrach. Die Toilettenspülung rauschte, und er lief nach oben, um zu duschen und sich umzuziehen.

Um zehn war Adam mit seiner Eingabe an das Fünfte Berufungsgericht fertig. Richter Slattery hatte bereits eine Kopie seiner Entscheidung an den Kanzleivorsteher dieses Gerichts gefaxt, und Adam faxte seine Eingabe kurz nach seiner Ankunft in seinem Büro. Das Original schickte er per Express ab, damit es am nächsten Morgen vorlag.

Außerdem führte er sein erstes Gespräch mit dem Death Clerk, einem Vollzeit-Angestellten des Obersten Bundesgerichts, der nichts anderes tut, als die letzten Berufungen aller zum Tode Verurteilten zu überprüfen. Wenn eine Hinrichtung bevorsteht, arbeitet der Death Clerk oft rund um die Uhr. E. Garner Goodman hatte Adam über die Arbeitsweise des Death Clerk und seines Büros informiert, und Adam tätigte seinen ersten Anruf bei ihm mit ziemlichem Widerstreben.

Der Mann hieß Richard Olander, er schien ein ziemlich fähiger Typ zu sein, und er hörte sich für einen Montagmorgen ziemlich erschöpft an. »Wir haben schon damit gerechnet«, sagte er zu Adam, als hätte das verdammte Ding schon vor einer Ewigkeit eingereicht werden müssen. Er fragte Adam, ob dies seine erste Hinrichtung wäre.

»Ja«, sagte Adam. »Und ich hoffe, daß es auch meine letzte ist.«

»Nun, es sieht so aus, als hätten Sie auf einen Verlierer gesetzt«, sagte Mr. Olander, dann erklärte er umschweifig, wie das Gericht die letzten Details gehandhabt wissen wollte. Jede Eingabe von diesem Zeitpunkt an bis zum *Ende*, ganz gleich, wo sie eingereicht wurde oder was sie beinhaltete, mußte gleichzeitig seinem Büro zugestellt werden, verkündete er, als läse er den Text aus einem Handbuch ab. Er würde Adam sofort eine Kopie der Vorschriften des Gerichts faxen, die peinlich genau zu befolgen waren, bis zum *Ende*. Das Telefon in seinem Büro war immer besetzt, rund um die Uhr, wiederholte er mehr als einmal, und es war von größter Wichtigkeit, daß er Kopien von allem erhielt. Natürlich nur dann, wenn Adam wollte, daß sein Mandant eine faire Verhandlung vor Gericht bekam. Wenn Adam daran nichts lag, nun, dann konnte er die Vorschriften natürlich außer acht lassen, und sein Mandant würde dafür bezahlen.

Adam versprach, sich an die Vorschriften zu halten. Das Oberste Bundesgericht war in zunehmendem Maße der endlosen Eingaben in Hinrichtungs-Fällen überdrüssig geworden und wollte alle Eingaben und Widersprüche zur Hand haben, um die Verfahren beschleunigen zu können. Adams Eingabe würde, lange bevor der Fall vom Fünften Berufungsgericht in New Orleans tatsächlich ans Oberste Bundesgericht überwiesen worden war, von den dortigen Richtern und ihren Kanzleivorstehern geprüft werden. Ebenso würde mit all seinen Eingaben fünf Minuten vor zwölf verfahren werden. Auf diese Weise war das Oberste Bundesgericht in der Lage, sofort einen Aufschub zu gewähren oder ihn schnell abzulehnen.

Der Death Clerk war so tüchtig und arbeitete so schnell, daß das Gericht kürzlich in eine peinliche Lage geraten war, weil es einen Antrag abgelehnt hatte, bevor dieser überhaupt eingereicht worden war.

Dann wies Mr. Olander darauf hin, daß sein Büro eine Checkliste aller in letzter Miaute noch möglichen Anträge und Eingaben besaß und er und seine überaus fähigen Mitarbeiter jeden Fall im Auge behielten und darauf achteten, daß alle möglichen Eingaben gemacht wurden. Und wenn irgendwo ein Anwalt eine Möglichkeit übersah, dann würden sie diesen Anwalt sogar darauf hinweisen, daß er etwas vergessen hatte. Ob Adam eine Kopie ihrer Checkliste haben wollte?

Nein, erklärte Adam, er hätte bereits eine Kopie. E. Garner Goodman war absoluter Experte, wenn es um Eingaben in letzter Minute ging.

Auch gut, sagte Mr. Olander. Mr. Cayhall blieben noch sechzehn Tage, und natürlich kann in sechzehn Tagen eine Menge passieren. Aber seiner bescheidenen Meinung nach war Mr. Cayhall von fähigen Anwälten vertreten und die Angelegenheit gründlich und durch alle Instanzen verhandelt worden. Es würde ihn überraschen, erklärte er, wenn noch einmal ein Aufschub gewährt werden würde.

Was Sie nicht sagen, dachte Adam.

Mr. Olander und seine Mitarbeiter verfolgten sehr eingehend einen Fall in Texas, erklärte er. Die Hinrichtung war auf einen Tag vor der von Sam angesetzt, aber seiner Meinung nach bestanden gute Aussichten auf einen Aufschub. In Florida war eine zwei Tage nach der von Mr. Cayhall geplant, in Georgia zwei eine Woche später, aber, nun ja, wer weiß. Er oder einer seiner Mitarbeiter würden zu jeder Tages- und Nachtzeit verfügbar sein, und in den letzten zwölf Stunden vor der Hinrichtung würde er persönlich am Telefon sitzen.

Sie können mich jederzeit anrufen, sagte er und beendete das Gespräch mit einem kurzen Versprechen, daß er für Adam und seinen Mandanten die Dinge so einfach wie möglich machen würde.

Adam knallte den Hörer auf und wanderte in seinem Büro umher. Seine Tür war abgeschlossen, und auf dem Flur wurde eifrig der Montagmorgen-Klatsch ausgetauscht. Sein Gesicht war gestern abermals in der Zeitung erschienen, und er wollte nicht gesehen werden. Er rief Auburn House an und fragte nach Lee Booth, aber sie war nicht da. Er rief in ihrer Wohnung an, und sie meldete sich nicht. Er rief in Parchman an und informierte den

Wachhabenden am Haupttor, daß er gegen eins kommen würde.

Dann setzte er sich vor seinen Computer und rief eines seiner momentanen Projekte auf, eine kurzgefaßte Chronologie von Sams Fall.

Die Jury von Lakehead County verurteilte Sam am 12. Februar 1981 und verkündete zwei Tage später seine Verurteilung zum Tode. Er legte sofort beim Gericht des Staates Mississippi Revision ein, wobei er alle möglichen Beschwerden gegen den Prozeß und die Anklagevertretung vorbrachte, das Hauptgewicht aber auf die Tatsache legte, daß der Prozeß fast vierzehn Jahre nach dem Bombenanschlag stattgefunden hatte. Sein Anwalt, Benjamin Keyes, wies mit allem Nachdruck darauf hin, daß Sam kein rascher Prozeß zuteil geworden und er der mehrfachen Strafverfolgung ausgesetzt gewesen war, weil man ihn für dasselbe Verbrechen dreimal vor Gericht gestellt haue. Keyes' Argumentation schien unwiderleglich. Das Gericht des Staates Mississippi war heftig zerstritten in der Sache, und am 23. Juli 1982 verkündete es ein nicht einstimmiges Urteil, in dem Sams Verurteilung bestätigt wurde. Fünf Richter stimmten für die Bestätigung, drei dagegen, und einer enthielt sich der Stimme.

Daraufhin stellte Keyes beim Obersten Bundesgericht einen Antrag auf Zulassung der Revision, womit er das Gericht *de facto* aufforderte, Sams Fall zu überprüfen. Da das Oberste Bundesgericht einem solchen Antrag nur sehr selten stattgibt, war es fast eine Überraschung, als es sich am 4. März 1983 bereit erklärte, Sams Verurteilung zu überprüfen.

Das Oberste Bundesgericht war sich über das Problem der mehrfachen Strafverfolgung fast ebenso uneins wie das Gericht des Staates Mississippi, gelangte aber trotzdem zu demselben Ergebnis. Die ersten beiden Jurys, die über Sam zu urteilen hatten, hatten sich hoffnungslos festgefahren, verunsichert durch die Machenschaften von Clovis Brazelton. Deshalb genoß Sam nicht den Schutz des im Fünften Verfassungszusatz enthaltenen Verbots der mehrfachen

Strafverfolgung. Er war von keiner der beiden Jurys freigesprochen worden. Beide hatten kein Urteil gefällt, und deshalb war eine neuerliche Anklage völlig verfassungskonform. Am 21. September 1983 entschied das Oberste Bundesgericht mit sechs gegen drei Stimmen, daß Sams Verurteilung Rechtens war.

Keyes stellte sofort Antrag auf erneute Verhandlung, der jedoch abgelehnt wurde.

Sam hatte Keyes engagiert, damit er ihn beim Prozeß vertrat und, falls erforderlich, bei der Revision vor dem Gericht des Staates Mississippi. Als das Oberste Bundesgericht die Verurteilung bestätigte, arbeitete Keyes inzwischen unentgeltlich. Sein Vertrag über juristische Vertretung war abgelaufen, und er schrieb Sam einen langen Brief und erklärte, es wäre jetzt an der Zeit, daß Sam andere Abmachungen traf. Das sah Sam ein.

Keyes schrieb außerdem einen Brief an einen Anwaltskollegen in Washington, der für die Amerikanische Bürgerrechtsvereinigung arbeitete, und dieser wiederum schrieb einen Brief an seinen Freund E. Garner Goodman bei Kravitz & Bane in Chicago. Der Brief landete genau im rechten Moment auf Garners Schreibtisch. Sam war verzweifelt; die Zeit lief ihm davon. Goodman war auf der Suche nach einem *pro-bono*-Projekt. Sie wechselten Briefe, und am 18. Dezember 1983 reichte Wallace Tyner, ein Partner, der bei Kravitz & Bane in der Abteilung für Wirtschaftsverbrechen arbeitete, beim Gericht des Staates Mississippi im Rahmen des Rechtsschutzes für bereits Verurteilte eine neuerliche Klage ein.

Tyner verwies auf zahlreiche Verfahrensfehler bei Sams Prozeß, darunter die Zulassung der grausigen Fotos der Leichen von Josh und John Kramer als Beweismaterial. Er attackierte die Auswahl der Geschworenen und behauptete, daß McAllister systematisch Schwarzen den Vorzug vor Weißen gegeben hatte. Er behauptete, daß ein fairer Prozeß nicht möglich gewesen war, weil sich das gesellschaftliche Umfeld im Jahre 1981 erheblich von dem im Jahre 1967 unterschied. Er behauptete, die Wahl des Verhandlungsortes durch den Untersuchungsrichter wäre unfair gewesen. Er machte abermals die strittigen Punkte der mehrfachen Strafverfolgung und des Rechtes auf einen Prozeß innerhalb angemessener Zeit geltend. Alles in allem enthielt die Klageschrift von Tyner und Garner Goodman acht verschiedene Kernpunkte. Sie erklärten jedoch nicht, daß Sam unter unzulänglicher Rechtsberatung beim Prozeß gelitten hatte, die von zum Tode Verurteilten am häufigsten vorgebrachte Behauptung. Sie hatten es vorgehabt, aber Sam ließ es nicht zu. Er weigerte sich anfangs sogar, die Klageschrift zu unterschreiben, weil darin Benjamin Keyes angegriffen wurde, ein Anwalt, von dem Sam eine sehr hohe Meinung hatte.

Am 1. Juni 1985 wies das Gericht des Staates Mississippi die Klage in sämtlichen Punkten ab. Tyner wandte sich abermals an das Oberste Bundesgericht, aber der Fall wurde nicht zugelassen. Dann reichte er beim Bundes-Bezirksgericht in Mississippi Sams erste Petition auf gerichtliche Anordnung eines Haftprüfungstermins und Aufschub der Hinrichtung ein. Die Petition war ziemlich dick und enthielt alle bereits vor dem Gericht des Staates geltend gemachten Einwände.

Zwei Jahre später, am 3. Mai 1987, wies das Bezirksgericht die Petition ab, und Tyner legte beim Fünften Bundes-Berufungsgericht in New Orleans Revision ein, das schließlich die Abweisung durch das untergeordnete Gericht bestätigte. Am 20. März 1988 stellte Tyner beim Fünften Berufungsgericht einen Antrag auf neuerliche Verhandlung, der gleichfalls abgewiesen wurde. Am 3. September 1988 marschierten Tyner und Goodman abermals vors Oberste Bundesgericht und stellten Antrag auf Zulassung der Revision. Eine Woche später schrieb Sam den ersten von vielen Briefen an Goodman und Tyner, in denen er ihnen drohte, sie zu entlassen.

Am 14. Mai 1989 gewährte das Oberste Bundesgericht Sam seinen letzten Aufschub, in Anbetracht eines Falles in Florida, in dem das Gericht die Revision zugelassen und einer neuerlichen Verhandlung zugestimmt hatte. Tyner argumentierte mit Erfolg, daß der Fall in Florida ähnliche Probleme aufwarf, und das Oberste Bundesgericht gewährte in mehreren Dutzend Fällen im ganzen Land einen Aufschub der Vollstreckung der Todesstrafe.

Während das Oberste Bundesgericht den Florida-Fall hinauszögerte und diskutierte, wurde in Sams Fall nichts unternommen. Sam dagegen hatte seine eigenen Bemühungen gestartet, Kravitz & Bane loszuwerden. Er stellte selbst ein paar unbeholfene Anträge, die alle rasch abgewiesen wurden. Er schaffte es jedoch, eine Entscheidung des Fünften Berufungsgerichts zu erlangen, die der *pro-bono*-Tätigkeit seiner Anwälte ein Ende machte. Am 29. Juni 1990 gestattete ihm das Fünfte Berufungsgericht, sich selbst zu vertreten, und Garner Goodman schloß die Akte Sam Cayhall. Sie blieb nicht lange geschlossen.

Am 9. Juli 1990 annullierte das Oberste Bundesgericht Sams Aufschub. Am 10. Juli annullierte auch das Bundes-Bezirksgericht Sams Aufschub, und noch am gleichen Tag setzte das Gericht des Staates Mississippi das Datum seiner Hinrichtung auf den 8. August, vier Wochen später, fest.

Nach neun Jahren, in denen alle nur erdenklichen Rechtsmittel eingelegt worden waren, hatte Sam nun noch sechzehn Tage zu leben.

29

Es war still und ruhig im Trakt, während ein weiterer Tag sich auf den Mittag hinschleppte. Die Kollektion unterschiedlicher Ventilatoren summte und rasselte in den winzigen Zellen und versuchte tapfer, Luft in Bewegung zu versetzen, die von Minute zu Minute stickiger wurde.

Die Frühnachrichten im Fernsehen waren angefüllt gewesen mit aufgeregten Berichten darüber, daß Sam Cayhall seine jüngste juristische Schlacht verloren hatte. Slatterys Entscheidung wurde im ganzen Staat heraustrompetet, als wäre sie tatsächlich der letzte Nagel zu seinem Sarg. Ein Sender in Jackson setzte den Countdown fort, nur noch sechzehn Tage bis zur Hinrichtung. *Tag sechzehn!* stand in großen Buchstaben unter demselben alten Foto von Sam.

Reporterinnen mit strahlenden Augen und dickem Makeup und ohne eine Spur juristischer Kenntnisse produzierten sich vor den Kameras mit unerschrockenen Vorhersagen: »Unseren Informationen zufolge sind Sam Cayhalls rechtliche Möglichkeiten praktisch erschöpft. Es wird allgemein angenommen, daß die Hinrichtung wie geplant am 8. August stattfinden wird.« Dann weiter zu Sport und Wetter.

Es gab viel weniger Unterhaltungen im Todestrakt, weniger Rufe hin und her, weniger Kassiber, die von einer Zelle zur anderen weitergereicht wurden. Es stand eine Hinrichtung bevor.

Sergeant Packer lächelte, als er durch Abschnitt A wanderte. Das Schimpfen und Meckern, das in so erheblichem Maße zu seinem Alltag gehörte, hatte fast völlig aufgehört. Jetzt drehten sich die Gedanken der Zelleninsassen nur um ihre Berufungen und ihre Anwälte. In den letzten Wochen war die häufigste Bitte gewesen, das Telefon benutzen und einen Anwalt anrufen zu dürfen.

Packer freute sich keineswegs darauf, einer weiteren Hinrichtung beizuwohnen, aber er genoß die Stille. Und er wußte, daß sie nur vorübergehend war. Wenn Sam morgen ein Aufschub gewährt wurde, würde es sofort wieder sehr laut werden.

Er trat vor Sams Zelle. »Draußenstunde, Sam.«

Sam saß auf seinem Bett und tippte und rauchte wie gewöhnlich.

»Wie spät ist es?« fragte er, stellte die Schreibmaschine neben sich und stand auf.

»Elf.«

Sam drehte Packer den Rücken zu und steckte die Hände durch die Öffnung in seiner Tür. Packer fesselte sie sorgfältig aneinander. »Wollen Sie allein hinaus?« fragte er.

Sam drehte sich mit den Händen auf dem Rücken um. »Nein. Henshaw möchte mitkommen.«

»Ich hole ihn«, sagte Packer, nickte Sam zu und deutete dann mit einem weiteren Nicken auf das Ende des Flurs. Die Tür glitt auf, und Sam folgte ihm langsam an den anderen Zellen vorbei. Alle Insassen lehnten mit herausbaumelnden Händen und Armen an den Gitterstäben, alle musterten Sam eingehend, als er vorüberging.

Sie machten ihren Weg durch weitere Gitter und weitere Flure, und Packer schloß eine ungestrichene Metalltür auf. Sie führte ins Freie, und das Sonnenlicht brach herein. Sam haßte diesen Teil seiner Draußenstunde. Er trat aufs Gras und kniff die Augen fest zusammen, während Packer ihm die Handschellen abnahm, dann öffnete er sie langsam, damit sie sich dem schmerzhaften Gleißen der Sonne anpassen und er wieder klar sehen konnte.

Packer verschwand wortlos im Gebäude, und Sam stand eine volle Minute auf derselben Stelle, während Lichter blitzten und sein Kopf dröhnte. Die Hitze machte ihm nichts aus, weil er ständig mit ihr lebte, aber das Sonnenlicht traf ihn wie ein Laserstrahl und löste jedesmal, wenn man ihm gestattete, aus seinem Verlies herauszukommen, heftige Kopfschmerzen aus. Er hätte sich ohne weiteres eine billige Sonnenbrille leisten können, ähnlich der, die Packer trug, aber das wäre natürlich zu vernünftig gewesen. Sonnenbrillen standen nicht auf der Liste der Gegenstände, die ein Insasse des Todestraktes besitzen durfte.

Er wanderte unsicher über das gemähte Gras und schaute durch den Zaun auf die dahinterliegenden Baumwollfelder. Das Freigelände war nicht mehr als ein eingezäunter Platz aus Gras und nackter Erde mit zwei Holzbänken und einem Basketballreifen für die Afrikaner. Sam hatte ihn Tausende von Malen sorgfältig abgeschritten und seine Messungen mit denen anderer Insassen verglichen. Der Platz war fünfzehn Meter und dreißig Zentimeter lang und zehn Meter und achtzig Zentimeter breit. Der Zaun war drei Meter hoch und wurde von weiteren fünfundvierzig Zentimeter Drahtverhau gekrönt. Außerhalb des Zauns lag ein ungefähr dreißig Meter langer Streifen Rasen; er endete am Hauptzaun, der von den Wachen auf den Türmen kontrolliert wurde.

Sam ging in einer geraden Linie am Zaun entlang, und als er endete, drehte er sich im Winkel von neunzig Grad und setzte seinen üblichen kleinen Rundgang fort, indem er jeden Schritt auf seinem Weg zählte. Fünfzehn Meter und dreißig Zentimeter mal zehn Meter und achtzig Zentimeter. Seine Zelle maß einsachtzig mal zwei Meter siebzig, die juristische Bibliothek fünf Meter vierzig mal vier Meter fünfzig. Seine Seite des Besuchszimmers war einsachtzig breit und neun Meter lang. Man hatte ihm erzählt, daß der Kammerraum vier Meter fünfzig mal drei Meter sechzig groß war, und die eigentliche Gaskammer war ein nur knapp einen Meter zwanzig breiter Würfel.

Im ersten Jahr seiner Inhaftierung war er um die Seiten des Platzes herumgejoggt, hatte versucht, sich in Schweiß zu bringen und sein Herz zu trainieren. Außerdem hatte er mit einem Ball Korbwerfen geübt, es aber wieder aufgegeben, als Tage vergingen, ohne daß er einen Treffer landete. Schließlich hatte er auch mit dem Trainieren aufgehört und seit Jahren diese Stunde zu nichts anderem genutzt, als die Freiheit von seiner Zelle zu genießen. Eine Zeitlang hatte er sich angewöhnt, am Zaun zu stehen und über die Felder hinweg auf die Bäume zu starren, wobei er sich alles mögliche vorstellte. Freiheit. Highways. Angeln. Essen. Gelegentlich Sex. Er sah beinahe seine kleine Farm in Ford County vor sich, nicht weit entfernt hinter zwei kleinen Wäldchen. Er träumte von Brasilien oder Argentinien oder irgendeinem anderen ruhigen Versteck, wo er jetzt eigentlich unter neuem Namen leben sollte.

Und dann hatte er mit dem Träumen aufgehört. Er hatte aufgehört, durch den Zaun zu starren, als würde ein Wunder ihn davontragen. Er wanderte umher und rauchte, fast immer allein. Seine anstrengendste Aktivität war, Dame zu spielen.

Die Tür wurde wieder geöffnet, und Hank Henshaw kam heraus. Packer nahm ihm die Handschellen ab, während er heftig blinzelte und auf die Erde blickte. Sobald sie frei waren, rieb er sich die Handgelenke, dann streckte er Rücken und Beine. Packer ging zu einer der Bänke und stellte eine ramponierte Schachtel darauf.

Die beiden Männer sahen Packer nach, bis er verschwunden war, dann gingen sie zu der Bank und setzten sich rittlings darauf, mit der Schachtel zwischen sich. Sam legte bedächtig das Damebrett auf die Bank, während Henshaw die Steine zählte.

»Ich bin an der Reihe mit Weiß«, sagte Sam.

»Du hast beim vorigen Mal Weiß gehabt«, sagte Henshaw und starrte ihn an.

»Beim vorigen Mal hatte ich Schwarz.«

»Nein, ich hatte Schwarz beim vorigen Mal. Heute bin ich mit Weiß an der Reihe.«

»Hör zu, Hank, ich habe noch sechzehn Tage, und wenn ich Weiß haben möchte, dann bekomme ich Weiß.«

Henshaw zuckte die Achseln und gab nach. Sie stellten ihre Steine sorgfältig auf.

»Ich nehme an, du hast den ersten Zug«, sagte Henshaw.

»Natürlich.« Sam schob einen Damestein auf ein leeres Feld, und das Spiel hatte begonnen. Die Mittagssonne brachte die Erde um sie herum zum Glühen, und binnen Minuten klebten ihnen die roten Overalls am Rücken. Beide trugen Duschsandalen ohne Socken.

Hank Henshaw war jetzt einundvierzig. Er saß seit sieben Jahren im Todestrakt, würde aber vermutlich nicht in die Gaskammer kommen. Bei seinem Prozeß waren zwei entscheidende Fehler gemacht worden, und Henshaw hatte gute Aussichten, daß das Urteil aufgehoben wurde und er den Todestrakt verlassen konnte.

»Schlechte Neuigkeiten gestern«, sagte er, während Sam über seinen nächsten Zug nachdachte.

»Ja. Sieht nicht gerade rosig aus, was?«

»Nein. Was sagt dein Anwalt?« Keiner von beiden schaute vom Damebrett auf.

»Er sagt, noch besteht Aussicht auf Erfolg.«

»Was zum Teufel heißt das?« fragte Henshaw, während er einen Zug tat.

»Ich glaube, es bedeutet, daß sie mich vergasen werden, aber ich werde mit fliegenden Fahnen untergehen.«

»Weiß der Junge, was er tut?«

»Oh ja. Er ist schlau. Liegt in der Familie.«

»Aber er ist noch sehr jung.«

»Er ist ein kluger Junge. Hat eine vorzügliche Ausbildung. War zweiter in seinem Jahrgang in Michigan. Und Redakteur der Juristenzeitschrift.«

»Was bedeutet das?«

»Das bedeutet, daß er ein kluger Kopf ist. Er wird sich etwas einfallen lassen.«

»Ist das dein Ernst, Sam? Glaubst du wirklich, daß er es schafft?« Sam übersprang plötzlich zwei schwarze Steine, und Henshaw fluchte. »Du bist ein erbärmlicher Spieler«, sagte Sam grinsend. »Wann hast du mich das letztemal geschlagen?«

»Vor zwei Wochen.«

»Du Lügner. Du hast mich seit drei Jahren nicht mehr geschlagen.«

Henshaw tat einen vorsichtigen Zug, und Sam schlug ihn abermals. Fünf Minuten später war das Spiel beendet, und Sam hatte wieder gewonnen. Sie räumten das Brett ab und begannen von vorn.

Um zwölf erschienen Packer und noch ein Wärter mit Handschellen, und der Spaß war vorüber. Sie wurden in ihre Zellen geführt, wo es gerade Mittagessen gab. Bohnen, Erbsen, Kartoffelbrei und ein paar Scheiben trockenen Toast. Sam aß weniger als ein Drittel der faden Mahlzeit auf seinem Teller und wartete geduldig auf das Erscheinen eines Wärters. Er hatte saubere Boxershorts und ein Stück Seife bereitgelegt. Es war Badezeit.

Der Wärter kam, und Sam wurde zu einer kleinen Duschkabine am Ende des Abschnitts geführt. Einem Gerichtsbeschluß zufolge waren den Insassen der Todeszellen fünf kurze Duschen pro Woche gestattet, ob sie sie brauchten oder nicht und ob es den Wärtern gefiel oder nicht.

Sam duschte schnell, wusch sich zweimal das Haar mit der Seife und ließ sich das warme Wasser über den Körper laufen. Die Duschkabine selbst war halbwegs sauber, allerdings wurde sie von allen vierzehn Insassen des Abschnitts benutzt, und deshalb behielt man die Plastiksandalen an den Füßen. Nach fünf Minuten kam kein Wasser mehr, aber Sam blieb noch ein paar Minuten stehen und starrte auf die leicht schimmeligen Kachelwände. Es gab ein paar Dinge im Trakt, die er nicht vermissen würde.

Zwanzig Minuten später wurde er in einen Gefängnistransporter verfrachtet und die paar hundert Meter zur Bibliothek gefahren.

Drinnen wartete Adam. Er zog sein Jackett aus und krempelte die Hemdärmel auf, während der Wärter Sam die Handschellen abnahm und den Raum verließ. Sie begrüßten sich und gaben sich die Hand. Sam ließ sich schnell auf einem Stuhl nieder und zündete sich eine Zigarette an. »Wo bist du gewesen?« fragte er.

»Beschäftigt«, sagte Adam und setzte sich an die andere Seite des Tisches. »Mittwoch und Donnerstag voriger Woche war ich in Chicago. Das war ein völlig unvermuteter Ausflug.«

»Hatte er irgend etwas mit mir zu tun?«

»Das kann man wohl sagen. Goodman wollte den Fall mit mir durchsprechen, und außerdem lagen noch ein paar andere Dinge an.«

»Also ist Goodman immer noch damit befaßt?«

»Im Augenblick ist Goodman mein Boß. Wenn ich meinen Job behalten will, muß ich ihm laufend Bericht erstatten. Ich weiß, daß du ihn haßt, aber er macht sich große Sorgen um dich und deinen Fall. Ob du es glaubst oder nicht – er will nicht, daß du in der Gaskammer endest.«

»Ich hasse ihn nicht mehr.«

»Woher dieser Sinneswandel?«

»Ich weiß auch nicht. Wenn man dem Tod so nahe kommt, denkt man viel nach.«

Adam hätte gern mehr gehört, aber Sam sprach nicht weiter. Adam sah zu, wie er rauchte, und versuchte, nicht an Joe Lincoln zu denken. Er versuchte, nicht daran zu denken, daß Sams Vater bei einer Schlägerei unter Betrunkenen zu Tode geprügelt worden war, und er versuchte, auch nicht an all die anderen erbärmlichen Geschichten zu denken, die Lee ihm in Ford County erzählt hatte. Er versuchte, all diese Dinge aus seinem Kopf zu verbannen, aber er konnte es nicht.

Er hatte ihr versprochen, keine weiteren Alpträume aus

der Vergangenheit heraufzubeschwören. »Ich nehme an, du hast von unserer jüngsten Niederlage gehört«, sagte er und holte einige Papiere aus seinem Aktenkoffer.

»Ging ganz schön schnell, nicht wahr?«

»Ja. Eine ziemlich rasche Niederlage, aber ich habe bereits beim Fünften Berufungsgericht Widerspruch eingelegt.«

»Vor dem Fünften Berufungsgericht habe ich noch nie gewonnen.«

»Ich weiß. Aber zu diesem Zeitpunkt können wir uns das Berufungsgericht nicht aussuchen.«

»Was können wir zu diesem Zeitpunkt überhaupt noch tun?«

»Einiges. Letzten Dienstag bin ich nach einer Verhandlung vor dem Bundesrichter dem Gouverneur in die Hände gefallen. Er wollte unter vier Augen mit mir sprechen. Er gab mir seine private Telefonnummer und forderte mich auf, ihn anzurufen und mit ihm über den Fall zu sprechen. Er sagte, er hätte Zweifel am Ausmaß deiner Schuld.«

Sam funkelte ihn an. »Zweifel? Nur seinetwegen bin ich hier. Er kann es kaum erwarten, daß ich hingerichtet werde.«

»Damit hast du wahrscheinlich recht, aber …«

»Du hast mir versprochen, daß du nicht mit ihm reden würdest. Du hast eine Vereinbarung unterschrieben, die dir jeden Kontakt mit diesem Kerl ausdrücklich verbietet.«

»Reg dich nicht auf, Sam. Er hat mir vor dem Büro des Richters aufgelauert.«

»Mich wundert nur, daß er keine Pressekonferenz einberufen hat, um darüber zu reden.«

»Ich habe ihm gedroht. Er mußte mir versprechen, daß die Sache unter uns bleibt.«

»Dann bist du der erste Mensch in der Geschichte, der diesen Mistkerl zum Schweigen gebracht hat.«

»Er steht dem Gedanken an eine Begnadigung offen gegenüber.«

»Das hat er dir erzählt?«

»Ja.«

»Warum? Ich glaube es einfach nicht.«

»Ich weiß nicht, warum, Sam. Und es ist mir im Grunde auch gleich. Aber was kann es schaden? Was sollte daran gefährlich sein, wenn wir ein Gnadengesuch stellen? Er bekommt sein Bild in die Zeitungen. Und die Fernsehkameras können noch mehr hinter ihm herjagen. Wenn auch nur die geringste Aussicht darauf besteht, daß er dem Gesuch stattgibt – was sollte es dich dann kümmern, wenn er ein bißchen Kapital daraus schlägt?«

»Nein. Die Antwort ist nein. Ich werde nicht zulassen, daß du ein Gnadengesuch stellst. Auf gar keinen Fall. Tausendmal nein. Ich kenne ihn, Adam. Er versucht, dich in seine Spielchen hineinzuziehen. Das ist alles nur fauler Zauber, eine Show für die Öffentlichkeit. Er wird sich bis zu meiner letzten Stunde fürchterlich grämen und alles herausholen, was herauszuholen ist. Die Leute werden sich mehr für ihn interessieren als für mich, und schließlich ist es meine Hinrichtung.«

»Aber was kann es schaden?«

Sam hieb mit der Handfläche auf den Tisch. »Es ist sinnlos, Adam! Er wird seine Meinung nicht ändern.«

Adam notierte etwas auf seinem Block und ließ einen Moment verstreichen. Sam lehnte sich auf seinem Stuhl zurück und zündete sich eine weitere Zigarette an. Sein Haar war noch feucht, und er kämmte es mit den Fingernägeln nach hinten.

Adam legte seinen Federhalter auf den Tisch und sah seinen Mandanten an. »Was willst du tun, Sam? Aufgeben? Das Handtuch werfen? Du glaubst doch, so viel von der Juristerei zu verstehen, also sag mir, was du tun willst.«

»Nun ja, ich habe darüber nachgedacht.«

»Ich bin sicher, daß du das getan hast.«

»Die Eingabe beim Fünften Berufungsgericht ist sinnvoll, hat aber kaum Aussicht auf Erfolg. So wie ich die Dinge sehe, bleibt nicht mehr viel übrig.«

»Außer Benjamin Keyes.«

»Richtig. Außer Keyes. Er hat gute Arbeit geleistet beim Prozeß und der Revision, und er war fast ein Freund. Es widerstrebt mir, über ihn herzufallen.«

»Das ist Routine in Todesstrafen-Fällen, Sam. Man fällt

immer über den Verteidiger her und macht unzulängliche Rechtsberatung geltend. Goodman sagte mir, er hätte es tun wollen, aber du hättest dich geweigert. Es hätte schon vor Jahren gemacht werden sollen.«

»Das stimmt. Er hat mich angefleht, es zu tun, aber ich habe nein gesagt. Das war vermutlich ein Fehler.«

Adam saß auf der Stuhlkante und machte sich Notizen. »Ich habe mir die Akte angesehen, und ich glaube, Keyes hat einen Fehler gemacht, indem er dich nicht in den Zeugenstand gerufen hat.«

»Ich wollte vor der Jury aussagen. Ich glaube, das habe ich dir schon gesagt. Nachdem Dogan ausgesagt hatte, hielt ich es für sehr wichtig, daß ich der Jury erklärte, daß ich zwar in der Tat die Bombe gelegt, aber niemals die Absicht gehabt hatte, jemanden zu töten. Das ist die reine Wahrheit, Adam. Ich hatte niemals die Absicht, jemanden zu töten.«

»Du wolltest aussagen, aber dein Anwalt hat nein gesagt.«

Sam lächelte und schaute auf den Boden. »Ist es das, was du von mir hören willst?«

»Ja.«

»Mir bleibt kaum eine andere Wahl, oder?«

»Richtig.«

»Okay. So war es. Ich wollte aussagen, aber mein Anwalt hat es nicht zugelassen.«

»Ich werde es gleich morgen früh einreichen.«

»Es ist zu spät, nicht wahr?«

»Nun, es ist in der Tat reichlich spät. Dieser Einwand hätte schon vor sehr langer Zeit gemacht werden müssen. Aber was haben wir zu verlieren?«

»Wirst du Keyes anrufen und es ihm sagen?«

»Wenn ich Zeit dazu habe. Im Augenblick sind mir seine Gefühle ziemlich gleichgültig.«

»Dann sind sie es mir auch. Zum Teufel mit ihm. Wen können wir sonst noch attackieren?«

»Die Liste ist ziemlich kurz.«

Sam sprang auf und begann, mit gemessenen Schritten am Tisch entlangzuwandern. Der Raum war fünf Meter vierzig lang. Er wanderte um den Tisch herum, hinter

Adam vorbei und, seine Schritte zählend, an den vier Wänden entlang. Dann blieb er stehen und lehnte sich an ein Bücherregal.

Adam war mit seinen Notizen fertig und musterte ihn eingehend. »Lee möchte wissen, ob sie dich besuchen darf«, sagte er.

Sam starrte ihn an, dann kehrte er langsam zu seinem Stuhl an der anderen Seite des Tisches zurück. »Will sie das denn?«

»Ich glaube schon.«

»Ich muß darüber nachdenken.«

»Dann beeil dich.«

»Wie geht es ihr?«

»Recht gut, glaube ich. Sie hat gesagt, daß sie dich liebt und für dich betet und daß sie oft an dich denkt.«

»Wissen die Leute in Memphis, daß sie meine Tochter ist?«

»Ich glaube nicht. Bisher hat es noch nicht in der Zeitung gestanden.«

»Ich hoffe, das bleibt auch so.«

»Sie und ich waren am Samstag in Clanton.«

Sam warf ihm einen traurigen Blick zu, dann schaute er zur Decke. »Was habt ihr gesehen?« fragte er.

»Eine Menge Dinge. Sie hat mir das Grab meiner Großmutter gezeigt und die Stelle, an der die anderen Cayhalls liegen.«

»Sie wollte nicht bei den Cayhalls begraben werden. Hat Lee dir das erzählt?«

»Ja. Lee hat gefragt, wo du begraben werden möchtest.«

»Das weiß ich noch nicht.«

»Okay. Aber laß es mich wissen, wenn du dich entschieden hast. Wir sind durch die Stadt gewandert, und sie hat mir das Haus gezeigt, in dem wir damals wohnten. Wir gingen zum Platz und saßen auf dem Rasen vor dem Gerichtsgebäude. In der Stadt herrschte ziemlicher Betrieb, vor allem um den Platz herum.«

»Wir haben uns immer das Feuerwerk vom Friedhof aus angesehen.«

»Davon hat Lee mir erzählt. Wir haben in *The Tea Shoppe*

zu Mittag gegessen, und dann sind wir aufs Land hinausgefahren. Sie brachte mich zu dem Haus, in dem sie ihre Kindheit verbracht hat.«

»Steht es noch?«

»Ja, aber es ist aufgegeben worden. Es ist ziemlich heruntergekommen, und das Unkraut hat alles überwuchert. Wir sind ein bißchen herumgewandert. Sie hat mir eine Menge Geschichten aus ihrer Kindheit erzählt. Eine Menge über Eddie.«

»Hat sie gute Erinnerungen?«

»Eigentlich nicht.«

Sam verschränkte die Arme und schaute auf den Tisch. Eine ganze Minute verging ohne ein Wort. Schließlich fragte Sam: »Hat sie dir von Eddies afrikanischem Freund Quince Lincoln erzählt?«

Adam nickte langsam, und ihre Blicke trafen sich. »Ja, das hat sie.«

»Und von seinem Vater Joe?«

»Sie hat mir die Geschichte erzählt.«

»Hast du ihr geglaubt?«

»Ja. Weshalb sollte ich ihr nicht glauben?«

»Sie ist wahr. Es ist alles wahr.«

»Daran habe ich nicht gezweifelt.«

»Was hast du empfunden, als sie dir die Geschichte erzählte? Ich meine, wie hast du darauf reagiert?«

»Ich habe dich gehaßt.«

»Und was empfindest du jetzt?«

»Etwas anderes.«

Sam stand langsam auf und ging ans Ende des Tisches, wo er stehenblieb und Adam den Rücken zukehrte. »Das ist jetzt vierzig Jahre her«, murmelte er fast unhörbar.

»Ich bin nicht hergekommen, um darüber zu reden«, sagte Adam, der sich schon jetzt schuldig fühlte.

Sam drehte sich um und lehnte sich wieder an das Bücherregal. Er verschränkte die Arme und starrte auf die Wand. »Ich habe mir Tausende von Malen gewünscht, ich hätte es nicht getan.«

»Ich habe Lee versprochen, ich würde es nicht zur Sprache bringen, Sam. Es tut mir leid.«

»Joc Lincoln war ein guter Mann. Ich habe mich oft gefragt, was aus Ruby und Quince und den anderen Kindern geworden ist.«

»Vergiß es, Sam. Laß uns über etwas anderes reden.«

»Ich hoffe, sie sind glücklich, wenn ich tot bin.«

30

Als Adam die Sicherheitskontrolle am Haupttor passierte, winkte ihm der Wachhabende zu, als wäre er inzwischen ein Stammgast. Er erwiderte das Winken, während er die Fahrt verlangsamte und auf einen Knopf drückte, um die Kofferraum-Verriegelung zu lösen. Beim Verlassen des Geländes brauchten Besucher keine Papiere auszufüllen, es wurde nur ein kurzer Blick in den Kofferraum geworfen, um sicherzustellen, daß sich nicht etwa ein Gefangener eine Mitfahrgelegenheit verschafft hatte. Auf dem Highway bog er nach Süden ab, in die Memphis entgegengesetzte Richtung, und überlegte, daß dies in zwei Wochen sein fünfter Besuch in Parchman gewesen war. Er hatte den Verdacht, daß das Gefängnis in den nächsten sechzehn Tagen sein zweites Zuhause werden würde. Ein sehr unerfreulicher Gedanke.

Heute war er nicht in der Stimmung, mit Lee zu reden. Er fühlte sich bis zu einem gewissen Grade verantwortlich für ihren Rückfall in den Alkoholismus. Aber sie hatte selbst zugegeben, daß sie schon seit vielen Jahren darunter litt. Sie war Alkoholikerin, und wenn sie trinken wollte, gab es nichts, was er dagegen unternehmen konnte. Er würde morgen abend bei ihr sein und für Kaffee und Unterhaltung sorgen. Heute abend brauchte er eine Ruhepause.

Es war Nachmittag, der Asphalt des Highways flimmerte vor Hitze, die Felder waren staubig und trocken, die Landmaschinen bewegten sich matt und langsam, der Verkehr war dünn und träge. Adam fuhr aufs Bankett und schloß das Verdeck seines Kabrios. Bei einem chinesischen Laden in Ruleville machte er halt und erstand eine Dose

Eistee, dann fuhr er einen einsamen Highway in Richtung Greenville entlang. Er hatte eine Aufgabe zu erledigen, vermutlich eine unerfreuliche, aber trotzdem etwas, wozu er sich verpflichtet fühlte. Er hoffte, daß er den Mut haben würde, es durchzustehen.

Er hielt sich auf den kleinen, gepflasterten Nebenstraßen und fuhr fast ziellos durch das Delta. Zweimal verirrte er sich, fand sich aber beide Male bald wieder zurecht. Ein paar Minuten vor fünf kam er in Greenville an und fuhr auf der Suche nach seinem Ziel kreuz und quer durch die Innenstadt. Dabei kam er zweimal am Kramer-Park vorbei.

Er fand die Synagoge und ihr gegenüber auf der anderen Straßenseite die First Baptist Church. Er parkte am Ende der Main Street, am Fluß, wo ein Damm die Stadt schützte. Er rückte seine Krawatte zurecht und ging die Washington Street entlang zu einem alten Backsteingebäude, an dessen Vorderveranda, oberhalb des Gehsteigs, ein Schild mit der Aufschrift *Kramer Großhandel* hing. Die schwere Glastür ging nach innen auf, und der alte Holzfußboden knarrte, als er ihn betrat. Der vordere Teil des Gebäudes war so erhalten worden, daß er einem altmodischen Kaufladen ähnelte, mit Glastresen vor breiten Regalen, die bis zur Decke reichten. Die Regale und die Tresen waren angefüllt mit Kartons und Verpackungen von Nahrungsmittelprodukten, die vor vielen Jahren verkauft worden waren, jetzt aber der Vergangenheit angehörten. Eine uralte Registrierkasse vervollständigte die Dekoration. Das kleine Museum wich jedoch schnell modernem Kommerz. Der Rest des großen Gebäudes war renoviert worden und sah recht funktionell aus. Er war durch eine Glaswand von dem vorderen Teil getrennt, und ein breiter, teppichbelegter Flur führte ins Zentrum des Gebäudes und zweifellos zu Büros und Sekretärinnen, und irgendwo im Hintergrund mußte ein Lagerhaus sein.

Adam bewunderte die Ausstellungsstücke in dem vorderen Raum. Ein junger Mann in Jeans tauchte aus dem Hintergrund auf und fragte: »Kann ich Ihnen helfen?«

Adam lächelte und war plötzlich nervös. »Ja. Ich möchte zu Mr. Elliott Kramer.«

»Sind Sie Vertreter?«

»Nein.«

»Sind Sie ein Kunde?«

»Nein.«

Der junge Mann hatte einen Stift in der Hand und andere Dinge im Kopf. »Darf ich dann fragen, was Sie wünschen?«

»Ich wünsche Mr. Elliott Kramer zu sprechen. Ist er hier?«

»Er hält sich meist in seinem Lagerhaus südlich der Stadt auf.«

Adam trat drei Schritte vor und händigte dem jungen Mann seine Karte aus. »Mein Name ist Adam Hall. Ich bin Rechtsanwalt und komme aus Chicago. Ich muß unbedingt mit Mr. Kramer sprechen.«

Er nahm die Karte und betrachtete sie ein paar Sekunden, dann sah er Adam überaus argwöhnisch an. »Einen Augenblick«, sagte er und verschwand.

Adam lehnte sich gegen einen Tresen und bewunderte die Registrierkasse. Im Laufe seiner Recherchen hatte er irgendwo gelesen, daß Marvin Kramers Vorfahren seit mehreren Generationen erfolgreiche Kaufleute im Delta gewesen waren. Einer von ihnen hatte im Hafen von Greenville Hals über Kopf einen Dampfer verlassen und beschlossen, dort zu bleiben. Er gründete ein kleines Textilgeschäft, und so führte eins zum anderen. In den Akten über Sams Prozesse wurde die Familie Kramer wiederholt als reich bezeichnet.

Nach zwanzigminütigem Warten war Adam bereit zu gehen und ziemlich erleichtert. Er hatte es wenigstens versucht. Wenn Mr. Kramer ihn nicht sehen wollte, dann gab es nichts, was er dagegen unternehmen konnte.

Er hörte Schritte auf dem Holzfußboden und drehte sich um. Ein alter Herr mit einer Visitenkarte in der Hand. Er war groß und mager, mit welligem, grauem Haar, dunkelbraunen, tiefverschatteten Augen in einem kraftvollen, hageren Gesicht, auf dem in diesem Moment kein Lächeln lag. Er stand sehr aufrecht, kein Stock, der ihn stützte, keine Brille, die ihm sehen half. Er musterte Adam, sagte aber nichts.

Einen Augenblick lang wünschte Adam sich, er wäre vor

fünf Minuten gegangen. Er fragte sich, wozu er überhaupt hergekommen war. Dann beschloß er, es trotzdem hinter sich zu bringen. »Guten Tag«, sagte er, als offensichtlich war, daß der Herr nichts zu sagen gedachte. »Mr. Elliott Kramer?«

Mr. Kramer nickte zustimmend, aber er nickte so langsam, als wäre die Frage eine Herausforderung.

»Mein Name ist Adam Hall. Ich bin Anwalt. Sam Cayhall ist mein Großvater, und ich vertrete ihn.« Es war offensichtlich, daß Mr. Kramer bereits selbst darauf gekommen war, denn Adams Worte ließen ihn völlig kalt. »Ich würde mich gern mit Ihnen unterhalten.«

»Worüber?« fragte Mr. Kramer.

»Über Sam.«

»Ich hoffe, er verrottet in der Hölle«, sagte er, als wäre er bereits sicher, wo Sam eines Tages landen würde. Seine Augen waren so braun, daß sie fast schwarz wirkten.

Adam schaute zu Boden, fort von den Augen, und versuchte, sich etwas nicht Aufreizendes einfallen zu lassen. »Ja, Sir«, sagte er, wobei er sich vollauf bewußt war, daß er sich im tiefen Süden befand, wo man mit Höflichkeit das meiste erreichte. »Ich verstehe, wie Ihnen zumute ist. Ich mache Ihnen keinen Vorwurf daraus. Ich wollte nur ein paar Minuten mit Ihnen reden.«

»Schickt Sam seine Entschuldigung?« fragte Mr. Kramer. Die Tatsache, daß er von ihm einfach als Sam sprach, kam Adam eigenartig vor. Nicht Mr. Cayhall, nicht Cayhall, sondern Sam, als wären die beiden alte Freunde, die zerstritten gewesen waren, und jetzt war es an der Zeit, daß sie sich wieder versöhnten. Sag einfach, daß es dir leid tut, Sam, und alles ist in bester Ordnung.

Der Gedanke an eine rasche Lüge schoß Adam durch den Kopf. Er konnte dick auftragen, sagen, wie entsetzlich Sam sich an diesen seinen letzten Tagen fühlte, und wie verzweifelt er sich nach Verzeihung sehnte. Aber er brachte es nicht über sich. »Würde es einen Unterschied machen?« fragte er.

Mr. Kramer steckte die Karte in seine Hemdtasche und begann mit etwas, aus dem ein langes Starren an Adam vorbei und durch das Schaufenster werden sollte. »Nein«, sagte er, »es würde keinen Unterschied machen. Es ist etwas, das schon vor langer Zeit hätte geschehen müssen.« Er sprach mit dem starken Akzent des Deltas, und obwohl ihr Inhalt unerfreulich war, war der Klang seiner Worte doch beruhigend. Sie kamen langsam und nachdenklich, ausgesprochen, als hätte Zeit keinerlei Bedeutung. Außerdem schwang in ihnen jahrelanges Leiden mit und die Andeutung, daß das Leben schon vor einer Ewigkeit aufgehört hatte.

»Nein, Mr. Kramer, Sam weiß nicht, daß ich hier bin, also kann er Ihnen auch nicht seine Entschuldigung schikken. Aber ich entschuldige mich für ihn.«

Der Blick durch das Fenster und in die Vergangenheit blieb starr. Aber er hörte zu.

Adam fuhr fort. »Ich fühle mich verpflichtet, für mich und für Sams Tochter zumindest zu sagen, wie entsetzlich leid uns all das tut, was passiert ist.«

»Weshalb hat Sam das nicht schon vor Jahren gesagt?«

»Diese Frage kann ich nicht beantworten.«

»Ich weiß. Sie sind neu.«

Ah, die Macht der Presse. Natürlich hatte Mr. Kramer die Zeitungen gelesen – wie alle anderen auch.

»Ja, Sir. Ich versuche, sein Leben zu retten.«

»Weshalb?«

»Aus mehreren Gründen. Durch seinen Tod bekommen Sie weder Ihre Enkel zurück noch Ihren Sohn. Er hat Unrecht getan, aber der Staat tut auch Unrecht, wenn er ihn tötet.«

»Ich verstehe. Und Sie glauben, das hätte ich noch nie zuvor gehört?«

»Nein, Sir. Ich bin sicher, Sie haben schon alles gehört. Sie haben alles gesehen. Sie haben alles empfunden. Ich kann nicht nachvollziehen, was Sie durchgemacht haben.«

»Was wollen Sie dann noch?«

»Können Sie fünf Minuten erübrigen?«

»Wir reden seit drei Minuten. Ihnen bleiben noch zwei.« Er sah auf die Uhr, als wollte er eine Stoppuhr einstellen, dann schob er seine langen Finger in die Hosentaschen. Sein Blick kehrte zum Schaufenster zurück.

»In der Zeitung von Memphis hieß es, Sie hätten gesagt, Sie wollten dabeisein, wenn man Sam Cayhall in der Gaskammer festschnallt. Sie wollten ihm in die Augen sehen.«

»Das ist korrekt zitiert. Aber ich glaube nicht, daß es je dazu kommen wird.«

»Weshalb nicht?«

»Weil wir ein elendes Rechtssystem haben. Er ist jetzt fast zehn Jahre lang im Gefängnis verhätschelt worden. Er hat eine Eingabe nach der anderen gemacht. Und in diesem Augenblick stellen Sie selbst weitere Anträge und setzen Himmel und Hölle in Bewegung, um ihn am Leben zu erhalten. Das System ist widerlich. Wir erwarten keine Gerechtigkeit.«

»Ich versichere Ihnen, daß er nicht verhätschelt wird. Der Todestrakt ist ein grauenhafter Ort. Ich komme gerade von dort.«

»Ja, aber er ist am Leben. Er lebt und atmet und sieht fern und liest Bücher. Er redet mit Ihnen. Er stellt Anträge an die Gerichte. Und wenn der Tod auf ihn zukommt, hat er massenhaft Zeit, sich darauf vorzubereiten. Er kann sich verabschieden. Kann seine Gebete sprechen. Meine Enkel hatten keine Zeit, sich zu verabschieden, Mr. Hall. Sie konnten nicht ihre Eltern umarmen und ihnen Abschiedsküsse geben. Sie wurden in Stücke gerissen, während sie spielten.«

»Ich verstehe das, Mr. Kramer. Aber Sams Tod wird sie nicht zurückbringen.«

»Nein, das wird er nicht. Aber er wird bewirken, daß wir uns wesentlich besser fühlen. Er wird eine Menge Schmerz lindern. Ich habe millionenfach darum gebetet, daß ich lange genug am Leben bleibe, um seinen Tod noch zu erleben. Vor fünf Jahren hatte ich einen Herzinfarkt. Zwei Wochen lang war ich an Maschinen angeschlossen, und das einzige, was mich am Leben erhalten hat, war das Verlangen, Sam Cayhall zu überleben. Ich werde dort sein, Mr. Hall, wenn meine Ärzte es erlauben. Ich werde dort sein und zusehen, wie er stirbt, und dann werde ich nach Hause zurückkehren und meine Tage zählen.«

»Es tut mir leid, daß Sie so empfinden.«

»Mir tut es auch leid. Es tut mir leid, daß ich den Namen Sam Cayhall überhaupt jemals gehört habe.«

Adam trat einen Schritt zurück und lehnte sich an den Tresen, auf dem die Registrierkasse stand. Er starrte auf den Boden, und Mr. Kramer starrte durch das Schaufenster. Die Sonne ging hinter dem Gebäude unter, und in dem eigenartigen kleinen Museum wurde es düsterer.

»Ich habe deswegen meinen Vater verloren«, sagte Adam leise.

»Es tut mir leid. Ich habe gelesen, daß er kurz nach dem letzten Prozeß Selbstmord begangen hat.«

»Auch Sam hat gelitten, Mr. Kramer. Er hat seine Familie zerstört, und er hat Ihre zerstört. Und er schleppt mehr Schuld mit sich herum, als Sie und ich sich je vorstellen können.«

»Vielleicht braucht er nicht mehr soviel mit sich herumzuschleppen, wenn er tot ist.«

»Vielleicht. Aber weshalb stoppen wir die Hinrichtung nicht?«

»Wie stellen Sie sich vor, daß ich sie stoppen könnte?«

»Ich habe irgendwo gelesen, daß Sie und der Gouverneur alte Freunde sind.«

»Was geht Sie das an?«

»Es stimmt doch, oder?«

»Er ist hier aufgewachsen. Ich kenne ihn seit vielen Jahren.«

»Ich bin ihm vorige Woche zum erstenmal begegnet. Wie Sie wissen, steht es in seiner Macht, Sam zu begnadigen.«

»Damit würde ich an Ihrer Stelle nicht rechnen.«

»Das tue ich auch nicht. Ich bin verzweifelt, Mr. Kramer. Ich habe an diesem Punkt nichts zu verlieren – außer meinen Großvater. Wenn Sie und Ihre Familie fest entschlossen sind, auf die Hinrichtung zu drängen, dann wird der Gouverneur bestimmt auf Sie hören.«

»Da haben Sie recht.«

»Und wenn Sie zu dem Schluß kommen, daß Sie keine Hinrichtung wollen, dann wird der Gouverneur vermutlich gleichfalls auf Sie hören.«

»Also hängt alles von mir ab«, sagte er schließlich und bewegte sich endlich. Er ging auf Adam zu und blieb in der Nähe des Fensters stehen. »Sie sind nicht nur verzweifelt, Mr. Hall, Sie sind außerdem naiv.«

»Das bestreite ich nicht.«

»Es ist nett, zu erfahren, daß ich soviel Macht habe. Wenn ich das früher gewußt hätte, wäre Ihr Großvater schon seit Jahren tot.«

»Er hat es nicht verdient zu sterben, Mr. Kramer«, sagte Adam auf dem Weg zur Tür. Er hatte nicht damit gerechnet, Mitgefühl zu finden. Wichtig war nur, daß Mr. Kramer ihn gesehen hatte und wußte, daß auch das Leben anderer Menschen betroffen war.

»Das hatten meine Enkel auch nicht. Und ebensowenig mein Sohn.«

Adam öffnete die Tür und sagte: »Bitte entschuldigen Sie mein Eindringen, und ich danke Ihnen für Ihre Zeit. Ich habe eine Schwester, einen Vetter und eine Tante, Sams Tochter. Ich wollte Sie nur wissen lassen, daß auch Sam eine Familie hat. Wir werden leiden, wenn er stirbt. Wenn er nicht hingerichtet wird, kommt er nie mehr aus dem Gefängnis heraus. Er wird einfach dahinwelken und eines nicht allzu fernen Tages eines natürlichen Todes sterben.«

»Sie werden leiden?«

»Ja, Sir. Wir sind eine ziemlich unglückliche Familie, in der es viele Tragödien gegeben hat. Ich versuche, eine weitere zu verhindern.«

Mr. Kramer drehte sich um und sah ihn an. Sein Gesicht war ausdruckslos. »Dann tun Sie mir leid.«

»Nochmals vielen Dank«, sagte Adam.

»Guten Tag, Sir«, sagte Mr. Kramer ohne ein Lächeln.

Adam verließ das Gebäude und ging eine schattige Straße entlang, bis er in der Stadtmitte ankam. Als er wieder in dem Gedächtnispark angekommen war, setzte er sich auf die alte Bank, nicht weit von dem Bronzedenkmal der kleinen Jungen entfernt. Aber nach ein paar Minuten hatte er die Schuldgefühle und die Erinnerungen satt und ging davon.

Er ging in dasselbe, einen Block entfernte Restaurant, trank Kaffee und stocherte in gegrilltem Käse herum. An einem der Nebentische wurde über Sam Cayhall gesprochen, aber er konnte nicht verstehen, was gesagt wurde.

Er fuhr in ein Motel und rief Lee an. Sie hörte sich nüchtern an und vielleicht ein wenig erleichtert, daß er an diesem Abend nicht dasein würde. Er versprach, morgen abend zurück zu sein. Als es dunkel wurde, hatte Adam schon eine halbe Stunde geschlafen.

31

Adam fuhr noch vor Tagesanbruch durch die Innenstadt von Memphis; um sieben Uhr hatte er sich in seinem Büro eingeschlossen. Um acht hatte er dreimal mit E. Garner Goodman telefoniert. Goodman, so schien es, war überdreht und konnte auch nicht richtig schlafen. Sie unterhielten sich ausführlich über Keyes' Arbeit beim Prozeß. Die Cayhall-Akte steckte voller Memoranden und Recherchen über das, was beim Prozeß schiefgegangen war, aber nur weniges davon war Keyes anzulasten.

Aber das war viele Jahre her, und die Gaskammer schien damals noch zu weit entfernt, als daß man sich deshalb hätte den Kopf zerbrechen müssen. Goodman war froh, zu erfahren, daß Sam nun doch zu der Ansicht gelangt war, er hätte beim Prozeß aussagen müssen, und daß Keyes ihn daran gehindert hatte. Er war skeptisch, ob das wirklich den Tatsachen entsprach, aber er würde Sam beim Wort nehmen.

Sowohl Goodman als auch Adam wußten, daß der Einwand schon vor Jahren hätte geltend gemacht werden müssen; es jetzt zu tun, war bestenfalls ein Schuß ins Blaue. Die juristischen Kompendien brachten von Woche zu Woche neue Entscheidungen der Berufungsgerichte, die legitime Einsprüche abwiesen, weil sie nicht rechtzeitig eingelegt worden waren. Dennoch war es ein stichhaltiges Argument, eines, das von den Gerichten unweigerlich untersucht wurde, und Adam wurde immer aufgeregter, als er die Eingabe entwarf und mehrfach überarbeitete und mit Goodman Faxe austauschte.

Wieder würde die Eingabe zuerst im Rahmen des Rechtsschutzes für bereits Verurteilte beim Staatsgericht eingereicht werden. Er hoffte auf eine schnelle Abweisung, um unverzüglich ein Bundesgericht anrufen zu können.

Um zehn schickte er die endgültige Fassung per Fax an den Kanzleivorsteher des Gerichts des Staates Mississippi und eine Kopie davon an Breck Jefferson in Slatterys Büro. Weitere Faxe gingen an den Kanzleivorsteher des Fünften Bundes-Berufungsgerichts in New Orleans. Dann rief er den Death Clerk beim Obersten Bundesgericht an und unterrichtete Mr. Olander von seinen Aktivitäten. Mr. Olander ließ sich sofort eine Kopie nach Washington faxen.

Darlene klopfte an die Tür, und Adam schloß auf. Im Foyer wartete ein Besucher auf ihn, ein Mr. Wyn Lettner. Adam dankte ihr, und ein paar Minuten später ging er den Flur entlang und begrüßte Lettner, der allein war und angezogen wie ein Mann, der seinen Lebensunterhalt mit dem Angeln von Forellen verdient. Segeltuchschuhe, Anglermütze. Sie tauschten Höflichkeiten aus, die Fische bissen an, Irene ging es gut, wann würde er wieder nach Calico Rock kommen?

»Ich hatte geschäftlich in der Stadt zu tun, und ich hätte gern ein paar Minuten mit Ihnen geredet«, flüsterte er mit dem Rücken zur Rezeption.

»Natürlich«, erwiderte Adam, gleichfalls flüsternd. »Kommen Sie mit in mein Büro.«

»Nein. Lassen Sie uns einen Spaziergang machen.«

Sie fuhren mit dem Fahrstuhl hinunter und traten aus dem Gebäude in die Fußgängerzone. Lettner kaufte eine Tüte geröstete Erdnüsse von einem Straßenhändler und bot Adam eine Handvoll davon an. Adam dankte. Langsam gingen sie nordwärts, auf das Rathaus und die Bundesbehörde zu. Lettner steckte abwechselnd Erdnüsse in den Mund und warf sie den Tauben zu.

»Wie geht es Sam?« fragte er schließlich.

»Er hat noch zwei Wochen. Wie würde es Ihnen gehen, wenn Sie nur noch zwei Wochen vor sich hätten?«

»Ich glaube, ich würde sehr viel beten.«

»Soweit ist er noch nicht, aber es wird nicht mehr lange dauern.«

»Wird es soweit kommen?«

»So ist es jedenfalls geplant. Und bisher gibt es nichts, das es verhindern könnte.«

Lettner warf sich eine Handvoll Erdnüsse in den Mund. »Nun, ich wünsche Ihnen Glück. Seit Sie bei mir waren, mußte ich immer wieder an Sie und Sam denken.«

»Danke. Und Sie sind nach Memphis gekommen, um mir Glück zu wünschen?«

»Nicht nur. Nachdem Sie abgefahren waren, habe ich mich noch einmal eingehend mit Sam und dem Kramer-Attentat beschäftigt. Ich habe in meine Personalakte und andere Unterlagen geschaut – Dinge, an die ich seit Jahren nicht mehr gedacht hatte. Das hat eine Menge Erinnerungen wachgerufen. Ich habe mit einigen meiner alten Kumpane telefoniert, und wir haben uns gegenseitig von unseren Heldentaten im Kampf gegen den Klan erzählt. Ja, das waren noch Zeiten.«

»Schade, daß ich nicht dabei war.«

»Jedenfalls sind mir ein paar Dinge wieder eingefallen, die ich Ihnen vielleicht hätte erzählen sollen.«

»Zum Beispiel?«

»Da steckt noch mehr hinter der Dogan-Geschichte. Sie wissen, daß er ein Jahr nach seiner Aussage vor Gericht gestorben ist?«

»Sam hat es mir erzählt.«

»Er und seine Frau kamen ums Leben, als ihr Haus in die Luft flog. Irgendein Propangasleck im Heizkessel. Das Haus füllte sich mit Gas, und irgend etwas entzündete es. Es ging hoch wie eine Bombe, ein riesiger Feuerball. Sie wurden in Sandwichtüten begraben.«

»Traurig, aber was soll's?«

»Wir haben nie geglaubt, daß es ein Unfall gewesen ist. Im Polizeilabor haben sie versucht, den Heizkessel zu rekonstruieren. Er war zum größten Teil zerstört, aber dem

Bericht zufolge war er manipuliert worden. Das Leck war also Absicht.«

»Was hat das mit Sam zu tun?«

»Es hat nichts mit Sam zu tun.«

»Weshalb erzählen Sie es mir dann?«

»Sie könnten damit zu tun bekommen.«

»Das verstehe ich nicht.«

»Dogan hatte einen Sohn, der 1979 in die Armee eintrat und nach Deutschland geschickt wurde. Im Sommer 1980 wurden Dogan und Sam in Greenville abermals angeklagt, und kurz darauf wurde allgemein bekannt, daß Dogan sich bereit erklärt hatte, gegen Sam auszusagen. Es war eine große Story. Im Oktober 1980 hat sich Dogans Sohn in Deutschland ohne Erlaubnis von der Truppe entfernt und ist verschwunden.« Er zermalmte ein paar Erdnüsse und warf die Schalen den Tauben zu. »Er ist nie gefunden worden. Die Armee hat überall nach ihm gesucht. Monate vergingen. Dann ein Jahr. Dogan hat nie erfahren, was mit dem Jungen passiert war.«

»Was ist mit ihm passiert?«

»Ich weiß es nicht. Er ist bis heute nicht wieder aufgetaucht.«

»Wurde er umgebracht?«

»Vermutlich.«

»Und wer hat ihn umgebracht?«

»Vielleicht dieselbe Person, die auch seine Eltern umbrachte.«

»Und wer könnte das gewesen sein?«

»Wir hatten eine Theorie, aber keinen Verdächtigen. Wir glaubten damals, daß der Sohn vor dem Prozeß entführt wurde, als Warnung für Dogan. Vielleicht wußte Dogan etwas, das geheim bleiben sollte.«

»Und weshalb wurde Dogan nach dem Prozeß umgebracht?«

Sie blieben im Schatten eines Baumes stehen und setzten sich auf eine Bank vor dem Gerichtsgebäude. Adam nahm nun doch ein paar Erdnüsse.

»Wer kannte die Einzelheiten der Bombenattentate?« fragte Lettner. »Sämtliche Einzelheiten?«

»Sam. Jeremiah Dogan.«

»Richtig. Und wer war ihr Anwalt bei den ersten beiden Prozessen?«

»Clovis Brazelton.«

»Kann man voraussetzen, daß auch Brazelton die Einzelheiten wußte?«

»Ich denke schon. Er war im Klan aktiv, oder?«

»Oh, ja. Er war ein Kluxer. Das macht drei – Sam, Dogan und Brazelton. Sonst noch jemand?«

Adam dachte einen Moment nach. »Vielleicht der mysteriöse Komplize.«

»Vielleicht. Dogan ist tot. Sam hält den Mund. Und Brazelton ist schon vor vielen Jahren gestorben.«

»Wie ist er gestorben?«

»Bei einem Flugzeugabsturz. Der Kramer-Fall hat ihn hier unten zu einem Helden gemacht, und er hat es fertiggebracht, seinen Ruhm in eine sehr erfolgreiche Anwaltspraxis umzumünzen. Er flog gern, deshalb kaufte er sich ein Flugzeug und düste damit von einem Prozeß zum anderen. Eines Nachts, auf dem Rückflug von der Pazifikküste, verschwand sein Flugzeug plötzlich vom Radarschirm. Sie fanden seine Leiche auf einem Baum. Das Wetter war klar. Die Flugaufsichtsbehörde sagte, einer der Motoren wäre defekt gewesen.«

»Noch ein mysteriöser Tod.«

»Ja. Also sind alle tot außer Sam, und der lebt nicht mehr lange.«

»Irgendein Bindeglied zwischen Dogans Tod und dem von Brazelton?«

»Nein. Sie lagen Jahre auseinander. Aber unsere Theorie besagte, daß sie das Werk von ein und derselben Person waren.«

»Und wer sollte diese Person sein?«

»Jemand, dem sehr viel daran liegt, daß gewisse Geheimnisse gewahrt bleiben. Könnte Sams mysteriöser Komplize sein. Mister Unbekannt.«

»Das ist eine ziemlich weit hergeholte Theorie.«

»Ja, da stimme ich Ihnen zu. Und es gibt keinerlei Beweise, die sie stützen könnten. Aber wie ich Ihnen schon in Calico Rock erzählte – wir haben immer vermutet, daß jemand Sam geholfen hat. Vielleicht war auch Sam der Helfer von Mister Unbekannt. Als Sam Mist baute und verhaftet wurde, ist Mister Unbekannt verschwunden. Vielleicht war er damit beschäftigt, Zeugen zu beseitigen.«

»Weshalb sollte er Dogans Frau umbringen?«

»Weil sie neben ihm im Bett lag, als das Haus in die Luft flog.«

»Weshalb sollte er Dogans Sohn umbringen?«

»Damit Dogan den Mund hielt. Vergessen Sie nicht, als er aussagte, wurde sein Sohn schon seit vier Monaten vermißt.«

»Über den Sohn habe ich nirgendwo etwas gelesen.«

»Kaum jemand wußte etwas davon. Es passierte in Deutschland. Wir haben Dogan geraten, es nicht publik zu machen.«

»Das verstehe ich einfach nicht. Dogan hat beim Prozeß niemanden beschuldigt außer Sam. Weshalb sollte Mister Unbekannt ihn hinterher umbringen?«

»Weil er noch andere Geheimnisse kannte. Und weil er gegen einen anderen Klansmann ausgesagt hatte.«

Adam knackte zwei Schalen und ließ die Erdnüsse vor einer einzelnen fetten Taube fallen. Lettner leerte die Tüte und warf noch eine Handvoll Schalen neben einen Springbrunnen. Es war fast Mittag, und Dutzende von Büroangestellten hetzten auf der Suche nach dem perfekten Dreißig-Minuten-Lunch durch den Park.

»Haben Sie Hunger?« fragte Lettner nach einem Blick auf die Uhr.

»Nein.«

»Durst? Mir ist nach einem Bier.«

»Nein. Was habe ich denn nun mit Mister Unbekannt zu tun?«

»Sam ist der einzige noch lebende Zeuge, und er soll in zwei Wochen zum Schweigen gebracht werden. Wenn er stirbt, ohne den Mund aufgemacht zu haben, dann kann Mister Unbekannt in Frieden leben. Wenn Sam nicht in zwei Wochen stirbt, dann bleibt Mister Unbekannt nervös. Aber wenn Sam redet, dann könnte jemandem etwas passieren.«

»Mir?«

»Schließlich versuchen Sie herauszufinden, wie es in Wirklichkeit gewesen ist.«

»Sie glauben, er treibt sich irgendwo hier herum?«

»Durchaus möglich. Kann aber auch sein, daß er in Montreal ein Taxi fährt. Oder niemals existiert hat.«

Adam warf mit übertrieben ängstlicher Miene Blicke über beide Schultern.

»Ich weiß, daß es sich verrückt anhört«, sagte Lettner.

»Mister Unbekannt ist in Sicherheit. Sam redet nicht.«

»Aber er stellt eine potentielle Gefahr dar, Adam. Ich wollte nur, daß Sie das wissen.«

»Ich habe keine Angst. Wenn mir Sam jetzt den Namen von Mister Unbekannt verraten würde, würde ich ihn auf den Straßen herausschreien und lastwagenweise Anträge stellen. Und es würde überhaupt nichts nützen. Es ist zu spät für neue Theorien über Schuld oder Unschuld.«

»Was ist mit dem Gouverneur?«

»Da mache ich mir wenig Hoffnungen.«

»Ich möchte nur, daß Sie vorsichtig sind.«

»Danke.«

»Gehen wir ein Bier tanken.«

Ich muß diesen Mann von Lee fernhalten, dachte Adam. »Es ist fünf Minuten vor zwölf. Sie fangen doch bestimmt nicht so früh am Tage an.«

»Oh, manchmal fange ich beim Frühstück an.«

Mister Unbekannt saß auf einer Parkbank mit einer Zeitung vor dem Gesicht; Tauben umhüpften seine Füße. Er war fünfundzwanzig Meter entfernt und konnte deshalb nicht hören, was sie sagten. In dem alten Mann, der sich mit Adam unterhielt, glaubte er einen FBI-Agenten wiederzuerkennen, dessen Gesicht vor vielen Jahren in den Zeitungen erschienen war. Er würde dem Mann folgen und herausfinden, wer er war und wo er lebte.

Wedge hatte Memphis satt, und so paßte ihm diese neue Wendung ganz gut. Der Junge arbeitete in seinem Büro und fuhr nach Parchman und schlief in der Eigentumswohnung und schien insgesamt auf Hochtouren zu laufen. Wedge verfolgte aufmerksam die Nachrichten. Sein Name war nicht erwähnt worden. Niemand wußte von ihm.

Die Nachricht auf dem Tresen enthielt eine Zeitangabe – sieben Uhr fünfzehn. Es war Lees Schrift, die schon normalerweise nicht gerade gut leserlich, aber jetzt noch schludriger war. Sie sagte, sie läge im Bett mit etwas, bei dem es sich offenbar um eine Grippe handelte. Bitte nicht stören. Sie war beim Arzt gewesen, der ihr gesagt hatte, sie solle sich gesundschlafen. Um der Geschichte Nachdruck zu verleihen, stand eine Flasche mit einem verschreibungspflichtigen Medikament aus einer nahegelegenen Apotheke neben einem halbvollen Glas Wasser. Auf dem Etikett stand das heutige Datum.

Adam schaute schnell in den Mülleimer unter dem Ausguß – keine leeren Flaschen.

Er legte eine tiefgefrorene Pizza in die Mikrowelle und ging auf die Terrasse, um den Schleppern auf dem Fluß nachzusehen.

32

Der erste Kassiber des Tages traf kurz nach dem Frühstück ein, als Sam in seinen viel zu weiten Boxershorts am Gitter stand und die Hände mit einer Zigarette herausgestreckt hatte. Er kam von Preacher Boy, und er enthielt schlechte Nachrichten. Er lautete:

Lieber Sam,
mein Traum ist zu Ende. Der Herr hat vorige Nacht in mir gewirkt und mir gezeigt, was kommen wird. Ich wollte, er hätte es nicht getan. Es steckte eine Menge drin, wenn du willst, werde ich dir alles erklären. Das wichtigste ist, daß du bald bei ihm sein wirst. Er hat mir gesagt, du sollst deine Sache mit ihm ins reine bringen. Er wartet auf dich. Die Reise wird hart werden, aber der Lohn wird es wert sein. Ich liebe dich.

Bruder Randy

Bon voyage, murmelte Sam, als er das Papier zusammenknüllte und auf den Boden warf. Der Junge baute langsam ab, und es gab keine Möglichkeit, ihm zu helfen. Sam hatte bereits eine Reihe von Eingaben vorbereitet, die irgendwann, wenn Bruder Randy vollends verrückt geworden war, bei Gericht eingereicht werden sollten.

Er sah Gullitts Hände nebenan vor den Gitterstäben zum Vorschein kommen.

»Wie geht's dir, Sam?« fragte Gullitt schließlich.

»Gott ist böse mit mir«, sagte Sam.

»Wirklich?«

»Ja. Preacher Boy hat letzte Nacht seinen Traum zu Ende geträumt.«

»Na, Gott sei Dank. Endlich.«

»Es war eher ein Alptraum.«

»Ich würde mir an deiner Stelle deshalb keine Sorgen machen. Der verrückte Kerl träumt sogar, wenn er hellwach ist. Gestern haben sie gesagt, er hätte die ganze Woche geweint.«

»Kannst du ihn hören?«

»Nein. Gott sei Dank nicht.«

»Armer Junge. Ich habe ein paar Eingaben für ihn vorbereitet, nur für den Fall, daß ich mal nicht mehr hier bin. Ich möchte sie bei dir deponieren.«

»Ich weiß nicht, was ich damit anfangen soll.«

»Ich schreibe ein paar Anweisungen dazu. Sie müssen an seinen Anwalt geschickt werden.«

Gullitt pfiff leise. »Mann o Mann, Sam. Was mach ich nur, wenn du nicht mehr da bist? Ich habe seit einem Jahr nicht mehr mit meinem Anwalt gesprochen.«

»Dein Anwalt ist ein Schwachkopf.«

»Dann hilf mir, ihn loszuwerden, Sam. Bitte. Du bist deinen doch auch losgeworden. Ich weiß nicht, wie ich es anstellen soll.«

»Und wer soll dich dann vertreten?«

»Dein Enkel. Sag ihm, er kann meinen Fall haben.«

Sam lächelte, dann kicherte er. Und dann lachte er bei dem Gedanken, seine Kumpane aus dem Trakt zusammenzutrommeln und ihre hoffnungslosen Fälle allesamt Adam zu übergeben.

»Was ist daran so verdammt komisch?« fragte Gullitt.

»Du. Wie kommst du auf die Idee, er könnte deinen Fall wollen?«

»Bitte, Sam. Leg bei dem Jungen ein gutes Wort für mich ein. Er muß tüchtig sein, wenn er dein Enkel ist.«

»Was ist, wenn sie mich in die Gaskammer schicken? Willst du einen Anwalt, der gerade seinen ersten Todeskandidaten verloren hat?«

»Im Augenblick kann ich nicht besonders wählerisch sein.«

»Immer mit der Ruhe, J. B. Du hast noch Jahre vor dir.«

»Wie viele Jahre?«

»Mindestens fünf, vielleicht auch mehr.«

»Schwörst du das?«

»Ich gebe dir mein Wort darauf. Du kannst es sogar schriftlich haben. Wenn ich mich irre, kannst du mich verklagen.«

»Wirklich komisch, Sam. Wirklich komisch.«

Eine Tür klickte am Ende des Ganges, und schwere Schritte kamen auf sie zu. Es war Packer, und er blieb vor Nummer sechs stehen. »Morgen, Sam«, sagte er.

»Morgen, Packer.«

»Ziehen Sie Ihren Roten an. Sie haben Besuch.«

»Wer ist es?«

»Jemand, der sich mit Ihnen unterhalten möchte.«

»Wer ist es?« wiederholte Sam, während er rasch in seinen roten Overall schlüpfte. Er griff nach seinen Zigaretten. Ihm war es völlig gleich, wer der Besucher war oder was er wollte. Jeder Besuch war eine willkommene Erlösung aus seiner Zelle.

»Beeilen Sie sich, Sam«, sagte Packer.

»Ist es mein Anwalt?« fragte Sam und schob seine Füße in die Duschsandalen.

»Nein.« Packer legte ihm durch die Stäbe hindurch die Handschellen an, dann glitt die Tür auf. Sie verließen Abschnitt A und gingen zu dem kleinen Raum, in dem immer die Anwälte warteten.

Packer nahm Sam die Handschellen ab und schlug hinter ihm die Tür zu. Auf der anderen Seite des Gitters saß eine massig gebaute Frau. Er kannte sie nicht. Er setzte sich, zündete sich eine Zigarette an und musterte sie.

Sie rutschte auf ihrem Stuhl nach vorn und sagte nervös: »Mr. Cayhall, mein Name ist Dr. Stegall.« Sie schob eine Visitenkarte durch die Öffnung »Ich bin die Psychiaterin der Staatlichen Gefängnisverwaltung.«

Sam betrachtete die Karte auf der Trennplatte vor sich. Er hob sie auf und untersuchte sie argwöhnisch. »Hier steht, Ihr Name ist N. Stegall. Dr. N. Stegall.«

»Das stimmt.«

»Das ist ein merkwürdiger Name, N. Mir ist noch nie eine Frau begegnet, die N. hieß.«

Das kleine nervöse Lächeln verschwand aus ihrem Gesicht, und ihr Rückgrat versteifte sich. »Das ist nur ein Anfangsbuchstabe, okay? Ich habe meine Gründe.«

»Wofür steht es?«

»Das geht Sie nun wirklich nichts an.«

»Nancy? Norma? Nelda?«

»Wenn ich wollte, daß Sie es wissen, hätte ich es auf die Karte gesetzt, oder etwa nicht?«

»Ich weiß nicht. Muß etwas ganz Schlimmes sein, was immer es sein mag. Nick? Ned? Wie kann man sich nur hinter einem Anfangsbuchstaben verstecken?«

»Ich verstecke mich nicht, Mr. Cayhall.«

»Nennen Sie mich einfach S., okay?«

Sie preßte die Kiefer zusammen und warf ihm durch das Gitter hindurch einen wütenden Blick zu. »Ich bin hier, um Ihnen zu helfen.«

»Sie kommen zu spät, N.«

»Nennen Sie mich bitte Dr. Stegall.«

»Na schön, in dem Fall können Sie mich Anwalt Cayhall nennen.«

»Anwalt Cayhall?«

»Ja. Ich weiß mehr von der Juristerei als die meisten der Typen, die sonst da sitzen, wo Sie jetzt sind.«

Sie brachte ein leichtes, herablassendes Lächeln zustande, dann sagte sie: »Es gehört zu meinen Pflichten, Sie in diesem Stadium des Verfahrens aufzusuchen und Sie zu fragen, ob ich Ihnen irgendwie behilflich sein kann. Sie brauchen nicht zu kooperieren, wenn Sie nicht wollen.«

»Vielen Dank.«

»Wenn Sie das Bedürfnis haben, mit mir zu sprechen, oder wenn Sie jetzt oder später irgendwelche Medikamente brauchen, dann lassen Sie es mich wissen.«

»Wie wäre es mit einer Flasche Whiskey?«

»Die kann ich nicht verschreiben.«

»Weshalb nicht?«

»Gefängnisvorschriften.«

»Was können Sie verschreiben?«

»Beruhigungsmittel, Valium, Schlaftabletten und dergleichen.«

»Wozu?«

»Für Ihre Nerven.«

»Meinen Nerven geht es gut.«

»Können Sie schlafen?«

Sam dachte einen langen Moment nach. »Nun, um ehrlich zu sein, ich habe da gewisse Probleme. Gestern habe ich insgesamt nur zwölf Stunden geschlafen. Normalerweise sind es fünfzehn oder sechzehn.«

»Zwölf Stunden?«

»Ja. Wie oft kommen Sie hierher?«

»Nicht sehr oft.«

»Das dachte ich mir. Wenn Sie wüßten, was Sache ist, dann wüßten Sie auch, daß wir im Durchschnitt sechzehn Stunden am Tag schlafen.«

»Ich verstehe. Und was könnte ich sonst noch erfahren?«

»Eine Menge Dinge. Sie würden wissen, daß Randy Dupree langsam den Verstand verliert, und daß sich niemand darum kümmert. Weshalb haben Sie ihn noch nicht besucht?«

»Hier gibt es fünftausend Häftlinge, Mr. Cayhall. Ich …«

»Dann verschwinden Sie. Hauen Sie ab. Kümmern Sie sich um die restlichen viertausendneunhundertneunundneunzig. Ich bin seit neuneinhalb Jahren hier und habe Sie noch nie zu Gesicht bekommen. Und jetzt, wo mich alle in die Gaskammer schicken wollen, kreuzen Sie plötzlich hier auf mit einem Sack voller Drogen, um meine Nerven zu beruhigen, damit ich auch ja schön sanft und gefügig bin, wenn ihr mich umbringt. Was interessieren Sie meine Nerven und meine Schlafgewohnheiten? Sie arbeiten für den Staat, und der Staat arbeitet wie besessen daran, mich hinzurichten.«

»Ich tue meine Arbeit, Mr. Cayhall.«

»Ihre Arbeit stinkt, Ned. Suchen Sie sich einen anständigen Job, bei dem Sie Leuten helfen können. Sie sind bloß hier, weil mir nur noch sechzehn Tage bleiben und Sie wollen, daß ich friedlich dahinscheide. Sie sind auch nur eine Marionette des Staates.«

»Ich bin nicht hergekommen, um mich beleidigen zu lassen.«

»Dann schwenken Sie Ihren dicken Arsch hier raus und verschwinden Sie. Gehn Sie hin und sündigen Sie hinfort nicht mehr.«

Sie sprang auf und griff nach ihrem Aktenkoffer. »Sie haben meine Karte. Wenn Sie etwas brauchen, lassen Sie es mich wissen.«

»Klar, Ned. Aber lauern Sie nicht am Telefon.« Sam stand auf und ging auf seiner Seite zur Tür. Er schlug zweimal mit der Handfläche dagegen und wartete mit dem Rükken zu seiner Besucherin, bis Packer öffnete.

Adam packte gerade seinen Aktenkoffer für eine kurze Fahrt nach Parchman, als das Telefon läutete. Darlene sagte, es wäre dringend. Sie hatte recht.

Der Anrufer identifizierte sich als der Kanzleivorsteher des Fünften Bundes-Berufungsgerichts in New Orleans und war bemerkenswert freundlich. Er sagte, die Klage in Sachen Cayhall gegen die Gaskammer als nicht verfassungsmäßige Exekutionsmethode sei am Montag eingegangen und einem Gremium von drei Richtern zugewiesen worden, und dieses Gremium wünsche eine mündliche Anhörung beider Parteien. Ob er morgen, Freitag, um dreizehn Uhr zu dieser Anhörung in New Orleans erscheinen könnte?

Adam ließ fast den Hörer fallen. Morgen? Natürlich, sagte er nach kurzem Zögern. Genau dreizehn Uhr, sagte der Kanzleivorsteher und erklärte dann, das Gericht hielte normalerweise am Nachmittag keine Anhörungen ab; aber in Anbetracht der Dringlichkeit des Falles hätte man eine Ausnahme gemacht. Er fragte Adam, ob er schon einmal vor dem Fünften Berufungsgericht plädiert hätte.

Soll das ein Witz sein? dachte Adam. Ein Jahr zuvor hatte er noch für das Anwaltsexamen gebüffelt. Er sagte nein, das hätte er nicht, und der Kanzleivorsteher sagte, er würde Adam sofort eine Kopie der Verfahrensvorschriften bei mündlichen Anhörungen faxen. Adam dankte ihm und legte den Hörer auf.

Er setzte sich auf die Tischkante und versuchte, seine Gedanken zu ordnen. Darlene brachte ihm das Fax, und er bat sie, ihm die Flüge nach New Orleans rauszusuchen.

Hatte er mit seiner Klage die Aufmerksamkeit des Gerichts erregt? War dies eine gute Nachricht oder nur eine Formalität? In seiner kurzen Karriere als Anwalt hatte er bisher nur in einem Fall allein vor dem Richterpodium gestanden und die Sache eines Mandanten vertreten. Aber Emmitt Wycoff hatte dicht neben ihm gesessen, für alle Fälle. Und er hatte den Richter gekannt. Und es war in der Innenstadt von Chicago gewesen, nicht weit von seinem Büro entfernt. Morgen würde er in einen fremden Gerichtssaal marschieren und in einer fremden Stadt eine Verzweiflungsklage vor einem Gremium von Richtern vertreten, von denen er noch nie etwas gehört hatte.

Er rief E. Garner Goodman an und teilte ihm die Neuigkeit mit. Goodman hatte schon viele Male vor dem Fünften Berufungsgericht gestanden, und während er redete, entspannte sich Adam. Es war weder eine gute Nachricht noch eine schlechte, nach Goodmans Meinung. Das Gericht war offensichtlich an der Klage interessiert, aber die Richter hatten das alles schon einmal gehört. In den letzten Jahren hatten sowohl Texas als auch Louisiana ähnliche Verfassungsklagen beim Fünften Berufungsgericht eingereicht.

Goodman versicherte ihm, daß er der Sache gewachsen sein würde. Bereiten Sie sich nur gut darauf vor, sagte er. Und versuchen Sie, sich zu entspannen. Vielleicht könnte er es einrichten, nach New Orleans zu fliegen und dabeizusein; aber Adam sagte nein. Er sagte, er käme auch allein zurecht. Halten Sie mich auf dem laufenden, sagte Goodman.

Adam erkundigte sich bei Darlene nach den Flügen, dann schloß er sich in seinem Büro ein. Er prägte sich die Vorschriften für mündliche Anhörungen ein. Er studierte die Klage gegen die Gaskammer. Er las Schriftsätze und die Akten anderer Fälle. Und er rief in Parchman an und ließ Sam ausrichten, daß er heute nicht kommen würde.

Er arbeitete, bis es dunkel geworden war, dann machte er sich auf die gefürchtete Rückfahrt zu Lees Wohnung. Ihre Nachricht lag auf dem Tresen, unangerührt und immer noch behauptend, sie läge mit einer Grippe im Bett. Er wanderte in der Wohnung herum und sah keinerlei Anzeichen für irgendwelche Aktivitäten im Laufe des Tages.

Die Tür zu ihrem Schlafzimmer stand einen Spaltbreit offen. Er klopfte kurz an und stieß sie auf. »Lee?« rief er leise in die Dunkelheit. »Lee, ist alles in Ordnung?«

Er hörte Bewegung im Bett, konnte aber nichts sehen. »Ja«, sagte sie. »Komm herein.«

Adam setzte sich langsam auf die Bettkante und versuchte, sie in der Dunkelheit zu erkennen. Der schwache Schein der Flurbeleuchtung war das einzige Licht im Raum. Sie schob sich hoch und stützte sich auf die Kissen. »Es geht mir besser«, sagte sie mit kratziger Stimme. »Und du?«

»Mir geht es gut, Lee. Ich mache mir Sorgen um dich.«

»Das geht vorüber. Nur ein bösartiger kleiner Virus.«

Aus den Laken und Bezügen wehte ihm der Geruch nach schalem Wodka oder Gin oder saurer Maische oder vielleicht auch eine Kombination von allem entgegen. Adam hätte am liebsten geweint. In der Düsternis konnte er ihre Augen nicht sehen, nur den vagen Umriß ihres Gesichts. Sie trug ein dunkles Hemd.

»Was für Medikamente nimmst du?«

»Ich weiß nicht. Irgendwelche Tabletten. Der Doktor hat gesagt, es wird ein paar Tage dauern und dann rasch wieder verschwinden. Es geht mir schon jetzt etwas besser.«

Adam setzte zu einer Bemerkung an, daß so was auch

nicht oft vorkäme, ein Grippevirus Ende Juli, ließ es dann aber bleiben. »Kannst du etwas essen?«

»Ich habe keinen Appetit.«

»Kann ich irgendwas für dich tun?«

»Nein, nein, schon gut. Wie ist es dir ergangen? Welcher Tag ist heute?«

»Donnerstag.«

»Mir ist zumute, als hätte ich eine Woche in einer Höhle verbracht.«

Adam hatte zwei Möglichkeiten. Er konnte mitspielen, auf die Geschichte von dem bösartigen kleinen Virus eingehen und hoffen, daß sie mit dem Trinken aufhörte, bevor es noch schlimmer wurde. Oder er konnte sie jetzt zur Rede stellen und ihr klarmachen, daß sie ihn nicht täuschen konnte. Vielleicht würden sie streiten, und vielleicht war das genau das, was man mit Trinkern tun mußte, die rückfällig geworden waren. Woher sollte er wissen, was das richtige war?

»Weiß dein Arzt, daß du trinkst?« fragte er und hielt den Atem an.

Es trat eine lange Pause ein. »Ich habe nicht getrunken«, sagte sie fast unhörbar.

»Versuch nicht, mir etwas vorzumachen, Lee. Ich habe die Wodkaflasche im Mülleimer gefunden. Ich weiß, daß die restlichen drei Flaschen Bier vorigen Samstag verschwunden sind. Und im Augenblick riechst du wie eine ganze Brauerei. Du kannst hier niemanden täuschen, Lee. Du trinkst gewaltig, und ich möchte dir helfen.«

Sie setzte sich gerader hin und zog die Beine bis zur Brust hoch. Dann schwieg sie lange. Adam betrachtete ihre Silhouette. Minuten vergingen. In der Wohnung herrschte Totenstille.

»Wie geht es meinem lieben Vater?« murmelte sie. Ihre Worte waren verschliffen, aber trotzdem bitter.

»Ich war heute nicht bei ihm.«

»Glaubst du nicht, daß wir besser dran sein werden, wenn er tot ist?«

Adam betrachtete ihre Silhouette. »Nein, Lee. Das glaube ich nicht. Du etwa?«

Mindestens eine Minute lang schwieg sie und rührte sich nicht. »Er tut dir leid, stimmt's?«

»Ja.«

»Ist er bemitleidenswert?«

»Ja, das ist er.«

»Wie sieht er aus?«

»Er ist ein alter Mann mit grauem Haar, das immer fettig und nach hinten gekämmt ist. Er hat einen kurzen grauen Bart. Viele Falten im Gesicht. Seine Haut ist sehr blaß.«

»Was hat er an?«

»Einen roten Overall. Alle Insassen des Todestraktes müssen das tragen.«

Eine weitere lange Pause, während sie über das Gehörte nachdachte. Dann sagte sie: »Ich nehme an, es ist leicht, ihn zu bedauern.«

»Für mich ist es das.«

»Aber ich habe ihn nie so gesehen, wie du ihn jetzt siehst. Ich habe einen ganz anderen Menschen gesehen.«

»Und was hast du gesehen?«

Sie rückte die Bettdecke um ihre Beine zurecht, dann saß sie wieder bewegungslos da. »Mein Vater war ein Mensch, den ich verachtete.«

»Verachtest du ihn immer noch?«

»Ja. Sehr sogar. Ich finde, er sollte sterben. Er hat es verdient.«

»Womit hat er es verdient?«

Diese Frage löste ein weiteres Schweigen aus. Sie bewegte sich ein wenig nach links und griff nach einem Glas oder einer Tasse auf ihrem Nachttisch. Sie trank langsam, und Adam beobachtete ihren Schatten. Er fragte nicht, was sie trank.

»Redet er mit dir über die Vergangenheit?«

»Nur, wenn ich ihm Fragen stelle. Wir haben über Eddie gesprochen, aber ich habe ihm versprochen, daß wir es nicht noch einmal tun.«

»Er ist schuld, daß Eddie tot ist. Begreift er das?«

»Vielleicht.«

»Hast du es ihm gesagt?«

»Nein.«

»Du hättest es tun sollen. Du machst es ihm zu leicht. Er muß wissen, was er angerichtet hat.«

»Ich glaube, das weiß er. Aber du hast selbst gesagt, es wäre nicht fair, ihn in diesem Stadium seines Lebens zu quälen.«

»Was ist mit Joe Lincoln? Hast du mit ihm über Joe Lincoln gesprochen?«

»Ich habe ihm erzählt, daß wir bei dem alten Haus waren. Er hat mich gefragt, ob ich über Joe Lincoln Bescheid wüßte. Ich habe ja gesagt.«

»Hat er es abgestritten?«

»Nein. Er schien es sehr zu bereuen.«

»Er ist ein Lügner.«

»Nein. Ich glaube, er hat es ehrlich gemeint.«

Eine weitere lange Pause. Sie saß da, ohne sich zu bewegen. »Hat er dir von dem Lynchmord erzählt?«

Adam schloß die Augen und stützte die Ellenbogen auf die Knie. »Nein«, murmelte er.

»Das dachte ich mir.«

»Ich möchte nichts davon hören, Lee.«

»Doch, das möchtest du. Du bist hergekommen voller Fragen über die Familie und über deine Vergangenheit. Vor zwei Wochen konntest du einfach nicht genug bekommen von dem Elend der Familie Cayhall. Du wolltest alles, das Blut und die Eingeweide.«

»Ich habe genug gehört«, sagte er.

»Welcher Tag ist heute?« fragte sie.

»Donnerstag. Danach hast du schon einmal gefragt.«

»Eines meiner Mädchen war heute fällig. Das zweite Kind. Ich habe nicht im Büro angerufen. Wahrscheinlich sind die Medikamente daran schuld.«

»Und der Alkohol.«

»Ja, verdammt noch mal. Ich bin Alkoholikerin. Wer kann mir einen Vorwurf daraus machen? Manchmal wünsche ich mir, ich hätte den Mut, das zu tun, was Eddie getan hat.«

»Red keinen Unsinn, Lee. Ich möchte dir helfen.«

»Oh, du hast mir schon sehr geholfen, Adam. Bevor du gekommen bist, ging es mir gut, und ich war stocknüchtern.«

»Okay, es war falsch von mir. Es tut mir leid. Mir war einfach nicht klar ...« Seine Worte wurden leiser, dann verstummte er.

Sie bewegte sich ein wenig, und Adam sah zu, wie sie einen weiteren Schluck trank. Die Minuten vergingen, und ein lastendes Schweigen hüllte sie ein. Wie der widerwärtige Geruch, der von ihrem Ende des Bettes ausging.

»Mutter hat mir die Geschichte erzählt«, sagte sie leise, fast flüsternd. »Sie sagte, sie hätte jahrelang Gerüchte darüber gehört. Sie wußte lange bevor sie heirateten, daß er beim Lynchen eines jungen Schwarzen dabei war.«

»Bitte, Lee.«

»Ich habe ihn nie danach gefragt, aber Eddie hat es getan. Wir hatten viele Jahre darüber geflüstert, und eines Tages ist Eddie einfach hingegangen und hat ihn damit konfrontiert. Sie hatten einen schlimmen Streit, aber Sam hat zugegeben, daß es wahr war. Er hätte deshalb keinerlei Gewissensbisse, sagte er. Der junge Schwarze hatte angeblich ein weißes Mädchen vergewaltigt, aber sie war eine Schlampe, und viele Leute bezweifelten, daß es tatsächlich eine Vergewaltigung war. Das jedenfalls war Mutters Version. Sam war damals ungefähr fünfzehn, und eine Horde Männer marschierte zum Gefängnis, holte den schwarzen Jungen heraus und schleppte ihn in den Wald. Sams Vater war natürlich der Anführer dieser Horde, und seine Brüder waren auch dabei.«

»Das reicht, Lee.«

»Sie schlugen ihn mit einer Rindslederpeitsche, dann erhängten sie ihn an einem Baum. Mein lieber Vater steckte mittendrin. Er konnte es nicht abstreiten, weil jemand ein Foto davon gemacht hat.«

»Ein Foto?«

»Ja. Ein paar Jahre später ist das Foto irgendwie in ein Buch über die Misere der Neger im Tiefen Süden gelangt. Es wurde 1947 veröffentlicht. Meine Mutter hatte ein Exemplar davon. Eddie hat es auf dem Dachboden gefunden.«

»Und Sam ist auf dem Foto?«

»Natürlich. Grinsend von einem Ohr zum anderen. Sie

stehen unter dem Baum, und die Füße des Schwarzen baumeln über ihren Köpfen. Für alle ist es ein Mordsspaß. Nur ein Nigger mehr, der gelyncht wurde. Niemand weiß, wer das Foto aufgenommen hat. Aber es spricht für sich selbst. Die Bildunterschrift lautet: Lynchmord im ländlichen Mississippi, 1936.«

»Wo ist das Buch?«

»In der Schublade da drüben. Ich habe es aufbewahrt, zusammen mit den anderen Familienschätzen, die ich vor der Zwangsvollstreckung aus dem Haus geholt habe. Ich hatte es erst vor ein paar Tagen in der Hand. Ich dachte, du wolltest es vielleicht sehen.«

»Nein. Ich will es nicht sehen.«

»Du wolltest doch alles über die Familie wissen. Also bitte, da hast du sie. Großvater, Urgroßvater und alle möglichen anderen Cayhalls von ihrer allerbesten Seite. Auf frischer Tat ertappt und gewaltig stolz darauf.«

»Hör auf, Lee.«

»Es gab noch andere Lynchmorde.«

»Hör auf, Lee. Bitte. Ich will nichts mehr hören.«

Sie lehnte sich zur Seite und griff nach dem Nachttisch.

»Was trinkst du, Lee?«

»Hustensirup.«

»Quatsch!« Adam sprang auf und ging durch die Dunkelheit zum Nachttisch. Lee kippte rasch den Rest der Flüssigkeit in sich hinein. Er riß ihr das Glas aus der Hand und roch daran. »Es ist Bourbon.«

»In der Speisekammer ist noch mehr davon. Würdest du ihn mir holen?«

»Nein! Du hast schon mehr als genug gehabt.«

»Wenn ich ihn will, dann bekomme ich ihn auch.«

»Das wirst du nicht, Lee. Heute nacht wirst du nichts mehr trinken. Morgen gehe ich mit dir zum Arzt, und wir sorgen dafür, daß dir geholfen wird.«

»Ich brauche keine Hilfe. Ich brauche eine Pistole.«

Adam stellte das Glas auf die Kommode und schaltete eine Lampe ein. Sie schirmte ein paar Sekunden lang die Augen ab, dann sah sie ihn an. Sie waren rot und verquollen. Ihr Haar war zerwühlt, schmutzig und ungekämmt.

»Kein hübscher Anblick, was?« murmelte sie und wandte den Blick ab.

»Nein. Aber wir werden Hilfe suchen. Gleich morgen früh.«

»Hol mir einen Drink, Adam. Bitte.«

»Nein.«

»Dann laß mich in Ruhe. Das alles ist deine Schuld. Und jetzt geh, bitte. Geh zu Bett.«

Adam griff sich ein Kissen aus der Mitte des Bettes und warf es vor die Tür. »Ich schlafe heute nacht hier«, sagte er und deutete auf das Kissen. »Ich schließe die Tür ab, und du wirst dieses Zimmer nicht verlassen.«

Sie funkelte ihn an, sagte aber nichts. Er schaltete die Lampe aus, und das Zimmer war wieder dunkel. Er drückte auf den Knopf, der die Tür verriegelte, und legte sich vor der Tür auf den Teppich. »So, und nun schlaf es weg, Lee.«

»Geh ins Bett, Adam. Ich verspreche dir, daß ich das Zimmer nicht verlassen werde.«

»Nein. Du bist betrunken, und ich bleibe hier. Wenn du versuchst, diese Tür zu öffnen, werde ich dich packen und wieder ins Bett befördern.«

»Hört sich romantisch an.«

»Schluß jetzt, Lee. Schlaf.«

»Ich kann nicht schlafen.«

»Versuch es.«

»Laß mich Cayhall-Geschichten erzählen. Ich weiß noch von etlichen weiteren Lynchmorden.«

»Halt den Mund, Lee!« schrie Adam, und sie war plötzlich still. Das Bett knarrte, als sie sich von einer Seite auf die andere drehte und nach der richtigen Lage suchte. Eine Viertelstunde spater trat Ruhe ein. Eine halbe Stunde später wurde der Fußboden unbequem, und nun drehte Adam sich von einer Seite auf die andere.

Der Schlaf kam in kurzen Schüben, unterbrochen von langen Phasen, in denen er zur Decke starrte und sich Sorgen machte über sie und das Fünfte Berufungsgericht. Irgendwann im Laufe der Nacht saß er mit dem Rücken an der Tür da und starrte im Dunkeln in Richtung der Schublade. Lag dieses Buch wirklich darin? Er war versucht, hinüberzuschleichen und es zu holen, um damit ins Badezimmer zu gehen und sich das Foto anzusehen. Aber er konnte nicht riskieren, daß er sie weckte. Und er wollte es auch nicht sehen.

33

In der Speisekammer fand er eine Halbliterflasche Bourbon, versteckt hinter einer Packung Salzgebäck, und leerte sie in den Ausguß. Draußen war es noch dunkel; die Sonne würde erst in einer Stunde herauskommen. Er machte sich einen starken Kaffee und trank ihn auf der Couch, während er in Gedanken die Argumente durchging, die er in ein paar Stunden in New Orleans vorbringen würde.

Bei Anbruch der Dämmerung sah er auf der Terrasse noch einmal seine Notizen durch, und um sieben war er in der Küche und machte sich Toast. Keine Spur von Lee. Er wollte keine Konfrontation mit ihr, aber sie war unerläßlich. Es gab Dinge, die er sagen mußte, und sie hatte sich für einiges zu entschuldigen. Er klapperte mit Tellern und Gabeln auf dem Tresen herum. Die Morgennachrichten liefen mit erhöhter Lautstärke.

Aber in ihrem Teil der Wohnung regte sich nichts. Nachdem er geduscht und sich angezogen hatte, drehte er vorsichtig den Knauf an ihrer Tür. Sie war verriegelt. Sie hatte sich in ihrer Höhle eingeschlossen und war dem schmerzhaften Gespräch am Morgen danach aus dem Wege gegangen. Er schrieb ein paar Zeilen und teilte ihr mit, daß er heute in New Orleans sein und morgen zurückkommen würde. Er schrieb, daß es ihm leid täte, und sie würden später darüber reden. Er bat sie, nicht zu trinken.

Die Nachricht legte er auf den Tresen, wo sie sie nicht übersehen konnte. Dann verließ er die Wohnung und fuhr zum Flughafen.

Der Direktflug nach New Orleans dauerte fünfundfünfzig Minuten. Adam trank Fruchtsaft und versuchte, eine möglichst bequeme Stellung für seinen steifen Rücken zu finden. Er hatte auf dem Fußboden vor der Tür kaum drei Stunden geschlafen, und er schwor sich, das nicht noch einmal zu tun. Ihrem eigenen Eingeständnis zufolge war sie im Laufe der Jahre dreimal rückfällig geworden, und wenn sie nicht imstande war, das Trinken von sich aus zu lassen, dann gab es nichts, was er dagegen tun konnte. Er würde in Memphis bleiben, bis dieser elende Fall erledigt war, und wenn seine Tante nicht nüchtern bleiben konnte, würde er in ein Hotel ziehen.

Er befahl sich, sie für die nächsten paar Stunden zu vergessen. Er mußte sich auf juristische Belange konzentrieren, nicht auf Lynchmorde und Fotos und Horrorgeschichten aus der Vergangenheit; nicht auf seine liebe Tante und ihre Probleme.

Die Maschine landete in New Orleans, und plötzlich war die Konzentration da. In Gedanken rasselte er die Namen von Dutzenden von Hinrichtungs-Fällen aus den letzten Jahren herunter, die vor dem Fünften Berufungsgericht und dem Obersten Bundesgericht verhandelt worden waren.

Der Mietwagen war eine Cadillac-Limousine, die Darlene bestellt hatte und die von Kravitz & Bane bezahlt wurde. Auch ein Fahrer gehörte zum Service, und als Adam es sich auf dem Rücksitz bequem machte, mußte er zugeben, daß die Arbeit in einer großen Firma ihre Vorteile hatte. Adam war noch nie in New Orleans gewesen, und die Fahrt vom Flughafen war kaum anders als in anderen Städten. Nichts als Verkehr und Schnellstraßen. Doch dann bog der Fahrer beim Superdome in die Poydras Street ein, und plötzlich waren sie in der Innenstadt. Er informierte seinen Fahrgast, daß das French Quarter nur ein paar Blocks entfernt war, nicht weit von Adams Hotel. Der Wagen hielt in der Camp Street, und Adam stieg aus und stand vor dem Fünften Bundes-Berufungsgericht. Es war ein beeindrukkendes Gebäude mit dorischen Säulen und vielen Stufen, die zum Haupteingang hinaufführten.

Er betrat die Kanzlei im Erdgeschoß und fragte nach dem Herrn, mit dem er gesprochen hatte, einem Mr. Feriday. Mr. Feriday war persönlich ebenso entgegenkommend und höflich, wie er sich am Telefon angehört hatte. Er trug Adams Namen in eine Liste ein und erläuterte einige der Regeln des Gerichts. Dann fragte er ihn, ob er gern eine schnelle Runde durch das Gebäude machen wollte. Es war fast zwölf, im Augenblick war es relativ ruhig und deshalb der richtige Zeitpunkt für eine Besichtigung. Sie gingen auf die Gerichtssäle zu, vorbei an den Büros der Richter und verschiedener Angestellter.

»Am Fünften Berufungsgericht arbeiten fünfzehn Richter«, erklärte Mr. Feriday, während sie gemächlich über Marmorfußböden wanderten. »Ihre Büros liegen in diesem Teil des Gebäudes hier. Im Augenblick hat das Gericht drei Vakanzen, und die Nominierungen stecken in Washington fest.« Die Flure waren düster und ruhig, als wären hinter den breiten Holztüren große Geister am Werk.

Mr. Feriday führte ihn zuerst zu dem Saal, in dem der Gerichtshof zu tagen pflegte, wenn er vollständig zusammentrat, einem großen, einschüchternden Raum mit fünfzehn im Halbkreis aufgestellten Richterstühlen. »Der größte Teil der anfallenden Arbeit wird jeweils einem Gremium aus drei Richtern zugewiesen. Aber manchmal wird ein Fall vor allen fünfzehn Richtern verhandelt«, erklärte er leise, als wäre er noch immer von diesem Raum beeindruckt. Die Stühle der Richter standen auf einem hohen Podium, so daß die Anwälte beim Plädieren zu ihnen hinaufschauen mußten. Der Raum war ganz aus Marmor und dunklem Holz, mit schweren Vorhängen und einem riesigen Kronleuchter. Er war dekorativ, aber nicht prunkvoll, alt, aber tadellos instand gehalten, und als Adam sich darin umsah, war ihm sehr unbehaglich zumute. Es kommt nur sehr selten vor, daß das vollständige Gericht zusammentritt, erklärte Mr. Feriday, als informierte er einen Jurastudenten im ersten Semester. In diesem Saal wurden die großen Bürgerrechts-Entscheidungen der sechziger und siebziger Jahre gefällt, sagte er mit nicht geringem Stolz. Hinter dem Podium hingen Porträts verstorbener Richter.

Adam hoffte, daß er diesen Raum, so schön und beeindruckend er auch war, niemals wiedersehen würde, zumindest nicht als Anwalt, der einen Mandanten vertrat. Sie gingen den Flur entlang zum Westlichen Gerichtssaal, der kleiner war als der erste, aber fast ebenso beeindruckend. Hier amtieren die Gremien von drei Richtern, erklärte Mr. Feriday, während sie an den Sitzen im Zuschauerteil vorbeigingen und durch die Schranke aufs Podium, das nicht ganz so hoch und lang war wie das im Saal für das volle Gericht.

»Normalerweise finden alle mündlichen Verhandlungen am Vormittag statt, von neun Uhr an«, sagte Mr. Feriday. »Ihr Fall liegt ein wenig anders, weil es dabei um ein Todesurteil geht, dessen Vollstreckung nahe bevorsteht.« Er deutete mit einem gekrümmten Finger auf die Sitze im Hintergrund. »Dort müssen Sie ein paar Minuten vor eins sitzen, bis der Fall aufgerufen wird. Dann kommen Sie durch die Schranke und setzen sich hier an den Anwaltstisch. Sie machen den Anfang, und Sie haben zwanzig Minuten.«

Das wußte Adam, aber es war trotzdem gut, so eingehend informiert zu werden.

Mr. Feriday zeigte auf ein Gerät auf dem Podium, das aussah wie eine Verkehrsampel. »Das ist der Zeitmesser«, sagte er ernst. »Und er ist äußerst wichtig. Zwanzig Minuten, nicht mehr. Es gibt grauenhafte Geschichten von langatmigen Anwälten, die ihn ignoriert haben. Kein schöner Anblick. Grün ist eingeschaltet, während Sie reden. Gelb kommt, wenn Sie gewarnt werden wollen – zwei Minuten, fünf Minuten, dreißig Sekunden oder was auch immer. Wenn Rot kommt, hören Sie auf, notfalls mitten im Satz, und setzen sich. So einfach ist das. Haben Sie noch irgendwelche Fragen?«

»Wer sind die Richter?«

»McNeely, Robichaux und Judy.« Er sagte das, als wären alle drei Adam persönlich bekannt. »Da drüben ist ein Wartezimmer, und im dritten Stock finden Sie eine Bibliothek. Seien Sie auf jeden Fall ungefähr zehn Minuten vor eins hier. Sonst noch Fragen?«

»Nein, Sir. Haben Sie vielen Dank.«

»Ich bin in meinem Büro, falls Sie mich brauchen sollten. Viel Glück.« Sie gaben sich die Hand, und Mr. Feriday ging. Adam stand allein auf dem Podium.

Zehn Minuten vor eins ging Adam zum zweitenmal durch die massiven Eichentüren des Westlichen Gerichtssaals und fand mehrere andere Anwälte vor, die sich auf die Schlacht vorbereiteten. In der ersten Reihe hinter der Schranke drängten sich Justizminister Steve Roxburgh und seine Gehilfenschar und planten ihre Taktik. Sie verstummten, als Adam hereinkam, und einige nickten und versuchten zu lächeln. Adam ließ sich auf einem Sitz am Gang nieder und ignorierte sie.

Lucas Mann saß auf ihrer Seite des Gerichtssaals, aber etliche Reihen hinter Roxburgh und seinen Mannen. Er las gelassen eine Zeitung und winkte Adam zu, als ihre Blicke sich trafen. Es war schön, ihn zu sehen. Er war von Kopf bis Fuß in gestärktes, faltenfreies Khaki gekleidet, und seine Krawatte war so grell, daß sie im Dunkeln leuchten mußte. Es war offensichtlich, daß Mann sich vom Fünften Berufungsgericht und seiner Ausstattung nicht im mindesten eingeschüchtert fühlte, und ebenso offensichtlich war, daß er gebührenden Abstand zu Roxburgh hielt. Er war lediglich der Anwalt für Parchman und waltete hier nur seines Amtes. Falls das Fünfte Berufungsgericht einen Aufschub gewähren sollte und Sam nicht starb, würde Lucas Mann sich freuen. Adam nickte und lächelte ihm zu.

Roxburgh und seine Horde steckten wieder die Köpfe zusammen. Morris Henry, Dr. Death, stand im Mittelpunkt und erläuterte geringeren Geistern die Sachlage.

Adam holte tief Luft und versuchte, sich zu entspannen. Es war ziemlich schwierig. Sein Magen krampfte sich zusammen, seine Füße zuckten, und er sagte sich immer wieder, daß es nur zwanzig Minuten dauern würde. Die drei Richter konnten ihn nicht ermorden, sie konnten ihn nur in Verlegenheit bringen, und selbst das nur für zwanzig Minuten. Zwanzig Minuten lang würde er alles ertragen können. Er schaute auf seine Notizen, und um sich zu beruhigen, versuchte er, an Sam zu denken – nicht an Sam den Rassisten, den Mörder, den Mann, der an Lynchmorden teilgenommen hatte, sondern an Sam den Mandanten, den alten Mann, der im Todestrakt dahinsiechte, der ein Recht darauf hatte, in Frieden und Würde zu sterben. Sam war im

Begriff, zwanzig Minuten der wertvollen Zeit dieses Gerichts in Anspruch zu nehmen, also mußte sein Anwalt zusehen, daß er das Beste daraus machte.

Irgendwo schlug eine schwere Tür zu, und Adam fuhr zusammen. Der Gerichtsdiener erschien hinter dem Podium und verkündete, daß das Ehrenwerte Gericht jetzt tagte. Ihm folgten drei Gestalten in wogenden schwarzen Talaren – McNeely, Robichaux und Judy, alle mit Akten beladen; Humor und guter Wille schienen ihnen völlig abzugehen. Sie ließen sich auf ihren massigen Lederstühlen auf dem dunklen, mit Eiche vertäfelten Podium nieder und blickten auf den Gerichtssaal herab. Der Fall *Mississippi gegen Sam Cayhall* wurde aufgerufen, und die Anwälte wurden aus dem Hintergrund herbeibeordert. Adam ging nervös durch die Schwingtür der Schranke, und Steve Roxburgh folgte ihm. Die Gehilfen des Justizministers blieben auf ihren Plätzen, ebenso Lucas Mann und eine Handvoll Zuschauer. Die meisten von ihnen waren, wie Adam später erfuhr, Reporter.

Vorsitzender Richter war Judy, die Ehrenwerte T. Eileen Judy, eine junge Frau aus Texas. Robichaux stammte aus Louisiana und war Ende Fünfzig. McNeely sah aus wie hundertzwanzig und kam gleichfalls aus Texas. Judy gab eine kurze Zusammenfassung des Falls, dann fragte sie Mr. Adam Hall aus Chicago, ob er bereit sei, zu plädieren. Er erhob sich nervös. Seine Knie fühlten sich an, als wären sie aus Gummi, seine Eingeweide grummelten, und seine Stimme war schrill und nervös, als er sagte, ja, er wäre bereit. Er schaffte es bis zum Podium im Zentrum des Saals und schaute hinauf, sehr hoch hinauf, wie es ihm schien, zu dem Gremium der drei Richter.

Das grüne Licht neben ihm leuchtete auf, und er nahm zu Recht an, daß er anfangen sollte. Im Saal war es ganz still. Die Richter schauten auf ihn herab. Er räusperte sich, warf einen Blick auf die Porträts der toten Richter an der Wand und stürzte sich dann in eine heftige Attacke gegen die Gaskammer als Hinrichtungs-Instrument.

Er vermied Blickkontakt mit den drei Richtern, und ungefähr fünf Minuten lang wurde ihm gestattet, das zu wiederholen, was er bereits in seiner Klage vorgebracht hatte. Es war kurz nach dem Lunch, in der Hitze des Sommers, und die Richter brauchten ein paar Minuten, um die Spinnweben abzuschütteln.

»Mr. Hall, mir scheint, Sie wiederholen lediglich, was Sie bereits in Ihrem Schriftsatz ausgeführt haben«, sagte Judy gereizt. »Wir sind durchaus imstande zu lesen, Mr. Hall.«

Mr. Hall nahm es gelassen hin und dachte bei sich, daß dies seine zwanzig Minuten waren, und falls er in der Nase bohren und das Alphabet herunterrasseln wollte, mußte ihm auch das gestattet werden. Zwanzig Minuten lang. Trotz seiner Unerfahrenheit hatte Adam diese Bemerkung eines Berufungsrichters schon einmal gehört. Das war während seiner Studentenzeit gewesen. Es war eine Standardbemerkung bei einer mündlichen Verhandlung.

»Ja, Euer Ehren«, sagte Adam, ganz bewußt jede Anspielung auf ihr Geschlecht vermeidend. Dann ging er dazu über, die Auswirkungen von Zyanidgas auf Laborratten zu beschreiben, eine Untersuchung, die er in seinem Schriftsatz nicht angeführt hatte. Die Experimente waren ein Jahr zuvor von schwedischen Chemikern angestellt worden, die damit beweisen wollten, daß Menschen nicht auf der Stelle sterben, wenn sie das Gift einatmen. Sie waren von einer europäischen Organisation finanziert worden, deren Ziel die Abschaffung der Todesstrafe in Amerika war.

Die Ratten verfielen in heftige Krampfanfälle. Mehrere Minuten lang setzten ihre Herzen und Lungen erratisch aus und wieder ein. Das Gas brachte Blutgefäße überall in ihrem Körper, einschließlich im Gehirn, zum Platzen. Ihre Muskeln zuckten unkontrollierbar. Sie speichelten und quiekten.

Die Untersuchung gelangte zu dem eindeutigen Ergebnis, daß die Ratten nicht schnell starben, sondern erheblich leiden mußten. Die Tests wurden mit wissenschaftlicher Akribie durchgeführt. Die kleinen Tiere erhielten angemessene Dosen. Im Durchschnitt dauerte es fast zehn Minuten, bis der Tod eintrat. Adam mühte sich mit den Details ab, und während er seinen Bericht lieferte, beruhigten sich seine Nerven ein wenig. Die Richter hörten nicht nur zu, sondern schienen den Vortrag über sterbende Ratten sogar zu genießen.

Adam hatte die Untersuchung in einer Fußnote zu einem neueren Fall in North Carolina gefunden. Sie war klein gedruckt gewesen und hatte keine weite Verbreitung gefunden.

»Also, damit ich Sie recht verstehe«, unterbrach Robichaux mit ziemlich schriller Stimme. »Sie wollen nicht, daß Ihr Mandant in der Gaskammer stirbt, weil das ein grausamer Tod ist. Wollen Sie uns damit sagen, daß es Ihnen nichts ausmachen würde, wenn er durch eine tödliche Spritze sterben würde?«

»Nein, Euer Ehren. Das ist es nicht, was ich sagen will. Ich möchte erreichen, daß mein Mandant auf keinerlei Weise sterben muß.«

»Aber die tödliche Injektion ist am wenigsten anstößig?«

»Alle Methoden sind anstößig, aber die tödliche Injektion scheint die am wenigsten grausame zu sein. Es ist eindeutig erwiesen, daß die Gaskammer eine grauenhafte Methode ist, einen Menschen umzubringen.«

»Schlimmer als ein Bombenattentat? Als mit Dynamit in die Luft gesprengt zu werden?«

Eine lastende Stille senkte sich über den Gerichtssaal. Robichaux hatte das Wort »Dynamit« betont, und Adam versuchte, sich etwas Angemessenes einfallen zu lassen. McNeely warf seinem Kollegen auf der anderen Seite des Podiums einen angewiderten Blick zu.

Es war eine schäbige Attacke, und Adam war wütend. Er beherrschte sich und sagte entschlossen: »Wir reden über Hinrichtungsmethoden, Euer Ehren, nicht über die Verbrechen, die Menschen in den Todestrakt gebracht haben.«

»Weshalb wollen Sie nicht über das Verbrechen reden?«

»Weil das Verbrechen hier nicht zur Debatte steht. Weil ich nur zwanzig Minuten habe und meinem Mandanten nur noch zwölf Tage bleiben.«

»Vielleicht hätte Ihr Mandant keine Bomben legen sollen?«

»Natürlich nicht. Aber er wurde für sein Verbrechen verurteilt, und nun steht ihm der Tod in der Gaskammer bevor. Hier geht es darum, daß die Gaskammer eine grausame Hinrichtungsmethode ist.«

»Was ist mit dem elektrischen Stuhl?«

»Dafür gelten die gleichen Argumente. Es gibt grauenvolle Berichte darüber, wie Menschen auf dem Stuhl gelitten haben, bevor sie starben.«

»Was ist mit einem Erschießungskommando?«

»Hört sich auch grausam an.«

»Und Erhängen?«

»Ich weiß nicht viel über Erhängen, aber das hört sich überaus grausam an.«

»Aber Ihnen gefällt die Idee einer tödlichen Injektion?«

»Ich habe nicht gesagt, daß sie mir gefällt. Ich sagte, sie ist weniger grausam als die anderen Methoden.«

Richter McNeely unterbrach und fragte: »Mr. Hall, weshalb ist Mississippi von der Gaskammer zur tödlichen Injektion übergegangen?«

Darauf war Adam in der Klage und in seinem Schriftsatz ausführlich eingegangen, und er spürte sofort, daß McNeely ihm freundlich gesonnen war. »Ich habe die Geschichte der Gesetzgebung in meinem Schriftsatz dargelegt, Euer Ehren, aber es geschah in erster Linie, um die Hinrichtungen zu erleichtern. Der Gesetzgeber hat eingeräumt, daß die Injektion einen leichteren Tod bewirkt. Außerdem wollte man mit der Änderung der Methode Verfassungsklagen wie dieser entgegenwirken.«

»Also hat der Staat offen zugegeben, daß es eine bessere Methode zur Hinrichtung von Menschen gibt?«

»Ja, Sir. Aber das Gesetz ist 1984 in Kraft getreten und gilt nur für diejenigen Delinquenten, die danach zum Tode verurteilt wurden. Es gilt nicht für Sam Cayhall.«

»Das ist mir klar. Sie verlangen von uns, daß wir die Gaskammer als Hinrichtungsmethode verurteilen. Was passiert, wenn wir das tun? Was passiert mit Ihrem Mandanten und all den anderen, die vor 1984 zum Tode verurteilt wurden? Fallen sie durch das Raster? Es gibt keinerlei gesetzliche Handhabe für ihre Hinrichtung durch eine tödliche Injektion.«

Adam war auf diese naheliegende Frage gefaßt gewesen. Sam hatte sie bereits gestellt. »Diese Frage kann ich nicht beantworten, Euer Ehren. Ich kann nur sagen, daß ich großes Vertrauen habe in die Fähigkeit und Bereitwilligkeit der Legislative von Mississippi, ein neues Gesetz zu verabschieden, das für meinen Mandanten und andere Verurteilte in seiner Lage Rechtsklarheit schafft.«

An dieser Stelle meldete sich Richter Judy wieder zu Wort. »Angenommen, das geschieht, Mr. Hall, wie wollen Sie argumentieren, wenn Sie in drei Jahren wieder hier erscheinen?«

Glücklicherweise leuchtete das gelbe Licht auf, und Adam blieb nur noch eine Minute. »Ich werde mir etwas einfallen lassen«, sagte er mit einem Lächeln. »Geben Sie mir die Zeit dazu.«

»Wir haben bereits einen derartigen Fall verhandelt, Mr. Hall«, sagte Robichaux. »Sie haben ihn selbst zitiert. Einen Fall aus Texas.«

»Ja, Euer Ehren. Ich bitte das Gericht, seine Entscheidung in dieser Sache noch einmal zu überdenken. Praktisch jeder Staat mit einer Gaskammer ist inzwischen zur tödlichen Injektion übergegangen. Die Gründe dafür liegen auf der Hand.«

Ihm blieben noch ein paar Sekunden, aber er fand, das war ein guter Schlußpunkt. Er wollte keine weiteren Fragen. »Ich danke Ihnen«, sagte er und kehrte selbstsicher zu seinem Platz zurück. Es war vorbei. Er hatte sein Frühstück bei sich behalten und sich für einen Anfänger recht gut geschlagen. Beim nächstenmal würde es einfacher sein.

Roxburgh war hölzern und methodisch und gründlich vorbereitet. Er versuchte es mit ein paar witzigen Bemerkungen über Ratten und die Verbrechen, die sie begehen, aber außer ihm konnte das niemand komisch finden. McNeely bombardierte ihn mit ähnlichen Fragen darüber, weshalb die verschiedenen Staaten so hastig zur tödlichen Injektion übergingen. Roxburgh hielt die Stellung und zitierte eine lange Liste von Fällen, in denen die diversen Bundes-Berufungsgerichte den Tod durch Gas, elektrischen Strom, Erhängen und Erschießungskommandos gebilligt hatten. Die Rechtsprechung war auf seiner Seite, und er holte aus ihr heraus, was herauszuholen war. Seine zwanzig Minuten rasten dahin, und er kehrte ebenso schnell auf seinen Platz zurück, wie Adam es getan hatte.

Richter Judy sprach kurz über die Dringlichkeit dieses Falls und versprach eine Entscheidung in den nächsten Tagen. Alle erhoben sich gleichzeitig, und die drei Richter verließen das Podium. Der Gerichtsdiener verkündete eine Vertagung des Gerichts auf Montag morgen.

Adam reichte Roxburgh die Hand und schaffte es, durch die Tür zu kommen, bevor ein Reporter ihn aufhielt. Erst draußen gelang es einem von ihnen. Er arbeitete für eine Zeitung in Jackson, und er hatte nur ein paar Fragen. Adam war höflich, lehnte aber jeden Kommentar ab. Dann tat er bei weiteren zwei Reportern dasselbe. Roxburgh hatte, wie nicht anders zu erwarten, eine Menge zu sagen, und als Adam davonging, drängten sich die Reporter um den Justizminister und streckten ihm ihre Mikrofone entgegen.

Adam wollte das Gebäude verlassen. Er trat hinaus in die tropische Hitze und setzte schnell eine Sonnenbrille auf. »Haben Sie schon zu Mittag gegessen?« fragte eine Stimme hinter ihm. Es war Lucas Mann. Er trug eine große Sonnenbrille mit reflektierenden Gläsern. Sie gaben sich zwischen den Säulen die Hand.

»Ich konnte nichts essen«, gestand Adam ein.

»Sie haben Ihre Sache gut gemacht. Es ist ziemlich nervenaufreibend, nicht wahr?«

»Ja, das ist es. Weshalb sind Sie hier?«

»Das gehört zu meinem Job. Der Direktor hat mich gebeten, herzufliegen und der Verhandlung beizuwohnen. Wir werden die Entscheidung des Gerichts abwarten, bevor wir mit den Vorbereitungen beginnen. Lassen Sie uns essen gehen.«

Adams Fahrer lenkte den Wagen an den Bordstein, und sie stiegen ein.

»Kennen Sie die Stadt?« fragte Mann.

»Nein. Ich bin zum erstenmal hier.«

»Das Bon Ton Café«, wies Mann den Fahrer an. »Ein

wundervolles altes Restaurant gleich um die Ecke. Hübscher Wagen.«

»Einer der Vorteile, wenn man für eine reiche Firma arbeitet.«

Das Essen begann mit einer Neuheit – einem Dutzend rohen Austern. Adam hatte schon davon gehört, war aber nie versucht gewesen, so etwas zu essen. Mann demonstrierte gekonnt die richtige Mischung von Meerrettich, Zitronensaft, Tabasco und Cocktailsauce und ließ dann die erste Auster in sie hineingleiten. Dann wurde sie behutsam auf einen Cracker gelegt und mit einem Bissen verspeist. Adams erste Auster rutschte von dem Cracker herunter, aber die zweite glitt anstandslos durch seine Kehle.

»Nicht kauen«, wies Mann ihn an. »Lassen Sie sie einfach hinunterrutschen.« Die nächsten zehn rutschten glatt hinterher, aber nicht glatt genug für Adam. Er war froh, als die zwölf Schalen auf seinem Teller leer waren. Sie tranken Dixie-Bier und warteten auf die Garnelen in Remouladensauce.

»Ich habe Ihre Eingabe wegen unzulänglicher juristischer Beratung gelesen«, sagte Mann, während er an einem Cracker knabberte.

»Ich bin sicher, daß wir von jetzt an eine Eingabe nach der anderen machen werden.«

»Die erste Instanz hat sich nicht lange damit aufgehalten.«

»Nein. Es hat den Anschein, als hätten sie Sam Cayhall satt. Ich werde heute in die Berufung gehen, aber ich rechne nicht damit, daß Slattery für uns entscheiden wird.«

»Das würde ich auch nicht tun.«

»Wie stehen meine Chancen bei nur noch zwölf Tagen?«

»Sie werden von Tag zu Tag geringer, aber man kann nie vorhersagen, was passieren wird. Immer noch ungefähr fünfzig zu fünfzig. Vor ein paar Jahren waren wir mit Stockholm Turner ganz nahe dran. Zwei Wochen vor dem Hinrichtungstermin sah die Sache völlig sicher aus. Eine Woche vor dem Termin gab es schlechthin nichts mehr, was er hätte unternehmen können. Er hatte einen guten

Anwalt, aber alle juristischen Möglichkeiten waren erschöpft. Er bekam seine Henkersmahlzeit und …«

»Und Besuch von zwei Prostituierten.«

»Woher wissen Sie das?«

»Sam hat mir die ganze Geschichte erzählt.«

»Sie ist wahr. Die Hinrichtung wurde in letzter Minute aufgeschoben, und jetzt ist er Jahre von der Gaskammer entfernt. Man kann nie wissen.«

»Und rein instinktiv? Was haben Sie da für ein Gefühl?«

Mann trank einen großen Schluck Bier und lehnte sich zurück, während zwei große Teller mit Garnelen in Remouladensauce vor sie hingestellt wurden. »Wenn es um eine Hinrichtung geht, habe ich gar kein Gefühl. Alles ist möglich. Machen Sie einfach weiter eine Eingabe nach der anderen. Es wird ein Marathonlauf. Sie können nicht aufgeben. Der Anwalt von Jumbo Parris ist zwölf Stunden vor der Hinrichtung zusammengebrochen und lag im Krankenhaus, als sein Mandant hingerichtet wurde.«

Adam kaute auf einer Garnele herum und spülte sie mit Bier hinunter. »Der Gouverneur will, daß ich mit ihm rede. Sollte ich?«

»Was will Ihr Mandant?«

»Was glauben Sie? Er haßt den Gouverneur. Er hat mir verboten, mit ihm zu reden.«

»Sie müssen einen Antrag auf Begnadigung stellen. Das ist Routine.«

»Wie gut kennen Sie McAllister?«

»Nicht sehr gut. Er ist durch und durch Politiker und überaus ehrgeizig, und ich würde ihm keine Minute trauen. Aber er hat die Macht, eine Begnadigung auszusprechen. Er kann die Todesstrafe in lebenslängliche Freiheitsstrafe umwandeln oder sogar in Freispruch. Das Gesetz gibt dem Gouverneur einen breiten Spielraum. Er ist wahrscheinlich Ihre letzte Hoffnung.«

»Gott steh uns bei.«

»Wie sind die Garnelen?« fragte Mann mit vollem Mund.

»Köstlich.«

Eine Weile beschäftigten sie sich mit ihrem Essen. Adam

war dankbar für die Gesellschaft und die Unterhaltung, beschloß aber, das Gespräch auf Eingaben und Strategien zu beschränken. Er mochte Lucas Mann, aber sein Mandant konnte ihn nicht ausstehen. Wie Sam sagen würde, Mann arbeitete für den Staat, und der Staat arbeitete daran, ihn hinzurichten.

Mit einem Flug am späten Nachmittag wäre er gegen halb sieben wieder in Memphis gewesen, lange vor Einbruch der Dunkelheit. Und einmal dort angekommen, hätte er ein oder zwei Stunden im Büro totschlagen können, bevor er zu Lee zurückkehrte. Aber ihm war ganz und gar nicht danach. Er hatte ein elegantes Zimmer in einem modernen Hotel am Fluß, Kravitz & Bane hatte anstandslos dafür bezahlt. Die Firma kam für alle Ausgaben auf. Er war noch nie im French Quarter gewesen.

Und so erwachte er gegen sechs nach einem dreistündigen Nachmittagsschläfchen, das er nach drei Bier zum Lunch und einer fast schlaflos verbrachten Nacht nötig gehabt hatte. Er lag mit den Schuhen auf dem Bett und betrachtete eine halbe Stunde lang den Ventilator an der Dekke, bevor er sich rührte. Er hatte tief und fest geschlafen.

Lee meldete sich nicht am Telefon. Er hinterließ eine Nachricht auf dem Anrufbeantworter und hoffte, daß sie nicht trank. Und wenn sie es tat, dann hatte sie sich hoffentlich in ihrem Zimmer eingeschlossen, wo sie keinen Schaden anrichten konnte. Er putzte sich die Zähne und kämmte sich, dann fuhr er mit dem Fahrstuhl hinunter in das geräumige Foyer, wo eine Jazzband spielte. An einer Ecktheke rissen sich die Leute um Austern für fünf Cents das Stück.

Er wanderte in der drückenden Hitze die Canal Street entlang, bis er die Royal erreicht hatte, wo er nach rechts abbog und bald in Scharen von Touristen unterging. Im Quarter erwachte der Freitagabend zum Leben. Adam schielte nach den Striptease-Lokalen und versuchte, einen Blick ins Innere zu erhaschen. Vor einer offenen Tür, durch die er auf einer Bühne eine Reihe von männlichen Strippern sehen konnte – Männer, die aussahen wie schöne Frauen –, blieb er wie gebannt stehen. Er aß eine Eierrolle am Stiel aus einem chinesischen Restaurant mit Straßenverkauf. Er machte einen Bogen um einen Säufer, der sich auf die Straße erbrach. Er verbrachte eine Stunde an einem kleinen Tisch in einem Jazzclub, lauschte einer großartigen Combo und trank ein Bier für vier Dollar. Als es dunkel war, wanderte er zum Jackson Square und schaute zu, wie die Künstler ihre Staffeleien einpackten und verschwanden. Die Straßenmusiker und -tänzer hatten sich vor einer alten Kathedrale versammelt, und er applaudierte einem erstaunlichen Streichquartett aus Studenten der Tulane University. Überall waren Leute; sie tranken, aßen und tanzten und genossen die ausgelassene Atmosphäre des French Quarter.

Er kaufte sich ein Vanilleeis und machte sich auf den Weg zur Canal Street. An einem anderen Abend und unter anderen Umständen wäre er vielleicht versucht gewesen, sich eine Stripshow anzusehen, natürlich im Hintergrund sitzend, wo niemand ihn sehen konnte, oder er hätte sich in irgendein In-Lokal gesetzt und Ausschau nach einer schönen, einsamen Frau gehalten.

Aber nicht heute abend. Die Betrunkenen erinnerten ihn an Lee, und er wünschte sich, er wäre nach Memphis zurückgekehrt, um nach ihr zu sehen. Die Musik und das Lachen erinnerten ihn an Sam, der in diesem Moment in seinem feuchtheißen Backofen saß, auf die Gitterstäbe starrte und die Tage zählte, hoffend und jetzt vielleicht auch betend, daß sein Anwalt ein Wunder vollbringen würde. Sam würde nie New Orleans sehen, nie wieder Austern essen oder Feuerbohnen mit Reis, nie ein kaltes Bier trinken oder einen guten Kaffee. Er würde nie Jazz hören oder Künstlern beim Malen zuschauen. Er würde nie wieder in einem Flugzeug sitzen oder in einem guten Hotel wohnen. Er würde nie angeln oder einen Wagen fahren oder tausend andere Dinge tun, die freie Menschen für selbstverständlich halten.

Selbst wenn Sam den 8. August überlebte, würde er in seiner Zelle auch weiterhin jeden Tag ein wenig sterben.

Adam verließ das Quarter und eilte zurück zu seinem Hotel. Er brauchte Ruhe. Der Marathonlauf stand unmittelbar bevor.

34

Der Wärter, der Tiny hieß, legte Sam die Handschellen an und führte ihn aus Abschnitt A heraus. Sam hatte eine Plastiktüte bei sich, vollgestopft mit der Fan-Post der vergangenen beiden Wochen. Während des größten Teils seiner Zeit im Todestrakt hatte er im Durchschnitt monatlich eine Handvoll Briefe von Anhängern erhalten; Angehörigen des Klans und deren Sympathisanten, Verfechtern der Rassentrennung, Antisemiten, allen möglichen Fanatikern. Ein paar Jahre lang hatte er diese Briefe beantwortet, aber im Laufe der Zeit war er der Sache überdrüssig geworden. Welchen Sinn hatte es? Für einige dieser Leute war er ein Held, aber je länger er mit seinen Bewunderern korrespondierte, desto verschrobener wurden sie. Es gab eine Menge Spinner da draußen. Ihm war sogar schon der Gedanke gekommen, daß er im Todestrakt vielleicht sicherer war als in Freiheit.

Der Empfang von Post war vom Bundesgericht zu einem Recht erklärt worden, nicht zu einer Vergünstigung. Deshalb konnte man sie ihm nicht wegnehmen. Aber sie wurde inspiziert. Jeder Brief wurde geöffnet, wenn er nicht eindeutig von einem Anwalt kam. Sofern keine Zensur angeordnet worden war, wurden die Briefe nicht gelesen. Sie wurden in den Trakt gebracht und den Insassen ausgehändigt. Auch Päckchen wurden geöffnet und inspiziert.

Der Gedanke an Sams Tod war für viele Fanatiker bestürzend, und nachdem das Fünfte Berufungsgericht seinen Aufschub annulliert hatte, war seine Post rapide angewachsen. Sie offerierten ihm ihre unerschütterliche Unterstützung und ihre Gebete. Ein paar boten ihm Geld an. Ihre Briefe waren in der Regel sehr lang, weil sie Schimpftiraden über Juden, Schwarze, Liberale und andere Verschwörer enthielten. Einige regten sich über die Steuern, die Waffengesetze und die nationale Verschuldung auf, andere hielten Predigten.

Sam hatte die Briefe satt. Er bekam im Durchschnitt

sechs pro Tag. Nachdem ihm die Handschellen abgenommen worden waren, legte er sie auf den Mitteltresen, dann bat er den Wärter, eine kleine Tür im Gitter aufzuschließen. Der Wärter schob die Plastiktüte durch die Tür, und Adam nahm sie auf der anderen Seite in Empfang. Der Wärter ging und schloß die Tür hinter sich ab.

»Was ist das?« fragte Adam und hob die Tüte hoch.

»Fan-Post.« Sam ließ sich auf seinem üblichen Platz nieder und zündete sich eine Zigarette an.

»Und was soll ich damit tun?«

»Lies sie. Verbrenn sie. Mir ist es gleich. Ich habe heute morgen meine Zelle aufgeräumt, und das Zeug war mir im Wege. Ich habe gehört, du wärst gestern in New Orleans gewesen. Erzähl mir davon.«

Adam legte die Briefe auf einen Stuhl und ließ sich Sam gegenüber nieder. Die Temperatur draußen betrug neununddreißig Grad, und im Besucherraum war es kaum kühler. Es war Samstag, und Adam trug Jeans, Mokassins und ein leichtes Polohemd aus Baumwolle. »Das Fünfte Berufungsgericht hat Donnerstag angerufen und gesagt, ich sollte am Freitag erscheinen. Ich war dort, habe das Gericht mit meiner Brillanz geblendet und bin heute morgen nach Memphis zurückgeflogen.«

»Wann wollen sie entscheiden?«

»Bald.«

»Ein Gremium von drei Richtern?«

»Ja.«

»Wer?«

»Judy, Robichaux und McNeely.«

Sam dachte einen Moment lang über die Namen nach. »McNeely ist ein alter Krieger, der uns helfen wird. Judy ist eine konservative Zicke, oh, Pardon, ich meine natürlich eine konservative Amerikanerin, von den Republikanern ernannt. Ich glaube nicht, daß sie uns helfen wird. Über Robichaux weiß ich nichts. Wo kommt er her?«

»Aus dem Süden von Louisiana.«

»Ah, ein Cajun-Amerikaner.«

»Vermutlich. Er ist ziemlich stur. Wird nicht gerade helfen.«

»Dann verlieren wir zwei gegen einen. Du hast doch gesagt, du hättest sie mit deiner Brillanz geblendet.«

»Noch haben wir nicht verloren.« Adam war überrascht, daß Sam sich offenbar so gut unter den Richtern auskannte. Aber schließlich hatte er viele Jahre lang die Arbeit des Gerichts verfolgt.

»Wo liegt die Klage wegen unzulänglicher Rechtsberatung?«

»Noch beim hiesigen Bezirksgericht. Sie ist gegenüber der anderen ein paar Tage im Rückstand.«

»Dann laß uns irgendeine andere Eingabe machen.«

»Ich arbeite daran.«

»Arbeite schnell. Mir bleiben noch elf Tage. Ich habe einen Kalender an der Wand, und ich verbringe täglich mindestens drei Stunden damit, ihn anzustarren. Wenn ich morgens aufwache, mache ich ein großes Kreuz über den Vortag. Den 8. August habe ich eingekreist. Meine Kreuze rücken immer dichter an den Kreis heran. Tu etwas.«

»Ich arbeite. Im Augenblick entwickle ich eine neue Angriffsstrategie.«

»Tüchtiger Junge.«

»Ich glaube, wir können beweisen, daß du geistesgestört bist.«

»Daran habe ich auch schon gedacht.«

»Du bist alt. Du bist senil. Du nimmst die Sache zu gelassen hin. Da kann etwas nicht stimmen. Du bist unfähig, den Grund für deine Hinrichtung zu begreifen.«

»Wir haben dieselben Fälle gelesen.«

»Goodman kennt einen Experten, der für ein angemessenes Honorar alles aussagen wird. Wir denken daran, ihn hierher zu bringen, damit er dich untersucht.«

»Wundervoll. Ich werde mir das Haar ausraufen und auf der Jagd nach imaginären Schmetterlingen durch den Raum geistern.«

»Ich glaube, bei einer Klage wegen Geistesgestörtheit können wir starke Argumente ins Feld führen.«

»Ich auch. Also tu es. Wir dürfen nichts unversucht lassen.«

»Wird gemacht.«

Sam rauchte ein paar Minuten und brütete vor sich hin. Sie schwitzten beide, und Adam brauchte frische Luft. Er hätte nur zu gern in seinem Wagen gesessen, die Fenster hochgekurbelt und die Klimaanlage eingeschaltet.

»Wann kommst du wieder?« fragte Sam.

»Montag. Und jetzt hör zu, Sam. Es ist kein erfreuliches Thema, aber wir müssen darüber reden. Du wirst irgendwann sterben. Vielleicht am 8. August, vielleicht auch erst in fünf Jahren. Bei deinem Zigarettenkonsum kann es nicht lange dauern.«

»Es ist nicht das Rauchen, das meine Gesundheit im Moment am stärksten bedroht.«

»Ich weiß. Aber deine Angehörigen, Lee und ich, müssen Vorbereitungen für deine Beisetzung treffen. Das geht nicht über Nacht.«

Sam starrte auf die Reihen von winzigen Dreiecken im Gitter. Adam kritzelte etwas auf seinen Block. Die Klimaanlage spuckte und zischte und bewirkte praktisch nichts.

»Deine Großmutter war eine prächtige Frau, Adam. Schade, daß du sie nicht gekannt hast. Sie hätte etwas Besseres verdient als mich.«

»Lee hat mir ihr Grab gezeigt.«

»Ich habe ihr viel Leid angetan, und sie hat es mit Fassung getragen. Begrabt mich neben ihr. Vielleicht kann ich ihr sagen, daß es mir leid tut.«

»Ich kümmere mich darum.«

»Tu das. Womit willst du die Grabstelle bezahlen?«

»Das laß meine Sorge sein, Sam.«

»Ich habe kein Geld, Adam. Ich habe es vor Jahren verloren, warum, liegt ja wohl auf der Hand. Ich habe das Land verloren und das Haus, es ist also nichts da, was ich hinterlassen könnte.«

»Hast du ein Testament gemacht?«

»Ja. Ich habe es selbst aufgesetzt.«

»Wir sehen es uns nächste Woche an.«

»Du versprichst, daß du Montag wiederkommst?«

»Ich verspreche es, Sam. Kann ich dir irgend etwas mitbringen?« Sam zögerte eine Sekunde und schien fast verlegen zu sein. »Weißt du, was ich wirklich gern hätte?« fragte er mit einem kindlichen Grinsen.

»Was? Du kannst alles haben, Sam.«

»Als ich klein war, war das Tollste ein Eskimo Pie.«

»Ein Eskimo Pie?«

»Ja, das ist ein Eis am Stiel. Vanilleeis mit einem Überzug aus Schokolade. Die habe ich immer gegessen, bis ich hierher kam. Ich glaube, die werden immer noch hergestellt.«

»Ein Eskimo Pie?« wiederholte Adam.

»Ja. Den Geschmack habe ich nie vergessen. Das großartigste Eis der Welt. Kannst du dir vorstellen, wie gut es mir in diesem Backofen hier schmecken würde?«

»Dann sollst du dein Eskimo Pie bekommen.«

»Bring lieber gleich mehrere.«

»Ich bringe ein Dutzend mit. Die essen wir dann gleich hier, während wir schwitzen.«

Sams zweiter Besucher am Samstag kam unerwartet. Er hielt an der Wachstation am Haupteingang an und wies sich mit einem Führerschein aus North Carolina aus, der sein Foto trug. Er erklärte der Wachhabenden, er wäre der Bruder von Sam Cayhall, und ihm wäre gesagt worden, er könne Sam von jetzt an bis zum Tag seiner Hinrichtung jederzeit besuchen. Er hätte gestern mit einem Mr. Holland gesprochen, der irgendwo in der Verwaltung saß, und Mr. Holland hätte ihm versichert, daß die Besuchsregeln für Sam Cayhall gelockert worden seien. Er könnte jederzeit zwischen acht und siebzehn Uhr kommen, an jedem beliebigen Wochentag. Die Frau ging in die Station und tätigte einen Anruf.

Fünf Minuten vergingen, in denen der Besucher geduldig in seinem Mietwagen saß. Die Frau tätigte zwei weitere Anrufe, dann notierte sie die Zulassungsnummer seines Wagens auf ihrem Clipboard. Sie wies den Besucher an, ein paar Meter entfernt zu parken, seinen Wagen abzuschließen und an der Wachstation zu warten. Er tat es, und wenige Minuten später erschien ein weißer Gefängnistransporter. Ein bewaffneter, uniformierter Wärter saß am Steuer und bedeutete dem Besucher, er solle einsteigen.

Der Wagen passierte die Kontrollen am Doppeltor des

Hochsicherheitstraktes und fuhr zum Haupteingang, wo zwei weitere Wärter warteten. Sie durchsuchten ihn auf den Eingangsstufen. Er hatte keine Päckchen oder Taschen bei sich.

Sie führten ihn um die Ecke herum und in den leeren Besucherraum. Er setzte sich auf einen Stuhl nahe der Mitte des Gitters. »Wir holen Sam«, sagte einer der Wärter. »Dauert ungefähr fünf Minuten.«

Sam tippte gerade einen Brief, als die Wärter vor seiner Tür erschienen. »Kommen Sie, Sam. Sie haben Besuch.«

Er hörte auf zu tippen und starrte sie an. Sein Ventilator summte auf Hochtouren, und im Fernsehen lief ein Baseballspiel. »Wer ist es?« fragte er.

»Ihr Bruder.«

Sam stellte die Schreibmaschine auf das Bücherregal und griff nach seinem Overall. »Welcher Bruder?«

»Wir haben ihm keine Fragen gestellt, Sam. Eben Ihr Bruder. Und nun kommen Sie.«

Sie legten ihm die Handschellen an, und er folgte ihnen. Sam hatte ursprünglich drei Brüder gehabt, aber der älteste war an einem Herzschlag gestorben, bevor Sam ins Gefängnis gekommen war. Donnie, mit einundsechzig der jüngste, lebte in der Nähe von Durham in North Carolina. Albert, siebenundsechzig Jahre alt, war gesundheitlich in sehr schlechter Verfassung und lebte in Ford County auf dem Lande. Donnie schickte jeden Monat die Zigaretten sowie einige Dollars und gelegentlich ein paar Zeilen. Albert hatte seit sieben Jahren nicht mehr geschrieben. Eine unverheiratete Tante hatte bis zu ihrem Tod im Jahre 1985 geschrieben. Die übrigen Cayhalls hatten Sam vergessen.

Es mußte Donnie sein, sagte er sich. Donnie war der einzige, dem genug an ihm lag, um ihn zu besuchen. Er hatte ihn seit zwei Jahren nicht mehr gesehen, und seine Schritte wurden flotter, als sie sich der Tür des Besucherraums näherten. Was für eine angenehme Überraschung.

Sam trat durch die Tür und richtete den Blick auf den Mann, der auf der anderen Seite des Gitters saß. Das Gesicht sagte ihm absolut nichts. Er schaute sich um und stellte fest, daß der Raum leer war, bis auf diesen einen Besucher, der ihn mit einem kühlen und stetigen Blick musterte. Die Wärter beobachteten ihn, während sie die Handschellen lösten, also lächelte Sam und nickte dem Mann zu. Dann starrte er die Wärter an, bis sie den Raum verließen und die Tür abschlossen. Er setzte sich seinem Besucher gegenüber, zündete sich eine Zigarette an und schwieg.

Irgend etwas an ihm kam ihm bekannt vor, aber er konnte ihn nicht identifizieren. Sie musterten sich durch die Öffnung im Gitter hindurch.

»Kenne ich Sie?« fragte Sam schließlich.

»Ja«, erwiderte der Mann.

»Woher?«

»Aus der Vergangenheit, Sam. Von Greenville und Jackson und Vicksburg. Von der Synagoge, dem Grundstücksmakler, dem Haus der Pinders und dem Büro von Marvin Kramer.«

»Wedge?«

Der Mann nickte langsam, und Sam schloß die Augen und blies den Rauch zur Decke. Er ließ seine Zigarette fallen und sackte auf seinem Stuhl zusammen. »Gott, ich hatte gehofft, du wärest tot.«

»Da muß ich dich enttäuschen.«

Sam funkelte ihn wütend an. »Du Dreckskerl«, sagte er mit zusammengebissenen Zähnen. »Dreckskerl. Dreiundzwanzig Jahre lang habe ich gehofft und geträumt, du wärest tot. Ich habe dich Tausende von Malen selbst umgebracht, mit bloßen Händen, mit Knüppeln und Messern und jeder Waffe, die es gibt. Ich habe dich bluten sehen und zugehört, wie du um Gnade gewinselt hast.«

»Tut mir leid, aber ich lebe noch, Sam.«

»Ich hasse dich mehr, als je ein Mensch gehaßt worden ist. Wenn ich jetzt eine Pistole hätte, würde ich dir den Kopf mit Blei vollpumpen und lachen, bis mir die Tränen kommen. Oh Gott, wie ich dich hasse.«

»Behandelst du all deine Besucher so, Sam?«

»Was willst du, Wedge?«

»Können sie uns hier drin hören?«

»Denen ist es scheißegal, was wir reden.«

»Aber sie könnten Wanzen angebracht haben.«

»Dann hau ab, du Idiot, hau einfach wieder ab.«

»Das werde ich gleich tun. Aber vorher wollte ich dir noch sagen, daß ich hier bin und alles ganz genau verfolge, und daß ich sehr zufrieden damit bin, daß mein Name bisher nicht erwähnt wurde. Ich hoffe stark, daß es dabei bleibt. Ich habe einige Übung darin, dafür zu sorgen, daß Leute den Mund halten.«

»Soll das eine Drohung sein?«

»Trag es einfach wie ein Mann, Sam. Stirb in Würde. Du warst mit mir zusammen. Du warst ein Komplize und ein Mitverschwörer, und vor dem Gesetz bist du genauso schuldig wie ich. Sicher, ich bin ein freier Mann, aber wer behauptet, das Leben wäre fair? Mach einfach so weiter und nimm dein kleines Geheimnis mit ins Grab, dann wird niemandem etwas passieren, okay?«

»Wo bist du gewesen?«

»Überall. Ich heiße nicht wirklich Wedge, also komm nicht auf irgendwelche dummen Gedanken. Ich habe nie Wedge geheißen. Nicht einmal Dogan kannte meinen wahren Namen. Ich wurde 1966 eingezogen, und ich wollte nicht nach Vietnam. Also ging ich nach Kanada und kam im Untergrund zurück. Und da bin ich seither gewesen. Es gibt mich nicht, Sam.«

»Du solltest auf dieser Seite sitzen.«

»Nein, da irrst du dich. Das sollte ich nicht, und du solltest es auch nicht. Du warst ein Idiot, als du nach Greenville zurückgekehrt bist. Das FBI hatte keinerlei Anhaltspunkte. Sie hätten uns nie erwischt. Ich war zu gerissen. Dogan war zu gerissen. Aber du warst das schwache Glied in der Kette. Es wäre sowieso das letzte Bombenattentat gewesen, weißt du? Bei den Toten und alledem. Es war Zeit, damit aufzuhören. Ich machte mich aus dem Staub und wäre nie in dieses elende Land zurückgekehrt. Du wärst heimgegangen zu deinen Hühnern und deinen Kühen. Wer weiß, was Dogan getan hätte. Und wenn du jetzt hier sitzt, Sam, so nur, weil du ein Blödmann warst.«

»Und du bist ein Blödmann, weil du heute hierher gekommen bist.«

»Wohl kaum. Niemand würde dir glauben, wenn du

jetzt anfangen würdest, Zeter und Mordio zu schreien. Die halten dich doch ohnehin alle für verrückt. Trotzdem wäre es mir lieber, wenn alles so bliebe, wie es ist. Ich will keinen Ärger. Nimm es einfach hin, was jetzt auf dich zukommt, Sam, und zwar schweigend.«

Sam zündete sich sorgfältig eine weitere Zigarette an und ließ die Asche auf den Boden fallen.

»Verschwinde, Wedge. Und komm nie wieder hierher.«

»Klar. Ich sage es nur ungern, Sam, aber ich hoffe, sie bringen dich in die Gaskammer.«

Sam stand auf und ging zur Tür. Ein Wärter öffnete sie und führte ihn ab.

Sie saßen im Kino ganz hinten und aßen Popcorn wie zwei Teenager. Das Kino war Adams Idee gewesen. Sie hatte drei Tage in ihrem Zimmer verbracht, mit dem Virus, und am Samstagmorgen hatte sie es überstanden. Er hatte ein Familienrestaurant ausgewählt, eines mit schnellem Essen und ohne Alkohol auf der Speisekarte. Sie hatte Pekannußwaffeln mit Schlagsahne gegessen.

Der Film war ein Western, politisch korrekt, die Indianer waren die Guten und die Cowboys der Abschaum. Alle Bleichgesichter waren böse und mußten am Ende sterben. Lee trank zwei große Dr. Peppers. Ihr Haar war sauber und über die Ohren zurückgekämmt. Ihre Augen waren wieder klar und hübsch. Sie hatte sich geschminkt, so daß die Wunden der vergangenen Woche nicht mehr zu sehen waren. Sie war so cool wie immer, in Jeans und Baumwollbluse. Und sie war nüchtern.

Über Donnerstagnacht, wo Adam vor ihrer Tür geschlafen hatte, war kaum ein Wort gefallen. Sie hatten sich geeinigt, daß sie später darüber sprechen würden, irgendwann in ferner Zukunft, wenn sie es verkraften konnte. Das war ihm recht. Sie balancierte auf einem unsicheren Hochseil, immer kurz davor, wieder in die dunklen Abgründe der Trunksucht abzustürzen. Er würde sie vor Leid und Verzweiflung beschützen. Er würde ihr das Leben angenehm und erfreulich machen. Keine weiteren Gespräche über Eddie. Keine Cayhall-Familiengeschichten mehr.

Sie war seine Tante, und er hatte sie sehr gern. Sie war zerbrechlich und krank, und sie brauchte seine kraftvolle Stimme und seine breiten Schultern.

35

Philip Naifeh erwachte sehr früh am Sonntagmorgen mit heftigen Herzschmerzen und wurde in aller Eile ins Krankenhaus von Cleveland gebracht. Er wohnte mit seiner Frau, mit der er seit einundvierzig Jahren verheiratet war, in einem modernen Haus auf dem Gelände von Parchman. Die Fahrt im Krankenwagen dauerte zwanzig Minuten, und als er in der Intensivstation eintraf, war sein Zustand stabil.

Seine Frau wartete besorgt auf dem Flur, während die Schwestern um sie herumeilten. Sie hatte schon einmal hier gewartet, drei Jahre zuvor, bei der ersten Herzattacke. Ein junger Arzt mit düsterer Miene teilte ihr mit, daß es sich nur um einen leichten Infarkt handelte, daß sein Herz stetig arbeitete und er mit medikamentöser Unterstützung jetzt ruhig schlief. Man würde ihn die nächsten vierundzwanzig Stunden eingehend überwachen, und wenn alles planmäßig verlief, würde er in weniger als einer Woche wieder zu Hause sein.

Es war ihm strengstens verboten, sich mit Dingen zu befassen, die mit Parchman zusammenhingen, und mit der Cayhall-Hinrichtung durfte er schon gar nichts zu tun haben. Nicht einmal einen Anruf vom Bett aus.

Der Schlaf fiel ihm immer schwerer. Adam hatte die Angewohnheit, im Bett noch eine Stunde zu lesen, und beim Studium hatte er gelernt, daß juristische Publikationen ein hervorragendes Schlafmittel waren. Aber jetzt machte er sich um so mehr Sorgen, je mehr er las. Sein Denken war erfüllt von den Ereignissen der vergangenen beiden Wochen – den Leuten, denen er begegnet war, den Dingen, die er erfahren hatte, den Orten, an denen er gewesen war. Und seine Gedanken wirbelten ununterbrochen um das, was noch kommen würde.

In der Nacht von Samstag auf Sonntag schlief er sehr unruhig und lag zwischendurch immer wieder für längere Zeit wach. Als er schließlich zum letztenmal aufwachte, war die Sonne bereits aufgegangen. Es war fast acht Uhr. Lee hatte angedeutet, daß sie sich vielleicht noch einmal als Küchenfee versuchen wollte. Früher, hatte sie gesagt, hätte sie sich sogar recht geschickt angestellt mit Eiern und Würstchen, und mit Dosenbrot konnte jeder umgehen. Doch als er seine Jeans anzog und ein T-Shirt überstreifte, roch er nichts.

In der Küche war niemand. Er rief ihren Namen und warf einen Blick auf die Kaffeekanne. Sie war halb voll. Ihre Schlafzimmertür stand offen, und das Licht war ausgeschaltet. Er schaute schnell in sämtliche Zimmer. Sie war auch nicht auf der Terrasse mit einer Tasse Kaffee und einer Zeitung vor der Nase. Ein unbehagliches Gefühl überkam ihn, das mit jedem leeren Zimmer bedrängender wurde. Er lief zum Parkplatz – keine Spur von ihrem Wagen. Er ging barfuß über den heißen Asphalt und fragte den Wachmann, wann sie abgefahren war. Der schaute auf sein Clipboard und teilte ihm mit, das wäre jetzt ungefähr zwei Stunden her. Sie wirkte ganz okay, sagte er.

Er fand die Lösung auf der Couch im Wohnzimmer, einen acht Zentimeter dicken Stapel aus Nachrichten und Anzeigen: die Sonntagsausgabe der *Memphis Press*. Sie war säuberlich so zusammengefaltet, daß die Stadtnachrichten obenauf lagen. Lees Gesicht prangte auf der ersten Seite dieses Teils, auf einem Foto, das vor Jahren bei einem Wohltätigkeitsball aufgenommen worden war. Es war eine Nahaufnahme von Mr. und Mrs. Phelps Booth, ganz Lächeln für die Kamera. Lee sah hinreißend aus in einem schulterfreien schwarzen Kleid. Phelps war modisch mit einer schwarzen Krawatte geschmückt. Sie schienen ein überaus glückliches Paar zu sein.

Die Story war Todd Marks' neueste Ausbeute in Sachen Cayhall. Die Serie wurde mit jedem Bericht reißerischer. Sie fing freundlich genug an, mit einer Wochen-Zusammenfassung der Ereignisse im Umkreis der bevorstehenden Hinrichtung. Die gleichen Namen wurden genannt – McAllister, Roxburgh, Lucas Mann und Naifeh und ihr stereotypes ›Kein Kommentar‹. Dann wurde der Artikel rasch niederträchtig, mit der unverfrorenen Bloßstellung von Lee Cayhall Booth, einem prominenten Mitglied der Gesellschaft von Memphis, der Frau des bedeutenden Bankiers Phelps Booth aus der berühmten und reichen Familie Booth, einer engagierten Sozialarbeiterin, Tante von Adam Hall und, man glaube es oder nicht, Tochter des berüchtigten Sam Cayhall.

Der Artikel war geschrieben, als hätte Lee selbst ein entsetzliches Verbrechen begangen. Er zitierte angebliche Freunde, ohne Namensnennung natürlich, die schockiert waren, als sie von ihrer wahren Identität erfuhren. Er berichtete über die Familie Booth und ihr Geld und sinnierte darüber, wie ein Aristokrat wie Phelps sich dazu hatte herablassen können, sich ehelich mit einer Sippe wie den Cayhalls zu verbinden. Er erwähnte ihren Sohn Walt und zitierte wieder ungenannte Quellen, die Vermutungen anstellten über seine Weigerung, nach Memphis zurückzukehren. Walt hatte nie geheiratet, wurde atemlos berichtet, und lebte in Amsterdam.

Und dann, und das war das Schlimmste, zitierte er eine weitere ungenannte Quelle und erzählte die Geschichte von einer Wohlfahrtsveranstaltung vor nicht allzu vielen Jahren, an der sowohl Lee als auch Phelps teilgenommen und bei der sie mit Ruth Kramer an einem Tisch gesessen hatten. Die Quelle war bei dem Essen gleichfalls zugegen gewesen und erinnerte sich ganz genau, wo alle gesessen hatten. Die Quelle war eine Freundin von Ruth und eine Bekannte von Lee, und sie war einfach fassungslos gewesen, als sie erfuhr, daß Lee einen solchen Vater hatte.

Ein kleineres Foto von Ruth Kramer begleitete die Story. Sie war eine gutaussehende Frau von Anfang Fünfzig.

Nach der sensationellen Bloßstellung von Lee lieferte der Bericht eine Zusammenfassung der mündlichen Verhandlung in New Orleans und der jüngsten Schachzüge der Verteidigung im Fall Cayhall.

Aufs Ganze gesehen war es eine schmierige Geschichte, deren einziger Verdienst es war, daß sie die tägliche Mordliste auf die zweite Seite verdrängte.

Adam warf die Zeitung auf den Fußboden und trank Kaffee. Sie war an diesem warmen Sonntagmorgen aufgewacht, zum erstenmal seit Tagen sauber und nüchtern, wahrscheinlich auch in wesentlich besserer Verfassung, und hatte es sich mit einer frischen Tasse Kaffee und der Zeitung auf der Couch bequem gemacht. Minuten später war sie ins Gesicht geschlagen und in den Bauch getreten worden, und jetzt war sie wieder verschwunden. Wohin ging sie in solchen Zeiten? Was war ihre Zuflucht? Bestimmt hielt sie sich von Phelps fern. Vielleicht hatte sie irgendwo einen Freund, der sie bei sich aufnahm und ihr Trost spendete, aber das kam ihm unwahrscheinlich vor. Er betete, daß sie nicht ziellos durch die Straßen fuhr, mit einer Flasche in der Hand.

Zweifellos herrschte an diesem Morgen helle Aufregung in den Häusern der Familie Booth. Ihr schmutziges kleines Geheimnis war gelüftet, in der Zeitung ausgebreitet, so daß alle Welt es lesen konnte. Wie würden sie mit der Demütigung fertigwerden? Man stelle sich vor, ein Booth heiratet eine solche Person und zeugt mit ihr ein Kind, und jetzt wußten es alle. Durchaus möglich, daß sich die Familie nie wieder davon erholte. Madame Booth war fraglos tief betroffen und jetzt vermutlich bettlägerig.

Gut für sie, dachte Adam. Er duschte und zog sich um, dann öffnete er das Verdeck des Saab. Er rechnete nicht damit, Lees kastanienbraunen Jaguar auf den leeren Straßen von Memphis zu entdecken, aber er fuhr trotzdem los. Er fing an der Front Street in der Nähe des Flusses an und kreuzte, während Springsteen aus den Lautsprechern dröhnte, ziellos in Richtung Osten, vorbei an den Krankenhäusern in der Union Street und den stattlichen Wohnhäusern in der Innenstadt und zurück zu den Sozialsiedlungen in der Nähe von Auburn House. Natürlich fand er sie nicht, aber die Fahrt war erholsam. Gegen Mittag war der Verkehr wesentlich dichter geworden, und Adam fuhr in sein Büro.

Sams einziger Besucher am Sonntag war wieder jemand, mit dem er nicht gerechnet hatte. Er rieb sich die Handgelenke, nachdem ihm die Handschellen abgenommen worden waren, und ließ sich dem grauhaarigen Mann gegenüber nieder, der da mit fröhlichem Gesicht und einem freundlichen Lächeln auf der anderen Seite des Gitters saß.

»Mr. Cayhall, ich heiße Ralph Griffin, und ich bin der Pastor hier in Parchman. Ich bin neu hier, deshalb sind wir uns bisher noch nicht begegnet.«

Sam nickte und sagte: »Ich freue mich, Sie kennenzulernen.«

»Ganz meinerseits. Ich bin sicher, Sie kannten meinen Vorgänger.«

»Ach ja, Reverend Rucker. Wo ist er jetzt?«

»Im Ruhestand.«

»Gut. Ich konnte ihn nicht ausstehen. Ich glaube nicht, daß er in den Himmel kommt.«

»Ja, ich habe gehört, daß er nicht sonderlich beliebt war.«

»Beliebt? Er wurde von allen hier verabscheut. Irgendwie haben wir ihm nie getraut. Ich weiß nicht, warum. Vielleicht, weil er für die Todesstrafe war. Können Sie sich das vorstellen? Er war von Gott dazu berufen worden, uns beizustehen, und dennoch war er der Meinung, daß wir sterben sollten. Sagte, es stünde in der Bibel. Sie wissen schon, die Auge-um-Auge-Geschichte.«

»Ich glaube, das hab' ich schon mal irgendwo gehört.«

»Bestimmt haben Sie das. Was für eine Art Pastor sind Sie? Welche Konfession?«

»Ich wurde als Baptist ordiniert, aber jetzt bin ich gewissermaßen konfessionslos. Ich könnte mir sowieso vorstellen, daß der Herr diese ganze Aufspaltung der Kirche in lauter Untergrüppchen längst satt hat.«

»Mich hat er auch satt.«

»Wie das?«

»Sie kennen doch Randy Dupree, auch ein Insasse hier. Er sitzt im selben Abschnitt wie ich, nur ein paar Zellen weiter. Vergewaltigung und Mord.«

»Ja. Ich habe seine Akte gelesen. Er war früher Prediger.«

»Wir nennen ihn Preacher Boy, und ihm ist vor kurzem

die geistige Gabe der Traumdeutung zuteil geworden. Außerdem singt und heilt er. Wenn man es ihm erlaubte, würde er vermutlich ein Gottesurteil suchen. Schlangen in die Hand nehmen oder so, Sie wissen schon, Markus-Evangelium, Kapitel sechzehn, Vers achtzehn. Also, jedenfalls hat er gerade seinen langen Traum ausgeträumt, über einen Monat hatte der sich hingezogen, wie eine von diesen Mini-Serien, und schließlich ist ihm offenbart worden, daß ich tatsächlich hingerichtet werde und daß Gott darauf wartet, daß ich reinen Tisch mache.«

»Das wäre gar kein schlechter Gedanke. Alles ins reine zu bringen.«

»Weshalb die Eile? Ich habe noch zehn Tage.«

»Sie glauben also an Gott?«

»Ja, das tue ich. Sind Sie für die Todesstrafe?«

»Nein, das bin ich nicht.«

Sam musterte ihn eine Weile, dann sagte er: »Ist das Ihr Ernst?«

»Töten ist ein Unrecht, Mr. Cayhall. Wenn Sie Ihr Verbrechen tatsächlich begangen haben, dann war es ein Unrecht, daß Sie getötet haben. Aber es ist auch ein Unrecht, wenn der Staat Sie tötet.«

»Halleluja, Bruder.«

»Wenn Sie mich fragen, wollte Jesus nicht, daß wir zur Strafe töten. Das hat er nicht gelehrt. Er hat Liebe und Vergebung gelehrt.«

»Genau so verstehe ich die Bibel. Wie in aller Welt haben Sie diesen Job hier bekommen?«

»Ein Vetter von mir ist im Senat.«

Sam lächelte über diese Antwort und kicherte vor sich hin. »Sie werden sich nicht lange halten. Sie sind zu ehrlich.«

»Nein. Mein Vetter ist Vorsitzender des Gefängnisausschusses und ziemlich einflußreich.«

»Dann sollten Sie beten, daß er wiedergewählt wird.«

»Das tue ich jeden Morgen. Ich wollte nur hereinschauen und mich vorstellen. Ich würde mich gern in den nächsten Tagen mit Ihnen unterhalten. Mit Ihnen beten, wenn Sie wollen. Ich habe noch nie eine Hinrichtung mitgemacht.«

»Ich auch nicht.«

»Haben Sie Angst?«

»Ich bin ein alter Mann, Reverend. In ein paar Monaten werde ich siebzig, wenn ich es noch erlebe. Manchmal ist der Gedanke ans Sterben ganz erfreulich. Es wird eine Erlösung sein, diesen elenden Ort verlassen zu können.«

»Aber Sie kämpfen nach wie vor.«

»Sicher, aber manchmal weiß ich nicht, warum. Es ist, als stürbe man langsam an Krebs. Es geht allmählich bergab, und man wird immer schwächer. Jeden Tag stirbt man ein wenig, und man kommt an den Punkt, an dem der Tod willkommen ist. Aber im Grunde will niemand sterben. Nicht einmal ich.«

»Ich habe über Ihren Enkel gelesen. Das muß eine Wohltat für Sie sein. Ich weiß, daß Sie stolz auf ihn sind.«

Sam lächelte und schaute zu Boden.

»Ich bin jedenfalls in der Nähe«, fuhr der Reverend fort. »Möchten Sie, daß ich morgen wiederkomme?«

»Das wäre nett. Lassen Sie mir etwas Zeit zum Nachdenken, okay?«

»Natürlich. Sie kennen die Vorschriften hier, nicht wahr? In Ihren letzten Stunden dürfen nur zwei Leute zugegen sein. Ihr Anwalt und Ihr geistlicher Berater. Es wird mir eine Ehre sein, Ihnen Gesellschaft leisten zu dürfen.«

»Danke. Und könnten Sie die Zeit finden, mit Randy Dupree zu reden? Der arme Junge dreht durch, und er braucht unbedingt Hilfe.«

»Ich werde es morgen tun.«

»Danke.«

Adam sah sich allein einen ausgeliehenen Film an, mit dem Telefon in Griffweite. Lee hatte nichts von sich hören lassen. Um zehn hatte er zwei Anrufe an die Westküste getätigt. Der erste galt seiner Mutter in Portland. Sie war ein wenig deprimiert, aber froh, von ihm zu hören, sagte sie. Sie erkundigte sich nicht nach Sam, und Adam erwähnte ihn nicht von sich aus. Er erzählte ihr, daß er hart arbeitete, daß er optimistisch sei und daß er vermutlich in ein paar Wochen nach Chicago zurückkehren würde. Sie hatte ein paar Artikel in den Zeitungen gelesen, und sie dachte an ihn. Lee geht es gut, sagte Adam.

Der zweite Anruf galt seiner jüngeren Schwester Carmen in Berkeley. Am Apparat in ihrer Wohnung meldete sich eine Männerstimme. Kevin Soundso, wenn Adam sich recht erinnerte, ihr ständiger Begleiter seit nunmehr etlichen Jahren. Kurz darauf kam Carmen an den Apparat und schien begierig, zu hören, was in Mississippi vorging. Auch sie hatte die Nachrichten genau verfolgt, und Adam machte auch ihr gegenüber in Optimismus. Sie machte sich Sorgen um ihn da unten inmitten all dieser gräßlichen Ku-Klux-Klan-Leute und Rassisten. Adam versicherte ihr, daß ihm keinerlei Gefahr drohe und alles ganz friedlich wäre. Die Leute wären erstaunlich höflich und zurückhaltend. Er wohnte bei Lee, und sie machten das Beste daraus. Zu Adams Überraschung erkundigte sie sich nach Sam – wie er war, wie er aussah, seine Einstellung, seine Bereitschaft, über Eddie zu sprechen. Sie fragte, ob sie herunterfliegen und Sam vor dem 8. August besuchen sollte, eine Idee, auf die Adam bisher nicht gekommen war. Er sagte, er würde darüber nachdenken und Sam fragen.

Er schlief bei eingeschaltetem Fernseher auf der Couch ein.

Um halb vier am Montagmorgen weckte ihn das Telefon. Eine unbekannte Stimme, die sich aber bald als die von Phelps Booth herausstellte. »Sie müssen Adam sein«, sagte er.

Adam setzte sich auf und rieb sich die Augen. »Ja, der bin ich.«

»Haben Sie Lee gesehen?« fragte Phelps, weder ruhig noch aufgeregt.

Adam warf einen Blick auf die Uhr über dem Fernseher. »Nein. Was ist passiert?«

»Sie hat Ärger. Die Polizei hat mich vor ungefähr einer Stunde angerufen. Sie haben sie gestern abend gegen zwanzig nach acht betrunken aufgegriffen und ins Gefängnis gebracht.«

»Oh, nein«, sagte Adam.

»Das ist nicht das erstemal. Sie wurde festgenommen,

verweigerte natürlich die Blutprobe und wurde für fünf Stunden in eine Ausnüchterungszelle gesteckt. Auf dem Papierkram hat sie meinen Namen angegeben, deshalb hat die Polizei mich angerufen. Ich bin sofort hingefahren, aber sie hatte bereits Kaution geleistet und das Gefängnis verlassen. Ich dachte, sie hätte vielleicht bei Ihnen angerufen.«

»Nein. Sie war nicht hier, als ich gestern morgen aufwachte, und das ist jetzt das erste, was ich von ihr höre. Wen könnte sie sonst noch angerufen haben?«

»Keine Ahnung. Es widerstrebt mir ziemlich, bei ihren Bekannten herumzutelefonieren und alle aufzuwecken. Vielleicht sollten wir einfach abwarten.«

Adam war ganz und gar nicht behaglich dabei zumute, daß er plötzlich in einer solchen Sache mitentscheiden sollte. Diese Leute waren schließlich seit dreißig Jahren verheiratet, wenn auch mehr schlecht als recht, und sie hatten diese Art von Zwischenfällen offensichtlich schon früher durchgemacht. Woher sollte er wissen, was zu tun war? »Sie hat das Gefängnis nicht in ihrem Wagen verlassen, oder?« fragte er zaghaft, obwohl er die Antwort schon kannte.

»Natürlich nicht. Jemand hat sie abgeholt. Was ein weiteres Problem aufwirft. Wir müssen ihren Wagen holen. Er steht auf dem Parkplatz neben dem Gefängnis. Ich habe bereits die Abschleppgebühren bezahlt.«

»Haben Sie einen Schlüssel?«

»Ja. Können Sie mir helfen, ihn zu holen?«

Adam erinnerte sich plötzlich an den Zeitungsartikel mit dem lächelnden Foto von Phelps und Lee und an die Spekulationen über die Reaktion der Familie Booth auf diesen Artikel. Er war sicher, daß sich ihre Wut vor allem gegen ihn richtete. Für sie war er schuld. Wenn er in Chicago geblieben wäre, wäre das alles nicht passiert.

»Natürlich. Sagen Sie mir nur, was …«

»Warten Sie beim Pförtnerhaus. Ich bin in zehn Minuten da.«

Adam putzte sich die Zähne, schnürte seine Nikes zu und verbrachte eine Viertelstunde damit, sich mit Willis, dem Wachmann, über dieses und jenes zu unterhalten. Ein schwarzer Mercedes, das längste Modell in der Geschichte, näherte sich und hielt an. Adam verabschiedete sich von Willis und stieg in den Wagen.

Sie gaben sich die Hand, weil es so üblich war. Phelps trug einen weißen Jogginganzug und eine Baseballmütze der Cubs. Er fuhr langsam die leere Straße entlang. »Ich nehme an, Lee hat Ihnen einiges über mich erzählt«, sagte er ohne eine Spur von Beunruhigung oder Bedauern.

»Ein paar Dinge«, sagte Adam vorsichtig.

»Nun, da gibt es eine Menge zu erzählen, also werde ich nicht fragen, worüber sie gesprochen hat.«

Eine sehr gute Idee, dachte Adam. »Wahrscheinlich ist es am besten, wenn wir uns über Baseball oder so etwas unterhalten. Sie sind offensichtlich ein Fan der Cubs.«

»Ich war seit jeher ein Fan der Cubs. Und Sie?«

»Natürlich auch. Es ist meine erste Saison in Chicago, und ich bin schon ein dutzendmal im Wrigley-Stadion gewesen. Ich wohne ganz in der Nähe.«

»Tatsächlich? Ich fahre drei- oder viermal im Jahr hin. Ich habe einen Freund, der eine Loge hat. Tue das seit Jahren. Wer ist Ihr Lieblingsspieler?«

»Sandberg, glaube ich. Und Ihrer?«

»Ich mag die alten Burschen, Ernie Banks und Ron Santo. Das waren die guten Zeiten des Baseballs, als die Spieler noch loyal waren und man wußte, wer von einem Jahr zum nächsten zum Team gehören würde. Heute weiß man das nie. Ich liebe das Spiel, aber die Habgier hat es verdorben.«

Adam kam es überaus merkwürdig vor, daß Phelps etwas gegen Habgier hatte. »Mag sein, aber die ersten hundert Jahre der Geschichte des Baseball sind geprägt von der Habgier der Finanziers der Vereine. Was ist falsch daran, wenn die Spieler so viel Geld herausholen wollen, wie sie bekommen können?«

»Wer ist fünf Millionen Dollar im Jahr wert?«

»Niemand. Aber wenn ein Rockstar fünfzig Millionen bekommt, weshalb sollte dann nicht auch ein Baseballspieler ein paar Millionen machen? Es ist Unterhaltung. Die Spieler machen das Spiel, nicht die Finanziers. Ich gehe ins Stadion, um die Spieler zu sehen, nicht weil der Verein im Augenblick der *Tribune* gehört.«

»Ja, aber schauen Sie sich die Preise für die Karten an. Fünfzehn Dollar, um sich ein Spiel ansehen zu können.«

»Die Besucherzahlen steigen. Den Fans scheint es nichts auszumachen.«

Sie fuhren durch die Innenstadt, menschenleer um vier Uhr morgens, und wenige Minuten später waren sie beim Gefängnis angekommen. »Hören Sie, Adam, ich weiß nicht, wieviel Lee Ihnen über ihr Trinkproblem erzählt hat.«

»Sie hat mir gesagt, daß sie Alkoholikerin ist.«

»Genau. Dies ist die zweite Anzeige wegen Trunkenheit am Steuer. Die erste konnte ich noch aus den Zeitungen heraushalten, aber ich weiß nicht, ob ich es auch diesmal schaffe. Sie ist plötzlich zu einem Thema geworden hier in der Stadt. Gott sei Dank, daß sie niemanden verletzt hat.« Phelps brachte den Wagen am Bordstein neben einem eingezäunten Parkplatz zum Stehen. »Sie hat ein halbes Dutzend Entziehungskuren hinter sich.«

»Ein halbes Dutzend? Mir hat sie gesagt, es wären drei gewesen.«

»Alkoholikern kann man nicht glauben. Ich weiß von mindestens fünf Kuren in den letzten fünfzehn Jahren. Ihr bevorzugtes Sanatorium ist eine teure kleine Suchtklinik namens Spring Creek. Sie liegt am Fluß, ein paar Meilen nördlich der Stadt, wirklich angenehm und friedlich da. Nur etwas für reiche Leute. Dort werden sie auf Entzug gesetzt und verhätschelt. Gutes Essen, Sport, Sauna, alles, was man sich nur vorstellen kann. Es ist so verdammt angenehm, daß ich glaube, die Leute wollen sogar dorthin. Jedenfalls habe ich so eine Ahnung, als würde sie im Laufe des Tages dort aufkreuzen. Sie hat ein paar Freunde, die ihr helfen werden, daß man sie aufnimmt. Sie ist in der Klinik ohnehin gut bekannt. Es ist eine Art zweites Zuhause für sie.«

»Wie lange wird sie dort bleiben?«

»Das ist unterschiedlich. Das Minimum ist eine Woche, aber sie ist auch schon einen Monat geblieben. Kostet zweitausend Dollar pro Tag, und natürlich schicken sie mir die Rechnung. Aber das macht mir nichts aus. Ich bezahle jede Summe, wenn ich ihr damit helfen kann.«

»Was kann ich tun?«

»Zuerst versuchen wir, sie zu finden. In ein paar Stunden beordere ich meine Sekretärinnen an die Telefone, und dann werden wir sie schon aufspüren. Wenn sie sich in diesem Zustand befindet, ist ihr Verhalten relativ absehbar, und ich bin sicher, daß sie in einem Sanatorium auftauchen wird, vermutlich in Spring Creek. Außerdem werde ich alles versuchen, um die Sache aus den Zeitungen herauszuhalten. Das wird nicht einfach sein angesichts der anderen Sachen, die gerade über sie geschrieben werden.«

»Es tut mir leid.«

»Sobald wir sie gefunden haben, müssen Sie sie besuchen. Nehmen Sie ein paar Blumen und Pralinen mit. Ich weiß, daß Sie viel zu tun haben, und ich weiß, was Ihnen bevorsteht in den nächsten – äh …«

»Neun Tagen.«

»Neun Tagen. Richtig. Versuchen Sie trotzdem, sie zu besuchen. Und wenn die Sache in Parchman überstanden ist, sollten Sie nach Chicago zurückkehren und sie in Ruhe lassen.«

»Sie in Ruhe lassen?«

»Ja. Das klingt hart, ist aber notwendig Es gibt viele Gründe für ihre vielen Probleme. Ich gebe zu, einer dieser Gründe bin ich, aber es gibt noch massenhaft andere Dinge, von denen Sie nichts wissen. Ihre Familie ist zum Beispiel so ein Grund. Sie hat Sie sehr gern, aber Sie rufen ihr auch Alpträume wieder ins Gedächtnis und eine Menge Leiden. Nehmen Sie es mir nicht übel, daß ich das sage. Ich weiß, es tut weh, aber es ist die Wahrheit.«

Adam starrte auf den Maschendrahtzaun auf der anderen Seite des Gehsteigs.

»Einmal war sie fünf Jahre lang nüchtern«, fuhr Phelps fort. »Und wir dachten, es würde für immer so bleiben. Dann wurde Sam verurteilt, und dann starb Eddie. Als sie von seiner Beerdigung zurückkehrte, fiel sie wieder in das schwarze Loch, und ich habe oft genug gedacht, daß sie niemals wieder herauskommen würde. Es ist am besten für sie, wenn Sie sich von ihr fernhalten.«

»Aber ich liebe sie.«

»Und sie liebt Sie. Aber Sie müssen sie aus der Ferne lieben. Schicken Sie ihr Briefe und Karten aus Chicago. Blumen zum Geburtstag. Rufen Sie sie einmal im Monat an und reden Sie über Filme und Bücher, aber vermeiden Sie den Familienkram.«

»Und wer kümmert sich um sie?«

»Sie ist fast fünfzig, Adam, und die meiste Zeit steht sie auf eigenen Füßen. Sie ist seit vielen Jahren Alkoholikerin, und es gibt nichts, was Sie oder ich dagegen tun könnten. Sie kennt die Krankheit. Sie bleibt nüchtern, wenn sie nüchtern bleiben will. Sie sind kein guter Einfluß. Und ich auch nicht, so leid es mir tut.«

Adam holte tief Luft und streckte die Hand nach dem Türgriff aus. »Es tut mir leid, Phelps, falls ich Sie und Ihre Familie in eine peinliche Situation gebracht habe. Es war nicht meine Absicht.«

Phelps lächelte und legte Adam eine Hand auf die Schulter. »Ob Sie es glauben oder nicht – meine Familie ist in vieler Hinsicht noch kaputter als Ihre. Wir haben schon Schlimmeres durchgemacht.«

»Das, Sir, ist schwer zu glauben.«

»Es ist die Wahrheit.« Phelps gab ihm ein Schlüsselbund und deutete auf ein kleines Gebäude hinter dem Zaun.

»Melden Sie sich dort drüben, dann zeigt man Ihnen den Wagen.«

Adam öffnete die Tür und stieg aus. Er sah zu, wie der Mercedes anfuhr und verschwand. Als Adam durch das Tor im Zaun ging, konnte er das eindeutige Gefühl nicht loswerden, daß Phelps Booth seine Frau immer noch liebte.

36

Die Nachricht von Naifehs Herzinfarkt ließ Colonel außer Dienst George Nugent ziemlich kalt. Dem Alten ging es relativ gut am Montagmorgen, er war außer Gefahr und lag behaglich im Bett; außerdem würde er in wenigen Monaten in Pension gehen. Naifeh war ein guter Mann, hatte aber seine beste Zeit längst hinter sich und machte nur weiter, um seine Rente aufzubessern. Nugent dachte daran, sich um die Position an der Spitze zu bewerben; er mußte nur die richtige Politik betreiben.

Im Augenblick jedoch hatte er wichtigere Dinge zu erledigen. Die Cayhall-Hinrichtung war nur noch neun Tage entfernt, eigentlich nur acht, weil sie auf eine Minute nach Mitternacht am Mittwoch nächster Woche angesetzt war, was bedeutete, daß der Mittwoch als weiterer Tag zählte, obwohl nur eine Minute davon verbraucht wurde. In Wirklichkeit war der nächste Dienstag der letzte Tag.

Auf seinem Schreibtisch lag ein in glänzendes Leder gebundenes Handbuch, auf dessen Deckel die Worte Mississippi-Protokoll aufgedruckt waren. Es war sein Meisterwerk, das Produkt von zwei Wochen sorgfältiger Arbeit. Er war entsetzt gewesen über die schludrigen Anweisungen und Instruktionen und Checklisten, die Naifeh für vorangegangene Hinrichtungen zusammengestoppelt hatte. Es war ein Wunder, daß sie überhaupt imstande gewesen waren, jemanden zu vergasen. Aber jetzt gab es einen Plan, ein detailliertes und sorgfältig ausgearbeitetes Handbuch, das seiner Meinung nach alles enthielt, was erforderlich war. Es war fünf Zentimeter dick und hatte achtzig Seiten, und natürlich stand über alledem sein Name.

Am Montagmorgen um Viertel nach acht betrat Lucas Mann sein Büro. »Sie kommen zu spät«, fauchte Nugent in dem Bewußtsein, daß jetzt er das Sagen hatte. Mann war nur ein simpler Anwalt. Nugent stand an der Spitze eines Hinrichtungs-Teams. Mann begnügte sich mit seiner Arbeit. Nugent aber hatte Aspirationen, die in den letzten vierundzwanzig Stunden erheblich gefördert worden waren.

»Na und?« sagte Mann und trat neben einen Stuhl gegenüber dem Schreibtisch. Nugent trug seine übliche dunkel-olivgrüne, völlig faltenfreie Hose und das brettsteif gestärkte dunkel-olivgrüne Hemd mit dem grauen T-Shirt darunter. Seine Stiefel waren auf Hochglanz poliert. Er marschierte zu einem Punkt hinter dem Schreibtisch. Mann haßte ihn.

»Wir haben noch acht Tage«, sagte Nugent, als wäre das nur ihm bekannt.

»Ich denke, es sind neun«, sagte Mann. Beide Männer standen.

»Der nächste Mittwoch zählt nicht. Uns bleiben noch acht Arbeitstage.«

»Wie Sie meinen.«

Nugent setzte sich steif auf seinen Stuhl. »Zweierlei. Erstens ist hier ein Handbuch, das ich für Hinrichtungen zusammengestellt habe. Ein Protokoll. Von A bis Z. Bis ins letzte durchgearbeitet, mit Register und Querverweisen. Ich möchte, daß Sie die darin zitierten Gesetze und Vorschriften überprüfen und sich vergewissern, daß alles auf dem neuesten Stand ist.«

Mann starrte auf das schwarze Buch, berührte es aber nicht.

»Und zweitens möchte ich täglich einen Bericht über den Stand sämtlicher Berufungen. Soweit mir bekannt ist, gibt es bis heute morgen keinerlei juristische Hindernisse.«

»Das ist richtig, Sir.«

»Ich möchte jeden Morgen etwas Schriftliches über den letzten Stand der Dinge.«

»Dann engagieren Sie einen Anwalt, Sir. Sie sind nicht mein Boß, und ich will verdammt sein, wenn ich Ihnen täglich einen kleinen Schriftsatz für Ihren Morgenkaffee liefere. Ich lasse Sie wissen, wenn sich etwas tut, aber ich werde Sie nicht mit Papier beliefern.«

Ah, die Frustrationen des Zivillebens. Nugent sehnte sich nach militärischer Disziplin. Verdammte Anwälte. »Na schön. Würden Sie bitte das Protokoll überprüfen?«

Mann schlug es auf und wendete ein paar Seiten um. »Wir haben vier Hinrichtungen ohne ein solches Ding bewerkstelligt.«

»Das wundert mich offen gestanden sehr.«

»Mich offen gestanden nicht. Wir haben gute Arbeit geleistet, wie ich zu meinem Bedauern sagen muß.«

»Hören Sie, Lucas, mir macht das auch keinen Spaß«, sagte Nugent ernst. »Philip hat mich gebeten, diese Sache zu übernehmen. Ich hoffe, es gibt einen Aufschub. Das tue ich wirklich. Aber wenn nicht, dann müssen wir vorbereitet sein. Ich möchte, daß alles reibungslos abläuft.«

Mann reagierte mit einem Kopfnicken auf die offensichtliche Lüge und nahm das Handbuch an sich. Nugent hatte noch keiner Hinrichtung beigewohnt, und er zählte die Stunden, nicht die Tage. Er konnte es einfach nicht abwarten, mit anzusehen, wie Sam auf dem Stuhl festgeschnallt wurde und das Gas einatmete.

Lucas nickte und verließ das Büro. Auf dem Flur begegnete ihm Bill Monday, der vom Staat bestellte Vollstrecker, zweifellos auf dem Weg zu einem kleinen Aufmunterungsgespräch in Nugents Büro.

Adam traf kurz vor drei Uhr nachmittags in der kleinen Bibliothek ein. Der Tag hatte mit der Aufregung über Lees Festnahme wegen Alkohol am Steuer begonnen, und er war nicht besser geworden.

Er hatte an seinem Schreibtisch Kaffee getrunken, gegen seine Kopfschmerzen angekämpft und versucht, einige Recherchen zu erledigen, als Darlene im Abstand von zehn Minuten zuerst ein Fax aus New Orleans und dann ein Fax vom Bezirksgericht brachte. Er hatte in beiden Fällen verloren. Das Fünfte Berufungsgericht bestätigte die bezirksgerichtliche Abweisung von Sams Klage, daß die Gaskammer verfassungswidrig, weil grausam und veraltet war, und das Bezirksgericht wies die Behauptung zurück, daß Benjamin Keyes beim Prozeß unzulänglichen Rechtsbeistand geleistet hatte. Adams Kopfschmerzen waren plötzlich vergessen. Nur eine Stunde später hatte der Death Clerk, Mr. Richard Olander, aus Washington angerufen und sich nach Adams Berufungsplänen erkundigt; außerdem wollte er wissen, ob noch weitere Eingaben von seiten der Verteidigung geplant waren. Er wies Adam darauf hin, daß nur noch acht Arbeitstage vor ihm lagen, als müßte Adam daran erinnert werden. Eine halbe Stunde nach Olander rief ein Angestellter des Fünften Berufungsgerichts an und fragte Adam, ob er gegen die Entscheidung des Bezirksgerichts Berufung einlegen wollte.

Adam hatte beiden Anrufern erklärt, daß er mit Hochdruck an seinen Berufungen arbeitete und versuchen würde, sie noch heute gegen Abend einzureichen. Wenn er es sich recht überlegte – es war ziemlich nervenaufreibend, mit einem derartigen Publikum Recht zu praktizieren. Im Augenblick gab es diverse Gerichte und Richter, die genau verfolgten, was er als nächstes tun würde. Justizbeamte riefen an und erkundigten sich, was er vorhatte. Der Grund war offensichtlich und entmutigend zugleich. Ihnen war es völlig gleichgültig, ob Adam nun auf die magische Strategie verfiel, die eine Hinrichtung verhinderte, oder nicht. Es ging ihnen nur um die Logistik. Die Death Clerks waren von ihren Vorgesetzten angewiesen worden, sich während der noch verbleibenden Tage ständig auf dem laufenden zu halten, damit die Gerichte schnell entscheiden konnten, in der Regel gegen den Verurteilten. Die Richter schätzten es nicht, Schriftsätze um drei Uhr nachts lesen zu müssen. Sie wollten, lange bevor die Eingaben offiziell eingereicht wurden, Kopien davon auf ihren Schreibtischen haben.

Phelps hatte ihn kurz vor Mittag im Büro angerufen und berichtet, daß es ihm nicht gelungen war, Lee zu finden. Er hatte sämtliche Sanatorien und Entziehungsanstalten im Umkreis von hundert Meilen überprüft, und nirgendwo war eine Lee Booth aufgenommen worden. Er suchte weiter, war aber zur Zeit sehr beschäftigt mit Sitzungen und dergleichen.

Sam traf eine halbe Stunde später in der Gefängnisbibliothek ein, in sehr gedrückter Stimmung. Er hatte die schlechten Neuigkeiten in den Mittagsnachrichten gehört, von dem Sender in Jackson, der einen Countdown der Tage lieferte. Nur noch neun. Er ließ sich am Tisch nieder und musterte Adam mit ausdrucksloser Miene. »Wo sind die Eskimo Pies?« fragte er traurig wie ein Kind, das Bonbons möchte.

Adam langte unter den Tisch und brachte eine kleine Kunststoff-Kühlbox zum Vorschein. Er stellte sie auf den Tisch und öffnete sie. »Sie hätten sie am Eingang beinahe konfisziert. Dann haben die Wärter sie durchsucht und damit gedroht, sie wegzuwerfen. Also genieße sie.«

Sam griff sich ein Eis, bewunderte es eine lange Weile, dann wickelte er sorgsam die Umhüllung ab. Er leckte an dem Schokoladenüberzug, dann biß er ein großes Stück ab und kaute es langsam mit geschlossenen Augen. »Kein guter Tag«, sagte er, am Eis leckend.

Adam schob ihm einige Papiere zu. »Hier sind beide Entscheidungen. Kurz und bündig und heftig gegen uns. Wir haben nicht viele Freunde bei diesen Gerichten, Sam.«

»Ich weiß. Aber wenigstens liebt mich der Rest der Welt. Ich will diesen Mist nicht lesen. Was tun wir als nächstes?«

»Wir werden beweisen, daß du zu verrückt bist, um hingerichtet zu werden. Daß du wegen deines fortgeschrittenen Alters nicht imstande bist, den Sinn deiner Bestrafung zu begreifen.«

»Funktioniert nicht.«

»Am Samstag hat dir die Idee gefallen. Was ist passiert?«

»Funktioniert nicht.«

»Weshalb nicht?«

»Weil ich nicht verrückt bin. Ich weiß ganz genau, weshalb ich hingerichtet werde. Du tust das, was die Anwälte am besten können – denkst dir ausgefallene Theorien aus und suchst dir dann teure Experten, die sie beweisen sollen.« Er biß ein großes Stück Eiskrem ab und leckte sich die Lippen.

»Willst du, daß ich aufgebe?« fuhr Adam ihn an.

Sam betrachtete seine gelben Fingernägel. »Vielleicht«, sagte er und fuhr dann schnell mit der Zunge über einen Finger.

Adam verließ seine übliche Anwaltsposition auf der anderen Seite des Tisches, setzte sich neben ihn und musterte ihn eingehend. »Was ist los, Sam?«

»Ich weiß es nicht. Ich habe nachgedacht.«

»Ich höre.«

»Als ich noch sehr jung war, kam mein bester Freund bei einem Autounfall ums Leben. Er war sechsundzwanzig, hatte gerade geheiratet und ein Kind bekommen, sein ganzes Leben lag noch vor ihm. Plötzlich war er tot. Ich habe ihn um dreiundvierzig Jahre überlebt. Mein ältester Bruder starb, als er sechsundfünfzig war. Ihn habe ich um dreizehn Jahre überlebt. Ich bin ein alter Mann, Adam. Ein sehr alter Mann. Ich bin müde. Mir ist nach Aufgeben zumute.«

»Das kann doch nicht dein Ernst sein.«

»Denk doch nur mal an die Vorteile. Du wirst den Druck los. Du bist nicht mehr gezwungen, die ganze nächste Woche wie ein Irrer herumzuhetzen und sinnlose Eingaben zu machen. Du hast nicht das Gefühl, versagt zu haben, wenn es vorbei ist. Ich verbringe meine letzten Tage nicht damit, um ein Wunder zu beten, sondern kann statt dessen meine Angelegenheiten in Ordnung bringen. Wir können mehr Zeit miteinander verbringen. Es macht eine Menge Menschen glücklich – die Kramers, McAllister, Roxburgh, die achtzig Prozent der Amerikaner, die für die Todesstrafe sind. Es wird ein glorreicher Moment für Gesetz und Ordnung sein. Ich kann mit ein bißchen Würde abtreten, anstatt auszusehen wie ein verzweifelter Mann, der Angst vorm Sterben hat. Der Gedanke hat viel für sich.«

»Was ist mit dir passiert, Sam? Am Samstag warst du doch noch bereit, es mit allem und jedem aufzunehmen.«

»Ich habe das Kämpfen satt. Ich bin ein alter Mann. Ich hatte ein langes Leben. Und was ist, wenn es dir gelingt, meine Haut zu retten? Ich muß hierbleiben, Adam. Du kehrst nach Chicago zurück und vergräbst dich in deine Arbeit. Ich bin sicher, daß du mich besuchen wirst, wann immer du kannst. Wir werden uns Briefe und Karten schreiben. Aber ich muß im Todestrakt leben. Du nicht. Du hast keine Ahnung.«

»Wir geben nicht auf, Sam. Noch haben wir eine Chance.«

»Das hast nicht du zu entscheiden.« Er hatte sein zweites Eis aufgegessen und wischte sich den Mund mit dem Ärmel ab.

»So gefällst du mir nicht, Sam. Du gefällst mir wesentlich besser, wenn du wütend und aufgebracht bist und kämpfst.«

»Ich bin müde, verstehst du das nicht?«

»Du kannst nicht zulassen, daß sie dich töten. Du mußt bis zum Ende kämpfen, Sam.«

»Weshalb?«

»Weil es ein Unrecht ist. Es ist unmoralisch vom Staat, wenn er dich tötet, und deshalb dürfen wir nicht aufgeben.«

»Aber wir werden verlieren.«

»Vielleicht. Vielleicht auch nicht. Aber du hast fast zehn Jahre lang gekämpft. Weshalb willst du jetzt eine Woche vor dem Ende aufgeben?«

»Weil es vorbei ist, Adam. Diese Sache ist an ihrem Endpunkt angekommen.«

»Mag sein, aber wir dürfen nicht aufgeben. Bitte, wirf jetzt nicht das Handtuch. Schließlich mache ich Fortschritte. Ich habe diesen Typen Beine gemacht.«

Sam brachte ein leises Lächeln und einen gönnerhaften Blick zustande.

Adam rückte näher heran und legte die Hand auf Sams Arm. »Ich habe mir mehrere neue Strategien ausgedacht«, sagte er eindringlich. »Schon morgen kommt ein Experte, um dich zu untersuchen.«

Sam sah ihn an. »Was für ein Experte?«

»Ein Psychiater.«

»Ein Psychiater?«

»Ja. Aus Chicago.«

»Ich habe schon mit so einer Psychotante geredet. Es ist nicht gut gelaufen.«

»Dieser Mann ist anders. Er arbeitet für uns, und er wird sagen, daß du deine geistigen Fähigkeiten eingebüßt hast.«

»Dann meinst du also, daß ich welche hatte, als ich hierher kam.«

»Ja, das meinen wir in der Tat. Dieser Psychiater wird dich morgen untersuchen, dann wird er rasch eine Expertise schreiben und erklären, daß du senil und geistesgestört bist, ein völliger Idiot, und wer weiß, was er sonst noch behaupten wird.«

»Woher weißt du, daß er das behaupten wird?«

»Weil wir ihn dafür bezahlen, daß er das behauptet.«

»Wer bezahlt ihn?«

»Kravitz & Bane, diese tüchtige jüdisch-amerikanische

Anwaltsfirma in Chicago, die du haßt, die sich aber den Arsch aufgerissen hat, um dich am Leben zu erhalten. Es war Goodmans Idee.«

»Muß ein feiner Experte sein.«

»Wir können nicht allzu wählerisch sein zu diesem Zeitpunkt. Er ist schon von einigen anderen Anwälten der Firma in verschiedenen Fällen eingeschaltet worden, und er sagt, was immer wir von ihm verlangen. Spiel einfach den Wunderlichen, wenn du mit ihm redest.«

»Das sollte nicht sonderlich schwierig sein.«

»Erzähl ihm all die Horrorgeschichten über diesen Bau. Sorg dafür, daß es sich grauenhaft und jammervoll anhört.«

»Das ist kein Problem.«

»Erzähl ihm, wie du im Laufe der Jahre abgebaut hast, und daß es besonders hart ist für einen Mann deines Alters. Du bist hier bei weitem der Älteste, Sam, also erzähl ihm, wie dir das zugesetzt hat. Trag dick auf. Er wird ein überzeugendes Gutachten schreiben, und ich renne damit zum Gericht.«

»Es wird nicht funktionieren.«

»Es ist einen Versuch wert.«

»Das Oberste Bundesgericht hat Texas gestattet, einen geistig zurückgebliebenen Jungen hinzurichten.«

»Wir sind hier nicht in Texas. Jeder Fall liegt anders. Arbeite einfach mit uns zusammen, okay?«

»Uns? Wen meinst du damit?«

»Mich und Goodman. Du hast gesagt, du haßt ihn nicht mehr, also dachte ich, er könnte auch seinen Teil an dem Spaß haben. Aber ernsthaft – ich brauche Hilfe. Es ist zuviel Arbeit für einen einzigen Anwalt.«

Sam schob seinen Stuhl vom Tisch zurück und stand auf. Er streckte Arme und Beine und begann, am Tisch entlangzuwandern und dabei seine Schritte zu zählen.

»Ich stelle gleich morgen früh beim Obersten Bundesgericht Antrag auf Revision«, sagte Adam nach einem Blick auf seine Checkliste. »Sie wird vermutlich abgewiesen, aber ich werde es trotzdem tun. Außerdem werde ich gegen die Entscheidung über die unzulängliche Rechtsberatung beim Fünften Berufungsgericht Widerspruch einlegen. Der Psychiater kommt morgen nachmittag, und Mittwoch morgen reiche ich dann die Klage wegen geistiger Unzurechnungsfähigkeit ein.«

»Ich würde lieber friedlich dahinscheiden, Adam.«

»Vergiß es, Sam. Wir geben nicht auf. Ich habe gestern abend mit Carmen telefoniert, und sie möchte kommen und dich besuchen.«

Sam setzte sich auf die Tischkante und betrachtete den Fußboden. Seine Augen waren halb geschlossen und traurig. Er paffte und blies Rauch auf seine Füße. »Weshalb sollte sie das tun wollen?«

»Ich habe sie nicht danach gefragt, und ich habe es auch nicht vorgeschlagen. Sie ist von selbst darauf gekommen. Ich habe gesagt, ich würde dich fragen.«

»Ich habe sie nie kennengelernt.«

»Ich weiß. Sie ist deine einzige Enkelin, Sam, und sie möchte kommen.«

»Ich will nicht, daß sie mich so sieht«, sagte er, auf seinen roten Overall deutend.

»Es würde ihr nichts ausmachen.«

Sam griff in die Kühlbox und nahm sich ein weiteres Eskimo Pie. »Möchtest du eins?« fragte er.

»Nein. Was ist mit Carmen?«

»Laß mich darüber nachdenken. Will Lee immer noch kommen?«

»Äh – natürlich. Ich habe sie ein paar Tage nicht gesprochen, aber ich bin sicher, daß sie es vorhat.«

»Ich dachte, du wohnst bei ihr?«

»Das tue ich. Sie ist verreist.«

»Laß mich darüber nachdenken. Im Moment bin ich dagegen. Ich habe Lee seit fast zehn Jahren nicht mehr gesehen, und ich will nicht, daß sie sich so an mich erinnert, wie ich jetzt bin. Sage ihr, ich denke darüber nach, aber im Augenblick ist mir nach Neinsagen.«

»Ich werde es ihr ausrichten«, versprach Adam, obwohl er nicht wußte, ob er sie in nächster Zeit sehen würde. Wenn sie tatsächlich in ein Sanatorium gegangen war, würde sie fraglos etliche Wochen dort bleiben.

»Ich werde froh sein, wenn das Ende kommt, Adam. Ich

habe das alles so satt.« Er nahm einen großen Bissen Eiskrem.

»Das kann ich verstehen. Aber laß uns noch ein Weilchen durchhalten.«

»Weshalb?«

»Weshalb? Das liegt doch auf der Hand. Ich will nicht während meiner gesamten juristischen Laufbahn unter dem Wissen leiden, daß ich meinen ersten Fall verloren habe.«

»Das ist kein schlechter Grund.«

»Großartig. Wir geben also nicht auf?«

»Fürs erste nicht. Laß den Psychiater kommen. Ich werde mich so verrückt wie möglich gebärden.«

»Das hört sich schon wesentlich besser an.«

Lucas Mann wartete am Vordereingang des Gefängnisses auf Adam. Es war fast fünf Uhr, die Temperatur war immer noch sehr hoch und die Luft immer noch stickig. »Haben Sie eine Minute Zeit?« fragte er durch das Fenster von Adams Wagen.

»Ich denke schon. Was liegt an?«

»Parken Sie dort drüben. Wir setzen uns in den Schatten.«

Sie gingen zu einem Picknicktisch neben dem Besucherzentrum und ließen sich in Sichtweite des nicht weit entfernten Highways unter einer riesigen Eiche nieder. »Mehreres«, sagte Mann. »Wie geht es Sam? Wie steht er es durch?«

»Den Umständen entsprechend. Weshalb fragen Sie?«

»Nur aus Mitgefühl. Bis jetzt hatten wir heute fünfzehn Anträge auf Interviews. Die Sache wird immer heißer. Die Presse ist unterwegs.«

»Sam redet mit niemandem.«

»Ein paar wollten mit Ihnen sprechen.«

»Ich rede auch mit niemandem.«

»In Ordnung. Wir haben ein Formular, das Sam unterschreiben muß. Damit werden wir schriftlich ermächtigt, den Reportern zu sagen, sie sollen sich zum Teufel scheren. Haben Sie von Naifeh gehört?«

»Ich habe es heute morgen in der Zeitung gelesen.«

»Er wird wieder gesund werden, aber er kann die Hinrichtung nicht leiten. Da ist ein Mann namens George Nugent, ein stellvertretender Direktor, der alles koordinieren wird. Er ist das Befehlen gewohnt. War früher beim Militär, ein richtiger Kommißhengst.«

»Das spielt für mich keine Rolle. Er kann das Todesurteil nicht vollstrecken, solange die Gerichte es nicht zulassen.«

»Richtig. Ich wollte nur, daß Sie wissen, was für ein Typ er ist.«

»Ich kann es kaum erwarten, ihn kennenzulernen.«

»Noch etwas. Ich habe einen Freund, einen alten Studienkollegen, der jetzt in der Administration beim Gouverneur arbeitet. Er hat mich heute morgen angerufen, und es sieht so aus, als machte sich der Gouverneur Gedanken wegen Sams Hinrichtung. Meinem Freund zufolge, der zweifellos vom Gouverneur beauftragt wurde, mir nahezulegen, daß ich mit Ihnen spreche, würde er gern mit Ihnen über ein Gnadengesuch reden, und zwar möglichst an einem der nächsten Tage.«

»Stehen Sie dem Gouverneur nahe?«

»Nein. Ich kann ihn nicht ausstehen.«

»Ich auch nicht. Und mein Mandant ebensowenig.«

»Deshalb wurde mein Freund vorgeschickt, um mich anzurufen und mich zu beknien. Angeblich hat der Gouverneur ernsthafte Bedenken, ob Sam überhaupt hingerichtet werden sollte.«

»Glauben Sie das?«

»Erscheint mir zweifelhaft. Schließlich hat sich der Gouverneur seinen Namen auf Kosten von Sam Cayhall gemacht, und ich bin sicher, daß er seinen Medienplan für die nächsten acht Tage bereits in der Tasche hat. Aber was haben Sie schon zu verlieren?«

»Nichts.«

»Es wäre keine schlechte Idee.«

»Ich bin durchaus dafür. Aber mein Mandant hat mir die strikte Anweisung erteilt, kein Gnadengesuch einzureichen und nicht mit dem Gouverneur zu reden.«

Mann zuckte die Achseln, als sei es ihm völlig egal, was

Sam tat. »Dann liegt es bei Sam. Hat er ein Testament gemacht?«

»Ja.«

»Was ist mit den Vorbereitungen für das Begräbnis?«

»Ich arbeite daran. Er möchte in Clanton begraben werden.«

Sie machten sich auf den Weg zum Haupteingang. »Die Leiche wird zu einem Bestattungsinstitut in Indianola gebracht, nicht weit von hier. Dort wird sie den Angehörigen übergeben. Alle Besucher müssen vier Stunden vor dem vorgesehenen Hinrichtungszeitpunkt gehen. Danach darf Sam nur noch zwei Personen bei sich haben, seinen Anwalt und seinen geistlichen Berater. Außerdem muß er seine zwei Zeugen benennen, wenn er welche haben will.«

»Ich werde mit ihm sprechen.«

»Wir brauchen die von ihm genehmigte Liste seiner Besucher zwischen jetzt und dann. Es sind in der Regel Familienangehörige und enge Freunde.«

»Das wird eine sehr kurze Liste sein.«

»Ich weiß.«

37

Alle Insassen des HST kannten die Prozedur, obwohl sie nie schriftlich festgelegt worden war. Die Veteranen, darunter Sam, hatten im Laufe der letzten acht Jahre vier Hinrichtungen miterlebt, und bei jeder war die Prozedur mit nur kleinen Variationen befolgt worden. Die Alteingesessenen redeten und flüsterten miteinander und belieferten die Neuankömmlinge, von denen die meisten mit wortlosen Fragen, wie es vor sich ging, im Todestrakt eintrafen, in der Regel rasch mit Beschreibungen der letzten Stunden. Und die Wärter redeten gern darüber.

Die letzte Mahlzeit wurde in einem kleinen Raum nahe der Vorderfront des Traktes eingenommen, der einfach das vordere Büro genannt wurde. Darin gab es einen Schreibtisch und ein paar Stühle, ein Telefon und eine Klimaanlage. In diesem Raum empfing der Verurteilte auch seine letzten Besucher. Er saß da und hörte zu, wie seine Anwälte ihm zu erklären versuchten, weshalb sich die Dinge nicht so entwickelt hatten wie geplant. Es war ein schlichter Raum mit vergitterten Fenstern. Auch das letzte Beisammensein mit der Ehefrau fand hier statt, falls dem Insassen danach zumute war. Vor der Tür standen Wärter und Verwaltungsbeamte herum.

Der Raum war nicht für die letzten Stunden vorgesehen gewesen, aber als Teddy Doyle 1980 als erster seit vielen Jahren hingerichtet werden sollte, wurde plötzlich ein solcher Raum für eine ganze Reihe von Zwecken gebraucht. Früher einmal hatte er einem Lieutenant gehört, dann einem Justizbeamten. Das Telefon auf dem Schreibtisch war das letzte, das der Anwalt des Verurteilten benutzte, wenn er den endgültigen Bescheid erhielt, daß es keinen weiteren Aufschub, keine weiteren Berufungen mehr geben würde. Danach machte er sich auf den weiten Weg zurück zu Abschnitt A, bis zum hinteren Ende, wo sein Mandant in der Observierungszelle wartete.

Die Observierungszelle unterschied sich in nichts von den regulären Zellen in Abschnitt A. Sie war nur acht Türen von Sams Zelle entfernt, einsachtzig mal zwei Meter siebzig groß, mit einem Bett, einem Ausguß und einer Toilette, genau wie die von Sam, genau wie die von allen anderen. Es war die letzte Zelle des Abschnitts und lag dem Isolierraum am nächsten, der direkt an die Gaskammer angrenzte. Am Tag vor der Hinrichtung wurde der Verurteilte zum letztenmal aus seiner Zelle geholt und in die Observierungszelle geführt. Auch seine persönliche Habe wurde dorthin gebracht, was gewöhnlich keine große Arbeit war. Dort wartete er. In der Regel verfolgte er sein persönliches Drama im Fernsehen und sah sich die Berichte der lokalen Sender über den Stand der Eingaben in letzter Minute an. Sein Anwalt wartete mit ihm, saß in der dunklen Zelle neben ihm auf dem dürftigen Bett und verfolgte gleichfalls die Nachrichtensendungen. Außerdem durfte sich ein Prediger oder geistlicher Berater in der Zelle aufhalten.

Der Todestrakt würde dunkel und totenstill sein. Einige der Insassen würden auf ihren Fernseher starren. Andere hielten sich durch die Gitterstäbe hindurch bei den Händen und beteten. Andere lagen auf ihren Betten und fragten sich, wann ihre Zeit kommen würde. Die nach außen gehenden Fenster über dem Flur waren sämtlich geschlossen und verriegelt. Der Trakt war für jedermann geschlossen. Aber es gab Stimmen zwischen den Abteilungen und etwas Licht, das von draußen einfiel. Für die Männer, die stundenlang in ihren winzigen Zellen saßen und alles hörten und sahen, war die Unruhe durch all die ungewohnten Aktivitäten nervenaufreibend.

Um elf würden der Direktor und sein Team Abschnitt A betreten und bei der Observierungszelle haltmachen. Zu diesem Zeitpunkt bestand praktisch keinerlei Hoffnung mehr auf einen Aufschub in letzter Minute. Der Verurteilte würde auf seinem Bett sitzen und die Hand seines Anwalts und seines Geistlichen halten. Der Direktor würde verkünden, daß es Zeit war, in den Isolierraum zu gehen. Die Zellentür würde klicken und sich öffnen, und der Verurteilte würde auf den Flur hinaustreten. Es würde ermutigende und beruhigende Rufe von den anderen Insassen geben, von denen viele weinten. Die Entfernung zwischen der Observierungszelle und dem Isolierraum beträgt nur knapp acht Meter. Der Verurteilte würde zwischen zwei Reihen von bewaffneten und massigen Wärtern hindurchgehen, den größten, die der Direktor finden konnte. Es gab nie irgendwelchen Widerstand. Er hätte nichts genützt.

Der Direktor würde den Verurteilten in einen kleinen Raum führen, drei mal drei Meter groß, leer bis auf ein Klappbett. Der Verurteilte würde sich auf das Bett setzen, mit dem Anwalt an seiner Seite. Zu diesem Zeitpunkt würde der Direktor, aus welchem Grund auch immer, das Bedürfnis verspüren, ein paar Augenblicke mit dem Verurteilten zu verbringen, als wäre er, der Direktor, die Person, mit der der Verurteilte sich als letztes unterhalten wollte. Schließlich würde der Direktor gehen. Der Raum würde still sein bis auf ein gelegentliches Geräusch aus dem Raum nebenan. Zu diesem Zeitpunkt waren die Gebete gewöhnlich abgeschlossen. Dem Verurteilten blieben nur noch Minuten.

Unmittelbar neben dem Isolierraum lag der eigentliche Kammerraum. Er war ungefähr viereinhalb mal dreieinhalb Meter groß, mit der Gaskammer im Zentrum. Der Vollstrecker würde bereits bei der Arbeit sein, während der Verurteilte im Isolierraum betete. Der Direktor, der Gefängnisanwalt, der Arzt und eine Handvoll Wärter waren mit Vorbereitungen beschäftigt. An der Wand gab es zwei Telefone für das Okay in der letzten Minute. Links davon befand sich ein kleiner Raum, in dem der Vollstrekker seine Chemikalien anmischte. Hinter der Kammer gab es eine Reihe von drei Fenstern, fünfundvierzig mal fünfundsiebzig Zentimeter groß, und fürs erste mit schwarzen Gardinen verhängt. Hinter den Fenstern lag der Zeugenraum.

Zwanzig Minuten vor Mitternacht würde der Arzt den Isolierraum betreten und an der Brust des Verurteilten ein Stethoskop befestigen. Dann würde er wieder gehen, und der Direktor würde eintreten und den Verurteilten in die Kammer bringen.

Der Kammerraum war immer voller Menschen, alle begierig zu helfen, alle im Begriff, zuzusehen, wie ein Mann starb. Sie würden ihn in die Gaskammer dirigieren, ihn festschnallen, die Tür verriegeln und ihn töten.

Es war eine relativ simple Prozedur mit nur geringen Variationen für den individuellen Fall. Buster Moac zum Beispiel saß auf dem Stuhl, bereits zur Hälfte angeschnallt, als im Kammerraum das Telefon läutete. Er wurde in den Isolierraum zurückgebracht und mußte sechs elende Stunden warten, bis sie ihn abermals holten. Jumbo Parris war der gerissenste von den vieren. Als er im Todestrakt gelandet war, konnte er auf jahrelange Erfahrungen mit Drogen zurückblicken, und so begann er bereits Tage vor seiner Hinrichtung, seinen Psychiater um Valium zu bitten. Er zog es vor, seine letzten Stunden allein zu verbringen, ohne Anwalt oder Geistlichen, und als sie kamen, um ihn aus der Observierungszelle zu holen, war er völlig hinüber. Er hatte offensichtlich das Valium gehortet und mußte in den Isolierraum geschleppt werden, wo er friedlich schlief. Dann wurde er in die Gaskammer geschleppt und erhielt seine letzte Dosis.

Es war eine humane und durchdachte Prozedur. Der Verurteilte blieb fast bis zum Ende in seiner Zelle, neben seinen Kumpanen. In Louisiana wurden sie aus dem Todestrakt herausgeholt und in ein kleines Gebäude gebracht, das Death House genannt wurde. Dort verbrachten sie ihre letzten drei Tage unter ständiger Überwachung. In Virginia brachte man sie in eine andere Stadt.

Sam war acht Türen von der Observierungszelle entfernt, ungefähr fünfzehn Meter. Dann weitere sechs Meter bis zum Isolierraum und noch einmal dreieinhalb Meter bis zur Kammer. Er hatte sich viele Male ausgerechnet, daß die Entfernung von einem Punkt in der Mitte seines Bettes bis zur Gaskammer schätzungsweise fünfundzwanzig und einen halben Meter betrug

Und er stellte am Dienstagmorgen diese Berechnung abermals an, während er ein weiteres Kreuz auf seinem Kalender eintrug. Acht Tage. Es war dunkel und heiß. Er hatte nur zeitweilig geschlafen und den größten Teil der Nacht damit verbracht, vor dem Ventilator auf seinem Bett zu sitzen. Bis zu Frühstück und Kaffee dauerte es noch eine Stunde. Dies würde Tag Nummer 3449 im Todestrakt sein, und darin war die Zeit, die er während seiner ersten beiden Prozesse im Gefängnis von Greenville verbracht hatte, nicht enthalten. Nur noch acht Tage.

Sein Laken war klatschnaß von Schweiß, und als er auf dem Bett lag und zum millionstenmal die Decke betrachtete, dachte er an den Tod. Der eigentliche Akt des Sterbens würde nicht allzu grauenhaft sein. Aus naheliegenden Gründen kannte niemand die exakten Auswirkungen des Gases. Vielleicht würden sie ihm eine extrastarke Dosis geben, damit er schon lange tot war, bevor sein Körper anfing, zu zucken und sich in Krämpfen zu winden. Vielleicht würde der erste Atemzug ihn bewußtlos machen. Auf jeden Fall würde es nicht lange dauern, das hoffte er jedenfalls. Er hatte mit angesehen, wie seine Frau unter großen Leiden an Krebs dahinsiechte. Er hatte erlebt, wie Verwandte alt und senil wurden. Bestimmt war dies eine bessere Methode, aus dem Leben zu scheiden.

»Sam?« flüsterte J. B. Gullitt. »Bist du wach?«

Sam ging zu seiner Tür und lehnte sich an die Gitterstäbe. Er konnte Gullitts Hände und Unterarme sehen. »Ja, ich bin wach. Scheint, als könnte ich nicht schlafen.« Er zündete sich die erste Zigarette des Tages an.

»Ich auch nicht. Sag mir, daß es nicht passieren wird, Sam.«

»Es wird nicht passieren.«

»Ist das dein Ernst?«

»Ja, mein voller Ernst. Mein Anwalt ist dabei, das schwere Geschütz aufzufahren. Er wird mich wahrscheinlich in ein paar Wochen hier herausgeholt haben.«

»Und warum kannst du dann nicht schlafen?«

»Der Gedanke, hier herauszukommen, regt mich so auf.«

»Hast du mit ihm über meinen Fall gesprochen?«

»Noch nicht. Er hat zuviel um die Ohren. Sobald ich draußen bin, kümmern wir uns um deinen Fall. Entspann dich und versuch, noch eine Weile zu schlafen.«

Gullitts Hände und Unterarme wurden langsam zurückgezogen, dann knarrte sein Bett. Sam schüttelte den Kopf über die Unwissenheit des Jungen. Er rauchte seine Zigarette zu Ende und warf den Stummel auf den Flur, ein Verstoß gegen die Vorschriften, der ihm eine Eintragung in seine Akte einbringen würde. Als ob ihn das noch kümmerte.

Er holte seine Schreibmaschine vom Regal. Er hatte noch etwas zu sagen und Briefe zu schreiben. Da draußen gab es Leute, mit denen er reden mußte.

George Nugent betrat den Hochsicherheitstrakt wie ein Fünf-Sterne-General und starrte mißbilligend auf die Haare und ungeputzten Stiefel eines weißen Wärters. »Lassen Sie sich die Haare schneiden«, knurrte er, »sonst mache ich Meldung. Und putzen Sie Ihre Stiefel.«

»Ja, Sir«, sagte der junge Mann und hätte beinahe salutiert.

Nugent drehte ruckartig den Kopf und nickte Packer zu, der ihn durch das Zentrum des Traktes zu Abschnitt A führte. »Nummer sechs«, sagte Packer, als die Tür aufglitt.

»Sie bleiben hier«, befahl Nugent. Seine Absätze klickten, als er den Flur entlangmarschierte und voller Abscheu in jede Zelle schaute. Vor Sams Zelle blieb er stehen und lugte hinein. Sam trug nur seine Boxershorts, und seine dünne, faltige Haut glänzte vor Schweiß, während er auf seine Schreibmaschine einhämmerte. Er musterte den Fremden, der ihn durch die Gitterstäbe hindurch anstarrte, dann widmete er sich wieder seiner Arbeit.

»Sam, mein Name ist George Nugent.«

Sam hieb auf ein paar Tasten. Der Name sagte ihm nichts, aber er nahm an, daß der Mann irgendwo hoch oben auf der Leiter arbeitete, da er Zutritt zum Todestrakt hatte. »Was wollen Sie?« fragte er, ohne aufzuschauen.

»Nun, ich wollte Sie kennenlernen.«

»Ganz meinerseits. Und nun verschwinden Sie wieder.«

Gullitt rechts und Henshaw links lehnten sich plötzlich an die Gitterstäbe, nur ein paar Schritte von Nugent entfernt. Sie kicherten über Sams Erwiderung

Nugent funkelte sie an, dann räusperte er sich. »Ich bin stellvertretender Direktor, und Philip Naifeh hat mich mit der Durchführung Ihrer Hinrichtung betraut. Es gibt ein paar Dinge, über die wir reden müssen.«

Sam konzentrierte sich auf seine Korrespondenz und fluchte, als er eine falsche Taste anschlug. Nugent wartete. »Könnten Sie mir vielleicht ein paar Minuten Ihrer wertvollen Zeit opfern, Sam?«

»Sie sollten ihn mit Mr. Cayhall anreden«, erklärte Henshaw hilfsbereit. »Er ist ein paar Jahre älter als Sie, und es bedeutet ihm sehr viel.«

»Woher haben Sie diese Stiefel?« fragte Gullitt und starrte auf Nugents Füße.

»Sie beide halten den Mund«, sagte Nugent streng. »Ich muß mit Sam reden.«

»Mr. Cayhall ist im Augenblick sehr beschäftigt«, sagte Henshaw. »Vielleicht sollten Sie später wiederkommen. Ich mache gern einen Termin für Sie aus.«

»Sind Sie so eine Art Arschloch vom Militär?« fragte Gullitt.

Nugent stand stocksteif da und blickte nach rechts und nach links. »Ich befehle Ihnen beiden, vom Gitter zu verschwinden. Ich muß mit Sam reden.«

»Wir lassen uns nichts befehlen«, sagte Henshaw.

»Und was wollen Sie dagegen tun?« fragte Gullitt. »Uns in Einzelhaft stecken? Uns mit Wurzeln und Beeren füttern? Uns an die Wände anketten? Weshalb lassen Sie uns nicht einfach umbringen?«

Sam stellte seine Schreibmaschine aufs Bett und trat an die Stäbe. Er tat einen langen Zug und blies den Rauch in Richtung Nugent. »Was wollen Sie?« fragte er.

»Ich brauche ein paar Dinge von Ihnen.«

»Zum Beispiel?«

»Haben Sie ein Testament gemacht?«

»Das geht Sie einen Scheißdreck an. Ein Testament ist ein privates Dokument, das erst eingesehen werden darf, wenn es bestätigt worden ist, und es wird erst nach dem Tode des Erblassers bestätigt. So lautet das Gesetz.«

»So ein Blödmann!« jaulte Henshaw.

»Das ist doch nicht zu fassen«, meldete sich Gullitt zu Wort. »Wo hat Naifeh nur diesen Idioten aufgelesen?« fragte er.

»Sonst noch etwas?« fragte Sam.

Nugents Gesicht änderte die Farbe. »Wir müssen wissen, was mit Ihrer Hinterlassenschaft geschehen soll.«

»Das steht in meinem Testament.«

»Ich hoffe, Sie wollen uns keine Schwierigkeiten machen, Sam.«

»Es heißt Mr. Cayhall«, sagte Henshaw noch einmal.

»Schwierigkeiten?« fragte Sam. »Weshalb sollte ich Schwierigkeiten machen? Ich habe die Absicht, voll und ganz mit dem Staat zu kooperieren, während er seines Amtes waltet, um mich zu töten. Ich bin ein guter Staatsbürger. Wenn ich könnte, würde ich wählen und Steuern zahlen. Ich bin stolz darauf, Amerikaner zu sein, ein Amerikaner irischer Abstammung. Und ich liebe meinen kostbaren Staat noch immer, obwohl er vorhat, mich zu vergasen. Ich bin ein Mustergefangener, George. Von mir haben Sie keinerlei Probleme zu erwarten.«

Packer, der am Ende des Flurs wartete, genoß die Szene von ganzem Herzen. Nugent war unbeeindruckt.

»Ich brauche eine Liste der Leute, die Ihrer Hinrichtung als Zeugen beiwohnen sollen. Sie dürfen zwei benennen.«

»Ich habe noch nicht aufgegeben, George. Lassen Sie uns damit noch ein paar Tage warten.«

»Von mir aus. Außerdem brauche ich die Liste Ihrer Besucher in den nächsten Tagen.«

»Nun, heute nachmittag kommt dieser Doktor aus Chicago. Er ist Psychiater, und er wird sich mit mir unterhalten. Und dann werden meine Anwälte zum Gericht laufen und sagen, daß Sie, George, mich nicht hinrichten können, weil ich verrückt bin. Er hätte bestimmt auch Zeit, Sie zu untersuchen, George, falls Sie es wünschen. Es dauert nicht lange.«

Henshaw und Gullitt brachen in brüllendes Gelächter aus, und binnen Sekunden waren die meisten Insassen des Abschnitts ihrem Beispiel gefolgt und lachten gleichfalls laut heraus. Nugent trat einen Schritt zurück und warf finstere Blicke in beide Richtungen des Flurs. »Ruhe!« brüllte er, aber das Gelächter nahm noch zu. Sam fuhr fort, zu rauchen und Rauch durch die Gitterstäbe zu blasen. In dem Gelächter waren Pfiffe und Beleidigungen zu hören.

»Ich komme wieder«, brüllte Nugent Sam wütend zu.

»Er kommt wieder!« brüllte Henshaw, und der Tumult wurde noch lauter. Der Kommandant stürmte davon, und als er rasch auf das Ende des Flurs zumarschierte, hallten »Heil Hitler«-Rufe durch den Abschnitt.

Sam lächelte einen Moment die Gitterstäbe an, und als der Lärm erstarb, kehrte er zu seinem Platz auf der Bettkante zurück. Er biß von seinem trockenen Toast ab, trank einen Schluck kalten Kaffee und setzte seine Arbeit fort.

Die nachmittägliche Fahrt nach Parchman war nicht gerade angenehm. Garner Goodman saß neben Adam, der fuhr, und sie redeten über Strategien und Verfahrensweisen und diskutierten die Möglichkeiten, die ihnen noch blieben. Goodman hatte vor, am Wochenende nach Memphis zurückzukommen, um während der letzten drei Tage verfügbar zu sein. Der Psychiater war Dr. Swinn, ein kalter, niemals lächelnder Mann in schwarzem Anzug Er hatte wirres, buschiges Haar und dunkle Augen hinter dicken Brillengläsern und war völlig unfähig zu einer unverbindlichen Unterhaltung. Seine Anwesenheit auf dem Rücksitz war nervenaufreibend. Von Memphis bis Parchman gab er kein einziges Wort von sich.

Adam und Lucas Mann waren übereingekommen, daß die Untersuchung im Gefängniskrankenhaus stattfinden sollte, einer bemerkenswert modernen Einrichtung. Dr. Swinn hatte Adam wortkarg mitgeteilt, daß weder er noch Goodman zugegen sein dürften, während er Sam untersuchte. Und das konnte Adam und Goodman nur recht sein. Ein Gefängnistransporter stand am Haupttor bereit und beförderte Dr. Swinn zum Krankenhaus tief im Innern des Geländes.

Goodman hatte Lucas Mann seit mehreren Jahren nicht mehr gesehen. Sie schüttelten sich die Hände wie alte Freunde und stürzten sich sofort in alte Geschichten über frühere Hinrichtungen. Adam war sehr froh darüber, daß Sam bei diesem Gespräch nicht zugegen war.

Sie gingen von Manns Büro über einen Parkplatz zu einem kleinen Gebäude hinter dem Verwaltungsbau. Das Gebäude war ein kleines Restaurant, das *The Place* genannt wurde und in dem die Büroangestellten und das Gefängnispersonal einfache Gerichte bekommen konnten, aber keinen Alkohol. Es lag auf einem Staats-Grundstück.

Sie tranken Eistee und unterhielten sich über die Zukunft der Todesstrafe. Sowohl Goodman als auch Mann waren der Ansicht, daß Hinrichtungen bald an der Tagesordnung sein würden. Das Oberste Bundesgericht schwenkte immer stärker nach rechts und hatte die endlosen Revisionen satt. Für die unteren Ebenen der Bundesgerichtsbarkeit galt das gleiche. Außerdem reagierten die amerikanischen Jurys in zunehmendem Maße auf die Intoleranz der Gesellschaft gegenüber Gewaltverbrechen. Es gab weniger Mitgefühl für die Insassen von Todestrakten, ein wesentlich größeres Verlangen, die Verbrecher schmoren zu lassen. Zur Finanzierung von Gruppen, die gegen die Todesstrafe agitierten, wurden immer weniger Bundes-Dollars bewilligt, und immer weniger Anwälte und ihre Firmen waren bereit, die gewaltigen *pro-bono*-Ausgaben zu tragen. Die Zahl der Insassen in den Todestrakten wuchs rascher als die Zahl der Anwälte, die bereit waren, ihre Fälle zu übernehmen.

Adam war von der Unterhaltung ziemlich gelangweilt. Er hatte all das schon hundertmal gehört und gelesen. Er entschuldigte sich und ging zu einem Münzfernsprecher in einer Ecke. Phelps war nicht im Hause, sagte eine junge Sekretärin, hatte aber eine Nachricht für Adam hinterlassen: keine Spur von Lee. In zwei Wochen mußte sie vor Gericht erscheinen; vielleicht würde sie dann auftauchen.

Darlene tippte Dr. Swinns Gutachten, während Adam und Garner Goodman an der dazugehörigen Eingabe arbeiteten. Das Gutachten war in der Rohfassung zwanzig Seiten lang und hörte sich an wie sanfte Musik. Swinn war ein Mietling, ein Mann, der seine Meinung an den Meistbietenden verkaufte, und Adam verabscheute ihn und seinesgleichen. Er reiste als professioneller Gutachter im Lande herum und war vollauf imstande, heute dies und morgen jenes zu sagen, je nachdem, wer den größten Geldbeutel hatte. Aber im Augenblick war er ihre Hure, und er war recht gut. Sam litt unter fortgeschrittener Senilität. Seine geistigen Fähigkeiten waren dermaßen verschlissen, daß er nicht imstande war, das Wesen seiner Bestrafung zu erkennen und zu begreifen. Ihm fehlte die für eine Hinrichtung erforderliche geistige Kompetenz, und deshalb würde die Hinrichtung keinerlei Zweck erfüllen. Es war kein ganz neues juristisches Argument, und die Gerichte hatten es auch nicht gerade begeistert aufgenommen. Aber, wie Adam sich jetzt jeden Tag sagte, was hatten sie schon zu verlieren? Goodman schien relativ optimistisch zu sein, in erster Linie in Anbetracht von Sams Alter. Er konnte sich nicht an die Hinrichtung eines Mannes erinnern, der mehr als fünfzig Jahre alt gewesen war.

Sie, Darlene eingeschlossen, arbeiteten fast bis elf Uhr.

38

Garner Goodman kehrte am Mittwochmorgen nicht nach Chicago zurück, sondern flog statt dessen nach Jackson, Mississippi. Der Flug dauerte eine halbe Stunde, kaum Zeit für eine Tasse Kaffee und ein halbaufgetautes Croissant. Am Flughafen mietete er einen Wagen und fuhr geradewegs zum Kapitol des Staates. Das Parlament machte Sommerpause, und es gab massenhaft freie Parkplätze. Wie viele der nach dem Bürgerkrieg erbauten ländlichen Gerichte war auch das Kapitol herausfordernd nach Süden ausgerichtet. Er blieb einen Moment stehen, um das Denkmal für die Frauen des Bürgerkriegs zu betrachten, verbrachte aber mehr Zeit damit, die prachtvollen japanischen Magnolien am Fuße der Treppe zu bewundern.

Vier Jahre zuvor, an den Tagen und in den Stunden vor der Hinrichtung von Maynard Tole, hatte Goodman die gleiche Reise zweimal unternommen. Damals war es ein anderer Gouverneur gewesen, ein anderer Mandant, ein anderes Verbrechen. Tole hatte im Verlauf einer zweitägigen Mordorgie mehrere Menschen umgebracht, und es war ziemlich schwierig gewesen, für ihn Mitgefühl zu erwekken. Er hoffte, daß das bei Sam Cayhall anders war. Er war ein alter Mann, der ohnehin im Laufe der nächsten fünf Jahre sterben würde. Sein Verbrechen war für viele Einwohner von Mississippi längst vergangene Geschichte. Und so weiter und so weiter.

Goodman hatte seine Argumente den ganzen Vormittag geprobt. Er betrat das Kapitol und staunte abermals über die Schönheit des Gebäudes. Es war eine kleinere Version des Bundeskapitols in Washington, und man hatte keinerlei Kosten gescheut. Es war 1910 von Strafgefangenen erbaut worden. Der Staat hatte den Erlös aus einem gewonnenen Prozeß gegen eine Eisenbahngesellschaft dazu benutzt, sich selbst dieses Denkmal zu errichten.

Er betrat das Büro des Gouverneurs im ersten Stock und

überreichte der reizenden Empfangsdame seine Karte. Der Gouverneur war an diesem Vormittag nicht im Hause, sagte sie, und ob er einen Termin hätte? Nein, erklärte Goodman höflich, aber es wäre sehr wichtig, und ob er mit Mr. Andy Larramore sprechen könnte, dem Chefanwalt des Gouverneurs?

Er wartete, während sie mehrere Telefongespräche führte, und eine halbe Stunde später erschien Mr. Larramore. Sie machten sich miteinander bekannt und verschwanden dann in einem schmalen Flur, der durch ein Labyrinth kleiner Büros führte. Larramores Domizil war vollgestopft und chaotisch wie der Mann selbst. Er war ein kleiner Mann mit einer auffälligen Wölbung um die Taille herum und überhaupt keinem Hals. Sein langes Kinn ruhte auf seiner Brust, und wenn er redete, verkniffen sich seine Augen, seine Nase und sein Mund. Es war ein gräßlicher Anblick. Goodman vermochte nicht zu sagen, ob er dreißig oder fünfzig war. Er mußte ein Genie sein.

»Der Gouverneur hält heute vormittag eine Rede vor Versicherungsmaklern«, sagte Larramore. Er hielt einen Terminplan in der Hand, als wäre er ein kostbares Juwel. »Und dann besucht er eine Schule in der Innenstadt.«

»Ich werde warten«, sagte Goodman. »Es ist sehr wichtig, und mir macht es nichts aus, mich solange hier aufzuhalten.«

Larramore legte das Blatt Papier beiseite und verschränkte die Hände auf dem Tisch. »Was ist aus diesem jungen Mann geworden, Sams Enkel?«

»Oh, er ist immer noch der erste Anwalt. Ich bin Leiter der *pro-bono*-Abteilung von Kravitz & Bane, deshalb bin ich hier, um ihm zur Seite zu stehen.«

»Wir verfolgen diese Sache sehr eingehend«, sagte Larramore, wobei sich sein Gesicht heftig zusammenzog, um sich dann am Ende jedes Satzes wieder zu entspannen. »Sieht so aus, als ginge es bis zum bitteren Ende.«

»Das tut es immer«, sagte Goodman. »Wie ernst ist es dem Gouverneur mit einer Anhörung über ein Gnadengesuch?«

»Ich bin sicher, daß er der Idee einer Anhörung nicht

abgeneigt ist. Der eigentliche Erlaß ist natürlich etwas ganz anderes. Das Gesetz läßt ihm breiten Spielraum, wie Sie sicher wissen. Er kann das Todesurteil aufheben und den Gefangenen unverzüglich freilassen. Er kann es in lebenslängliches Gefängnis umwandeln oder in eine kürzere Strafe.«

Goodman nickte. »Wird es möglich sein, daß ich selbst mit ihm rede?«

»Dem Terminplan zufolge soll er gegen elf wieder hiersein. Ich spreche dann mit ihm. Er wird vermutlich an seinem Schreibtisch essen, also könnte er Sie vielleicht gegen eins einschieben. Könnten Sie dann hiersein?«

»Ja. Aber das muß geheim bleiben. Unser Mandant lehnt eine solche Zusammenkunft strikt ab.«

»Lehnt er den Gedanken an eine Begnadigung ab?«

»Uns bleiben noch sieben Tage, Mr. Larramore. Wir lehnen überhaupt nichts ab.«

Larramore zog die Nase kraus und entblößte die obere Zahnreihe, dann griff er wieder nach dem Terminplan. »Seien Sie um eins hier. Ich werde sehen, was ich tun kann.«

»Danke.« Sie plauderten ziellos fünf Minuten lang, dann wurde Larramore von einer Reihe dringender Telefongespräche in Anspruch genommen. Goodman entschuldigte sich und verließ das Kapitol. Er blieb wieder bei den japanischen Magnolien stehen und zog sein Jackett aus. Es war halb zehn, und sein Hemd war feucht unter den Achseln und klebte ihm am Rücken.

Er ging südwärts in Richtung Capitol Street, die vier Blocks entfernt war und als die Hauptstraße von Jackson galt. Inmitten der Gebäude und des Verkehrs der Innenstadt stand der Wohnsitz des Gouverneurs majestätisch und mit der Fassade zum Kapitol auf gepflegtem Gelände. Es war ein großes Haus aus der Vorkriegszeit, von Zäunen mit Toren umgeben. In der Nacht, in der Tole hingerichtet wurde, hatte sich eine Handvoll Gegner der Todesstrafe vor den Toren versammelt und den Gouverneur laut beschimpft. Offensichtlich hatte er sie nicht gehört. Goodman blieb auf dem Gehsteig stehen und erinnerte sich an das Haus. Er und Peter Wiesenberg waren durch das Tor links von der Haupteinfahrt geeilt, mit ihrem letzten Ersuchen, wenige Stunden bevor Toole vergast wurde. Der damalige Gouverneur hatte gerade mit wichtigen Gästen bei einem späten Dinner gesessen und war ziemlich wütend gewesen über ihr Eindringen. Er lehnte ihre letzte Bitte um Begnadigung ab. Dann lud er sie in bester Südstaaten-Tradition ein, an dem Essen teilzunehmen.

Sie hatten höflich abgelehnt. Goodman erklärte dem Gouverneur, daß er so schnell wie möglich nach Parchman zurückkehren müßte, um bei seinem Mandanten zu sein, wenn er starb. »Seien Sie vorsichtig«, hatte der Gouverneur gesagt, dann hatte er sich wieder zu seiner Dinnerparty begeben.

Goodman fragte sich, wie viele Protestierer in wenigen Tagen an dieser Stelle stehen würden, rufend und betend, mit brennenden Kerzen in den Händen, Transparente schwenkend und McAllister zubrüllend, er sollte den alten Sam verschonen. Vermutlich nicht sehr viel.

Im zentralen Geschäftsviertel von Jackson herrscht nur selten Mangel an Büroräumen, und Goodman hatte wenig Mühe, zu finden, was er suchte. Ein Schild lenkte seine Aufmerksamkeit auf leerstehende Räume im zweiten Stock eines häßlichen Gebäudes. Er erkundigte sich bei der Empfangsdame einer Finanzierungsgesellschaft im Erdgeschoß, und eine Stunde später traf der Besitzer des Gebäudes ein und zeigte ihm das verfügbare Büro. Es waren zwei schäbige Räume mit abgetretenen Teppichen und Löchern im Gipskarton an den Wänden. Goodman trat an das einzige Fenster und schaute auf die Fassade des drei Blocks entfernten Kapitols. »Perfekt«, sagte er.

»Es kostet dreihundert pro Monat, zuzüglich Strom. Die Toilette ist draußen auf dem Flur. Mindestmietzeit sechs Monate.«

»Ich brauche es nur für zwei Monate«, sagte Goodman, griff in die Tasche und holte ein säuberlich zusammengefaltetes Bündel Geldscheine heraus.

Der Besitzer betrachtete das Geld und fragte: »In welcher Branche arbeiten Sie?«

»Marktanalysen.«

»Und wo kommen Sie her?«

»Aus Detroit. Wir denken daran, eine Filiale in diesem Staat zu gründen, und wir brauchen diese Räume für den ersten Anfang. Aber nur für zwei Monate. Alles in bar. Nichts Schriftliches. Wir werden wieder draußen sein, bevor Sie es mitbekommen. Und völlig lautlos arbeiten.«

Der Besitzer nahm das Geld und händigte Goodman zwei Schlüssel aus, einen für das Büro, den anderen für den Eingang an der Congress Street. Sie gaben sich die Hand, und das Geschäft war abgeschlossen.

Goodman verließ die verwahrloste Bude und kehrte zu seinem Wagen beim Kapitol zurück. Unterwegs kicherte er über den Plan, den er gerade in die Tat umsetzte. Es war Adams Idee gewesen, ein weiterer Schuß ins Blaue in einer langen Reihe von verzweifelten Versuchen, Sams Leben zu retten. Es war nichts Illegales daran. Die Kosten würden gering sein, und wen kümmerten zu diesem Zeitpunkt schon ein paar Dollar? Schließlich war er Mister *Pro bono*, und was er tat, erfüllte seine Kollegen mit sehr viel Stolz und Selbstgerechtigkeit. Niemand, nicht einmal Daniel Rosen, würde seine Ausgaben für eine bescheidene Miete und ein paar Telefone beanstanden.

Nach drei Wochen als Anwalt eines Todeskandidaten fing Adam an, sich nach der Verläßlichkeit seines Büros in Chicago zu sehnen, sofern er dort überhaupt noch ein Büro hatte. Am Mittwoch war er vor zehn mit seinem Antrag im Rahmen des Rechtsschutzes für bereits Verurteilte fertig. Er hatte mit vier verschiedenen Gerichtsbeamten gesprochen und dann mit einem Gerichtsadministrator. Zweimal hatte er mit Richard Olander in Washington über die Klage gegen die Gaskammer telefoniert und außerdem mit einem Beamten beim Fünften Berufungsgericht in New Orleans über die Klage wegen unzulänglicher Rechtsberatung.

Die Eingabe mit der Behauptung von Sams geistiger Umnachtung befand sich jetzt in Jackson, per Fax übermittelt; das Original war per Expreß auf den Weg gebracht. Adam war gezwungen, den Gerichtsadministrator höflich zu bitten, die Dinge zu beschleunigen. Beeilen Sie sich und weisen Sie sie ab, sagte er, wenn auch nicht mit diesen Worten. Falls ein Aufschub der Hinrichtung angeordnet werden sollte, dann würde die Anordnung höchstwahrscheinlich von einem Bundesrichter kommen.

Jede neue Klage brachte einen schwachen neuen Hoffnungsstrahl mit sich und, wie Adam schnell lernte, auch die Möglichkeit eines abermaligen Unterliegens. Jede Klage mußte vier Hindernisse überwinden, bevor sie endgültig erledigt war – das Gericht des Staates Mississippi, das Bundes-Bezirksgericht, das Fünfte Bundes-Berufungsgericht und das Oberste Bundesgericht. Deshalb waren die Aussichten auf Erfolg äußerst gering, zumal in diesem Stadium des Verfahrens. Sämtliche stichhaltigen Anträge waren bereits vor Jahren von Wallace Tyner und Garner Goodman gestellt worden. Adam pickte jetzt lediglich die Krümel auf.

Der zuständige Beamte beim Fünften Berufungsgericht bezweifelte, daß sich das Gericht auf eine weitere mündliche Verhandlung einlassen würde, zumal es den Anschein hatte, als reichte Adam jeden Tag neue Eingaben ein. Das Gremium von drei Richtern würde vermutlich nur anhand der Schriftsätze entscheiden. Wenn die Richter seine Stimme zu hören wünschten, würde man von der Möglichkeit einer Konferenzschaltung Gebrauch machen.

Richard Olander rief erneut an und informierte Adam, daß sein Begehren auf Übernahme des Falles eingegangen war. Nein, er glaubte nicht, daß das Gericht eine mündliche Verhandlung wünschen würde. Nicht zu diesem späten Zeitpunkt. Außerdem teilte er Adam mit, daß er per Fax eine Kopie der neuen Klage wegen geistiger Umnachtung erhalten hatte, und er würde ihren Weg durch die Gerichte verfolgen. Er fragte abermals, welche weiteren Klagen Adam noch einzubringen gedächte, aber das wollte Adam ihm nicht sagen.

Richter Slatterys Kanzlist Breck Jefferson, der Mann mit der ewig finsteren Miene, rief an und teilte Adam mit, daß Seine Ehren per Fax eine Kopie der neuen, beim Gericht des Staates Mississippi eingereichten Klage erhalten hatte. Seine Ehren hielt offen gestanden nicht viel davon, würde sie aber trotzdem eingehend erwägen, sobald sie bei seinem Gericht eingegangen war.

Es bereitete Adam eine gewisse Genugtuung, daß es ihm gelungen war, vier Gerichte gleichzeitig in Trab zu halten.

Um elf rief Morris Henry, der berüchtigte Dr. Death im Büro des Justizministers, an und teilte Adam mit, daß die letzte Runde der Strohhalm-Eingaben, wie er sie nannte, eingegangen wäre und daß Mr. Roxburgh ein Dutzend Anwälte mit der Abfassung des einschlägigen Papierkrams beauftragt hätte. Henry war freundlich genug am Telefon, aber die Botschaft seines Anrufes war deutlich – wir haben massenhaft Anwälte, Adam.

Der Papierkram wurde jetzt kiloweise produziert, und der kleine Konferenztisch war mit säuberlichen Stapeln davon bedeckt. Darlene war ständig beschäftigt – machte Kopien, übermittelte telefonische Botschaften, holte Kaffee, las Schriftsätze und Eingaben Korrektur. Sie hatte ihre Ausbildung auf dem langatmigen Feld der Bundesanleihen erhalten, deshalb schüchterten die detaillierten und voluminösen Dokumente sie nicht ein. Mehr als einmal erklärte sie, daß dies eine aufregende Abwechslung gegenüber ihrer normalen Plackerei war. »Was ist aufregender als eine nahe bevorstehende Hinrichtung?« fragte Adam.

Sogar Baker Cooley schaffte es, sich vom neuesten Stand der Dinge in den Bundesvorschriften für Bankgeschäfte loszureißen und für eine Minute hereinzuschauen.

Phelps rief gegen elf an und fragte, ob Adam sich mit ihm zum Lunch treffen wollte. Adam wollte es nicht und entschuldigte sich mit Termindruck und unberechenbaren Richtern. Keiner hatte etwas von Lee gehört. Phelps sagte, sie wäre schon früher verschwunden, aber nie für länger als zwei Tage. Er machte sich Sorgen und dachte daran, einen Privatdetektiv anzuheuern. Er würde sich wieder melden.

»Draußen ist eine Reporterin, die Sie sprechen möchte«, sagte Darlene und gab ihm eine Visitenkarte, die die Anwesenheit von Anne L. Piazza, Korrespondentin von *Newsweek*, ankündigte. Sie war an diesem Mittwoch der dritte Reporter, der sich um ein Interview bemühte. »Sagen

Sie ihr, es täte mir leid«, sagte Adam ohne eine Spur von Bedauern.

»Das habe ich ihr bereits gesagt, aber ich dachte, da sie von *Newsweek* kommt, würden Sie es vielleicht wissen wollen.«

»Mir ist es gleich, wer sie ist. Sagen Sie ihr, daß der Mandant gleichfalls nichts sagen wird.«

Sie eilte hinaus, weil das Telefon läutete. Es war Goodman, der aus Jackson berichtete, daß er um eins mit dem Gouverneur zusammentreffen würde. Adam informierte ihn über die sich überschlagenden Ereignisse und die Anrufe.

Um halb eins brachte Darlene ihm ein Sandwich. Adam schlang es hinunter und machte dann auf seinem Stuhl ein Nickerchen, während sein Computer einen weiteren Schriftsatz ausspie.

Goodman blätterte in einer Autozeitschrift, während er allein im Empfangszimmer vor dem Büro des Gouverneurs wartete. Dieselbe hübsche Sekretärin bearbeitete zwischen Telefonanrufen an ihrer Schaltzentrale ihre Fingernägel. Ein Uhr kam und ging ohne Kommentar. Dann halb zwei. Die Empfangsdame, jetzt mit prachtvoll pfirsichfarbenen Nägeln, entschuldigte sich um zwei. Kein Problem, sagte Goodman mit einem warmen Lächeln. Das Schöne an einem Dasein als *pro-bono*-Anwalt war, daß Arbeit nicht nach Zeit gemessen wurde. Erfolg bedeutete, daß man Leuten half, ohne Rücksicht auf anrechenbare Stunden.

Um Viertel nach zwei erschien aus dem Nirgendwo eine offenbar sehr tüchtige junge Frau in einem dunklen Kostüm und näherte sich Goodman. »Mr. Goodman, ich bin Mona Stark, die Stabschefin des Gouverneurs. Der Gouverneur steht Ihnen jetzt zur Verfügung.« Sie lächelte korrekt, und Goodman folgte ihr durch eine Doppeltür und in einen langen, formellen Raum mit einem Schreibtisch an einem und einem Konferenztisch weit davon entfernt am anderen Ende.

McAllister stand am Fenster, ohne Jackett, mit gelockerter Krawatte und aufgekrempelten Hemdsärmeln, ganz der vielbeschäftigte und überarbeitete Diener des Volkes. »Hallo, Mr. Goodman«, sagte er mit ausgestreckter Hand und strahlend aufblitzenden Zähnen.

»Es ist mir ein Vergnügen, Gouverneur«, sagte Goodman. Er hatte keinen Aktenkoffer bei sich, keines der Standard-Accessoires eines Anwalts. Er sah aus, als wäre er gerade vorbeigekommen und hätte beschlossen, einmal beim Gouverneur hereinzuschauen.

»Mr. Larramore und Mrs. Stark kennen Sie bereits«, sagte McAllister mit einer Handbewegung zu beiden.

»Ja. Danke, daß Sie mich so kurzfristig empfangen konnten.« Goodman versuchte, ein ebenso strahlendes Lächeln zustande zu bringen, aber es war hoffnungslos. Im Augenblick war er überaus demütig und wußte zu würdigen, daß er sich überhaupt in diesem grandiosen Büro befand.

»Setzen wir uns dort drüben hin«, sagte der Gouverneur, deutete auf den Konferenztisch und machte sich als erster auf den Weg. Die vier ließen sich an entgegengesetzten Seiten des Tisches nieder. Larramore und Mona zückten ihre Stifte, bereit, sich eingehende Notizen zu machen. Goodman hatte nichts vor sich als seine Hände.

»Soweit ich informiert bin, sind in den letzten Tagen etliche Berufungsklagen eingebracht worden«, sagte McAllister.

»Ja, Sir. Es ist reine Neugierde – aber haben Sie so etwas schon einmal durchgemacht?«

»Nein. Gott sei Dank nicht.«

»Nun, das ist nichts Ungewöhnliches. Wir werden bis zum letzten Augenblick Eingaben machen.«

»Darf ich Sie etwas fragen, Mr. Goodman?« sagte der Gouverneur ernst.

»Natürlich.«

»Ich weiß, daß Sie schon in vielen derartigen Fällen tätig gewesen sind. Wie lautet Ihre Vorhersage zu diesem Zeitpunkt? Wie kritisch wird es werden?«

»Das kann man nie wissen. Sam unterscheidet sich ein wenig von den anderen Insassen des Todestraktes, weil er gute Anwälte gehabt hat – einen guten Prozeßanwalt und dann hervorragende Berufungsarbeit.«

»Von Ihnen, soweit mir bekannt ist.«

Goodman lächelte, dann lächelte McAllister, dann produzierte Mona ein Lächeln. Larramores Gesicht hing nach wie vor über seinem Notizblock, aber es verzog sich unter heftiger Konzentration.

»So ist es. Also sind Sams stichhaltige Argumente bereits abgewiesen worden. Was Sie jetzt sehen, sind die Verzweiflungsschritte, aber sie tun oft ihre Wirkung. Ich würde sagen, fünfzig zu fünfzig, bei noch sieben Tagen.«

Mona hielt das rasch auf dem Papier fest, als wäre es von größter juristischer Bedeutung. Larramore hatte bisher jedes Wort mitgeschrieben.

McAllister dachte ein paar Sekunden darüber nach. »Ich sehe da nicht ganz klar, Mr. Goodman. Ihr Mandant weiß nicht, daß wir hier beisammen sitzen. Er will nichts von einer Anhörung wegen eines Gnadengesuchs wissen. Sie wollen, daß diese Zusammenkunft geheim bleibt. Also weshalb sind wir hier?«

»Die Dinge ändern sich, Gouverneur. Ich bin schon viele Male hier gewesen. Ich habe miterlebt, wie Männer ihre letzten Tage zählten. Das bewirkt seltsame Dinge in ihrem Denken. Die Leute ändern sich. Und als Anwalt darf ich nichts außer acht lassen.«

»Sie wünschen eine Anhörung?«

»Ja, Sir. Eine nicht-öffentliche Anhörung.«

»Wann?«

»Wie wäre es mit Freitag?«

»In zwei Tagen«, sagte McAllister und schaute dabei zum Fenster hinaus. Larramore räusperte sich und sagte: »Mit welchen Zeugen rechnen Sie?«

»Gute Frage. Wenn ich Namen hätte, würde ich sie Ihnen jetzt gleich nennen, aber ich habe sie nicht. Unsere Stellungnahme wird kurz sein.«

»Wer wird für den Staat aussagen?« frage McAllister Larramore, dessen feuchte Zähne glänzten, während er nachdachte. Goodman schaute weg.

»Ich bin sicher, daß die Familie der Opfer etwas sagen will. Gewöhnlich wird das Verbrechen erörtert. Vielleicht sollte auch jemand vom Gefängnis erscheinen und darlegen, was für ein Gefangener er gewesen ist. Diese Anhörungen werden recht flexibel gehandhabt.«

»Über das Verbrechen weiß ich mehr als sonst jemand«, sagte McAllister fast zu sich selbst.

»Es ist eine merkwürdige Situation«, gestand Goodman. »Ich habe schon einer ganzen Reihe von derartigen Anhörungen beigewohnt, und gewöhnlich ist der Ankläger der erste Zeuge, der gegen den Angeklagten aussagt. In diesem Fall waren Sie der Ankläger.«

»Weshalb wollen Sie eine nicht-öffentliche Anhörung?«

»Der Gouverneur ist seit langem ein Befürworter öffentlicher Anhörungen«, setzte Mona hinzu.

»Weil es für jedermann das beste wäre«, sagte Goodman, ganz der gelehrte Professor. »Es bedeutet weniger Druck auf Sie, Gouverneur, weil sie nicht bekannt gemacht wird und Sie nicht massenhaft unerwünschte Ratschläge erhalten. Uns liegt natürlich sehr viel an einer nicht-öffentlichen Anhörung.«

»Weshalb?« fragte McAllister.

»Nun, offen gestanden, Sir, wir wollen nicht, daß die Öffentlichkeit sieht, wie Ruth Kramer über ihre kleinen Jungen redet.« Goodman beobachtete sie, als er das vorbrachte. Der wahre Grund war ein ganz anderer. Adam war überzeugt, daß die einzige Möglichkeit, Sam zu einem Gnadengesuch zu bewegen, das Versprechen war, daß die Anhörung kein öffentliches Spektakel werden würde. Wenn eine solche Anhörung nicht-öffentlich war, konnte Adam Sam vielleicht davon überzeugen, daß McAllister keine Chance hatte, eine große Schau zu seinen Gunsten abzuziehen.

Goodman kannte Dutzende von Leuten überall im Lande, die gern von heute auf morgen nach Jackson kommen würden, um für Sam auszusagen. Er hatte gehört, wie diese Leute in letzter Minute überzeugende Argumente gegen die Todesstrafe vorbrachten. Nonnen, Priester, Geistliche, Psychologen, Sozialarbeiter, Schriftsteller, Professoren und zwei frühere Todestrakt-Insassen. Dr. Swinn würde aussagen, in welch grauenhafter Verfassung Sam sich befand, und er selbst würde hervorragende Arbeit leisten bei dem

Versuch, den Gouverneur zu überzeugen, daß der Staat im Begriff war, einen geistig Debilen zu töten.

In den meisten Staaten hat der Verurteilte das Recht auf eine Anhörung über ein Gnadengesuch in letzter Minute. In Mississippi lag eine solche Anhörung im Ermessen des Gouverneurs.

»Nun, das leuchtet mir ein«, sagte der Gouverneur tatsächlich.

»Die Sache erregt ohnehin schon genügend Aufsehen«, sagte Goodman, wohl wissend, daß der Gouverneur dem bevorstehenden Medienrummel entgegenfieberte. »Eine öffentliche Anhörung wäre für niemanden von Vorteil.«

Mona, die standhafte Befürworterin öffentlicher Anhörungen, runzelte noch heftiger die Stirn und schrieb etwas in Blockbuchstaben. McAllister war tief in Gedanken versunken.

»Ob nun öffentlich oder nicht-öffentlich«, sagte er, »es gibt keinen stichhaltigen Grund für eine derartige Anhörung, sofern Sie und Ihr Mandant nicht etwas Neues vorzubringen haben. Ich kenne diesen Fall, Mr. Goodman. Ich habe den Rauch gerochen. Ich habe die Leichen gesehen. Ich kann meine Einstellung nicht ändern, sofern es nicht etwas Neues gibt.«

»Zum Beispiel?«

»Zum Beispiel ein Name. Nennen Sie mir den Namen von Sams Komplizen, und ich werde einer Anhörung zustimmen. Damit wir uns nicht mißverstehen – ich kann keine Begnadigung versprechen, nur eine reguläre Anhörung über ein Gnadengesuch. Andernfalls wäre es Zeitverschwendung.«

»Glauben Sie, daß es einen Komplizen gegeben hat?« fragte Goodman.

»Wir haben es immer vermutet. Was meinen Sie?«

»Weshalb ist das wichtig?«

»Es ist wichtig, weil ich die endgültige Entscheidung treffe, Mr. Goodman. Wenn die Gerichte ihre Arbeit getan haben und die Uhr am Dienstagabend abläuft, bin ich der einzige Mensch auf der Welt, der sie anhalten kann. Wenn Sam die Todesstrafe verdient hat, habe ich keine Probleme damit, in aller Ruhe dazusitzen, während es passiert. Aber wenn das nicht der Fall ist, dann sollte die Hinrichtung gestoppt werden. Ich bin ein junger Mann. Ich will nicht, daß mich diese Sache für den Rest meines Lebens verfolgt. Ich will die richtige Entscheidung treffen.«

»Aber wenn Sie glauben, daß es einen Komplizen gegeben hat, und das tun Sie offensichtlich, weshalb stoppen Sie sie dann nicht sowieso?«

»Weil ich ganz sicher sein möchte. Sie waren viele Jahre sein Anwalt. Glauben Sie, daß er einen Komplizen hatte?«

»Ja. Wir waren immer überzeugt, daß sie zu zweit waren. Ich weiß nicht, wer der Anführer war und wer der Komplize, aber Sam hatte Hilfe.«

McAllister beugte sich näher an Goodman heran und sah ihm in die Augen. »Mr. Goodman, wenn Sam mir die Wahrheit sagt, dann werde ich eine nicht-öffentliche Anhörung ansetzen und eine Begnadigung in Erwägung ziehen. Ich verspreche Ihnen nicht das geringste, verstehen Sie, nur daß die Anhörung stattfinden wird. Andernfalls gibt es in dieser Geschichte nichts Neues.«

Mona und Larramore schrieben schneller als Gerichtsreporter.

»Sam behauptet, er sagt die Wahrheit.«

»Dann vergessen Sie die Anhörung. Ich bin ein vielbeschäftigter Mann.«

Goodman seufzte frustriert, behielt aber sein Lächeln bei. »Also gut, wir werden noch einmal mit ihm reden. Können wir morgen hier noch einmal zusammenkommen?«

Der Gouverneur sah Mona an, die einen Taschenkalender konsultierte und den Kopf schüttelte, als wäre morgen hoffnungslos, angefüllt mit Reden und Auftritten und anderen Terminen. »Sie sind ausgebucht«, sagte sie mit der ganzen Autorität ihres Amtes.

»Was ist mit Lunch?«

»Nichts zu machen. Sie reden vor der Versammlung der Nationalen Schützenvereinigung.«

»Weshalb rufen Sie nicht mich an?« erbot sich Larramore.

»Gute Idee«, sagte der Gouverneur, der bereits aufgestanden war und seine Manschetten zuknöpfte.

Goodman erhob sich ebenfalls und gab allen dreien die Hand. »Ich rufe an, wenn sich etwas tut. Aber wir beantragen auf jeden Fall eine Anhörung, und zwar so bald wie möglich.«

»Der Antrag ist abgelehnt, solange Sam nicht redet«, sagte der Gouverneur.

»Bitte stellen Sie den Antrag schriftlich, wenn es Ihnen nichts ausmacht«, sagte Larramore.

»Natürlich.«

Sie begleiteten Goodman zur Tür, und nachdem er das Büro verlassen hatte, ließ sich McAllister auf seinem offiziellen Sessel hinter seinem Schreibtisch nieder. Er knöpfte seine Manschetten wieder auf. Larramore entschuldigte sich und kehrte in sein kleines Büro zurück.

Mrs. Stark studierte einen Computerausdruck, während der Gouverneur das Blinken der Knöpfe an seinem Telefon beobachtete. »Wie viele dieser Anrufe betreffen Sam Cayhall?« fragte er. Sie fuhr mit dem Finger eine Spalte entlang.

»Gestern hatten Sie einundzwanzig Anrufe wegen der Cayhall-Hinrichtung. Vierzehn waren für die Vergasung. Fünf wollten, daß er verschont wird. Zwei konnten sich nicht entscheiden.«

»Das ist eine Zunahme.«

»Ja, aber in der Zeitung stand ein Artikel über Sams letzte Versuche. Darin wurde die Möglichkeit einer Anhörung über ein Gnadengesuch erwähnt.«

»Was ist mit den Meinungsumfragen?«

»Keine Veränderung. Neunzig Prozent der weißen Einwohner dieses Staates sind für die Todesstrafe und ungefähr die Hälfte der Schwarzen. Insgesamt sind es ungefähr vierundachtzig Prozent.«

»Wo steht das Stimmungsbarometer für mich?«

»Bei zweiundsechzig. Aber wenn Sie Sam Cayhall begnadigen, wird es auf eine einstellige Zahl absacken.«

»Also sind Sie gegen die Idee?«

»Sie haben nicht das mindeste zu gewinnen und sehr viel zu verlieren. Vergessen Sie die Meinungsumfragen und die Zahlen. Wenn Sie einen von diesen Verbrechern begnadigen, dann haben Sie die anderen fünfzig auf dem Hals. Sie werden ihre Anwälte und Großmütter und Prediger herschicken, und die werden Sie anflehen, ihnen denselben Gefallen zu tun. Sie haben ohnehin genug um die Ohren. Es wäre töricht.«

»Ja, Sie haben recht. Wo ist der Medienplan?«

»Ich bekomme ihn in einer Stunde.«

»Ich muß ihn sehen.«

»Nagel legt gerade letzte Hand an. Ich finde, Sie sollten die Anhörung trotzdem durchführen. Aber erst am Montag. Verkünden Sie es morgen. Lassen Sie es übers Wochenende sieden.«

»Sie sollte öffentlich sein.«

»Natürlich! Wir wollen, daß Ruth Kramer für die Kameras weint.«

»Es ist meine Anhörung. Sam und seine Anwälte werden nicht die Bedingungen diktieren. Wenn sie sie wollen, dann geschieht es auf meine Weise.«

»Richtig. Aber vergessen Sie nicht – Sie wollen sie auch. Tonnenweise Berichterstattung.«

Goodman unterschrieb den Mietvertrag für vier Mobiltelefone auf drei Monate. Er benutzte eine Kreditkarte von Kravitz & Bane und wich geschickt dem Fragen-Trommelfeuer des geschwätzigen jungen Vertreters aus. Er ging in eine öffentliche Bibliothek in der State Street, wo er zielbewußt einem Tisch voller Telefonbücher zustrebte. Nach ihrer Dicke urteilend, wählte er die der größeren Städte in Mississippi aus, Orte wie Laures, Hattiesburg, Tupelo, Vicksburg, Biloxi und Meridian. Dann griff er nach den dünneren – Tunica, Calhoun City, Bude, Long Beach, West Point. Am Informationsschalter wechselte er Geldscheine in Vierteldollar-Münzen ein und verbrachte zwei Stunden mit dem Kopieren von Seiten aus den Telefonbüchern.

Er ging vergnügt seiner Arbeit nach. Niemand wäre auf die Idee gekommen, daß der adrette kleine Mann mit dem buschigen grauen Haar und der Fliege in Wirklichkeit Partner in einer großen Anwaltskanzlei in Chicago war mit Sekretärinnen und Anwaltsgehilfen, die ihm jederzeit zur

Verfügung standen. Niemand hätte geglaubt, daß er über vierhunderttausend Dollar im Jahr verdiente. Und das war ihm auch völlig egal. E. Garner Goodman war glücklich mit seiner Arbeit. Er tat sein Bestes, um eine weitere Seele vor dem legalen Getötetwerden zu retten.

Er verließ die Bibliothek und fuhr ein paar Blocks zur Mississippi College School of Law. Ein Professor dort, ein Mann namens John Bryan Glass, lehrte Straf- und Verfahrensrecht und hatte außerdem begonnen, wissenschaftliche Artikel gegen die Todesstrafe zu veröffentlichen. Goodman wollte ihn kennenlernen und herausfinden, ob der Professor vielleicht ein paar intelligente Studenten hatte, die sich für ein Forschungsprojekt interessierten.

Der Professor war an diesem Tag schon gegangen, sollte aber am Donnerstag um neun Uhr eine Vorlesung halten. Goodman schaute sich die Bibliothek des Colleges an, dann verließ er das Gebäude. Er fuhr ein paar Blocks zum Old State Capitol Building, nur um die Zeit totzuschlagen, und schloß sich einer Führung an. Sie dauerte eine halbe Stunde, von der die Hälfte in der Bürgerrechts-Ausstellung im Erdgeschoß verbracht wurde. Er fragte die Verkäuferin im Andenkenladen nach einer Unterkunft, und sie schlug das Millsaps-Buie House vor, ungefähr eine Meile die Straße hinunter. Er fand das reizvolle Gebäude aus dem späten neunzehnten Jahrhundert genau dort, wo sie es ihm beschrieben hatte, und nahm das letzte freie Zimmer. Das Haus war makellos restauriert und mit Möbeln der entsprechenden Epoche eingerichtet. Der Butler machte ihm einen Scotch mit Wasser zurecht, und er nahm ihn mit in sein Zimmer.

39

Auburn House wurde um acht Uhr geöffnet. Ein lustloser Wachmann in einer schäbigen Uniform schloß das Tor zur Einfahrt auf, und Adam war der erste, der auf den Parkplatz fuhr. Er wartete zehn Minuten in seinem Wagen, bis ein weiterer in der Nähe anhielt. In der Frau hinter dem Steuer erkannte er die Beraterin, der er zwei Wochen zuvor in Lees Büro vorgestellt worden war. Er trat ihr entgegen, als sie das Haus durch einen Seiteneingang betreten wollte. »Entschuldigen Sie bitte«, sagte er. »Wir sind uns schon einmal begegnet. Ich bin Adam Hall, Lees Neffe. Es tut mir leid, aber ich weiß Ihren Namen nicht mehr.«

Die Dame hielt einen abgeschabten Aktenkoffer in der einen und eine braune Einkaufstüte in der anderen Hand. Sie lächelte und sagte: »Joyce Cobb. Ich erinnere mich. Wo ist Lee?«

»Ich weiß es nicht. Ich hatte gehofft, Sie wüßten etwas. Sie haben nichts von ihr gehört?«

»Nein. Nichts seit Dienstag.«

»Dienstag? Haben Sie sie am Dienstag gesehen?«

»Sie hat hier angerufen, aber ich habe nicht mit ihr gesprochen. Das war der Tag, an dem die Zeitung diese Geschichte über ihre Trunkenheit am Steuer brachte.«

»Wo war sie da?«

»Das hat sie nicht gesagt. Sie wollte die Geschäftsstellenleiterin sprechen, sagte, sie würde eine Weile nicht kommen, brauchte ein bißchen Hilfe und dergleichen. Kein Wort davon, wo sie war oder wann sie wiederkommen würde.«

»Was ist mit den Frauen, die sie betreut?«

»Wir haben sie mit übernommen. Es ist schon so ziemlich mühsam, aber irgendwie werden wir es schon schaffen.«

»Lee würde diese Mädchen nicht im Stich lassen. Halten Sie es für möglich, daß sie in den letzten Tagen mit der einen oder anderen von ihnen gesprochen hat?«

»Nein. Die meisten dieser Mädchen haben kein Telefon. Und Lee würde ganz bestimmt nicht in eine dieser Wohnungen gehen. Wir kümmern uns um ihre Mädchen, und ich weiß, daß sie nicht mit ihr gesprochen haben.«

Adam trat einen Schritt zurück und warf einen Blick auf das Tor. »Ich verstehe. Ich muß sie unbedingt finden. Ich mache mir Sorgen um sie.«

»Sie kommt schon wieder in Ordnung. Sie hat das schon

einmal getan, und danach war sie wieder die alte.« Joyce hatte es plötzlich eilig, im Gebäude zu verschwinden. »Wenn ich etwas höre, gebe ich Ihnen Bescheid.«

»Bitte, tun Sie das. Ich wohne bei ihr.«

»Ich weiß.«

Adam dankte ihr und fuhr davon. Um neun war er im Büro und unter Papier begraben.

Colonel Nugent saß am Kopfende eines langen Tisches in einem Zimmer, in dem sich Wärter und anderes Gefängnispersonal drängten. Der Tisch stand auf einer dreißig Zentimeter hohen Plattform, und an der Wand dahinter hing eine große Tafel. In einer Ecke stand ein tragbares Podium. Viele Stühle rechts von ihm waren leer, so daß die auf Klappstühlen sitzenden Wärter und Angestellten die Gesichter der wichtigeren Persönlichkeiten zu seiner Linken sehen konnten. Morris Henry vom Büro des Justizministers war da, mit dicken Aktenstapeln vor sich. Lucas Mann saß am entgegengesetzten Ende und machte sich Notizen. Neben Henry saßen zwei stellvertretende Direktoren, und neben Lucas ein Lakai vom Büro des Gouverneurs.

Nugent sah auf die Uhr, dann fing er mit seiner kleinen Aufmunterungsrede an. Er konsultierte seine Notizen und richtete seine Bemerkungen an die Wärter und das andere Personal. »Nach dem Stand von heute morgen, dem 2. August, haben die verschiedenen Gerichte sämtliche Anträge auf Aufschub abgelehnt, und es gibt nichts, was die Hinrichtung verhindern könnte. Wir werden so vorgehen, als würde sie wie geplant nächsten Mittwoch eine Minute nach Mitternacht stattfinden. Uns bleiben noch sechs volle Tage für die Vorbereitungen, und ich will, daß diese Sache reibungslos und ohne die geringsten Komplikationen abläuft.

Im Augenblick befinden sich mindestens drei Klagen und Berufungen auf ihrem Weg durch die Gerichte, und natürlich ist es unmöglich, vorherzusagen, was passieren wird. Wir stehen in ständiger Verbindung mit dem Büro des Justizministers. Einer seiner Mitarbeiter, Mr. Morris Henry, ist heute bei uns. Nach seiner Ansicht, die von Mr.

Lucas Mann geteilt wird, wird diese Sache ihren Verlauf bis zum Ende nehmen. Es kann zwar jederzeit ein Aufschub gewährt werden, aber das erscheint sehr zweifelhaft. Wir müssen auf jeden Fall bereit sein. Weiterhin ist damit zu rechnen, daß der Verurteilte den Gouverneur um eine Anhörung über ein Gnadengesuch ersuchen wird, aber es ist offengestanden nicht damit zu rechnen, daß er damit Erfolg hat. Von jetzt ab bis nächsten Mittwoch werden wir uns im Vorbereitungsstadium befinden.«

Nugents Worte waren kraftvoll und deutlich. Er stand im Mittelpunkt und genoß ganz offensichtlich jeden Augenblick davon. Er warf einen Blick auf seine Notizen, dann fuhr er fort: »Die Gaskammer selbst wird überholt. Sie ist alt und seit zwei Jahren nicht mehr benutzt worden, deshalb müssen wir im Umgang mit ihr sehr vorsichtig sein. Ich erwarte heute vormittag einen Vertreter des Herstellers, der im Laufe des Tages mehrere Tests vornehmen wird. Am Wochenende, voraussichtlich Sonntag abend, werden wir eine Generalprobe der Hinrichtung abhalten, sofern bis dahin kein Aufschub vorliegt. Ich habe eine Liste von Freiwilligen für das Hinrichtungsteam und treffe heute nachmittag meine diesbezüglichen Entscheidungen.

Zur Zeit werden wir mit Anfragen der Medien überschwemmt, die alles mögliche fordern. Sie wollen Mr. Cayhall interviewen, seinen Anwalt, unseren Anwalt, den Direktor, die Wärter, andere Insassen des Hochsicherheitstrakts, den Vollstrecker, überhaupt jeden. Sie wollen der Hinrichtung als Zeugen beiwohnen. Sie wollen Aufnahmen von seiner Zelle und der Kammer machen. Typischer Medienwahnsinn. Aber wir müssen damit fertig werden. Es gibt keinerlei Kontakt mit irgendeinem Pressevertreter, den ich nicht vorher genehmigt habe. Das gilt für sämtliche Angestellte dieser Institution. Keine Ausnahmen. Die meisten dieser Reporter stammen nicht aus dieser Gegend, und sie werden alles daransetzen, uns wie einen Haufen dämlicher Hinterwäldler aussehen zu lassen. Also reden Sie nicht mit ihnen. Keine Ausnahmen. Ich gebe die entsprechenden Presseverlautbarungen heraus, wenn ich es für erforderlich halte. Seien Sie vorsichtig mit diesen Leuten. Sie sind Geier.

Außerdem rechnen wir mit Problemen von außen. Vor ungefähr zehn Minuten ist die erste Gruppe von Angehörigen des Ku-Klux-Klan beim Haupttor eingetroffen. Sie wurden auf die übliche Stelle zwischen dem Highway und dem Verwaltungsgebäude verwiesen, wo die Proteste stattfinden. Wir haben außerdem gehört, daß weitere derartige Gruppen in Kürze hier eintreffen werden, und es hat den Anschein, als wollten sie protestieren, bis die Sache gelaufen ist. Ich war zwar bei den letzten vier Hinrichtungen noch nicht hier, aber mir ist gesagt worden, daß im allgemeinen auch Gruppen von Gegnern der Todesstrafe erscheinen und lautstark demonstrieren. Wir haben vor, diese beiden Gruppen voneinander zu trennen. Die Gründe dafür liegen auf der Hand.«

Nugent konnte nicht länger sitzen bleiben und stand nun steif am Kopfende des Tisches. Aller Augen waren auf ihn gerichtet. Er konsultierte einen Moment seine Notizen.

»Diese Hinrichtung wird anders sein. Sie wird eine Menge Aufmerksamkeit erregen, eine Menge Medienvertreter anziehen, eine Menge anderer Spinner. Wir müssen uns die ganze Zeit absolut professionell verhalten, und ich werde keinerlei Verstoß gegen die Regeln dulden. Mr. Cayhall und seine Angehörigen haben während dieser letzten paar Tage Anspruch auf Respekt. Keine schmutzigen Bemerkungen über die Gaskammer oder die Hinrichtung. Ich werde das nicht dulden. Irgendwelche Fragen?«

Nugent ließ den Blick durch den Raum schweifen und war sehr mit sich zufrieden. Er hatte alle Punkte angesprochen. Keine Fragen. »Sehr schön. Wir kommen morgen früh um neun wieder hier zusammen.« Er entließ sie, und der Raum leerte sich rasch.

Garner Goodman erwischte Professor John Bryan Glass, als er sein Büro verließ und zu einer Vorlesung wollte. Die Vorlesung war vergessen, als die beiden auf dem Flur standen und Komplimente austauschten. Glass hatte Goodmans sämtliche Bücher gelesen, und Goodman kannte den größten Teil von Glass' Artikeln, in denen er die Todesstrafe verdammte. Die Unterhaltung wandte sich rasch dem

Cayhall-Problem zu und insbesondere Goodmans dringendem Bedarf an ein paar vertrauenswürdigen Jurastudenten, die bereit waren, übers Wochenende an einem eiligen Forschungsprojekt mitzuarbeiten. Glass bot seine Hilfe an, und die beiden kamen überein, sich in ein paar Stunden zum Lunch zu treffen und die Sache in die Wege zu leiten.

Drei Blocks von der Mississippi College School of Law entfernt fand Goodman das kleine und enge Büro der *Southern Capital Defense Group*, einer Organisation mit kleinen und engen Büros in jedem Staat, in dem es die Todesstrafe gab. Der Leiter war ein junger, schwarzer, in Yale ausgebildeter Anwalt namens Hez Kerry, der auf die dikken Gehälter der großen Firmen verzichtet und sein Leben dem Kampf gegen die Todesstrafe gewidmet hatte. Goodman war ihm bereits zweimal bei Konferenzen begegnet. Obwohl Kerrys Gruppe, wie sie allgemein genannt wurde, die Insassen des Todestraktes nicht unmittelbar vertrat, betrachtete sie es doch als ihre Aufgabe, jeden Fall genau zu verfolgen. Hez war einunddreißig Jahre alt und alterte rasch. Sein graues Haar legte Zeugnis davon ab, welchen Druck siebenundvierzig Männer im Todestrakt für ihn bedeuteten.

An der Wand über dem Schreibtisch der Sekretärin hing ein kleiner Kalender, auf dessen Oberkante jemand die Worte GEBURTSTAGE IM TODESTRAKT geschrieben hatte. Jeder bekam eine Karte, nicht mehr. Die finanziellen Mittel waren äußerst beschränkt, und die Karten wurden gewöhnlich mit im Büro gesammeltem Kleingeld bezahlt.

Die Gruppe verfügte über zwei Anwälte, die unter Kerrys Aufsicht arbeiteten, und eine Vollzeit-Sekretärin. Ein paar Studenten von der Law School arbeiteten einige Stunden in der Woche mit, unentgeltlich.

Goodman unterhielt sich mehr als eine Stunde lang mit Hez Kerry. Sie planten ihre Strategie für den nächsten Dienstag – Kerry selbst hatte vor, das Büro des Kanzleivorstehers am Gericht des Staates Mississippi rund um die Uhr zu belagern. Goodman würde sich im Büro des Gouverneurs aufhalten. John Bryan Glass war dazu ausersehen, in der Dependance des Fünften Berufungsgerichts im Gebäude des Bundesgerichts in Jackson auszuharren. Einer von Goodmans früheren Mitarbeitern bei Kravitz & Bane arbeitete jetzt in Washington und hatte sich bereit erklärt, am Schreibtisch des Death Clerk zu warten. Adam schließlich würde im Trakt bei seinem Mandanten sitzen und die Anrufe in letzter Minute koordinieren.

Kerry sagte außerdem zu, übers Wochenende an Goodmans Marktanalyse-Projekt mitzuarbeiten.

Um elf kehrte Goodman ins Büro des Gouverneurs zurück und überreichte Larramore einen schriftlichen Antrag auf Anhörung über ein Gnadengesuch. Der Gouverneur war außer Haus, sehr beschäftigt dieser Tage, und er, Larramore, würde ihn auch erst nach dem Lunch sehen. Goodman hinterließ seine Telefonnummer im Millsaps-Buie House und sagte, er würde von Zeit zu Zeit anrufen.

Dann fuhr er zu seinem neuen Büro, das inzwischen mit den besten Möbeln ausgestattet war, die man für zwei Monate mieten konnte, gegen Bargeld natürlich. Die Klappstühle waren, den Aufklebern unter den Sitzen zufolge, Überbleibsel von den Gemeindeversammlungen einer Kirche. Auch die klapprigen Tische hatten eine Menge Nachbarschaftsfeste und Hochzeitsempfänge mitgemacht.

Goodman bewunderte sein rasch auf die Beine gestelltes kleines Büro und benutzte eines der Mobiltelefone, um seine Sekretärin in Chicago anzurufen, Adams Büro in Memphis, seine Frau zu Hause und die Hotline des Gouverneurs.

Um 16 Uhr am Donnerstag hatte das Gericht des Staates Mississippi Adams Klage wegen Sams vorgeblicher geistiger Unzurechnungsfähigkeit immer noch nicht abgewiesen. Fast dreißig Stunden waren vergangen, seit Adam sie eingereicht hatte. Er hatte sich unbeliebt gemacht, indem er den Kanzleivorsteher des Gerichts angerufen hatte. Er hatte es satt, das Offensichtliche zu erklären – er brauchte eine Antwort, bitte. Es bestand nicht die geringste Aussicht darauf, daß das Gericht die Stichhaltigkeit der Klage tatsächlich erwog. Adam war überzeugt, daß das Gericht die Sache absichtlich verschleppte und damit verhinderte, daß er sofort zum Bundesgericht lief. Zu diesem Zeitpunkt war es ausgeschlossen, daß das Gericht des Staates zu seinen Gunsten entschied.

Auch bei den Bundesgerichten hatte er nicht viel Aussicht auf Erfolg. Das Oberste Bundesgericht hatte noch nicht über seine Klage hinsichtlich der Verfassungswidrigkeit der Gaskammer entschieden. Das Fünfte Berufungsgericht saß auf seiner Klage wegen unzulänglicher Rechtsberatung.

Nichts bewegte sich am Donnerstag. Die Gerichte verhielten sich so, als wären dies nichts als ganz gewöhnliche Klagen, die registriert und Richtern zugewiesen wurden, um dann jahrelang vertagt und hingeschleppt zu werden. Es mußte etwas geschehen, am besten ein auf irgendeiner Ebene bewirkter Aufschub, oder wenn schon kein Aufschub, dann eine mündliche Verhandlung oder eine Anhörung oder sogar eine Abweisung, damit er die nächste Instanz anrufen konnte.

Er wanderte um den Tisch in seinem Büro herum und wartete auf das Läuten des Telefons. Er hatte das Herumwandern und Warten satt. Das Büro war mit den Trümmern von einem Dutzend Schriftsätzen übersät. Auf dem Tisch lagen chaotische Stapel von Papieren. An einem der Bücherregale hingen rosa und gelbe Zettel mit telefonischen Nachrichten.

Adam haßte plötzlich diesen Raum. Er brauchte frische Luft. Er sagte Darlene, daß er einen Spaziergang machen würde, und verließ das Gebäude. Es war fast fünf Uhr, immer noch sonnig und sehr warm. Er ging zum Peabody Hotel an der Union Street und bestellte sich einen Drink, mit dem er sich in eine Ecke des Foyers in der Nähe des Klaviers zurückzog. Es war sein erster Drink seit Freitag in New Orleans, und obwohl er ihn genoß, machte er sich Sorgen um Lee. Er hielt Ausschau nach ihr in der Schar von Konferenzteilnehmern, die sich am Empfang drängten. Er beobachtete, wie sich die Tische im Foyer mit gut gekleideten Menschen füllten, hoffte, daß sie aus irgendeinem Grund erscheinen würde. Wo versteckt man sich, wenn man fünfzig ist und vor dem Leben davonrennt?

Ein Mann mit Pferdeschwanz und Wanderstiefeln blieb

stehen und starrte ihn an, dann kam er auf ihn zu. »Entschuldigen Sie, Sir. Sind Sie Adam Hall, der Anwalt von Sam Cayhall?«

Adam nickte.

Der Mann lächelte, offenbar erfreut, daß er Adam erkannt hatte. »Ich bin Kirk Kleckner von der *New York Times*.« Er legte eine Visitenkarte vor Adam auf den Tisch. »Ich bin hier, um über die Cayhall-Hinrichtung zu berichten. Gerade eingetroffen. Darf ich mich zu Ihnen setzen?«

Adam deutete auf den freien Stuhl an dem kleinen runden Tisch. Kleckner setzte sich. »Ein Glück, daß ich Sie hier gefunden habe«, sagte er mit seinem gewinnendsten Lächeln. Er war Anfang Vierzig und ganz der Typ des rauhen, in der gesamten Welt herumreisenden Journalisten – zottiger Bart, ärmellose Baumwollweste über Jeanshemd und Jeanshose. »Habe Sie nach ein paar Fotos erkannt, die ich mir auf dem Flug hierher angeschaut habe.«

»Nett, Sie kennenzulernen«, sagte Adam trocken.

»Können wir uns unterhalten?«

»Worüber?«

»Oh, über eine ganze Menge Dinge. Bin ich recht informiert, daß Ihr Mandant keine Interviews geben will?«

»So ist es.«

»Und was ist mit Ihnen?«

»Dasselbe. Wir können uns unterhalten, aber nur inoffiziell.«

»Das macht die Sache schwierig.«

»Das ist mir egal. Mich kümmert absolut nicht, wie schwierig Ihr Job sein mag.«

»Auch gut.« Eine junge Kellnerin in einem sehr kurzen Rock blieb eben lange genug stehen, um seine Bestellung entgegenzunehmen. Schwarzer Kaffee. »Wann haben Sie Ihren Großvater zum letztenmal gesehen?«

»Dienstag.«

»Wann werden Sie ihn wieder aufsuchen?«

»Morgen.«

»Wie steht er es durch?«

»So halbwegs. Der Druck wächst, aber bisher nimmt er es ziemlich ruhig hin.«

»Was ist mit Ihnen?«

»Ich genieße jede Minute.«

»Ernsthaft. Haben Sie Schlafprobleme, Sie wissen schon, Dinge dieser Art?«

»Ich bin müde, ja. Ich kann schlecht schlafen. Ich arbeite wie ein Besessener, renne ins Gefängnis und wieder zurück. Der Tag der Hinrichtung rückt immer näher, und die nächsten paar Tage werden hektisch sein.«

»Ich habe über die Bundy-Hinrichtung in Florida berichtet. Ein ziemlicher Zirkus. Sein Anwalt ist tagelang nicht zum Schlafen gekommen.«

»Es ist schwer, sich zu entspannen.«

»Werden Sie es wieder tun? Ich weiß, daß dies eigentlich nicht Ihr Gebiet ist, aber denken Sie daran, den Fall eines weiteren zum Tode Verurteilten zu übernehmen?«

»Nur, wenn ich einen weiteren Verwandten im Todestrakt finde. Weshalb berichten Sie über solche Dinge?«

»Ich schreibe schon seit Jahren über die Todesstrafe. Es ist faszinierend. Ich würde gern Mr. Cayhall interviewen.«

Adam schüttelte den Kopf und leerte sein Glas. »Nein. Keine Chance. Er redet mit niemandem.«

»Würden Sie ihn für mich fragen?«

»Nein.«

Der Kaffee kam. Kleckner rührte ihn mit einem Löffel um. Adam beobachtete die Leute im Foyer. »Ich habe gestern Benjamin Keyes in Washington interviewt«, sagte Kleckner. »Er sagte, er wäre nicht überrascht, daß Sie jetzt behaupten, er hätte beim Prozeß Fehler gemacht. Er sagte, damit hätte er gerechnet.«

In diesem Augenblick waren Adam Benjamin Keyes und seine Ansichten völlig gleichgültig. »Das ist Routine. Und jetzt muß ich weiter. War nett, Sie kennenzulernen.«

»Aber ich wollte mit Ihnen reden über ...«

»Sie haben Glück gehabt, daß Sie mich erwischt haben«, sagte Adam und stand abrupt auf.

»Nur ein paar Dinge«, sagte Kleckner, als Adam davonging.

Adam verließ das Peabody und wanderte zur Front Street in der Nähe des Flusses. Er sah Dutzende von gutgekleideten jungen Leuten, die ihm alle sehr ähnlich waren und es alle eilig hatten, nach Hause zu kommen. Er beneidete sie; welchen Beruf sie auch ausüben, unter welchem Druck sie im Augenblick auch stehen mochten, sie trugen an keiner Last, die so schwer war wie seine.

Er aß in einem kleinen Restaurant ein Sandwich, und um sieben war er wieder in seinem Büro.

Das Kaninchen war in der Nähe von Parchman von zwei Wärtern gefangen worden, die es dem Anlaß entsprechend Sam nannten. Es war ein braunes Waldkaninchen, das größte der vier, die in die Falle gegangen waren. Die anderen drei waren bereits in den Kochtopf gewandert.

Am späten Donnerstagabend kamen Sam, das Kaninchen, und seine Fänger zusammen mit Colonel Nugent und dem Hinrichtungsteam in Gefängnistransportern und Pickups in den Hochsicherheitstrakt. Sie fuhren langsam an der Vorderfront vorbei und um das Freigelände am Westende herum. Dann hielten sie vor einem quadratischen, an die Südwestecke des HST angebauten Ziegelsteingebäude an.

Zwei fensterlose weiße Metalltüren führten ins Innere des quadratischen Gebäudes. Durch die eine gelangte man in einen zwei Meter vierzig mal vier Meter fünfzig großen Raum, in dem bei der Hinrichtung die Zeugen saßen. Vor ihnen befand sich eine Reihe von schwarzen Vorhängen, die, wenn sie geöffnet worden waren, den Blick in die nur wenige Zentimeter entfernte Gaskammer freigaben.

Die andere Tür führte in den Kammerraum. Er war vier Meter fünfzig mal drei Meter sechzig groß und hatte einen gestrichenen Betonfußboden. Die achteckige Gaskammer stand genau in der Mitte dieses Raums, funkelnd von einem frischen Anstrich mit silbernem Emaillelack und auch danach riechend. Nugent hatte sie eine Woche zuvor inspiziert und den frischen Anstrich angeordnet. Der Todesraum, wie er auch genannt wurde, war fleckenlos sauber und desinfiziert. Die schwarzen Vorhänge an den Fenstern waren zugezogen.

Sam, das Kaninchen, blieb auf der Ladefläche eines Pickup, während ein kleiner Wärter, der ungefähr Sam Cayhalls Größe und Gewicht hatte, von zwei seiner größeren Kollegen in den Kammerraum geführt wurde. Nugent stolperte umher wie General Patton – inspizierte und nickte und runzelte die Stirn. Der kleine Wärter wurde als erster sanft in die Kammer geschoben, dann folgten die beiden Wärter, die ihn umdrehten und auf den hölzernen Stuhl setzten. Wortlos und ohne ein Lächeln oder einen Scherz fesselten sie als erstes seine Handgelenke mit Lederriemen an die Lehnen des Stuhls. Dann seine Knie, dann die Knöchel. Dann hob einer seinen Kopf ein paar Zentimeter an und hielt ihn fest, während der andere ihm den ledernen Kopfriemen anlegte.

Die beiden Wärter zogen sich aus der Kammer zurück, und Nugent deutete auf ein weiteres Mitglied des Teams, das vortrat, als wollte es etwas zu dem Verurteilten sagen.

»Zu diesem Zeitpunkt wird Lucas Mann Mr. Cayhall das Todesurteil vorlesen«, erklärte Nugent wie der Regisseur eines Films mit Amateuren. »Dann frage ich ihn, ob er noch irgendwelche letzten Worte sprechen will.« Er machte wieder eine Handbewegung, und ein dazu ausersehener Wärter schloß die schwere Tür zur Kammer und versiegelte sie.

»Aufmachen«, bellte Nugent, und die Tür wurde wieder geöffnet. Der kleine Wärter wurde befreit.

»Jetzt das Kaninchen«, befahl Nugent. Einer der Leute lief hinaus und holte das Kaninchen von der Ladefläche des Pickup. Es saß friedlich in einem Drahtkäfig, der den beiden Wärtern übergeben wurde, die gerade die Kammer verlassen hatten. Sie stellten den Käfig auf den hölzernen Stuhl und taten dann so, als schnallten sie einen Mann fest. Handgelenke, Knie, Knöchel, Kopf. Und dann war das Kaninchen bereit für das Gas. Die beiden Wärter verließen die Kammer.

Die Tür wurde geschlossen und versiegelt, und Nugent gab dem Vollstrecker ein Zeichen, der einen Kanister mit Schwefelsäure in eine Röhre stellte, die zum Boden der Kammer führte. Er legte einen Hebel um, es gab ein klikkendes Geräusch, und der Kanister machte sich auf seinen Weg zu der Schüssel unter dem Stuhl.

Nugent trat an eines der Fenster und schaute genau hin. Die anderen Mitglieder des Teams taten dasselbe. Um die Kanten der Fenster herum war Vaseline geschmiert worden, um Leckagen zu verhindern.

Das giftige Gas wurde langsam freigesetzt, und von der Schüssel unter dem Stuhl stieg ein leichter, sichtbarer Dunst auf und driftete langsam aufwärts. Anfangs reagierte das Kaninchen nicht auf den Dunst, der sich in seiner kleinen Zelle ausbreitete, aber er erreichte es bald genug. Es versteifte sich, hüpfte ein paarmal, prallte gegen die Seiten seines Käfigs, verfiel dann in heftige Krämpfe, hüpfte und zuckte und wand sich. Nach weniger als einer Minute war es tot.

Nugent lächelte, als er auf die Uhr schaute. »Lüften«, befahl er, und eine Klappe im Dach der Kammer wurde geöffnet, durch die das Gas entweichen konnte.

Die Tür vom Kammerraum nach draußen wurde geöffnet, und die meisten Mitglieder des Hinrichtungsteams gingen hinaus, um frische Luft zu schnappen oder zu rauchen. Es würde mindestens eine Viertelstunde dauern, bevor die Kammer geöffnet und das Kaninchen herausgeholt werden konnte. Dann mußten sie es mit einem Schlauch abspritzen. Nugent war nach wie vor drinnen und beobachtete alles. Also rauchten sie und machten ein paar Witze.

Weniger als achtzehn Meter entfernt standen die Fenster des Flurs von Abschnitt A offen. Sam konnte ihre Stimmen hören. Es war nach zehn, und die Lichter waren aus, aber aus jeder Zelle des Abschnitts ragten zwei Arme heraus, und vierzehn Männer lauschten schweigend in die Dunkelheit.

Ein Insasse des Todestraktes lebt dreiundzwanzig Stunden am Tag in einer einsachtzig mal zwei Meter siebzig großen Zelle. Er hört alles – das fremde Klicken von einem neuen Paar Stiefeln auf dem Flur; den ungewohnten Klang und Akzent einer anderen Stimme; das weit entfernte Summen eines Rasenmähers oder Kantentrimmers. Und er hört mit Sicherheit das Öffnen und Schließen der Tür zum Kammerraum. Er hört das selbstzufriedene und bedeutsame Gemurmel des Hinrichtungsteams.

Sam lehnte sich gegen seine Unterarme und betrachtete die Fenster oberhalb des Flurs. Sie probten für ihn dort drüben.

40

Zwischen der westlichen Kante des Highway 49 und dem Rasen vor den Verwaltungsgebäuden von Parchman lag ein ungefähr fünfzig Meter breiter Streifen Grasland, glatt und eingeebnet, weil sich dort früher einmal Eisenbahngleise befunden hatten. Das war die Stelle, an der die Demonstranten gegen die Todesstrafe bei jeder Hinrichtung zusammengedrängt und überwacht wurden. Sie erschienen unweigerlich, gewöhnlich kleine Gruppen engagierter Leute, die auf Klappstühlen saßen und selbstgemachte Transparente hochhielten. Sie zündeten abends Kerzen an und sangen während der letzten Stunden Hymnen. Und wenn der Tod verkündet wurde, sangen sie noch mehr Hymnen, sprachen Gebete und weinten.

In den Stunden vor der Hinrichtung von Teddy Doyle Meeks, Kindesvergewaltiger und Mörder, war ein neues Element hinzugekommen. Die düsteren, beinahe weihevollen Proteste waren von Wagenladungen ausgelassener Collegestudenten gestört worden, die plötzlich und ohne jede Vorwarnung erschienen und nach Blut verlangten. Sie tranken Bier und spielten laute Musik. Sie brüllten Slogans und peinigten die erschütterten Protestler. Die Lage wurde kritisch, als die beiden Gruppen anfingen, sich Wortgefechte zu liefern. Gefängnisbeamte schritten ein und stellten die Ordnung wieder her.

Maynard Tole war der nächste gewesen, und im Verlauf der Vorbereitungen zu seiner Hinrichtung wurde den Gegnern der Todesstrafe ein anderer Abschnitt auf der entgegengesetzten Seite der Einfahrt zugewiesen. Zusätzliches Personal sollte dafür sorgen, daß der Frieden gewahrt blieb.

Als Adam am Freitagmorgen eintraf, zählte er sieben Angehörige des Ku-Klux-Klan in weißen Kutten. Drei versuchten sich in einer Art von synchronisiertem Protest – sie wanderten am Rande des Grasstreifens neben dem Highway entlang und trugen Transparente auf den Schultern. Die anderen vier errichteten einen blauweißen Baldachin. Auf der Erde lagen Metallpfähle und Taue herum. Neben mehreren Gartenstühlen standen Kühlboxen. Die Leute hatten offensichtlich vor, eine Weile zu bleiben.

Adam musterte sie, als er vor dem Vordereingang von Parchman anhielt. Er verlor jedes Gespür für die Zeit, während er die Kluxer minutenlang anstarrte. Das also war sein Erbteil, seine Wurzeln. Das waren die Brüder von seinem Großvater und dessen Verwandten und Vorfahren. Gehörten einige dieser Gestalten zu denen, die auf Film festgehalten und von Adam in das Video über Sam Cayhall aufgenommen worden waren? Hatte er sie schon einmal gesehen?

Instinktiv öffnete Adam die Tür seines Wagens und stieg aus. Sein Jackett und sein Aktenkoffer lagen auf dem Rücksitz. Er ging langsam auf sie zu und blieb neben ihren Kühlboxen stehen. Ihre Transparente forderten Freiheit für Sam Cayhall, einen politischen Gefangenen. Vergast die wirklichen Verbrecher, aber laßt Sam frei. Irgendwie empfand Adam ihre Forderungen nicht als tröstlich.

»Was wollen Sie?« fragte einer von denen mit einem Transparent auf den Schultern. Die anderen sechs unterbrachen, was sie gerade taten, und starrten ihn an.

»Ich weiß es nicht«, sagte Adam wahrheitsgemäß.

»Was suchen Sie dann hier?«

»Auch das weiß ich nicht.«

Drei weitere gesellten sich zu dem ersten, und sie traten einen Schritt auf Adam zu. Ihre Kutten waren identisch – weiß und aus einem sehr leichten Stoff mit roten Kreuzen und anderen Abzeichen. Es war kaum neun Uhr, und sie schwitzten schon jetzt. »Wer zum Teufel sind Sie?«

»Sams Enkel.«

Die restlichen drei drängten sich hinter den anderen zusammen, und alle sieben musterten Adam aus einer Entfernung von kaum mehr als einem Meter. »Dann sind Sie auf unserer Seite«, sagte einer erleichtert.

»Nein. Ich gehöre nicht zu Ihnen.«

»Das stimmt. Er arbeitet für dieses Judenpack in Chicago«, sagte einer zur Erbauung der anderen, und das schien sie ein wenig in Fahrt zu bringen.

»Was wollen Sie hier?« fragte Adam.

»Wir versuchen, Sam zu retten. Sieht so aus, als hätten Sie das nicht vor.«

»Sie sind der Grund dafür, daß er hier ist.«

Ein junger Mann mit rotem Gesicht und Schweißperlen auf der Stirn übernahm die Führung und trat sogar noch näher an Adam heran. »Nein. Er ist der Grund dafür, daß wir hier sind. Ich war noch nicht einmal geboren, als Sam diese Juden umbrachte, also können Sie mir keinen Vorwurf daraus machen. Wir sind hier, um gegen seine Hinrichtung zu protestieren. Er wird aus politischen Gründen verfolgt.«

»Wenn es den Klan nicht gegeben hätte, wäre er nicht hier. Wo sind Ihre Masken? Ich dachte, ihr versteckt immer eure Gesichter.«

Sie wurden ein bißchen unruhig und wußten nicht recht, was sie als nächstes tun sollten. Schließlich war er der Enkel von Sam Cayhall, ihrem Idol und Champion. Er war der Anwalt, der versuchte, ein überaus kostbares Symbol zu retten.

»Weshalb verschwinden Sie nicht?« fragte Adam. »Sam will nicht, daß Sie hier sind.«

»Weshalb scheren Sie sich nicht zum Teufel?« höhnte der junge Mann.

»Wie wortgewandt! Verschwindet einfach, okay? Sam ist tot für euch viel mehr wert als lebendig. Laßt ihn in Frieden sterben, dann habt ihr einen großartigen Märtyrer.«

»Wir verschwinden nicht. Wir bleiben hier bis zum Ende.«

»Und was ist, wenn Sam euch bittet, zu verschwinden? Werdet ihr dann gehen?«

»Nein«, höhnte der andere wieder, dann schaute er über die Schulter hinweg auf seine Kumpane, die alle zuzustimmen schienen – nein, sie würden nicht verschwinden. »Wir haben vor, eine Menge Lärm zu schlagen.«

»Großartig. Dann kommen eure Fotos in die Zeitungen. Darum geht es doch, oder? Clowns in komischen Kostümen erregen doch immer Aufmerksamkeit.«

Irgendwo hinter Adam wurden Autotüren zugeschlagen, und als er sich umdrehte, sah er, wie aus einem Transporter neben seinem Saab hastig ein Fernsehteam ausstieg.

»Na prima«, sagte er zu der Gruppe. »Lächelt, Leute. Das ist euer großer Moment.«

»Zum Teufel mit Ihnen«, fuhr der junge Mann ihn wütend an. Adam machte kehrt und ging auf seinen Wagen zu. Eine Reporterin mit einem Kameramann im Gefolge stürmte auf ihn zu.

»Sind Sie Adam Hall?« fragte sie atemlos. »Cayhalls Anwalt?«

»Ja«, sagte er, ohne stehenzubleiben.

»Könnten wir ein paar Worte mit Ihnen reden?«

»Nein. Aber diese Clowns da drüben können es gar nicht abwarten«, sagte er und deutete über die Schulter. Sie ging neben ihm her, während der Kameramann mit seiner Ausrüstung hantierte. Adam öffnete die Tür seines Wagens und stieg ein, dann knallte er sie zu und drehte den Zündschlüssel.

Louise, die Wachhabende am Tor, händigte ihm eine Nummernkarte für das Armaturenbrett aus, dann winkte sie ihn durch.

Packer nahm vor der Eingangstür zum Trakt die obligatorische Durchsuchung vor. »Was ist da drin?« fragte er und deutete auf die kleine Kühlbox, die Adam in der Linken trug.

»Eskimo Pies, Sergeant. Möchten Sie eins?«

»Lassen Sie mal sehen.« Adam händigte Packer die Box aus, der den Deckel gerade lange genug offenhielt, um ein halbes Dutzend Eskimo Pies zählen zu können, unter einer Schicht Eis nach wie vor gefroren.

Er gab Adam die Box zurück und deutete dann auf die

Tür des nur wenige Schritte entfernten vorderen Büros. »Von jetzt ab treffen Sie sich da drin«, erklärte er. Sie betraten den Raum.

»Weshalb?« fragte Adam, während er sich umschaute. Der Raum enthielt einen Metallschreibtisch mit einem Telefon, drei Stühle und zwei verschlossene Aktenschränke.

»Das ist einfach die Art, auf die wir die Dinge hier erledigen. Wir lassen ein bißchen locker, wenn der große Tag heranrückt. Sam kann seine Besucher hier empfangen. Auch die zeitliche Beschränkung fällt weg.«

»Wie nett.« Adam legte seinen Aktenkoffer auf den Schreibtisch und griff nach dem Telefon. Packer verschwand, um Sam zu holen.

Die freundliche Dame im Büro des Kanzleivorstehers in Jackson teilte Adam mit, daß das Gericht des Staates Mississippi vor wenigen Minuten die Klage seines Mandanten im Rahmen des Rechtsschutzes für bereits Verurteilte auf geistige Unzurechnungsfähigkeit abgewiesen hätte. Er dankte ihr und sagte etwas in dem Sinne, daß er damit ohnehin gerechnet hatte, und daß es gut und gerne einen Tag früher hätte geschehen können; dann bat er sie, eine Kopie der Gerichtsentscheidung an sein Büro in Memphis zu faxen und eine an Lucas Mann in Parchman. Er rief Darlene in Memphis an und bat sie, die neue Klage beim Bundes-Bezirksgericht einzureichen und Kopien davon an das Fünfte Berufungsgericht und an Mr. Richard Olander beim Obersten Bundesgericht in Washington zu faxen. Er rief Mr. Olander an, um ihm mitzuteilen, was auf ihn zukam, und wurde informiert, daß das Oberste Bundesgericht gerade seinen Revisionsantrag zu der Klage auf Verfassungswidrigkeit der Gaskammer abgelehnt hatte.

Sam betrat das vordere Büro ohne Handschellen, während Adam noch telefonierte. Sie gaben sich schnell die Hand, und Sam setzte sich. Anstatt sich eine Zigarette anzuzünden, öffnete er die Kühlbox und holte ein Eskimo Pie heraus. Er verzehrte es langsam und hörte zu, wie Adam mit Olander sprach. »Das Oberste Bundesgericht hat gerade die Klage abgewiesen«, flüsterte Adam Sam mit der Hand über der Sprechmuschel zu.

Sam ließ ein schiefes Lächeln sehen und betrachtete ein paar Briefumschläge, die er mitgebracht hatte.

»Auch das Gericht von Mississippi hat gegen uns entschieden«, erklärte Adam seinem Mandanten, während er eine weitere Nummer wählte. »Aber das war zu erwarten. Wir gehen gerade vors Bundesgericht.« Er rief das Fünfte Berufungsgericht an, um sich nach dem Stand der Klage wegen unzulänglicher Rechtsberatung zu erkundigen. Der Angestellte in New Orleans teilte ihm mit, daß sich an diesem Morgen nichts getan hätte. Adam legte den Hörer auf und setzte sich auf die Schreibtischkante.

»Das Fünfte Berufungsgericht sitzt noch immer auf der Unzulänglichkeitsklage«, berichtete er seinem Mandanten, der sich mit den Gesetzen und Verfahrensweisen auskannte und die Nachricht hinnahm wie ein gelernter Anwalt. »Alles in allem kein sehr erfreulicher Morgen.«

»Der Fernsehsender in Jackson hat heute morgen berichtet, ich hätte den Gouverneur um eine Anhörung wegen eines Gnadengesuchs gebeten«, sagte Sam zwischen zwei Bissen. »Das kann doch wohl nicht sein. Ich habe nicht zugestimmt.«

»Immer mit der Ruhe, Sam. Das ist Routine.«

»Scheiß auf die Routine. Ich dachte, wir hätten eine Abmachung. Sie hatten sogar McAllister vor der Kamera, der darüber faselte, wie schwer ihm die Entscheidung über eine Gnadengesuch-Anhörung fiele. Ich habe dich gewarnt.«

»McAllister ist das geringste unserer Probleme, Sam. Das Ersuchen war eine Formalität. Wir brauchen an der Anhörung nicht teilzunehmen.«

Sam schüttelte frustriert den Kopf. Adam beobachtete ihn genau. Er war nicht wirklich wütend, noch kümmerte es ihn tatsächlich, was Adam getan hatte. Er war resigniert, hatte so gut wie aufgegeben. Das bißchen Auflehnung kam automatisch. Eine Woche zuvor hätte er noch wütend aufbegehrt.

»Sie haben gestern abend geprobt. Haben die Gaskammer geöffnet und eine Ratte oder so etwas getötet. Alles funktionierte einwandfrei, und jetzt sind sie ganz aufgeregt wegen meiner Hinrichtung. Kannst du dir das vorstellen? Sie haben eine Generalprobe für mich veranstaltet. Die Mistkerle.«

»Es tut mir leid, Sam.«

»Weißt du, wie Cyanidgas riecht?«

»Nein.«

»Wie Zimt. Der Geruch lag gestern abend in der Luft. Die Idioten haben sich nicht einmal die Mühe gemacht, die Fenster in unserem Abschnitt zu schließen. Ich konnte es riechen.«

Adam wußte nicht, ob das stimmte oder nicht. Er wußte, daß die Kammer nach einer Hinrichtung mehrere Minuten lang geöffnet wurde, damit das Gas in die Luft entweichen konnte. In die Zellentrakte hätte es auf keinen Fall eindringen können. Vielleicht hatte Sam Geschichten über das Gas von den Wärtern gehört. Vielleicht war es nur Teil der Überlieferung. Er saß auf der Schreibtischkante, ließ die Beine baumeln und musterte den alten Mann mit den mageren Armen und dem fettigen Haar. Es war eine grauenhafte Sünde, ein Geschöpf wie Sam Cayhall zu töten. Seine Verbrechen waren eine Generation zuvor begangen worden. Er hatte in seiner winzigen Zelle gelitten und war dort viele Male gestorben. Was nützte es dem Staat, wenn er ihn jetzt umbrachte?

Adam ging etliches durch den Kopf, wovon die letzte Anstrengung, die ihnen noch bevorstand, vielleicht nicht das unwichtigste war. »Es tut mir leid, Sam«, sagte er abermals voller Mitgefühl, »aber wir müssen über ein paar Dinge reden.«

»Waren die Leute vom Klan heute morgen draußen? Das Fernsehen hat gestern Aufnahmen von ihnen gezeigt.«

»Ja, vor ein paar Minuten habe ich sieben von ihnen gezählt. In voller Montur, bis auf die Masken.«

»Ich habe früher auch so eine getragen«, sagte Sam, fast wie ein Kriegsveteran, der sich vor kleinen Jungen aufspielt.

»Ich weiß, Sam. Und weil du eine getragen hast, sitzt du jetzt hier mit deinem Anwalt im Todestrakt und zählst die Stunden, bis sie dich in der Gaskammer festschnallen. Du solltest diese Narren da draußen hassen.«

»Ich hasse sie nicht. Aber sie haben kein Recht, hierzusein. Sie haben mich im Stich gelassen. Dogan hat mich hierher geschickt, und als er gegen mich aussagte, war er der Imperial Wizard von Mississippi. Sie haben keinen müden Dollar zu meinen Anwaltskosten beigesteuert.«

»Was hast du denn erwartet von einem Haufen Gangster? Loyalität?«

»Ich war loyal.«

»Und was hat es dir eingebracht, Sam? Du solltest dich vom Klan distanzieren und den Leuten sagen, sie sollen verschwinden, sich von deiner Hinrichtung fernhalten.«

Sam hantierte mit seinen Briefumschlägen, dann legte er sie auf einen Stuhl.

»Ich habe ihnen gesagt, sie sollen abhauen«, sagte Adam.

»Wann?«

»Vor ein paar Minuten. Wir haben ein paar Worte gewechselt. Du bist ihnen völlig gleichgültig, Sam. Sie nutzen diese Hinrichtung lediglich aus, weil du einen großartigen Märtyrer abgibst, eine Galionsfigur, über die man viele Jahre lang reden kann. Sie werden deinen Namen rufen, wenn sie ihre Kreuze verbrennen, und sie werden zu deinem Grab pilgern. Sie wollen, daß du stirbst, damit sie Kapital daraus schlagen können.«

»Du hast dich mit ihnen angelegt?« fragte Sam mit einer Spur von Belustigung und Stolz.

»Ja. Es war keine große Sache. Was ist mit Carmen? Wenn sie kommen soll, muß sie Reisevorbereitungen treffen.«

Sam dachte einen Moment nach. »Ich würde sie gern sehen, aber du mußt ihr vorher sagen, wie ich aussehe. Ich will nicht, daß sie einen Schrecken bekommt.«

»Du siehst großartig aus, Sam.«

»Danke für die Blumen. Was ist mit Lee?«

»Was soll mit ihr sein?«

»Wie geht es ihr? Wir bekommen Zeitungen hier drinnen. Ich habe letzten Sonntag in der Zeitung von Memphis ihr Foto gesehen, und am Dienstag habe ich gelesen, daß sie wegen Trunkenheit am Steuer angeklagt worden ist. Sie ist doch nicht im Gefängnis, oder?«

»Nein. Sie macht eine Entziehungskur«, sagte Adam, als wüßte er genau, wo sie war.

»Kann sie mich besuchen?«

»Möchtest du denn, daß sie kommt?«

»Ich glaube, ja. Vielleicht am Montag. Laß uns erst einmal abwarten.«

»Kein Problem«, sagte Adam und fragte sich, wie in aller Welt er sie finden sollte. »Ich spreche übers Wochenende mit ihr.«

Sam händigte Adam einen der Umschläge aus. Er war nicht zugeklebt. »Gib das den Leuten vorn am Eingang. Es ist eine Liste der erwünschten Besucher von jetzt bis dann. Los, mach ihn auf.«

Adam betrachtete die Liste. Auf ihr standen vier Namen. Adam, Lee, Carmen und Donnie Cayhall. »Keine sehr lange Liste.«

»Ich habe Unmengen von Verwandten, aber ich will nicht, daß sie herkommen. Sie haben mich neuneinhalb Jahre lang nicht besucht, also soll sie der Teufel holen, wenn sie in letzter Minute hier aufkreuzen, um Lebewohl zu sagen. Das können sie sich für die Beerdigung aufsparen.«

»Ich werde von allen möglichen Reportern und Journalisten angesprochen, die dich interviewen wollen.«

»Kommt nicht in Frage.«

»Genau das habe ich ihnen auch gesagt. Aber da ist eine Anfrage, die dich interessieren könnte. Da gibt es einen Mann namens Wendall Sherman, ein ziemlich angesehener Autor, der vier oder fünf Bücher veröffentlicht und etliche Preise gewonnen hat. Ich habe keines seiner Bücher gelesen, aber er scheint in Ordnung zu sein. Ich habe gestern mit ihm telefoniert, und er möchte zu dir kommen und deine Geschichte aufzeichnen. Er machte einen sehr aufrichtigen Eindruck und sagte, daß die Aufzeichnung Stunden dauern könnte. Er fliegt heute nach Memphis, nur für den Fall, daß du ja sagst.«

»Weshalb will er meine Geschichte aufzeichnen?«

»Er will ein Buch über dich schreiben.«

»Einen rührseligen Roman?«

»Glaube ich nicht. Er ist bereit, fünfzigtausend Dollar

Vorschuß zu zahlen und später eine Beteiligung an den Tantiemen.«

»Großartig. Ich bekomme fünfzigtausend Dollar, ein paar Tage bevor ich sterbe. Was soll ich damit?«

»Ich gebe nur sein Angebot weiter.«

»Sag ihm, er soll sich zum Teufel scheren. Ich bin nicht interessiert.«

»Gut.«

»Aber ich möchte, daß du eine Vereinbarung aufsetzt, mit der ich alle Rechte an meiner Lebensgeschichte auf dich übertrage, und wenn ich nicht mehr da bin, kannst du damit anfangen, was du willst.«

»Es wäre keine schlechte Idee, sie aufzuzeichnen.«

»Du meinst ...«

»Du könntest sie in eine von diesen kleinen Maschinen mit kleinen Tonbändern sprechen. Ich kann dir eine besorgen. Du sitzt in deiner Zelle und redest über dein Leben.«

»Wie langweilig.« Sam aß sein Eis auf und warf den Stiel in den Papierkorb.

»Kommt drauf an, wie man die Dinge betrachtet. Im Augenblick ist es ziemlich aufregend.«

»Ja, da hast du recht. Ein ziemlich ödes Leben, aber das Ende ist sensationell.«

»Für mich hört sich das nach einem Bestseller an.«

»Ich werde es mir überlegen.«

Sam sprang plötzlich auf und ließ die Duschsandalen unter dem Stuhl stehen. Er wanderte mit großen Schritten durch das Büro, messend und rauchend. »Drei neunzig mal vier fünfundneunzig«, murmelte er, dann maß er weiter.

Adam machte sich Notizen auf einem Block und versuchte, die von einer Wand zur anderen wandernde rote Gestalt zu ignorieren. Schließlich blieb Sam stehen und lehnte sich an einen Aktenschrank. »Ich möchte, daß du mir einen Gefallen tust«, sagte er und starrte dabei unverwandt auf die gegenüberliegende Wand. Seine Stimme war jetzt viel leiser. Er atmete langsam.

»Ich höre«, sagte Adam.

Sam tat einen Schritt zu dem Stuhl hinüber und ergriff einen der Umschläge. Er gab ihn Adam und kehrte dann in seine vorherige Position am Aktenschrank zurück. Der Umschlag war umgedreht, so daß Adam die Schrift darauf nicht sehen konnte.

»Ich möchte, daß du ihn überbringst«, sagte Sam.

»Wem?«

»Quince Lincoln.«

Adam legte ihn neben sich auf den Schreibtisch und beobachtete Sam genau. Aber Sam war in einer anderen Welt versunken. Seine Augen starrten blicklos auf etwas an der anderen Seite des Zimmers. »Ich habe eine Woche daran gearbeitet«, sagte er, wobei seine Stimme fast heiser klang, »aber darüber nachgedacht habe ich seit vierzig Jahren.«

»Was steht in dem Brief?« fragte Adam langsam.

»Eine Entschuldigung. Ich habe die Schuld viele Jahre mit mir herumgetragen, Adam. Joe Lincoln war ein guter und anständiger Mann, ein guter Vater. Ich habe den Kopf verloren und ihn grundlos getötet. Und bevor ich ihn erschoß, habe ich gewußt, daß ich damit durchkommen würde. Ich habe deshalb immer ein schlechtes Gewissen gehabt. Ein sehr schlechtes. Und jetzt kann ich nur noch sagen, daß es mir leid tut.«

»Ich bin sicher, daß das für die Lincolns einiges bedeuten wird.«

»Vielleicht. In dem Brief bitte ich sie um Verzeihung, was, wie ich glaube, die christliche Art ist, etwas zu tun. Wenn ich sterbe, möchte ich es in dem Wissen tun, daß ich versucht habe zu sagen, daß es mir leid tut.«

»Hast du eine Ahnung, wo ich sie finden kann?«

»Das ist der schwierige Teil. Ich habe von Verwandten gehört, daß die Lincolns nach wie vor in Ford County wohnen. Ruby, seine Witwe, ist vermutlich noch am Leben. Ich fürchte, du mußt einfach nach Clanton fahren und Fragen stellen. Sie haben dort einen schwarzen Sheriff, also würde ich an deiner Stelle bei ihm anfangen. Er kennt wahrscheinlich alle Schwarzen in seinem Bezirk.«

»Und wenn ich Quince finde?«

»Sag ihm, wer du bist. Gib ihm den Brief. Sag ihm, daß ich mit einer Menge Schuld gestorben bin. Würdest du das für mich tun?«

»Gern. Ich weiß nur noch nicht, wann ich dazu kommen werde.«

»Warte, bis ich tot bin. Dann hast du massenhaft Zeit.«

Sam ging wieder zu seinem Stuhl, und diesmal ergriff er zwei Umschläge. Er gab sie Adam und fing wieder an, langsam im Raum umherzuwandern. Auf dem einen stand der Name von Ruth Kramer, ohne Adresse, und auf dem anderen der von Elliot Kramer. »Die sind für die Kramers. Bringe sie ihnen, aber warte bis nach der Hinrichtung.«

»Weshalb warten?«

»Weil meine Motive rein sind. Ich will nicht, daß sie denken, ich wollte in meinen letzten Stunden noch Mitgefühl erregen.«

Adam legte die Kramer-Briefe neben den an Quince Lincoln – drei Briefe, drei Tote. Wie viele weitere Briefe würde Sam übers Wochenende noch schreiben? Wie viele weitere Opfer gab es da draußen?

»Du bist sicher, daß du bald sterben mußt, stimmt's, Sam?«

Er blieb an der Tür stehen und dachte einen Moment über die Frage nach. »Die Chancen stehen sehr schlecht. Ich mache mich darauf gefaßt.«

»Noch ist nicht alles verloren.«

»Ich weiß. Aber ich bereite mich vor, nur für alle Fälle. Ich habe vielen Leuten weh getan, Adam, und ich habe mir nicht immer die Mühe gemacht, darüber nachzudenken. Aber wenn man eine Verabredung mit Gevatter Tod hat, dann denkt man über den Schaden nach, den man angerichtet hat.«

Adam nahm die drei Umschläge in die Hand und betrachtete sie. »Hast du noch mehr?«

Sam verzog das Gesicht und schaute auf den Boden. »Das sind alle, im Augenblick.«

Die Zeitung von Jackson brachte am Freitagmorgen auf der Titelseite einen Artikel über Sam Cayhalls Ersuchen um eine Anhörung wegen eines Gnadengesuchs. Sie enthielt ein tadelloses Foto von Gouverneur David McAllister, ein schlechtes von Sam und Unmengen gezielter Kommentare von Mona Stark, der Stabschefin des Gouverneurs, die alle besagten, der Gouverneur kämpfe mit sich um die Entscheidung.

Da er ein wahrer Mann des Volkes war, ein getreuer Diener aller Einwohner von Mississippi, hatte der Gouverneur kurz nach seiner Wahl ein teures Telefon-Hotline-System installieren lassen. Die gebührenfreie Nummer war an jeder Straßenecke im Staat angeschlagen, und seine Wähler wurden ständig mit Anzeigen der Administration bombardiert, den heißen Draht zu benutzen. Rufen Sie den Gouverneur an. Ihm liegt sehr viel an Ihrer Meinung. Demokratie, wie sie im Buche steht. Sie können Tag und Nacht anrufen.

Und da er mehr Ehrgeiz als Mut hatte, hielten McAllister und seine Mitarbeiter die Anrufe auf einer täglichen Basis fest. Er war im Grunde ein Mitläufer, kein Führer. Er gab eine Menge Geld für Meinungsumfragen aus und hatte sich als äußerst geschickt darin erwiesen, die Probleme herauszufinden, die den Leuten zu schaffen machten, um dann einen Satz nach vorn zu tun und die Parade anzuführen.

Sowohl Goodman als auch Adam hatten das erkannt. McAllister war ganz offensichtlich zu sehr von seinem Schicksal besessen, um in irgendeiner Sache von sich aus den ersten Schritt zu tun. Der Mann war ein schamloser Stimmenzähler, und deshalb hatten sie beschlossen, ihm etwas zu zählen zu geben.

Goodman las den Artikel zeitig, bei Kaffee und Obst, und um halb acht war er am Telefon und sprach mit Professor John Bryan Glass und Hez Kerry. Um acht tranken drei von Glass' Studenten in dem schäbigen, provisorischen Büro Kaffee aus Pappbechern. Die Marktanalyse konnte beginnen.

Goodman erklärte den Plan und die Notwendigkeit der Geheimhaltung. Sie verstießen gegen keinerlei Gesetze, versicherte er ihnen, sondern manipulierten lediglich die öffentliche Meinung. Die Mobiltelefone lagen auf den Tischen, zusammen mit den Seiten aus den Telefonbüchern, die Goodman am Mittwoch kopiert hatte. Die Studenten waren ein wenig nervös, brannten aber trotzdem darauf, anfangen zu können. Sie würden gut bezahlt werden. Goodman demonstrierte die Technik mit dem ersten Anruf. Er wählte die Nummer.

»People's Hotline«, meldete sich eine angenehme Stimme.

»Ja, ich rufe wegen dem Artikel in der Zeitung von heute morgen an, dem über Sam Cayhall«, sagte Goodman, wobei er den schleppenden Südstaatenakzent imitierte, so gut er konnte. Das Ergebnis ließ viel zu wünschen übrig. Die Studenten amüsierten sich köstlich.

»Und Ihr Name ist?«

»Ja, ich bin Ned Lancaster, aus Biloxi, Mississippi«, erwiderte Goodman, aus der Telefonliste ablesend. »Und ich habe für den Gouverneur gestimmt. Ein guter Mann«, setzte er noch als Bonbon hinzu.

»Und wie denken Sie über Sam Cayhall?«

»Ich finde, er sollte nicht hingerichtet werden. Er ist ein alter Mann, der viel gelitten hat, und ich möchte, daß der Gouverneur ihn begnadigt. Soll man ihn doch da oben in Parchman in Frieden sterben lassen.«

»Okay. Ich werde dafür sorgen, daß der Gouverneur von Ihrem Anruf erfährt.«

»Danke.«

Goodman drückte auf einen Knopf am Telefon und verbeugte sich vor seinem Publikum. »Nichts dabei. Fangen wir an.«

Der junge Weiße suchte sich eine Telefonnummer aus. Sein Gespräch verlief ungefähr so: »Hallo, hier ist Lester Crosby, aus Bude, Mississippi. Ich rufe wegen der Hinrichtung von Sam Cayhall an. Ja, Madam. Meine Nummer? 555-9084. Ja, das stimmt. Bude, Mississippi, hier unten in Franklin County. Ja, das stimmt. Also, ich finde, Sam Cayhall sollte nicht in die Gaskammer geschickt werden. Ich bin einfach dagegen. Ich finde, der Gouverneur sollte dem einen Riegel vorschieben. Ja, Madam, das stimmt. Danke.«

Er lächelte Goodman an, der bereits eine andere Nummer wählte.

Die Frau, gleichfalls weiß, war eine Studentin in mittleren Jahren. Sie stammte aus einem kleinen Ort in einer ländlichen Gegend des Staates, und ihr Akzent war von Natur aus unüberhörbar. »Hallo, ist dort das Büro des Gouverneurs? Gut. Ich rufe wegen dem Cayhall-Artikel in der Zeitung von heute an. Susan Barnes, Decatur, Mississippi. Ja, genau. Also, er ist ein alter Mann, der in ein paar Jahren sowieso sterben wird. Was hat der Staat davon, wenn er ihn jetzt tötet? Laßt den Mann in Frieden. Was? Ja, ich möchte, daß der Gouverneur das unterbindet. Ich habe für den Gouverneur gestimmt, und ich finde, er ist ein guter Mann. Ja. Ich danke Ihnen auch.«

Der schwarze Student war Mitte zwanzig. Er teilte der Hotline-Telefonistin mit, daß er ein schwarzer Einwohner von Mississippi war, ein strikter Gegner der Ideen, die Sam Cayhall und der Klan vertraten, aber er sei trotzdem gegen die Hinrichtung. »Der Gouverneur hat nicht das Recht, darüber zu entscheiden, ob jemand leben oder sterben soll«, sagte er. Für ihn war die Todesstrafe unter gar keinen Umständen akzeptabel.

Und so ging es weiter. Die Anrufe gingen aus allen Ekken des Staates ein, einer nach dem anderen, jeder von einer anderen Person mit einer anderen Begründung, aber alle waren gegen die Hinrichtung. Die Studenten wurden kreativ, bemühten sich um die unterschiedlichsten Akzente und neuartige Argumente. Gelegentlich war die Leitung besetzt, und der Gedanke, daß sie die Hotline blockierten, machte ihnen gehörigen Spaß. Wegen seines undefinierbaren Akzents übernahm Goodman die Rolle des Außenseiters, er agierte als eine Art umherreisender Gegner der Todesstrafe, der sich von überall im Lande zu Wort meldete und dabei von einer erstaunlichen Vielzahl ethnischer Minderheiten und ausgefallener Ortschaften Gebrauch machte.

Goodman hatte sich Sorgen gemacht, daß McAllister vielleicht mißtrauisch genug war, um den Anrufen bei der Hotline nachzuspüren, war dann aber zu dem Schluß gelangt, daß die Telefonisten dazu viel zu beschäftigt waren.

Und sie waren beschäftigt. Am anderen Ende der Stadt sagte John Bryan Glass eine Vorlesung ab und verschloß die Tür zu seinem Büro. Er verbrachte eine wunderbare Zeit damit, unter allen möglichen angenommenen Namen einen Anruf nach dem anderen zu tätigen. Nicht weit von ihm entfernt bombardierten auch Hez Kerry und einer seiner Mitarbeiter die Hotline mit derselben Botschaft.

Adam eilte nach Memphis zurück. Darlene saß in seinem Büro und versuchte vergeblich, eine gewisse Ordnung in den Berg von Papierkram zu bringen. Sie deutete auf einen Stapel neben seinem Computer. »Die Entscheidung über die Ablehnung des Revisionsantrags liegt obenauf, darunter die Entscheidung des Gerichts von Mississippi. Dann kommt der Habeas-Corpus-Antrag, der beim Bundes-Bezirksgericht eingereicht werden muß. Ich habe alles bereits per Fax durchgegeben.«

Adam zog sein Jackett aus und warf es auf einen Stuhl. Er betrachtete eine Reihe von rosa Mitteilungen über Anrufe, die an einem Bücherregal hingen. »Wer sind diese Leute?«

»Reporter, Schriftsteller, Spinner, andere Anwälte, die ihre Hilfe anbieten. Einer ist von Garner Goodman in Jackson. Er sagte, die Marktanalyse liefe sehr gut, Sie sollten ihn nicht anrufen. Was ist die Marktanalyse?«

»Fragen Sie besser nicht. Keine Nachricht vom Fünften Berufungsgericht?«

»Nein.«

Adam holte tief Luft und ließ sich auf seinen Stuhl sinken.

»Lunch?« fragte sie.

»Nur ein Sandwich, wenn Sie so gut sein wollen. Können Sie auch morgen und Sonntag arbeiten?«

»Natürlich.«

»Ich brauche Sie das ganze Wochenende über, am Telefon und am Faxgerät. Tut mir leid.«

»Das macht mir nichts aus. Ich hole Ihnen ein Sandwich.«

Sie ging und machte die Tür hinter sich zu. Adam rief in Lees Wohnung an, es meldete sich niemand. Dann rief er das Auburn House an, aber niemand hatte etwas von ihr gehört. Er rief Phelps Booth an, der sich in einer Sitzung befand. Er rief Carmen in Berkeley an und sagte ihr, sie sollte für Sonntag einen Flug nach Memphis buchen.

Dann betrachtete er die Zettel mit den Telefonnachrichten und kam zu dem Schluß, daß keiner einen Rückruf wert war.

Um ein Uhr sprach Mona Stark mit den beim Büro des Gouverneurs im Kapitol herumlungernden Reportern. Sie sagte, daß der Gouverneur sich nach eingehenden Überlegungen entschlossen hätte, am Montag um zehn Uhr eine Anhörung wegen eines Gnadengesuchs abzuhalten. Er hatte vor, alle sachdienlichen Argumente und Appelle zur Kenntnis zu nehmen und dann eine faire Entscheidung zu treffen. Es sei eine furchtbare Verantwortung, erklärte sie, dieses Abwägen über Leben und Tod. Aber David McAllister würde tun, was gerecht und richtig war.

41

Am Samstagmorgen um Viertel vor sechs kam Packer zu Sams Zelle; die Handschellen blieben diesmal weg. Sam wartete bereits, und sie verließen leise Abschnitt A. Sie gingen durch die Küche, wo die Vertrauenshäftlinge Rührei machten und Speck brieten. Sam hatte die Küche noch nie gesehen, und er ging langsam, zählte seine Schritte und überprüfte die Abmessungen. Packer öffnete eine Tür und bedeutete Sam ungeduldig, ihm zu folgen. Sie traten in die Dunkelheit hinaus. Sam blieb stehen und warf einen Blick auf das kleine, quadratische Ziegelsteingebäude zu seiner Rechten, in dem sich die Gaskammer befand. Packer ergriff seinen Ellenbogen, und sie gingen gemeinsam zum Ostende des Todestrakts, wo ein anderer Wärter stand und wartete. Der Wärter gab Sam einen großen Becher Kaffee und führte ihn durch ein Tor auf eine Freifläche, die der am Westende des Trakts ähnelte. Sie war eingezäunt und von Stacheldraht gekrönt, mit einem Basketballkorb und zwei Bänken. Packer sagte, er käme in einer Stunde wieder, dann gingen er und der Wärter.

Sam stand lange auf einer Stelle, trank den heißen Kaffee

und betrachtete seine Umgebung. Seine erste Zelle hatte in Abschnitt D gelegen, im Ostflügel, und er war früher oft genug hier gewesen. Er kannte die genauen Abmessungen – fünfzehn Meter dreißig mal zehn Meter achtzig. Er sah den Wärter auf dem Turm, der unter einer Lampe saß und ihn beobachtete. Durch den Zaun und über die Baumwollfelder hinweg konnte er die Lichter von anderen Gebäuden sehen. Er wanderte langsam zu einer der Bänke und setzte sich.

Wie rücksichtsvoll von diesen netten Leuten, ihm seine Bitte zu erfüllen, ein letztes Mal einen Sonnenaufgang sehen zu dürfen. Er hatte seit neuneinhalb Jahren keinen mehr gesehen, und zuerst hatte Nugent nein gesagt. Dann hatte Packer interveniert und dem Colonel erklärt, das wäre okay, mit keinerlei Sicherheitsrisiko verbunden, und schließlich sollte der Mann in vier Tagen sterben. Packer würde die Verantwortung dafür übernehmen.

Sam starrte auf den Himmel im Osten, wo hinter aufgerissenen Wolken ein Anflug von Orange zum Vorschein kam. Zu Beginn seiner Zeit im Todestrakt, als seine Berufungen noch frisch waren und die Gerichte noch nicht über sie entschieden hatten, hatte er viele Stunden damit verbracht, sich an die grandiosen Belanglosigkeiten des täglichen Lebens zu erinnern, Kleinigkeiten wie jeden Tag eine heiße Dusche, die Gesellschaft seines Hundes, extra Honig auf seinem Toast. Damals hatte er tatsächlich geglaubt, daß er eines Tages wieder Eichhörnchen und Wachteln jagen könnte, Barsche und Brassen angeln, auf der Veranda sitzen und zuschauen, wie die Sonne aufging, in der Stadt Kaffee trinken und mit seinem alten Pickup umherfahren, wann immer er wollte. Sein größter Wunsch in diesen Fantasien während der ersten Zeit im Todestrakt war gewesen, nach Kalifornien zu fliegen und seine Enkelkinder zu suchen. Er war noch nie geflogen.

Aber die Träume von Freiheit waren vor langer Zeit gestorben, vertrieben von der qualvollen Monotonie des Lebens in einer Zelle und zerstört von den harten Entscheidungen zahlreicher Richter.

Dies würde sein letzter Sonnenaufgang sein, da war er

ganz sicher. Zu viele Leute wollten seinen Tod. Die Gaskammer wurde nicht oft genug benutzt. Es wurde Zeit, daß wieder eine Hinrichtung stattfand, verdammt noch mal, und er war der nächste auf der Liste.

Der Himmel wurde heller, und die Wolken lösten sich auf. Obwohl er gezwungen war, dieses grandiose Schauspiel der Natur durch einen Maschendrahtzaun hindurch zu beobachten, war es befriedigend. Nur noch ein paar Tage, und es würde für ihn keine Zäune mehr geben. Gitterstäbe, Stacheldraht und Gefängniszellen blieben anderen überlassen.

Vor dem Südeingang des Kapitols warteten am frühen Samstagmorgen zwei Reporter und rauchten und tranken Kaffee aus der Maschine. Sie hatten gerüchteweise erfahren, daß der Gouverneur einen langen Tag im Büro zu verbringen und sich mit der Cayhall-Sache herumzuschlagen gedachte.

Um halb acht hielt sein schwarzer Lincoln ganz in der Nähe an, und er stieg rasch aus. Zwei unauffällige Leibwächter eskortierten ihn zum Eingang; Mona Stark folgte ein paar Schritte hinter ihm.

»Gouverneur, haben Sie vor, der Hinrichtung beizuwohnen?« fragte der erste Reporter hastig. McAllister lächelte und hob die Hände, als ob er nur zu gern stehenbliebe und sich mit ihnen unterhielte, die Lage dafür aber viel zu kritisch wäre. Dann sah er, daß am Hals des anderen Reporters eine Kamera hing.

»Ich habe noch keine Entscheidung getroffen«, erwiderte er, für nur eine Sekunde stehenbleibend.

»Wird Ruth Kramer bei der Anhörung am Montag aussagen?«

Die Kamera wurde erhoben und war bereit. »Das kann ich im Moment noch nicht sagen«, erwiderte er, in die Linse lächelnd. »Tut mir leid, Leute, ich kann jetzt nicht reden.«

Er betrat das Gebäude und fuhr mit dem Fahrstuhl in sein Büro im ersten Stock. Die Leibwächter bezogen ihre Stellungen im Foyer, hinter den Morgenzeitungen.

Anwalt Larramore wartete mit dem neuesten Stand der Dinge. Er informierte den Gouverneur und Mona Stark, daß sich seit siebzehn Uhr gestern nachmittag hinsichtlich der verschiedenen Cayhall-Klagen und Eingaben nichts verändert hatte. Über Nacht war nichts passiert. Die Eingaben wurden immer verzweifelter, und er war überzeugt, daß die Gerichte sie jetzt schneller abweisen würden. Er hatte bereits mit Morris Henry im Büro des Justizministers gesprochen, und Dr. Deaths geschätztem Urteil zufolge lag die Chance, daß die Hinrichtung stattfinden würde, jetzt bei achtzig Prozent.

»Was ist mit der Anhörung am Montag? Haben sich Cayhalls Anwälte dazu geäußert?« fragte McAllister.

»Nein. Ich habe Garner Goodman gebeten, heute morgen gegen neun vorbeizukommen. Dachte, wir sollten mit ihm darüber reden. Ich bin in meinem Büro, falls Sie mich brauchen sollten.«

Larramore verschwand. Mona Stark widmete sich ihrer alltäglichen Pflicht, indem sie die Tageszeitungen überflog, um sie dann auf den Konferenztisch zu legen. Von den neun Zeitungen, die sie inspizierte, brachten acht die Cayhall-Story auf der Titelseite. An diesem Samstagmorgen galt das besondere Interesse der geplanten Anhörung. Drei der Zeitungen brachten dasselbe Foto von den Klansmännern, wie sie vor den Toren von Parchman unter der sengenden Augustsonne schmorten.

McAllister zog sein Jackett aus, krempelte die Ärmel auf und begann, in den Zeitungen herumzublättern. »Holen Sie die Zahlen«, sagte er barsch.

Mona verließ das Büro und kehrte nach einer knappen Minute zurück. Sie hatte einen Computerausdruck bei sich, der offensichtlich unerfreuliche Neuigkeiten enthielt.

»Ich höre«, sagte er.

»Die Anrufe hörten gegen neun gestern abend auf, der letzte erfolgte um sieben Minuten nach neun. Insgesamt waren es vierhundertundsechsundachtzig Anrufe, und mindestens neunzig Prozent waren ganz eindeutig gegen die Hinrichtung.«

»Neunzig Prozent«, sagte McAllister ungläubig. Aber

jetzt stand er nicht mehr unter Schock. Gestern gegen Mittag hatten die Hotlinebediener eine ungewöhnliche Zahl von Anrufen gemeldet, und um eins war Mona auch schon mit dem Analysieren der Computerausdrucke beschäftigt gewesen. Sie hatten den größten Teil des gestrigen Nachmittags damit verbracht, auf die Zahlen zu starren und über ihre nächsten Schritte nachzudenken. Der Gouverneur hatte kaum geschlafen.

»Wer sind diese Leute?« fragte er, zu einem Fenster hinaussehend.

»Ihre Wähler. Die Anrufe kommen von überall aus dem Staat. Die Namen und Telefonnummern scheinen echt zu sein.«

»Was war der bisherige Rekord?«

»Ich weiß nicht, aber ich glaube, wir hatten mal an die hundert an einem Tag, als die Abgeordneten ihre Diäten erhöhten. Aber nichts derartiges.«

»Neunzig Prozent«, murmelte er abermals.

»Und da ist noch etwas. Es gab Unmengen von Anrufen unter verschiedenen anderen Nummern hier im Büro. Meine Sekretärin hat ungefähr ein Dutzend entgegengenommen.«

»Alle für Sam, richtig?«

»Ja, alle gegen die Hinrichtung. Ich habe mit einigen von unseren Leuten gesprochen, und alle wurden gestern mit Anrufen überschüttet. Und Roxburgh hat mich gestern abend zu Hause angerufen und gesagt, daß auch sein Büro mit Anrufen gegen die Hinrichtung bombardiert worden ist.«

»Gut. Ist mir nur recht, daß er auch ins Schwitzen gerät.«

»Sollen wir die Hotline abschalten?«

»Wie viele Bediener arbeiten am Samstag und Sonntag?«

»Nur einer.«

»Nein. Halten Sie sie offen. Wir wollen wissen, was heute und morgen passiert.« Er trat an ein anderes Fenster und lockerte seine Krawatte. »Wann beginnt die Meinungsumfrage?«

»Heute nachmittag um drei.«

»Ich möchte die Zahlen unbedingt sehen.«

»Sie könnten genauso schlimm sein.«
»Neunzig Prozent«, sagte er kopfschüttelnd.
»Über neunzig Prozent«, korrigierte Mona ihn.

Die Operationszentrale war übersät mit Pizzakartons und Bierdosen, die von einem langen Marktanalyse-Tag zeugten. Jetzt erwartete ein Tablett mit frischen Doughnuts und eine Reihe von hohen Pappbechern mit Kaffee die Marktforscher, von denen zwei gerade mit den Zeitungen eingetroffen waren. Garner Goodman stand am Fenster und beobachtete mit einem neuen Fernglas das drei Blocks entfernte Kapitol, wobei seine besondere Aufmerksamkeit den Fenstern des Gouverneursbüros galt. In einem Moment der Langeweile war er gestern auf der Suche nach einer Buchhandlung in ein Einkaufszentrum gegangen. Er hatte das Fernglas im Schaufenster eines Optikers entdeckt, und den ganzen Nachmittag hindurch hatte es ihm einen Heidenspaß gemacht, den Gouverneur dabei zu beobachten, wie er durch seine Fenster hinausschaute und sich zweifellos fragte, wo all diese verdammten Anrufe herkamen.

Die Studenten verschlangen die Doughnuts und die Zeitungen. Es gab eine kurze, aber ernsthafte Diskussion über einige unübersehbare Verfahrensmängel beim Rechtsschutz für bereits Verurteilte im Staate Mississippi. Um acht traf das dritte Mitglied des Teams ein, ein Erstsemester aus New Orleans, und die Anrufe begannen.

Es stellte sich sehr schnell heraus, daß die Hotline nicht so leistungsfähig war wie am Tag zuvor. Es war schwierig, einen Bediener zu erreichen. Kein Problem. Sie benutzten andere Nummern – die Zentrale in der Residenz des Gouverneurs, die Leitungen zu den kleinen Regionalbüros, die er mit großem Trara überall im Staate eingerichtet hatte, damit er, ein Mensch wie alle anderen, seinem Volk immer nahe war.

Dieses Volk rief nun an.

Goodman verließ das Büro und ging die Congress Street hinunter zum Kapitol. Er hörte, wie ein Lautsprecher getestet wurde, und dann sah er die Leute vom Klan. Sie waren dabei, sich zu organisieren, mindestens ein Dutzend in vollem Paradedreß, die sich um das Denkmal für die Frauen der Konföderierten vor den Eingangsstufen zum Kapitol scharten. Goodman ging an ihnen vorbei und sagte sogar »Hallo« zu einem von ihnen, damit er, wenn er nach Chicago zurückgekehrt war, behaupten konnte, daß er mit einigen echten Kluxern gesprochen hatte.

Die beiden Reporter, die auf den Gouverneur gewartet hatten, standen jetzt auf den Eingangsstufen und beobachteten die Szene zu ihren Füßen. Als Goodman das Kapitol betrat, traf gerade ein Team des Lokalfernsehens ein.

Der Gouverneur war zu beschäftigt, um mit ihm zu sprechen, erklärte Mona Stark, aber Mr. Larramore konnte ein paar Minuten erübrigen. Sie wirkte ein wenig verwirrt, und das freute Goodman sehr. Er folgte ihr in Larramores Büro, wo sie den Anwalt am Telefon antrafen. Goodman hoffte, daß es einer seiner Anrufe war. Er folgte bereitwillig der Aufforderung, sich zu setzen. Mona machte die Tür zu und verschwand.

»Guten Morgen«, sagte Larramore, nachdem er den Hörer aufgelegt hatte.

Goodman nickte höflich und sagte: »Danke für die Anhörung. Nach dem, was der Gouverneur am Mittwoch gesagt hat, hatten wir nicht damit gerechnet, daß er sich dazu bereit erklären würde.«

»Er steht unter starkem Druck. Das tun wir alle. Ist Ihr Mandant bereit, über seinen Komplizen zu reden?«

»Nein. Es hat sich nichts geändert.«

Larramore fuhr mit den Fingern durch sein klebriges Haar und schüttelte frustriert den Kopf. »Welchen Sinn hat dann eine solche Anhörung? In diesem Punkt wird der Gouverneur nicht nachgeben, Mr. Goodman.«

»Wir bearbeiten Sam, okay? Wir reden mit ihm. Gehen wir erst mal davon aus, daß die Anhörung am Montag stattfinden wird. Vielleicht ändert Sam seine Meinung.«

Das Telefon läutete, und Larramore griff wütend nach dem Hörer. »Nein, hier ist nicht das Büro des Gouverneurs. Wer sind Sie?« Er notierte einen Namen und eine Telefonnummer. »Hier ist die Rechtsabteilung des Gouverneurs.«

Er schloß die Augen und schüttelte den Kopf. »Ja, ja. Ich bin sicher, daß Sie für den Gouverneur gestimmt haben.« Er hörte noch einen Moment länger zu. »Danke, Mr. Hurt. Ich werde dem Gouverneur sagen, daß Sie angerufen haben. Ja, danke.«

Er legte den Hörer auf. »Also, Mr. Gilbert Hurt aus Dumas, Mississippi, ist gegen die Hinrichtung«, sagte er und starrte auf das Telefon. »Die Telefone sind verrückt geworden.«

»Eine Menge Anrufe, wie?« fragte Goodman voller Mitgefühl.

»Sie würden es nicht glauben.«

»Dafür oder dagegen?«

»Ungefähr halb und halb, würde ich sagen«, sagte Larramore. Er nahm den Hörer wieder ab und wählte die Nummer von Mr. Gilbert Hurt in Dumas, Mississippi. Es meldete sich niemand. »Merkwürdig«, sagte er. »Der Mann hat mich gerade angerufen, hat seine Nummer genannt, und jetzt meldet sich niemand.«

»Vielleicht ist er gerade aus dem Haus gegangen. Versuchen Sie es doch später noch mal.« Goodman hoffte, daß er nicht die Zeit haben würde, es später noch einmal zu versuchen. In der ersten Stunde der gestrigen Marktanalyse hatte Goodman eine leichte Veränderung der Technik vorgenommen. Er hatte seine Mitarbeiter angewiesen, zuerst die Telefonnummern zu überprüfen und sich zu vergewissern, daß sich niemand meldete. Auf diese Weise wurde verhindert, daß Typen wie Larramore oder vielleicht ein neugieriger Hotline-Bediener zurückrufen und den wahren Besitzer des jeweiligen Namens erreichen konnten. Die Wahrscheinlichkeit war groß, daß diese Person die Todesstrafe eindeutig befürwortete. Das verlangsamte die Marktanalyse ein wenig, aber Goodman hielt es für sicherer.

»Ich arbeite an einem Entwurf für die Anhörung«, sagte Larramore, »für alle Fälle. Sie wird voraussichtlich im Sitzungssaal des Finanzausschusses stattfinden, hier auf diesem Flur.«

»Wird sie unter Ausschluß der Öffentlichkeit stattfinden?«

»Nein. Ist das ein Problem?«

»Uns bleiben noch vier Tage, Mr. Larramore. Alles ist ein Problem. Aber die Anhörung ist Sache des Gouverneurs. Wir sind ihm dankbar, daß er zugestimmt hat.«

»Ich habe Ihre Nummer. Wir bleiben in Verbindung.«

»Ich verlasse Jackson nicht, bevor diese Sache vorbei ist.«

Sie gaben sich flüchtig die Hand, und Goodman verließ das Büro. Dann saß er eine halbe Stunde auf den Eingangsstufen und sah zu, wie die Männer vom Klan sich formierten und Neugierige anzogen.

42

Obwohl er in wesentlich jüngeren Jahren selbst eine weiße Kutte und eine spitze Kapuze getragen hatte, hielt Donnie Cayhall Abstand von den Klan-Angehörigen, die auf dem Grasstreifen vor dem Eingang von Parchman patrouillierten. Es waren strenge Sicherheitsmaßnahmen getroffen worden; bewaffnete Wärter behielten die Protestierenden im Auge. Neben dem Baldachin, unter dem sich die Männer vom Klan versammelten, stand eine kleine Gruppe von Skinheads in braunen Hemden. Sie hielten Transparente hoch, auf denen Freiheit für Sam Cayhall gefordert wurde.

Donnie betrachtete das Spektakel einen Moment, dann folgte er den Anweisungen eines Wärters und parkte am Rand des Highways. In der Wachstation wurde sein Name überprüft, und ein paar Minuten später kam ein Gefängnistransporter und holte ihn ab. Sein Bruder saß seit neuneinhalb Jahren in Parchman, und Donnie hatte versucht, ihn wenigstens einmal im Jahr zu besuchen. Aber der letzte Besuch lag jetzt schon zwei Jahre zurück, wie er sich beschämt eingestand.

Donnie Cayhall war einundsechzig, der jüngste der vier Cayhall-Brüder. Alle waren dem Vorbild ihres Vaters gefolgt und hatten sich als Teenager dem Klan angeschlossen. Es war eine simple Entscheidung gewesen, die nicht viel

Nachdenken erforderte und mit der die ganze Familie selbstverständlich rechnete. Später war er in die Armee eingetreten, hatte in Korea gekämpft und war in der Welt herumgereist. In dieser Zeit hatte er das Interesse daran verloren, weiße Kutten zu tragen und Kreuze zu verbrennen. 1961 hatte er Mississippi verlassen und eine Stellung in einer Möbelfabrik in North Carolina angenommen. Jetzt wohnte er in der Nähe von Durham.

Seit neuneinhalb Jahren hatte er Sam jeden Monat ein Paket mit Zigaretten und ein wenig Geld geschickt. Er hatte ein paar Briefe geschrieben, aber weder ihm noch Sam lag viel an Korrespondenz. Nur wenige Leute in Durham wußten, daß er einen Bruder im Todestrakt hatte.

Am Eingangstor wurde er durchsucht und dann ins vordere Büro gewiesen. Ein paar Minuten später wurde Sam gebracht, und man ließ sie allein. Donnie hielt ihn lange Zeit in den Armen, und als sie sich voneinander lösten, hatten beide feuchte Augen. Sie ähnelten einander in Größe und Körperbau, aber Sam sah zwanzig Jahre älter aus. Er setzte sich auf die Schreibtischkante, und Donnie ließ sich auf einem Stuhl in seiner Nähe nieder.

Beide zündeten sich eine Zigarette an und schauten ins Leere.

»Irgendwelche guten Neuigkeiten?« fragte Donnie schließlich, obwohl er wußte, welche Antwort er erhalten würde.

»Nein. Keine. Die Gerichte weisen alles ab. Sie werden es tun, Donnie. Sie werden mich töten. Sie werden mich in die Kammer bringen und mich vergasen wie ein Tier.«

Donnies Gesicht sank auf seine Brust. »Es tut mir leid, Sam.«

»Mir tut es auch leid, aber ich werde froh sein, wenn es vorüber ist.«

»Sag das nicht.«

»Es ist mein voller Ernst. Ich habe es satt, in einem Käfig leben zu müssen. Ich bin ein alter Mann, und meine Zeit ist gekommen.«

»Aber du hast es nicht verdient, getötet zu werden, Sam.«

»Das ist das Schwerste daran. Nicht, daß ich sterben

muß. Sterben müssen wir schließlich alle. Ich kann einfach den Gedanken nicht ertragen, daß diese Mistkerle die Oberhand behalten. Sie werden gewinnen. Und ihre Belohnung besteht darin, daß sie mich anschnallen und zuschauen, wie ich ersticke. Es ist zum Kotzen.«

»Kann dein Anwalt denn nichts dagegen tun?«

»Er versucht alles Erdenkliche, aber es ist hoffnungslos. Ich möchte, daß du ihn kennenlernst.«

»Ich habe sein Foto in der Zeitung gesehen. Er sieht unseren Leuten nicht ähnlich.«

»Sein Glück. Ist mehr nach seiner Mutter geraten.«

»Kluger Junge?«

Sam brachte ein Lächeln zustande. »Ja, er ist großartig. Er nimmt sich das alles sehr zu Herzen.«

»Wird er heute kommen?«

»Wahrscheinlich. Ich weiß es noch nicht. Er wohnt in Memphis bei Lee«, sagte Sam mit einem Anflug von Stolz. Seinetwegen waren seine Tochter und sein Enkel sich nahegekommen und lebten sogar friedlich beisammen.

»Ich habe heute morgen mit Albert gesprochen«, sagte Donnie. »Er hat gesagt, er ist zu krank, um herzukommen.«

»Gut. Ich will ihn nicht hier haben. Und seine Kinder und Enkelkinder auch nicht.«

»Er wollte dir seine Aufwartung machen, aber er kann nicht.«

»Sag ihm, er soll sich das für die Beerdigung aufsparen.«

»Also, Sam ...«

»Niemand wird um mich weinen, wenn ich tot bin. Und auf einen Haufen falsches Mitgefühl vorher kann ich verzichten. Ich brauche etwas von dir, Donnie. Und es kostet ein bißchen Geld.«

»Klar. Was immer du haben möchtest.«

Sam zupfte an der Taille seines roten Overalls. »Sieh dir dieses verdammte Ding an. Das habe ich seit fast zehn Jahren jeden Tag getragen. Und der Staat Mississippi erwartet von mir, daß ich es auch trage, wenn er mich tötet. Aber ich habe das Recht, zu tragen, was immer ich will. Es würde sehr viel für mich bedeuten, wenn ich in ein paar anständigen Sachen sterben könnte.«

Donnie wurde plötzlich von Gefühlen überwältigt. Er wollte etwas sagen, brachte aber kein Wort heraus. Seine Augen waren feucht, und seine Lippen bebten. Er nickte, dann gelang ihm so gerade eben ein »Natürlich, Sam«.

»Kennst du diese Arbeitshosen, die man Dickies nennt? Ich habe sie viele Jahre getragen. Sie sind aus einer Art Khakistoff.«

Donnie nickte immer noch.

»So eine Hose wäre schön, dazu irgendein weißes Hemd, keins, das man über den Kopf zieht, sondern eins mit Knöpfen. Kleines Hemd, kleine Hose, Bundweite achtzig. Ein Paar weiße Socken und irgendwelche billigen Schuhe. Schließlich werde ich sie nur einmal tragen. Geh in einen Wal-Mart oder so was Ähnliches, da bekommst du das ganze Zeug wahrscheinlich für weniger als dreißig Dollar. Würde dir das etwas ausmachen?«

Donnie wischte sich die Augen und versuchte zu lächeln. »Nein, Sam.«

»Ich werde pickfein aussehen, meinst du nicht auch?«

»Wo willst du begraben werden?«

»In Clanton, neben Anna. Ich bin sicher, das wird sie in ihrer Ruhe nicht stören. Adam kümmert sich darum.«

»Was kann ich sonst noch für dich tun?«

»Nichts. Wenn du mir nur die Sachen besorgst.«

»Das mach ich gleich heute.«

»Du bist der einzige Mensch auf der Welt, der sich all die Jahre um mich gekümmert hat, weißt du das? Tante Barb hat mir jahrelang geschrieben, bevor sie starb, aber ihre Briefe waren immer steif und trocken, und ich hatte immer das Gefühl, daß sie sie nur schrieb, damit sie ihren Nachbarinnen davon erzählen konnte.«

»Wer zum Teufel war Tante Barb?«

»Hubert Cains Mutter. Ich weiß nicht einmal, wie sie mit uns verwandt war. Ich kannte sie kaum, bevor ich hierher kam, dann schrieb sie mir diese fürchterlichen Briefe. Sie konnte es einfach nicht fassen, daß einer aus der Familie in Parchman sitzt.«

»Möge sie in Frieden ruhen.«

Sam kicherte, und ihm fiel eine alte Geschichte aus ihrer

Kindheit wieder ein. Er erzählte sie mit voller Begeisterung, und Minuten später brachen beide Brüder in lautes Lachen aus. Donnie fiel eine andere Geschichte ein, und so ging es eine Stunde lang weiter.

Als Adam am späten Samstagnachmittag eintraf, war Donnie bereits seit Stunden fort. Er wurde ins vordere Büro geführt, wo er einige Papiere auf dem Schreibtisch ausbreitete. Man brachte Sam herein und befreite ihn von seinen Handschellen, dann wurde die Tür abgeschlossen. Adam merkte sofort, daß er weitere Briefumschläge mitgebracht hatte.

»Noch mehr Aufträge für mich?« fragte er argwöhnisch.

»Ja, aber sie haben Zeit, bis es vorbei ist.«

»An wen?«

»Einer an die Familie Pinder in Vicksburg, deren Haus ich in die Luft gejagt habe. Einer an die Synagoge, die ich in Jackson gesprengt habe. Einer an den jüdischen Grundstücksmakler, gleichfalls in Jackson. Kann sein, daß noch mehr kommen. Aber es hat keine Eile, ich weiß, wie viel du im Moment zu tun hast. Aber ich wäre dir dankbar, wenn du dich darum kümmern würdest, wenn ich nicht mehr da bin.«

»Was steht in diesen Briefen?«

»Was denkst du denn?«

»Ich weiß es nicht. Daß es dir leid tut, nehme ich an.«

»Kluger Junge. Ich entschuldige mich für meine Untaten, bereue meine Sünden und bitte sie um Verzeihung.«

»Warum tust du das?«

Sam lehnte sich an einen Aktenschrank. »Weil ich den ganzen Tag in einem Käfig sitze. Weil ich eine Schreibmaschine habe und massenhaft Papier. Ich langweile mich zu Tode, vielleicht schreibe ich deshalb. Weil ich ein Gewissen habe, kein sonderlich großes, aber es ist da, und je näher der Tod heranrückt, desto schuldiger fühle ich mich wegen der Dinge, die ich getan habe.«

»Tut mir leid. Ich werde sie abliefern.« Adam kreiste etwas auf seiner Checkliste ein. »Wir haben noch zwei Eingaben laufen. Das Fünfte Berufungsgericht sitzt nach wie vor auf der Klage wegen unzulänglicher Rechtsberatung. Ich hatte mit einer schnellen Entscheidung gerechnet, aber seit zwei Tagen hat sich nichts getan. Die Klage wegen geistiger Unzurechnungsfähigkeit liegt beim Bezirksgericht.«

»Es ist alles hoffnungslos, Adam.«

»Mag sein, aber ich gebe nicht auf. Wenn es sein muß, reiche ich noch ein Dutzend weitere Klagen ein.«

»Ich unterschreibe nichts mehr. Du kannst nichts einreichen, was ich nicht unterschrieben habe.«

»Doch, das kann ich. Es gibt Möglichkeiten.«

»Dann bist du entlassen.«

»Du kannst mich nicht entlassen, Sam. Ich bin dein Enkel.«

»Wir haben eine Vereinbarung, in der steht, daß ich dich jederzeit entlassen kann. Wir haben es schriftlich abgemacht.«

»Es ist ein Dokument voller Fehler, aufgesetzt von einem guten Knastanwalt, aber trotzdem ausgesprochen mangelhaft.«

Sam schnaubte und fing wieder an, seine Fliesenreihe abzuschreiten. Er wanderte ein halbdutzendmal an Adam vorbei, seinem Anwalt heute, morgen und an den restlichen Tagen seines Lebens. Er wußte, daß er ihn nicht entlassen konnte.

»Für Montag ist eine Anhörung wegen des Gnadengesuchs angesetzt«, sagte Adam; er schaute auf seinen Block und wartete auf die Explosion. Aber Sam nahm es gelassen hin und setzte seine Wanderung fort.

»Welchen Zweck hat eine solche Anhörung?« fragte er.

»Um Begnadigung zu bitten.«

»Bei wem?«

»Beim Gouverneur.«

»Und du glaubst, der Gouverneur würde meine Begnadigung tatsächlich in Betracht ziehen?«

»Was haben wir zu verlieren?«

»Antworte auf meine Frage, du Klugscheißer. Du mit deiner Ausbildung, deiner Erfahrung und deiner juristischen Brillanz – erwartest du allen Ernstes von diesem

Gouverneur, daß er auch nur im Traum daran denkt, mich zu begnadigen?«

»Vielleicht.«

»Vielleicht, daß ich nicht lache. Du bist schön blöd, Adam.«

»Danke, Sam.«

»Gern geschehen.« Er blieb direkt vor Adam stehen und richtete seinen gekrümmten Finger auf ihn. »Ich habe dir von Anfang an gesagt, daß ich, als dein Mandant und damit als jemand, der auch ein Wörtchen mitzureden hat, nichts mit McAllister zu tun haben will. Ich werde diesen Affen nicht um Gnade bitten. Ich will nichts mit ihm zu schaffen haben, gar nichts. Das ist mein Wunsch, und den habe ich dir, junger Mann, vom ersten Tag an klargemacht. Du dagegen, als mein Anwalt, hast meine Wünsche ignoriert und getan, was dir gerade in den Sinn gekommen ist. Du bist der Anwalt, nicht mehr und nicht weniger, während ich der Mandant bin, und ich weiß nicht, was man dir an deiner feinen Universität beigebracht hat, aber hier treffe ich die Entscheidungen.«

Sam ging zu einem leeren Stuhl und griff nach einem weiteren Umschlag. Er gab ihn Adam und sagte: »Das ist ein Brief an den Gouverneur mit dem Ersuchen, die für Montag angesetzte Anhörung wegen eines Gnadengesuchs ausfallen zu lassen. Wenn du dich weigerst, sie ausfallen zu lassen, dann mache ich Kopien von diesem Brief und übergebe sie der Presse. Ich werde dich, Garner Goodman und den Gouverneur bloßstellen. Hast du verstanden?«

»Du hast dich deutlich genug ausgedrückt.«

Sam legte den Umschlag wieder auf den Stuhl und zündete sich eine weitere Zigarette an.

Adam kreiste einen weiteren Punkt auf seiner Liste ein. »Carmen kommt am Montag. Was mit Lee ist, weiß ich noch nicht.«

Sam ging zu einem Stuhl und setzte sich. Er sah Adam nicht an. »Ist sie immer noch in der Klinik?«

»Ja, und ich weiß nicht, wann sie wieder herauskommt. Möchtest du, daß sie dich besucht?«

»Laß mich darüber nachdenken.«

»Denk schnell, okay?«

»Komisch, wirklich komisch. Mein Bruder Donnie war heute morgen hier. Er ist mein jüngster Bruder. Er möchte dich kennenlernen.«

»War er im Klan?«

»Was für eine Frage ist das?«

»Es ist eine simple Ja- oder Nein-Frage.«

»Ja. Er war im Klan.«

»Dann will ich ihn nicht kennenlernen.«

»Er ist kein schlechter Kerl.«

»Wenn du meinst.«

»Er ist mein Bruder, Adam. Ich möchte, daß du meinen Bruder kennenlernst.«

»Ich habe nicht den Wunsch, neue Cayhalls kennenzulernen, Sam, vor allem nicht solche, die Kutten und Kapuzen getragen haben.«

»Ach, tatsächlich? Vor drei Wochen wolltest du noch alles über die Familie erfahren. Du konntest einfach nicht genug davon bekommen.«

»Ich kapituliere, okay? Ich habe genug gehört.«

»Oh, da gibt es noch viel mehr.«

»Genug, genug. Verschone mich.«

Sam grunzte und lächelte vor sich hin. Adam schaute auf seinen Block und sagte: »Es wird dich freuen zu erfahren, daß sich zu den Kluxern draußen inzwischen ein paar Nazis und Arier und Skinheads und Angehörige ähnlich gesinnter Gruppen gesellt haben. Sie haben sich am Highway aufgereiht und schwenken Plakate vor vorbeifahrenden Autos. Auf den Plakaten fordern sie natürlich Freiheit für Sam Cayhall, ihren Helden. Es ist ein toller Zirkus.«

»Ich habe es im Fernsehen gesehen.«

»Außerdem sind sie in Jackson vor dem Kapitol aufmarschiert.«

»Ist das meine Schuld?«

»Nein. Es ist deine Hinrichtung. Du bist zu einem Symbol geworden. Im Begriff, ein Märtyrer zu werden.«

»Und was soll ich dagegen tun?«

»Nichts. Mach einfach weiter und stirb, dann sind sie alle glücklich.«

»Was bist du heute nur für ein Arschloch.«

»Entschuldige, Sam. Der Druck macht mich fertig.«

»Wirf das Handtuch. Ich habe es auch getan. Kann es nur wärmstens empfehlen.«

»Vergiß es, Sam. Ich habe diese Kerle ins Schwitzen gebracht. Bis jetzt habe ich noch nicht einmal angefangen zu kämpfen.«

»Ja, du hast drei Anträge gestellt, und insgesamt sieben Gerichte haben dich abgewiesen. Null zu sieben. Ich möchte nicht erleben, was passiert, wenn du richtig loslegst.« Sam sagte das mit einem boshaften Lächeln, und der Witz traf ins Schwarze. Adam mußte lachen, und beide atmeten ein wenig leichter. »Ich habe da eine großartige Idee für eine Klage nach deinem Tode«, sagte er, Aufregung heuchelnd.

»Nach meinem Tode?«

»Klar. Wir verklagen sie wegen gesetzwidriger Tötung. Alle miteinander – McAllister, Nugent, Roxburgh, den Staat Mississippi.«

»Das hat noch nie jemand getan«, sagte Sam und strich sich den Bart, als wäre er tief in Gedanken versunken.

»Ja, ich weiß. Das habe ich mir ganz allein ausgedacht. Vielleicht holen wir keinen Cent dabei heraus, aber stell dir den Spaß vor, den ich haben werde, wenn ich diese Mistbande die nächsten fünf Jahre herumscheuche.«

»Du hast meine Vollmacht, die Klage einzureichen. Verklag sie.«

Das Lächeln verschwand langsam wieder, und der fröhliche Moment war vorüber. Adam fand noch etwas anderes auf seiner Checkliste. »Nur noch ein paar Dinge. Lucas Mann hat mich gebeten, dich wegen deiner Zeugen zu fragen. Du hast das Recht, zwei Leute im Zeugenraum zu benennen, für den Fall, daß es soweit kommen sollte.«

»Donnie will nicht dabeisein. Und daß du dabei bist, lasse ich nicht zu. Sonst kann ich mir niemanden vorstellen, der zusehen möchte.«

»Gut. Ich habe mindestens dreißig Anfragen wegen Interviews. Praktisch jede größere Zeitung und jedes Nachrichtenmagazin will mit dir reden.«

»Nein.«

»Gut. Erinnerst du dich an den Schriftsteller, über den wir beim letztenmal sprachen, Wendall Sherman? Den, der deine Geschichte auf Tonband aufnehmen möchte …«

»Ja. Für fünfzigtausend Dollar.«

»Inzwischen sind es hunderttausend. Sein Verleger schießt das Geld vor. Er will alles auf Tonband aufnehmen, der Hinrichtung beiwohnen, gründliche Recherchen anstellen und dann ein dickes Buch darüber schreiben.«

»Nein.«

»Gut.«

»Ich will nicht die nächsten drei Tage damit verbringen, über mein Leben zu reden. Ich will nicht, daß ein Fremder in Ford County herumschnüffelt. Und an diesem Punkt meines Lebens habe ich keinen sonderlichen Bedarf an hunderttausend Dollar.«

»Gut. Du hast einmal die Kleidung erwähnt, die du tragen wolltest …«

»Darum kümmert sich Donnie.«

»Okay. Der nächste Punkt. Wenn wir keinen Aufschub erlangen, darfst du während deiner letzten Stunden zwei Personen bei dir haben. Wie nicht anders zu erwarten, hat das Gefängnis ein Formular, auf dem diese beiden Personen benannt werden und das du unterschreiben mußt.«

»Es sind immer der Anwalt und der Geistliche, stimmt's?«

»Ja, das stimmt.«

»Dann sind es vermutlich du und Ralph Griffin.«

Adam trug die Namen in ein Formular ein. »Wer ist Ralph Griffin?«

»Der neue Geistliche hier. Er ist gegen die Todesstrafe, kannst du dir das vorstellen? Sein Vorgänger war der Ansicht, wir sollten alle vergast werden, natürlich im Namen Jesu.«

Adam schob Sam das Formular hin. »Unterschreib hier.«

Sam kritzelte seinen Namen und gab es zurück.

»Du hast das Recht auf einen letzten Damenbesuch.«

Sam lachte laut. »Na, hör mal, Junge. Ich bin ein alter Mann.«

»Es steht auf der Checkliste. Lucas Mann hat mir vor ein paar Tagen zugeflüstert, ich sollte es erwähnen.«

»Okay. Du hast es erwähnt.«

»Ich habe hier noch ein Formular, deine persönliche Habe betreffend. Wer soll sie bekommen?«

»Du meinst meinen Nachlaß?«

»Gewissermaßen.«

»Das ist verdammt morbide, Adam. Weshalb müssen wir darüber reden?«

»Ich bin Anwalt, Sam. Wir werden dafür bezahlt, daß wir uns um die Details kümmern. Es ist nur Papierkram.«

»Willst du mein Zeug?«

Adam dachte einen Moment darüber nach. Er wollte Sams Gefühle nicht verletzen, konnte sich aber gleichzeitig nicht vorstellen, was er mit ein paar zerlumpten Kleidungsstücken, abgegriffenen Büchern, einem tragbaren Fernseher und Duschsandalen aus Plastik anfangen sollte. »Klar«, sagte er.

»Dann gehört es dir. Nimm es und verbrenn es.«

»Unterschreib hier«, sagte Adam und schob ihm das Formular zu. Sam unterschrieb, dann sprang er auf und fing wieder mit dem Herumwandern an. »Ich möchte wirklich, daß du Donnie kennenlernst.«

»Okay. Wenn du unbedingt willst«, sagte Adam und verstaute seinen Block und die Formulare in seinem Aktenkoffer. Damit waren die bürokratischen Details erledigt. Sein Aktenkoffer fühlte sich plötzlich viel schwerer an.

»Ich komme morgen früh wieder«, sagte er zu Sam.

»Bring ein paar gute Neuigkeiten mit, okay?«

Colonel Nugent marschierte mit einem Dutzend bewaffneter Wärter hinter sich am Rande des Highways entlang. Er funkelte die Klan-Angehörigen an, sechsundzwanzig nach der letzten Zählung, und warf den Nazis in ihren Braunhemden, zehn insgesamt, finstere Blicke zu. Er stolzierte um das Ende des grasbewachsenen Proteststreifens herum und blieb einen Moment stehen, um mit zwei katholischen Nonnen zu sprechen, die unter einem großen Schirm saßen, so weit von den anderen Demonstranten entfernt wie möglich. Es herrschten achtunddreißig Grad, und die Nonnen schmorten unter ihrem Schirm. Sie tranken Eiswasser, ihre Plakate lehnten so an ihren Knien, daß sie vom Highway aus zu sehen waren.

Die Nonnen fragten ihn, wer er wäre und was er wollte. Er erklärte ihnen, er sei der amtierende Gefängnisdirektor und wolle sich lediglich vergewissern, daß die Demonstration friedlich verlief.

Sie sagten ihm, er solle verschwinden.

43

Vielleicht lag es daran, daß Sonntag war, vielleicht war es auch der Regen, aber Adam trank seinen Morgenkaffee mit unerwarteter Gelassenheit. Draußen war es noch dunkel, und das sanfte Prasseln eines warmen Sommerschauers auf die Terrasse war hypnotisierend. Er stand in der offenen Tür und lauschte dem Aufklatschen der Regentropfen. Es war noch zu früh für Verkehr auf dem Riverside Drive weiter unten. Es gab keinerlei Geräusche von den Schleppern auf dem Floß. Alles war still und friedlich.

Und an diesem Tag, Tag drei vor der Hinrichtung, hatte er auch nicht übermäßig viel zu tun. Er würde im Büro anfangen, wo eine weitere Eingabe in letzter Minute vorbereitet werden mußte. Die Begründung war so lächerlich, daß Adam sich fast genierte, die Klage einzureichen. Dann würde er nach Parchman fahren und Sam eine Weile Gesellschaft leisten.

Es war unwahrscheinlich, daß sich am Sonntag bei den Gerichten irgend etwas tat. Möglich war es aber trotzdem, da die Death Clerks und ihre Mitarbeiter ständig verfügbar sein mußten, wenn eine Hinrichtung bevorstand. Aber der Freitag und der Samstag waren vergangen, ohne daß irgendwelche Entscheidungen gefällt worden waren, und er rechnete für heute mit derselben Inaktivität. Morgen allerdings würde es seiner bisher nicht erprobten Meinung zufolge ganz anders aussehen.

Der morgige Tag würde nichts als Hektik bringen. Und der Dienstag, der Sams letzter Tag sein sollte, würde ein Alptraum an Streß werden.

Aber dieser Sonntagmorgen war bemerkenswert ruhig. Er hatte fast sieben Stunden geschlafen, ein Rekord in jüngster Zeit. Sein Kopf war klar, sein Puls normal, seine Atmung entspannt. Anders als sonst, überschlugen sich seine Gedanken heute nicht.

Er blätterte in der Sonntagszeitung, überflog die Schlagzeilen, las aber nichts. Da standen mindestens zwei Artikel über die Cayhall-Hinrichtung, einer brachte weitere Fotos von dem ständig anwachsenden Wirbel vor den Toren des Gefängnisses. Der Regen hörte auf, als die Sonne aufging, und er saß eine Stunde lang auf einem nassen Schaukelstuhl und blätterte in Lees Architektur-Zeitschriften. Nach ein paar Stunden Ruhe und Frieden war Adam gelangweilt und bereit, wieder in Aktion zu treten.

Da war eine unerledigte Sache in Lees Schlafzimmer. Adam hatte versucht, sie zu vergessen, es aber nicht gekonnt. Seit nunmehr zehn Tagen hatte wegen des Buchs in ihrer Schublade eine stumme Schlacht in ihm getobt. Sie war betrunken gewesen, als sie ihm von dem Foto von dem Lynchmord erzählt hatte, aber es war nicht das wirre Geschwätz einer Trinkerin gewesen. Adam wußte, daß das Buch existierte. Da lag ein reales Buch mit dem realen Foto eines jungen Schwarzen, der an einem Seil hing, und zu seinen Füßen stand eine Gruppe stolzer Weißer, die in die Kamera grinsten und keinerlei Strafverfolgung zu befürchten hatten. Adam hatte sich das Bild im Geiste ausgemalt, hatte Gesichter hinzugefügt, den Baum skizziert, das Seil gezeichnet, einen Text daruntergesetzt. Aber es gab ein paar Dinge, die er nicht wußte und sich nicht vorstellen konnte. War das Gesicht des Toten zu erkennen? Trug er Schuhe, oder war er barfuß? War Sam in so jungen Jahren ohne weiteres zu erkennen? Wie viele weiße Gesichter waren auf dem Foto zu sehen? Und wie alt waren sie? Waren Frauen dabei? Irgendwelche Waffen? Blut? Lee hatte gesagt, er wäre ausgepeitscht worden. War die Peitsche auf dem Foto zu sehen? Er hatte sich das Bild seit Tagen vorgestellt, und jetzt war es an der Zeit, endlich einen Blick in das Buch zu werfen. Er konnte es nicht mehr aufschieben. Lee konnte geheilt zurückkehren. Sie konnte das Buch woanders hinlegen, es von neuem verstecken. Er hatte vor, die nächsten zwei oder drei Nächte hier zu verbringen, aber das konnte sich mit einem Telefonanruf ändern. Er konnte gezwungen sein, nach Jackson zu fahren oder in Parchman in seinem Wagen zu schlafen. Selbst alltägliche Verrichtungen wie Essen und Schlafen mußten dem Zufall überlassen bleiben, wenn ein Mandant nur noch ein paar Tage zu leben hatte.

Eine so gute Gelegenheit würde sich nicht noch einmal bieten, und er kam zu dem Schluß, daß er jetzt bereit war, der Bande von Lynchmördern ins Auge zu sehen. Er ging zur Vordertür und suchte den Parkplatz ab, um sich zu vergewissern, daß sie nicht plötzlich zurückgekommen war. Er schloß sogar die Schlafzimmertür ab, dann öffnete er die oberste Schublade. Sie enthielt ihre Unterwäsche, und dadurch wurde ihm erst richtig bewußt, daß er in ihre Privatsphäre eindrang.

Das Buch lag in der dritten Schublade auf einem ausgeblichenen Sweatshirt. Es war dick und in grünes Leinen gebunden – *Schwarze in den Südstaaten zur Zeit der Wirtschaftskrise*. Erschienen 1947 bei Toffler Press, Pittsburgh. Adam nahm es und setzte sich damit auf Lees Bettkante. Die Seiten waren sauber und makellos, als wäre das Buch noch nie von jemanden in der Hand gehalten oder gelesen worden. Wer im Tiefen Süden würde schon ein solches Buch lesen wollen? Und mochte sich das Buch auch schon seit Jahrzehnten im Besitz der Familie Cayhall befinden, so war Adam doch überzeugt, daß es nie gelesen worden war. Er betrachtete den Einband und fragte sich, unter welchen Umständen ausgerechnet dieses Buch in Sam Cayhalls Familie gelangt war.

Das Buch hatte drei Bildteile. Der erste enthielt Fotos der armseligen Bruchbuden und elenden Schuppen, in denen die Schwarzen auf den Plantagen leben mußten. Es gab Familienporträts mit Dutzenden von Kindern, dazu die obligatorischen Aufnahmen von Farmarbeitern, die tief gebückt auf den Feldern standen und Baumwolle pflückten.

Der zweite Teil befand sich in der Mitte des Buches und umfaßte zwanzig Seiten. Er enthielt tatsächlich zwei Fotos von Lynchmorden. Das erste war eine wirklich grauenvolle Szene mit zwei Kluxern in Kutte und Kapuze, die Gewehre in der Hand hielten und für die Kamera posierten. Hinter ihnen hing an einem Seil ein Schwarzer, der offensichtlich furchtbar geschlagen worden war. Seine Augen waren halb offen, sein Gesicht entstellt und blutüberströmt. *KKK-Lynchmord im Herzen von Mississippi,* 1939, lautete die Bildunterschrift, als ob sich diese Rituale einfach durch Ort und Zeit definieren ließen.

Das Foto war so grauenvoll, daß Adam entsetzt nach Luft schnappte, dann schlug er die nächste Seite auf und stieß gleich auf die zweite Lynchszene, die, mit der ersten verglichen, geradezu zahm wirkte. Der leblose Körper am Ende des Seils war nur von der Brust abwärts zu sehen. Das Hemd schien zerrissen zu sein, vermutlich von der Peitsche, wenn tatsächlich eine benutzt worden war. Der schwarze Mann war sehr mager, seine zu große Hose um die Taille herum fest zusammengeschnürt. Er trug keine Schuhe. Blut war nicht zu sehen. Das Seil, an dem er hing, mußte an einem Ast befestigt sein, dessen Ende im Hintergrund sichtbar war. Der Baum war groß, mit massigen Ästen und einem dicken Stamm.

Nur Zentimeter unter den baumelnden Füßen hatte sich eine ausgelassene Gruppe versammelt. Männer, Frauen und Kinder posierten für die Kamera. Einige stellten in übertriebenen Posen ihre Wut und ihre Männlichkeit zur Schau – gerunzelte Stirn, funkelnde Augen, zusammengepreßte Lippen, als läge es einzig und allein an ihnen, ihre Frauen vor den Aggressionen der Neger zu schützen; andere lächelten und schienen zu kichern, insbesondere die Frauen, von denen zwei recht hübsch waren; ein kleiner Junge zielte mit einer Pistole drohend auf die Kamera; ein junger Mann hielt eine Flasche Schnaps so in der Hand, daß man gerade noch das Etikett erkennen konnte. Die meisten Leute schienen sich regelrecht zu freuen, daß es zu diesem

Ereignis gekommen war. Adam zählte siebzehn Personen, und jede einzelne von ihnen schaute ohne Scham oder Beunruhigung in die Kamera; nichts deutete darauf hin, daß gerade ein Verbrechen begangen worden war. Für sie galten die Gesetze nicht. Sie hatten gerade einen Menschen umgebracht, und es war nur zu offensichtlich, daß sie sich dabei keine Sekunde lang vor irgendwelchen Konsequenzen gefürchtet hatten.

Was man da sah, war ein Fest. Ein lauer Abend, mit Alkohol und hübschen Frauen obendrein. Bestimmt hatten sie Proviantkörbe dabei und würden jeden Moment Decken auf dem Boden ausbreiten und sich zu einem netten Picknick im Grünen unter einem Baum niederlassen.

Lychmord im ländlichen Mississippi, 1936, lautete die Bildunterschrift.

Sam war in der vordersten Reihe. Er hatte sich zwischen zwei anderen jungen Männern auf ein Knie niedergelassen, und alle drei blickten direkt in die Kamera. Er war fünfzehn oder sechzehn und bemühte sich verzweifelt, sein schmales Gesicht gefährlich wirken zu lassen – gekräuselte Lippen, verkniffene Augenbrauen, hochgerecktes Kinn. Wie sich ein Junge eben übertrieben keck und prahlerisch in Positur wirft, der es den Erwachsenen um ihn herum unbedingt gleichtun will.

Er war leicht herauszufinden, weil jemand mit verblichener blauer Tinte eine Linie quer über das Foto bis zum Rand gezogen hatte, wo in Blockbuchstaben der Name Sam Cayhall stand. Die Linie kreuzte die Körper und Gesichter anderer und endete an Sams linkem Ohr. Eddie. Es mußte Eddie gewesen sein. Lee hatte gesagt, daß Eddie dieses Buch auf dem Dachboden gefunden hatte, und Adam hatte deutlich das Bild vor Augen, wie sein Vater sich im Dunkeln versteckte, über dem Foto weinte und schließlich Sam kenntlich machte, indem er den anklagenden Pfeil auf seinen Kopf richtete.

Lee hatte außerdem gesagt, daß Sams Vater der Anführer dieser ausgelassenen Mörderbande gewesen war, aber Adam konnte ihn nicht ausmachen. Vielleicht hatte Eddie es auch nicht gekonnt, denn es gab keine weiteren Markierungen. Da waren mindestens sieben Männer, die alt genug waren, um Sams Vater zu sein. Wie viele von diesen Leuten waren Cayhalls? Sie hatte auch gesagt, daß seine Brüder mitgemacht hätten, und vielleicht hatte einer der jüngeren Männer Ähnlichkeit mit Sam; doch auch das ließ sich nicht mit Gewißheit sagen.

Er betrachtete die klaren, schönen Augen seines Großvaters, und das Herz tat ihm weh. Er war nur ein Junge, geboren und aufgewachsen in einer Familie, in der der Haß gegen Schwarze und andere zum normalen Leben gehörte. Wieviel davon konnte man ihm zum Vorwurf machen? Man brauchte sich nur die Leute um ihn herum anzusehen, seinen Vater, Familienangehörige, Freunde und Nachbarn, alle vermutlich ehrliche, arme, schwer arbeitende Leute, für einen Moment eingefangen am Ende einer grausamen Zeremonie, die in ihrer Gesellschaft alltäglich war. Sam hatte keine Chance gehabt. Das war die einzige Welt, die er kannte.

Wie sollte Adam es jemals schaffen, die Vergangenheit mit der Gegenwart zu versöhnen? Wie konnte er gerecht urteilen über diese Leute und ihre entsetzliche Tat? Wenn er vierzig Jahre früher zur Welt gekommen wäre, hätte er mitten unter ihnen sein können; nur eine Laune des Schicksals hatte ihn davor bewahrt.

Während er so ihre Gesichter betrachtete, überkam ihn ein seltsames Gefühl des Trostes. Obwohl Sam offensichtlich ein williger Teilnehmer war, war er unter diesem Pöbel doch nur einer von vielen, nur teilweise schuldig. Ganz eindeutig hatten die älteren Männer mit den grimmigen Gesichtern den Mord angestiftet, und die anderen waren einfach mitgekommen. Wenn man das Foto genau betrachtete, konnte man sich nicht vorstellen, daß Sam und seine jüngeren Freunde für diese furchtbare Untat verantwortlich waren. Sam hatte nichts unternommen, um sie zu verhindern. Aber vielleicht hatte er auch nichts unternommen, um sie zu fördern.

Die Szene warf hundert unbeantwortbare Fragen auf. Wer war der Fotograf, und wieso war er überhaupt mit seiner Kamera zur Stelle gewesen? Wer war der junge Schwarze? Wo waren seine Angehörigen, seine Mutter? Wie hatten sie ihn gefangen? War er im Gefängnis gewesen und von den Behörden dem Mob überlassen worden? War das angebliche Vergewaltigungsopfer eine der jungen Frauen, die in die Kamera lächelten? War einer der Männer ihr Vater? Ihr Bruder?

Wenn Sam schon in so jungen Jahren an einem Lynchmord teilgenommen hatte, was konnte man dann von ihm als Erwachsenem erwarten? Wie oft versammelten sich diese Leute im ländlichen Mississippi und feierten auf diese Weise?

Wie in Gottes Namen hätte Sam etwas anderes werden können als er selbst? Er hatte nie eine Chance gehabt.

Sam wartete geduldig im vorderen Büro und trank Kaffee. Er war stark und aromatisch, ganz im Gegensatz zu der verwässerten Brühe, die den Zelleninsassen allmorgendlich serviert wurde. Er hatte ihn von Packer bekommen, in einem großen Pappbecher. Sam saß auf dem Schreibtisch, mit den Füßen auf einem Stuhl.

Die Tür ging auf, und Colonel Nugent kam herein, gefolgt von Packer. Die Tür wurde wieder geschlossen. Sam richtete sich stramm auf und salutierte gekonnt.

»Guten Morgen, Sam«, sagte Nugent düster. »Wie geht es Ihnen?«

»Prächtig. Und Ihnen?«

»Es geht so.«

»Ja, ich weiß, Sie haben viel um die Ohren. Es ist nicht einfach, eine Hinrichtung zu organisieren und dafür zu sorgen, daß alles reibungslos abläuft. Harter Job. Meine Hochachtung.«

Nugent ignorierte den Sarkasmus. »Ich muß mit Ihnen über ein paar Dinge reden. Ihr Anwalt behauptet jetzt, Sie wären verrückt, und ich wollte selbst sehen, wie es um Sie steht.«

»Ich fühle mich großartig.«

»Auf jeden Fall sehen Sie gut aus.«

»Verbindlichsten Dank. Und Sie sehen mächtig schick aus. Hübsche Stiefel.«

Die schwarzen Militärstiefel glänzten wie gewöhnlich. Packer warf einen Blick darauf und grinste.

»Ja«, sagte Nugent, ließ sich auf einem Stuhl nieder und konsultierte ein Blatt Papier. »Die Psychiaterin sagt, Sie wären unkooperativ.«

»Wer? N.?«

»Dr. Stegall.«

»Diese Person mit dem dicken Hintern und dem unvollständigen Vornamen? Ich habe nur einmal mit ihr gesprochen.«

»Waren Sie unkooperativ?«

»Das hoffe ich. Ich bin seit fast zehn Jahren hier, und jetzt, wo ich schon mit einem Fuß im Grabe stehe, bewegt sie ihren fetten Arsch hierher und will wissen, wie es mir geht. Die wollte mir nur Tabletten geben, sonst nichts, damit ich schön hinüber bin, wenn ihr mich holen kommt. Das macht euren Job einfacher, stimmt's?«

»Sie hat nur versucht, Ihnen zu helfen.«

»Dann segne sie Gott. Sagen Sie ihr, es täte mir leid. Wird nicht wieder vorkommen. Am besten, Sie machen einen Vermerk in meiner Akte.«

»Wir müssen über Ihre letzte Mahlzeit reden.«

»Weshalb ist Packer mit hier drinnen?«

Nugent warf einen Blick auf Packer, dann sah er Sam an. »Weil es Vorschrift ist.«

»Er ist hier, um Sie zu beschützen, stimmt's? Sie haben Angst davor, mit mir in diesem Raum allein zu sein, ist es nicht so, Nugent? Ich bin fast siebzig, schwach und halbtot vom Rauchen, und Sie haben Angst vor mir, einem verurteilten Mörder.«

»Nicht im mindesten.«

»Wenn ich wollte, könnte ich Sie durch den ganzen Raum prügeln.«

»Ich bin starr vor Angst. Also, Sam, lassen Sie uns zur Sache kommen. Was möchten Sie haben als letzte Mahlzeit?«

»Heute ist Sonntag. Meine letzte Mahlzeit ist für Dienstag abend vorgesehen. Weshalb belästigen Sie mich jetzt schon damit?«

»Wir müssen Pläne machen. Sie können alles haben, innerhalb vernünftiger Grenzen.«

»Wer wird das Essen zubereiten?«

»Unsere Küche hier.«

»Oh, wundervoll! Der gleiche talentierte Küchenchef, der mir neuneinhalb Jahre lang Schweinefraß vorgesetzt hat. Was für eine Abwechslung.«

»Was möchten Sie, Sam? Ich versuche, vernünftig zu sein.«

»Wie wäre es mit Toast und gekochten Möhren? Es widerstrebt mir, dem Koch etwas Neues abzuverlangen.«

»Also gut, Sam. Wenn Sie wissen, was Sie wollen, sagen Sie es Packer, und der sagt dann in der Küche Bescheid.«

»Es wird keine letzte Mahlzeit geben, Nugent. Mein Anwalt wird morgen die schwere Artillerie auffahren. Und ihr Clowns hier werdet nicht wissen, wie euch geschieht.«

»Ich hoffe, Sie haben recht.«

»Sie lügen, daß sich die Balken biegen. Sie können es nicht abwarten, mich dort hineinzuführen und mich anzuschnallen. Sie sind völlig hingerissen von der Vorstellung, wie Sie mich fragen, ob ich noch etwas zu sagen habe, dann nicken Sie einem Ihrer Handlanger zu, er soll die Tür schließen. Und wenn alles vorbei ist, dann treten Sie mit betrübter Miene vor die Presse und verkünden: ›Heute morgen, am 8. August, um null Uhr fünfzehn, wurde Sam Cayhall in der Gaskammer von Parchman hingerichtet, gemäß einem Urteil des Bezirksgerichts von Lakehead County, Mississippi.‹ Das wird Ihre Sternstunde, Nugent. Lügen Sie mich nicht an.«

Der Colonel schaute nicht von seinem Blatt Papier auf. »Wir brauchen die Liste Ihrer Zeugen.«

»Fragen Sie meinen Anwalt.«

»Und wir müssen wissen, was wir mit Ihren Sachen tun sollen.«

»Fragen Sie meinen Anwalt.«

»Okay. Wir haben zahlreiche Anfragen von der Presse wegen Interviews.«

»Fragen Sie meinen Anwalt.«

Nugent sprang auf und stürmte aus dem Büro. Packer

fing die Tür auf, wartete ein paar Sekunden und sagte dann ruhig: »Bleiben Sie sitzen, Sam, da ist noch jemand, der Sie sehen möchte.«

Sam lächelte und blinzelte Packer zu. »Dann bringen Sie mir noch mehr Kaffee, ja, Packer?«

Packer nahm den Becher und kehrte ein paar Minuten später damit zurück. Außerdem brachte er die Sonntagszeitung aus Jackson mit. Sam las gerade alle möglichen Geschichten über seine Hinrichtung, als Ralph Griffin anklopfte und eintrat.

Sam legte die Zeitung auf den Schreibtisch und musterte den Geistlichen. Griffin trug weiße Turnschuhe, verblichene Jeans und ein schwarzes Hemd mit weißem Priesterkragen. »Morgen, Reverend«, sagte Sam, nachdem er einen weiteren Schluck Kaffee getrunken hatte.

»Wie geht es Ihnen, Sam?« fragte Griffin. Er zog einen Stuhl ganz nahe an den Schreibtisch heran und ließ sich darauf nieder.

»Im Augenblick ist mein Herz von Haß erfüllt«, sagte Sam ernst.

»Das tut mir leid. Gegen wen richtet sich dieser Haß?«

»Gegen Colonel Nugent. Aber ich komme darüber hinweg.«

»Haben Sie gebetet, Sam?«

»Nicht richtig.«

»Weshalb nicht?«

»Wozu die Eile? Mir bleiben noch heute, morgen und Dienstag. Ich kann mir vorstellen, daß wir beide, Sie und ich, am Dienstagabend ziemlich viel beten werden.«

»Wenn Sie wollen. Das liegt bei Ihnen. Ich werde hier sein.«

»Reverend, ich möchte, daß Sie bis zum letzten Moment bei mir bleiben, wenn es Ihnen nichts ausmacht. Sie und mein Anwalt. Sie beide sollten mir in den letzten Stunden Gesellschaft leisten.«

»Es wird mir eine Ehre sein.«

»Danke.«

»Um was genau wollen Sie beten, Sam?«

Sam trank einen großen Schluck Kaffee. »Nun, vor allem

möchte ich wissen, daß mir, wenn ich diese Welt verlasse, all die schlimmen Dinge vergeben sind, die ich getan habe.«

»Ihre Sünden?«

»Genau.«

»Gott erwartet von uns, daß wir ihm unsere Sünden gestehen und um Vergebung bitten.«

»Alle? Eine nach der anderen?«

»Ja, alle, an die wir uns erinnern können.«

»Dann sollten wir gleich anfangen. Es wird eine Weile dauern.«

»Wie Sie wollen. Um was wollen Sie sonst noch beten?«

»Für meine Familie, soweit man davon überhaupt sprechen kann. Es wird hart werden für meinen Enkel und meinen Bruder und vielleicht auch für meine Tochter. Es werden meinetwegen nicht viele Tränen vergossen werden, verstehen Sie, aber ich möchte trotzdem, daß sie getröstet werden. Und ich möchte ein Gebet sprechen für meine Freunde hier im Trakt. Sie trifft es besonders hart.«

»Sonst noch jemand?«

»Ja. Ich möchte ein gutes Gebet sprechen für die Kramers, vor allem Ruth.«

»Die Angehörigen der Opfer?«

»Richtig. Und auch für die Lincolns.«

»Wer sind die Lincolns?«

»Das ist eine lange Geschichte. Auch Opfer.«

»Das ist gut, Sam. Sie müssen sich das von der Seele reden, sie reinigen.«

Sam stellte den Becher auf den Tisch und rieb sanft die Hände gegeneinander. Er schaute in die warmen und vertrauenswürdigen Augen des Priesters. »Was ist, wenn es noch mehr Opfer gibt?« fragte er.

»Tote?«

Sam nickte, sehr langsam.

»Leute, die Sie getötet haben?«

Sam nickte wieder.

Griffin holte tief Luft und dachte einen Moment nach. »Also, Sam, wenn ich ganz ehrlich sein soll, ich würde nicht sterben wollen, ohne diese Sünden gestanden und Gott um Vergebung gebeten zu haben.«

Sam nickte immer noch.

»Wie viele?«

Sam rutschte vom Schreibtisch herunter und schlüpfte in seine Duschsandalen. Er zündete sich langsam eine Zigarette an und begann, hinter Griffins Stuhl hin- und herzuwandern. Der Reverend drehte sich so um, daß er Sam sehen und hören konnte.

»Da war Joe Lincoln, aber ich habe bereits einen Brief an seine Angehörigen geschrieben und gesagt, daß es mir leid tut.«

»Sie haben ihn getötet?«

»Ja. Er war ein Schwarzer. Hat auf unserem Hof gewohnt. Ich habe mir deshalb immer Vorwürfe gemacht. Das war so um 1950 herum.«

Sam blieb stehen und lehnte sich an einen Aktenschrank. Er sprach zum Fußboden, fast wie in Trance. »Und dann waren da zwei Männer, Weiße, die bei einer Beerdigung meinen Vater getötet haben, vor vielen Jahren. Sie saßen eine Weile im Gefängnis, und als sie wieder herauskamen, haben ich und meine Brüder geduldig gewartet. Wir haben sie beide umgebracht, aber um ehrlich zu sein, habe ich deshalb nie ein schlechtes Gewissen gehabt. Sie waren Abschaum, und sie hatten unseren Vater getötet.«

»Töten ist immer ein Unrecht. Sie selbst kämpfen gerade gegen Ihre legale Tötung an.«

»Ich weiß.«

»Hat man Sie und Ihre Brüder verhaftet?«

»Nein. Der alte Sheriff hatte uns im Verdacht, aber er konnte uns nichts nachweisen. Wir waren zu vorsichtig gewesen. Außerdem waren sie das letzte Gesindel, und niemand weinte ihnen eine Träne nach.«

»Das macht es nicht besser.«

»Ich weiß. Ich war immer der Meinung, daß sie verdient hatten, was sie bekamen. Aber dann wurde ich hierher gebracht. Das Leben bekommt einen neuen Sinn, wenn man im Todestrakt sitzt. Man begreift, wie wertvoll es ist. Jetzt tut es mir leid, daß ich diese Kerle getötet habe. Wirklich leid.«

»Sonst noch jemand?«

Sam wanderte Schritte zählend durch den Raum und kehrte dann zu dem Aktenschrank zurück. Der Geistliche wartete. Zeit hatte jetzt keinerlei Bedeutung.

»Da waren noch ein paar Lynchmorde, vor vielen Jahren«, sagte Sam, nicht imstande, Griffin in die Augen zu sehen.

»Zwei?«

»Ich glaube, ja. Vielleicht auch drei. Nein, ja, es waren drei, aber beim ersten war ich noch ein kleiner Junge, und alles, was ich getan habe, war zusehen, Sie wissen schon, aus einem Gebüsch heraus. Es war eine Klan-Sache, und mein Vater war beteiligt, und ich und mein Bruder Albert sind in den Wald geschlichen und haben zugesehen. Das zählt also nicht, oder?«

»Nein.«

Sams Schultern sackten gegen die Wand. Er schloß die Augen und senkte den Kopf. »Beim zweiten war es schon schlimmer. Ich war ungefähr fünfzehn, glaube ich, und ich war mittendrin. Eine Frau war von einem Schwarzen vergewaltigt worden, jedenfalls behauptete sie, es wäre Vergewaltigung gewesen. Ihr Ruf ließ viel zu wünschen übrig, und zwei Jahre später bekam sie ein Kind, das halb afrikanisch war. Also wer weiß? Jedenfalls zeigte sie mit dem Finger auf diesen Mann, wir schnappten ihn uns, schleppten ihn hinaus und lynchten ihn. Ich war ebenso schuldig wie der Rest der Horde.«

»Gott wird Ihnen vergeben, Sam.«

»Sind Sie sicher?«

»Ganz sicher.«

»Wie viele Morde wird er vergeben?«

»Alle. Wenn Sie ihn aufrichtig um Vergebung bitten, dann wäscht er alle Schuld ab. So steht es in der Bibel.«

»Das ist zu schön, um wahr zu sein.«

»Was ist mit dem anderen Lynchmord?«

Sam schüttelte den Kopf, hin und her, mit geschlossenen Augen. »Über den kann ich nicht reden, Reverend«, sagte er mit einem tiefen Seufzer.

»Sie brauchen nicht mit mir darüber zu reden, Sam. Reden Sie einfach mit Gott.«

»Ich weiß nicht, ob ich mit irgend jemandem darüber reden kann.«

»Natürlich können Sie das. Machen Sie einfach in einer der Nächte zwischen heute und Dienstag die Augen zu, während Sie in Ihrer Zelle sind, und beichten Sie Gott all diese Taten. Er wird Ihnen auf der Stelle vergeben.«

»Irgendwie kommt mir das nicht richtig vor. Man bringt jemanden um, und in Minutenschnelle hat Gott einem vergeben. Einfach so. Das ist zu einfach.«

»Es muß Ihnen ehrlich leid tun.«

»Oh, das tut es. Ich schwöre es.«

»Gott kann es vergessen, Sam, aber die Menschen nicht. Wir müssen uns vor Gott verantworten, aber auch vor den Gesetzen der Menschen. Gott wird Ihnen vergeben, aber Sie müssen die Konsequenzen tragen, die die Regierung verlangt.«

»Zum Teufel mit der Regierung. Ich bin sowieso bereit, mich hier aus dem Staub zu machen.«

»Nun, dann wollen wir dafür sorgen, daß Sie wirklich und wahrhaftig bereit sind.«

Sam ging zum Schreibtisch und setzte sich neben Griffin auf die Kante. »Bleiben Sie in meiner Nähe, ja, Reverend? Ich brauche Hilfe. Da sind ein paar Dinge in meiner Seele vergraben, und es könnte einige Zeit dauern, sie wieder hervorzuholen.«

»Es wird nicht schwer sein, Sam, wenn Sie wirklich bereit sind.«

Sam klopfte ihm aufs Knie. »Bleiben Sie einfach in meiner Nähe, okay?«

44

Das vordere Büro war völlig verqualmt, als Adam eintrat. Sam saß rauchend auf dem Schreibtisch und las, umgeben von drei leeren Kaffeebechern und mehreren Einwickelpapieren von Schokoriegeln, was die Sonntagszeitung über ihn geschrieben hatte. »Sieht so aus, als hättest du dich hier häuslich eingerichtet«, sagte Adam, als er den Müll sah.

»Ja, ich bin den ganzen Tag hier gewesen.«

»Viele Besucher?«

»Besucher würde ich sie nicht gerade nennen. Der Tag fing mit Nugent an, und das hat ihn mir so ziemlich verdorben. Der Geistliche hat hereingeschaut, um sich zu erkundigen, ob ich gebetet habe. Ich glaube, er war ziemlich deprimiert, als er ging. Dann erschien der Doktor. Er wollte sich vergewissern, ob ich gesund genug bin, um getötet zu werden. Und schließlich kam Bruder Donnie auf einen kurzen Besuch. Ich möchte wirklich, daß du ihn kennenlernst. Und nun sag mir, daß du ein paar gute Neuigkeiten mitgebracht hast.«

Adam schüttelte den Kopf und setzte sich. »Nein. Seit gestern hat sich nichts getan. Die Gerichte haben sich übers Wochenende freigenommen.«

»Ist ihnen klar, daß Samstag und Sonntag auch zählen? Daß die Uhr, die für mich tickt, nicht übers Wochenende stehenbleibt?«

»Es könnte eine gute Nachricht sein. Sie könnten über meine genialen Eingaben nachdenken.«

»Mag sein, aber ich vermute eher, daß die ehrenwerten Richter in ihren Häuschen am See sitzen, Bier trinken und Rippchen grillen. Ist das nicht auch deine Meinung?«

»Ja, du hast vermutlich recht. Was steht in der Zeitung?«

»Die übliche Wiederaufwärmerei von mir und meinen brutalen Verbrechen, Fotos von diesen Leuten, die draußen demonstrieren, Kommentare von McAllister. Nichts Neues. Ich habe noch nie eine solche Aufregung erlebt.«

»Du bist der Mann der Stunde, Sam. Wendall Sherman und sein Verleger sind jetzt bei hundertfünfzigtausend angelangt, aber die Offerte gilt nur bis sechs Uhr heute abend. Er sitzt mit seinem Tonbandgerät in Memphis und brennt darauf, hierher kommen zu dürfen. Er sagt, er braucht mindestens zwei volle Tage, um deine Geschichte aufzuzeichnen.«

»Großartig. Und was genau sollte ich mit dem Geld anfangen?«

»Es deinen lieben Enkelkindern hinterlassen.«

»Ist das dein Ernst? Würdest du es ausgeben? Ich tue es, wenn du es ausgibst.«

»Nein. Ich habe nur Spaß gemacht. Ich will das Geld nicht, und Carmen braucht es nicht. Ich könnte es nicht mit gutem Gewissen ausgeben.«

»Gut. Ich habe nämlich nicht die geringste Lust, zwischen jetzt und Dienstag mit einem Fremden zusammenzuhocken und über meine Vergangenheit zu reden. Mir ist egal, wieviel Geld er hat. Ich will nicht, daß ein Buch über mein Leben geschrieben wird.«

»Ich habe ihm schon gesagt, daß er es vergessen soll.«

»Guter Junge.« Sam rutschte vom Schreibtisch herunter und begann, im Zimmer herumzuwandern. Adam nahm seinen Platz auf der Schreibtischkante ein und las den Sportteil der Zeitung aus Memphis.

»Ich werde froh sein, wenn es vorbei ist, Adam«, sagte Sam, immer noch umherwandernd und mit den Händen gestikulierend. »Ich kann dieses Warten nicht mehr ertragen. Ich schwöre dir – ich wollte, es passierte heute nacht.« Er war plötzlich nervös und reizbar, seine Stimme war lauter geworden.

Adam legte die Zeitung beiseite. »Wir werden gewinnen, Sam. Vertrau mir.«

»Was gewinnen?« fauchte er wütend. »Einen Aufschub? Großartig! Und was bringt uns das? Sechs Monate? Ein Jahr? Weißt du, was das bedeutet? Es bedeutet, daß das Ganze irgendwann wieder von vorn anfängt. Ich mache das ganze verdammte Ritual noch einmal durch – zähle die Tage, kann nicht richtig schlafen, überlege mir, was man in letzter Minute noch unternehmen könnte, höre Nugent zu oder irgendeinem anderen Idioten, rede mit dem Psychiater, tuschele mit dem Geistlichen, lasse mir den Hintern tätscheln und werde in dieses Zimmer gebracht, weil ich etwas Besonderes bin.« Er blieb vor Adam stehen und funkelte ihn an. Sein Gesicht war zornig, seine Augen feucht und bitter. »Ich habe das alles satt, Adam! Hör mir gefälligst zu! Das ist schlimmer als Sterben.«

»Wir können nicht aufgeben, Sam.«

»Wir? Wer zum Teufel ist wir? Es ist mein Hals, der in der Schlinge steckt, nicht deiner. Wenn ich einen Aufschub bekomme, dann kehrst du in dein prächtiges Büro in Chicago zurück und lebst dein Leben weiter. Du wirst der große Held sein, weil du deinen Mandanten gerettet hast. Dein Foto wird im *Lawyer's Quarterly* erscheinen oder in irgendeiner anderen Zeitschrift, die ihr Anwälte lest. Der brillante junge Star, der in Mississippi Dampf gemacht hat. Und seinen Großvater gerettet, einen erbärmlichen Kluxer übrigens. Dein Mandant dagegen wird in seinen kleinen Käfig zurückgebracht, wo er wieder anfängt, die Tage zu zählen.« Sam warf seine Zigarette auf den Boden und packte Adam bei den Schultern. »Sieh mich an, mein Junge. Ich kann das nicht noch einmal durchstehen. Ich will, daß du alles stoppst. Mach Schluß. Ruf die Gerichte an und sag ihnen, daß wir alle Klagen und Eingaben zurückziehen. Ich bin ein alter Mann. Bitte, laß mich in Würde sterben.«

Seine Hände zitterten. Sein Atem ging schwer. Adam schaute ihm in die von dunklen Falten umgebenen, leuchtendblauen Augen und sah eine einzelne Träne aus einem Augenwinkel hervorkommen und langsam über seine Wange rollen, bis sie in dem grauen Bart verschwand.

Zum erstenmal konnte Adam seinen Großvater riechen. Der starke Nikotingeruch vermischte sich mit dem Geruch von getrocknetem Schweiß zu etwas, das nicht gerade angenehm war. Aber es war auch nicht abstoßend, wie es der Fall gewesen wäre, wenn der Geruch von einem Menschen ausgegangen wäre, dem reichlich Seife und heißes Wasser, eine Klimaanlage und ein Deodorant zur Verfügung standen. Nach dem zweiten Atemzug störte er Adam überhaupt nicht mehr.

»Ich will nicht, daß du stirbst, Sam.«

Sam drückte seine Schultern kräftiger. »Und warum nicht?« fragte er.

»Weil ich gerade erst zu dir gefunden habe. Du bist mein Großvater.«

Sam starrte noch eine Sekunde länger ins Leere, dann entspannte er sich. Er gab Adam frei und trat einen Schritt zurück. »Tut mir leid, daß du mich so gefunden hast«, sagte er und wischte sich die Augen.

»Du brauchst dich nicht zu entschuldigen.«

»Doch, das muß ich. Es tut mir leid, daß ich kein besserer Großvater bin. Sieh mich doch an«, sagte er und schaute an seinen Beinen herunter. »Ein elender alter Mann in einem roten Affenfrack. Ein verurteilter Mörder, der vergast werden soll wie ein Tier. Und sieh dich an. Ein prächtiger Junge mit einer vorzüglichen Ausbildung und einer glänzenden Zukunft. Wo in aller Welt bin ich vom rechten Weg abgekommen? Was ist schiefgelaufen? Ich habe mein Leben damit verbracht, Leute zu hassen, und sieh dir an, was ich dafür vorzuweisen habe. Du, du haßt niemanden. Und sieh dir an, wohin du unterwegs bist. Wir haben dasselbe Blut. Weshalb bin ich hier?«

Sam ließ sich langsam auf einem Stuhl nieder, stützte die Ellenbogen auf die Knie und schlug die Hände vors Gesicht. Lange Zeit sprach oder bewegte sich keiner von beiden. Gelegentlich war die Stimme eines Wärters auf dem Flur zu hören, aber im Zimmer war es still.

»Weißt du, Adam, mir wäre es lieber, wenn ich nicht auf diese grauenhafte Art sterben müßte«, sagte Sam heiser, mit den Fäusten an den Schläfen, und sein Blick war nach wie vor auf den Boden gerichtet. »Aber der Tod selbst beunruhigt mich jetzt nicht mehr. Ich weiß seit langem, daß ich hier sterben muß, und meine größte Angst war, zu sterben, ohne zu wissen, ob es jemandem etwas ausmacht. Das ist ein grauenhafter Gedanke. Zu sterben, und niemandem macht es etwas aus. Niemand ist da, der weint und trauert, niemand, der an der Beerdigung teilnimmt. Ich hatte Träume, in denen ich meine Leiche im Bestattungsinstitut in Clanton in einem billigen Holzsarg liegen sah, und keine Menschenseele war da. Nicht einmal Donnie. In meinem Traum hat der Prediger während des ganzen Gottesdienstes gekichert, weil nur wir beide da waren, ganz allein in der Kapelle, vor Reihen von leeren Stühlen. Aber das ist jetzt anders. Jetzt weiß ich, daß es jemandem etwas ausmacht. Ich weiß, daß du traurig sein wirst, wenn ich sterbe, weil dir etwas an mir liegt, und ich weiß, du wirst dasein, wenn sie mich begraben, um dich zu vergewissern, daß alles ordentlich vonstatten geht. Jetzt bin ich bereit zu gehen, Adam. Wirklich bereit.«

»Gut, Sam, das respektiere ich. Und ich verspreche dir, ich werde hiersein bis zum Ende, und ich werde um dich trauern, und wenn es vorüber ist, werde ich dafür sorgen, daß du anständig begraben wirst. Niemand wird Schindluder mit dir treiben, solange ich da bin. Aber bitte, betrachte die Dinge auch einmal von meiner Warte aus. Ich muß tun, was in meinen Kräften steht, weil ich jung bin und mein Leben noch vor mir liegt. Zwing mich nicht, mit dem Wissen, daß ich mehr hätte tun können, von hier zu verschwinden. Das wäre nicht fair.«

Sam verschränkte die Arme vor der Brust und sah Adam an. Sein blasses Gesicht war gelassen, seine Augen immer noch feucht. »Machen wir es so«, sagte er, mit nach wie vor leiser und gequälter Stimme. »Ich bin bereit zu gehen. Ich werde morgen und Dienstag mit den letzten Vorbereitungen verbringen. Ich nehme an, es wird Dienstag um Mitternacht passieren, und ich werde bereit sein. Du andererseits kannst es als ein Spiel betrachten. Wenn du es gewinnen kannst – gut für dich. Wenn du es verlierst, bin ich bereit, die Konsequenzen zu tragen.«

»Du wirst also kooperieren?«

»Nein. Keine Anhörung wegen eines Gnadengesuchs. Keine weiteren Klagen oder Berufungen. Da draußen macht genügend Schrott die Runde, um dich vollauf beschäftigt zu halten. Zwei Klagen sind noch anhängig. Weitere Eingaben werde ich nicht unterschreiben.«

Sam stand auf, und seine arthritischen Knie knirschten und wackelten. Er ging zur Tür und lehnte sich dagegen. »Was ist mit Lee?« fragte er leise und griff nach seinen Zigaretten.

»Sie ist immer noch in der Entziehungsklinik«, log Adam. Er war versucht, mit der Wahrheit herauszuplatzen. Irgendwie kam es ihm kindisch vor, Sam in diesen letzten Stunden seines Lebens anzulügen, aber Adam hielt nach wie vor an der Hoffnung fest, daß sie vor Dienstag gefunden werden würde. »Möchtest du sie sehen?«

»Ich denke schon. Wird man sie herauslassen?«

»Das dürfte schwierig sein, aber ich werde es versuchen. Sie ist kränker, als ich anfangs dachte.«

»Sie ist Alkoholikerin?«

»Ja.«

»Ist das alles? Keine Drogen?«

»Nur Alkohol. Sie hat mir erzählt, daß sie dieses Problem schon seit vielen Jahren hat. Es ist nicht ihre erste Entziehungskur.«

»Armes Ding. Meine Kinder hatten nie eine Chance.«

»Sie ist eine prächtige Frau. Sie hatte eine ziemlich unerfreuliche Ehe. Ihr Sohn ist schon in jungen Jahren von zu Hause fortgegangen und nie zurückgekehrt.«

»Walt, richtig?«

»Richtig«, erwiderte Adam. Was für eine erbärmliche Familie. Sam war sich nicht einmal sicher, wie sein Enkel hieß.

»Wie alt ist er?«

»Ich weiß es nicht genau. Vermutlich ungefähr in meinem Alter.«

»Weiß er überhaupt über mich Bescheid?«

»Ich habe keine Ahnung. Er ist seit vielen Jahren fort. Lebt in Amsterdam.«

Sam griff nach einem der Becher auf dem Schreibtisch und trank einen Schluck kalten Kaffee. »Was ist mit Carmen?« fragte er.

Adam schaute instinktiv auf die Uhr. »In drei Stunden hole ich sie am Flughafen von Memphis ab. Sie wird morgen früh hiersein.«

»Ich habe eine Heidenangst davor.«

»Kein Grund zur Nervosität, Sam. Sie ist ein großartiges Mädchen. Intelligent, ehrgeizig, hübsch, und ich habe ihr alles über dich erzählt.«

»Weshalb hast du das getan?«

»Weil sie es wissen wollte.«

»Armes Kind. Hast du ihr auch erzählt, wie ich aussehe?«

»Mach dir deshalb keine Sorgen, Sam. Ihr ist es egal, wie du aussiehst.«

»Hast du ihr erzählt, daß ich kein blutrünstiges Ungeheuer bin?«

»Ich habe ihr erzählt, daß du ein reizender Mensch bist,

ein zierlicher kleiner Kerl mit Ohrring, Pferdeschwanz, geschmeidigen Handgelenken und diesen hübschen Duschsandalen, in denen du gewissermaßen schwebst.«

»Du kannst mich mal!«

»Und daß es so aussieht, als erfreutest du dich bei den Jungs hier im Gefängnis der allergrößten Beliebtheit.«

»Du lügst! Das hast du ihr doch nicht wirklich gesagt!« Sam grinste, aber ein wenig unsicher war er offenbar doch, und seine Besorgnis war geradezu rührend komisch. Adam lachte ein wenig zu lange und ein wenig zu laut, aber die Auflockerung war durchaus willkommen. Sie kicherten beide und taten ihr Bestes, um den Anschein zu erwecken, als amüsierten sie sich königlich über ihre eigenen Scherze. Sie versuchten, das Ganze in die Länge zu ziehen, aber bald war die Fröhlichkeit wieder verflogen, und der Ernst kehrte zurück. So saßen sie denn beide dicht nebeneinander auf der Schreibtischkante, jeder mit den Füßen auf einem eigenen Stuhl, und starrten auf den Boden, während über ihnen in der unbewegten Luft dicke Rauchschwaden waberten.

Es gab so vieles, worüber geredet werden mußte, und dennoch hatten sie einander wenig zu sagen. Rechtsauslegungen und juristische Manöver waren bis ins letzte Detail durchgekaut worden. Die Familie war ein Thema, das so weit erörtert worden war, wie sie sich getraut hatten. Das Wetter gab auch nicht mehr her als fünf Minuten vage Vorhersagen. Und außerdem wußten beide, daß sie einen Großteil der nächsten zweieinhalb Tage miteinander verbringen würden. Ernsthafte Angelegenheiten konnten warten. Unangenehme Themen konnten noch ein wenig länger aufgeschoben werden. Zweimal schaute Adam auf die Uhr und sagte, er müßte jetzt losfahren, und beide Male bestand Sam darauf, daß er noch blieb. Denn wenn Adam ging, dann würden sie kommen und ihn in seine Zelle zurückbringen, in den kleinen Käfig, in dem es jetzt um die vierzig Grad heiß sein würde. Bitte bleib noch, flehte er.

In dieser Nacht, lange nach Mitternacht, lange nachdem Adam Carmen von Lee und ihren Problemen erzählt hatte und von Phelps und Walt, von McAllister und Wyn Lettner und von der Theorie, daß Sam einen Komplizen gehabt hatte, Stunden nachdem sie eine Pizza gegessen und über ihre Mutter, ihren Vater, ihren Großvater und die ganze traurige Sippschaft geredet hatten, sagte Adam, daß der eine Moment, den er nie vergessen würde, der war, wie sie beide da auf dem Schreibtisch gesessen und die Zeit schweigend hatten vergehen lassen, während eine unsichtbare Uhr tickte und Sam sein Knie tätschelte. Es war fast so, als hätte er das Bedürfnis verspürt, mich auf irgendeine zärtliche Art zu berühren, hatte er ihr erklärt, so, wie ein guter Großvater ein kleines Kind berührt, das er liebt.

Für eine Nacht hatte Carmen genug gehört. Sie hatte vier Stunden auf der Terrasse gesessen, unter der hohen Luftfeuchtigkeit gelitten und sich die trostlose Geschichte der Familie ihres Vaters angehört.

Aber Adam war sehr vorsichtig gewesen. Er hatte die Gipfel gestreift und die jämmerlichen Täler übersprungen – kein Wort über Joe Lincoln oder die Lynchmorde, auch keinerlei Andeutungen über andere Verbrechen. Er schilderte Sam als gewalttätigen Mann, der entsetzliche Fehler begangen hatte und jetzt unter der Last der Reue fast zusammenbrach. Er hatte mit dem Gedanken gespielt, ihr sein Video von Sams Prozessen zu zeigen, sich aber dagegen entschieden. Vielleicht später mal. Für eine Nacht hatte sie genug zu verkraften. Manchmal konnte er die Dinge, die er in den letzten vier Wochen gehört hatte, einfach nicht glauben. Es wäre grausam, all das auf einmal auf sie einprasseln zu lassen. Er liebte seine Schwester von ganzem Herzen. Sie hatten Jahre Zeit, um sich über den Rest der Geschichte zu unterhalten.

45

Montag, der 6. August, 6 Uhr morgens. Noch zweiundvierzig Stunden. Adam betrat sein Büro und schloß die Tür hinter sich ab.

Er wartete bis sieben, dann rief er Slatterys Büro in Jackson an. Natürlich meldete sich niemand, aber er hoffte auf eine Tonbandaufzeichnung, die ihn vielleicht zu einer anderen Nummer dirigierte und damit vielleicht zu jemandem, der ihm etwas sagen konnte. Slattery saß auf der Eingabe wegen geistiger Unzurechnungsfähigkeit, ignorierte sie einfach, als wäre sie irgendein belangloser Vorgang.

Er rief die Auskunft an und erfuhr die Privatnummer von F. Flynn Slattery, beschloß aber, ihn nicht zu belästigen. Er würde bis neun Uhr warten.

Adam hatte keine drei Stunden geschlafen. Sein Puls hämmerte, das Adrenalin jagte durch seinen Körper. Sein Mandant war jetzt bei den letzten Stunden angekommen, und verdammt noch mal, Slattery sollte rasch entscheiden, so oder so. Es war nicht fair, wenn er auf der verdammten Eingabe saß und auf diese Weise verhinderte, daß Adam damit zu den anderen Gerichten rannte.

Das Telefon klingelte, und er stürzte hin. Der Death Clerk des Fünften Berufungsgerichts teilte ihm mit, daß das Gericht Sams Klage wegen unzulänglicher Rechtsberatung abgewiesen hatte. Das Gericht war der Ansicht, daß die Klage aus verfahrensrechtlichen Gründen unzulässig war. Sie hätte fünf Jahre früher eingereicht werden müssen. Mit dem Inhalt der Klage hatte das Gericht sich nicht befaßt.

»Und weshalb hat das Gericht dazu eine volle Woche gebraucht?« fragte Adam. »Diese kleinkarierte Entscheidung hätte es schon vor zehn Tagen treffen können.«

»Ich faxe Ihnen gleich eine Kopie«, sagte der Clerk.

»Danke. Tut mir leid, okay?«

»Halten Sie Verbindung, Mr. Hall. Sie können uns immer hier erreichen.«

Adam legte auf und machte sich auf die Suche nach Kaffee. Darlene traf ein, müde, abgekämpft, aber schon um halb acht. Sie brachte das Fax vom Fünften Berufungsgericht, zusammen mit einem Rosinenbrötchen. Adam bat sie, den Antrag auf Revision der Entscheidung über die unzulängliche Rechtsberatung an das Oberste Bundesgericht zu faxen. Er lag seit drei Tagen fertig da, und Mr. Olander in Washington hatte Darlene mitgeteilt, daß das Gericht sich bereits damit beschäftigte.

Dann brachte Darlene zwei Aspirin und ein Glas Wasser. Sein Kopf drohte zu platzen, als er den größten Teil der Cayhall-Akte in einen großen Aktenkoffer und einen Pappkarton packte. Er gab Darlene eine Liste mit Instruktionen.

Dann verließ er das Büro und die Filiale von Kravitz & Bane in Memphis, um nie mehr dorthin zurückzukehren.

Colonel Nugent wartete ungeduldig darauf, daß die Tür zum Abschnitt A aufglitt, dann stürmte er, gefolgt von acht Angehörigen des von ihm ausgewählten Hinrichtungsteams, in den Flur. Sie brachen in die Stille ein wie eine Gestapo-Horde – acht große Männer, halb in Uniform, halb in Zivil, die einem aufgeblasenen kleinen Gecken folgten. Er blieb vor Zelle sechs stehen, in der Sam auf seinem Bett lag und sich um seine eigenen Angelegenheiten kümmerte. Die anderen Insassen streckten sofort die Arme durch die Gitter, beobachteten und lauschten.

»Sam, Sie werden jetzt in die Observierungszelle verlegt«, sagte Nugent, als ob ihn das ehrlich betrübte. Seine Männer stellten sich hinter ihm an der Wand auf, unter der Reihe von Fenstern.

Sam erhob sich langsam vom Bett und trat an das Gitter. Er musterte Nugent und fragte: »Weshalb?«

»Weil ich es sage.«

»Aber weshalb wollen Sie mich acht Türen verfrachten? Welchen Sinn soll das haben?«

»Das ist Vorschrift, Sam. Es steht so im Handbuch.«

»Also haben Sie keinen vernünftigen Grund dafür, oder?«

»Ich brauche keinen. Drehen Sie sich um.«

Sam ging zu seinem Ausguß und putzte sich lange die Zähne. Dann stellte er sich an seine Toilette und pißte, die Hände auf den Hüften. Dann wusch er sich die Hände. Nugent und seine Leute sahen zu und schäumten. Dann zündete er sich eine Zigarette an, klemmte sie zwischen die Zähne, legte die Hände auf den Rücken und schob sie durch die schmale Öffnung in der Tür. Nugent legte ihm die Handschellen an und befahl dann mit einem Kopfnikken zum Ende des Flurs, die Tür zu öffnen. Sam trat heraus. Er nickte J. B. Gullitt zu, der entsetzt zuschaute und den Tränen nahe war. Auch Hank Henshaw nickte er zu.

Nugent ergriff seinen Arm und führte ihn zum Ende des Flurs, an Gullitt, Loyd Easton, Stock Turner, Harry Ross Scott, Buddy Lee Harris und schließlich an Preacher Boy vorbei, der mit dem Gesicht nach unten auf seinem Bett lag und weinte. Der Flur endete an einer Wand aus Gitterstäben, die identisch waren mit denen vor den Zellen, und in die Mitte der Wand war eine schwere Tür eingelassen. Dahinter stand eine weitere Gruppe von Nugents Handlangern, die alle schweigend zuschauten und jede Sekunde genossen. Hinter ihnen lag ein kurzer, schmaler Flur, der zum Isolierraum führte. Und dann zur Kammer.

Sam wurde vierzehneinhalb Meter näher an den Tod heran verlegt. Er lehnte sich an die Wand, rauchte, schaute in stoischem Schweigen zu. Dies war nichts Persönliches, nur ein Teil der Routine.

Nugent kehrte zu Zelle sechs zurück und bellte Befehle. Vier der Wärter betraten Sams Zelle und begannen, seine Habe einzusammeln, Bücher, Schreibmaschine, Ventilator, Toilettenartikel, Kleidung. Sie hielten die Dinge, als wären sie verseucht, während sie sie in die Observierungszelle beförderten. Die Matratze und das Bettzeug wurden von einem massigen Wärter in Zivil aufgerollt und davongetragen; dabei trat er versehentlich auf ein herabhängendes Laken und zerriß es.

Die anderen Insassen verfolgten diese plötzliche, hektische Aktivität mit trauriger Neugierde. Ihre engen kleinen Zellen waren so etwas wie zusätzliche Hautschichten, und es schmerzte, zusehen zu müssen, wie eine davon so erbarmungslos zerstört wurde. Dasselbe konnte ihnen passieren. Die Realität einer Hinrichtung stürzte auf sie ein, sie konnten sie in den schweren Tritten hören, die durch den Abschnitt schlurften, und in den strengen, gedämpften Stimmen des Hinrichtungsteams. Noch vor einer Woche hätten sie das Zuschlagen einer Tür kaum zur Kenntnis genommen. Jetzt war es ein aufrüttelnder Schock, der an den Nerven zerrte.

Die Wärter marschierten mit Sams Besitztümern über

den Flur, bis Zelle sechs leer war. Es dauerte nicht lange. In seinem neuen Heim deponierten sie die Dinge ohne die geringste Sorgfalt.

Keiner der acht arbeitete im Todestrakt. Nugent hatte irgendwo in Naifehs Gekritzel gelesen, daß die Angehörigen des Hinrichtungsteams für den Verurteilten völlig Fremde sein sollten. Sie sollten aus anderen Blöcken kommen. Einunddreißig Polizisten und Wärter hatten sich für diese Arbeit gemeldet. Nugent hatte nur die Besten ausgewählt.

»Ist alles drin?« fuhr er einen seiner Männer an.

»Ja, Sir.«

»Sehr gut. Ihr Reich, Sam.«

»Oh, vielen Dank, Sir«, höhnte Sam, als er die Zelle betrat. Nugent nickte zum anderen Ende des Flurs hin, und die Tür glitt zu. Er trat vor und ergriff die Gitterstäbe mit beiden Händen. »Und nun hören Sie zu, Sam«, sagte er mit getragener Stimme. Sam lehnte mit dem Rücken an der Wand und sah Nugent nicht an. »Wir sind in der Nähe, falls Sie etwas brauchen sollten. Wir haben Sie hierher verlegt, damit wir Sie besser im Auge behalten können. Okay? Kann ich noch irgendwas für Sie tun?«

Sam ignorierte ihn weiter und sah ihn nicht an.

»Also gut.« Er trat zurück und wandte sich an seine Männer. »Gehen wir«, sagte er zu ihnen. Die Abteilungstür, weniger als drei Meter von Sam entfernt, glitt auf, und das Todesteam marschierte hinaus. Nugent ließ den Blick durch den Flur schweifen, dann ging er gleichfalls durch die Tür.

»Hey, Nugent!« brüllte Sam plötzlich. »Wie wär's, wenn Sie mir die Handschellen abnehmen würden?«

Nugent erstarrte, und das Todesteam blieb stehen.

»Sie Blödmann!« brüllte Sam wieder, als Nugent eilends zurückkam, nach den Schlüsseln fummelte und Befehle bellte. Gelächter brach im Abschnitt aus, lautes Wiehern und schrille Pfiffe. »Sie können mich nicht gefesselt einsperren!« kreischte Sam in den Flur hinaus.

Nugent war an Sams Tür, knirschte mit den Zähnen, fluchte, fand schließlich den richtigen Schlüssel. »Umdrehen«, befahl er.

»Wie kann man nur so dämlich sein!« brüllte Sam durch die Gitterstäbe hindurch dem Colonel direkt in das gerötete, weniger als einen halben Meter entfernte Gesicht. Das Gelächter dröhnte noch lauter.

»Und Sie sind für meine Hinrichtung verantwortlich!« sagte Sam wütend und ziemlich laut, damit alle anderen es hören konnten. »Wahrscheinlich werden Sie sich selbst vergasen!«

»Verlassen Sie sich nicht darauf«, sagte Nugent bissig. »Und nun drehen Sie sich um.«

Irgend jemand, entweder Hank Henshaw oder Harry Ross Scott, brüllte »Blödmann!«, und sofort hallte der Ruf durch den ganzen Flur.

»Blödmann! Blödmann! Blödmann!«

»Ruhe!« brüllte Nugent.

»Blödmann! Blödmann!«

»Ruhe!«

Sam drehte sich endlich um und streckte die Hände hinaus, so daß Nugent drankommen konnte. Die Handschellen klappten auf, und der Colonel marschierte im Schnellschritt auf die Abschnittstür zu.

»Blödmann! Blödmann! Blödmann!« johlten sie fast einstimmig, bis die Tür ins Schloß gefallen und der Flur wieder leer war. Plötzlich erstarben die Stimmen, das Gelächter war verstummt. Langsam verschwanden ihre Arme von den Gitterstäben.

Sam stand mit dem Gesicht zum Flur da und funkelte die beiden Wärter an, die ihn von der anderen Seite der Abschnittstür aus beobachteten. Er verbrachte ein paar Minuten damit, seine Zelle einzurichten – er schloß den Ventilator und den Fernseher an, stapelte seine Bücher ordentlich auf, als würden sie noch benutzt werden, vergewisserte sich, daß die Toilettenspülung funktionierte und das Wasser lief. Er setzte sich auf das Bett und inspizierte das zerrissene Laken.

Dies war seine vierte Zelle im Trakt und zweifellos diejenige, in der er die kürzeste Zeitspanne verbringen würde. Er erinnerte sich an die ersten beiden, vor allem die zweite, in Abschnitt B, wo sein guter Freund Buster Moac sein

Nachbar gewesen war. Eines Tages waren sie gekommen und hatten Buster hierher gebracht, in die Observierungszelle, wo sie ihn rund um die Uhr bewachen konnten, damit er nicht Selbstmord beging. Sam hatte geweint, als sie Buster abholten.

Praktisch jeder Insasse des Todestraktes, der bis hierher gekommen war, gelangte auch zur nächsten Station. Und dann zur letzten.

Garner Goodman war an diesem Tag der erste Besucher im prachtvollen Vorzimmer des Gouverneurs. Er trug sich sogar ins Gästebuch ein, plauderte liebenswürdig mit der hübschen Empfangsdame und wollte den Gouverneur lediglich wissen lassen, daß er zur Verfügung stand. Sie war gerade im Begriff, etwas zu sagen, als das Telefon an ihrer Vermittlung läutete. Sie drückte auf einen Knopf, verzog das Gesicht, hörte zu, warf einen finsteren Blick auf Goodman, der woanders hinschaute, dann dankte sie dem Anrufer. »Diese Leute«, seufzte sie.

»Wen meinen Sie damit?« fragte Goodman, ganz Unschuld.

»Wir können uns vor Anrufen wegen der Hinrichtung Ihres Mandanten kaum noch retten.«

»Ja, es ist ein Fall, der starke Emotionen auslöst. Sieht so aus, als wären die meisten Leute hier unten für die Todesstrafe.«

»Der nicht«, sagte sie und hielt den Anruf auf einem rosa Formular fest. »Fast alle diese Anrufer sind gegen seine Hinrichtung«

»Ach, wirklich? Das überrascht mich.«

»Ich sage Mrs. Stark Bescheid, daß Sie hier sind.«

»Danke.« Goodman ließ sich auf seinem üblichen Sessel im Vorzimmer nieder. Er überflog noch einmal die Morgenzeitungen. Am Samstag hatte die Tageszeitung von Tupelo den Fehler begangen, die öffentliche Meinung über die Cayhall-Hinrichtung ermitteln zu wollen. Auf der Titelseite war eine gebührenfreie Nummer angegeben worden mit den dazugehörigen Instruktionen, und natürlich hatten Goodman und sein Team von Marktforschern die Nummer übers Wochenende mit Anrufen bombardiert. In der Montagsausgabe wurden erstmals die Ergebnisse veröffentlicht, und sie waren erstaunlich. Von dreihundertundzwanzig Anrufern waren dreihundertundzwei gegen die Hinrichtung. Goodman lächelte still vor sich hin, als er die Zeitung überflog.

Nicht sehr weit von ihm entfernt saß der Gouverneur an dem langen Tisch in seinem Büro und überflog dieselben Zeitungen. Seine Miene war düster. Seine Augen waren traurig und sorgenvoll.

Mona Stark kam mit einer Tasse Kaffee über den Marmorfußboden. »Garner Goodman ist hier. Er wartet im Vorzimmer.«

»Lassen Sie ihn weiter warten.«

»Die Hotline wird schon jetzt mit Anrufen überschwemmt.«

McAllister schaute auf seine Uhr. Elf Minuten vor neun. Er rieb sich mit den Knöcheln das Kinn. Zwischen 15 Uhr am Samstag und 20 Uhr am Sonntag hatten seine Meinungsforscher mehr als zweihundert Einwohner von Mississippi angerufen. Achtundsiebzig Prozent waren für die Todesstrafe, was nicht überraschend war. Aber einundfünfzig Prozent der Befragten waren der Ansicht, daß Sam Cayhall nicht hingerichtet werden sollte. Die Gründe dafür waren unterschiedlicher Natur. Viele meinten, daß er dafür einfach zu alt war. Sein Verbrechen war vor dreiundzwanzig Jahren begangen worden, in einer Zeit, die sich erheblich von der Gegenwart unterschied. Er würde ohnehin bald genug in Parchman sterben, also laßt ihn in Ruhe. Er würde aus politischen Gründen verfolgt. Außerdem war er ein Weißer, und McAllister und seine Meinungsforscher wußten, daß dieser Faktor sehr wichtig war, auch wenn er nicht erwähnt wurde.

Das war die gute Nachricht. Die schlechte Nachricht steckte in einem Computerausdruck neben den Zeitungen. Bei der mit nur einer Person besetzten Hotline waren am Samstag zweihundertundeinunddreißig Anrufe eingegangen, und am Sonntag cinhundertundachtzig. Insgesamt also vierhundertundelf. Mehr als neunzig Prozent waren gegen die Hinrichtung. Seit Freitag morgen hatte die Hotline achthundertundneunundsiebzig Sam betreffende Anrufe registriert, von denen gut neunzig Prozent gegen seine Hinrichtung protestierten. Und jetzt herrschte bei der Hotline schon wieder Hochbetrieb.

Da war noch mehr. Die Regionalbüros meldeten eine Lawine von Anrufen. Fast alle waren dagegen, daß Sam hingerichtet wurde. Mitarbeiter kamen mit Berichten über ein langes Wochenende am Telefon zur Arbeit. Roxburgh hatte angerufen, um ihm mitzuteilen, daß seine Telefone nicht stillstanden.

Der Gouverneur war schon jetzt erschöpft. »Da war doch etwas um zehn heute morgen«, sagte er zu Mona, ohne sie anzusehen.

»Ja, ein Treffen mit einer Gruppe von Pfadfindern.«

»Sagen Sie ab. Lassen Sie sich eine Entschuldigung einfallen. Machen Sie einen neuen Termin aus. Ich bin heute morgen nicht in der richtigen Stimmung für irgendwelche Fotos. Es ist am besten, wenn ich hierbleibe. Lunch?«

»Mit Senator Pressgrove. Es ist vorgesehen, daß Sie mit ihm über den Prozeß gegen die Universitäten sprechen.«

»Ich kann Pressgrove nicht ausstehen. Sagen Sie ab und bestellen Sie mir ein Hähnchen. Und holen Sie Goodman doch herein.«

Sie ging zur Tür, verschwand für eine Minute und kehrte dann mit Garner Goodman zurück. McAllister stand am Fenster und starrte auf die Gebäude der Innenstadt. Er drehte sich um und bedachte Goodman mit einem matten Lächeln. »Guten Morgen, Mr. Goodman.«

Sie schüttelten sich die Hände und setzten sich. Am späten Sonntagnachmittag hatte Goodman Larramore ein schriftliches Ersuchen übergeben, die Anhörung wegen eines Gnadengesuchs rückgängig zu machen, auf ausdrückliches Verlangen seines Mandanten.

»Sie wollen immer noch keine Anhörung, stimmt's?« sagte der Gouverneur matt lächelnd.

»Unser Mandant sagt nein. Er hat nichts hinzuzufügen. Wir haben alles versucht.« Mona reichte Goodman eine Tasse schwarzen Kaffee.

»Er ist sehr starrköpfig. Wahrscheinlich seit jeher. Wie steht es mit den Berufungen?« McAllister war ganz Anteilnahme.

»Verlaufen wie erwartet.«

»Sie haben das schon öfter mitgemacht, Mr. Goodman. Ich nicht. Wie sieht Ihre Vorhersage aus, beim gegenwärtigen Stand der Dinge?«

Goodman rührte seinen Kaffee um und dachte über die Frage nach. Es konnte nichts schaden, wenn er dem Gouverneur gegenüber ehrlich war, nicht zu diesem Zeitpunkt. »Ich bin einer der Anwälte, also neige ich zu Optimismus. Ich würde sagen, die Chancen, daß es passiert, liegen bei siebzig Prozent.«

Der Gouverneur grübelte eine Weile darüber nach. Er konnte fast das unablässige Läuten der Telefone jenseits der Wände hören. Sogar seine eigenen Leute wurden nervös. »Wissen Sie, was ich möchte, Mr. Goodman?« fragte er ernst.

Ja, Sie möchten, daß die verdammten Telefone aufhören zu läuten, dachte Goodman. »Was?«

»Ich würde gern mit Adam Hall reden. Wo ist er?«

»Vermutlich in Parchman. Ich habe vor einer Stunde mit ihm gesprochen.«

»Kann er heute hierher kommen?«

»Ja. Er wollte ohnehin heute nachmittag in Jackson eintreffen.«

»Gut. Ich erwarte ihn.«

Goodman unterdrückte ein Lächeln. Vielleicht hatte der Damm ein kleines Loch bekommen.

Aber seltsamerweise war es eine andere, weitaus unwahrscheinlichere Front, an der der erste Schimmer von Erfolg aufglomm.

Sechs Blocks entfernt, im Gebäude des Bundesgerichts, betrat Breck Jefferson das Büro seines Chefs, des Ehrenwerten F. Flynn Slattery, der am Telefon war und einem Anwalt die Hölle heiß machte. Breck hatte eine dicke Akte bei sich und einen Block voller Notizen.

»Ja?« bellte Slattery und knallte den Hörer auf die Gabel.

»Wir müssen über Cayhall sprechen«, sagte Breck nüchtern. »Sie wissen, wir haben seine Eingabe wegen angeblicher geistiger Unzurechnungsfähigkeit.«

»Wir sollten sie abweisen und zusehen, daß wir sie loswerden. Ich habe zu viel zu tun, um mir darüber den Kopf zu zerbrechen. Soll Cayhall damit vors Fünfte Berufungsgericht gehen. Ich will nicht, daß das verdammte Ding noch länger hier herumliegt.«

Breck wirkte besorgt, und er sprach jetzt noch langsamer. »Aber da ist etwas, worauf Sie einen Blick werfen sollten.«

»Und was soll das sein?«

»Es könnte ein berechtigter Anspruch bestehen.«

Slattery machte ein langes Gesicht, und seine Schultern sackten herab. »Soll das ein Witz sein? Worauf wollen Sie hinaus? Wir haben einen Prozeß, der in einer halben Stunde anfängt. Da draußen wartet eine Jury.«

Breck Jefferson war während seines Jurastudiums an der Emory-Universität der Zweitbeste seines Jahrgangs gewesen. Er genoß Slatterys unbedingtes Vertrauen. »Sie behaupten, daß Sam geistig nicht in der Lage ist, den Sinn einer Hinrichtung zu begreifen. Sie berufen sich dabei auf ein ziemlich weitgefaßtes Gesetz von Mississippi.«

»Jedermann weiß, daß er verrückt ist.«

»Sie haben einen Experten, der bereit ist, für ihn auszusagen. So etwas dürfen wir nicht ignorieren.«

»Ich kann es einfach nicht glauben.«

»Sie sollten lieber einen Blick darauf werfen.«

Seine Ehren massierte sich die Stirn mit den Fingerspitzen. »Setzen Sie sich. Und zeigen Sie her.«

»Nur noch ein paar Meilen«, sagte Adam auf der Fahrt zum Gefängnis. »Wie fühlst du dich?«

Carmen hatte wenig gesagt, seit sie Memphis verlassen hatten. Ihre erste Fahrt nach Mississippi hatte sie damit verbracht, die endlose Weite des Deltas und die üppigen Baumwoll- und Bohnenfelder zu bewundern, verblüfft zu beobachten, wie Flugzeuge ihre Chemikalien über diese Felder versprühten, und den Kopf zu schütteln angesichts der Ansammlungen erbärmlicher Hütten. »Ich bin nervös«, gestand sie, nicht zum erstenmal. Sie hatten sich kurz über Berkeley und Chicago unterhalten und darüber, was die nächsten Jahre bringen mochten. Über ihren Vater und ihre Mutter hatten sie nicht gesprochen. Sam und seine Familie wurden ebenfalls ausgeklammert.

»Ich bin auch nervös.«

»Irgendwie ist das absurd, Adam. Wie wir hier in dieser Wildnis einen Highway entlangjagen, um einen Großvater zu besuchen, der in Kürze hingerichtet werden soll.«

Er tätschelte ihr ermutigend das Knie. »Du tust genau das Richtige.« Sie trug eine zwei Nummern zu weite Baumwollhose, Wanderstiefel, ein verblichenes rotes Jeanshemd. Ganz die Psychologiestudentin im höheren Semester.

»Da ist es.« Er zeigte plötzlich nach vorn. Auf beiden Seiten des Highways parkten Wagen, Stoßstange an Stoßstange. Leute wanderten auf das Gefängnis zu, und der Verkehr floß entsprechend langsam.

»Was hat das alles zu bedeuten?« fragte sie.

»Es ist ein Zirkus.«

Sie passierten drei Klansmänner, die am Rand des Gehsteigs entlangmarschierten. Carmen starrte sie an, dann schüttelte sie ungläubig den Kopf. Sie schoben sich durch die Menge, kaum schneller als die Leute, die sich an den Demonstrationen beteiligen wollten. Vor dem Haupteingang standen in der Mitte des Highways zwei Staatspolizisten und dirigierten den Verkehr. Sie machten Adam Zeichen, nach rechts abzubiegen, was er denn auch tat. Ein Parchman-Wärter deutete auf einen Parkplatz neben einem flachen Straßengraben.

Sie hielten sich bei den Händen und gingen auf den Haupteingang zu, wobei sie nur einen Moment stehenblieben, um die Dutzende von Klansmännern anzustarren, die sich vor dem Gefängnis versammelt hatten. Einer von ihnen hielt eine feurige Rede, aber sein Megaphon versagte alle paar Sekunden. Eine Gruppe von Braunhemden stand Schulter an Schulter am Straßenrand und hielt Plakate hoch. Auf der anderen Seite des Highways parkten nicht weniger als fünf Aufnahmewagen von Fernsehsendern. Über ihnen kreiste ein Pressehubschrauber.

Am Eingang stellte Adam Carmen seiner neuen Freundin Louise vor, der Angestellten, die für den Papierkram verantwortlich war. Sie wirkte nervös und ziemlich mitgenommen. Es hatte ein oder zwei hitzige Wortwechsel gegeben zwischen den Kluxern und der Presse und den Wachmannschaften. Im Moment war die Lage kritisch, und ihrer Meinung nach konnte es nur noch schlimmer werden.

Ein uniformierter Wärter begleitete sie zu einem Gefängnistransporter, und sie fuhren schnell vom Eingangsbereich fort.

»Unglaublich«, sagte Carmen.

»Es wird von Tag zu Tag schlimmer. Warte nur bis morgen.«

Der Transporter verlangsamte das Tempo, als sie die Hauptstraße entlangfuhren, unter den großen, schattenspendenden Bäumen hindurch und vorbei an den hübschen weißen Häuschen. Carmen ließ sich nichts entgehen.

»Das sieht gar nicht aus wie ein Gefängnis.«

»Es ist im Grunde eine Farm. Siebzehntausend Morgen groß. In diesen Häusern hier wohnen die Angestellten.«

»Mit Kindern«, sagte sie mit Blick auf die Fahrräder und Roller, die in den Vorgärten lagen. »Es ist so friedlich. Wo sind die Gefangenen?«

»Wart's nur ab.«

Der Transporter bog nach links ein. Der Asphalt hörte auf, und die Schotterstraße begann. Direkt vor ihnen lag der Trakt.

»Siehst du die Türme da vorn?« fragte Adam. »Die Zäune und den Stacheldraht?« Sie nickte.

»Das ist der Hochsicherheitstrakt. Sams Zuhause seit nunmehr neuneinhalb Jahren.«

»Wo ist die Gaskammer?«

»Da drinnen.«

Zwei Wärter warfen einen Blick in den Transporter, dann winkten sie ihn durch die beiden Tore. Er hielt vor dem Haupteingang an, wo Packer auf sie wartete. Adam machte ihn mit Carmen bekannt, die jetzt kaum noch ein Wort herausbrachte. Sie gingen hinein, wo Packer sie andeutungsweise durchsuchte. Drei andere Wärter schauten zu. »Sam ist schon hier drin«, sagte Packer und deutete mit einem Kopfnicken auf das vordere Büro. »Sie können hineingehen.«

Adam ergriff ihre Hand und drückte sie fest. Sie nickte, und sie gingen auf die Tür zu. Er öffnete sie.

Sam saß wie gewöhnlich auf der Schreibtischkante. Er ließ die Füße baumeln, und er rauchte nicht. Die Luft in dem Raum war klar und kühl. Er warf einen Blick auf Adam, dann betrachtete er Carmen. Packer machte die Tür hinter ihnen zu.

Sie ließ Adams Hand los, steuerte auf den Schreibtisch zu und schaute Sam fest in die Augen. »Ich bin Carmen«, sagte sie leise. Sam rutschte vom Schreibtisch herunter. »Ich bin Sam, Carmen. Dein mißratener Großvater.« Er zog sie an sich, und sie umarmten sich.

Es dauerte ein oder zwei Sekunden, bis Adam begriffen hatte, daß Sam sich den Bart abrasiert hatte. Sein Haar war kürzer und sah erheblich gepflegter aus. Sein Overall war bis zum Hals geschlossen.

Sam drückte ihre Schultern und musterte ihr Gesicht. »Du bist ebenso hübsch wie deine Mutter«, sagte er heiser. Seine Augen waren feucht, und Carmen kämpfte gegen die Tränen an.

Sie biß sich auf die Lippen und versuchte zu lächeln.

»Danke, daß du gekommen bist«, sagte er, gleichfalls mit dem Versuch eines Lächelns. »Tut mir leid, daß du mich so vorfinden mußt.«

»Du siehst großartig aus«, sagte sie.

»Fang nicht an zu lügen, Carmen«, sagte Adam, um das Eis zu brechen. »Und hört mit dem Heulen auf, bevor es außer Kontrolle gerät.«

»Setz dich«, sagte Sam und deutete auf einen Stuhl. Er setzte sich neben sie und nahm ihre Hand.

»Zuerst das Geschäftliche, Sam«, sagte Adam. »Das Fünfte Berufungsgericht hat uns heute morgen abgewiesen. Also ziehen wir weiter auf grünere Weiden.«

»Dein Bruder ist wirklich ein toller Anwalt«, sagte Sam zu Carmen. »Tischt mir jeden Morgen dieselbe Neuigkeit auf.«

»Schließlich habe ich nicht viel, womit ich arbeiten kann«, sagte Adam.

»Wie geht es deiner Mutter?« fragte Sam.

»Es geht ihr gut.«

»Sag ihr, daß ich nach ihr gefragt habe. Ich weiß noch, sie war eine prachtvolle Frau.«

»Das tue ich.«

»Irgend etwas Neues von Lee?« fragte Sam Adam.

»Nein. Willst du sie sehen?«

»Ich denke schon. Aber wenn sie es nicht schafft, habe ich dafür auch Verständnis.«

»Ich werde sehen, was ich tun kann«, sagte Adam zuversichtlich. Seine letzten zwei Anrufe bei Phelps waren nicht erwidert worden. Außerdem hatte er im Moment nicht die Zeit, nach Lee zu suchen.

Sam beugte sich näher an Carmen heran. »Adam hat mir erzählt, daß du Psychologie studierst.«

»Das stimmt. Ich habe mein erstes Examen hinter mir und studiere jetzt in Berkeley. Ich will …«

Ein lautes Klopfen an der Tür unterbrach die Unterhaltung. Adam öffnete sie einen Spaltbreit und sah das nervöse Gesicht von Lucas Mann. »Entschuldigt mich eine Minute«, sagte er zu Sam und Carmen, dann ging er hinaus auf den Flur.

»Was gibt's?« fragte er.

»Garner Goodman sucht nach Ihnen«, sagte Mann fast im Flüsterton. »Er will, daß Sie sofort nach Jackson kommen.«

»Weshalb? Was ist passiert?«

»Sieht so aus, als hätte einer Ihrer Anträge ins Schwarze getroffen.«

Adams Herz blieb stehen. »Welcher?«

»Richter Slattery möchte über die geistige Unzurechnungsfähigkeit reden. Er hat für fünf Uhr heute nachmittag eine Verhandlung angesetzt. Sagen Sie mir nichts – ich könnte einer der Zeugen des Staates sein.«

Adam schloß die Augen. In seinem Hirn wirbelten tausend Gedanken herum. »Um fünf heute nachmittag? Slattery?«

»Kaum zu glauben. Hören Sie, Sie müssen sich beeilen.«

»Ich brauche ein Telefon.«

»Da drin ist eines«, sagte Mann und deutete mit einem Kopfnicken auf die Tür hinter Adam. »Es geht mich ja nichts an, Adam, aber an Ihrer Stelle würde ich Sam nichts davon sagen. Es ist immer noch ein Schuß ins Blaue, und es hat keinen Sinn, irgendwelche Hoffnungen zu wecken. Wenn ich Sie wäre, würde ich damit warten, bis die Verhandlung gelaufen ist.«

»Sie haben recht. Danke, Lucas.«

»Schon gut. Wir sehen uns in Jackson.«

Adam kehrte in das Zimmer zurück, wo sich die Unterhaltung jetzt um das Leben in der Gegend um San Francisco drehte. »Nichts Besonderes«, sagte Adam und ging wie beiläufig zum Telefon. Er ignorierte ihre leise Unterhaltung und wählte die Nummer.

»Garner, hier ist Adam. Ich bin hier bei Sam. Was gibt's?«

»Sehen Sie zu, daß Sie schleunigst hier aufkreuzen, mein Junge«, sagte Goodman gelassen. »Die Dinge kommen in Bewegung«

»Ich höre.« Sam erzählte von seiner ersten und einzigen Reise nach San Francisco vor Jahrzehnten.

»Erstens, der Gouverneur möchte Sie sprechen. Er scheint zu leiden. Wir machen ihm die Hölle heiß mit den Anrufen, und er spürt die Hitze. Was wichtiger ist, ausgerechnet Slattery will bei der Klage wegen geistiger Unzurechnungsfähigkeit nachhaken. Ich habe vor einer halben Stunde mit ihm gesprochen, und er weiß nicht, wo hinten und vorn ist. Ich habe ihm nicht geholfen. Er hat für fünf Uhr heute nachmittag eine Verhandlung angesetzt. Ich habe bereits mit Dr. Swinn telefoniert, und er steht in den Startlöchern. Er trifft um halb vier in Jackson ein und ist zur Aussage bereit.«

»Ich mache mich gleich auf den Weg«, sagte Adam mit dem Rücken zu Sam und Carmen.

»Wir treffen uns im Büro des Gouverneurs.«

Adam legte auf. »Ich muß die Berufungen einreichen«, erklärte er Sam, den dies im Moment nicht im mindesten interessierte. »Dazu muß ich nach Jackson.«

»Weshalb die Eile?« fragte Sam wie ein Mann, der noch Jahre zu leben und nichts zu tun hat.

»Eile? Hast du Eile gesagt? Es ist zehn Uhr, Sam, am Montag. Uns bleiben noch genau achtunddreißig Stunden, um ein Wunder zu bewirken.«

»Es wird keine Wunder geben, Adam.« Er wandte sich Carmen zu, die er noch immer bei der Hand hielt. »Mach dir keine falschen Hoffnungen, Carmen.«

»Vielleicht ...«

»Nein. Meine Zeit ist gekommen. Und ich bin bereit. Ich möchte nicht, daß du traurig bist, wenn es vorbei ist.«

»Wir müssen los, Sam«, sagte Adam und berührte seine Schulter. »Ich komme entweder heute am späten Abend oder morgen ganz früh zurück.«

Carmen beugte sich vor und küßte Sam auf die Wange. »Mein Herz ist bei dir, Sam«, flüsterte sie.

Er umarmte sie eine Sekunde lang, dann stand er auf und trat an den Schreibtisch. »Paß auf dich auf, Mädchen. Lerne soviel wie möglich und all das. Und denk nicht zu schlecht von mir, okay? Es hat seinen Grund, daß ich hier bin. Es ist nur meine eigene Schuld. Und irgendwo da draußen wartet ein besseres Leben auf mich.«

Carmen stand auf und umarmte ihn noch einmal. Sie weinte, als sie den Raum verließen.

46

Um zwölf hatte Richter Slattery den Ernst der Stunde voll erfaßt, und obwohl er sich nach Kräften bemühte, es sich nicht anmerken zu lassen, genoß er es außerordentlich, wenigstens für kurze Zeit im Zentrum des Sturms zu stehen. Zuerst hatte er die Geschworenen und die Anwälte des anstehenden Zivilprozesses entlassen. Er hatte zweimal mit dem Kanzleivorsteher des Fünften Berufungsgerichts in New Orleans telefoniert und dann mit Richter McNeeley selbst. Der große Moment war wenige Minuten nach elf gekommen, als Richter Edward F. Allbright vom

Obersten Bundesgericht in Washington angerufen und sich nach dem neuesten Stand der Dinge erkundigt hatte. Allbrights Aufgabe bestand darin, den Fall ununterbrochen im Auge zu behalten. Sie hatten über Rechtsprechung und Theorie gesprochen. Keiner der beiden war ein Gegner der Todesstrafe, und beide hatten gravierende Probleme mit dem einschlägigen Gesetz im Staat Mississippi. Sie fürchteten, daß es von jedem Insassen des Todestrakts mißbraucht werden könnte, der vorgab, geistesgestört zu sein, und einen dubiosen Arzt fand, der ihm das bescheinigte.

Die Reporter bekamen schnell heraus, daß eine mündliche Anhörung angesetzt worden war, und sie überschwemmten nicht nur Slatterys Büro mit Anrufen, sondern nisteten sich auch in seinem Vorzimmer ein. Der U. S. Marshal wurde herbeigerufen, um sie wieder zu vertreiben.

Der Sekretär brachte jede Minute eine neue Botschaft. Breck Jefferson wühlte sich durch zahllose Gesetzestexte und bedeckte den langen Konferenztisch mit Recherchenmaterial. Slattery telefonierte mit dem Gouverneur, dem Justizminister, Garner Goodman und Dutzenden von anderen Leuten. Seine Schuhe standen unter seinem massigen Schreibtisch. Er wanderte um ihn herum, hielt den Hörer an einer langen Schnur ans Ohr und genoß den Wahnsinn in vollen Zügen.

Wenn es in Slatterys Büro schon hektisch zuging, dann herrschte in dem des Justizministers das totale Chaos. Roxburgh war in die Luft gegangen, als er erfuhr, daß einer von Cayhalls Schüssen ins Blaue ein Ziel getroffen hatte. Da kämpfte man nun zehn Jahre mit diesen Typen, die Berufungsleiter hinauf und hinunter, aus einem Gerichtssaal heraus und hinein in den nächsten, schlug sich mit den kreativen Juristenhirnen der Amerikanischen Bürgerrechtsvereinigung und ähnlicher Organisationen herum, produzierte dabei genügend Papierkram, um einen ganzen Regenwald zu vernichten, und gerade, wenn man glaubte, man hätte den Gegner im Visier, reicht er in letzter Minute noch eine Tonne von Anträgen ein, und einer davon erregt die Aufmerksamkeit irgendeines Richters, der sich zufällig gerade in einer mitleidigen Stimmung befindet.

Er war den Flur entlanggestürmt zum Büro von Morris Henry, Dr. Death höchstpersönlich, und zusammen hatten sie hastig ein Team ihrer besten Kriminalisten versammelt. Sie hatten sich in der großen Bibliothek zusammengesetzt, gut versorgt mit Reihen und Stapeln der neuesten Literatur. Sie studierten den Cayhall-Antrag und die einschlägigen Gesetze und planten ihre Strategie. Zeugen wurden gebraucht. Wer hatte Cayhall im letzten Monat gesehen? Wer konnte aussagen über das, was er sagte und tat? Die Zeit reichte nicht aus, um ihn von einem ihrer Ärzte untersuchen zu lassen. Er hatte einen Arzt, aber sie nicht. Das war ein schwerwiegendes Problem. Wenn der Staat ihm mit Hilfe eines namhaften Arztes auf die Schliche kommen wollte, war er gezwungen, um mehr Zeit zu bitten. Und Zeit bedeutete einen Aufschub der Hinrichtung. Ein Aufschub aber kam nicht in Frage.

Die Wärter sahen ihn jeden Tag. Wer sonst noch? Roxburgh rief Lucas Mann an, der vorschlug, er sollte mit Colonel Nugent sprechen. Nugent sagte, er hätte Sam erst vor ein paar Stunden gesehen, und ja, natürlich, er würde mit Vergnügen aussagen. Der Kerl war nicht verrückt. Er war lediglich niederträchtig Und Sergeant Packer sah ihn jeden Tag. Und die Gefängnispsychiaterin, Dr. N. Stegall, hatte mit Sam gesprochen; sie konnte auch aussagen. Nugent brannte darauf, zu helfen. Außerdem schlug er den Gefängnisgeistlichen vor. Und er würde über weitere Zeugen nachdenken.

Morris Henry stellte einen Trupp von vier Anwälten zusammen, die nichts tun sollten, als Schmutz über Dr. Anson Swinn auszugraben. Findet andere Fälle, an denen er beteiligt war. Redet mit anderen Anwälten überall im Land. Macht Mitschriften seiner Aussagen ausfindig. Der Kerl ist nichts als ein gemietetes Sprachrohr, ein bezahlter Zeuge. Fördert alles zutage, was ihn in Mißkredit bringen kann.

Nachdem Roxburgh dafür gesorgt hatte, daß die Angriffsstrategie festgelegt war und andere die Arbeit taten, fuhr er mit dem Fahrstuhl ins Foyer des Gebäudes, um ein wenig mit der Presse zu plaudern.

Adam stellte seinen Wagen auf dem Parkplatz des Kapitols ab. Goodman wartete im Schatten eines Baumes, ohne Jakkett, mit aufgekrempelten Hemdsärmeln und perfekt sitzender Fliege. Adam machte Goodman rasch mit Carmen bekannt.

»Der Gouverneur will Sie um zwei sehen. Ich komme gerade aus seinem Büro, zum drittenmal an diesem Vormittag. Gehen wir zu unserem Laden«, sagte er, in Richtung Innenstadt deutend. »Es ist nicht weit.«

»Waren Sie bei Sam?« fragte Goodman Carmen.

»Ja, heute morgen.«

»Ich bin froh, daß Sie dort waren.«

»Was hat der Gouverneur vor?« fragte Adam. Für ihn gingen sie viel zu langsam. Entspann dich, befahl er sich. Entspann dich.

»Wer weiß? Er will unter vier Augen mit Ihnen reden. Vielleicht setzt ihm die Marktanalyse zu. Vielleicht plant er einen großen Auftritt vor der Presse. Vielleicht meint er es ehrlich. Ich durchschaue ihn nicht. Aber er macht einen erschöpften Eindruck.«

»Die Telefonanrufe tun ihre Wirkung?«

»Hervorragend.«

»Niemand hat Verdacht geschöpft?«

»Bis jetzt noch nicht. Wir bombardieren sie so schnell und heftig, daß ihnen meiner Meinung nach gar nicht die Zeit bleibt, den Anrufen nachzuspüren.«

Carmen warf einen fragenden Blick zu ihrem Bruder hinüber, der aber zu sehr mit anderen Dingen beschäftigt war, um ihn zu bemerken.

»Was ist das Neueste von Slattery?« fragte Adam, als sie eine Straße überquerten und dann eine Minute stehenblieben, um die Demonstration zu beobachten, die sich auf den Stufen vor dem Eingang formierte.

»Nichts seit zehn Uhr heute morgen. Sein Kanzleivorsteher hat in Memphis angerufen, und Ihre Sekretärin hat ihm meine Nummer hier gegeben. So haben sie mich gefunden. Er hat mich über die Anhörung informiert und gesagt, Slattery wollte die Anwälte um drei zu einer vorbereitenden Sitzung in seinem Amtszimmer sehen.«

»Was hat das zu bedeuten?« fragte Adam, der von seinem Mentor nur zu gern gehört hätte, daß sie am Rande eines großen Sieges standen.

Goodman spürte Adams Nervosität. »Ich weiß es nicht. Es ist eine gute Wendung, aber niemand weiß, ob sie von Dauer sein wird. Anhörungen in diesem Stadium sind nichts Ungewöhnliches.«

Sie überquerten eine weitere Straße und betraten das Gebäude. Oben in dem improvisierten Büro herrschte Hochbetrieb. Vier Jurastudenten redeten gleichzeitig in schnurlose Telefone. Zwei hatten die Füße auf den Tisch gelegt. Einer stand ernsthaft redend am Fenster. Eine Studentin wanderte an der gegenüberliegenden Wand entlang und hatte das Telefon ans Ohr geklemmt. Adam blieb an der Tür stehen und versuchte, die Szenerie in sich aufzunehmen. Carmen war hoffnungslos verwirrt.

Goodman erklärte laut flüsternd, was da vor sich ging. »Wir machen im Durchschnitt stündlich sechzig Anrufe. Wir wählen öfter, aber die Leitungen sind ständig besetzt. Dafür sind natürlich wir verantwortlich, und das bewirkt, daß andere Leute nicht durchkommen. Übers Wochenende war nicht soviel los. Die Hotline war nur mit einer Person besetzt.« Er gab diese Zusammenfassung wie ein stolzer Fabrikdirektor, der Besuchern das Neueste an vollautomatischen Maschinen vorführt.

»Wen rufen sie an?« fragte Carmen.

Ein Jurastudent trat zu ihnen und stellte sich erst Adam und dann Carmen vor. Es machte ihm viel Spaß, sagte er.

»Möchten Sie etwas essen?« fragte Goodman. »Wir haben Sandwiches hier.« Adam lehnte ab.

»Wen rufen sie an?« fragte Carmen noch einmal.

»Die Hotline des Gouverneurs«, erwiderte Adam, ohne eine Erklärung zu liefern. Er hörte dem ihm am nächsten stehenden Anrufer zu, der seine Stimme verstellte und einen Namen aus einem Telefonverzeichnis ablas. Er war jetzt Benny Chase aus Hickory Flat, Mississippi, und er hatte für den Gouverneur gestimmt und war nicht dafür, daß Sam Cayhall hingerichtet wurde. Es war an der Zeit, daß der Gouverneur einschritt und sich endlich um die Sache kümmerte.

Carmen blickte ihren Bruder an, aber er ignorierte sie.

»Diese vier sind Jurastudenten vom Mississippi College«, erklärte Goodman weiter. »Wir haben seit Freitag ungefähr ein Dutzend Studenten eingesetzt, unterschiedlichen Alters, Weiße und Schwarze, Männer und Frauen. Professor Glass hat mir sehr geholfen, die richtigen Leute zu finden. Er hat seinerseits auch angerufen. Ebenso Hez Kerry und seine Leute von der Defense Group. Wir haben mindestens zwanzig verschiedene Anrufer.«

Sie zogen drei Stühle zum Ende des Tisches und setzten sich. Goodman holte Soft Drinks aus einer Plastikkühlbox und stellte sie auf den Tisch. Dann redete er mit leiser Stimme weiter. »John Bryan Glass ist gerade mit Recherchen beschäftigt. Er wird bis vier einen Schriftsatz fertig haben. Auch Hez Kerry ist am Werk. Er fragt bei seinen Kollegen in anderen Staaten mit der Todesstrafe nach, ob dort in letzter Zeit ähnliche Gesetze zur Anwendung gekommen sind.«

»Kerry ist dieser Schwarze?« fragte Adam.

»Ja, er ist der Leiter der *Southern Capital Defense Group*. Sehr kluger Kopf.«

»Ein schwarzer Anwalt, der alles daransetzt, um Sam zu retten?«

»Das macht für Hez keinen Unterschied. Für ihn ist es nur ein Hinrichtungsfall wie jeder andere auch.«

»Ich würde ihn gern kennenlernen.«

»Das werden Sie. All diese Leute werden bei der Anhörung dabeisein.«

»Und sie arbeiten unentgeltlich?« fragte Carmen.

»Gewissermaßen. Kerry bekommt ein Gehalt. Zu seinem Job gehört es, sich um jeden zum Tode Verurteilten in diesem Staat zu kümmern, aber weil Sam seine eigenen Anwälte hat, braucht er das in diesem Fall nicht. Er opfert seine Zeit, aber das ist etwas, das er tun möchte. Professor

Glass wird von der Universität bezahlt, aber das hier liegt eindeutig außerhalb seiner normalen Tätigkeit. Den Studenten zahlen wir fünf Dollar pro Stunde.«

»Und wer bezahlt sie?«

»Die gute alte Firma Kravitz & Bane.«

Adam griff nach dem nächsten Telefonbuch. »Carmen braucht für heute nachmittag einen Flug«, sagte er, die Gelben Seiten durchblätternd.

»Ich kümmere mich darum«, sagte Goodman und nahm Adam das Telefonbuch ab. »Wohin?«

»Nach San Francisco.«

»Ich werde sehen, wo noch etwas frei ist. Übrigens, gleich um die Ecke ist ein kleines Restaurant. Wie wär's, wenn ihr beide dort etwas essen würdet? Um zwei machen wir uns dann auf den Weg zum Büro des Gouverneurs.«

»Ich muß in eine Bibliothek«, sagte Adam nach einem Blick auf die Uhr. Es war kurz vor eins.

»Gehen Sie essen, Adam. Und versuchen Sie sich zu entspannen. Wir haben später noch genügend Zeit, uns mit den anderen zusammenzusetzen und über unsere Strategie zu reden. Aber vorher müssen Sie sich entspannen und etwas essen.«

»Ich habe Hunger«, sagte Carmen, die mit ihrem Bruder ein paar Minuten allein sein wollte. Sie verließen den Raum und machten die Tür hinter sich zu.

Auf dem schäbigen Flur blieb sie stehen, bevor sie noch die Treppe erreicht hatten. »Bitte erklär mir das«, sagte sie und ergriff seinen Arm.

»Was?«

»Das kleine Büro da drinnen.«

»Das ist doch ziemlich offensichtlich, oder etwa nicht?«

»Ist das legal?«

»Es ist nicht illegal.«

»Ist es moralisch vertretbar?«

Adam holte tief Luft und starrte die Wand an. »Was haben sie mit Sam vor?«

»Sie wollen ihn hinrichten.«

»Hinrichten, vergasen, auslöschen, töten, nenne es, wie du willst. Aber es ist Mord, Carmen. Mord von Gesetzes wegen. Es ist unrecht, und ich versuche, es zu verhindern. Es ist ein schmutziges Geschäft, und wenn ich gegen ein paar moralische Grundsätze verstoßen muß, so kümmert mich das nicht.«

»Es stinkt.«

»Das tut die Gaskammer auch.«

Sie schüttelte den Kopf und sagte nichts mehr. Noch vor vierundzwanzig Stunden hatte sie mit ihrem Freund in einem Straßencafé in San Francisco zu Mittag gegessen. Jetzt wußte sie nicht einmal mehr genau, wo sie sich befand.

»Mach mir keinen Vorwurf daraus, Carmen. Ich bin verzweifelt.«

»Okay«, sagte sie und ging die Treppe hinunter.

Der Gouverneur und der junge Anwalt saßen allein in dem riesigen Büro auf den bequemen Ledersesseln; sie hatten die Beine übereinandergeschlagen, und ihre Füße berührten sich beinahe. Goodman hetzte mit Carmen zum Flughafen, damit sie ihre Maschine noch bekam. Mona Stark war nirgends in Sicht.

»Es ist schon seltsam. Sie sind sein Enkel und kennen ihn noch nicht einmal einen Monat.« McAllisters Worte wirkten ruhig, fast müde. »Ich aber kenne ihn seit vielen Jahren. Er war sogar lange Zeit ein Teil meines Lebens. Und ich habe immer geglaubt, ich müßte diesen Tag herbeisehnen. Ich wollte, daß er stirbt, daß er dafür bestraft wird, für den Mord an diesen kleinen Jungen.« Er schüttelte mit einer Kopfbewegung das Haar aus der Stirn und rieb sich die Augen. Seine Worte klangen so echt – wie bei einem Gespräch zwischen zwei Freunden über den neuesten Klatsch. »Aber jetzt bin ich nicht mehr so sicher. Ich muß Ihnen gestehen, Adam, die Sache macht mir schwer zu schaffen.«

Er war entweder brutal aufrichtig oder ein begabter Schauspieler. Adam wußte es nicht zu sagen. »Was will der Staat beweisen, wenn Sam stirbt?« fragte Adam. »Wird dies ein besserer Ort zum Leben sein, wenn am Mittwochmorgen die Sonne aufgeht und er tot ist?«

»Nein. Aber schließlich sind Sie ein Gegner der Todesstrafe. Ich bin es nicht.«

»Weshalb nicht?«

»Weil es eine Höchststrafe für Mord geben muß. Versetzen Sie sich an Ruth Kramers Stelle, dann empfinden Sie anders. Das Problem, das Sie und Leute wie Sie haben, ist, daß Sie die Opfer vergessen.«

»Wir könnten Stunden damit verbringen, über die Todesstrafe zu diskutieren.«

»Sie haben recht. Lassen wir das. Hat Sam Ihnen irgend etwas Neues über die Bombenanschläge erzählt?«

»Ich kann mich nicht über Dinge äußern, die Sam mir erzählt hat. Aber die Antwort lautet nein.«

»Vielleicht hat er die Tat allein begangen. Ich weiß es nicht.«

»Welchen Unterschied würde das heute machen, einen Tag vor der Hinrichtung?«

»Um ganz ehrlich zu sein, ich weiß es nicht. Aber wenn ich wüßte, daß Sam lediglich als Komplize gehandelt hat, daß jemand anders für die Morde verantwortlich war, dann wäre es mir unmöglich, die Hinrichtung zuzulassen. Ich könnte sie unterbinden. Das könnte ich ohne weiteres. Man würde mir die Hölle heiß machen. Es könnte mir politisch schaden. Der Schaden wäre vielleicht sogar irreparabel, aber das wäre mir egal. Ich habe die Politik allmählich satt. Und es gefällt mir ganz und gar nicht, mich in dieser Position zu befinden, als Herrscher über Tod oder Leben. Aber ich könnte Sam begnadigen, wenn ich die Wahrheit wüßte.«

»Sie glauben, daß er Hilfe hatte. Das haben Sie mir schon früher gesagt. Der FBI-Agent, der damals die Untersuchung leitete, glaubt es ebenfalls. Weshalb handeln Sie dann nicht diesem Glauben entsprechend und begnadigen ihn?«

»Weil wir nicht sicher sind.«

»Also, ein Wort von Sam, nur ein Name, den er in den letzten Stunden nennt, und schon greifen Sie zur Feder und retten sein Leben?«

»Nein. Aber ich könnte einen Aufschub gewähren, damit Ermittlungen über den Namen angestellt werden können.«

»Dazu wird es nicht kommen, Gouverneur. Ich habe es versucht. Ich habe ihn so oft gefragt, und er hat es ebenso oft abgestritten, daß wir nicht einmal mehr darüber sprechen.«

»Wen schützt er?«

»Ich wollte, ich wüßte es.«

»Vielleicht irren wir uns. Hat er Ihnen je Details über die Bombenanschläge erzählt?«

»Ich sagte es schon – über unsere Unterhaltungen kann ich Ihnen nichts sagen. Aber er hat die volle Verantwortung dafür übernommen.«

»Weshalb reden wir dann über eine Begnadigung? Wenn der Verbrecher selbst behauptet, er hätte das Verbrechen begangen und allein gehandelt, wie soll ich ihm dann helfen?«

»Sie sollen ihm helfen, weil er ein alter Mann ist, der in nicht allzu ferner Zeit ohnehin sterben wird. Sie sollen ihm helfen, weil es das einzig Richtige wäre, und tief in Ihrem Herzen wollen Sie es auch. Aber dazu gehört Mut.«

»Er haßt mich, nicht wahr?«

»Ja. Aber das könnte sich ändern. Begnadigen Sie ihn, und er wird einer Ihrer größten Fans sein.«

McAllister lächelte und wickelte ein Pfefferminzbonbon aus. »Ist er wirklich geistesgestört?«

»Unser Experte sagt, er wäre es. Und wir werden unser Bestes tun, um Richter Slattery davon zu überzeugen.«

»Ich weiß, aber wie steht es in Wirklichkeit? Sie haben viele Stunden mit ihm verbracht. Weiß er, was mit ihm passieren wird?«

An diesem Punkt entschied Adam sich gegen Ehrlichkeit. McAllister war kein Freund und alles andere als vertrauenswürdig »Er ist sehr betrübt«, gab Adam zu. »Ich verstehe sowieso nicht, wie ein Mensch sich seinen klaren Verstand bewahren kann, wenn er ein paar Monate im Todestrakt verbracht hat. Sam war schon ein alter Mann, als er dort eingeliefert wurde, und er hat allmählich immer mehr abgebaut. Das ist einer der Gründe dafür, daß er alle Interviews abgelehnt hat. Es ist ein Jammer.«

Adam wußte nicht zu sagen, ob der Gouverneur ihm das glaubte, aber er ließ sich kein Wort entgehen.

»Wie sehen Ihre Pläne für morgen aus?« fragte McAllister.

»Das weiß ich noch nicht. Es hängt davon ab, was heute in Slatterys Gericht passiert. Ich hatte vor, den größten Teil des Tages mit Sam zu verbringen, aber es könnte auch sein, daß ich in letzter Minute noch Anträge stelle.«

»Ich gebe Ihnen meine private Nummer. Lassen Sie uns morgen Kontakt halten.«

Sam nahm drei Bissen Chili und aß ein wenig von dem Maisbrot, dann stellte er das Tablett ans Fußende seines Bettes. Der idiotische Wärter mit dem leeren Gesicht beobachtete ihn durch die Gitterstäbe der Tür. Das Leben war schon schlimm genug in diesen engen Zellen, aber wie ein Tier ständig bewacht zu werden, war unerträglich.

Es war sechs Uhr, Zeit für die Abendnachrichten. Er wollte hören, was die Welt über ihn zu sagen hatte. Der Sender in Jackson begann mit der brandheißen Story über eine Anhörung in letzter Minute vor Bundesrichter F. Flynn Slattery. Es folgte ein Schwenk auf die Fassade des Bundesgerichts, wo ein eifriger junger Mann mit einem Mikrofon erklärte, daß sich die Anhörung wegen einer vorhergehenden Diskussion der Anwälte in Richter Slatterys Amtszimmer ein wenig verzögert hätte. Er bemühte sich nach Kräften, die Materie kurz zu erklären. Die Verteidigung behauptete jetzt, daß sein Geisteszustand es Mr. Cayhall unmöglich mache, zu verstehen, weshalb er hingerichtet werden sollte. Er wäre senil und schwachsinnig, behauptete die Verteidigung; sie würde einen namhaften Psychiater als Gutachter aufrufen, um zu erreichen, daß die Hinrichtung in letzter Minute aufgeschoben würde. Die Anhörung konnte jeden Moment beginnen, und niemand wußte, zu welcher Entscheidung Richter Slattery gelangen würde. Zurück zu der Moderatorin, die sagte, inzwischen liefen im Staatsgefängnis von Parchman alle Vorbereitungen für die Hinrichtung unbeeinträchtigt weiter. Plötzlich kam ein weiterer junger Mann mit einem Mikrofon ins Bild, der irgendwo vor dem Haupteingang zum Gefängnis stand und über die verstärkten Sicherheitsvorkehrungen berichtete. Er deutete nach rechts, und die Kamera schwenkte auf die Fläche neben dem Highway, wo ein wahrer Karneval herrschte. Die Staatspolizei war in voller Stärke angerückt, regelte den Verkehr und behielt eine Ansammlung von mehreren Dutzend Angehörigen des Ku-Klux-Klan im Auge. Zu den Protestierern gehörten auch verschiedene Gruppen, die für die Vorherrschaft der weißen Rasse agitierten, und die üblichen Gegner der Todesstrafe, sagte er.

Die Kamera schwenkte zurück auf den Reporter, neben dem jetzt Colonel George Nugent stand, amtierender Direktor von Parchman, der Mann, der für die Hinrichtung verantwortlich war. Nugent beantwortete mit grimmiger Miene ein paar Fragen, sagte, alles liefe bestens, und wenn die Gerichte grünes Licht gäben, dann würde die Hinrichtung dem Gesetz entsprechend vollzogen werden.

Sam schaltete den Fernseher aus. Adam hatte zwei Stunden zuvor angerufen und ihn über die Anhörung informiert, deshalb war er darauf vorbereitet, zu erfahren, daß er senil und schwachsinnig und Gott weiß was sonst noch war. Dennoch gefiel es ihm nicht. Es war schon schlimm genug, darauf warten zu müssen, daß man hingerichtet wurde, aber dieses unbekümmerte Infragestellen seiner geistigen Gesundheit kam ihm vor wie ein grausames Eindringen in seine Privatsphäre.

Im Abschnitt war es heiß und still. Die Lautstärke der Fernseher und Radios war gedrosselt. Nebenan sang Preacher Boy leise »The Old Rugged Cross«, und es war nicht unangenehm.

Auf dem Fußboden an der Wand lag in einem säuberlichen Stapel sein neues Outfit – ein einfaches weißes Baumwollhemd, Dickies, weiße Socken und ein Paar braune Slipper. Am Nachmittag hatte ihm Donnie eine Stunde Gesellschaft geleistet.

Er schaltete das Licht aus und legte sich aufs Bett. Noch dreißig Stunden zu leben.

Der große Gerichtssaal im Bundesgebäude war bis auf den letzten Platz besetzt, als Slattery endlich die Anwälte zum drittenmal aus seinem Amtszimmer entließ. Es war die letzte einer Reihe hitziger Konferenzen gewesen, die sich über den größten Teil des Nachmittags hingezogen hatten. Inzwischen war es fast sieben Uhr.

Sie betraten den Saal und nahmen ihre Plätze an den ihnen zugewiesenen Tischen ein. Adam und Garner Goodman saßen nebeneinander. Auf einer Reihe von Stühlen hinter ihnen hatten sich Hez Kerry, John Bryan Glass und drei seiner Jurastudenten niedergelassen. Roxburgh, Morris Henry und ein halbes Dutzend ihrer Mitarbeiter drängten sich um den Tisch des Staates. Zwei Reihen hinter ihnen, hinter den Gerichtsschranken, saß der Gouverneur, flankiert von Mona Stark auf der einen und Larramore auf der anderen Seite.

Der Rest des Publikums bestand in erster Linie aus Reportern – Kameras waren nicht zugelassen. Außerdem waren neugierige Zuschauer gekommen, Jurastudenten, andere Anwälte. Die Anhörung war öffentlich. In der letzten Reihe, unauffällig bekleidet mit Sportjackett und Krawatte, saß Rollie Wedge.

Slattery betrat den Saal, und für einen Moment standen alle auf. »Bitte nehmen Sie Platz«, sagte er in sein Mikrofon, und zu seinem Protokollanten: »Von jetzt an wird alles festgehalten.« Er lieferte eine kurze Zusammenfassung des Antrags und der einschlägigen Gesetze und umriß die Grundlagen der Verhandlung. Er war nicht in der Stimmung für geschwätzige Argumente und unnütze Fragen. Also kommen Sie zur Sache, forderte er die Anwälte auf.

»Ist der Antragsteller bereit?« fragte er in Adams Richtung. Adam stand nervös auf und sagte: »Ja, Sir. Der Antragsteller ruft Dr. Anson Swinn auf.«

Swinn erhob sich in der ersten Reihe und begab sich zum Zeugenstand, wo er vereidigt wurde. Adam ging mit seinen Notizen in der Hand zu dem Podium in der Mitte des Gerichtssaals und zwang sich, gelassen zu erscheinen. Seine Notizen waren getippt und exakt, das Ergebnis gründlicher Recherchen und Vorarbeiten von Hez Kerry und John

Bryan Glass. Die beiden hatten, zusammen mit Kerrys Mitarbeitern, den ganzen Tag Sam Cayhall und dieser Verhandlung gewidmet. Und sie waren bereit, auch die ganze Nacht und den morgigen Tag durchzuarbeiten.

Adam begann damit, daß er Swinn einige grundlegende Fragen über seinen beruflichen Werdegang stellte. Swinn gab seine Antworten im unverkennbaren Akzent des Mittleren Westens, und das war gut so. Um hohes Ansehen zu genießen, sollten Experten anders reden und von weither angereist sein. Mit seinem schwarzen Haar, seinem schwarzen Bart, seiner schwarzgeränderten Brille und seinem schwarzen Anzug erweckte er in der Tat den Eindruck eines bedeutenden Meisters seines Fachs. Die einleitenden Fragen waren kurz und sachlich, aber nur deshalb, weil Slattery sich bereits über Swinns Qualifikationen informiert und entschieden hatte, daß er in der Tat als Experte aussagen konnte. Der Staat konnte seine Befähigung im Kreuzverhör in Frage stellen, aber seine Aussage würde im Protokoll festgehalten werden.

Von Adam dirigiert, berichtete Swinn über die zwei Stunden, die er am vergangenen Dienstag mit Sam Cayhall verbracht hatte. Er beschrieb seinen körperlichen Zustand, und zwar derart eindringlich, daß es sich anhörte, als wäre Sam bereits tot. Er war höchstwahrscheinlich geistesgestört, obwohl Geistesgestörtheit ein juristischer Ausdruck war, kein medizinischer. Es fiel ihm schwer, selbst die einfachsten Fragen zu beantworten. Was haben Sie zum Frühstück gegessen? Wer hat die Zelle neben Ihnen? Wann ist Ihre Frau gestorben? Wer war Ihr Anwalt beim ersten Prozeß? Und so weiter und so weiter.

Swinn hielt sich sehr sorgfältig den Rücken frei, indem er dem Gericht mehrfach erklärte, zwei Stunden reichten für eine gründliche Diagnose einfach nicht aus. Dazu war mehr Zeit erforderlich.

Seiner Ansicht nach war Sam Cayhall nicht bewußt, daß er sterben sollte; er verstand nicht, weshalb man ihn hinrichten wollte, und er begriff ganz offensichtlich nicht, daß er für ein Verbrechen bestraft wurde. Adam mußte mehrmals die Zähne zusammenbeißen, um nicht aufzustöhnen, aber Swinn war durchaus überzeugend. Mr. Cayhall war völlig ruhig und gelassen, ohne einen Schimmer von seinem Schicksal, vegetierte einfach in seiner kleinen Zelle dahin. Es war überaus traurig. Einer der schlimmsten Fälle, die ihm je begegnet waren.

Unter anderen Umständen hätte es Adam zutiefst widerstrebt, einen Zeugen zu präsentieren, der so offensichtlich den größten Unsinn von sich gab. Aber in diesem Moment war er mächtig stolz auf diesen bizarren kleinen Mann. Ein Menschenleben stand auf dem Spiel.

Slattery hatte nicht die Absicht, die Aussage von Dr. Swinn zu beschneiden. Der Fall würde unverzüglich vom Fünften Berufungsgericht und vielleicht auch vom Obersten Bundesgericht überprüft werden, und er wollte niemandem eine Chance bieten, ihn zu widerlegen. Goodman hatte das vermutet und Swinn zur Weitschweifigkeit ermahnt. Und deshalb ließ sich Swinn, mit Duldung durch das Gericht, über die wahrscheinlichen Gründe für Sams Probleme aus. Er beschrieb, wie grauenhaft es war, jeden Tag dreiundzwanzig Stunden in einer Zelle verbringen zu müssen; zu wissen, daß die Gaskammer nur einen Steinwurf entfernt ist; jeder Gesellschaft beraubt zu sein, anständigen Essens, Sex, Bewegung, körperlicher Betätigung, frischer Luft. Er hatte viele Insassen von Todeszellen überall im Lande untersucht und kannte ihre Probleme sehr gut. Natürlich war Sam wegen seines fortgeschrittenen Alters ein Sonderfall. Der durchschnittliche Insasse eines Todestraktes ist einunddreißig Jahre alt und hat vier Jahre damit verbracht, auf den Tod zu warten. Sam war sechzig, als er in Parchman eingeliefert wurde. Er war einem solchen Leben körperlich und geistig nicht gewachsen. Eine allmähliche Verschlechterung seines Zustands war die unausweichliche Folge.

Adam verhörte Swinn vierundvierzig Minuten lang, und als ihm die Fragen ausgegangen waren, kehrte er zu seinem Platz zurück. Steve Roxburgh stolzierte zum Podium und musterte Swinn.

Swinn wußte, was kommen würde, und er war nicht im mindesten beunruhigt. Roxburgh begann damit, daß er fragte, wer ihn für seine Dienste bezahlte und wie hoch sein Honorar sei. Swinn sagte, Kravitz & Bane zahlten ihm zweihundert Dollar pro Stunde. Keine Chance. Es waren keine Geschworenen anwesend, und Slattery wußte, daß alle Experten ein Honorar bekamen, sonst würden sie nicht aussagen. Roxburgh versuchte, Swinns berufliche Qualifikationen anzuzweifeln, aber damit erreichte er nichts. Der Mann war ein gut ausgebildeter Psychiater mit langjähriger Berufserfahrung. Also was war dagegen einzuwenden, wenn er vor etlichen Jahren zu dem Schluß gekommen war, daß er als sachverständiger Zeuge mehr Geld verdienen konnte? Das änderte nichts an seinen Qualifikationen. Und Roxburgh hütete sich, mit einem Arzt über medizinische Fragen zu diskutieren.

Die Fragen wurden noch absurder, als Roxburgh sich nach anderen Verfahren erkundigte, in denen Swinn ausgesagt hatte. Da war ein Junge, der in Ohio bei einem Verkehrsunfall verbrannt war, und Swinn hatte die Ansicht geäußert, daß der Junge geistesgestört gewesen war. Kaum eine extreme Ansicht.

»Worauf wollen Sie hinaus?« unterbrach Slattery laut.

Roxburgh warf einen Blick auf seine Notizen, dann sagte er: »Euer Ehren, wir versuchen, die Glaubwürdigkeit des Zeugen zu erschüttern.«

»Das weiß ich. Aber so geht es nicht, Mr. Roxburgh. Dem Gericht ist bekannt, daß der Zeuge in zahlreichen Prozessen überall im Lande ausgesagt hat. Worauf wollen Sie hinaus?«

»Wir versuchen nachzuweisen, daß er bereit ist, ziemlich abwegige Ansichten zu äußern, wenn die Bezahlung stimmt.«

»Das tun Anwälte jeden Tag, Mr. Roxburgh.«

Aus dem Publikum kam leises Gelächter, aber sehr zurückhaltend.

»Ich will davon nichts mehr hören«, erklärte Slattery. »Fahren Sie fort.«

Roxburgh hätte zu seinem Platz zurückkehren sollen, aber dazu war der Moment zu vielversprechend. Er begab sich auf das nächste Minenfeld und begann, Fragen über

Swinns Untersuchung von Sam zu stellen. Er erreichte nichts. Swinn hatte auf sämtliche Fragen geläufige Antworten parat, die nur seine ursprüngliche Aussage im direkten Verhör unterstrichen. Er wiederholte einen großen Teil der Beschreibung des erbärmlichen Zustandes von Sam Cayhall. Roxburgh konnte keinerlei Punkte machen und kehrte schließlich, gründlich geschlagen, zu seinem Platz zurück. Swinn wurde aus dem Zeugenstand entlassen.

Der nächste und letzte Zeuge des Antragstellers war eine Überraschung, obwohl Slattery sich bereits mit ihm einverstanden erklärt hatte. Adam rief E. Garner Goodman in den Zeugenstand.

Goodman wurde vereidigt und setzte sich. Adam fragte nach der Vertretung von Sam Cayhall durch seine Firma und umriß für das Protokoll kurz ihre Geschichte. Das meiste davon war Slattery bereits bekannt. Goodman lächelte, als er sich an Sams Bemühungen erinnerte, Kravitz & Bane loszuwerden.

»Wird Mr. Cayhall gegenwärtig von Kravitz & Bane vertreten?« fragte Adam.

»Ja.«

»Und Sie sind gegenwärtig hier in Jackson, weil Sie an dem Fall arbeiten.«

»So ist es.«

»Mr. Goodman, glauben Sie, daß Sam Cayhall seinen Anwälten alles über das Kramer-Attentat mitgeteilt hat?«

»Nein, das glaube ich nicht.«

Rollie Wedge richtete sich ein wenig auf und hörte genau zu.

»Würden Sie das bitte erklären?«

»Gern. Es hat immer starke Indizien dafür gegeben, daß an dem Kramer-Attentat und den voraufgegangenen Bombenanschlägen noch eine andere Person beteiligt war. Mr. Cayhall hat sich immer geweigert, darüber mit mir, seinem Anwalt, zu sprechen, und selbst jetzt will er nicht mit seinen Vertretern kooperieren, obwohl es in diesem Stadium des Falles von entscheidender Bedeutung ist, daß er seine Anwälte restlos über alles informiert. Und dazu ist er nicht imstande. Es gibt Fakten, die wir wissen sollten, die er uns aber verschweigt.«

Wedge war gleichzeitig nervös und erleichtert. Sam hielt den Mund, aber seine Anwälte versuchten alles, um ihn zum Reden zu bringen.

Adam stellte noch ein paar weitere Fragen, dann setzte er sich wieder. Roxburgh stellte nur eine. »Wann haben Sie das letztemal mit Sam Cayhall gesprochen?«

Goodman zögerte und dachte über die Antwort nach. Er konnte sich beim besten Willen nicht erinnern. »Ich weiß es nicht genau. Vor zwei oder drei Jahren.«

»Vor zwei oder drei Jahren? Und Sie sind sein Anwalt?«

»Ich bin einer seiner Anwälte. Mr. Hall ist der neue Hauptanwalt in diesem Fall, und er hat während des letzten Monats zahllose Stunden mit seinem Mandanten verbracht.«

Roxburgh setzte sich wieder hin, und Goodman kehrte zu seinem Stuhl am Tisch zurück.

»Wir haben keine weiteren Zeugen, Euer Ehren«, sagte Adam fürs Protokoll.

»Der Staat ruft Colonel George Nugent auf«, verkündete Roxburgh. Nugent wurde vom Flur hereingeholt und zum Zeugenstand eskortiert. Hemd und Hose in Olivgrün waren faltenfrei. Die Stiefel funkelten. Er gab fürs Protokoll an, wer er war und was er tat. »Ich war vor einer Stunde noch in Parchman«, sagte er nach einem Blick auf seine Uhr. »Bin gerade mit einem Hubschrauber angekommen.«

»Wann haben Sie Sam Cayhall zuletzt gesehen?« fragte Roxburgh.

»Er wurde heute morgen um neun in die Observierungszelle verlegt. Dabei habe ich mit ihm gesprochen.«

»War er geistig rege, oder sabberte er wie ein Idiot vor sich hin?«

Adam wollte aufspringen und Einspruch einlegen, aber Goodman hielt ihn am Arm zurück.

»Er war überaus rege«, erklärte Nugent eifrig. »Hellwach. Er hat mich gefragt, weshalb er aus seiner Zelle in eine andere verlegt würde. Er versteht genau, was mit ihm passiert. Es gefällt ihm nicht, aber in letzter Zeit gefällt ihm sowieso überhaupt nichts.«

»Haben Sie ihn gestern gesehen?«

»Ja.«

»Und war er imstande zu sprechen, oder lag er nur herum wie ein Stück Holz?«

»Oh, er war sehr gesprächig.«

»Worüber haben Sie gesprochen?«

»Ich hatte eine Checkliste der Dinge, die ich mit Sam besprechen mußte. Er war sehr feindselig und hat sogar gedroht, mich tätlich anzugreifen. Er ist ein sehr aggressiver Mensch mit einer scharfen Zunge. Dann hat er sich ein wenig beruhigt, und wir haben über seine letzte Mahlzeit gesprochen, seine Zeugen und darüber, was aus seiner persönlichen Habe werden soll. Wir haben über die Hinrichtung gesprochen.«

»Weiß er, daß er hingerichtet werden soll?«

Nugent brach in Gelächter aus. »Was ist das für eine merkwürdige Frage?«

»Beantworten Sie sie«, sagte Slattery ohne jedes Lächeln.

»Natürlich weiß er es. Er weiß verdammt gut, was vor sich geht. Er ist nicht verrückt. Er hat zu mir gesagt, die Hinrichtung würde nicht stattfinden, weil seine Anwälte im Begriff wären, die schwere Artillerie aufzufahren, wie er sich ausdrückte. Sie haben das alles hier geplant.« Nugent deutete mit einem Schwenken beider Hände auf den ganzen Gerichtssaal.

Roxburgh fragte ihn nach früheren Begegnungen mit Sam, und Nugent ließ kein einziges Detail aus. Er schien sich an jedes Wort zu erinnern, das Sam in den letzten zwei Wochen von sich gegeben hatte, insbesondere die bissigen und sarkastischen Bemerkungen.

Adam wußte, daß alles der Wahrheit entsprach. Er tuschelte rasch mit Garner Goodman, und sie beschlossen, auf ein Kreuzverhör zu verzichten. Es würde kaum etwas bringen.

Nugent marschierte den Mittelgang entlang und verließ den Gerichtssaal. Der Mann hatte eine Mission. Er wurde in Parchman gebraucht.

Der zweite Zeuge des Staates war Dr. N. Stegall, Psychiaterin der Zentralverwaltung der Gefängnisse. Sie begab sich zum Zeugenstand, während Roxburgh mit Morris Henry konferierte.

»Nennen Sie Ihren Namen für das Protokoll«, sagte Slattery.

»Dr. N. Stegall.«

»Ann?« fragte Seine Ehren.

»Nein. N. Es ist ein Initial.«

Slattery sah auf sie hinunter, dann wanderte sein Blick zu Roxburgh, der mit den Achseln zuckte, als wüßte er nicht, was er dazu sagen sollte.

Der Richter schob sich noch dichter an die Kante seines Stuhls heran und schaute auf den Zeugenstand hinab. »Hören Sie, Doktor, ich habe Sie nicht nach Ihrem Initial gefragt. Ich habe Sie nach Ihrem Namen gefragt. Und nun nennen Sie ihn bitte, für das Protokoll, und zwar schnell.«

Sie wendete rasch den Blick ab, räusperte sich und sagte widerstrebend: »Neldeen.«

Kein Wunder, dachte Adam. Weshalb hatte sie ihn nicht in etwas anderes geändert?

Roxburgh nützte den Moment und stellte ihr rasch eine Reihe von Fragen über ihre Qualifikationen und Erfahrungen. Slattery hatte sie bereits als sachverständige Zeugin akzeptiert.

»Also, Dr. Stegall«, begann Roxburgh, sorgsam bemüht, jede Anspielung auf Neldeen zu vermeiden, »wann waren Sie bei Sam Cayhall?«

Sie hatte ein Blatt Papier in der Hand, das sie jetzt konsultierte. »Am Donnerstag, dem 26. Juli.«

»Und der Zweck dieses Besuches?«

»Es gehört zu meiner Arbeit, routinemäßig Insassen der Todeszellen aufzusuchen, insbesondere diejenigen, deren Hinrichtung nahe bevorsteht. Ich berate sie und verschreibe ihnen Medikamente, wenn sie es wünschen.«

»Beschreiben Sie Mr. Cayhalls geistige Verfassung.«

»Hellwach, sehr intelligent, sehr scharfzüngig, bis an die Grenze der Unverschämtheit. Er war mir gegenüber ziemlich grob und hat mich aufgefordert, nicht wiederzukommen.«

»Hat er über seine Hinrichtung gesprochen?«

»Ja, das hat er. Er wußte genau, daß er noch dreizehn Tage zu leben hatte, und er hat mir vorgeworfen, ich wollte ihm Medikamente verschreiben, damit er keine Schwierigkeiten machte, wenn seine Zeit gekommen war. Außerdem wies er mich auf einen anderen Insassen einer Todeszelle hin, Randy Dupree, von dem er glaubt, daß sich sein Geisteszustand rapide verschlechtert. Er machte sich große Sorgen wegen Mr. Dupree und warf mir vor, daß ich mich nicht um ihn kümmerte.«

»Leidet er Ihrer Ansicht nach unter irgendeiner Form von verminderter Geisteskraft?«

»Keineswegs. Er ist vollkommen bei Verstand.«

»Keine weiteren Fragen«, sagte Roxburgh und setzte sich.

Adam wanderte zielstrebig zum Podium. »Bitte sagen Sie uns, Dr. Stegall, wie es Randy Dupree geht«, fragte er mit voller Lautstärke.

»Ich, äh, hatte noch keine Gelegenheit, ihn aufzusuchen.«

»Sam hat Sie vor elf Tagen auf ihn hingewiesen, und Sie haben sich nicht die Mühe gemacht, nach ihm zu sehen?«

»Ich war beschäftigt.«

»Seit wann haben Sie Ihren gegenwärtigen Job?«

»Seit vier Jahren.«

»Und wie oft haben Sie in diesen vier Jahren mit Sam Cayhall gesprochen?«

»Einmal.«

»Sie kümmern sich nicht sonderlich viel um die Insassen der Todeszellen, nicht wahr, Dr. Stegall?«

»Doch, das tue ich.«

»Wie viele Männer sitzen zur Zeit im Todestrakt?«

»Ich, äh, ich weiß es nicht genau. Ungefähr vierzig, glaube ich.«

»Mit wie vielen von ihnen haben Sie gesprochen? Nennen Sie uns ein paar Namen.«

Ob es Angst war oder Wut oder Ignoranz, vermochte

niemand zu sagen. Aber Neldeen erstarrte. Sie verzog das Gesicht und legte den Kopf auf eine Seite, offensichtlich bemüht, einen Namen aus der Luft zu greifen, und ebenso offensichtlich dazu nicht imstande. Adam ließ sie einen Moment hängen, dann sagte er: »Danke, Dr. Stegall.« Er machte kehrt und wanderte langsam zu seinem Platz zurück.

»Rufen Sie bitte Ihren nächsten Zeugen auf«, verlangte Slattery.

»Der Staat ruft Sergeant Clyde Packer auf.«

Packer wurde vom Flur geholt und in den vorderen Teil des Gerichtssaals geführt. Er war nach wie vor in Uniform, nur die Waffe hatte er abgelegt. Er schwor, die Wahrheit zu sagen, und nahm seinen Platz im Zeugenstand ein.

Das Gewicht von Packers Aussage war für Adam keine Überraschung. Packer war ein ehrlicher Mann, der einfach berichtete, was er gesehen hatte. Er kannte Sam seit nunmehr neuneinhalb Jahren, und er war heute derselbe Mann wie der, der damals eingeliefert worden war. Er tippte den ganzen Tag Briefe und Schriftsätze, las viele Bücher, in erster Linie juristische. Er schrieb für seine Freunde im Todestrakt Eingaben an die Gerichte, und er schrieb Briefe an Ehefrauen und Freundinnen für diejenigen von ihnen, die Analphabeten waren. Er rauchte fast ununterbrochen, weil er sich umbringen wollte, bevor der Staat es tat. Er verlieh Geld an Freunde. Nach Packers bescheidener Ansicht war er gegenwärtig geistig ebenso hellwach, wie er es vor neuneinhalb Jahren gewesen war. Und sein Verstand war sehr rege.

Slattery beugte sich ein wenig vor, als Packer über Sams Damespiel mit Henshaw und Gullitt berichtete.

»Gewinnt er?« fragte Seine Ehren.

»Fast immer.«

Der Wendepunkt der Verhandlung trat vielleicht ein, als Packer die Geschichte von Sams Wunsch erzählte, vor seinem Tod noch einmal einen Sonnenaufgang zu sehen. Es war Ende der vorigen Woche gewesen, als Packer eines Morgens seine Runde machte. Sam hatte diesen Wunsch ganz gelassen geäußert. Er wußte, daß er bald sterben würde, hatte gesagt, er wäre dazu bereit, und ob er nicht ganz früh am Morgen hinausdürfe in das Freigelände, um zu sehen, wie die Sonne aufging. Also hatte Packer das veranlaßt, und am letzten Samstag hatte Sam eine Stunde damit verbracht, Kaffee zu trinken und auf die Sonne zu warten. Hinterher war er sehr dankbar gewesen.

Adam hatte keine Fragen an Packer. Er wurde entlassen und verließ den Gerichtssaal.

Roxburgh rief Ralph Griffin, den Gefängnisgeistlichen, als nächsten Zeugen auf. Griffin wurde zum Zeugenstand geführt und sah sich unbehaglich im Saal um. Er nannte Namen und Beruf, dann richtete er verdrossen den Blick auf Roxburgh.

»Kennen Sie Sam Cayhall?« fragte Roxburgh.

»Ja.«

»Haben Sie kürzlich mit ihm gesprochen?«

»Ja.«

»Wann zuletzt?«

»Gestern. Sonntag.«

»Und wie würden Sie seine geistige Verfassung beschreiben?«

»Das kann ich nicht.«

»Wie bitte?«

»Ich sagte, ich kann seine geistige Verfassung nicht beschreiben.« »Weshalb nicht?«

»Weil ich zur Zeit sein geistlicher Berater bin, und alles, was er in meiner Gegenwart sagt oder tut, ist streng vertraulich. Ich kann nicht gegen Mr. Cayhall aussagen.«

Roxburgh zögerte einen Moment. Offenbar versuchte er zu entscheiden, was er nun tun sollte. Es war offensichtlich, daß weder er noch seine gelehrten Untergebenen auch nur einen Gedanken auf diese Situation verschwendet hatten. Vielleicht hatten sie einfach als selbstverständlich angenommen, daß der Geistliche, weil er für den Staat arbeitete, auch mit ihnen kooperieren würde. Griffin wartete geduldig auf eine Attacke von Roxburgh.

Slattery entschied die Angelegenheit rasch. »Ein sehr gutes Argument, Mr. Roxburgh. Dieser Zeuge sollte nicht hier sein. Wer ist der nächste?«

»Keine weiteren Zeugen«, sagte der Justizminister, den

es drängte, das Podium zu verlassen und zu seinem Platz zurückzukehren.

Seine Ehren machte sich ausführliche Notizen, dann schaute er auf in den überfüllten Gerichtssaal. »Ich werde diese Sache gründlich erwägen und ein Urteil fällen, voraussichtlich morgen früh. Sobald ich meine Entscheidung getroffen habe, werde ich die Anwälte informieren. Sie brauchen nicht hier zu warten. Wir rufen Sie an. Die Sitzung ist geschlossen.«

Alle standen auf und eilten auf den Ausgang zu. Adam holte Reverend Ralph Griffin ein und dankte ihm, dann kehrte er an den Tisch zurück, wo Goodman, Hez Kerry, Professor Glass und die Jurastudenten warteten. Sie steckten die Köpfe zusammen und flüsterten, bis die Menge verschwunden war, dann verließen auch sie den Gerichtssaal. Jemand sprach von Drinks und Abendessen. Es war fast neun Uhr.

Vor der Tür zum Gerichtssaal warteten Reporter. Adam gab ein paar höfliche »Kein Kommentar« von sich und ging weiter. Rollie Wedge schob sich hinter Adam und Goodman, als sie sich durch den überfüllten Flur drängten. Als sie das Gebäude verließen, verschwand er.

Draußen waren zwei Gruppen von Kameras bereit. Auf den Eingangsstufen redete Roxburgh mit einer Gruppe von Reportern, und nicht weit davon entfernt, auf dem Gehsteig, hielt der Gouverneur Hof. Als Adam vorbeiging, hörte er McAllister sagen, er dächte über eine Begnadigung nach, und ihm stünde eine lange Nacht bevor. Der morgige Tag würde sogar noch härter werden. Ob er der Hinrichtung beizuwohnen gedächte, fragte jemand. Die Antwort konnte Adam nicht hören.

Sie gingen zu Hal and Mal's, einem beliebten Restaurant in der Innenstadt. Hez fand einen großen Ecktisch in der Nähe der Vorderfront und bestellte eine Runde Bier. Im Hintergrund spielte lautstark eine Blues-Band. Speiseraum und Bar waren voll besetzt.

Adam saß in einer Ecke neben Hez und entspannte sich zum erstenmal seit Stunden. Das Bier rann schnell hinunter und beruhigte ihn. Sie bestellten Chili und Reis und unterhielten sich über die Verhandlung. Hez sagte, er hätte seine Sache großartig gemacht, und die Jurastudenten machten ihm Komplimente. Die Stimmung war optimistisch. Adam dankte ihnen für ihre Hilfe. Goodman und Glass saßen am anderen Ende des Tisches, in ein Gespräch über den Fall eines anderen Todeskandidaten vertieft. Die Zeit strich langsam dahin, und als das Essen kam, fiel Adam hungrig darüber her.

»Dies ist wahrscheinlich nicht der richtige Zeitpunkt, um das zur Sprache zu bringen«, sagte Hez aus dem Mundwinkel heraus. Er wollte nicht, daß noch andere außer Adam hörten, was er sagte. Die Band spielte jetzt noch lauter.

»Ich nehme an, Sie wollen nach Chicago zurückkehren, wenn diese Sache vorbei ist«, sagte er mit einem Blick auf Goodman, um sich zu vergewissern, daß er immer noch in sein Gespräch mit Glass vertieft war.

»Voraussichtlich«, sagte Adam ohne große Überzeugung. Er hatte nur wenig Zeit gehabt, über den morgigen Tag hinauszudenken.

»Nun, nur damit Sie's wissen, in unserem Büro ist eine Stelle frei. Einer meiner Leute will seine eigene Kanzlei aufmachen, und wir suchen nach einem Nachfolger. Es ist ausschließlich Arbeit für zum Tode Verurteilte, das wissen Sie ja.«

»Sie haben recht«, sagte Adam leise. »Es ist wirklich nicht der richtige Zeitpunkt, um darüber zu reden.«

»Es ist harte Arbeit, aber sie ist befriedigend. Außerdem herzzerreißend. Und unerläßlich.« Hez kaute auf einem Stück Wurst herum und spülte es mit Bier hinunter. »Die Bezahlung ist lausig, verglichen mit dem, was Sie bei Ihrer Firma verdienen. Knappes Budget, lange Arbeitszeiten, massenhaft Mandanten.«

»Wieviel?«

»Ich könnte Ihnen zu Anfang dreißigtausend geben.«

»Ich verdiene zur Zeit zweiundsechzigtausend. Und es wird mehr werden.«

»Ich weiß. Ich habe siebzig verdient bei einer großen Firma in Washington, bis ich die Stelle aufgab, um hierherzukommen. Ich war auf dem besten Wege, Partner zu werden, aber die Kündigung ist mir leichtgefallen. Geld ist nicht alles.«

»Ihnen gefällt diese Arbeit?«

»Sie läßt einen nicht wieder los. Es gehören starke moralische Überzeugungen dazu, auf diese Weise gegen das System anzukämpfen. Denken Sie einfach mal darüber nach.«

Goodman schaute jetzt in ihre Richtung. »Fahren Sie heute abend noch nach Parchman zurück?« fragte er laut.

Adam leerte gerade sein zweites Glas Bier. Er würde auch noch ein drittes trinken, aber nicht mehr. Die Erschöpfung setzte jetzt rapide ein. »Nein. Ich warte, bis wir morgen früh etwas hören.«

Sie aßen und tranken und hörten Goodman und Glass und Kerry zu, die Geschichten von anderen Hinrichtungen erzählten. Das Bier floß, und die Stimmung wandelte sich von Optimismus zu eindeutiger Zuversicht.

Sam lag in der Dunkelheit und wartete, daß es Mitternacht wurde. Er hatte die Spätnachrichten gesehen und erfahren, daß die Verhandlung beendet war und die Uhr immer noch tickte. Es hatte keinen Aufschub gegeben. Sein Leben lag in den Händen eines Bundesrichters.

Eine Minute nach zwölf schloß er die Augen und sprach ein Gebet. Er bat Gott, Lee bei ihren Problemen zu helfen, Carmen zu behüten und Adam die Kraft zu geben, mit dem Unausweichlichen fertig zu werden.

Jetzt hatte er noch vierundzwanzig Stunden zu leben. Er faltete die Hände über der Brust und schlief ein.

47

Nugent wartete bis genau sieben Uhr dreißig. Dann schloß er die Tür und eröffnete die Sitzung. Er marschierte nach vorn und musterte seine Truppe. »Ich komme gerade aus dem HST«, erklärte er nüchtern. »Der Insasse ist wach und geistig in guter Verfassung, keineswegs der sabbernde

Zombie, über den wir heute morgen in den Zeitungen lesen können.« Er hielt inne und lächelte und erwartete, daß jedermann seinen Humor bewunderte. Niemand nahm ihn auch nur zur Kenntnis.

»Er hat sein Frühstück bekommen und verlangt schon nach seiner Draußenstunde. Also gibt es hier wenigstens etwas, das normal ist. Bisher noch keine Nachricht vom Bundesgericht in Jackson, also läuft alles plangemäß weiter, bis wir etwas anderes hören. Korrekt, Mr. Mann?«

Lucas saß an einem Tisch im vorderen Teil des Raums, las Zeitung und versuchte, den Colonel zu ignorieren. »Richtig.«

»Also, wir haben zwei Probleme. Das erste ist die Presse. Ich habe Sergeant Moreland angewiesen, sich um dieses Pack zu kümmern. Wir schaffen sie ins Besucherzentrum gleich hinter dem Haupteingang und versuchen, sie da festzuhalten. Wir umgeben sie mit Wachen, damit sie gar nicht erst auf die Idee kommen, hier herumzuwandern. Heute nachmittag um vier führe ich die Lotterie durch, die darüber entscheidet, welche Reporter der Hinrichtung als Zeugen beiwohnen dürfen. Nach dem gestrigen Stand stehen mehr als hundert Namen auf der Antragsliste. Sie bekommen fünf Plätze.

Das zweite Problem ist das, was vor dem Tor passiert. Der Gouverneur hat sich bereit erklärt, für heute und morgen drei Dutzend Staatspolizisten abzustellen. Sie werden in Kürze eintreffen. Wir müssen uns von diesen Spinnern fernhalten, besonders von den irren Skinheads, aber gleichzeitig müssen wir für Ordnung sorgen. Gestern hat es zwei Schlägereien gegeben, und die Lage hätte kritisch werden können, wenn wir nicht aufgepaßt hätten. Sollte die Hinrichtung stattfinden, könnte es sehr ungemütlich werden. Irgendwelche Fragen?«

Es gab keine.

»In Ordnung. Ich erwarte von Ihnen allen, daß Sie sich heute absolut professionell verhalten und diese Sache auf verantwortungsbewußte Art durchziehen. Das war's.« Er salutierte stramm und sah stolz zu, wie sie den Raum verließen.

Sam saß rittlings auf der Bank mit dem Damebrett vor sich und wartete geduldig auf das Erscheinen von J. B. Gullitt auf dem Freigelände. Er nippte an dem schalen Rest in seinem Kaffeebecher.

Gullitt kam durch die Tür und blieb stehen, während ihm die Handschellen abgenommen wurden. Er rieb sich die Handgelenke, schirmte seine Augen gegen die Sonne ab und musterte seinen allein dasitzenden Freund. Er ging zu der Bank und nahm seine Position auf der anderen Seite des Brettes ein.

Sam schaute nicht auf.

»Irgendwelche guten Neuigkeiten, Sam?« fragte Gullitt nervös. »Sag mir, daß es nicht dazu kommen wird.«

»Mach deinen Zug«, sagte Sam, auf das Damebrett starrend.

»Es darf nicht dazu kommen, Sam«, flehte Gullitt.

»Du bist als erster dran. Zieh.«

Gullitt senkte langsam den Blick auf das Brett.

Der an diesem Morgen vorherrschenden Theorie zufolge war die Wahrscheinlichkeit, daß Slattery einen Aufschub gewährte, um so größer, je länger er auf dem Antrag saß. Aber das war die übliche Weisheit derer, die um einen Aufschub beteten. Um neun Uhr hatte sich noch nichts getan, auch nicht um halb zehn.

Adam wartete im Büro von Hez Kerry, das in den letzten vierundzwanzig Stunden zur Operationszentrale geworden war. Goodman war in der Innenstadt und überwachte den unerbittlichen Ansturm auf die Hotline des Gouverneurs, eine Beschäftigung, die er zu genießen schien. John Bryan Glass hatte sich in Slatterys Vorzimmer niedergelassen.

Falls Slattery einen Aufschub ablehnen sollte, würden sie sofort beim Fünften Berufungsgericht Widerspruch einlegen. Der Schriftsatz war um neun Uhr fertig, nur für alle Fälle. Kerry hatte außerdem einen Antrag auf Revision ans Oberste Bundesgericht vorbereitet für den Fall, daß auch das Fünfte Berufungsgericht sie abwies. Der Papierkram wartete. Jedermann wartete.

Um sich abzulenken, rief Adam alle Leute an, die ihm einfielen. Er sprach mit Carmen in Berkeley. Sie hatte noch geschlafen, und es ging ihr gut. Er rief in Lees Wohnung an, und natürlich meldete sich niemand. Er rief in Phelps' Büro an und sprach mit einer Sekretärin. Er rief Darlene an, um ihr mitzuteilen, daß er keine Ahnung hätte, wann er zurückkommen würde. Er wählte McAllisters Privatnummer, hörte aber nur das Besetztzeichen. Vielleicht hatte Goodman auch diese Leitung blockiert.

Er rief Sam an und informierte ihn über die Anhörung am Abend zuvor, mit besonderem Nachdruck auf Reverend Ralph Griffin. Packer hatte gleichfalls als Zeuge ausgesagt, teilte er ihm mit, und nichts als die Wahrheit gesagt. Nugent war, wie nicht anders zu erwarten, ein Arschloch gewesen. Er sagte Sam, er würde gegen Mittag kommen, und Sam bat ihn, sich zu beeilen.

Um elf wurde Slatterys Name inbrünstig verflucht und beschimpft. Adam reichte es. Er rief Goodman an und sagte ihm, er führe jetzt nach Parchman. Er verabschiedete sich von Hez Kerry und dankte ihm noch einmal.

Dann raste er davon, aus Jackson heraus, auf dem Highway 49 nach Norden. Parchman war zwei Stunden entfernt, wenn er sich an die Geschwindigkeitsbegrenzung hielt. Er fand einen Radiosender, der zweimal stündlich die neuesten Nachrichten versprach, und hörte sich eine endlose Diskussion über Spielcasinos in Mississippi an. In den Nachrichten um elf Uhr dreißig nichts Neues im Fall Cayhall.

Er fuhr achtzig und neunzig Meilen, überfuhr gelbe Linien und jagte durch Kurven und über Brücken, raste durch kleine Ortschaften und Dörfer mit strenger Geschwindigkeitsbegrenzung. Er wußte nicht, was ihn veranlaßte, in diesem Tempo nach Parchman zu fahren. Es gab nicht viel, was er tun konnte, wenn er dort angekommen war. Alle erforderlichen juristischen Schritte wurden von Jackson aus unternommen. Er würde mit Sam zusammensitzen und die Stunden zählen. Vielleicht würden sie auch ein wundervolles Geschenk vom Bundesgericht feiern.

In der Nähe des kleinen Ortes Florida hielt er an, um zu

tanken und sich einen Fruchtsaft zu kaufen, und er fuhr gerade von den Zapfsäulen weg, als er die Nachricht hörte. Der gelangweilte und teilnahmslose Moderator der Talkshow war jetzt ganz aufgeregt, als er die neuesten Nachrichten im Fall Cayhall verkündete. F. Flynn Slattery, Richter am Bundes-Bezirksgericht, hatte gerade Cayhalls letzte Klage, mit der er sich auf geistige Unzurechnungsfähigkeit berief, abgewiesen. Die Sache würde binnen einer Stunde an das Fünfte Berufungsgericht weitergeleitet werden. Sam Cayhall hat gerade einen Riesenschritt in Richtung Gaskammer von Mississippi getan, erklärte der Moderator dramatisch.

Anstatt Gas zu geben, verlangsamte Adam auf ein vernünftiges Tempo und nippte an seinem Fruchtsaft. Das Radio schaltete er aus. Er öffnete sein Fenster so weit, daß die warme Luft zirkulieren konnte. Viele Meilen lang verfluchte er Slattery, redete fruchtlos mit der Windschutzscheibe und ließ sich alle erdenklichen wüsten Beschimpfungen einfallen. Es war jetzt kurz nach zwölf. Slattery hätte seine Entscheidung ohne weiteres bereits fünf Stunden früher treffen können. Wenn er den Mumm dazu gehabt hätte, dann hätte er es sogar schon gestern abend tun können. Sie könnten bereits vor dem Fünften Berufungsgericht sein. Der Vollständigkeit halber verfluchte Adam auch Breck Jefferson.

Sam hatte ihm von Anfang an gesagt, daß der Staat Mississippi eine Hinrichtung wollte. Er hinkte hinter Louisiana und Texas und Florida her, sogar Alabama und Georgia und Virginia töteten in beneidenswertem Tempo. Es mußte etwas geschehen. Die Berufungen nahmen kein Ende. Die Verbrecher wurden verhätschelt. Die Verbrechen nahmen überhand. Es wurde Zeit, daß jemand hingerichtet und dem Rest des Landes gezeigt wurde, daß es diesem Staat ernst war mit der Aufrechterhaltung von Recht und Ordnung.

Jetzt endlich glaubte Adam ihm.

Nach einer Weile hörte er mit dem Fluchen auf. Er trank den Rest seines Saftes und warf die Flasche aus dem Fenster in einen Straßengraben, ein bewußter Verstoß gegen die

Gesetze des Staates Mississippi. Es war gar nicht einfach, seine gegenwärtige Ansicht über den Staat Mississippi und seine Gesetze zu formulieren.

Er konnte Sam vor sich sehen, wie er in seiner Zelle vor dem Fernseher saß und die Nachrichten hörte.

Der alte Mann tat Adam in der Seele leid. Er hatte als Anwalt versagt. Sein Mandant war im Begriff, von der Regierung getötet zu werden, und es gab absolut nichts, was er dagegen tun konnte.

Die Neuigkeit versetzte das Heer von Reportern und Kameramännern, die jetzt in dem kleinen Besucherzentrum gleich hinter dem Haupttor herumsaßen, in helle Aufregung. Sie scharten sich um tragbare Fernsehgeräte und verfolgten die Nachrichten ihrer Sender in Jackson und Memphis. Mindestens vier von ihnen machten Live-Aufnahmen von Parchman, während zahllose andere ziellos herumwimmelten. Das kleine Gelände, das man ihnen zugewiesen hatte, war mit Seilen abgesperrt und wurde von Nugents Truppe streng bewacht.

Als die Nachricht bekannt wurde, nahm der Lärm am Highway erheblich zu. Die Klansmänner, jetzt an die hundert, begannen laut zu deklamieren. Die Skinheads, die Nazis und die Arier brüllten jedermann, der ihnen zuhören wollte, Obszönitäten zu. Die Nonnen und andere stumme Protestierer saßen unter Sonnenschirmen und versuchten, ihre lärmenden Nachbarn zu ignorieren.

Sam hörte die Nachricht, als er gerade einen Teller mit Steckrüben in der Hand hielt, seine letzte Mahlzeit vor der allerletzten. Er starrte auf den Bildschirm und schaute zu, wie die Szene von Jackson nach Parchman und wieder zurück wechselte. Ein junger schwarzer Anwalt, von dem er noch nie etwas gehört hatte, redete mit einem Reporter und erläuterte ihm, was er und der Rest des Teams von Cayhalls Verteidigern als nächstes tun würden.

Sein Freund Buster Moac hatte sich beschwert, daß während seiner letzten Tage so verdammt viele Anwälte mit seinem Fall befaßt waren, daß er nicht mehr wußte, wer auf seiner Seite war und wer versuchte, ihn zu töten.

Aber Sam war sich sicher, daß Adam alles unter Kontrolle hatte.

Er aß seine Steckrüben auf und stellte den Teller auf das Tablett am Fußende seines Bettes. Dann trat er an die Gitterstäbe und funkelte den Wärter mit dem ausdruckslosen Gesicht an, der hinter der Tür zum Abschnitt stand und ihn beobachtete. Auf dem Flur war es still. In jeder Zelle liefen die Fernseher, alle leise gedreht und mit morbidem Interesse betrachtet. Keine einzige Stimme war zu hören, und das kam äußerst selten vor.

Er zog zum letztenmal seinen roten Overall aus, rollte ihn zusammen und warf ihn in eine Ecke. Er stieß die Duschsandalen unter sein Bett, um sie nie wiederzusehen. Dann legte er seine neue Kleidung sorgfältig auf seinem Bett aus, knöpfte langsam das kurzärmelige Hemd auf und zog es an. Es paßte ihm gut. Er schob seine Beine in die steife Arbeitshose, zog den Reißverschluß hoch und schloß den Knopf an der Taille. Die Hose war ein paar Zentimeter zu lang, deshalb setzte er sich aufs Bett und krempelte sie präzise und ordentlich um. Die Baumwollsocken waren dick und fühlten sich gut an. Die Schuhe waren ein wenig zu groß, saßen aber nicht schlecht.

Das Gefühl, vollständig bekleidet zu sein, brachte plötzliche, schmerzliche Erinnerungen an die freie Welt mit sich. Dies war die Art Hose, die er vierzig Jahre lang getragen hatte, bis er inhaftiert worden war. Er hatte sie immer in dem alten Textilgeschäft am Markt von Clanton gekauft und ständig vier oder fünf Stück in der untersten Schublade seiner großen Kommode liegen gehabt. Seine Frau bügelte sie ohne Stärke, und wenn sie ein halbdutzendmal gewaschen waren, fühlten sie sich an wie alte Pyjamahosen. Er hatte sie zur Arbeit getragen und bei Fahrten in die Stadt, bei Angelausflügen mit Eddie und auf der Veranda, wenn er die kleine Lee schaukelte. Er hatte sie bei Kaffeebesuchen getragen und bei Klan-Versammlungen. Ja, er hatte sie sogar bei dem verhängnisvollen Ausflug nach Greenville und dem Bombenanschlag auf das Büro des radikalen Juden getragen.

Er saß auf seinem Bett und kniff in die scharfen Falten

unter seinen Knien. Es war neun Jahre und sechs Monate her, seit er diese Art Hose zuletzt getragen hatte. Es war nur angemessen, dachte er, daß er sie in der Gaskammer trug.

Sie würde von seiner Leiche heruntergeschnitten, in einen Beutel gestopft und verbrannt werden.

Adam machte zuerst bei Lucas Manns Büro Station. Louise am Haupteingang hatte ihm einen Zettel gegeben, auf dem stand, es wäre wichtig. Mann schloß die Tür hinter ihnen und bot Adam an, sich zu setzen. Adam lehnte ab. Er wollte so schnell wie möglich zu Sam.

»Der Widerspruch ist vor dreißig Minuten beim Fünften Berufungsgericht eingegangen«, sagte Mann. »Ich dachte, Sie würden vielleicht gern mein Telefon benutzen, um in Jackson anzurufen.«

»Danke. Ich benutze das im HST.«

»In Ordnung. Ich rufe alle halbe Stunde beim Büro des Justizministers an. Wenn ich etwas erfahre, sage ich Ihnen Bescheid.«

»Danke.« Adam war nervös.

»Möchte Sam eine letzte Mahlzeit?«

»Ich werde ihn gleich fragen.«

»Gut. Rufen Sie mich an, oder sagen Sie es Packer. Was ist mit Zeugen?«

»Sam will keine Zeugen.«

»Was ist mit Ihnen?«

»Nein. Er ist strikt dagegen. Das haben wir schon vor langer Zeit besprochen.«

»Gut. Sonst fällt mir im Moment nichts ein. Ich habe ein Fax und ein Telefon, und vielleicht geht es hier etwas ruhiger zu. Sie können mein Büro jederzeit benutzen.«

»Danke«, sagte Adam und verließ das Büro. Er fuhr langsam zum Todestrakt und stellte seinen Wagen zum letztenmal auf dem unbefestigten Parkplatz neben dem Zaun ab. Er ging langsam auf den Wachturm zu und legte seine Schlüssel in den Eimer.

Vor vier kurzen Wochen hatte er zum erstenmal hier gestanden und zugeschaut, wie der rote Eimer heruntergelassen wurde, und gedacht, wie simpel und gleichzeitig wirksam dieses System doch war. Nur vier Wochen! Es kam ihm vor wie Jahre.

Er wartete vor dem Doppeltor und wurde von Tiny in Empfang genommen.

Sam befand sich bereits im vorderen Büro, saß auf der Schreibtischkante und bewunderte seine Schuhe. »Wie findest du meine neuen Klamotten?« fragte er stolz, als Adam hereinkam.

Adam trat dicht vor ihn und betrachtete die Sachen von den Schuhen bis zum Hemd. Sam strahlte. Sein Gesicht war glattrasiert. »Schick. Wirklich schick.«

»Der reinste Stutzer, nicht wahr?«

»Du siehst gut aus, Sam, wirklich gut. Hat Donnie dir die Sachen gebracht?«

»Ja. Er hat sie im Dollar Store gekauft. Ich wollte eigentlich Designer-Klamotten aus New York bestellen, aber was soll's? Es ist schließlich nur eine Hinrichtung. Ich habe dir ja gesagt, ich würde nicht zulassen, daß sie mich in einem dieser roten Gefängnis-Overalls töten. Ich habe meinen vor einer Weile ausgezogen und werde ihn nie wieder tragen. Ich muß zugeben, es war ein gutes Gefühl.«

»Hast du das Neueste gehört?«

»Natürlich. Die Nachrichten sind voll davon. Das mit der Verhandlung tut mir leid.«

»Es ist jetzt beim Fünften Berufungsgericht, und ich habe ein gutes Gefühl. Da haben wir noch Chancen.«

Sam lächelte und wandte den Blick ab, als erzählte der kleine Junge seinem Großvater eine harmlose Lüge. »Da war in den Mittagsnachrichten ein schwarzer Anwalt im Fernsehen, und er hat gesagt, er arbeitet für mich. Was zum Teufel geht da vor?«

»Das war vermutlich Hez Kerry.« Adam legte seinen Aktenkoffer auf den Schreibtisch und setzte sich.

»Und den bezahle ich auch?«

»Ja. Du zahlst ihm genausoviel, wie du mir zahlst.«

»Reine Neugierde. Und dieser irre Doktor, wie heißt er doch gleich? Swinn? Er muß eine hübsche Show abgezogen haben.«

»Es war herzzerreißend, Sam. Als er mit seiner Aussage fertig war, konnte sich das ganze Gericht vorstellen, wie du in deiner Zelle dahinvegetierst, mit den Zähnen knirschst und auf den Boden pinkelst.«

»Nun ja, bald werde ich von meinem Elend erlöst sein.« Sams Worte waren laut und kraftvoll, fast herausfordernd, ohne eine Spur von Angst. »Hör mal, ich muß dich um einen kleinen Gefallen bitten«, sagte er und griff nach einem weiteren Umschlag

»Wer ist es diesmal?«

Sam gab ihm den Umschlag. »Ich möchte, daß du damit auf den Highway vor dem Haupteingang hinausgehst und den Anführer dieses Haufens von Kluxern da draußen ausfindig machst, und ich möchte, daß du ihm das hier vorliest. Sieh zu, daß Kameras dabei sind. Ich möchte, daß alle Leute erfahren, was drin steht.«

Adam hielt den Brief argwöhnisch in der Hand. »Und was steht drin?«

»Er ist kurz und bündig. Ich fordere sie auf, nach Hause zu gehen. Zu verschwinden, damit ich in Ruhe sterben kann. Von manchen dieser Gruppen habe ich noch nie etwas gehört, und sie schlagen eine Menge Kapital aus meinem Tod.«

»Du kannst sie nicht zwingen, zu verschwinden, das ist dir doch klar?«

»Ich weiß. Und ich rechne auch nicht damit, daß sie es tun werden. Aber das Fernsehen erweckt den Eindruck, als wären das alles meine Kumpel und Freunde. Ich kenne keinen einzigen dieser Leute da draußen.«

»Ich bin nicht sicher, ob das im Augenblick eine gute Idee ist«, sagte Adam und sprach damit laut aus, was er dachte.

»Weshalb nicht?«

»Weil wir gerade dem Fünften Berufungsgericht beizubringen versuchen, daß du völlig schwachsinnig und nicht imstande bist, Gedanken wie diese zu Papier zu bringen.«

Sam war plötzlich wütend. »Ihr Anwälte«, höhnte er. »Gebt ihr denn nie auf? Es ist vorbei. Hör auf mit deinen Spielchen, Adam.«

»Es ist nicht vorbei.«

»Soweit es mich betrifft, ist es vorbei. So, und jetzt nimm den verdammten Brief und tu, was ich dir sage.«

»Gleich jetzt?« fragte Adam und sah auf die Uhr. Es war halb zwei.

»Ja! Gleich jetzt. Ich warte hier auf dich.«

Adam parkte bei der Wachstation am Haupteingang und erläuterte Louise, was er zu tun beabsichtigte. Er war nervös. Sie warf einen mißtrauischen Blick auf den weißen Umschlag in seiner Hand und rief zwei uniformierte Wärter herbei. Sie eskortierten Adam durch das Tor und zum Areal der Demonstranten. Einige der Reporter, die die Protestierer im Auge behielten, erkannten Adam und scharten sich sofort um ihn. Er und die Wärter gingen rasch am Zaun entlang und ignorierten ihre Fragen. Adam war ängstlich, aber entschlossen und mehr als nur ein wenig beruhigt durch die Anwesenheit seiner beiden Leibwächter.

Er steuerte direkt auf den blau-weißen Baldachin zu, unter dem sich das Hauptquartier des Klans befand, und als er schließlich stehenblieb, wurde er von einer Gruppe von Männern in weißen Kutten erwartet. Die Presse umringte Adam, seine Bewacher, die Klansmänner. »Wer ist hier der Anführer?« fragte Adam. Dann hielt er den Atem an.

»Wer will das wissen?« fragte ein massiger junger Mann mit einem schwarzen Bart und von der Sonne verbranntem Gesicht. Schweiß tropfte von seinen Augenbrauen, als er vortrat.

»Ich habe hier eine Mitteilung von Sam Cayhall«, sagte Adam laut, und der Kreis um ihn herum wurde enger. Kameras klickten. Rings um Adam streckten Reporter Mikrofone und Recorder in die Luft.

»Ruhe!« brüllte jemand.

»Zurücktreten!« befahl einer der Wärter.

Eine Gruppe von Klansmännern, alle in gleichen weißen Kutten, aber die meisten von ihnen ohne ihre Kapuzen, drängten sich vor Adam enger zusammen. Es war niemand darunter, den er wiedererkannte. Diese Burschen sahen nicht sonderlich freundlich aus.

Der Lärm auf dem grasbewachsenen Gelände verstummte. Die Menge drängte herbei, um zu hören, was Sams Anwalt zu sagen hatte.

Adam zog den Brief aus dem Umschlag und hielt ihn in beiden Händen. »Mein Name ist Adam Hall, und ich bin Sam Cayhalls Anwalt. Dies ist eine Botschaft von Sam«, wiederholte er. »Sie trägt das heutige Datum und ist an alle Angehörigen des Ku-Klux-Klan gerichtet sowie an die anderen Gruppen, die seinetwegen heute hier demonstrieren. Ich zitiere: ›Bitte geht. Eure Anwesenheit hier ist kein Trost für mich. Ihr benutzt meine Hinrichtung nur, um eure eigenen Interessen zu fördern. Ich kenne keinen einzigen von euch, und ich will auch keinen von euch kennenlernen. Bitte verschwindet sofort von hier. Ich möchte ohne die Unterstützung durch euer theatralisches Gehabe sterben.‹«

Adam warf einen Blick auf die finsteren Gesichter der Klansmänner, alle erhitzt und schweißnaß. »Der letzte Absatz lautet folgendermaßen, und ich zitiere wieder: ›Ich gehöre dem Ku-Klux-Klan nicht mehr an. Ich sage mich los von dieser Organisation und allem, wofür sie steht. Wenn ich nie vom Ku-Klux-Klan gehört hätte, wäre ich heute ein freier Mann.‹ Es ist von Sam Cayhall unterschrieben.« Adam drehte das Blatt um und hielt es den Kluxern unter die Nase, die alle verblüfft und sprachlos waren.

Der mit dem schwarzen Bart und dem sonnenverbrannten Gesicht stürzte sich auf Adam, um ihm den Brief zu entreißen. »Geben Sie her!« brüllte er, aber Adam zog ihn zurück. Der Wärter rechts von Adam trat schnell vor und versperrte dem Mann den Weg. Der Klansmann rempelte ihn an und wurde unsanft zurückgestoßen, und ein paar beängstigende Sekunden lang rangelten Adams Leibwachter mit einigen der Kluxer. Andere Wärter hatten die Szene aus nächster Nähe beobachtet, und binnen Sekunden waren sie im Zentrum der Rangelei. Die Ordnung war rasch wiederhergestellt. Die Menge wich zurück.

Adam musterte die Kluxer verächtlich. »Verschwindet!« rief er. »Ihr habt gehört, was er gesagt hat. Er schämt sich euretwegen!«

»Scher dich zum Teufel«, brüllte der Anführer zurück.

Die beiden Wärter ergriffen Adam bei den Armen und führten ihn davon, bevor er die Leute weiter aufreizen konnte. Sie bewegten sich rasch auf den Haupteingang zu, wobei sie Reporter und Kameraleute aus dem Weg schoben, und rannten praktisch durch das Tor, vorbei an einer anderen Reihe von Wärtern, vorbei an einem weiteren Schwarm von Reportern, und schließlich zu Adams Wagen.

»Bitte, kommen Sie nicht wieder hierher, okay?« bat einer der Wärter.

Von McAllisters Büro war bekannt, daß es mehr undichte Stellen hatte als ein ausgedientes Klosett. Der heißeste Tratsch in Jackson am frühen Dienstagnachmittag besagte, daß der Gouverneur ernstlich über eine Begnadigung von Sam Cayhall nachdachte. Der Tratsch drang rasch aus dem Kapitol zu den draußen wartenden Reportern, wo er von anderen Reportern und Zuschauern aufgegriffen und weiter verbreitet wurde, jetzt nicht mehr als Tratsch, sondern als solides Gerücht. Binnen einer Stunde, nachdem es durchgesickert war, hatte das Gerücht das Niveau einer Fast-Tatsache erreicht.

Mona Stark stellte sich in der Rotunde der Presse und versprach einen Kommentar des Gouverneurs zu einer späteren Stunde. Der Fall war noch vor den Gerichten anhängig, erklärte sie. Ja, der Gouverneur stand unter ungeheurem Druck.

48

Das Fünfte Berufungsgericht brauchte nicht einmal drei Stunden, um Sams letzte Eingabe abzuweisen und damit den Weg zum Obersten Bundesgericht freizumachen. Um drei wurde eine kurze Telefonkonferenz abgehalten. Hez Kerry und Garner Goodman eilten aus dem Kapitol des Staates in Roxburghs Büro. Der Justizminister verfügte über ein Telefonsystem, das modern genug war, um ihn selbst, Goodman, Kerry, Adam und Lucas Mann in Parchman, Richter Robichaux in Lake Charles, Richter Judy in New Orleans und Richter McNeely in Amarillo miteinander zu verbinden. Das Gremium der drei Richter gestattete Adam und Roxburgh, ihre Argumente vorzubringen, dann wurde die Konferenz beendet. Um vier Uhr rief der Kanzlist des Gerichts alle Beteiligten an und informierte sie über die Abweisung, kurz darauf trafen die Faxe ein. Kerry und Goodman faxten rasch den Antrag auf Revision an das Oberste Bundesgericht.

Als Adam sein kurzes Gespräch mit dem Kanzlisten beendete, wurde Sam gerade zum letztenmal untersucht. Er legte langsam den Hörer auf. Sam warf dem jungen, verängstigten Arzt, der gerade seinen Blutdruck maß, finstere Blicke zu. Packer und Tiny standen in der Nähe, auf Wunsch des Arztes. Mit fünf Leuten war das vordere Büro überfüllt.

»Das Fünfte Berufungsgericht hat uns gerade abgewiesen«, sagte Adam ernst. »Wir sind auf dem Weg zum Obersten Bundesgericht.«

»Nicht gerade das gelobte Land«, sagte Sam, immer noch den Arzt anstarrend.

»Ich bin optimistisch«, sagte Adam halbherzig, Packers wegen.

Der Arzt verstaute schnell seine Instrumente wieder in seiner Tasche. »Das war's«, sagte er, bereits auf dem Weg zur Tür.

»Ich bin also gesund genug, um zu sterben?« fragte Sam.

Der Arzt öffnete die Tür und verschwand, gefolgt von Packer und Tiny. Sam stand auf und streckte sich, dann begann er, langsam im Raum herumzuwandern. Seine neuen Schuhe schlappten an den Fersen und behinderten ihn beim Gehen. »Bist du nervös?« fragte er mit einem boshaften Lächeln.

»Natürlich. Du vielleicht nicht?«

»Das Sterben kann nicht schlimmer sein als das Warten. Ich bin bereit. Ich möchte es so schnell wie möglich hinter mich bringen.«

Adam hätte beinahe etwas Banales über ihre Chance vor dem Obersten Bundesgericht gesagt, aber er war nicht in der Stimmung, einen Rüffel einzustecken. Sam wanderte herum und rauchte. Ihm war offensichtlich nicht nach Reden zumute. Adam griff wieder nach dem Telefon. Er rief Goodman und Kerry an, aber die Gespräche waren kurz. Es gab wenig zu sagen und keinerlei Anlaß zu Optimismus.

Colonel Nugent stand auf der Veranda des Besucherzentrums und bat um Ruhe. Auf dem Rasen hatte sich das kleine Heer von Reportern und Journalisten versammelt, die alle auf die Lotterie warteten. Vor ihm stand ein Blecheimer auf einem Tisch. Jeder Pressevertreter trug als Legitimation einen orangefarbenen Button mit Nummer, den er von der Gefängnisverwaltung erhalten hatte. Die Horde war ungewöhnlich still.

»Den Gefängnisvorschriften zufolge stehen den Vertretern der Presse acht Plätze zu«, erklärte Nugent langsam; seine Worte trugen bis fast zum Haupteingang. Er genoß es, im Rampenlicht zu stehen. »Einen Platz bekommt AP, einen UPI und einen das Mississippi Network. Damit verbleiben noch fünf, die ausgelost werden. Ich ziehe jetzt fünf Nummern aus diesem Eimer, und wenn eine davon mit Ihrer Legitimationsnummer übereinstimmt, dann ist das heute Ihr Glückstag. Irgendwelche Fragen?«

Mehrere Dutzend Reporter hatten plötzlich keine Fragen. Viele von ihnen zogen an ihren orangefarbenen Abzeichen, um nach ihrer Nummer zu sehen. Eine Welle der Erregung lief durch die Gruppe. Nugent griff mit großer Geste in den Eimer und holte einen Zettel heraus. »Nummer vier-acht-vier-drei«, verkündete er mit der Gewandtheit eines erfahrenen Bingo-Spielleiters.

»Das bin ich«, rief ein junger Mann aufgeregt und zupfte an seinem glückbringenden Abzeichen.

»Ihr Name?« fragte Nugent.

»Edwin King, von der *Arkansas Gazette*.«

Ein stellvertretender Direktor, der neben Nugent stand, notierte Namen und Zeitung. Edwin King wurde von seinen Kollegen bewundert.

Nugent rief rasch die restlichen vier Nummern auf und

beendete damit die Auslosung. Als er die letzte Nummer genannt hatte, lief eine spürbare Welle der Verzweiflung durch die Gruppe. Die Verlierer waren enttäuscht. »Um genau dreiundzwanzig Uhr werden zwei Transporter da drüben vorfahren.« Nugent deutete auf die Hauptzufahrt. »Die acht Zeugen müssen zur Stelle und bereit sein. Sie werden dann zum Hochsicherheitstrakt gebracht und dürfen der Hinrichtung als Zeugen beiwohnen. Kameras oder Recorder sind nicht zugelassen. Sobald Sie dort eingetroffen sind, werden Sie durchsucht. Gegen null Uhr dreißig werden Sie wieder in die Transporter einsteigen und hierher zurückkehren. Morgen früh um neun Uhr findet im Vorraum des neuen Verwaltungsgebäudes eine Pressekonferenz statt. Noch irgendwelche Fragen?«

»Wie viele Leute werden der Hinrichtung als Zeugen beiwohnen?«

»Es werden sich vermutlich dreizehn oder vierzehn Personen im Zeugenraum aufhalten. Und im Kammerraum werde ich selbst sein, ein Geistlicher, ein Arzt, der Vollstrekker des Staates, der Gefängnisanwalt und zwei Wärter.«

»Wird die Familie der Opfer unter den Zeugen sein?«

»Ja. Mr. Elliott Kramer, der Großvater, steht auf der Zeugenliste.«

»Was ist mit dem Gouverneur?«

»Dem Gouverneur stehen von Gesetzes wegen zwei Plätze im Zeugenraum zur Verfügung Einer dieser Plätze wird von Mr. Kramer eingenommen. Mir ist noch nicht mitgeteilt worden, ob der Gouverneur selbst zu kommen gedenkt.«

»Was ist mit Mr. Cayhalls Angehörigen?«

»Nein. Keiner seiner Angehörigen wird als Zeuge anwesend sein.«

Nugent hatte einen Damm geöffnet. Die Fragen prasselten von allen Seiten auf ihn ein, und er hatte andere Dinge zu erledigen. »Keine weiteren Fragen. Danke«, sagte er und marschierte von der Veranda herunter.

Donnie Cayhall traf kurz vor sechs zu seinem letzten Besuch ein. Er wurde gleich ins vordere Büro geleitet, wo er seinen Bruder mit Adam Hall lachend vorfand. Sam machte die beiden miteinander bekannt.

Adam war Sams Bruder bisher bewußt aus dem Wege gegangen. Donnie war, wie sich jetzt herausstellte, nett und anständig, gepflegt und gut gekleidet. Außerdem sah er Sam, nachdem dieser sich rasiert, sich die Haare geschnitten und den roten Overall abgelegt hatte, sehr ähnlich. Sie waren gleich groß, aber Sam war erheblich magerer, obwohl Donnie kein Übergewicht hatte.

Donnie war ganz offensichtlich nicht der Hinterwäldler, vor dem Adam sich gefürchtet hatte. Seine Freude darüber, daß er Adam kennenlernte, war echt, und er war stolz auf die Tatsache, daß Adam Anwalt war. Er war ein liebenswürdiger Mann mit einem netten Lächeln und guten Zähnen, aber im Moment sehr traurigen Augen. »Wie sieht es aus?« fragte er nach ein paar Minuten belanglosen Geplauders. Seine Frage bezog sich auf die Berufungen.

»Jetzt hängt alles vom Obersten Bundesgericht ab.«

»Also besteht noch Hoffnung?«

Sam tat diese Idee mit einem verächtlichen Schnauben ab.

»Ein bißchen«, sagte Adam sehr schicksalsergeben.

Es folgte eine lange Pause; Adam und Donnie versuchten, sich weniger heikle Gesprächsthemen einfallen zu lassen. Sam war es völlig gleichgültig. Er saß mit übereinandergeschlagenen Beinen ruhig auf einem Stuhl und rauchte. Sein Denken drehte sich um Dinge, von denen sie keine Ahnung hatten.

»Ich war heute bei Albert«, sagte Donnie.

Sam wendete den Blick nicht vom Fußboden ab. »Was macht seine Prostata?«

»Ich weiß nicht. Er dachte, du wärst schon tot.«

»Und das will mein Bruder sein.«

»Ich war auch bei Tante Finnie.«

»Ich dachte, sie wäre schon tot«, sagte Sam mit einem Lächeln.

»Fast. Sie ist einundneunzig. Es zerreißt ihr das Herz, was mit dir passiert ist. Sie sagte, du wärest immer ihr Lieblingsneffe gewesen.«

»Sie konnte mich nicht ausstehen, und ich konnte sie nicht ausstehen. Bevor ich hierher kam, hatte ich sie seit fünf Jahren nicht mehr gesehen.«

»Die Sache hier nimmt sie sehr mit.«

»Sie wird darüber hinwegkommen.«

Auf Sams Gesicht erschien plötzlich ein breites Lächeln, und er fing an zu lachen. »Weißt du noch, wie wir sie dabei beobachtet haben, wie sie auf dem Hof hinter Großmutters Haus zur Toilette ging, und wir sie dann mit Steinen beworfen haben? Sie kam schreiend und kreischend wieder heraus.«

Donnie erinnerte sich plötzlich und begann, sich vor Lachen zu schütteln. »Ja, sie hatte ein Wellblechdach«, sagte er, »und jeder Stein hörte sich an wie eine Bombe.«

»Ja, das waren ich und du und Albert. Du kannst damals noch keine vier Jahre alt gewesen sein.«

»Ich weiß es aber trotzdem noch.«

Die Geschichte wurde weitergesponnen, und das Lachen war ansteckend. Adam ertappte sich beim Kichern über den Anblick dieser beiden alten Männer, die lachten wie die Kinder. Die Geschichte über Tante Finnie und die Toilette auf dem Hof führte zu einer über ihren Mann, Onkel Garland, der niederträchtig und verkrüppelt war, und das Gelächter ging weiter.

Sams letzte Mahlzeit war eine bewußte Abfuhr an die erbärmlichen Gefängnisköche und den Fraß, mit dem sie ihn neuneinhalb Jahre gequält hatten. Er verlangte etwas, das leicht war, aus einem Karton kam und ohne Schwierigkeiten beschafft werden konnte. Er hatte sich oft über seine Vorgänger gewundert, die ein Essen mit sieben Gängen bestellt hatten – Steak und Hummer und Käsekuchen. Buster Moac hatte zwei Dutzend rohe Austern vertilgt, dann einen griechischen Salat, dann ein großes Ribeye-Steak und noch ein paar weitere Gänge. Sam hatte nie verstehen können, wie sie nur wenige Stunden vor ihrem Tod einen solchen Appetit aufbringen konnten.

Er war überhaupt nicht hungrig, als Nugent um halb acht anklopfte. Hinter ihm kam Packer, und hinter Packer ein Vertrauenshäftling mit einem Tablett. In der Mitte des Tabletts stand ein großer Teller mit drei Eskimo Pies und daneben eine kleine Thermoskanne mit French-Market-Kaffee, Sams Lieblingsgetränk. Das Tablett wurde auf den Schreibtisch gestellt.

»Nicht gerade ein großartiges Essen, Sam«, sagte Nugent.

»Kann ich es in Ruhe genießen, oder wollen Sie hier stehenbleiben und mich mit ihrem blöden Geschwätz nerven?«

Nugent erstarrte und funkelte Adam an. »Wir kommen in einer Stunde wieder. Dann muß Ihr Besucher gehen, und Sie werden in die Observierungszelle zurückgebracht. Okay?«

»Verschwinden Sie«, sagte Sam und setzte sich auf den Schreibtisch.

Sobald sie fort waren, sagte Donnie: »Verdammt, Sam, weshalb hast du nicht etwas bestellt, was wir hätten gemeinsam genießen können? Was ist das für eine letzte Mahlzeit?«

»Es ist meine letzte Mahlzeit. Wenn deine Zeit gekommen ist, kannst du bestellen, was du willst.« Er griff nach einer Gabel und schabte sorgfältig die Vanille-Eiskrem und den Schokoladenüberzug von dem Stiel ab. Er nahm einen großen Bissen, dann goß er langsam den Kaffee in die Tasse. Er war dunkel und stark mit einem herrlichen Aroma.

Donnie und Adam saßen auf den Stühlen an der Wand und betrachteten Sams Rücken, während dieser langsam sein Henkersmahl verzehrte.

Gegen fünf Uhr hatten sie einzutreffen begonnen. Sie kamen aus dem ganzen Staat, alle einzeln, alle in großen, viertürigen Wagen in unterschiedlichen Farben und mit prächtigen Siegeln und Emblemen und Beschriftungen auf Türen und Stoßstangen. Einige hatten Suchscheinwerfer auf dem Dach. Bei einigen steckten oberhalb der vorderen Sitze Schrotflinten an den Windschutzscheiben. Alle hatten hohe, im Wind schwankende Antennen.

Es waren die Sheriffs, jeder in seinem Bezirk gewählt, um die Bürger vor Gesetzlosigkeit zu bewahren. Die meisten hatten schon eine stattliche Anzahl von Dienstjahren hinter sich, und viele von ihnen hatten schon einmal an dem inoffiziellen Ritual eines Hinrichtungsdinners teilgenommen.

Eine Köchin, die Miß Willis hieß, bereitete das Festmahl zu, und die Speisekarte blieb sich immer gleich. Sie briet große Hähnchen in Schmalz, schmorte Schweinshaxen mit grünen Bohnen, und backte richtige Buttermilchkekse, groß wie Untertassen. Ihre Küche lag im Hintergrund einer kleinen Cafeteria in der Nähe des Haupt-Verwaltungsgebäudes. Das Essen wurde immer um sieben serviert, einerlei, wie viele Sheriffs erschienen waren.

Die heutige Gästeschar würde die größte sein, seit Teddy Doyle Meeks 1982 zur letzten Ruhe befördert worden war. Miß Willis vermutete dies, weil sie Zeitungen las und jedermann über Sam Cayhall Bescheid wußte. Sie erwartete mindestens fünfzig Sheriffs.

Sie wurden durch den Haupteingang durchgewinkt wie Würdenträger und parkten ihre Wagen aufs Geratewohl um die Cafeteria herum. Es waren überwiegend große Männer mit starken Mägen und gewaltigem Appetit, die nach der langen Fahrt einen Bärenhunger hatten.

Die Stimmung war locker während des Essens. Sie aßen wie die Schweine, dann kehrten sie vor das Gebäude zurück, setzten sich auf die Kühlerhauben ihrer Wagen und sahen zu, wie es dunkel wurde. Sie stocherten in ihren Zähnen nach Hähnchenresten und schwärmten von Miß Willis' Kochkünsten. Sie lauschten dem Quaken ihrer Funkgeräte, als könnte die Nachricht von Cayhalls Tod jeden Moment durchgegeben werden. Sie unterhielten sich über andere Hinrichtungen und grauenhafte Verbrechen daheim und über die Männer aus ihren Bezirken, die hier im Todestrakt saßen. Die verdammte Gaskammer wurde nicht oft genug benutzt.

Sie starrten verwundert auf die Hunderte von Demonstranten vor ihnen am Highway, stocherten noch ein bißchen in ihren Zähnen herum und gingen dann wieder nach drinnen, wo die Schokoladentorte schon auf sie wartete.

Es war ein wundervoller Abend für die Hüter des Gesetzes.

49

Mit der Dunkelheit legte sich eine gespenstische Stille über den Highway vor den Toren von Parchman. Die Klansmänner, von denen kein einziger auch nur daran gedacht hatte, das Gelände zu verlassen, nachdem Sam sie dazu aufgefordert hatte, saßen auf Klappstühlen auf dem zertrampelten Gras und warteten. Die Skinheads und ihre Gesinnungsgenossen, die in der Augustsonne geschmort hatten, bildeten kleine Gruppen und tranken Eiswasser. Zu den Nonnen und den anderen Demonstranten hatte sich eine Abordnung von Amnesty International gesellt. Sie zündeten Kerzen an, beteten, sangen leise und versuchten, von den Haßgruppen Abstand zu halten. Man nehme irgendeinen anderen Tag, eine andere Hinrichtung, einen anderen Gefangenen, und die gleichen widerlichen Leute würden nach Blut schreien.

Die Stille wurde kurz unterbrochen, als ein Pickup mit der Ladefläche voller Teenager vor dem Haupteingang seine Fahrt verlangsamte. Sie begannen plötzlich laut und einstimmig zu skandieren: »Ins Gas mit ihm! Ins Gas mit ihm! Ins Gas mit ihm!« Der Pickup raste mit quietschenden Reifen davon. Ein paar der Klansmänner sprangen kampfbereit auf, aber die Kids waren bereits fort und kamen auch nicht zurück.

Die unübersehbare Präsenz der Staatspolizei hielt die Situation unter Kontrolle. Die Trooper standen in Gruppen beisammen, regelten den Verkehr und behielten die Männer vom Klan und die Skinheads ständig im Auge. Über ihnen kreiste ein Hubschrauber.

Goodman brach die Marktanalyse schließlich ab. Im Verlauf von fünf langen Tagen hatten sie mehr als zweitausend Anrufe getätigt. Er bezahlte die Studenten, sammelte ihre Mobiltelefone ein und dankte ihnen wortreich. Keiner von ihnen schien das Handtuch werfen zu wollen, also begleiteten sie ihn zum Kapitol, auf dessen Stufen ebenfalls eine kerzenbeleuchtete Mahnwache abgehalten wurde. Der Gouverneur hielt sich nach wie vor in seinem Büro im ersten Stock auf.

Einer der Studenten erbot sich, John Bryan Glass, der auf der anderen Straßenseite im Obersten Gericht von Mississippi wartete, eines der Telefone zu bringen. Goodman rief ihn an, dann Kerry und dann Joshua Caldwell, einen alten Freund, der sich bereit erklärt hatte, am Schreibtisch des Death Clerk in Washington zu warten. Goodman hatte jedermann an Ort und Stelle. Alle Telefone funktionierten. Er rief Adam an. Sam war gerade dabei, seine letzte Mahlzeit zu verzehren, sagte Adam, und wollte nicht mit Goodman sprechen. Aber er wollte sich bei ihm für alles bedanken.

Als der Kaffee und das Eis verzehrt waren, stand Sam auf und streckte seine Beine. Donnie hatte lange Zeit geschwiegen. Er litt und war bereit, zu gehen. Nugent würde bald kommen, und er wollte sich lieber jetzt von Sam verabschieden.

Auf Sams neuem Hemd war ein Fleck, wo er sich mit Eiskrem bekleckert hatte, und Donnie versuchte, ihn mit einer Stoffserviette wegzureiben. »So wichtig ist das nicht«, sagte Sam, während er seinem Bruder zusah.

Donnie putzte weiter. »Ja, du hast recht. Ich sollte jetzt gehen, Sam. Sie werden gleich hier sein.«

Die beiden Männer umarmten sich und klopften sich gegenseitig sanft auf den Rücken. »Es tut mir so leid, Sam«, sagte Donnie mit zittriger Stimme. »Es tut mir so leid.«

Sie lösten sich voneinander, hielten sich aber weiterhin bei den Schultern, beide mit feuchten Augen, aber ohne Tränen. Sie wollten nicht voreinander weinen. »Paß auf dich auf«, sagte Sam.

»Du auch. Sprich ein Gebet, Sam, okay?«

»Das werde ich. Danke für alles. Du warst der einzige, der sich um mich gekümmert hat.«

Donnie biß sich auf die Lippe und verbarg seine Augen

vor Sam. Er gab Adam die Hand, brachte aber kein Wort heraus. Dann ging er hinter Sam zur Tür und verließ sie.

»Noch nichts vom Obersten Bundesgericht?« fragte Sam aus dem Nirgendwo, als glaubte er plötzlich, er hätte noch eine Chance.

»Nein«, sagte Adam betrübt.

Sam setzte sich auf den Schreibtisch und ließ die Beine baumeln. »Ich wollte, es wäre endlich vorbei, Adam«, sagte er, jedes Wort sorgfältig abmessend. »Diese Warterei ist grausam.«

Adam fiel nichts ein, was er hätte sagen können.

»In China, da schleichen sie sich von hinten an und schießen einem eine Kugel in den Kopf. Keine letzte Schüssel Reis. Kein Abschiednehmen. Kein Warten. Keine schlechte Idee.«

Adam schaute zum millionstenmal in der letzten Stunde auf die Uhr. Seit Mittag waren die Stunden manchmal verflogen, als wären sie von großen Löchern aufgesogen worden, dann hatte es plötzlich den Anschein gehabt, als stünde die Zeit still. Jemand klopfte an die Tür. »Herein«, sagte Sam leise.

Reverend Ralph Griffin trat ein und machte die Tür hinter sich zu. Er war im Laufe des Tages schon zweimal bei Sam gewesen, und er schien schwer an seiner Last zu tragen. Es war seine erste Hinrichtung, und er hatte bereits beschlossen, daß es auch seine letzte sein würde. Sein Vetter im Senat würde ihm einen anderen Job besorgen müssen. Er nickte Adam zu und setzte sich neben Sam auf den Schreibtisch. Es war kurz vor neun.

»Colonel Nugent ist draußen, Sam. Er sagt, er wartet auf Sie.«

»Dann gehen wir nicht hinaus. Lassen Sie uns einfach hier sitzenbleiben.«

»Ist mir recht.«

»Wissen Sie, Reverend, in den letzten paar Tagen ist mein Herz auf eine Weise angerührt worden, die ich nie für möglich gehalten hätte. Aber diesen Kerl da draußen hasse ich. Und ich kann nichts dagegen tun.«

»Haß ist etwas sehr Schlimmes, Sam.«

»Ich weiß. Aber ich kann es nicht ändern.«

»Um ehrlich zu sein – mir ist er auch nicht sonderlich sympathisch.«

Sam grinste den Geistlichen an und legte den Arm um ihn. Die Stimmen draußen wurden lauter, und Nugent kam ins Zimmer gestürmt. »Sam, es ist Zeit für Ihre Rückkehr in die Observierungszelle«, sagte er.

Adam stand auf. Seine Knie waren weich vor Angst, sein Magen hatte sich verkrampft, sein Herz raste. Sam dagegen war völlig gelassen. »Gehen wir«, sagte er.

Sie folgten Nugent aus dem vorderen Büro auf den engen Flur, wo einige der größten Wärter von Parchman an der Wand aufgereiht warteten. Sam ergriff Adams Hand, und sie gingen langsam nebeneinanderher. Der Reverend folgte ihnen.

Adam drückte die Hand seines Großvaters und ignorierte die Gesichter, an denen sie vorübergingen. Sie gingen durch das Zentrum des Todestraktes, durch zwei Doppeltüren und dann durch die Gittertür am Ende von Abschnitt A. Die Tür glitt hinter ihnen zu, und sie folgten Nugent an den Zellen vorbei.

Sam schaute in die Gesichter der Männer, die er so gut gekannt hatte. Er zwinkerte Hank Henshaw zu, nickte tapfer zu J. B. Gullitt hin, dem Tränen in den Augen standen, lächelte Stock Turner an. Sie lehnten alle an den Gitterstäben, mit gesenkten Köpfen und angsterfüllten Gesichtern. Sam bedachte sie mit seinem tapfersten Blick.

Nugent blieb vor der letzten Zelle stehen und wartete darauf, daß die Tür vom Ende des Flurs her geöffnet wurde. Sie klickte laut, dann glitt sie auf. Sam, Adam und Ralph traten ein, und Nugent gab das Signal, die Tür wieder zu schließen.

In der Zelle war es dunkel, sowohl die einzige Lampe als auch der Fernseher waren ausgeschaltet. Sam setzte sich aufs Bett, zwischen Adam und Griffin. Er stützte die Ellenbogen auf und ließ den Kopf hängen.

Nugent beobachtete sie einen Moment, aber ihm fiel nichts ein, was er hätte sagen können. In zwei Stunden, um elf, würde er wiederkommen, um Sam in den Isolierraum zu bringen. Sie wußten alle, daß er wiederkommen würde. In diesem Moment fühlte er sich außerstande, Sam zu sagen, er ginge jetzt, käme aber bald zurück. Also trat er zurück und verschwand durch die Abschnittstür, an der im Halbdunkel Wärter standen und aufpaßten. Nugent ging zum Isolierraum, in dem für die letzte Stunde des Gefangenen ein Faltbett aufgestellt worden war. Er durchquerte die schmale Zelle und trat in den Kammerraum, wo die letzten Vorbereitungen getroffen wurden.

Der Vollstrecker des Staates war beschäftigt und hatte alles unter Kontrolle. Er war ein kleiner, drahtiger Mann, der Bill Monday hieß. Er hatte neun Finger und würde, wenn die Hinrichtung stattfand, für seine Dienste fünfhundert Dollar erhalten. Er wurde von Gesetzes wegen vom Gouverneur ernannt. Sein Wirkungskreis war ein winziges Kämmerchen, der sogenannte Chemieraum, kaum einen Meter von der Gaskammer entfernt. Er studierte eine Checkliste auf einem Clipboard. Auf dem Tisch vor ihm standen eine Dose mit einem Pfund Natriumcyanid-Körnchen, eine Flasche mit neun Pfund Schwefelsäure, ein Behälter mit einem Pfund Ätznatron, eine Stahlflasche mit fünfzig Pfund anhydrischem Ammoniak und ein Behälter mit zwanzig Liter destilliertem Wasser. Neben ihm, auf einem kleineren Tisch, lagen drei Gasmasken, drei Paar Gummihandschuhe, ein Trichter, ein Stück Seife, Handtücher und ein Wischlappen. Zwischen den beiden Tischen befand sich ein Säure-Misch-Behälter, auf ein Rohr von fünf Zentimeter Durchmesser montiert, das in den Fußboden und unter der Wand hindurch verlief und in der Nähe der Hebel neben der Gaskammer wieder zum Vorschein kam.

Monday hatte sogar drei Checklisten. Die eine enthielt die Anweisungen für das Mischen der Chemikalien: Schwefelsäure und destilliertes Wasser würden so vermischt werden, daß eine Konzentration von ungefähr 41 Prozent zustande kam; die Ätznatronlösung entstand durch das Auflösen von einem Pfund Ätznatron in zehn Liter Wasser. Außerdem gab es noch mehrere weitere Chemikalien, die zur Reinigung der Gaskammer nach der Hinrichtung angemischt werden mußten. Die zweite Liste verzeichnete alle erforderlichen Chemikalien und Gerätschaften, und in der dritten waren alle Maßnahmen aufgeführt, die während der eigentlichen Hinrichtung ergriffen werden mußten.

Nugent sprach mit Monday; alles verlief wie geplant. Einer von Mondays Gehilfen schmierte Vaseline auf die Ränder der Fenster in der Kammer. Ein Angehöriger des Hinrichtungsteams in Zivil überprüfte die Gürtel und Riemen des hölzernen Stuhls. Der Arzt hantierte mit einem EKG-Gerät. Die Tür nach draußen stand offen; dort wartete bereits eine Ambulanz.

Nugent warf noch einmal einen Blick auf die Checklisten, obwohl er sie schon vor langer Zeit auswendig gelernt hatte. Er hatte sogar eine weitere Checkliste verfaßt, eine Art Tabelle zum Aufzeichnen der Hinrichtung. Sie würde von ihm, Monday und Mondays Gehilfen benutzt werden. Es war eine numerierte, chronologische Liste des Verlaufs dieser Hinrichtung: Wasser und Säure gemischt, Gefangener betritt Kammer, Kammertür verschlossen, Natriumcyanid verbindet sich mit Säure und erzeugt Gas, Gas trifft Gefangenen, Gefangener offenbar bewußtlos, Gefangener eindeutig bewußtlos, Bewegungen des Körpers des Gefangenen, letzte sichtbare Bewegungen, Herzstillstand, Atemstillstand, Auslaßventil geöffnet, Ableitungsventile geöffnet, Kammertür geöffnet, Gefangener aus Kammer entfernt, Gefangener für tot erklärt. Neben jedem Punkt war ein freier Raum zum Eintragen der seit dem vorhergehenden Ereignis verstrichenen Zeit.

Und dann gab es da noch eine Hinrichtungsliste, eine Aufstellung der neunundzwanzig Schritte, die von Beginn bis Ende des Unternehmens erforderlich waren. Natürlich hatte die Hinrichtungsliste auch einen Anhang, eine Liste von fünfzehn Dingen, die anschließend getan werden mußten und von denen das letzte das Verfrachten des Hingerichteten in die Ambulanz war.

Nugent kannte jeden Schritt auf jeder Liste. Er wußte, wie man die Chemikalien anmischte, wie man die Ventile öffnete und wie lange sie offenbleiben mußten. Er wußte alles.

Er ging hinaus, um mit dem Fahrer der Ambulanz zu sprechen und ein bißchen frische Luft zu schöpfen, dann kehrte er durch den Isolierraum in Abschnitt A zurück. Wie alle anderen wartete er darauf, daß das verdammte Oberste Bundesgericht seine Entscheidung traf, so oder so.

Er beauftragte die beiden größten Wärter, die Fenster an der Oberkante der Außenmauer zu schließen. Wie das Gebäude waren auch die Fenster sechsunddreißig Jahre alt und ließen sich nicht lautlos bewegen. Die Wärter schoben sie hoch, bis sie zuknallten und das Schließen jedes einzelnen im Abschnitt widerhallte. Fünfunddreißig Fenster insgesamt, jeder Insasse kannte die genaue Zahl, und mit jedem Schließen wurde es dunkler und stiller.

Endlich waren die Wärter fertig und verschwanden. Der Todestrakt war jetzt abgeriegelt – jeder Insasse in seiner Zelle, alle Türen gesichert, alle Fenster geschlossen.

Beim Schließen der Fenster hatte Sam zu zittern begonnen. Sein Kopf sank noch tiefer herunter. Adam legte einen Arm um seine mageren Schultern.

»Ich habe diese Fenster immer gemocht«, sagte Sam mit leiser und heiserer Stimme. Ein Trupp Wärter stand knapp fünf Meter entfernt und schaute durch die Gitterstäbe wie Kinder im Zoo, und Sam wollte nicht, daß sie hörten, was er sagte. Es war schwer, sich vorzustellen, daß Sam an diesem Bau irgend etwas gemocht hatte. »Wenn es heftig regnete, dann klatschte das Wasser gegen die Fenster, und etwas davon drang ein und tröpfelte auf den Boden. Ich habe den Regen immer gemocht. Und den Mond. Manchmal, wenn sich die Wolken verzogen hatten, konnte ich von meiner Zelle aus durch diese Fenster den Mond sehen. Ich habe mich immer gefragt, weshalb sie hier nicht mehr Fenster haben. Ich meine, weshalb zum Teufel, Entschuldigung, Reverend, aber wenn sie entschlossen sind, einen den ganzen Tag in der Zelle zu halten, weshalb sollte man dann nicht nach draußen schauen können? Das habe ich nie verstanden. Aber vermutlich habe ich eine ganze Menge Dinge nie verstanden. Nun ja.« Seine Stimme wurde immer leiser, und eine ganze Weile sagte er überhaupt nichts mehr.

Aus der Dunkelheit kam der wohlklingende Tenor von

Preacher Boy, der »*Just a Closer Walk with Thee*« sang. Es hörte sich gut an.

Just a closer walk with Thee,
Grant it, Jesus, is my plea,
Daily walking close to Thee …

»Still!« brüllte ein Wärter.

»Laßt ihn in Ruhe«, brüllte Sam zurück, und Adam und Ralph fuhren zusammen. »Sing weiter, Randy«, sagte Sam gerade so laut, daß es nebenan zu hören war. Preacher Boy ließ sich Zeit, seine Gefühle waren offenbar verletzt, dann begann er von vorn.

Irgendwo schlug eine Tür zu, und Sam fuhr zusammen. Adam drückte seine Schultern, und er beruhigte sich. Seine Augen waren nicht zu sehen – sie waren auf das Dunkel zu seinen Füßen gerichtet.

»Lee konnte wohl nicht kommen«, sagte er mit hohler Stimme.

Adam dachte eine Sekunde nach, dann beschloß er, die Wahrheit zu sagen. »Ich weiß nicht, wo sie ist. Ich habe seit zehn Tagen nicht mehr mit ihr gesprochen.«

»Ich dachte, sie wäre in einer Entziehungsklinik.«

»Das nehme ich auch an, aber ich weiß nicht, in welcher. Es tut mir leid. Ich habe alles Mögliche versucht, um sie zu finden.«

»Ich habe in den letzten Tagen viel an sie gedacht. Bitte sag ihr das.«

»Das werde ich.« Wenn Adam sie wiedersah, würde er versuchen, alles zu vermeiden, was sie belasten konnte.

»Und ich habe viel an Eddie gedacht.«

»Uns bleibt nicht mehr viel Zeit, Sam. Laß uns von angenehmen Dingen reden, okay?«

»Ich möchte, daß du mir verzeihst, was ich Eddie angetan habe.«

»Ich habe dir verziehen. Das ist erledigt. Carmen und ich verzeihen dir.«

Ralph senkte den Kopf. »Vielleicht sind da auch noch andere, an die wir denken sollten, Sam.«

»Vielleicht später«, sagte Sam.

Die Abschnittstür am entgegengesetzten Ende des Flurs wurde geöffnet, und Schritte eilten auf sie zu. Lucas Mann, gefolgt von einem Wärter, blieb vor der letzten Zelle stehen und betrachtete die drei schattenhaften Gestalten auf dem Bett. »Adam, Sie haben einen Anruf«, sagte er nervös. »Im vorderen Büro.«

Die drei schattenhaften Gestalten erstarrten. Adam sprang auf und verließ wortlos die Zeile, sobald sich die Tür geöffnet hatte. Sein Magen war in hellem Aufruhr, als er den Flur entlangeilte. »Machen Sie ihnen die Hölle heiß, Adam«, sagte J. B. Gullitt, als er vorbeihastete.

»Wer ist es?« fragte Adam Lucas Mann, der mit ihm Schritt hielt.

»Garner Goodman.«

Sie durchquerten das Zentrum des HST und eilten ins vordere Büro. Der Hörer lag auf dem Schreibtisch. Adam griff danach und setzte sich auf den Schreibtisch. »Garner, hier ist Adam.«

»Ich bin im Kapitol, Adam, in der Rotunde vor dem Büro des Gouverneurs. Das Oberste Bundesgericht hat gerade unsere sämtlichen Anträge auf Revision abgewiesen. Da liegt jetzt nichts mehr an.«

Adam schloß die Augen und schwieg einen Moment. »Das war's dann wohl«, sagte er und sah Lucas Mann an. Lucas runzelte die Stirn und ließ den Kopf sinken.

»Bleiben Sie beim Telefon. Der Gouverneur will gleich eine Erklärung abgeben. Ich rufe Sie in fünf Minuten wieder an.« Goodman hatte aufgelegt.

Auch Adam legte den Hörer auf und starrte den Apparat an. »Das Oberste Bundesgericht hat alles abgewiesen«, informierte er Lucas Mann. »Der Gouverneur will eine Erklärung abgeben. Goodman ruft gleich wieder an.«

Mann setzte sich hin. »Es tut mir leid, Adam. Sehr leid. Wie steht Sam es durch?«

»Ich glaube, Sam ist in einer wesentlich besseren Verfassung als ich.«

»Es ist seltsam, nicht wahr? Dies ist meine fünfte, und ich bin immer wieder verblüfft, wie gelassen sie es hinnehmen.

Sie geben auf, wenn es dunkel wird. Sie verzehren ihre letzte Mahlzeit, nehmen Abschied von ihren Angehörigen, und dann überkommt sie eine ganz eigenartige Gelassenheit. Ich an ihrer Stelle würde treten und schreien und kreischen. Mich müßten zwanzig Mann aus der Observierungszelle herauszerren.«

Adam brachte ein flüchtiges Lächeln zustande, dann bemerkte er einen offenen Schuhkarton auf dem Schreibtisch. Er war mit Alufolie ausgekleidet, und auf dem Boden lagen ein paar zerbrochene Plätzchen. Als er eine Stunde zuvor den Raum verlassen hatte, war der Karton noch nicht dagewesen. »Was ist das?« fragte er, nicht wirklich interessiert.

»Das sind die Hinrichtungs-Plätzchen.«

»Die Hinrichtungs-Plätzchen?«

»Ja, diese reizende kleine Dame, die in der Nähe des Haupteingangs wohnt, backt sie jedesmal, wenn wir eine Hinrichtung haben.«

»Weshalb?«

»Ich weiß es nicht. Ich habe nicht die geringste Ahnung, weshalb sie das tut.«

»Wer ißt sie?« fragte Adam und betrachtete die restlichen Plätzchen und die Krümel, als wären sie giftig.

»Die Wärter und die Vertrauenshäftlinge.«

Adam schüttelte den Kopf. Er war zu sehr mit anderen Dingen beschäftigt, um über den Sinn von ein paar Blechen mit Hinrichtungs-Plätzchen nachdenken zu können.

Für den feierlichen Anlaß hatte David McAllister einen dunkel marineblauen Anzug gewählt, ein frisch gestärktes weißes Hemd und eine dunkel weinrote Krawatte. Er hatte sein Haar gekämmt und besprüht, sich die Zähne geputzt und dann sein Büro durch eine Nebentür betreten. Mona Stark addierte Zahlen.

»Die Anrufe haben endlich aufgehört«, sagte sie, ziemlich erleichtert.

»Ich will nichts davon hören«, sagte McAllister und überprüfte seine Zähne und seine Krawatte im Spiegel. »Gehen wir.«

Er öffnete die Tür und trat ins Foyer hinaus. Hier standen zwei Leibwächter bereit, die ihn auf seinem Weg in die Rotunde flankierten, wo grelle Scheinwerfer auf ihn warteten. Ein Schwarm von Reportern und Kameramännern drängte vorwärts, um seine Erklärung zu hören. Er trat auf ein improvisiertes, mit einem Dutzend Mikrofonen bestücktes Podium, kniff wegen des Scheinwerferlichts einen Moment die Augen zusammen und wartete auf Ruhe. Dann sprach er.

»Das Oberste Bundesgericht der Vereinigten Staaten hat soeben die letzten Eingaben von Sam Cayhall abgewiesen«, sagte er dramatisch, als ob die Reporter das nicht bereits gehört hätten. Eine weitere Pause, während der die Kameras klickten und die Mikrofone warteten. »Und so, nach drei Prozessen, nach neuneinhalb Jahren der Berufungen bei sämtlichen gemäß unserer Verfassung zuständigen Gerichten, wobei der Fall von nicht weniger als siebenundvierzig Richtern beurteilt wurde, wird Sam Cayhall jetzt endlich die gerechte Strafe zuteil. Er hat sein Verbrechen vor dreiundzwanzig Jahren begangen. Die Justiz mag langsam sein, aber sie funktioniert noch immer. Ich bin von vielen Leuten aufgefordert worden, Sam Cayhall zu begnadigen, aber ich kann es nicht tun. Ich kann mich nicht über die Weisheit der Jury hinwegsetzen, die ihn verurteilt hat, und ebensowenig kann ich mich mit meinem Urteil über das unserer ehrenwerten Gerichte hinwegsetzen. Und ich bin auch nicht willens, gegen den Wunsch meiner Freunde, der Kramers, zu handeln.« Eine weitere Pause. Er sprach ohne Notizen, und es war offensichtlich, daß er lange Zeit an diesen Bemerkungen gefeilt hatte. »Ich hoffe von ganzem Herzen, daß die Hinrichtung von Sam Cayhall dazu beitragen wird, ein schmerzliches Kapitel in der düsteren Geschichte unseres Staates zu beenden. Ich fordere alle Einwohner von Mississippi auf, nach dieser schweren Nacht zusammenzustehen und sich für die Gleichheit aller einzusetzen. Möge Gott Sam Cayhalls Seele gnädig sein.«

Als die Fragen auf ihn einprasselten, wich er zurück. Die Leibwächter öffneten eine Nebentür, und er war verschwunden. Sie eilten die Stufen hinunter und durch den

Südeingang hinaus, wo ein Wagen wartete. Eine Meile entfernt wartete außerdem ein Hubschrauber.

Goodman ging hinaus und blieb bei der alten Kanone stehen, die aus irgendeinem Grund auf die hohen Gebäude der Innenstadt gerichtet war. Unter ihm, am Fuße der Treppe, hielt eine große Gruppe von Demonstranten Kerzen in den Händen. Er rief Adam an und informierte ihn, dann ging er zwischen den Leuten und den Kerzen hindurch und verließ das Gelände des Kapitols. Als er die Straße überquerte, setzte eine Hymne ein, die er zwei Blocks weit hören konnte. Er schlenderte eine Weile ziellos herum, dann machte er sich auf den Weg zu Hez Kerrys Büro.

50

Der Rückweg zur Observierungszelle war viel länger als beim vorigen Mal. Adam legte ihn allein zurück, auf mittlerweile vertrautem Terrain. Lucas Mann verschwand irgendwo im Labyrinth des Trakts.

Als Adam vor einer verschlossenen Tür im Innern des Gebäudes wartete, wurde ihm plötzlich zweierlei bewußt. Zum einen waren jetzt viel mehr Leute als sonst zu sehen – mehr Wärter, mehr Fremde mit Plastikabzeichen und einer Waffe an der Hüfte, mehr finster dreinblickende Männer mit kurzärmeligen Hemden und Polyester-Krawatten. Dies war ein Happening, das man sich auf keinen Fall entgehen lassen durfte. Adam vermutete, daß jeder Gefängnisangestellte, der über genügend Einfluß und Beziehungen verfügte, einfach dabeisein mußte, wenn Sams Todesurteil vollstreckt wurde.

Das zweite, das ihm bewußt wurde, war die Tatsache, daß sein Hemd durchgeschwitzt war und der Kragen ihm am Hals klebte. Er lockerte seine Krawatte, als die Tür laut klickte und dann unter dem Surren eines verborgenen Elektromotors aufglitt. Irgendwo in dem Irrgarten aus Betonmauern und Fenstern und Gittern paßte ein Wärter auf und drückte auf die richtigen Knöpfe. Er ging hindurch, immer noch am Knoten seiner Krawatte und dem Knopf darunter zerrend, und ging auf die nächste Barriere zu, eine Wand aus Gitterstäben, durch die man in den Abschnitt A gelangte. Er befühlte seine Stirn, aber da war kein Schweiß. Er füllte seine Lungen mit feuchtheißer Luft.

Jetzt, bei geschlossenen Fenstern, war die Atmosphäre zum Ersticken. Ein weiteres lautes Klicken, ein weiteres elektrisches Surren, und er trat auf den kahlen Flur, von dem Sam ihm gesagt hatte, daß er zwei Meter fünfundzwanzig breit war. Drei jämmerliche Leuchtstoffröhren warfen düstere Schatten auf Decke und Fußboden. Er schob seine schweren Füße an den dunklen Zellen vorbei, in denen brutale Mörder saßen, die jetzt alle beteten oder meditierten, manchmal sogar weinten.

»Gute Nachrichten, Adam?« flehte Gullitt aus der Dunkelheit.

Adam antwortete nicht. Im Weitergehen schaute er hinauf zu den Fenstern mit den verschiedenfarbigen Farbspritzern auf den alten Scheiben, und plötzlich fragte er sich, wie viele Anwälte vor ihm schon diesen letzten Gang vom vorderen Büro zur Observierungszelle hinter sich gebracht hatten, um einem Sterbenden mitzuteilen, daß jetzt auch der letzte Fetzen Hoffnung verschwunden war. Dieser Bau konnte auf eine lange Hinrichtungs-Geschichte zurückblicken, und deshalb vermutete er, daß schon viele andere auf diesem Weg gelitten hatten. Garner Goodman selbst hatte Maynard Tole die letzte Nachricht überbracht, und das verlieh Adam den Kraftschub, den er dringend brauchte.

Er ignorierte die neugierigen Blicke der kleinen Horde, die am Ende des Flurs stand und ihn anstarrte. Vor der letzten Zelle blieb er stehen und wartete, und die Tür glitt gehorsam auf.

Sam und der Reverend saßen nach wie vor auf dem Bett und flüsterten miteinander, wobei sich ihre Köpfe in der Dunkelheit fast berührten. Sie schauten zu Adam auf, der sich neben Sam setzte und ihm einen Arm um die Schultern legte, Schultern, die ihm jetzt noch magerer vorkamen.

»Das Oberste Bundesgericht hat alles abgewiesen«, sagte er sehr leise, mit fast brechender Stimme. Der Reverend stöhnte betroffen auf. Sam nickte, als wäre ohnehin nichts anderes zu erwarten gewesen. »Und der Gouverneur hat die Begnadigung abgelehnt.«

Sam versuchte, tapfer die Schultern zu heben, hatte aber nicht die Kraft dazu. Er sackte noch mehr zusammen.

»Der Herr sei uns gnädig«, sagte Ralph Griffin.

»Dann ist also alles vorbei«, sagte Sam.

»Es ist nichts mehr übrig«, flüsterte Adam.

Von dem Hinrichtungsteam, das sich am Ende des Abschnitts versammelt hatte, war aufgeregtes Gemurmel zu hören. Die Sache würde also doch über die Bühne gehen. Irgendwo hinter ihnen, in Richtung der Kammer, schlug eine Tür zu, und Sams Knie schlotterten gegeneinander.

Er schwieg einen Moment – eine Minute oder fünfzehn, Adam wußte es nicht. Immer noch raste die Zeit oder blieb einfach stehen.

»Ich glaube, wir sollten jetzt beten, Reverend«, sagte Sam.

»Ja, das glaube ich auch. Wir haben lange genug gewartet.«

»Wie wollen Sie es anstellen?«

»Also, Sam, um was genau wollen Sie beten?«

Sam dachte einen Moment nach, dann sagte er: »Ich möchte sicher sein, daß Gott nicht zornig ist auf mich, wenn ich sterbe.«

»Gute Idee. Und weshalb glauben Sie, daß Gott auf Sie zornig sein könnte?«

»Das liegt doch wohl auf der Hand, oder etwa nicht?«

Ralph rieb seine Hände gegeneinander. »Ich denke, am besten wäre es, wenn Sie Ihre Sünden beichten und Gott bitten, Ihnen zu verzeihen.«

»Alle?«

»Sie brauchen sie nicht einzeln aufzuzählen, bitten Sie Gott einfach, Ihnen alle Sünden zu vergeben.«

»Eine Art Generalpardon?«

»Ja, so könnte man es nennen. Und es wird funktionieren, wenn es Ihnen ernst damit ist.«

»Es ist mir todernst damit.«

»Glauben Sie an die Hölle, Sam?«

»Das tue ich.«

»Glauben Sie an den Himmel, Sam?«

»Das tue ich.«

»Glauben Sie, daß alle Christen in den Himmel kommen?«

Sam dachte eine ganze Weile darüber nach, dann nickte er leicht, bevor er fragte: »Glauben Sie das?«

»Ja, Sam. Das tue ich.«

»Dann verlasse ich mich auf Ihr Wort.«

»Gut. Sie können mir vertrauen.«

»Wissen Sie, es kommt mir entschieden zu einfach vor. Ich spreche nur ein rasches Gebet, und alles ist vergeben.«

»Weshalb beunruhigt Sie das?«

»Weil ich ein paar schlimme Dinge getan habe.«

»Wir alle haben schlimme Dinge getan. Unser Gott ist ein Gott der grenzenlosen Liebe.«

»Sie haben nicht getan, was ich getan habe.«

»Würden Sie sich besser fühlen, wenn Sie darüber sprechen?«

»Ja. Irgendwie ist mir, als käme erst alles in Ordnung, wenn ich darüber gesprochen habe.«

»Ich bin hier, Sam.«

»Soll ich für eine Minute gehen?« fragte Adam. Sam drückte die Knie zusammen. »Nein.«

»Wir haben nicht mehr viel Zeit«, sagte Ralph mit einem Blick durch die Gitterstäbe.

Sam holte tief Luft und sprach dann mit leiser, monotoner Stimme, so daß nur Adam und Ralph ihn hören konnten. »Ich habe Joe Lincoln kaltblütig erschossen. Ich habe schon gesagt, daß es mir leid tut.«

Ralph murmelte etwas vor sich hin, während er zuhörte. Er war bereits in ein Gebet versunken.

»Und ich habe meinen Brüdern geholfen, die beiden Männer umzubringen, die unseren Vater ermordet hatten. Deswegen habe ich nie ein schlechtes Gewissen gehabt, bis jetzt. Aber in diesen Tagen kommen mir Menschenleben wesentlich kostbarer vor. Es war ein Unrecht. Und ich war an einem Lynchmord beteiligt, als ich fünfzehn oder sechzehn war. Ich war nur einer von vielen, und ich hätte ihn wahrscheinlich nicht verhindern können, wenn ich es versucht hätte. Aber ich habe es nicht versucht, und deshalb fühle ich mich schuldig.«

Sam hielt inne. Adam hielt den Atem an und hoffte, daß die Beichte nun beendet war. Ralph wartete und wartete und sagte schließlich: »War es das, Sam?«

»Nein. Da ist noch was.«

Adam schloß die Augen und wappnete sich. Ihm war schlecht, und er hätte sich am liebsten übergeben.

»Da war noch ein Lynchmord. Ein Junge, der Cletus hieß. Seinen Nachnamen weiß ich nicht mehr. Ein Lynchmord des Klans. Ich war achtzehn. Mehr kann ich dazu nicht sagen.«

Dieser Alptraum wird nie enden, dachte Adam.

Sam atmete schwer und schwieg mehrere Minuten lang. Ralph betete inbrünstig. Adam wartete nur.

»Und ich habe diese Kramer-Jungen nicht umgebracht«, sagte Sam mit bebender Stimme. »Ich hatte dort nichts zu suchen, und es war unrecht, daß ich mich an dieser Sache beteiligt habe. Ich habe es viele Jahre lang bedauert, alles, was passiert ist. Es war unrecht, dem Klan anzugehören, alle und jeden zu hassen und diese Bomben zu legen. Aber diese Jungen habe ich nicht umgebracht. Es sollte niemand zu Schaden kommen. Die Bombe sollte eigentlich mitten in der Nacht hochgehen, wenn niemand in der Nähe war. Davon war ich felsenfest überzeugt. Aber sie wurde von einem anderen gelegt, nicht von mir. Ich war nur ein Aufpasser, ein Fahrer, ein Helfer. Diese andere Person hat die Bombe so präpariert, daß sie viel später hochging, als ich geglaubt hatte. Ich war mir nie sicher, ob er vorgehabt hat, jemanden umzubringen, aber ich vermute, daß das seine Absicht war.«

Adam hörte die Worte, nahm sie zur Kenntnis, absorbierte sie, aber er war zu verblüfft, um sich bewegen zu können.

»Aber ich hätte es verhindern können. Und das macht mich schuldig. Die beiden kleinen Jungen wären heute noch am Leben, wenn ich mich anders verhalten hätte, nachdem die Bombe gelegt worden war. Ich habe Blut an den Händen, und das hat mir viele Jahre lang schwer zu schaffen gemacht.«

Ralph legte sanft eine Hand auf Sams Hinterkopf. »Beten Sie mit mir, Sam.« Sam bedeckte seine Augen mit den Händen und stützte die Ellenbogen auf die Knie.

»Glauben Sie, daß Jesus Christus der Sohn Gottes war, daß er auf diese Erde kam, von einer Jungfrau geboren wurde, ein Leben ohne Sünde lebte, angeklagt wurde und am Kreuz starb, auf daß uns ewige Erlösung zuteil werde? Glauben Sie das, Sam?«

»Ja«, flüsterte er.

»Und daß er vom Grabe auferstand und zum Himmel fuhr?«

»Ja.«

»Und daß durch ihn all unsere Sünden vergeben werden? All die entsetzlichen Dinge, die Ihnen das Herz schwer machen, sind jetzt vergeben. Glauben Sie das, Sam?«

»Ja, ja.«

Ralph gab Sams Kopf frei und wischte sich die Tränen aus den Augen. Sam bewegte sich nicht, aber seine Schultern bebten. Adam drückte ihn noch fester an sich.

Randy Dupree begann mit einer weiteren Strophe von *»Just a Closer Walk with Thee«*. Die Töne kamen klar und präzise und hallten im ganzen Abschnitt wider.

»Reverend«, sagte Sam und setzte sich aufrecht hin, »werden diese beiden Kramer-Jungen im Himmel sein?«

»Ja.«

»Aber sie waren Juden.«

»Alle Kinder kommen in den Himmel, Sam.«

»Werde ich sie dort oben sehen?«

»Das weiß ich nicht. Es gibt im Himmel eine Menge Dinge, die wir nicht wissen. Aber die Bibel verheißt, daß aller Kummer ein Ende hat, wenn wir dorthin kommen.«

»Gut. Dann hoffe ich, daß ich sie sehen werde.«

Die unverwechselbare Stimme von Colonel Nugent zerriß die Stille. Die Abschnittstür klirrte, rasselte und öffnete sich. Er marschierte die anderthalb Meter zur Tür der Observierungszelle. Sechs Wärter waren hinter ihm. »Sam, es ist elf Uhr. Sie müssen jetzt in den Isolierraum.«

Die drei Männer erhoben sich und standen Seite an Seite. Die Zellentür glitt auf, und Sam trat heraus. Er lächelte Nugent an, dann drehte er sich um und umarmte den Reverend. »Danke«, sagte er.

»Ich liebe dich, Bruder!« brüllte Randy Dupree aus seiner keine drei Meter entfernten Zelle.

Sam sah Nugent an, dann fragte er: »Darf ich mich von meinen Freunden verabschieden?«

Eine Abweichung. Im Handbuch stand ausdrücklich, daß der Gefangene von der Observierungszelle direkt in den Isolierraum geführt werden sollte. Von einer letzten Promenade durch den Abschnitt war darin nicht die Rede. Nugent war einen Moment lang sprachlos, aber nach ein paar Sekunden hatte er seine Fassung zurückgewonnen. »Okay, aber machen Sie's kurz.«

Sam tat ein paar Schritte und ergriff Randys durch das Gitter gestreckte Hände. Dann ging er weiter zur nächsten Zelle und gab Harry Ross Scott die Hand.

Ralph Griffin schob sich an den Wärtern vorbei und verließ den Abschnitt. Er fand eine dunkle Ecke und weinte wie ein Kind. Er würde Sam nicht wiedersehen. Adam stand an der Zellentür, neben Nugent, und zusammen beobachteten sie, wie Sam den Flur entlangging, bei jeder Zelle stehenblieb, jedem Insassen etwas zuflüsterte. Die meiste Zeit verbrachte er mit J. B. Gullitt, den man laut schluchzen hören konnte.

Dann machte er kehrt und kam tapfer zu ihnen zurück, wobei er seine Schritte zählte und seinen Freunden zulächelte. Er ergriff Adams Hand. »Gehen wir«, sagte er zu Nugent.

Am Ende des Abschnitts hatten sich so viele Wärter versammelt, daß sie sich regelrecht an ihnen vorbeidrängen mußten. Nugent ging voran, Sam und Adam folgten ihm. Die Menschenansammlung erhöhte die Temperatur um mehrere Grade und machte die Luft noch stickiger, als sie ohnehin war. Die Machtdemonstration war natürlich erforderlich, um einen widerstrebenden Gefangenen zu bändigen oder ihm so viel Angst einzujagen, daß er sich unterwarf. Aber bei einem kleinen alten Mann wie Sam Cayhall wirkte sie schlichtweg albern.

Der Gang von einem Raum zum anderen, eine Strecke von sechs Metern, dauerte nur Sekunden, aber für Adam war jeder Schritt eine Qual. Durch den menschlichen Tunnel aus bewaffneten Wärtern, durch die schwere Stahltür in den kleinen Raum. Die Tür an der gegenüberliegenden Wand war geschlossen. Sie führte in die Kammer.

Für den Anlaß war ein klappriges Feldbett aufgestellt worden. Adam und Sam setzten sich darauf. Nugent schloß die Tür und kniete vor ihnen nieder. Die drei waren allein. Adam legte wieder seinen Arm um Sams Schultern.

Nugent trug eine entsetzlich gequälte Miene zur Schau. Er legte eine Hand auf Sams Knie und sagte: »Sam, wir werden dies gemeinsam durchstehen. Und jetzt ...«

»Sie blöder Affe«, fuhr Adam ihn an, selbst verblüfft über diese bemerkenswerte Äußerung.

»Er kann nichts dafür«, sagte Sam hilfreich zu Adam. »Er ist einfach dämlich. Und er weiß es nicht einmal.«

Nugent spürte den scharfen Vorwurf und versuchte, sich etwas Angemessenes einfallen zu lassen. »Ich versuche nur, das hinter mich zu bringen, okay?« sagte er zu Adam.

»Weshalb verschwinden Sie nicht?« sagte Adam.

»Wissen Sie was, Nugent?« fragte Sam. »Ich habe Tonnen von juristischen Büchern gelesen. Und Seiten und Seiten von Gefängnisvorschriften. Und nirgendwo habe ich etwas gelesen, das von mir verlangt, daß ich meine letzte Stunde mit Ihnen verbringen muß. Das steht in keinem Gesetz, keiner Vorschrift, nirgendwo.«

»Machen Sie, daß Sie hier rauskommen«, sagte Adam, bereit, notfalls zuzuschlagen.

Nugent sprang auf. »Um elf Uhr vierzig wird der Arzt durch diese Tür hereinkommen. Er wird ein Stethoskop an Ihrer Brust befestigen und dann wieder gehen. Um elf Uhr fünfundfünfzig komme ich, gleichfalls durch diese Tür. Zu diesem Zeitpunkt gehen wir in den Kammerraum. Irgendwelche Fragen?«

»Nein. Gehen Sie«, sagte Adam, auf die Tür deutend. Nugent machte einen schnellen Abgang.

Plötzlich waren sie allein. Vor ihnen lag noch eine Stunde.

Zwei gleiche Gefängnistransporter hielten vor dem Besucherzentrum. Die acht glücklichen Reporter und ein Sheriff stiegen ein. Das Gesetz gestattete, verlangte aber nicht, daß der Sheriff des Bezirks, in dem das Verbrechen begangen wurde, der Hinrichtung als Zeuge beiwohnte.

Der Mann, der 1967 der Sheriff von Washington County gewesen war, war seit fünfzehn Jahren tot, aber sein Nachfolger dachte nicht daran, sich dieses Ereignis entgehen zu lassen. Er hatte Lucas Mann früher am Tage mitgeteilt, daß er von dem Recht, das ihm von Gesetzes wegen zustand, Gebrauch zu machen gedächte. Sagte, er hätte das Gefühl, es den Bewohnern von Greenville und Washington County schuldig zu sein.

Mr. Elliott Kramer war nicht in Parchman. Er hatte die Reise seit Jahren geplant, aber sein Arzt hatte in letzter Minute interveniert. Sein Herz war schwach, und es war einfach zu riskant. Ruth Kramer hatte nie ernsthaft daran gedacht, bei der Hinrichtung zugegen zu sein. Sie war zu Hause in Memphis, in Gesellschaft von Freunden, und wartete darauf, daß es zu Ende ging.

Es würde kein Angehöriger der Opfer zugegen sein, um zuzusehen, wie Sam Cayhall hingerichtet wurde.

Die Transporter wurden ausgiebig fotografiert und gefilmt, als sie abfuhren und auf der Hauptstraße verschwanden. Fünf Minuten später hielten sie vor dem Eingang des Hochsicherheitstraktes an. Alle Insassen wurden zum Aussteigen aufgefordert und auf Kameras und Recorder durchsucht. Dann stiegen sie wieder ein und durften die Tore passieren. Die Transporter fuhren über das Gras an der Vorderseite des HST, um das Freigelände am westlichen Ende herum und hielten dann dicht neben der Ambulanz.

Nugent erwartete sie persönlich. Die Reporter stiegen aus und begannen sofort instinktiv, sich umzuschauen und alles für ihre späteren Berichte zu erfassen. Sie standen vor einem quadratischen Gebäude aus roten Ziegelsteinen, das an das niedrige, flache Gebilde des Hochsicherheitstrakts angebaut war. Das kleine Gebäude hatte zwei Türen. Eine war geschlossen, die andere wartete auf sie.

Nugent war nicht in der Stimmung für neugierige Reporter. Er geleitete sie rasch durch die offene Tür. Sie betraten einen kleinen Raum, in dem zwei Reihen von Klappstühlen gegenüber einer ominösen Reihe schwarzer Vorhänge auf sie warteten.

»Nehmen Sie Platz«, sagte er grob. Er zählte acht Reporter und einen Sheriff. Drei Stühle waren leer. »Es ist jetzt elf Uhr zehn«, sagte er dramatisch. »Der Gefangene befindet sich im Isolierraum. Vor Ihnen, auf der anderen Seite dieser Vorhänge, liegt die Kammer. Er wird um fünf Minuten vor zwölf hereingebracht und angeschnallt, dann wird die Tür verschlossen. Die Vorhänge werden genau um Mitternacht aufgezogen, und wenn Sie die Kammer sehen können, wird sich der Gefangene bereits darin befinden, ungefähr einen halben Meter von den Fenstern entfernt. Sie werden nur seinen Hinterkopf sehen. Ich war es nicht, der das so geplant hat, okay? Es sollte ungefähr zehn Minuten dauern, bis er für tot erklärt wird, woraufhin die Vorhänge geschlossen werden und Sie zu Ihren Transportern zurückkehren. Sie haben eine lange Wartezeit vor sich, und es tut mir leid, daß dieser Raum keine Klimaanlage hat. Wenn die Vorhänge offen sind, geht alles sehr schnell. Irgendwelche Fragen?«

»Haben Sie mit dem Gefangenen gesprochen?«

»Ja.«

»Wie nimmt er es hin?«

»Darauf werde ich jetzt nicht eingehen. Für ein Uhr ist eine Pressekonferenz geplant, und dann werde ich all Ihre Fragen beantworten. Im Augenblick bin ich zu beschäftigt.« Nugent verließ den Zeugenraum und schlug die Tür hinter sich zu. Er marschierte rasch um die Ecke und betrat den Kammerraum.

»Wir haben noch eine knappe Stunde. Über was möchtest du reden?« fragte Sam.

»Oh, eine Menge Dinge. Aber die meisten davon sind unerfreulich.«

»Es ist ziemlich schwierig, zu diesem Zeitpunkt über erfreuliche Dinge zu sprechen.«

»Was denkst du gerade, Sam? Was geht dir durch den Kopf?«

»Alles.«

»Wovor hast du Angst?«

»Vor dem Geruch des Gases. Ob es weh tut oder nicht. Ich will nicht leiden müssen, Adam. Ich hoffe, daß es schnell geht. Ich will einen großen Schwall abkriegen, und vielleicht treibe ich dann einfach davon. Ich habe keine Angst vorm Tod, Adam, aber im Augenblick habe ich Angst vorm Sterben. Ich wollte, es wäre vorbei. Das Warten ist grausam.«

»Bist du bereit?«

»In meinem harten kleinen Herzen ist Friede. Ich habe ein paar schlimme Dinge getan, mein Junge, aber jetzt habe ich das Gefühl, daß Gott mir eine Chance gegeben hat. Verdient habe ich sie bestimmt nicht.«

»Weshalb hast du mir nichts von dem Mann erzählt, der bei dir war?«

»Das ist eine lange Geschichte. Wir haben nicht mehr viel Zeit.«

»Es hätte dir das Leben retten können.«

»Nein. Niemand hätte mir geglaubt. Denk doch mal darüber nach. Dreiundzwanzig Jahre später ändere ich plötzlich meine Geschichte und mache für alles einen mysteriösen Mann verantwortlich. Das wäre lächerlich gewesen.«

»Weshalb hast du mich angelogen?«

»Ich hatte meine Gründe.«

»Um mich zu schützen?«

»Das ist einer davon.«

»Er läuft immer noch frei herum, richtig?«

»Ja. Er ist ganz in der Nähe. Wahrscheinlich befindet er sich sogar gerade jetzt draußen unter all den Spinnern. Paßt einfach auf. Aber du würdest ihn nicht erkennen.«

»Er hat Dogan und seine Frau umgebracht?«

»Ja.«

»Und Dogans Sohn?«

»Ja.«

»Und Clovis Brazelton?«

»Vermutlich. Er ist ein überaus begabter Killer, Adam. Er ist tödlich. Er hat Dogan und mir beim ersten Prozeß gedroht.«

»Hat er einen Namen?«

»Keinen richtigen. Aber ich würde ihn dir ohnehin nicht sagen. Du darfst nie ein Wort darüber verlauten lassen.«

»Du stirbst für ein Verbrechen, das ein anderer begangen hat.«

»Nein. Ich hätte diese kleinen Jungen retten können. Und ich habe weiß Gott genug Leute umgebracht. Ich habe es verdient, Adam.«

»Das hat niemand verdient.«

»Es ist wesentlich besser, als weiterzuleben. Wenn sie mich jetzt in meine Zelle zurückbrächten und mir sagten, ich müßte dort bleiben, bis ich sterbe – weißt du, was ich dann tun würde?«

»Was?«

»Ich würde mich selbst umbringen.«

Nachdem er die letzte Stunde in einer Zelle verbracht hatte, konnte Adam nicht dagegen anreden. Er wußte nicht, wie es war, wenn man dreiundzwanzig Stunden eines jeden Tages in einem winzigen Käfig verbringen mußte.

»Ich habe meine Zigaretten vergessen«, sagte Sam, auf seine Hemdentasche klopfend. »Aber vielleicht ist dies der rechte Zeitpunkt, das Rauchen aufzugeben.«

»Versuchst du, witzig zu sein?«

»Ja.«

»Es funktioniert nicht.«

»Hat dir Lee je das Buch mit dem Lynchmordfoto gezeigt?«

»Sie hat es mir nicht gezeigt. Sie hat mir gesagt, wo es liegt, und ich habe es gefunden.«

»Du hast das Foto gesehen?«

»Ja.«

»Eine tolle Party, nicht wahr?«

»Das kann man wohl sagen.«

»Hast du das andere Lynchmordfoto auf der Seite davor gesehen?«

»Ja. Zwei Kluxer.«

»Mit Kutten und Kapuzen und Masken.«

»Ja, das habe ich gesehen.«

»Das waren Albert und ich. Hinter einer der Masken habe ich gesteckt.«

Adam war über den Punkt des Schockiertseins hinaus. Das grauenhafte Foto erschien vor seinem inneren Auge, und er versuchte, es zu verdrängen. »Weshalb erzählst du mir das, Sam?«

»Weil es gut tut. Ich habe es bisher nie zugegeben, und es bedeutet eine gewisse Erleichterung, wenn man sich der Wahrheit stellt. Ich fühle mich schon jetzt wohler.«

»Ich will nichts mehr davon hören.«

»Eddie hat es nie gewußt. Er fand dieses Buch auf dem Dachboden und hat sich irgendwie zusammengereimt, daß ich auf dem Party-Foto war. Aber er hat nicht gewußt, daß ich auch einer der beiden Kluxer war.«

»Laß uns nicht über Eddie reden, okay?«

»Gute Idee. Was ist mit Lee?«

»Ich habe eine Mordswut auf Lee. Sie hat sich einfach aus dem Staub gemacht.«

»Es wäre schön gewesen, sie wiederzusehen. Das tut weh. Aber ich bin sehr froh, daß Carmen gekommen ist.«

Endlich ein erfreuliches Thema. »Sie ist ein prächtiges Mädchen«, sagte Adam.

»Das ist sie. Ich bin sehr stolz auf dich, Adam, und auf Carmen. Ihr habt all die guten Gene von eurer Mutter mitbekommen. Ich bin glücklich, daß ich zwei so wunderbare Enkelkinder habe.«

Adam hörte zu und versuchte nicht, etwas zu erwidern. Nebenan schepperte etwas, und sie fuhren beide zusammen.

»Nugent muß da drin mit seinen Utensilien spielen«, sagte Sam, und seine Schultern bebten wieder. »Weißt du, was wirklich weh tut?«

»Was?«

»Ich habe viel darüber nachgedacht, mich die letzten paar Tage regelrecht damit herumgeschlagen. Ich sehe dich an, und ich sehe Carmen an, und ich sehe zwei intelligente junge Leute mit offenem Denken und offenem Herzen. Ihr haßt niemanden. Ihr seid tolerant und liberal, gebildet, ehrgeizig, geht durch die Welt ohne das schwere Gepäck, mit dem ich geboren wurde. Und ich sehe dich an, meinen Enkel, mein Fleisch und Blut, und ich frage mich: Weshalb bin ich nicht anders geworden? So wie du und Carmen? Es ist schwer zu glauben, daß wir tatsächlich miteinander verwandt sind.«

»Solche Fragen darfst du dir nicht stellen, Sam.«

»Ich kann nichts dagegen tun.«

»Bitte, Sam.«

»Okay, okay. Etwas Erfreuliches.« Er verstummte und beugte sich nach vorn. Sein Kopf hing so tief herunter, daß er nun fast zwischen seinen Knien schwebte.

Adam wünschte sich eine ausführliche Unterhaltung über den mysteriösen Komplizen. Er wollte alles wissen – die wahren Einzelheiten des Bombenanschlags, das Verschwinden, wie und warum Sam festgenommen worden war. Außerdem wollte er wissen, was mit diesem Mann passieren würde, zumal wenn er dort draußen war und alles beobachtete und wartete. Aber er würde auf diese Fragen keine Antwort bekommen, also stellte er sie nicht. Sam würde seine Geheimnisse mit ins Grab nehmen.

Das Eintreffen des Gouverneurshubschraubers brachte Unruhe in die Menge vor dem Haupteingang von Parchman. Er landete auf der anderen Seite des Highways, wo ein weiterer Gefängnistransporter wartete. Mit einem Leibwächter an jedem Ellenbogen und Mona Stark in seinem Gefolge hastete McAllister auf den Transporter zu. »Es ist der Gouverneur!« schrie jemand. Die Hymnen und Gebete wurden kurz unterbrochen. Kameras wurden eilig herbeigetragen, um den Transporter zu filmen, der durch das Haupttor raste und verschwand.

Minuten später hielt er neben der Ambulanz hinter dem Hochsicherheitstrakt. Die Leibwächter und Mona Stark blieben im Wagen. Nugent empfing den Gouverneur und geleitete ihn in den Zeugenraum, wo er sich auf einen Stuhl in der vorderen Reihe setzte. Der Raum war ein Backofen.

Schwarze Moskitos sirrten an den Wänden entlang. Nugent fragte, ob er dem Gouverneur irgend etwas bringen könnte.

»Popcorn«, scherzte McAllister, aber niemand lachte. Nugent runzelte die Stirn und verließ den Raum.

»Weshalb sind Sie hier?« fragte sofort einer der Reporter.

»Kein Kommentar«, erwiderte McAllister lächelnd.

Die zehn Personen saßen schweigend da, starrten auf die schwarzen Vorhänge und schauten immer wieder auf die Uhr. Das nervöse Geplauder war verstummt. Sie vermieden jeden Blickkontakt, als schämten sie sich, an einem so makabren Ereignis teilzunehmen.

Nugent blieb an der Tür zur Gaskammer stehen und konsultierte seine Checkliste. Es war elf Uhr vierzig. Er wies den Arzt an, sich in den Isolierraum zu begeben, dann ging er nach draußen und gab das Signal zum Räumen der vier Wachtürme, die den Hochsicherheitstrakt umgaben. Die Wahrscheinlichkeit, daß das nach der Hinrichtung entweichende Gas einem der Männer auf den Wachtürmen schaden konnte, war minimal, aber Nugent liebte Details.

Das Klopfen an der Tür war ganz leise, aber in diesem Moment hörte es sich an, als würde ein Schmiedehammer benutzt. Es zerriß die Stille, und sowohl Sam als auch Adam fuhren zusammen. Die Tür ging auf. Der junge Arzt kam herein, versuchte zu lächeln, ließ sich auf die Knie nieder und bat Sam, sein Hemd aufzuknöpfen. Ein rundes Stethoskop wurde an seiner bleichen Haut befestigt, mit einem kurzen Draht, der bis auf seinen Gürtel herabhing.

Die Hände des Arztes zitterten. Er sagte nichts.

51

Um halb zwölf hörten Hez Kerry, Garner Goodman, John Bryan Glass und zwei seiner Studenten auf, sich zu unterhalten, und reichten sich an dem mit Papieren übersäten Tisch in Hez Kerrys Büro die Hände. Jeder sprach ein stummes Gebet für Sam Cayhall, dann sprach Hez eines für die

Gruppe. Sie saßen auf ihren Stühlen, tief in Gedanken, tief in Schweigen, dann sprachen sie ein weiteres kurzes Gebet für Adam.

Das Ende kam rasch. Die Uhr, die während der letzten vierundzwanzig Stunden abwechselnd weite Sprünge gemacht hatte und dann wieder fast stehengeblieben war, stürmte plötzlich voran.

Nachdem der Arzt gegangen war, unterhielten sie sich ein paar Minuten lang nervös über belanglose Dinge, während Sam zweimal den kleinen Raum durchwanderte und ihn abmaß; dann lehnte er sich an die Wand gegenüber dem Bett. Sie sprachen über Chicago, über Kravitz & Bane, und Sam konnte sich nicht vorstellen, wie dreihundert Anwälte nebeneinander in ein und demselben Gebäude existieren konnten. Es gab ein oder zwei zittrige Lacher, und ein paarmal lächelten sie angespannt, während sie auf das nächste, gefürchtete Anklopfen warteten.

Es kam um genau elf Uhr fünfundfünfzig. Drei harte Schläge, dann eine lange Pause. Nugent wartete, bevor er hereinkam.

Adam sprang sofort auf. Sam tat einen tiefen Atemzug und biß die Zähne zusammen. Er deutete mit einem Finger auf Adam. »Hör zu«, sagte er fest. »Du kannst mit mir da hineingehen, aber du darfst nicht bleiben.«

»Ich weiß. Ich will auch nicht bleiben, Sam.«

»Gut.« Der gekrümmte Finger sank herab, die Kiefer entspannten sich, das Gesicht sackte herunter. Sam streckte die Arme aus und ergriff Adam bei den Schultern. Adam zog ihn an sich und umarmte ihn sanft.

»Sag Lee, daß ich sie liebe«, sagte Sam mit brechender Stimme. Er löste sich von Adam und sah ihm in die Augen. »Sag ihr, ich habe bis ganz zum Schluß an sie gedacht. Und ich bin nicht wütend auf sie, weil sie nicht gekommen ist. Ich würde auch nicht hierherkommen wollen, wenn ich es nicht müßte.«

Adam nickte heftig und bemühte sich, nicht zu weinen. Was immer du willst, Sam, was immer du willst.

»Grüß deine Mutter. Ich habe sie immer gemocht. Und

natürlich Carmen, sie ist ein prächtiges Mädchen. Mir tut das alles so leid, Adam. Es ist ein grauenhaftes Vermächtnis, das ihr mit euch herumschleppen müßt.«

»Wir werden es schon schaffen.«

»Ich weiß, daß ihr das tut. Ich werde als ein sehr stolzer Mann sterben, deinetwegen.«

»Du wirst mir fehlen«, sagte Adam, und jetzt rollten ihm die Tränen über die Wangen.

Die Tür ging auf, und der Colonel trat ein. »Es ist soweit, Sam«, sagte er im Tonfall tiefer Trauer.

Sam zeigte ihm ein tapferes Lächeln. »Bringen wir es hinter uns!« sagte er mit kräftiger Stimme. Nugent ging als erster, dann Sam, dann Adam. Sie betraten den Kammerraum, der voller Menschen war. Alle starrten Sam an und wendeten dann sofort den Blick ab. Sie schämen sich, dachte Adam. Schämen sich, dabeizusein und teilzuhaben an dieser schlimmen kleinen Tat. Sie alle konnten ihm nicht in die Augen sehen.

Monday, der Vollstrecker, und sein Gehilfe standen, flankiert von zwei uniformierten Wärtern an der an den Chemieraum angrenzenden Wand. Lucas Mann und ein stellvertretender Direktor warteten in der Nähe der Tür. Rechts, direkt neben ihnen, hantierte der Arzt mit seinem EKG und versuchte, einen gelassenen Eindruck zu machen.

Und im Zentrum des Raums, jetzt umgeben von den verschiedenen Amtspersonen, war die Kammer, eine achteckige Röhre mit einem frischen Anstrich aus funkelnder Silberfarbe. Ihre Tür stand offen und gab den Blick frei auf den hölzernen Stuhl und die Reihe verhängter Fenster dahinter.

Auch die Tür nach draußen stand offen, aber es gab keinen Durchzug. Der Raum glich einer Sauna, alle waren schweißgebadet. Die beiden Wärter ergriffen Sam und führten ihn in die Kammer. Er zählte seine Schritte – nur fünf von der Tür zur Kammer –, und plötzlich war er drinnen, saß, schaute um die Männer herum, um Adam im Blick zu behalten. Die Hände der Männer bewegten sich rasch.

Adam war unmittelbar hinter der Tür stehengeblieben.

Er lehnte sich an die Wand; seine Knie fühlten sich weich und schwammig an. Er starrte auf die Leute in dem Raum, die Kammer, den Fußboden, das EKG. Es war alles so hygienisch. Die frisch gestrichenen Wände. Der blitzsaubere Betonboden. Die kleine, sterile Kammer mit ihrem funkelnden Anstrich. Der antiseptische Geruch aus dem Chemieraum. Alles so fleckenlos und blitzsauber. Es hätte eine Klinik sein sollen, wo die Leute hingingen, um geheilt zu werden.

Was ist, wenn ich mich übergeben muß, hier, vor die Füße des guten Doktors, was würde das in eurem desinfizierten kleinen Raum anrichten, Nugent? Was hätte das Handbuch dazu zu sagen, Nugent, wenn ich es direkt hier vor der Kammer täte? Adam preßte die Hand auf den Magen.

Riemen an Sams Armen, zwei für jeden, dann zwei weitere für die Beine, über die glänzenden neuen Dickies, dann der fürchterliche Kopfriemen, damit er sich nicht verletzen konnte, wenn das Gas ihn erreichte. So, alles festgeschnallt, alles bereit für die Dünste. Alles sauber und ordentlich, fleckenlos und keimfrei. Kein Blutvergießen, nichts, was dieses makellose, moralisch gerechtfertigte Töten beschmutzen könnte.

Die beiden Wärter wichen durch die enge Tür zurück. Sie waren stolz auf ihr Werk.

Adam sah ihn an, wie er dort saß. Ihre Blicke begegneten sich, und für eine Sekunde schloß Sam die Augen.

Der Arzt war der nächste. Nugent sagte etwas zu ihm, aber Adam konnte die Worte nicht hören. Er ging hinein und schloß den von dem Stethoskop herabhängenden Draht an sein EKG an. Er beeilte sich mit seiner Arbeit.

Lucas Mann trat vor mit einem Blatt Papier. Er blieb an der Tür zur Kammer stehen. »Sam, das ist das Todesurteil. Ich bin von Gesetzes wegen verpflichtet, es Ihnen vorzulesen.«

»Machen Sie schnell«, grunzte Sam unter zusammengepreßten Lippen hervor.

Lucas hob das Blatt Papier und las davon ab: »Gemäß einem Schuldspruch und einem Todesurteil, verkündet am 14. Februar 1981 vom Bezirksgericht von Washington County, werden Sie hiermit dazu verurteilt, in der Gaskammer des Staatsgefängnisses von Mississippi in Parchman durch tödliches Gas zu sterben. Möge Gott Ihrer Seele gnädig sein.« Lucas wich zurück, dann griff er nach dem ersten der beiden an der Wand befestigten Telefone. Er rief sein Büro an, um sich zu erkundigen, ob es irgendeinen Aufschub in letzter Minute gab. Es gab keinen. Das zweite Telefon war eine direkte Verbindung mit dem Büro des Justizministers in Jackson. Auch von dort kam grünes Licht. Es war jetzt dreißig Sekunden nach Mitternacht, Mittwoch, der 8. August. »Kein Aufschub«, sagte er zu Nugent.

Die Worte prallten von den Wänden des feuchtheißen Raums ab und stürmten aus allen Richtungen auf sie ein. Adam warf einen letzten Blick auf seinen Großvater. Seine Hände waren verkrampft. Er hatte die Augen fest geschlossen, als könnte er Adam nicht noch einmal ansehen. Seine Lippen bewegten sich, als spräche er noch ein letztes schnelles Gebet.

»Irgendein Grund, weshalb diese Hinrichtung nicht stattfinden sollte?« fragte Nugent formell, weil ihn plötzlich heftig nach juristischem Rat verlangte.

»Keiner«, sagte Lucas mit ehrlichem Bedauern.

Nugent trat an die Tür zur Kammer. »Irgendwelche letzten Worte, Sam?« fragte er.

»Nicht für Sie. Es ist Zeit, daß Adam geht.«

»Also gut.« Nugent schloß langsam die Tür, deren dicke Gummidichtung jedes Geräusch verhinderte. Jetzt war Sam eingeschlossen und festgeschnallt. Er schloß die Augen ganz fest. Bitte, beeilt euch.

Adam schob sich hinter Nugent, der das Gesicht nach wie vor der Kammertür zuwendete. Lucas Mann öffnete die Tür nach draußen, und beide Männer gingen schnell hinaus. Adam warf noch einen letzten Blick in den Raum. Der Vollstrecker griff nach einem Hebel. Die beiden Wärter rangelten um die beste Position, um zusehen zu können, wie der alte Bastard starb. Nugent und der stellvertretende Direktor und der Arzt drängten sich an der anderen Wand zusammen, schoben sich alle näher heran, alle besorgt, daß ihnen etwas entgehen könnte.

Die Außentemperatur von zweiunddreißig Grad kam Adam wesentlich kühler vor. Er ging zum Heck der Ambulanz und lehnte sich dagegen.

»Ist alles in Ordnung?«

»Nein.«

»Nehmen Sie es nicht zu schwer.«

»Sie sehen nicht zu?«

»Nein. Ich habe vier mit angesehen. Das reicht mir. Diese hier ist besonders schwierig.«

Adam starrte auf die weiße Tür in der Mitte der Ziegelsteinmauer. Drei Transporter parkten ganz in der Nähe. Einige Wärter standen neben ihnen, rauchten und flüsterten miteinander. »Ich möchte weg von hier«, sagte er. Er fürchtete wieder, sich übergeben zu müssen.

»In Ordnung.« Lucas ergriff seinen Ellenbogen und führte ihn zu dem vordersten Transporter. Er sagte etwas zu einem Wärter, der hineinsprang und sich ans Lenkrad setzte. Adam und Lucas setzten sich auf eine der Bänke.

Adam wußte, daß in genau diesem Augenblick sein Großvater in der Kammer saß und nach Atem rang, mit vom ätzenden Gas versengten Lungen. Gleich da drüben, in dem kleinen roten Ziegelsteinbau, gerade jetzt atmete er es ein, versuchte, so viel wie möglich zu schlucken, einfach wegzusacken in eine bessere Welt.

Er begann zu weinen. Der Wagen fuhr an den Freigeländen vorbei und über das Gras vor dem Todestrakt. Er schlug die Hände vor die Augen und weinte wegen Sam, wegen seines Leidens in diesem Augenblick, wegen der grauenhaften Art, auf die man ihn zu sterben zwang. Er hatte so mitleiderregend ausgesehen, wie er dasaß in seinen neuen Sachen, angeschnallt wie ein Tier. Er weinte wegen Sam und der letzten neuneinhalb Jahre, in denen er durch Gitterstäbe gestarrt und versucht hatte, einen Blick auf den Mond zu erhaschen, sich gefragt hatte, ob irgend jemand da draußen an ihn dachte. Er weinte wegen der ganzen erbärmlichen Familie Cayhall und ihrer elenden Geschichte. Und er weinte um seinetwillen, wegen seines Kummers in diesem Augenblick, des Verlustes eines geliebten Menschen, seiner Unfähigkeit, diesen Wahnsinn zu unterbinden.

Lucas klopfte ihm sanft auf die Schulter, und der Transporter rollte und hielt an, dann rollte er weiter und hielt abermals an. »Tut mir leid«, sagte er mehr als einmal.

»Ist das Ihr Wagen?« fragte Lucas, als sie vor dem Tor haltmachten. Der unbefestigte Parkplatz war nach wie vor bis auf den letzten Platz gefüllt. Adam riß die Tür auf und stieg ohne ein Wort aus. Bedanken konnte er sich später.

Er raste die Schotterstraße entlang, zwischen den Baumwollfeldern hindurch, bis er den Hauptfahrweg erreicht hatte. Er fuhr schnell zum Vordereingang, verlangsamte nur einmal kurz, als er um zwei Barrikaden herumsteuern mußte, dann hielt er am Tor an, damit ein Wärter einen Blick in seinen Kofferraum werfen konnte. Links von ihm stand der Schwarm der Reporter, begierig auf die neuesten Nachrichten aus dem Todestrakt. Die Kameras waren schußbereit.

Es war niemand in seinem Kofferraum, und er schlingerte um eine weitere Barrikade, wobei er beinahe einen Wärter umgefahren hätte, der nicht schnell genug beiseite sprang. Er hielt am Highway an und warf einen Blick nach rechts, auf die Mahnwache mit ihren brennenden Kerzen. Hunderten von Kerzen. Irgendwo ein Stück weiter unten wurde eine Hymne gesungen.

Er jagte davon, vorbei an Staatspolizisten, die herumstanden und die Atempause genossen. Er jagte an Wagen vorbei, die auf einer Strecke von zwei Meilen am Straßenrand parkten. Dann lag Parchman hinter ihm. Er gab Gas, und bald fuhr er neunzig Meilen.

Aus irgendeinem Grund fuhr er nach Norden, obwohl er nicht die Absicht hatte, nach Memphis zurückzukehren. Orte wie Tutwiler, Lambert, Marks, Sledge und Crenshaw flogen vorbei. Er kurbelte die Fenster herunter, und die warme Luft wirbelte um die Sitze. Die Windschutzscheibe war bepflastert mit großen Käfern und Insekten, der Pest des Deltas, wie er gehört hatte.

Er fuhr einfach, ohne ein bestimmtes Ziel. Diese Fahrt

war nicht geplant gewesen. Er hatte keinen Gedanken darauf verschwendet, wohin er unmittelbar nach Sams Tod gehen würde, weil er nie wirklich geglaubt hatte, daß es soweit kommen würde. Er hätte in Jackson sein können, mit Garner Goodman und Hez Kerry trinken und feiern und sich vollaufen lassen, weil sie ein Kaninchen aus dem Hut gezogen hatten. Oder er hätte im Todestrakt sitzen können, immer noch am Telefon und verzweifelt versuchend, Genaueres über einen Aufschub in letzter Minute zu erfahren. Es wäre so vieles möglich gewesen.

Er konnte es nicht riskieren, in Lees Wohnung zu gehen, weil sie womöglich tatsächlich dort war. Ihr nächstes Zusammentreffen würde sehr unerfreulich sein, und er zog es vor, es aufzuschieben. Er beschloß, sich ein Motel zu suchen und dort die Nacht zu verbringen. Zu schlafen versuchen. Erst morgen weiter zu überlegen, wenn die Sonne wieder schien. Er raste durch ein Dutzend Dörfer und kleine Orte, in denen nirgendwo ein Zimmer zu vermieten war. Er drosselte sein Tempo erheblich. Ein Highway führte zum nächsten. Er hatte sich verfahren, aber es störte ihn nicht. Wie kann man sich verirren, wenn man nicht weiß, wohin man will? Er erkannte Orte an Straßenschildern, bog in die eine Richtung ab und dann in die andere. Am Rande von Hernanda, nicht weit von Memphis entfernt, erregte ein kleiner Supermarkt seine Aufmerksamkeit, der die ganze Nacht geöffnet hatte. Hinter dem Tresen stand eine Frau in mittleren Jahren mit kohlschwarzem Haar, rauchte, kaute Gummi und redete ins Telefon. Adam ging zum Bierkühler und holte ein Sechserpack heraus.

»Tut mir leid, Mister, aber nach zwölf dürfen Sie kein Bier kaufen.«

»Wie bitte?« fragte Adam, in die Tasche greifend.

Ihr gefiel sein Ton nicht. Sie legte den Hörer bedächtig neben die Registrierkasse. »Wir dürfen hier nach Mitternacht kein Bier verkaufen. So lautet das Gesetz.«

»Das Gesetz?«

»Ja. Das Gesetz.«

»Des Staates Mississippi?«

»So ist es«, sagte sie knapp.

»Wissen Sie, was ich im Augenblick von den Gesetzen dieses Staates halte?«

»Nein. Und es interessiert mich auch nicht.«

Adam warf einen Zehn-Dollar-Schein auf den Tresen und trug das Bier zu seinem Wagen. Sie sah ihm nach, dann steckte sie den Schein in ihre Tasche und kehrte zum Telefon zurück. Weshalb die Bullen rufen wegen einem Sechserpack Bier?

Er war wieder unterwegs, auf einem zweispurigen Highway, blieb innerhalb der Geschwindigkeitsbegrenzung und kippte sein erstes Bier. Wieder unterwegs auf der Suche nach einem sauberen Zimmer mit Frühstück inklusive, Pool, Kabelanschluß, Pay-TV, Kinder wohnen umsonst.

Fünfzehn Minuten zum Sterben, fünfzehn Minuten, um die Kammer zu lüften, zehn Minuten, um sie mit Ammoniak zu spülen. Den leblosen Körper, dem jungen Arzt und seinem EKG zufolge tot, zu besprühen, während Nugent hierhin und dorthin zeigte – holt die Gasmasken, holt die Handschuhe, setzt diese verdammten Reporter wieder in die Transporter und schafft sie von hier weg.

Adam konnte Sam da drinnen sehen, mit zur Seite gesunkenem Kopf, immer noch von diesen gewaltigen Lederriemen gehalten. Welche Farbe hatte seine Haut jetzt? Bestimmt nicht die Papierblässe der letzten neuneinhalb Jahre. Bestimmt hatte das Gas seine Lippen purpurn und seine Haut rosa gefärbt. Die Kammer ist jetzt sauber, alles ist sicher. Betretet die Kammer, sagt Nugent, öffnet die Riemen. Nehmt die Messer. Schneidet die Kleidung herunter. Hat er sich in die Hose gemacht? Hat sich seine Blase entleert? Das passiert immer. Seid vorsichtig. Hier ist der Plastiksack. Stopft die Kleider hinein. Spritzt den nackten Körper ab.

Adam konnte die neuen Sachen sehen – die steife Hose, die zu großen Schuhe, die sauberen weißen Socken. Sam war so stolz gewesen, wieder richtige Kleidung tragen zu können. Jetzt waren sie Lumpen in einem Müllsack, wurden behandelt wie Gift und würden bald von einem Vertrauenshäftling verbrannt werden.

Wo sind die Sachen, die blaue Gefängnishose und das

weiße T-Shirt? Holt sie. Geht in die Kammer. Zieht den Toten an. Schuhe braucht er nicht. Socken auch nicht. Schließlich wird er nur zum Bestattungsunternehmer gebracht. Soll sich die Familie den Kopf darüber zerbrechen, wie sie ihn für ein anständiges Begräbnis anziehen will. Jetzt die Tragbahre. Schafft ihn raus. In die Ambulanz.

Adam war irgendwo in der Nähe eines Sees, fuhr über eine Brücke, durch eine Senke, und die Luft war plötzlich feucht und kühl. Wieder verirrt.

52

Das erste Anzeichen des Sonnenaufgangs war ein rosa Glimmen über einem Hügel oberhalb von Clanton. Es sikkerte durch die Bäume und färbte sie zuerst gelb und dann orangefarben. Es waren keine Wolken zu sehen, nur intensive Farben vor dem dunklen Himmel.

Im Gras standen zwei ungeöffnete Bierdosen. Drei leere Dosen lagen vor einem nahen Grabstein. Die erste leere Dose lag noch im Wagen.

Der Tag brach an. Die Reihen der anderen Grabsteine warfen Schatten auf ihn, und wenig später kam hinter den Bäumen die Sonne hervor.

Er hatte mehrere Stunden hier gesessen, obwohl ihm jedes Gespür für Zeit abhanden gekommen war. Jackson und Richter Slatterys Anhörung schienen Jahre entfernt. Sam war erst vor Minuten gestorben. War er wirklich tot? Hatten sie ihr schmutziges Werk bereits getan? Die Zeit spielte ihm immer noch Streiche.

Er hatte kein Motel gefunden, aber er hatte auch nicht besonders eifrig danach gesucht. Er hatte sich in der Nähe von Clanton wiedergefunden, dann hatte es ihn hierher gezogen, zum Grab von Anna Gates Cayhall. Jetzt lehnte er an ihrem Grabstein. Er hatte das warme Bier getrunken und die Dosen gegen den größten Stein in Reichweite geworfen. Wenn die Polizei ihn hier fand und ihn ins Gefängnis steckte, würde es ihm nichts ausmachen. Er war schon mal in einer Zelle gewesen. »Ja, ich komme gerade aus Parchman«, würde er zu seinen Zellengenossen, den anderen Kriminellen, sagen. »Direkt aus dem Todestrakt.« Und daraufhin würden sie ihn in Ruhe lassen.

Offensichtlich war die Polizei anderweitig beschäftigt. Auf dem Friedhof war er sicher. Neben der Grabstelle seiner Großmutter steckten vier rote Fähnchen im Boden. Adam bemerkte sie, als im Osten die Sonne höher stieg. Ein weiteres Grab, das ausgehoben werden sollte.

Irgendwo hinter ihm klappte eine Autotür, aber er hörte es nicht. Eine Gestalt kam auf ihn zu, aber er spürte es nicht. Sie bewegte sich langsam, suchte den Friedhof ab, hielt ängstlich nach etwas Ausschau.

Das Knacken eines Astes schreckte Adam auf. Lee stand neben ihm, mit der Hand auf dem Grabstein ihrer Mutter. Er sah sie an, dann wandte er den Blick ab.

»Was machst du hier?« fragte er, zu benommen, um überrascht zu sein.

Sie ließ sich behutsam zuerst auf die Knie nieder, dann setzte sie sich dicht neben ihn, so daß ihr Rücken an dem eingemeißelten Namen ihrer Mutter ruhte. Sie schlang ihren Arm um seinen Ellenbogen.

»Wo zum Teufel hast du gesteckt, Lee?«

»Ich war in Behandlung.«

»Verdammt noch mal, du hättest anrufen können.«

»Sei nicht wütend, Adam, bitte. Ich brauche einen Freund.« Sie lehnte den Kopf an seine Schulter.

»Ich bin nicht sicher, daß ich dein Freund bin, Lee. Was du getan hast, war gemein.«

»Er wollte mich sehen, stimmt's?«

»Ja, das wollte er. Aber du warst natürlich in deiner eigenen kleinen Welt versunken, wie gewöhnlich ausschließlich mit dir selbst beschäftigt. Nicht die Spur eines Gedankens für andere.«

»Bitte, Adam. Ich war in Behandlung. Du weißt, wie schwach ich bin. Ich brauche Hilfe.«

»Dann beschaff sie dir.«

Sie bemerkte die beiden Bierdosen, und Adam warf sie rasch beiseite. »Ich trinke nicht«, sagte sie kläglich. Ihre

Stimme war traurig und hohl, ihr hübsches Gesicht erschöpft und faltig.

»Ich habe versucht, ihn zu sehen«, sagte sie.

»Wann?«

»Gestern abend. Ich bin nach Parchman gefahren. Sie haben mich nicht hineingelassen. Sagten, es wäre zu spät.«

Adam senkte den Kopf und war sofort erheblich weicher gestimmt. Er würde nichts damit erreichen, wenn er sie beschimpfte. Sie war Alkoholikerin, mußte ständig gegen Dämonen ankämpfen, die ihm hoffentlich nie begegnen würden. Und sie war seine Tante, seine geliebte Lee. »Er hat bis ganz zuletzt nach dir gefragt. Er hat mir aufgetragen, dir zu sagen, daß er dich liebt und daß er nicht wütend auf dich ist, weil du nicht gekommen bist und ihn besucht hast.«

Sie fing an, leise zu weinen. Mit dem Handrücken wischte sie sich die Wangen ab und weinte lange Zeit.

»Er ist mit sehr viel Mut und Würde hineingegangen«, sagte Adam. »Er war sehr tapfer. Er sagte, er hätte seinen Frieden mit Gott gemacht und haßte niemanden mehr. Er hat all die Dinge bereut, die er getan hat. Er war ein Champion, Lee, ein Kämpfer, der bereit war, den nächsten Schritt zu tun.«

»Weißt du, wo ich gewesen bin?« fragte sie zwischen Schluchzern, als hätte sie nichts von dem gehört, was er gesagt hatte.

»Nein. Wo?«

»Ich war bei unserem früheren Haus. Ich bin gestern abend von Parchman aus hingefahren.«

»Weshalb?«

»Weil ich es in Brand stecken wollte. Und es hat wundervoll gebrannt. Das Haus und das Unkraut rings herum. Ein riesiges Feuer. Alles ist in Rauch aufgegangen.«

»Erzähl keine Märchen, Lee.«

»Es ist wahr. Ich glaube, ich wäre beinahe erwischt worden. Kann sein, daß mir auf der Rückfahrt ein Wagen begegnet ist. Aber deshalb mache ich mir keine Sorgen. Ich habe das Grundstück vorige Woche gekauft. Habe der Bank dreizehntausend Dollar bezahlt. Wenn einem etwas gehört, dann kann man es niederbrennen, oder etwa nicht? Du bist der Anwalt.«

»Hast du das wirklich getan?«

»Du kannst dich selbst überzeugen. Ich habe eine Meile entfernt vor einer Kirche auf die Feuerwehr gewartet. Sie kam nicht. Das nächste Haus ist zwei Meilen weit weg. Niemand hat das Feuer gesehen. Fahr hin und sieh es dir an. Es ist nichts übriggeblieben als der Schornstein und ein Haufen Asche.«

»Wie ...«

»Benzin. Hier, riech mal an meinen Händen.« Sie hielt sie ihm unter die Nase. Der beißende, unverwechselbare Geruch nach Benzin stieg zu ihm auf.

»Aber weshalb?«

»Ich hätte es schon vor Jahren tun sollen.«

»Das ist keine Antwort auf meine Frage. Weshalb?«

»Dort sind schlimme Dinge passiert. Es war voll von Dämonen und Gespenstern. Jetzt sind sie verschwunden.«

»Sie sind also mit Sam gestorben?«

»Nein, sie sind nicht tot. Sie sind fortgezogen, um jemand anderen zu peinigen.«

Es war sinnlos, weiter auf diesem Thema herumzureiten, entschied Adam schnell. Sie sollten gehen, vielleicht nach Memphis zurückkehren, wo er dafür sorgen konnte, daß sie sich weiter erholte. Und vielleicht einen Therapeuten aufsuchte. Er würde bei ihr bleiben und sich vergewissern, daß sie Hilfe bekam.

Ein schmutziger Pickup fuhr durch das eiserne Tor zum alten Teil des Friedhofs und tuckerte langsam den Betonweg zwischen den Grabsteinen entlang. Er hielt an einem kleinen Geräteschuppen in einer Ecke des alten Teils. Drei Schwarze stiegen langsam aus und streckten ihre Rücken.

»Das ist Herman«, sagte sie.

»Wer?«

»Herman. Seinen Nachnamen weiß ich nicht. Er hebt hier seit vierzig Jahren Gräber aus.«

Sie beobachteten Herman und die beiden anderen über das Tal voller Grabsteine hinweg. Die Stimmen der Männer, die zielstrebig ihre Vorbereitungen trafen, waren kaum zu hören.

Lee hörte auf, zu weinen und zu schniefen. Die Sonne stand jetzt ein gutes Stück oberhalb der Baumkronen, und ihre Strahlen fielen direkt in ihre Gesichter. Es war bereits warm. »Ich bin froh, daß du gekommen bist, sagte sie. »Ich weiß, daß es ihm viel bedeutet hat.«

»Ich habe verloren, Lee. Ich habe meinem Mandanten gegenüber versagt, und nun ist er tot.«

»Du hast dein Bestes getan. Niemand hätte ihn retten können.«

»Vielleicht.«

»Mach dir keine Vorwürfe. An deinem ersten Abend in Memphis hast du zu mir gesagt, die Chancen wären minimal. Du hast einen guten Kampf geliefert. Und jetzt ist es an der Zeit, daß du nach Chicago zurückfährst und zusiehst, wie du mit dem Rest deines Lebens zurechtkommst.«

»Ich fahre nicht nach Chicago zurück.«

»Wie bitte?«

»Ich wechsle den Beruf.«

»Aber du bist doch erst seit einem Jahr Anwalt.«

»Ich werde auch Anwalt bleiben. Nur eine andere Art von Arbeit tun.«

»Und welche?«

»Todesstrafen-Prozesse.«

»Das hört sich furchtbar an.«

»Ja, das tut es. Besonders in diesem Moment meines Lebens. Aber ich werde hineinwachsen. Ich bin nicht für die großen Firmen geschaffen.«

»Wo wirst du arbeiten?«

»In Jackson. Ich werde noch sehr oft in Parchman sein.«

Sie rieb sich das Gesicht und strich ihr Haar zurück. »Vermutlich weißt du, was du tust«, sagte sie, außerstande, ihre Zweifel zu verbergen.

»Darauf würde ich an deiner Stelle nicht wetten.«

Herman wanderte um einen ramponierten gelben Bagger herum, der unter einem Baum neben dem Schuppen stand. Er betrachtete ihn nachdenklich, während ein anderer Mann zwei Schaufeln in den Baggerlöffel legte. Sie streckten sich abermals, lachten über etwas und traten gegen die Vorderreifen.

»Ich habe eine Idee«, sagte sie. »Nördlich der Stadt gibt es ein kleines Restaurant. Es heißt Ralph's. Sam ist ...«

»Ralph's?«

»Ja.«

»Sams Geistlicher hieß Ralph. Er war gestern abend bei uns.«

»Sam hatte einen Geistlichen?«

»Ja. Einen sehr guten.«

»Jedenfalls ist Sam mit mir und Eddie dorthin gefahren, wenn einer von uns Geburtstag hatte. Das Lokal gibt es schon seit hundert Jahren. Wir können diese riesigen Kekse essen und heißen Kakao trinken. Laß uns zusehen, ob es offen ist.«

»Jetzt gleich?«

»Ja.« Sie war ganz aufgeregt und stand auf. »Komm. Ich habe Hunger.«

Adam ergriff den Grabstein und zog sich daran hoch. Er hatte seit Montag nacht nicht mehr geschlafen, und seine Beine waren schwer und steif. Das Bier hatte ihn benommen gemacht.

In der Ferne wurde ein Motor angelassen. Das Geräusch hallte ungedämpft über den Friedhof. Adam erstarrte. Lee drehte sich um; sie wollte sehen, was es war. Herman saß auf dem Bagger, aus dem Auspuff kam blauer Qualm. Seine beiden Kollegen saßen im vorderen Schiebeschild und ließen die Beine baumeln. Der Bagger wurde in einen niedrigen Gang geschaltet, dann ratterte er sehr langsam den Weg entlang, vorbei an den Reihen von Grabsteinen. Er hielt an und bog ab.

Er kam auf sie zu.